TOMI ADEYEMI

FILHOS DE SANGUE E OSSO

TRADUÇÃO DE Petê Rissatti

Rocco

Título original
CHILDREN OF BLOOD AND BONE

Copyright © 2018 *by* Tomi Adeyemi Books Inc.

Todos os direitos reservados.

PROIBIDA A VENDA EM PORTUGAL

Direitos para a língua portuguesa reservados
com exclusividade para o Brasil à
EDITORA ROCCO LTDA.
Rua Evaristo da Veiga, 65 – 11º andar
Passeio Corporate – Torre 1
20031-040 – Rio de Janeiro – RJ
Tel.: (21) 3525-2000 – Fax: (21) 3525-2001
rocco@rocco.com.br | www.rocco.com.br

Printed in Brazil/Impresso no Brasil

Preparação de originais
BEATRIZ D´OLIVEIRA

CIP-Brasil. Catalogação na publicação.
Sindicato Nacional dos Editores de Livros, RJ.

A182f	Adeyemi, Tomy, 1993-
	Filhos de sangue e osso / Tomy Adeyemi; tradução de Petê Rissatti. – 1ª ed. – Rio de Janeiro: Rocco, 2021.
	(O legado de Orïsha; 1)
	Tradução de: Children of blood and bone
	ISBN 978-65-5532-174-6
	ISBN 978-85-68263-73-0 (e-book)
	1. Ficção americana. I. Rissatti, Petê. II. Título. III. Série.
21-73567	CDD-813
	CDU-82-3(73)

Camila Donis Hartmann – Bibliotecária – CRB-7/6472

O texto deste livro obedece às normas do
Acordo Ortográfico da Língua Portuguesa.

Para minha mãe e meu pai,
que sacrificaram tudo para me dar esta chance
&
Para Jackson,
que acreditou em mim e nesta história muito antes de eu ter acreditado

NOTA DE TRADUÇÃO E EDIÇÃO

Optamos por manter as palavras em iorubá em sua grafia original nos nomes que fazem referência aos deuses que povoam *Filhos de sangue e osso* e a trilogia O legado de Orïsha. Os encantamentos dos maji também estão em iorubá, segundo o texto original. Ao fim do livro, apresentamos um guia de pronúncia para esses nomes, muitos já conhecidos, como Ṣàngó, Yemọja e Oya (outro nome de Iansã), outros desconhecidos ou ainda criados pela autora. Esperamos assim que o belo e surpreendente mundo de Orïsha fique mais próximo dos leitores de Tomi Adeyemi. Também esperamos que a leitura deste livro faça com que muitos dos preconceitos que rondam a cultura iorubá diminuam ou desapareçam.

Boa leitura!

KANO
MAKURDI
DUTSE
ZARIA
IBADAN
GUSAU
PALÁCIO REAL
ILORIN
LAGOS
ACAMPAMENTO
DOS BANDIDOS
SOKOTO
CANDOMBLÉ
CALABRA
IBEJI
MINNA
WARRI
IKOYI

TEMPLO SAGRADO

JIMETA

OMBE

ORON

LOKOJA

KADUNA

CIDADE DE BENIN

OS CLÃS DOS MAJI

CLÃ DE IKÚ
MAJI DA VIDA E DA MORTE
título maji: CEIFADOR
divindade: OYA

....

CLÃ DE ÈMÍ
MAJI DA MENTE, DO ESPÍRITO E DOS SONHOS
título maji: CONECTOR
divindade: ORÍ

....

CLÃ DE OMI
MAJI DAS ÁGUAS
título maji: MAREADOR
divindade: YEMỌJA

....

CLÃ DE INÁ
MAJI DO FOGO
título maji: QUEIMADOR
divindade: ṢÀNGÓ

....

CLÃ DE AFÉFÉ
MAJI DO AR
título maji: VENTANEIRO
divindade: AYAÓ

....

CLÃ DE ÁIYÉ
MAJI DO FERRO E DA TERRA
título maji: TERRAL + SOLDADOR
divindade: ÒGÚN

....

CLÃ DE ÌMỌLẸ
MAJI DA ESCURIDÃO E DA LUZ
título maji: ACENDEDOR
divindade: ÒSÙMÀRÈ

....

CLÃ DE ÌWÒSÀN
MAJI DA SAÚDE E DA DOENÇA
título maji: CURANDEIRO + CÂNCER
divindade: BABALÚAYÉ

....

CLÃ DE ARÍRAN
MAJI DO TEMPO
título maji: VIDENTE
divindade: ÒRÚNMÌLÀ

....

CLÃ DE ẸRANKO
MAJI DOS ANIMAIS
título maji: DOMADOR
divindade: ÒSỌ́ỌSÌ

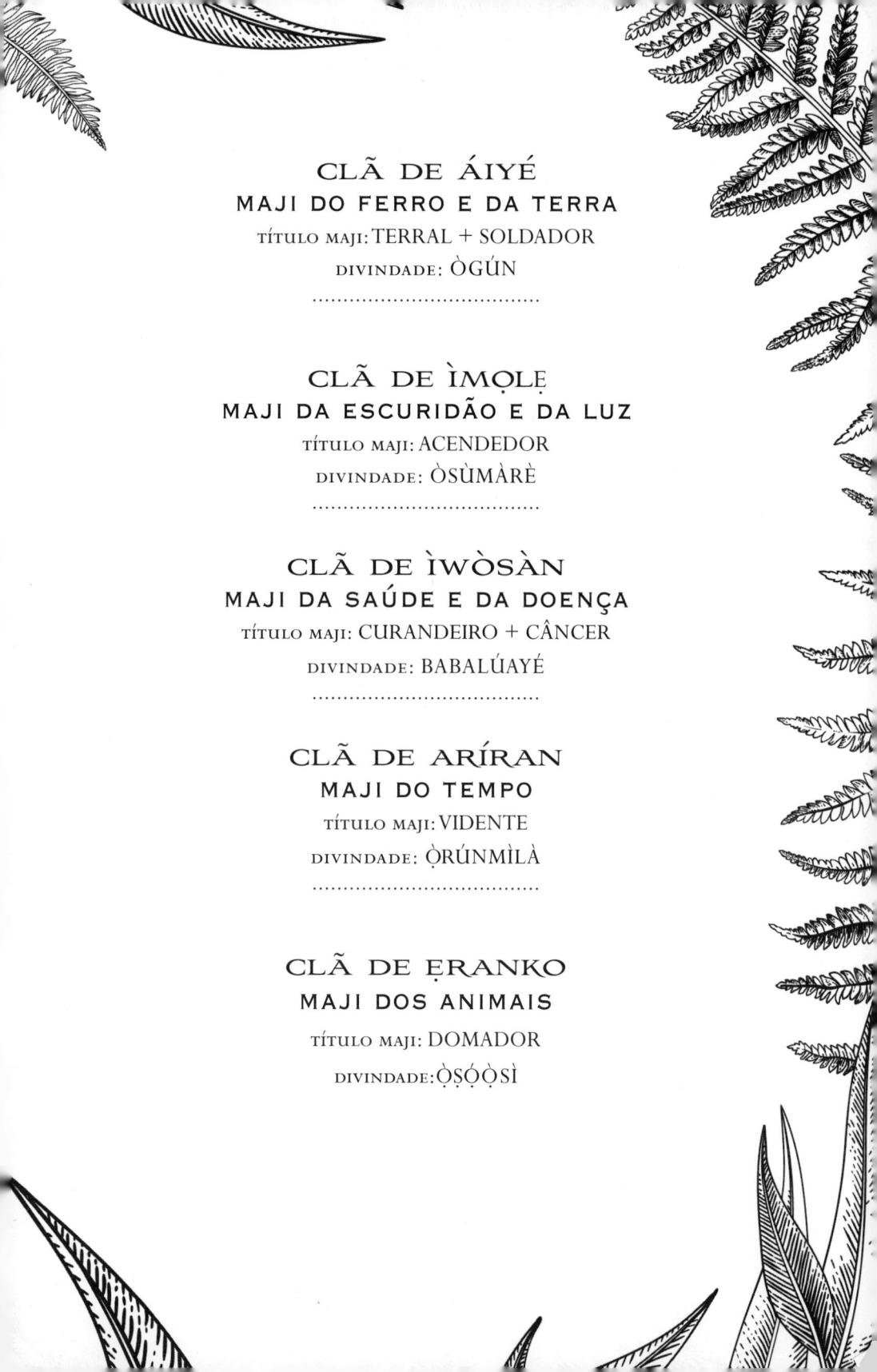

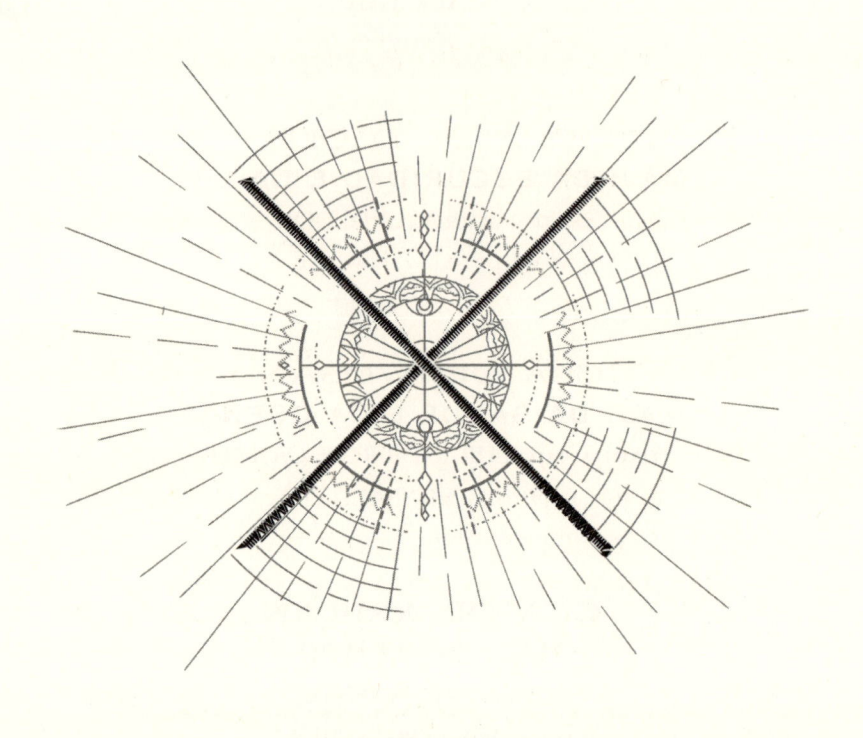

·⋆·—◇·◁·◇·▷·◇—⋆··

Tento não pensar nela.

Mas quando penso, penso em arroz.

Quando Mama estava por perto, a cabana sempre cheirava a arroz jollof.

Penso no jeito que sua pele escura brilhava como o sol do verão, no jeito que seu sorriso agitava Baba. No jeito de seus cabelos brancos, cheios e encaracolados, uma coroa indomada que tinha vida própria.

Ouço os mitos que ela me contava à noite. A risada de Tzain quando eles jogavam agbön no parque.

Os gritos de Baba quando os soldados passaram uma corrente no pescoço dela. Os gritos dela quando a arrastaram para a escuridão.

Os encantamentos que jorravam de sua boca como lava. A magia da morte que a desencaminhou.

Penso no jeito que seu cadáver pendeu daquela árvore.

Penso no rei que a levou embora.

·⋆·—◇·◁·◇·▷·◇—⋆··

CAPÍTULO UM

ZÉLIE

Me escolha.

É tudo que posso fazer para não gritar. Enterro as unhas no carvalho de marula do meu bastão e aperto para não me remexer. Gotas de suor escorrem pelas minhas costas, mas não sei dizer se é pelo calor da alvorada ou pelo coração palpitando. Lua após lua fui ignorada.

Hoje não pode ser igual.

Ajeito um cacho de cabelo branco como a neve atrás da orelha e me esforço para me sentar quieta. Como sempre, Mama Agba faz da seleção um tormento, encarando cada garota tempo suficiente para fazer a gente se contorcer.

Suas sobrancelhas se franzem em concentração, aprofundando as rugas na cabeça raspada. Com a pele escura e o cafetã opaco, Mama Agba parece uma idosa qualquer do vilarejo. Nunca se imaginaria que uma mulher de sua idade pudesse ser tão letal.

— A-hã. — Yemi pigarreia na frente da ahéré, uma lembrança não muito sutil de que já passou naquele teste. Abre um sorriso para nós enquanto gira seu bastão esculpido a mão, ansiosa para ver qual de nós terá que derrotar em nossa luta de graduação. A maioria das garotas treme com a possibilidade de enfrentar Yemi, mas hoje eu anseio por isso. Tenho praticado e estou pronta.

Sei que consigo vencer.

— Zélie.

A voz roufenha de Mama Agba rompe o silêncio. Um suspiro coletivo ecoa das quinze outras garotas que não foram escolhidas. O nome ricocheteia nas paredes trançadas da ahéré de junco até eu perceber que Mama Agba me chamou.

— Sério?

Mama Agba solta um muxoxo.

— Posso escolher outra pessoa...

— Não! — Levanto aos tropeções e me curvo rapidamente. — Obrigada, Mama. Estou pronta.

O mar de rostos negros abre caminho enquanto me movo pelas pessoas. A cada passo, concentro-me na maneira como meus pés descalços arrastam os juncos do assoalho de Mama Agba, testando a fricção que vou precisar para vencer esta luta e finalmente me graduar.

Quando chego à esteira preta que marca a arena, Yemi é a primeira a se curvar. Ela espera que eu faça o mesmo, mas seu olhar apenas atiça o fogo em meu íntimo. Não há respeito em sua postura, nem a promessa de uma luta justa. Ela acredita que, como sou uma divinal, sou inferior a ela.

Acha que vou perder.

— *Curve-se*, Zélie. — Embora o alerta seja evidente na voz de Mama Agba, não consigo obrigar meu corpo a se mexer. Perto assim de Yemi, a única coisa que vejo é seu cabelo preto volumoso, a pele cor de coco, muito mais clara que a minha. Sua tez carrega o marrom suave dos orïshanos, que nunca passam o dia trabalhando ao sol, uma vida privilegiada, financiada pelo dinheiro compensatório de um pai que ela nunca conheceu. Algum nobre que, por vergonha, baniu a filha bastarda para nosso vilarejo.

Endireito os ombros e estufo o peito, empertigando-me, embora precise me curvar. As feições de Yemi destacam-se na multidão de divinais adornada com cabelos brancos como a neve. Divinais que foram forçados repetidas vezes a se curvar às pessoas com a aparência dela.

— Zélie, não me faça repetir.

— Mas Mama...

— Curve-se ou saia da arena! Você está desperdiçando o tempo de todo mundo.

Sem alternativa, cerro os dentes e me curvo, fazendo o sorriso afetado e insuportável de Yemi aumentar.

— Foi tão difícil assim? — Yemi faz outra reverência. — Se vai perder, perca com dignidade.

Risadinhas abafadas ecoam entre as garotas, logo silenciadas por um aceno ríspido de Mama Agba. Lanço a elas um olhar de raiva antes de me concentrar na minha adversária.

Veremos quem vai dar risadinhas quando eu vencer.

— Tomem suas posições.

Voltamos para a lateral da esteira e erguemos nossos bastões do chão. O desdém de Yemi desaparece quando seus olhos se estreitam. Seu instinto assassino emerge.

Nos encaramos, esperando o sinal para começar. Estou preocupada de Mama Agba arrastar aquele momento para sempre quando ela por fim grita.

— Comecem!

E, no mesmo instante, fico na defensiva.

Antes que eu consiga pensar em atacar, Yemi gira com a velocidade de um guepardanário. O bastão gira sobre sua cabeça e em seguida na direção do meu pescoço. Embora as garotas atrás de mim arfem, não dou bobeira.

Yemi pode ser rápida, mas eu sou mais.

Quando seu bastão se aproxima, arqueio as costas o máximo possível, desviando do ataque. Ainda estou arqueada quando Yemi golpeia de novo, dessa vez batendo sua arma com a força de uma garota com o dobro do seu tamanho.

Me jogo de lado, rolando pela esteira enquanto seu bastão acerta os juncos. Yemi recua para atacar de novo enquanto tento me equilibrar.

— Zélie — alerta Mama Agba, mas não preciso de sua ajuda. Em um movimento ágil, rolo para ficar de pé e avanço com o bastão, bloqueando o golpe seguinte de Yemi.

Nossos bastões chocam-se com um estalo alto. As paredes de junco tremem. Minha arma ainda está reverberando com o golpe quando Yemi dá um giro para acertar meus joelhos.

Jogo as pernas para frente e balanço os braços para pegar impulso, dando uma cambalhota no ar. Enquanto giro sobre o seu bastão estendido, vejo minha primeira abertura — minha chance de ficar na ofensiva.

— Ah! — solto um grunhido, usando o impulso da aterrissagem para desferir um golpe. *Vamos lá...*

O bastão de Yemi bate contra o meu, impedindo meu ataque antes mesmo de ele começar.

— Paciência, Zélie — grita Mama Agba. — Não é seu momento de atacar. Observe. Reaja. Espere sua oponente golpear.

Reprimo meu gemido, mas faço que sim, recuando com meu bastão. *Você terá sua chance*, digo a mim mesma. *Apenas espere sua ve...*

— Isso aí, Zél. — A voz de Yemi é tão baixa que apenas eu consigo ouvi-la. — Ouça a Mama Agba. Seja uma boa vermezinha.

Aí está.

Aquela palavra.

Aquela calúnia desprezível, degradante.

Sussurrada sem consideração. Envolta naquele sorrisinho arrogante.

Antes que eu consiga evitar, avanço o bastão, que passa a um fio da barriga de Yemi. Isso vai me render uma das surras de Mama Agba mais tarde, mas o medo nos olhos de Yemi faz valer a pena.

— Ei! — Embora Yemi se vire para Mama Agba intervir, ela não tem tempo de reclamar. Giro meu bastão com uma velocidade que faz seus olhos se arregalarem antes de me lançar em outro ataque.

— Isso não é o exercício! — berra Yemi, saltando para fugir do meu golpe em seus joelhos. — Mama...

— Ela precisa assumir suas lutas? — Dou risada. — Vamos lá, Yem. Se vai perder, perca com *dignidade*!

A fúria lampeja nos olhos de Yemi como um leonário-de-chifres pronto para dar o bote. Ela aperta o bastão com sede de vingança.

Agora, a luta começa de verdade.

As paredes da ahéré de Mama Agba zumbem quando nossos bastões colidem várias vezes. Trocamos golpes em busca de uma brecha, uma chance de desferir a pancada crucial. Vejo uma oportunidade quando...

— *Ugh!*

Cambaleio para trás, me curvando, arfando enquanto a náusea sobe pela minha garganta. Por um momento, temo que Yemi tenha quebrado minhas costelas, mas a dor no abdômen acalma esse medo.

— Tempo...

— Não! — interrompo Mama Agba com voz rouca. Forço o ar para dentro dos pulmões e uso meu bastão para me endireitar. — Estou bem.

Não acabei ainda.

— Zélie... — Mama começa a falar, mas Yemi não espera que termine. Ela avança contra mim fervendo de fúria, seu bastão a um dedo de distância da minha cabeça. Quando ela recua para atacar, giro para fora do seu alcance. Antes que ela possa se virar, lanço um golpe, batendo em seu esterno.

— *Ai!* — arfa Yemi. Seu rosto se contorce de dor e choque enquanto ela vacila para trás com meu golpe. Ninguém jamais a acertou em uma das batalhas de Mama Agba. Ela não conhece a sensação.

Antes que possa se recuperar, viro e acerto meu bastão em sua barriga. Estou prestes a acertar o golpe final quando os panos castanho-avermelhados que cobrem a entrada da ahéré se abrem.

Bisi irrompe pela porta, os cabelos brancos esvoaçantes. O seu corpo pequeno arfa enquanto ela encara Mama Agba.

— O que foi? — pergunta Mama.

Os olhos de Bisi marejam.

— Desculpa — geme ela —, eu adormeci, eu... eu não estava...

— Desembuche, menina!

— Estão vindo! — finalmente exclama Bisi. — Estão perto, estão quase aqui.

Por um momento, não consigo respirar. Acho que ninguém consegue. O medo paralisa cada centímetro de nosso ser.

Então o instinto de sobrevivência assume o controle.

— Rápido — sibila Mama Agba. — Não temos muito tempo!

Ajudo Yemi a se levantar. Ela ainda está ofegante, mas não há tempo para conferir se está bem. Agarro seu bastão e corro para recolher os outros.

A ahéré explode em um borrão de caos quando todas correm para esconder a verdade. Metros de tecido brilhante voam pelos ares. Um exército de manequins de junco se ergue. Com tantas coisas acontecendo de uma vez, não há maneira de saber se vamos esconder tudo a tempo. Tudo o que consigo fazer é me concentrar em minha tarefa: enfiar cada bastão embaixo da esteira da arena, fora de vista.

Quando termino, Yemi estende uma agulha de madeira para mim. Ainda estou correndo para minha estação quando os panos que cobrem a entrada da ahéré se abrem de novo.

— Zélie! — grita Mama Agba.

Congelo. Todos os olhos da ahéré se viram para mim. Antes que eu possa falar, Mama Agba dá um tapa na minha nuca; uma ferroada que apenas ela consegue invocar desce rasgando pela minha coluna.

— Fique na sua estação — ralha ela. — Precisa praticar o máximo que puder.

— Mama Agba, eu...

Ela se inclina enquanto meu pulso acelera e meus olhos reluzem com a verdade.

Uma distração...

Uma maneira de ganharmos tempo.

— Desculpe, Mama Agba. Me perdoe.

—Volte para sua estação.

Reprimo um sorriso e baixo a cabeça, como se me desculpasse, correndo os olhos baixos para observar os guardas que entraram. Como a maioria dos soldados em Orïsha, o mais baixo dos dois tem uma pele parecida com a de Yemi: marrom como couro gasto, adornada com cabelos pretos grossos. Embora sejamos apenas meninas, ele mantém a mão no pomo da espada. Sua pegada se aperta, como se a qualquer momento uma de nós pudesse atacar.

O outro guarda permanece empertigado, solene e sério, muito mais escuro que seu parceiro. Fica perto da entrada, olhos concentrados no chão. Talvez tenha a decência de sentir vergonha por seja lá o que estejam prestes a fazer.

Os dois homens ostentam o selo real do rei Saran nos peitorais. Apenas ver o leopanário-das-neves ornado faz meu estômago se apertar, uma lembrança desagradável do monarca que os enviou.

Faço uma cena, voltando tristonha ao meu manequim de junco, as pernas quase cedendo de alívio. O que antes lembrava uma arena agora representa o convincente papel da oficina de uma costureira. Tecidos tribais brilhantes adornam os manequins diante de cada garota, cortados e presos nos padrões típicos de Mama Agba. Cosemos as barras dos mesmos dashikis há anos, costurando em silêncio enquanto esperamos os guardas irem embora.

Mama Agba anda de um lado para outro pelas fileiras de garotas, inspecionando o trabalho das aprendizes. Apesar do meu nervosismo, sorrio enquanto ela faz os guardas esperarem, recusando-se a demonstrar ter notado sua presença indesejável.

— Posso ajudá-los em alguma coisa? — pergunta ela por fim.

— Imposto — grunhe o guarda mais escuro. — Pague.

O rosto de Mama Agba desaba como o calor à noite.

— Paguei meus impostos na semana passada.

— Esse não é um imposto comercial. — O olhar do outro guarda passa por todas as divinais de longos cabelos brancos. — Os impostos sobre os vermes aumentaram. Como a senhora tem tantos, então seu imposto também aumentou.

Claro. Agarro o tecido do meu manequim com tanta força que meus punhos doem. Não basta para o rei reprimir os divinais. Ele tenta acabar com qualquer um que tente nos ajudar.

Meus dentes cerram-se quando tento bloquear o guarda, bloquear o jeito como a palavra *verme* é cuspida de sua boca. Não importa que nunca vamos nos tornar os maji que deveríamos ser. Aos seus olhos, ainda somos vermes.

É tudo o que veem.

A boca de Mama Agba vira uma linha tensa. Ela não tem mais moedas.

— Vocês já aumentaram o imposto dos divinais na última lua — contesta. — E na lua anterior.

O guarda mais claro avança, botando a mão na espada, pronto para atacar ao primeiro sinal de desacato.

— Talvez você não devesse manter esses vermes.

— Talvez vocês devessem parar de nos roubar.

As palavras saem da minha boca antes que eu consiga reprimi-las. A respiração da sala inteira fica em suspenso. Mama Agba fica rígida, os olhos imploram para que eu fique quieta.

— Divinais não estão fazendo mais dinheiro. De onde espera que esses novos impostos venham? — pergunto. — Não podem simplesmente aumentar impostos toda hora. Se continuarem aumentando desse jeito, não conseguiremos pagar!

O guarda caminha na minha direção de um jeito que me faz querer pegar meu bastão. Com um golpe certeiro eu poderia derrubá-lo; com o ataque correto, poderia esmagar sua garganta.

Pela primeira vez percebo que o guarda não carrega uma espada comum. Sua lâmina preta reluz na bainha, um metal mais precioso que ouro.

Majacita...

Uma liga usada para armamentos, forjada pelo rei Saran antes da Ofensiva. Criada para enfraquecer nossa magia e queimar nossa pele.

Como a corrente preta que enrolaram ao redor do pescoço de Mama.

Um maji poderoso poderia lutar contra sua influência, mas o metal raro é debilitante para a maioria de nós. Embora eu não tenha magia para ser suprimida, a proximidade com a lâmina de majacita ainda faz minha pele formigar quando o guarda me enquadra.

— Seria muito melhor se calasse a boca, garotinha.

E ele tem razão. Seria melhor. Manter a boca fechada, engolir a raiva. Viver para ver outro dia.

Mas com ele tão próximo, tudo o que consigo fazer é me segurar para não enfiar minha agulha naquele olho castanho brilhante. Talvez eu devesse ficar quieta.

Ou talvez ele devesse morrer.

— *Você* dev...

Mama Agba me empurra com tanta força que eu tombo no chão.

— Aqui — interrompe ela com um punhado de moedas. — Leve.

— Mama, não...

Ela se vira com um olhar furioso que faz meu corpo virar pedra. Fecho a boca e me levanto, encolhendo-me contra o tecido estampado do meu manequim.

As moedas tilintam enquanto o guarda conta as peças de bronze deixadas na palma de sua mão. Ele solta um grunhido quando termina.

— Não é o suficiente.

— Vai ter que ser — diz Mama Agba, com o desespero fazendo a voz vacilar. — É isso. É tudo o que tenho.

O ódio fervilha sob a minha pele, que formiga e aquece. Não está certo. Mama Agba não devia ter que implorar. Ergo o rosto e flagro o olhar do guarda. Um erro. Antes que eu possa virar o rosto ou disfarçar meu nojo, ele me agarra pelos cabelos.

— Ai! — grito quando a dor se espalha pelo meu crânio. Em um instante, o guarda bate com minha cara no chão, tirando meu fôlego.

— Pode não ter nenhum dinheiro. — O guarda afunda o joelho nas minhas costas. — Mas dá para ver que tem uma boa parcela de vermes. — Ele agarra minha coxa com brutalidade. — Vou começar com esta daqui.

Minha pele fica mais quente enquanto busco fôlego, cerrando as mãos para esconder o tremor. Quero gritar, quebrar cada osso de seu corpo, mas a cada segundo eu enfraqueço. Seu toque apaga tudo que sou, tudo que lutei tanto para me tornar.

Nesse momento, sou aquela garotinha de novo, indefesa enquanto o soldado arrasta minha mãe para longe.

— Já chega. — Mama Agba empurra o guarda e me puxa contra si, rosnando como uma leonária-de-chifres protegendo seu filhote. — Já está com minhas moedas, e é tudo que vai conseguir. Saia. Agora.

A raiva do guarda borbulha com a audácia de Mama. Ele se move para desembainhar a espada, mas o outro guarda o detém.

— Vamos. Temos que percorrer a vila até o pôr do sol.

Embora o guarda mais escuro mantenha a voz leve, a mandíbula está travada. Talvez veja em nosso rosto uma mãe ou irmã, uma lembrança de alguém que ele gostaria de proteger.

O outro soldado fica parado por um momento, então ainda não sei o que ele vai fazer. Por fim, ele tira a mão da espada, golpeando com o olhar apenas.

— Ensine esses vermes a ficarem na linha — ele alerta Mama Agba. — Ou eu vou ensiná-los.

Seu olhar se volta para mim; embora meu corpo pingue de suor, meu íntimo está congelado. O guarda olha-me de cima a baixo, um aviso do que ele pode tomar.

Tente, quero explodir, mas minha boca está seca demais para falar. Ficamos em silêncio até os guardas saírem e as batidas das botas com sola de metal desaparecerem.

A força de Mama Agba desaparece como uma vela soprada pelo vento. Ela se agarra a um manequim para se apoiar; a guerreira letal que conheço diminuída a uma velha e frágil estranha.

— Mama...

Vou ao seu auxílio, mas ela afasta minha mão com um tapa.

— Òdè!

Tola, ela me repreende em iorubá, a língua maji declarada ilegal depois da Ofensiva. Não ouço nosso idioma há tanto tempo que levo alguns instantes para lembrar o que significa aquela palavra.

— Em nome dos deuses, qual é o seu problema?

De novo, todos os olhos na ahéré estão sobre mim. Até mesmo a pequena Bisi me encara. Mas como Mama Agba pode gritar comigo? É minha culpa que aqueles guardas desonestos sejam ladrões?

— Eu estava tentando proteger a senhora.

— Me proteger? — repete Mama Agba. — Você sabia que sua boca não mudaria nada. Poderia ter matado todas nós!

Hesito, assustada pela rispidez de suas palavras. Nunca vi tamanha decepção em seus olhos.

— Se eu não posso lutar com eles, por que estamos aqui? — Minha voz vacila, mas eu engulo o choro. — De que adianta treinar se não podemos nos proteger? Por que fazemos isso se não podemos proteger a senhora?

— Pelo amor dos deuses, *pense*, Zélie. E não só em si mesma! Quem protegeria seu pai se você ferisse aqueles homens? Quem manteria Tzain em segurança quando os guardas viessem em busca de sangue?

Abro a boca para retrucar, mas não há nada que eu possa dizer. Ela tem razão. Mesmo se eu derrubasse alguns guardas, não poderia enfrentar um exército inteiro. Mais cedo ou mais tarde, eles me encontrariam.

Mais cedo ou mais tarde, destruiriam as pessoas que amo.

— Mama Agba? — A voz de Bisi diminui, pequena como a de um rato. Ela se agarra à calça folgada de Yemi enquanto lágrimas brotam de seus olhos. — Por que eles nos odeiam?

Um cansaço instala-se em Mama. Ela abre os braços para Bisi.

— Eles não odeiam vocês, minha filha. Eles odeiam o que vocês estão destinados a se tornar.

Bisi afunda no tecido do cafetã de Mama, abafando seus soluços. Enquanto ela chora, Mama Agba examina a sala, vendo todas as garotas engolindo as lágrimas.

— Zélie perguntou por que estamos aqui. É uma boa pergunta. Com frequência falamos de *como* devemos lutar, mas nunca conversamos sobre o porquê. — Mama deixou Bisi no chão e acenou para Yemi trazer um banquinho para ela. — Vocês, garotas, devem se lembrar de que o mundo nem sempre foi assim. Houve um tempo em que todo mundo estava do mesmo lado.

Quando Mama Agba senta-se no banco, as garotas se reúnem ao redor, ávidas para ouvir. Todo dia as lições de Mama terminam com um conto ou fábula, um ensinamento de outros tempos. Normalmente, eu chegaria mais perto para saborear cada palavra. Hoje, fico às margens, envergonhada demais para me aproximar.

Mama Agba esfrega as mãos, lenta e metodicamente. Apesar de tudo o que aconteceu, um sorriso fraco curva seus lábios, um sorriso que apenas uma lenda pode invocar. Incapaz de resistir, eu me aproximo, empurrando algumas garotas para o lado. Essa é a nossa história. Nosso passado.

Uma verdade que o rei tentou enterrar com nossos mortos.

— No início, Orïsha era uma terra onde os raros e sagrados maji prosperavam. Cada um dos dez clãs foi abençoado pelos deuses e recebeu um poder diferente sobre a terra. Havia maji que podiam controlar a água, outros mandavam no fogo. Havia maji com poder de ler mentes, maji que podiam até mesmo espreitar pelo tempo!

Embora todas tivéssemos ouvido aquela história em um momento ou outro — de Mama Agba, de pais que não tínhamos mais —, ouvi-la de novo não apagava o encanto de suas palavras. Nossos olhos se iluminam quando Mama Agba descreve os maji com o dom da cura e a capacidade de causar doenças. Nós nos aproximamos quando ela fala dos maji que domavam feras selvagens do mato, de maji que controlavam luz e escuridão na palma das mãos.

— Cada maji nascia com os cabelos brancos, o sinal do toque dos deuses. Usavam seus dons para cuidar do povo de Orïsha e eram reverenciados em toda a nação. Mas nem todos eram abençoados pelos deuses. — Mama Agba gesticula englobando toda a sala. — Por causa disso, sempre que um maji nascia, províncias inteiras se alegravam, celebrando ao primeiro sinal dos cachos brancos. As crianças escolhidas não podiam fazer magia até os treze anos, então, até os poderes se manifestarem, eram chamados de *ibawi*, "os divinos".

Bisi ergue o queixo e sorri, lembrando-se da origem de nosso título de divinal. Mama Agba inclina-se e segura uma mecha de cabelo branco da menina, uma marca que todas aprendemos a esconder.

— Os maji surgiram em toda Orïsha, foram os primeiros reis e rainhas. Naquele tempo, todos estavam em paz, mas isso não durou. Aqueles que estavam no poder começaram a abusar de sua magia, e, como punição, os deuses retiraram seus dons. Quando a magia se esvaiu do sangue, seus cabelos brancos desapareceram como sinal de seu pecado. Por gerações, o amor pelos maji se transformou em medo. O medo virou ódio. O ódio se converteu em violência, em um desejo de dizimar os maji.

O cômodo escurece com o eco das palavras de Mama Agba. Todas sabemos o que vem a seguir; a noite da qual nunca falamos, a noite que nunca seremos capazes de esquecer.

— Até aquela noite, os maji conseguiram sobreviver porque usavam seus poderes para se defender. Mas onze anos atrás, a magia desapareceu. Só os deuses sabem por quê. — Mama Agba fecha os olhos e solta um pesado suspiro. — Em um dia a magia respirava. No seguinte, ela morreu.

Só os deuses sabem por quê?

Por respeito a Mama Agba, eu engulo minhas palavras. Ela fala do jeito que todos os adultos que sobreviveram à Ofensiva falam. Resignados, como se os deuses tivessem tomado a magia para nos punir, ou simplesmente mudado de opinião.

Lá no fundo, eu sei a verdade. Soube no momento em que vi os maji de Ibadan acorrentados. Os deuses morreram com nossa magia.

Eles nunca vão voltar.

— Naquele fatídico dia, o rei Saran não hesitou — continua Mama Agba. — Usou o momento de fraqueza dos maji para atacar.

Fecho os olhos, lutando contra as lágrimas que querem cair. A corrente que enrolaram no pescoço de Mama. O sangue pingando na terra.

As lembranças silenciosas da Ofensiva enchem a cabana de junco, encharcando o ar de tristeza.

Todas nós perdemos os membros maji de nossas famílias naquela noite.

Mama Agba suspira e se levanta, reunindo a força que todas conhecemos. Ela olha para cada garota na sala como um general passando a tropa em revista.

— Ensino a qualquer garota que queira aprender como lutar com o bastão, porque neste mundo sempre haverá homens que desejam lhe fazer mal. Mas comecei este treinamento pelos divinais, por todos os filhos dos maji caídos. Embora sua capacidade de se tornar um maji tenha desaparecido, o ódio e a violência contra vocês permanecem. É por isso que estamos aqui. É por isso que treinamos.

Com um giro rápido de mão, Mama pega seu bastão compacto e bate contra o chão.

— Seus adversários carregam espadas. Por que treino vocês na arte do bastão?

Nossa voz ecoa o mantra que Mama Agba nos faz repetir todas as vezes.

— Ele protege em vez de machucar, ele machuca em vez de aleijar, ele aleija em vez de matar... o bastão não destrói.

— Ensino vocês a serem guerreiras no jardim para que nunca sejam jardineiras na guerra. Eu lhes dou a força para lutar, mas vocês todas precisam aprender a força da moderação. — Mama vira-se para mim, com os ombros empertigados. — Vocês precisam proteger aqueles que não podem se defender. Essa é a arte do bastão.

As garotas concordam com a cabeça, mas tudo que consigo fazer é encarar o chão. De novo, eu quase arruinei tudo. De novo, decepcionei as pessoas.

— Tudo bem. — Mama Agba suspira. — Chega por hoje. Juntem suas coisas. Vamos continuar amanhã.

As garotas saem da cabana, felizes em escapar. Tento fazer o mesmo, mas a mão enrugada de Mama Agba segura meu ombro.

— Mama...

— Silêncio — ordena ela. A última das garotas me lança um olhar compassivo. Elas esfregam a bunda, provavelmente calculando quantas açoitadas estou prestes a tomar.

Vinte por ignorar o exercício... cinquenta por falar fora de hora... cem por quase nos matar...

Não. Cem seria generosidade demais.

Abafo um suspiro e me preparo para a dor. *Vai ser rápido*, digo a mim mesma. *Vai acabar antes de...*

— Sente-se, Zélie.

Mama Agba entrega-me uma xícara de chá e serve uma para si. O aroma doce entra pelo meu nariz enquanto o calor aquece minhas mãos.

Franzo as sobrancelhas.

— A senhora envenenou isso aqui?

Os cantos dos lábios de Mama Agba se retorcem, mas ela esconde a diversão por trás do rosto sério. Escondo a minha risadinha com um gole no chá, saboreando o gostinho de mel na língua. Giro a xícara nas mãos e corro o dedo pelas contas cor de lavanda que cercam sua borda. Mama tinha uma xícara como esta — suas contas eram prateadas, decoradas em honra a Oya, a Deusa da Vida e da Morte.

Por um momento, a lembrança me distrai da decepção de Mama Agba, mas quando o sabor do chá se esvai, o gosto amargo da culpa se esgueira de volta. Ela não deveria ter que passar por isso. Não por uma divinal como eu.

— Desculpe. — Brinco com as contas da xícara para evitar erguer os olhos. — Eu sei... sei que não facilito as coisas para a senhora.

Como Yemi, Mama Agba é uma kosidán, uma orïshana que não tem potencial para fazer magia. Antes da Ofensiva, acreditávamos que os deuses escolhiam quem nascia divinal, mas agora que a magia desapareceu, não entendo por que a distinção importa.

Sem os cabelos brancos dos divinais, Mama Agba podia se misturar aos outros orïshanos, evitar a tortura dos guardas. Se não se associasse a nós, os guardas talvez não a incomodassem.

Parte de mim deseja que ela nos abandone, poupe-se da dor. Com suas habilidades de costureira, provavelmente poderia se tornar uma mercadora, conseguir sua porção justa de moeda em vez de vê-las sendo levadas.

— Você está começando a se parecer mais com ela, sabia disso? — Mama Agba toma um golinho do chá e sorri. — A lembrança é assustadora quando você grita. Você herdou a raiva dela.

Fico boquiaberta; Mama Agba não gosta de falar sobre aqueles que perdemos.

Poucas de nós gostamos.

Escondo minha surpresa com outro gole no chá e um meneio de cabeça.

— Eu sei.

Não lembro quando aconteceu, mas a mudança em Baba foi inegável. Ele parou de me olhar nos olhos, incapaz de me encarar sem ver o rosto de sua esposa assassinada.

— Isso é bom. — O sorriso de Mama Agba vacila até virar um franzir de testa. — Você era apenas uma criança durante a Ofensiva. Fiquei com medo de ter se esquecido.

— Não poderia nem se tentasse. — Não quando Mama tinha um rosto que parecia o sol.

É desse rosto que tento me lembrar.

Não do cadáver com sangue pingando pelo pescoço.

— Sei que luta por ela. — Mama Agba corre a mão pelos meus cabelos brancos. — Mas o rei é implacável, Zélie. Preferiria massacrar o reino inteiro a tolerar uma dissidência divinal. Quando seu adversário não tem honra, é preciso lutar de outros jeitos, mais inteligentes.

— Um desses jeitos inclui esmagar esses desgraçados com meu bastão?

Mama Agba dá uma risadinha, a pele se enrugando ao redor dos olhos cor de mogno.

— Só me prometa que vai ter cuidado. Prometa que vai escolher o momento certo para lutar.

Seguro as mãos de Mama Agba e abaixo bem a cabeça para mostrar meu respeito.

— Prometo, Mama. Não vou te decepcionar de novo.

— Ótimo, porque tenho uma coisa aqui e não quero me arrepender de mostrar para você.

Mama Agba enfia a mão no cafetã e puxa uma vareta preta e fina, que sacode com força. Salto para trás quando a vareta se estende em um bastão reluzente de metal.

— Meus deuses — suspiro, lutando com a vontade de agarrar aquela obra-prima. Símbolos antigos cobrem cada metro do metal preto, cada entalhe a recordação de uma aula que Mama Agba já deu. Como uma abelha atraída para o mel, meus olhos encontram primeiro *akofena*, as lâminas cruzadas, as espadas de guerra. *Coragem nem sempre ruge*, disse ela naquele dia. *O valor nem sempre brilha*. Meus olhos passam para *akoma* ao lado das espadas, o coração da paciência e da tolerância. Naquele dia... Tenho quase certeza de que tomei uma surra naquele dia.

Cada símbolo me leva de volta a outra lição, a outra história, a outro conhecimento. Olho para Mama, esperando. É um presente ou é o que ela vai usar para me bater?

— Aqui. — Ela pousa o metal liso na minha mão. Imediatamente, sinto o poder. Revestido de ferro... pesado o bastante para rachar cabeças.

— Isso está acontecendo mesmo?

Mama assente.

— Você lutou como uma guerreira hoje. Merece se graduar.

Levanto-me para girar o bastão e fico maravilhada com sua força. O metal corta o ar como uma faca, mais letal que qualquer bastão de carvalho que já talhei.

— Lembra o que eu disse a você quando começamos a treinar?

Faço que sim e imito a voz cansada de Mama Agba:

— *Se for caçar briga com guardas, melhor aprender como vencer.*

Embora ela me dê um tapa na cabeça, sua gargalhada alta ecoa nas paredes de junco. Entrego para ela o bastão, e ela o bate no chão; a arma se encolhe até virar a vareta de metal.

— Você sabe como vencer — diz ela. — Só precisa saber direito quando lutar.

Orgulho, honra e dor rodopiam no meu peito quando Mama Agba pousa o bastão de volta na minha mão. Sem confiar nas minhas palavras, abraço sua cintura e inalo o cheiro familiar de tecido recém-lavado e chá doce.

Embora Mama Agba fique rígida no início, ela me abraça forte, afastando a dor com seu aperto. Ela me afasta para falar algo mais, mas não continua pois os panos da ahéré se abrem de novo.

Agarro a vareta de metal, preparada para usá-la, mas reconheço meu irmão mais velho, Tzain, em pé na entrada. A cabana de junco instantaneamente se reduz com sua presença enorme, todo músculo e força. Tendões inflados sob a pele escura. O suor escorre de seus cabelos pretos para a testa. Seus olhos se fixam nos meus, e uma pressão aguda aperta meu coração.

— É o Baba.

CAPÍTULO DOIS

·—✧—◁—◇—▷—◇—✧—·

ZÉLIE

As últimas palavras que eu queria ouvir.

É o Baba significa que acabou.

É o Baba significa que ele está ferido, ou pior...

Não. Refreio meus pensamentos enquanto corremos pelas tábuas de madeira do bairro dos mercadores. *Ele está bem*, juro a mim mesma. *Seja o que for, ele vai sobreviver.*

Ilorin desperta com o sol, trazendo nossa vila costeira à vida. Ondas batem contra os pilares de madeira que mantêm nosso povoado flutuante, cobrindo nossos pés com a bruma. Como uma aranha presa na teia do mar, nossa vila fica sobre oito pernas de toras, todas conectadas no centro. É para esse centro que corremos agora. O centro que nos aproxima de Baba.

— Cuidado — grita uma mulher kosidán enquanto passamos correndo, quase derrubando um cesto de banana-da-terra de seus cabelos pretos. Talvez, se percebesse que meu mundo está desmoronando, ela pudesse me perdoar.

— O que aconteceu? — arfo.

— Não sei. — Tzain continua correndo. — Ndulu apareceu no treino de agbön. Disse que Baba estava em apuros. Estava indo para casa, mas Yemi me disse que vocês tiveram problemas com os guardas.

Ai, meus deuses, e se for um daqueles da cabana de Mama Agba? O medo esgueira-se na minha consciência enquanto ziguezagueamos pelas mercadoras e artesãos que apinham a alameda de madeira. O guarda que me atacou podia ter ido atrás de Baba. E logo ele iria atrás...

— Zélie! — grita Tzain com um tom que indica que não é a primeira tentativa de chamar a minha atenção. — Por que você deixou ele sozinho? Era sua vez de ficar!

— Hoje era a luta de graduação! Se eu perdesse...

— Que droga, Zél! — O rugido de Tzain faz os outros aldeões se virarem. — Está falando sério? Você deixou Baba por conta dessa vareta idiota?

— Não é uma vareta, é uma arma — retruco. — E não abandonei. Baba dormiu demais. Precisava descansar. E eu fiquei todos os dias desta semana...

— Porque eu fiquei todos os dias na semana passada!

Tzain salta sobre uma criança engatinhando, os músculos contraindo quando ele aterrissa. Uma garota kosidán sorri quando ele passa, esperando que uma onda de flerte interrompa sua corrida. Mesmo agora, os aldeões gravitam na direção de Tzain como ímãs para um metal. Não preciso abrir caminho — uma olhada para o meu cabelo branco e as pessoas me evitam como se eu fosse uma praga infecciosa.

— Os Jogos Orïshanos são daqui a duas luas — continua Tzain. — Você sabe o que ganhar esse tanto de moedas poderia fazer por nós? Quando treino, *você* precisa ficar com Baba. Que parte disso é difícil entender? Droga.

Tzain resvala até parar diante do mercado flutuante no centro de Ilorin. Cercado por uma passarela retangular, o trecho de mar aberto está cheio de aldeões regateando dentro de seus barcos-cocos redondos. Antes de os negócios do dia começarem, podemos correr pela ponte noturna até nossa casa, no setor dos pescadores. Mas o mercado abriu mais cedo, e não se vê a ponte em lugar nenhum. Temos que ir pelo caminho mais longo.

Sempre atleta, Tzain dispara, correndo pela passarela que cerca o mercado para chegar a Baba. Começo a segui-lo, mas paro quando vejo os barcos-cocos.

Os mercadores e os pescadores fazem escambo, trocando frutas frescas pelo melhor da pesca do dia. Quando os tempos são bons, os negócios são tranquilos — todo mundo aceita um pouco menos para dar aos outros um pouco mais. Mas hoje todos estão em disputa, exigindo bronze e prata em vez de promessas e peixes.

Os impostos...

O rosto desprezível do guarda preenche minha cabeça enquanto o fantasma de sua pegada queima na minha coxa. A lembrança de seu olhar de ódio me impulsiona. Pulo no primeiro barco.

— Zélie, cuidado! — grita Kana, agarrando suas preciosas frutas. A jardineira da nossa vila ajusta seu lenço na cabeça e olha feio quando pulo em uma barcaça de madeira fervilhando com peixes-luas azuis.

— Desculpa!

Grito desculpa atrás de desculpa, saltando de barco em barco como um sapo de nariz vermelho. Quando aterrisso no deque do setor dos pescadores, saio em disparada, saboreando a sensação dos meus pés batendo nas tábuas. Embora Tzain esteja bem atrás de mim, continuo a correr. Preciso chegar a Baba primeiro. Se a situação for ruim, Tzain vai precisar de um alerta.

Se Baba estiver morto...

O pensamento transforma minhas pernas em chumbo. Ele não pode estar morto. Já amanheceu, precisamos carregar nosso barco e sair para o mar. Quando jogarmos nossas redes, a primeira leva já vai ter passado. Quem vai me dar bronca por isso se Baba estiver morto?

Recordo como ele estava antes de eu sair, desmaiado na nossa ahéré vazia. Mesmo dormindo, parecia acabado, como se o maior repouso não pudesse descansá-lo. Esperava que ele não acordasse até eu voltar, mas devia ter imaginado. Quando ele fica parado, precisa lidar com sua dor, com seus lamentos.

E eu...

Eu e meus erros imbecis.

A multidão reunida fora de minha ahéré me faz cambalear até parar. As pessoas bloqueiam minha vista do oceano, apontando e gritando para algo que não consigo ver. Antes que possa abrir caminho, Tzain atropela a multidão. Quando o caminho se abre, meu coração tem um sobressalto.

Quase meio quilômetro mar adentro, um homem se debate, com as mãos escuras se agitando em desespero. Ondas gigantes batem sobre a cabeça da pobre alma, afundando-a a cada impacto. O homem grita por ajuda com a voz abafada e fraca. Mas é uma voz que eu reconheceria em qualquer lugar.

A voz do meu pai.

Dois pescadores estão remando na direção dele, frenéticos nos remos dos barcos-cocos. Mas a força das ondas os empurra para trás. Eles nunca chegarão até ele a tempo.

— Não! — grito, aterrorizada, quando a corrente puxa Baba para baixo da água. Embora espere que ele emerja, nada rompe as ondas vingativas. Chegamos tarde demais.

Baba se foi.

Aquilo me atinge como um bastão no peito. Na cabeça. No coração.

Em um instante, o ar desaparece do meu mundo, e eu esqueço como se faz para respirar.

Mas enquanto me esforço para permanecer de pé, Tzain se lança em ação. Grito quando ele mergulha na água, cortando as ondas com a força de um tubarão de duas barbatanas.

Tzain nada com um frenesi que nunca presenciei. Em momentos, ele ultrapassa os barcos. Segundos depois, chega à área onde Baba afundou e mergulha.

Vamos. Meu peito aperta-se tanto que juro sentir minhas costelas estalarem. Mas quando Tzain reemerge, está de mãos vazias. Nada de corpo.

Nada de Baba.

Arfando, Tzain mergulha de novo, batendo as pernas com mais força dessa vez. Os segundos sem ele estendem-se por uma eternidade. *Ai, meus deuses...*

Eu poderia perder os dois.

— Vamos — sussurro de novo enquanto encaro as ondas onde Tzain e Baba desapareceram. — *Voltem.*

Já sussurrei essas palavras antes.

Quando criança, uma vez assisti a Baba resgatar Tzain das profundezas de um lago, arrancando-o das algas que o prendiam embaixo d'água. Ele apertou o peito frágil de Tzain, mas Baba não conseguiu fazê-lo respirar, e foi Mama e sua magia que o salvaram. Ela arriscou tudo, violando a lei dos maji ao invocar os poderes proibidos em seu sangue. Ela teceu seus encantamentos dentro de Tzain como um fio, trazendo-o de volta à vida com a magia dos mortos.

Todos os dias desejo que Mama ainda estivesse viva, mas não mais que neste momento. Desejo que a magia que corria pelo seu corpo corra pelo meu também.

Desejo poder manter Tzain e Baba vivos.

— Por favor. — Apesar de tudo em que acredito, fecho meus olhos e rezo, como fiz naquele dia. Se ainda houver alguma deusa lá em cima, preciso que me ouça agora.

— Por favor! — As lágrimas escapam por meus cílios. A esperança murcha dentro do meu peito. —Volte com eles. Por favor, Oya, não leve eles também...

— *Ugh!*

Meus olhos se abrem quando Tzain irrompe do oceano, com um braço ao redor do peito de Baba. Um litro de água parece escapar da garganta de Baba quando ele tosse, mas ele está aqui.

Ele está vivo.

Caio de joelhos, quase despencando na passarela de madeira.

Meus deuses…

Não é nem meio-dia, e eu já pus duas vidas em risco.

·—✦·◁·◇·▷·✦—·

SEIS MINUTOS.

Foi o tempo que Baba se debateu no mar.

Foi o tempo que ele lutou contra a corrente, que seus pulmões ansiaram por ar.

Quando nos sentamos em silêncio em nossa ahéré vazia, não consigo tirar esse número da cabeça. Pelo jeito que Baba treme, fico convencida de que esses seis minutos tiraram dez anos de sua vida.

Isso não deveria ter acontecido. É cedo demais para ter arruinado o dia inteiro. Eu deveria estar lá fora, limpando a pesca da manhã com Baba. Tzain deveria ter voltado do treino de agbön para ajudar.

Em vez disso, Tzain observa Baba, braços cruzados, enfurecido demais para me encarar. Neste momento, minha única amiga é Nailah, a leonária fiel que crio desde que era um filhote ferido. Ela não é mais um bebê; minha montaria é mais alta que eu, e nas quatro patas chega ao pescoço de Tzain. Dois chifres denteados saem detrás das orelhas, perigosamente próximos de furar nossas paredes de junco. Estendo a mão, e Nailah abaixa instintivamente a cabeça gigante, com cuidado para manobrar as presas curvadas sobre a mandíbula. Ela ronrona quando coço seu focinho. Ao menos alguém não está zangado comigo.

— O que aconteceu, Baba?

A voz áspera de Tzain rompe o silêncio. Esperamos uma resposta, mas a expressão de Baba permanece neutra. Ele olha para o chão com um vazio que faz meu coração doer.

— Baba? — Tzain curva-se para fitar os olhos dele. — Você se lembra do que aconteceu?

Baba puxa o cobertor mais para si.

— Eu tinha que pescar.

— Mas você não pode ir sozinho! — exclamo.

Baba encolhe-se, e Tzain me olha com raiva, forçando meu tom a se suavizar.

— Seus apagões estão piorando — tento de novo. — Por que não me esperou voltar para casa?

— Não tinha tempo. — Baba balança a cabeça. — Os guardas vieram. Disseram que eu tinha que pagar.

— Quê? — As sobrancelhas de Tzain se franzem. — Por quê? Eu paguei semana passada.

— É um imposto de divinal. — Agarro o tecido largo da minha calça, ainda assombrada pelo toque do guarda. — Eles foram ver Mama Agba também. Provavelmente estão indo em cada casa de divinal em Ilorin.

Tzain aperta o punho na testa como se pudesse atravessar o próprio crânio. Quer acreditar que seguir as regras da monarquia vai nos manter em segurança, mas nada pode nos proteger quando essas regras têm suas raízes no ódio.

A mesma culpa de antes reemerge, apertando-se até mergulhar no meu peito. Se eu não fosse uma divinal, eles não estariam sofrendo. Se Mama não tivesse sido uma maji, ainda estaria viva.

Enterro os dedos nos cabelos, arrancando, sem querer, alguns fios do couro cabeludo. Parte de mim considera raspar a cabeça, mas mesmo sem os cabelos brancos, minha herança maji amaldiçoaria nossa família. Somos o povo que enche as prisões do rei, o povo que nosso reino transforma em trabalhadores forçados. O povo que os orïshanos tentam caçar por nossas feições, declarando ilegal nossa linhagem, como se os cabelos brancos e a magia morta fossem uma mancha social.

Mama costumava dizer que, no início, os cabelos brancos eram um sinal dos poderes do céu e da terra. Continham a beleza, a virtude e o amor, significavam que éramos abençoados pelos deuses. Mas quando tudo mudou, a magia se transformou em algo a ser detestado. Nossa herança se transformou em uma coisa odiosa.

É uma crueldade que tive que aceitar, mas sempre que vejo essa dor imposta a Tzain ou a Baba, ela atinge novas profundidades. Baba ainda está tossindo água salgada, e somos forçados a pensar em como vamos nos sustentar.

— Que tal peixe-vela? — pergunta Tzain. — Podemos pagá-los com isso.

Ando até o fundo da cabana e abro nossa pequena caixa térmica de ferro. Em um banho de água salgada gelada está um peixe-vela de cauda vermelha que conseguimos ontem, suas escamas brilhantes são a promessa de um sabor delicioso. Um achado raro no Mar Warri, é valioso demais para comermos. Mas se os guardas aceitassem...

— Eles se recusaram a receber em peixe — murmura Baba. — Eu precisava de bronze. Prata. — Ele massageia a têmpora como se pudesse fazer o mundo todo desaparecer. — Eles me disseram para arranjar a moeda ou forçariam Zélie a ir para as colônias.

Meu sangue gela. Eu me viro rápido, incapaz de esconder o medo. Comandadas pelo exército do rei, as colônias atuam como a força de trabalho de nosso reino, e se espalham por toda Orïsha. Sempre que alguém não consegue pagar os impostos, eles exigem trabalho para compensar a dívida com o rei. Aqueles que acabam nas colônias se esfalfam pela eternidade, erigindo palácios, construindo estradas, minando carvão e coisas do tipo.

É um sistema que serviu bem a Orïsha no passado, mas desde a Ofensiva não é mais que uma sentença de morte sancionada pelo Estado. Uma desculpa para render meu povo, como se a monarquia precisasse de uma. Com todos os divinais que foram deixados órfãos com a Ofensiva, não conseguimos pagar os altos impostos da monarquia. Somos os verdadeiros alvos de cada aumento de tributos.

Droga. Luto para segurar meu terror. Se for forçada a ir para as colônias, nunca voltarei. Ninguém que entra escapa. O trabalho deve durar apenas até a dívida original ser paga, mas como os impostos continuam subindo, a dívida também sobe. Esfaimados, espancados, e coisa pior, os divinais são transportados como gado. Forçados a trabalhar até o corpo se render.

Enfio a mão na água fresca do mar para acalmar meus nervos. Não posso deixar que Baba e Tzain saibam o quanto estou assustada. Só vai piorar as coisas. Mas quando meus dedos começam a tremer, não sei se é pelo frio ou por meu terror. Por que isso está acontecendo? Quando as coisas ficaram tão ruins?

— Não — sussurro.

Pergunta errada.

Não deveria estar perguntando quando as coisas ficaram tão ruins. Deveria perguntar por que pensei que as coisas tinham melhorado.

Olho para a flor crochetada na rede da janela de nossa cabana, um copo-de-leite preto, a única conexão viva com Mama que me resta. Quando morávamos em Ibadan, ela deixava copos-de-leite na janela de nossa antiga casa para honrar sua mãe, um tributo que os maji prestavam a seus mortos.

Em geral, quando olho para a flor, me lembro do sorriso largo que vinha dos lábios de Mama quando ela inalava seu aroma de canela. Hoje, tudo o que vejo em suas folhas murchas é a corrente negra de majacita que tomou o lugar do amuleto de ouro que ela sempre usou ao redor do pescoço.

Embora a lembrança tenha onze anos, é mais nítida agora do que a minha visão.

Naquela noite, tudo foi horrível. A noite em que o rei Saran capturou meu povo diante de todos, declarando guerra contra os maji de hoje e de amanhã. A noite em que a magia morreu.

A noite em que perdemos tudo.

Baba estremece, e eu corro para ele, pousando a mão em suas costas para mantê-lo sentado. Seus olhos não têm raiva, apenas derrota. Enquanto ele se agarra ao cobertor surrado, desejo poder ver o guerreiro que conheci quando criança. Antes da Ofensiva, ele podia combater três homens armados sem nada além de uma faca de esfolar na mão. Mas depois da surra que tomou naquela noite, demorou umas cinco luas para ele conseguir falar.

Acabaram com ele naquela noite, arrasaram seu coração e estilhaçaram sua alma. Talvez tivesse se recuperado se não houvesse acordado e encontrado o corpo de Mama pendurado nas correntes pretas. Mas encontrou.

Desde então, nunca foi o mesmo.

— Tudo bem — suspira Tzain, sempre buscando uma brasa em meio às cinzas. — Vamos sair com o barco. Se sairmos agora...

— Não adianta — interrompo. — Você viu o mercado. Todo mundo se esfalfando para pagar o imposto. Mesmo se a gente conseguir pescar alguma coisa, qualquer moeda sobrando já vai ter sumido.

— E não temos um barco — murmura Baba. — Perdi esta manhã.

— Quê? — Não havia percebido que o barco não estava lá fora. Viro-me para Tzain, pronto para ouvir seu novo plano, mas ele desmorona no chão de junco.

Acabou... Recosto-me à parede e fecho os olhos.

Sem barco, sem moeda.

Não há como evitar as colônias.

Um silêncio pesado desce sobre a ahéré, cimentando a minha sentença. *Talvez eu seja designada para o palácio.* Servir nobres mimados seria preferível a tossir pó de carvão nas minas de Calabrar ou sofrer em qualquer outro meio abominável em que os colonos exploram divinais. Pelo que ouvi, os bordéis subterrâneos não são nem de longe o pior que os colonos podem me obrigar a fazer.

Tzain mexe-se no canto. Eu o conheço. Vai se oferecer para ir no meu lugar. Mas quando me preparo para contestar, o pensamento do palácio real me traz uma ideia.

— Que tal irmos para Lagos? — pergunto.

— Fugir não vai funcionar.

— Não é fugir. — Balanço a cabeça. — Aquele mercado é cheio de nobres. Posso negociar o peixe-vela lá.

Antes que algum dos dois possa comentar minha genialidade, pego papel pardo e corro até o peixe-vela.

— Vou voltar com três luas de impostos. E moeda para um novo barco. — E Tzain poderá se concentrar em suas partidas de agbön. Baba poderá finalmente descansar um pouco. *Eu posso ajudar.* Sorrio para mim mesma. Finalmente posso fazer alguma coisa.

— Você não pode ir. — A voz cansada de Baba interrompe meus pensamentos. — É perigoso demais para uma divinal.

— Mais perigoso do que as colônias? — pergunto. — Porque, se eu não fizer isso, é para onde vou.

— Eu vou para Lagos — contesta Tzain.

— Não vai, não. — Enfio o peixe-vela enrolado na minha bolsa. — Você mal consegue negociar. Vai estragar o negócio todo.

— Posso conseguir menos moeda, mas sei me proteger.

— Eu também sei. — Aceno com o bastão de Mama Agba antes de jogá-lo na minha bolsa.

— Baba, por favor. — Tzain me afasta. — Se Zél for, ela vai fazer alguma bobagem.

— Se eu for, voltarei com mais moeda do que jamais vimos.

A sobrancelha de Baba se arqueia enquanto ele delibera.

— Zélie deve fazer a negociação...

— *Obrigada.*

— ... mas, Tzain, mantenha ela na linha.

— Não. — Tzain cruza os braços. — Você precisa de um de nós aqui, caso os guardas voltem.

— Me levem até a casa de Mama Agba — diz Baba. — Ela vai me esconder lá até vocês voltarem.

— Mas Baba...

— Se vocês não saírem agora, não vão voltar até o cair da noite.

Tzain fecha os olhos, ficando rígido de frustração. Começa a botar a sela em Nailah enquanto eu ajudo Baba a se levantar.

— Estou confiando em você — murmura Baba, baixinho para Tzain não ouvir.

— Eu sei. — Amarro o cobertor surrado ao redor de seu corpo magro. — Não vou vacilar de novo.

CAPÍTULO TRÊS

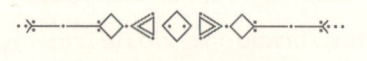

AMARI

— Amari, sente-se direito!

— Pelo amor dos céus...

— Você já comeu sobremesa suficiente.

Abaixo o garfo com um pedaço de torta de coco e empertigo os ombros, quase impressionada pelo número de críticas que minha mãe consegue sibilar em um minuto. Ela está sentada na ponta da mesa de latão com um gèle dourado enrolado na cabeça, que parece capturar toda a luz na sala, brilhando contra sua tez macia e acobreada.

Ajusto meu gèle azul-marinho e tento parecer régia, desejando que a criada não tivesse apertado tanto. Enquanto me contorço, os olhos âmbar de minha mãe observam as olóyès vestidas com as roupas mais finas, procurando hienárias escondidas no bando. Nossa nobreza feminina abre sorrisos, embora eu saiba que fuxicam sobre nós por trás.

— Ouvi dizer que ela foi mandada para a ala ocidental...

— É escura demais para ser do rei...

— Meus serviçais juram que a comandante está grávida de um filho de Saran...

Seus segredos transparecem como diamantes reluzentes, como se bordados em suas batas e saias ìró enroladas. Suas mentiras e perfumes de lírio maculam o aroma de mel dos bolos doces que não tenho mais permissão para comer.

— E qual é a sua opinião, princesa Amari?

Ergo os olhos do maravilhoso pedaço de torta para encarar olóyè Ronke me observando em expectativa. Sua ìró esmeralda cintila contra a pele cor de mogno, escolhida precisamente pelo modo como brilha frente ao estuque branco das paredes do salão de chá.

— Perdão?

— Sobre uma visita a Zaria. — Ela se inclina para frente até o grande rubi que pende de sua garganta roçar a mesa. A joia extravagante serve como lembrança constante de que olóyè Ronke não nasceu com lugar garantido em nossa mesa. Ela o comprou. — Ficaríamos honrados em tê-la em nossa mansão. — Ela brinca com a grande pedra vermelha, os lábios curvando-se enquanto me flagra encarando-a. — Tenho certeza de que poderíamos encontrar uma joia como esta para você também.

— Que gentileza de sua parte — enrolo, traçando o caminho de Lagos a Zaria na mente. Muito além da Cordilheira de Olasimbo, Zaria fica na ponta norte de Orïsha, à beira do Mar Adetunji. Meu pulso acelera quando penso em visitar o mundo além das muralhas do palácio.

— Obrigada — falo por fim. — Ficaria honrada...

— Mas infelizmente Amari não pode — interrompe minha mãe, franzindo a testa sem o menor traço de tristeza. — Ela está no meio dos estudos e já está atrasada em aritmética. Atrapalharia demais parar agora.

A empolgação crescente no meu peito murcha. Remexi a torta intocada no meu prato. Minha mãe raramente permite que eu saia do palácio. Já deveria saber que não adiantaria ter esperança.

— Talvez no futuro — digo em voz baixa, rezando para que esta pequena indulgência não provoque a ira de minha mãe. — Você deve amar viver lá... ter o mar a seus pés e as montanhas às costas.

— É só rocha e água. — Samara, a filha mais velha de olóyè Ronke, franze seu nariz largo. — Nada comparado a este palácio maravilhoso. — Ela abre um sorriso para minha mãe, mas sua doçura desaparece quando se volta para mim. — Além disso, Zaria está *cheia* de divinais. Ao menos, em Lagos, os vermes sabem se manter em suas favelas.

Fico tensa com a crueldade das palavras de Samara, que parecem ecoar no ar ao redor. Olho para trás para ver se Binta ouviu, mas minha amiga mais antiga parece não estar no salão. Como a única divinal trabalhando na parte superior do palácio, minha camareira sempre se destacou, uma sombra viva sempre ao meu lado. Mesmo com a touca que Binta usa sobre os cabelos brancos, ela ainda fica isolada do restante da equipe de criados.

— Posso ajudá-la, princesa?

Viro-me para o outro lado e vejo uma criada que não reconheço: uma garota com pele castanha e olhos grandes, redondos. Ela pega minha xícara meio vazia e substitui por outra. Olho para o chá âmbar; se Binta estivesse aqui, teria posto discretamente uma colherada de açúcar em minha xícara quando minha mãe não estivesse olhando.

— Você viu Binta?

A garota recua de repente, com os lábios apertados.

— O que foi?

Ela abre a boca, mas seus olhos percorrem as mulheres à mesa.

— Binta foi convocada à sala do trono, Vossa Alteza. Poucos minutos antes de o almoço começar.

Franzo a testa e inclino a cabeça. O que meu pai poderia querer com Binta? De todos os criados do palácio, ele nunca a chama. Raramente convoca *qualquer* criado.

— Ela disse por quê? — pergunto.

A garota nega com a cabeça e baixa a voz, escolhendo cada palavra com cuidado.

— Não. Mas os guardas *escoltaram* ela até lá.

Um gosto azedo sobe pela minha língua, amargo e obscuro enquanto atravessa minha garganta. Os guardas neste palácio não escoltam. Eles levam.

Eles exigem.

A garota parece desesperada para falar mais, mas minha mãe lança a ela um olhar raivoso. A mão fria da minha mãe belisca meu joelho embaixo da mesa.

— *Pare de falar com a criadagem.*

Viro para frente e abaixo a cabeça, escondendo-me do olhar dela, que estreita os olhos como um falcão-de-fogo do peito vermelho à caça, apenas no aguardo para ver se eu a envergonho de novo. Mas, apesar de sua frustração, não consigo tirar Binta da cabeça. Meu pai sabe de nossa proximidade — se precisava de algo dela, por que não pediu para mim?

Olho os jardins reais através das janelas envidraçadas enquanto minhas perguntas aumentam, ignorando as gargalhadas vazias das olóyès ao redor. Com um impulso, as portas do palácio se abrem de uma vez.

Meu irmão entra a passos largos.

Inan é imponente, bonito em seu uniforme, enquanto se prepara para liderar sua primeira patrulha por Lagos. Está radiante entre seus colegas guardas, o capacete decorado refletindo a recente promoção a capitão. Sorrio a contragosto, desejando poder fazer parte de seu dia especial. Isso é tudo o que ele sempre quis. Finalmente está se realizando.

— Ele é impressionante, não é? — Samara fixa os olhos castanho-claros em meu irmão com um desejo assustador. — O capitão mais jovem da história. Dará um rei excelente.

— É verdade. — Minha mãe se ilumina, inclinando-se para mais perto da filha que não vê a hora de ter. — Embora eu desejasse que a promoção não viesse acompanhada de tanta violência. Nunca se sabe o que um verme desesperado poderia tentar contra o príncipe herdeiro.

As olóyès assentem e emitem opiniões inúteis enquanto beberico meu chá em silêncio. Falam de nossos súditos com tanta leviandade, como se estivessem discutindo os gèles cravejados de diamante que abundam na moda de Lagos. Viro-me para a criada que me contou sobre Binta. Embora ela esteja longe da mesa, um tremor nervoso ainda sacode sua mão...

— Samara. — A voz de minha mãe interrompe meus pensamentos, trazendo meu foco de volta. — Comentei como você está régia hoje?

Mordo a língua e termino o restante de meu chá. Embora minha mãe diga "régia", as palavras "mais clara" se escondem por trás de seus lábios. Como as olóyès régias que podem orgulhosamente rastrear sua linhagem até as primeiras famílias reais a usar a coroa de Orïsha.

Não são *comuns*, como os camponeses que se esfalfam nos campos de Minna, ou os próprios mercadores de Lagos que regateiam suas mercadorias ao sol. Não são *desafortunadas* como eu, a princesa que a mãe fica quase envergonhada de reclamar como sua filha.

Quando espio Samara por cima da xícara, fico surpresa com sua nova tez, de um marrom suave. Apenas poucos almoços atrás ela partilhava da cor de mogno de sua mãe.

— Muita gentileza sua, Vossa Majestade. — Samara baixa os olhos para o vestido em falsa modéstia, alisando amarrotados inexistentes.

— Você deve compartilhar seu regime de beleza com Amari. — Minha mãe pousa a mão fria em meu ombro, os dedos claros contra minha pele escura e acobreada. — Ela passeia tanto nos jardins que está começando a parecer uma camponesa. — Ela ri, como se uma horda de criados não me cobrisse com guarda-sóis sempre que eu piso lá fora. Como se ela não tivesse me coberto de pó antes deste almoço começar, xingando o jeito como minha pele faz a nobreza fofocar de que ela dormiu com um criado.

— Não é necessário, mãe. — Eu me encolho, lembrando-me da dor aguda e do fedor de vinagre de seu último preparado cosmético.

— Ah, seria um prazer. — Samara sorri.

— Sim, mas...

— Amari. — Minha mãe me interrompe com um sorriso tão tenso que quase racha sua pele. — Ela adoraria, Samara, especialmente antes de a corte começar.

Tento engolir o nó na garganta, mas quase me engasgo. Nesse momento, o cheiro de vinagre fica tão forte que eu já consigo senti-lo queimar minha pele.

— Não se preocupe. — Samara pega minha mão, entendendo errado minha angústia. — Você vai acabar amando a corte. É realmente divertida.

Forço um sorriso e tento soltar a mão, mas Samara a aperta mais forte, como se eu não tivesse permissão para me afastar. Seus anéis de ouro pressionam minha pele, cada aro incrustado com uma pedra especial. De um anel sai uma corrente delicada, ligada a uma pulseira adornada com nosso selo monárquico: um leopanário-das-neves ornado com diamantes.

Samara usa a pulseira com orgulho. Sem dúvida, um presente de minha mãe. Mesmo sem querer, admiro sua beleza. Tem mais diamantes que a mi...

Pelos céus...

Não é minha. Não mais.

O pânico me invade quando me lembro do que aconteceu com minha pulseira. Aquela que dei a Binta.

Ela não queria aceitar; temia o preço de um presente da família real. Mas meu pai aumentou os impostos dos divinais. Se não vendesse minha pulseira, ela e sua família perderiam a casa.

Eles devem ter descoberto, penso. *Devem pensar que Binta é uma ladra.* Por isso ela foi convocada à sala do trono. Por isso precisou ser *escoltada*.

Pulo do meu assento. As pernas da cadeira rangem contra o ladrilho. Imagino os guardas agarrando as mãos delicadas de Binta.

Imagino meu pai golpeando com sua espada.

— Perdoem-me — digo enquanto me afasto.

— Amari, sente-se.

— Mãe, eu...

— Amari...

— Mãe, por favor!

Alto demais.

Sei disso no instante em que as palavras deixam minha boca. Minha voz aguda ecoa pelas paredes do salão de chá, silenciando todas as conversas.

— M-me desculpe — gaguejo. — Não me sinto bem.

Com todos os olhos queimando nas minhas costas, vou para a porta. Sinto o calor da ira de minha mãe, mas não tenho tempo para isso agora. No momento em que a porta se fecha, começo a correr, erguendo meu pesado vestido. Minhas sandálias de salto estalam no ladrilho enquanto disparo pelos corredores.

Como pude ser tão estúpida?, eu me repreendo, desviando de um criado. Devia ter saído no momento em que a garota me contou sobre a convocação de Binta. Se a situação fosse inversa, Binta não teria perdido um instante.

Ai, céus, praguejo, passando pelos vasos esguios de rosas-do-deserto vermelhas no saguão, pelos retratos de meus ancestrais reais me olhando furiosos. *Por favor, esteja bem.*

Atenho-me a essa esperança silenciosa enquanto viro a esquina para o corredor principal. O ar está denso de calor, dificultando ainda mais a respiração. Meu coração palpita na garganta quando reduzo a velocidade diante da sala do trono, o lugar que mais temo. O primeiro lugar onde ele ordenou que Inan e eu lutássemos.

O lar de tantas das minhas cicatrizes.

Pego as cortinas de veludo que pendem diante das portas pretas de carvalho. Minhas mãos cobertas de suor encharcam o tecido fino. *Talvez ele não me dê ouvidos.* Eu entreguei a pulseira. Meu pai poderia me punir no lugar de Binta.

Uma vibração de medo percorre minha coluna, fazendo meus dedos formigarem. *Faça isso por Binta.*

— Por Binta — sussurro.

Minha amiga mais antiga. Minha *única* amiga.

Preciso mantê-la em segurança.

Respiro fundo e limpo o suor das mãos, saboreando meus últimos segundos. Meus dedos mal encostam na maçaneta brilhante por trás das cortinas quando...

— O quê?

A voz de meu pai estronda por trás das portas fechadas como o rugido de um gorílio selvagem. Meu coração dispara. Já ouvi meu pai gritar, mas nunca desse jeito. *Estou atrasada?*

A porta abre-se de uma vez, e eu salto para trás quando vários guardas e abanadores correm da sala do trono como ladrões em fuga. Eles agarram os nobres e criados que perambulam pelo corredor principal e os afastam, deixando-me sozinha.

Vá. Minhas pernas latejam quando a porta começa a se fechar. O humor de meu pai já está azedo. Mas preciso encontrar Binta. Pelo que sei, ela pode estar presa lá dentro.

Não posso deixar que ela enfrente meu pai sozinha.

Avanço, segurando a porta pouco antes que se feche. Apoio os dedos em um dos lados e abro uma fresta, espreitando.

— O que você quer dizer? — grita meu pai de novo, perdigotos voando sobre a barba. As veias pulsam sob sua pele de mogno, brilhante contra o agbádá vermelho que usa.

Abro a porta mais um fio, temendo avistar a figura magra de Binta. Mas, em vez disso, vejo o almirante Ebele encolhido diante do trono. Contas de suor cobrem sua careca enquanto encara qualquer coisa, menos meu pai. Atrás dele, a comandante Kaea está empertigada, os cabelos caindo pela nuca em uma trança apertada, brilhante.

— Os artefatos surgiram na costa de Warri, um pequeno vilarejo à beira-mar — explica Kaea. — Sua proximidade ativou habilidades latentes em alguns divinais locais.

— Habilidades latentes?

Kaea engole em seco; seus músculos ficam tensos sob a pele castanho-clara. Ela dá ao almirante Ebele a chance de falar, mas o almirante fica em silêncio.

— Os divinais se transformaram. — Kaea encolhe-se, como se as palavras lhe causassem dor física. — Os artefatos despertaram seus poderes, Vossa Majestade. Os divinais se tornaram maji.

Ofego, mas rapidamente cubro a boca para abafar o som. *Maji? Em Orïsha? Depois de todo esse tempo?*

Uma ponta cega de medo percorre meu peito, tornando cada respiração difícil quando abro a porta mais um pouco para ter uma visão melhor. *Não pode ser*, espero meu pai dizer. *Isso seria...*

— Impossível — diz ele por fim, a voz quase um sussurro. Ele agarra o pomo de sua espada de majacita preta com tanta força que os nós dos dedos estalam.

— Temo que não, Vossa Majestade. Vi com meus olhos. A magia deles é fraca, mas existe.

Pelos céus... O que isso significa para nós? O que acontecerá à monarquia? Os maji já estão planejando um ataque? Teremos chance de contra-atacar?

Lembranças de meu pai antes da Ofensiva vêm à mente, um homem paranoico, com dentes cerrados e cabelos ficando sempre mais grisalhos. O homem que ordenou que Inan e eu fôssemos para o porão do palácio, pondo espadas em nossas mãos, embora fôssemos jovens e fracos demais para erguê-las.

Os maji virão atrás de vocês, ele nos alertou. Dizia a mesma coisa sempre que nos forçava a lutar. *Quando vierem, precisam estar preparados.*

A lembrança da dor apunhala minhas costas enquanto observo o rosto pálido de meu pai. Seu silêncio é mais intimidador que sua fúria. Almirante Ebele está quase tremendo.

— Onde estão os maji agora?

— Foram descartados.

Meu estômago aperta-se e eu prendo o fôlego, forçando o chá do almoço a voltar. Aqueles maji foram mortos. Assassinados.

Lançados no fundo do mar.

— E os artefatos? — pressiona meu pai, inabalável pela morte dos maji. Se fosse por ele, provavelmente "descartaria" o restante deles.

— Estou com o pergaminho. — Kaea enfia a mão no peitoral da armadura e puxa um pergaminho envelhecido. — Assim que o descobri, cuidei das testemunhas e vim diretamente para cá.

— E a pedra do sol?

Kaea lança um olhar tão afiado para Ebele que poderia cortá-lo. Ele pigarreia, como se estivesse postergando até o último segundo antes de dar a notícia.

— A pedra foi roubada de Warri antes de chegarmos, Vossa Alteza. Mas já estamos rastreando. Temos nossos melhores homens em seu encalço. Sem dúvida vão recuperá-la logo.

A fúria do meu pai fervilha como o calor que aumenta.

— Sua missão era destruir esses artefatos — sibila ele. — *Como* isso aconteceu?

— Eu tentei, Vossa Majestade! Depois da Ofensiva, tentei por luas. Fiz tudo o que podia para destruí-los, mas os artefatos estavam enfeitiçados. — Os olhos de Ebele voltam-se para Kaea, mas ela olha para frente. Ele pigarreia de novo. O suor empoça nas dobras de seu queixo.

— Quando rasguei o pergaminho, ele se uniu de novo. Quando o queimei, ele se formou de novo das cinzas. Pedi para meu guarda mais forte pegar uma maça e quebrar a pedra do sol, e ela não sofreu um arranhão! Como aqueles malditos artefatos não quebravam ou rasgavam, tranquei-os em uma arca de ferro e os mergulhei no Mar Banjoko. Nunca teriam parado na costa! Não sem magi...

Ebele segura-se antes de pronunciar a palavra.

— Juro, Vossa Alteza. Fiz o que pude, mas parece que os deuses têm outros planos.

Os deuses? Eu me inclino. Será que Ebele perdeu a cabeça? Deuses não existem. Todos no palácio sabem disso.

Espero meu pai reagir à tolice dele, mas seu rosto permanece impassível. Ele se levanta do trono, calmo e calculista. Então, rápido como uma víbora, ele dá o bote, agarrando Ebele pela garganta.

— Diga, almirante. — Ele ergue o corpo de Ebele no ar e o aperta. — Que planos o senhor mais teme? O dos deuses? *Ou os meus?*

Recuo, afastando-me enquanto Ebele arfa em busca de ar. Esse é o lado de meu pai que odeio, o lado que tento muito não ver.

— Eu... eu juro — sibila Ebele. — Vou resolver. Eu juro!

Meu pai solta-o como a um pedaço de fruta podre. Ebele ofega e massageia o pescoço; as escoriações já escurecem a pele acobreada. Meu pai vira-se para o pergaminho na mão de Kaea.

— Me mostre — ordena.

Kaea dá um sinal, gesticulando para alguém fora da minha visão. As botas retinem contra o ladrilho. É quando eu a vejo.

Binta.

Levo a mão ao peito quando ela é arrastada para frente, lágrimas brotando nos olhos prateados e arregalados. A touca que amarra com tanto cuidado todos os dias está torta, revelando cachos do longo cabelo branco. Alguém tapou sua boca com um lenço, impossibilitando que ela grite. Mas se pudesse gritar, quem a ajudaria? Ela já está nas mãos dos guardas.

Faça alguma coisa, ordeno a mim mesma. *Agora*. Mas não consigo fazer minhas pernas se moverem. Nem consigo sentir minhas mãos.

Kaea abre o pergaminho e caminha devagar para frente, como se se aproximasse de um animal selvagem, não da garota doce que vem secando minhas lágrimas há tantos anos. A criada que economiza em sua alimentação no palácio para que sua família possa ter uma boa refeição.

— Erga o braço dela.

Binta faz que não quando o guarda puxa seu pulso para cima, seus gritos abafados irrompendo pelo lenço. Embora Binta resista, Kaea empurra o pergaminho para sua mão.

A luz explode da mão de Binta.

Ela cobre a sala do trono em sua magnificência — dourados brilhantes, púrpura reluzente, azuis cintilantes. A luz forma um arco e brilha como se cascateasse, uma corrente infinita brotando da palma da mão dela.

— Pelos céus — ofego, o terror em guerra com a admiração borbulhando no peito.

Magia.

Aqui. Depois de todos esses anos...

Os velhos alertas de meu pai sobre a magia florescem em minha cabeça, histórias de batalha e fogo, escuridão e doença. *A magia é a fonte de todo o mal*, ele sibilava. *Ela vai deixar Orïsha em pedaços.*

Meu pai sempre ensinou a Inan e a mim que a magia era a nossa morte. Uma arma poderosa que ameaçava a existência de Orïsha. Enquanto existisse, nosso reino sempre estaria em guerra.

Nos dias mais sombrios depois da Ofensiva, a magia criou raízes em minha imaginação, um monstro sem rosto. Mas nas mãos de Binta, a magia é hipnotizante, uma maravilha sem igual. A alegria do sol de verão esvanecendo no ocaso. A própria essência e o sopro da vida...

Meu pai golpeia com agilidade. Rápido como um raio.

Em um momento, Binta está ali, em pé.

No próximo, a espada de meu pai atravessa seu peito.

Não!

Cubro a boca com a mão antes que possa gritar, quase caindo para trás. A náusea sobe até minha garganta. Lágrimas quentes ardem nos olhos.

Isso não está acontecendo. O mundo começa a girar. *Isso não é real. Binta está em segurança. Está esperando com um pedaço de pão doce em meu quarto.*

Mas meus pensamentos desesperados não mudam a verdade. Não trazem os mortos de volta.

A cor escarlate vaza pelo lenço que tampa a boca de Binta.

Flores carmesim mancham o vestido azul-claro.

Reprimo outro grito quando seu corpo vai ao chão com um baque surdo, pesado como chumbo.

O sangue empoça ao redor do rosto inocente de Binta, tingindo seus cachos brancos. O cheiro de cobre paira pela fresta na porta. Abafo a ânsia de vômito.

Meu pai arranca o avental de Binta e o usa para limpar sua espada. Com toda a tranquilidade. Não se importa que o sangue dela manche sua túnica real.

Não enxerga que o sangue dela suja minhas mãos.

Cambaleio para trás, tropeçando na barra do vestido. Subo correndo a escadaria no canto do corredor principal, minhas pernas tremendo a cada passo. Minha visão se turva enquanto luto para chegar a meus aposentos, mas só consigo aguentar até alcançar um vaso. Aperto a borda de cerâmica. Tudo dentro de mim vem para fora.

A bile traz um ardor feroz, amargo com ácido e chá. O primeiro soluço liberta-se quando meu corpo despenca. Agarro meu peito.

Se Binta estivesse aqui, ela seria a primeira a vir ao meu auxílio. Pegaria minha mão e me guiaria até meus aposentos, me sentaria na cama e enxugaria minhas lágrimas. Juntaria os pedaços partidos do meu coração e encontraria uma maneira de deixá-lo inteiro de novo.

Reprimo outro soluço e cubro a boca, e lágrimas salgadas vazam pelos meus dedos. O odor de sangue enche minhas narinas. A lembrança da lâmina de meu pai apunhala de novo...

As portas da sala do trono abrem-se de uma vez. Salto para ficar de pé, temendo que seja meu pai. Em vez disso, um dos guardas que segurava Binta sai.

O pergaminho está em suas mãos.

Encaro o papel envelhecido enquanto o homem sobe as escadas na minha direção, me lembrando como apenas um toque fez o mundo explodir em luz. Luz presa na alma de minha querida amiga, incrivelmente linda, eternamente ousada.

Viro-me quando o soldado se aproxima, escondendo meu rosto manchado de lágrimas.

— Perdoe-me, não estou bem — murmuro. — Devo ter comido alguma fruta podre.

O guarda mal meneia a cabeça, distraído, enquanto continua a subir. Segura o pergaminho com tal força que os nós dos dedos escurecem, como se temesse o que o pergaminho mágico fará se ele relaxar. Observo enquanto ele caminha até o terceiro andar e empurra uma porta pintada de preto. De repente, percebo aonde está indo.

Aos aposentos da comandante Kaea.

Os segundos passam doloridos enquanto observo a porta, esperando, embora não saiba por quê. Esperar não trará Binta de volta. Não vai me permitir apreciar sua risada melódica. Mas ainda assim eu espero, congelando quando a porta reabre. Volto para o vaso e tenho mais ânsias, sem parar, até o guarda passar por mim de novo. Suas botas com solado de metal retinem quando ele desce de novo para a sala do trono. O pergaminho não está mais em seu poder.

Com mãos trêmulas, limpo as lágrimas, sem dúvida manchando as pinturas e pós que minha mãe me forçou a usar no rosto. Corro a palma da mão pela boca, limpando os restos de vômito. Perguntas enchem minha mente enquanto me ergo e me aproximo da porta de Kaea. Deveria continuar até meus aposentos.

Mesmo assim eu entro.

A porta se fecha atrás de mim com uma batida alta, e eu tenho um sobressalto, desconfiada de que alguém virá procurar a fonte do som. Nunca tinha posto os pés nos aposentos da comandante Kaea. Acho que nem os criados têm permissão para entrar.

Meus olhos percorrem as paredes cor de vinho, tão diferentes da tinta lavanda que cobre as minhas. Um manto real está jogado aos pés da cama de Kaea. *O manto de meu pai...* Ele deve ter deixado para trás.

Em outro dia, perceber que meu pai havia estado nos aposentos de Kaea teria feito minha garganta se apertar, mas mal posso sentir qualquer coisa agora. A descoberta do manto de meu pai empalidece em comparação ao pergaminho que está sobre a mesa de Kaea.

Avanço, e as pernas tremem como se eu me aproximasse da beirada de um precipício. Espero sentir alguma aura na presença do pergaminho, mas o ar que o cerca permanece morto. Estendo a mão, mas paro, engolindo o medo que começa a crescer. Vejo a luz que explodiu das mãos de Binta.

A espada que atravessou seu peito.

Obrigo-me a estender a mão de novo. Quando encosto no pergaminho, fecho os olhos.

Nenhuma magia brota.

A respiração que eu estava prendendo sem saber sai em um jorro enquanto eu pego o pergaminho amarrotado. Desenrolo-o e encaro os símbolos estranhos, tentando em vão enxergar neles um sentido. Os símbolos não se parecem com nada que eu tenha visto antes, nenhum idioma que fez parte de meus estudos. Ainda assim, são os símbolos pelos quais os maji morreram.

Símbolos que poderiam muito bem estar escritos com o sangue de Binta.

Uma brisa sopra das janelas abertas, balançando os cachos que caíram do meu gèle frouxo. Embaixo das cortinas estão os suprimentos militares de Kaea: espadas afiadas, rédeas de pantenário, peitorais de latão. Meus olhos pousam nos rolos de corda. Jogo meu gèle no chão.

Sem pensar, agarro o manto de meu pai.

CAPÍTULO QUATRO

ZÉLIE

— Você não vai mesmo falar comigo?

Me inclino para a lateral da sela de Nailah para olhar a cara fechada de Tzain. Já esperava pela primeira hora de silêncio, mas essa é a terceira.

— Como foi o treino? — continuo tentando. Tzain nunca consegue resistir a uma conversa sobre seu esporte favorito. — O tornozelo de M'ballu está melhor? Acha que ela vai sarar a tempo para os jogos?

Por uma fração de segundo, a boca de Tzain se abre, mas ele se segura. Sua mandíbula se trava e ele sacode as rédeas de Nailah, fazendo com que percorra mais rápido o caminho entre os imensos ébanos.

— Pare com isso, Tzain. Você não pode me ignorar pelo resto da vida.

— Posso tentar.

— Ai, meus deuses. — Reviro os olhos. — O que você quer que eu faça?

— Que tal desculpas? Baba quase morreu! E agora você quer fingir que nada aconteceu?

— Eu já pedi desculpas — retruco. — Para você, para o Baba.

— Isso não muda o que aconteceu.

— Então me desculpe por não poder mudar o passado!

Meu grito ecoa pelas árvores e dá início a um novo período de silêncio. Corro os dedos pelas fissuras do couro gasto da sela de Nailah enquanto um peso desconfortável assenta em meu peito.

Pelo amor dos deuses, pense, Zélie. A voz de Mama Agba ecoa na minha mente. *Quem protegeria seu pai se você ferisse aqueles homens? Quem manteria Tzain em segurança quando os guardas viessem em busca de sangue?*

—Tzain, sinto muito — digo baixinho. — De verdade. Eu me sinto péssima, mais do que você possa imaginar, mas...

Tzain solta um suspiro exasperado.

— Claro que tem um "mas".

— Porque não é só minha culpa! — digo, com a raiva chegando ao ponto de ebulição. — Os guardas são o motivo de Baba ter ido para a água!

— E você é o motivo por que ele quase se afogou — devolve Tzain. — *Você* deixou ele sozinho.

Mordo a língua. Não adianta discutir. Sendo o kosidán forte e bonito que é, Tzain não entende por que preciso do treinamento de Mama Agba. Os garotos em Ilorin querem ser seus amigos, as garotas tentam roubar seu coração. Mesmo os guardas o cercam, louvando suas habilidades no agbön.

Ele não entende o que é ser como eu, andar na pele de uma divinal. Assustar-se a cada vez que um guarda aparece, nunca saber como um confronto vai terminar.

Vou começar com esta daqui...

Meu estômago se aperta com a lembrança da pegada rude do guarda. Tzain gritaria comigo se soubesse? Gritaria se percebesse como foi difícil para mim não chorar?

Cavalgamos em silêncio enquanto as árvores começam a rarear e a cidade de Lagos surge no campo de visão. Cercada por uma muralha feita de durame de ébano, a capital é tudo que Ilorin não é. Em vez do mar calmo, Lagos é inundada por uma horda infinita de pessoas. Mesmo de longe, vejo tanta gente dentro das muralhas que é impossível compreender como todas vivem ali.

Observo a disposição da capital do alto das costas de Nailah, notando os cabelos brancos de transeuntes divinais ao longo do caminho. Os kosidán em Lagos superam os divinais em três para um, então fica fácil identificar. Embora a entrada de Lagos seja longa e ampla, meu povo se aglomera às margens da cidade, em favelas. É o único lugar onde permitem que os divinais vivam.

Me recosto na sela de Nailah, a visão das favelas fazendo meu peito murchar. Séculos atrás, os dez clãs maji e seus filhos divinais ficavam isolados em toda Orïsha. Embora os kosidán povoassem as cidades, os clãs viviam nas montanhas, nos oceanos e campos. Mas, com o tempo, os maji aventuraram-se, e os clãs espalharam-se pelas terras de Orïsha; a migração foi impulsionada pela curiosidade e pela oportunidade.

Com o passar dos anos, maji e kosidán começaram a se casar, criando famílias com divinais e kosidán, como a minha. Como as famílias mistas se multiplicaram, o número de maji de Orïsha cresceu. Antes da Ofensiva, Lagos abrigava a maior população maji.

Agora, esses divinais são tudo o que resta.

Tzain puxa as rédeas de Nailah, parando-a quando nos aproximamos do portão de madeira.

— Vou esperar aqui. Vai ser movimentado demais para ela lá dentro.

Faço que sim e apeio, dando um beijo no focinho escuro e úmido de Nailah. Sorrio quando ela lambe minha bochecha com sua língua áspera, mas o sorriso se desfaz quando encaro Tzain. Palavras não ditas pairam no ar, mas eu me viro e sigo adiante mesmo assim.

— Espere.

Tzain desce de Nailah, alcançando-me com uma passada, e pousa uma adaga enferrujada na minha mão.

— Eu tenho um bastão.

— Eu sei — diz ele. — Só para garantir.

Enfio a arma no meu bolso surrado.

— Obrigada.

Encaramos o chão de terra em silêncio. Tzain chuta uma pedra. Não sei quem vai romper esse silêncio primeiro, até ele finalmente falar.

— Não sou cego, Zél. Sei que o que aconteceu de manhã não foi só culpa sua, mas preciso que você melhore. — Por um momento, os olhos de Tzain cintilam, ameaçando revelar tudo que ele guarda. — Baba só está piorando, e os guardas estão no seu calcanhar. Não pode se dar ao luxo de escorregar bem agora. Se cometer outro erro, pode ser o último.

Concordo com a cabeça, mantendo meus olhos no chão. Consigo lidar com muitas coisas, mas a decepção de Tzain me corta como uma faca.

— Só se esforce. — Tzain suspira. — Por favor. Baba não vai sobreviver se perder você... e eu também não.

Tento ignorar o aperto no peito.

— Desculpe — sussurro. — Vou melhorar. Juro.

— Ótimo. — Tzain estampa um sorriso no rosto e bagunça meus cabelos. — Chega disso. Vá vender esse peixe aí.

Dou risada e reajusto as faixas da minha bolsa.

— Quanto acha que eu consigo?

— Duzentos.

— Só isso? — Inclino a cabeça. — Você acha que sou tão ruim assim?

— Isso é muita moeda, Zél!

— Aposto que posso conseguir mais.

O sorriso de Tzain se alarga, cintilando com o brilho de uma boa aposta.

— Se conseguir mais de duzentos, eu fico em casa com Baba na próxima semana.

— Ah, se prepare. — Abro um sorrisinho, já imaginando minha nova disputa com Yemi. Vamos ver como ela vai se sair contra meu novo bastão.

Saio correndo, pronta para negociar, mas quando chego ao posto de controle, meu estômago queima com a visão dos guardas reais. Eu me controlo para ficar bem parada enquanto deslizo meu bastão retrátil para o cós de minha calça larga.

— Nome? — grita um guarda alto, mantendo os olhos em sua prancheta. Os cachos escuros estão frisados com o calor, absorvendo o suor que pinga pelas bochechas dele.

— Zélie Adebola — respondo com o máximo de respeito que consigo reunir. *Não estrague tudo.* Engulo em seco. *Ao menos não hoje, de novo.*

O guarda mal se digna a me olhar antes de anotar a informação.

— Origem?

— Ilorin.

— *Ilorin?*

Outro guarda, pequeno e troncudo, vem gingando na minha direção, se apoiando na muralha gigante para se manter em pé. O cheiro pungente de álcool paira no ar com sua presença indesejável.

— Quê que uma verme com'ocê tá fazeno tão longe de casa?

Suas palavras saem arrastadas e quase incompreensíveis, escorrendo da boca como a baba em seu queixo. Meu peito aperta-se quando ele se aproxima; o olhar bêbado se torna perigoso.

— Objetivo da visita? — pergunta o guarda alto, felizmente sóbrio.

— Negócios.

Com isso, um sorriso nojento surge no rosto do guarda bêbado. Ele estende a mão para pegar meu pulso, mas eu recuo e ergo o pacote enrolado.

— Vender *peixe* — esclareço, mas, apesar das minhas palavras, ele avança. Solto um grunhido quando ele envolve meu pescoço com as mãos gorduchas e me aperta contra a muralha de madeira. Ele se inclina tão perto que consigo contar as manchas pretas e amarelas em seus dentes.

— Tô vendo por que você tá vendendo peixe. — Ele ri. — Quanto custa uma verme hoje em dia, Kayin? Duas peças de bronze?

Minha pele formiga e meus dedos coçam para pegar o bastão escondido. É contra a lei maji e kosidán se beijarem, depois da Ofensiva, mas isso não impede os guardas de nos apalparem como se fôssemos animais.

Minha raiva se transforma em uma fúria sombria, uma escuridão que sentia em Mama sempre que os guardas ousavam ficar em seu caminho. Com essa sensação, quero empurrá-lo e quebrar cada um dos dedos gordos do soldado. Mas com minha fúria vem a preocupação de Tzain. A dor no coração de Baba. A bronca de Mama Agba.

Pense, Zélie. Pense em Baba. Pense em Tzain. Prometi não estragar tudo. Não posso decepcioná-los agora.

Repito isso várias vezes até que o grosseirão tira as mãos de mim. Ele ri para si mesmo antes de tomar outro gole da garrafa, orgulhoso. Tranquilo.

Me viro para o outro guarda, incapaz de esconder o ódio nos meus olhos. Não sei quem me enoja mais — o bêbado por me tocar ou esse desgraçado por deixar isso acontecer.

— Mais alguma pergunta? — digo entredentes.

O guarda faz que não com a cabeça.

Passo pelo portão com a velocidade de uma guepardanária, antes que algum deles possa mudar de ideia. Mas bastam alguns passos para dentro do portão para que o frenesi de Lagos me faça querer correr de volta para fora.

— Meus deuses — ofego, assustada simplesmente pela quantidade de pessoas. Aldeões, mercadores, guardas e nobres enchem as amplas estradas de terra, cada qual se movendo com precisão e determinação.

A distância, o palácio real se agiganta — suas paredes de um branco imaculado e os arcos dourados brilhando ao sol. Sua presença é um contraste nítido com as favelas que margeiam a cidade.

Fico maravilhada com as casas rústicas, sem fôlego com as cabanas altas. Como um labirinto vertical, as palhoças pairam no topo umas das outras, cada uma começando onde a outra termina. Embora muitas estejam amarronzadas e descoradas, outras reluzem com pintura brilhante e arte colorida. A oposição vibrante desafia o título de favela, uma brasa de beleza onde a monarquia não vê nenhuma.

Com passos hesitantes, começo a caminhar na direção do centro da cidade. Quando passo as favelas, percebo que a maioria dos divinais que perambula pelas ruas não é muito mais velha que eu. Em Lagos, é quase impossível qualquer criança divinal que sobreviveu à Ofensiva chegar à vida adulta sem ter sido jogada na prisão ou forçada a ir para as colônias.

— Por favor. Eu não quis... *ai!* — Um grito agudo ressoa.

Tenho um sobressalto quando a bengala de um colono desce na minha frente. Está acertando em um jovem divinal, deixando manchas de sangue nas últimas roupas limpas que o garoto vai usar. A criança cai sobre uma pilha de cerâmica quebrada, azulejos estilhaçados que seus braços magros provavelmente não conseguiram segurar. O colono ergue a bengala de novo, e dessa vez eu percebo o brilho de seu cabo de majacita preta.

Pelos deuses. O cheio acre de carne queimando me atinge quando ele pressiona a bengala nas costas do garoto. Fumaça sobe da pele enquanto ele se esforça para ficar de joelhos. A visão cruel faz meus dedos formigarem, lembrando-me das minhas chances de ir parar nas colônias.

Por favor. Eu me forço a avançar, embora meu coração doa. *Siga adiante ou vai ser você.*

Saio em disparada para o centro de Lagos, fazendo o possível para ignorar o cheiro de esgoto que vaza das ruas da favela. Quando entro nos prédios em cores pastel do bairro dos mercadores, o odor muda para pão doce e canela, fazendo minha barriga roncar. Me preparo para os negócios enquanto o centro comercial zumbe com os sons das transações infinitas. Mas quando o bazar entra no meu campo de visão, sou forçada a parar de supetão.

Não importa quantas vezes eu negocie grandes pescas aqui com Baba, a loucura do mercado central nunca deixa de me assombrar. Mais tumultuado que as ruas de Lagos, o bazar ganha vida com todos os produtos orïshanos que se possa imaginar. Apenas em um corredor, grãos dos vastos campos de Minna ficam ao lado das ferragens cobiçadas das fábricas de Gombe. Caminho pelas barracas lotadas, aproveitando o aroma doce de banana-da-terra frita.

Com os ouvidos atentos, tento absorver o padrão da negociação, a velocidade de cada venda. Todo mundo briga, usando palavras como lâminas. É mais brutal do que o mercado de Ilorin. Aqui não há concessão, apenas negócios.

Passo pelas barracas de madeira com filhotes de guepardanário, sorrindo para cada chifrinho que brota de suas testas. Tenho que me esgueirar pelas carroças de têxteis estampados até finalmente chegar à seção dos peixes.

— Quarenta peças de bronze...

— Por um peixe-tigre?

— Não vou pagar uma peça a mais que trinta!

Os gritos dos regateadores em ação ressoam tão alto que mal consigo ouvir meus pensamentos. Isto não é o mercado flutuante de Ilorin. Uma negociação comum não vai funcionar. Mordo o interior da bochecha, avaliando a multidão. Preciso de um alvo. Um idiota, algum...

—Truta! — grita um homem. —Tenho cara de quem come truta?

Viro para o nobre gorducho vestido em um dashiki roxo-escuro. Ele estreita os olhos amendoados para o mercador kosidán como se tivesse recebido um grave insulto.

—Tenho salmonete — oferece o mercador. — Linguado, perca...

— Eu disse que quero um peixe-espada! — ralha o nobre. — Meu criado diz que você se recusa a vendê-lo.

— Não está na época.

— E mesmo assim o rei come toda noite?

O mercador coça a nuca.

— Se pescam um peixe-espada, vai para o palácio. É a lei do país.

O rosto do nobre fica vermelho, e ele puxa uma pequena bolsa de veludo.

— Quanto ele oferece? — Ele tilinta as moedas. — Eu pago em dobro.

O mercador encara a bolsa com anseio, mas fica firme.

— Não posso arriscar.

— Eu posso! — grito.

O nobre se vira, os olhos estreitados de desconfiança. Aceno para ele vir até mim, longe da barraca do mercador.

—Você tem um peixe-espada? — pergunta ele.

— Melhor. Um peixe que ninguém mais neste mercado poderá vender ao senhor.

Ele fica boquiaberto, e eu sinto a mesma agitação de quando um peixe circula minha isca. Desenrolo o peixe-vela com cuidado e o balanço sob um raio de sol para que as escamas brilhem.

— Pelos céus! — O nobre fica de queixo caído. — É magnífico.

— Seu sabor é ainda melhor que a aparência. Peixe-vela de cauda vermelha, fresco, da costa de Ilorin. Não está na época, então pode ter certeza de que nem o rei vai comer dele esta noite.

Um sorriso esgueira-se pelo rosto do nobre, e sei que consegui minha presa. Ele ergue a bolsa.

— Cinquenta peças de prata.

Meus olhos arregalam-se, mas eu cerro os dentes. *Cinquenta...*

Cinquenta bastam para esse imposto, talvez nos deixe o bastante para um novo barco. Mas se os guardas aumentarem os impostos no próximo quarto minguante, cinquenta não vão me impedir de ir para as colônias.

Solto uma risada alta e começo a embalar o peixe de novo.

O nobre franze a sobrancelha.

— O que você está fazendo?

— Levando esta joia para alguém que possa pagar por ela.

— Como ousa...

— Perdoe-me — interrompo. — Não tenho tempo para um homem que oferece cinquenta em um prêmio que vale dez vezes mais.

O nobre resmunga, mas põe a mão nos bolsos e puxa outra bolsa de veludo.

— Não vai conseguir mais de trezentas moedas.

Meus deuses! Enfio meus pés na terra para não cambalear. É mais do que jamais vimos na vida. Ao menos seis luas de impostos, mesmo se eles aumentarem!

Abro a boca para aceitar o acordo, mas algo nos olhos do nobre me faz hesitar. Se ele cobriu tão rapidamente a última oferta, talvez cubra de novo...

Aceite, imagino Tzain alertando. *É mais do que suficiente.*

Mas estou perto demais para parar agora.

— Desculpe. — Dou de ombros e termino de embalar o peixe-vela. — Não posso desperdiçar a refeição de um rei com alguém que não pode pagar por ela.

As narinas do nobre inflam. *Pelos deuses*. Talvez eu tenha ido longe demais. Espero que ceda, mas ele apenas fervilha em silêncio. Sou forçada a me afastar.

Cada passo dura uma eternidade enquanto eu desmorono sob o peso do meu erro. *Você vai encontrar outro*, tento me acalmar. *Outro nobre desesperado para provar seu valor. Posso conseguir mais que trezentos. O peixe vale mais que isso... certo?*

— Droga. — Quase bato a cabeça em uma barraca de camarão. O que vou fazer agora? Quem vai ser tonto o bastante para...

— Espere!

Quando me viro, o nobre rechonchudo empurra três bolsas tilintantes contra o meu peito.

— Está bem — resmunga ele, derrotado. — Quinhentos.

Encaro-o, incrédula, o que ele entende erroneamente como dúvida.

— Conte, se precisar.

Abro uma das bolsas e a visão é tão bela que quase choro. A prata brilha como as escamas do peixe-vela, seu peso uma promessa do que está por vir. *Quinhentos!* Depois de um novo barco, é quase um ano de descanso para Baba. *Finalmente.*

Fiz alguma coisa certa.

Entrego o peixe ao nobre, incapaz de esconder meu sorriso radiante.

— Aproveite. Hoje o senhor comerá melhor que o rei.

O nobre me olha com desdém, mas os cantos de sua boca se erguem com satisfação. Deslizo os saquinhos de veludo para dentro da minha bolsa e começo a caminhar, o coração palpitando tão rápido que rivaliza com a insanidade do mercado. Mas fico paralisada quando gritos enchem o ar. Não é o som do regateio. *Mas que...*

Salto para trás quando uma barraca de frutas explode.

Uma tropa de guardas reais avança através dela. Mangas e pêssegos orïshanos voam pelo ar. A cada segundo mais guardas enchem o mercado, procurando alguma coisa. Alguém.

Encaro a comoção, atordoada, até perceber que preciso me mexer. Tenho quinhentas peças de prata na bolsa. Para variar, tenho mais que minha vida a perder.

Abro caminho na multidão com um novo fervor, desesperada para escapar. Estou quase passando pelos têxteis quando alguém agarra meu pulso.

Em nome dos deuses, o que é isso?

Saco meu bastão compacto, esperando encontrar o braço de um guarda real ou de um ladrãozinho. Mas quando me viro, não é nem um guarda nem um patife que me segura.

É uma garota de olhos âmbar encapuzada.

Ela me puxa até uma abertura escondida entre duas barracas, com uma pegada tão forte que não consigo me livrar.

— Por favor — ela implora —, você precisa me tirar daqui!

CAPÍTULO CINCO

ZÉLIE

Por um momento, não consigo respirar.

A garota de pele acobreada treme com um medo tão visceral que vaza para dentro da minha pele.

Os gritos aumentam enquanto os guardas avançam tempestuosamente, aproximando-se a cada segundo. Não podem me pegar com esta garota.

Se me pegarem, vou morrer.

— Me solta — ordeno, quase tão desesperada quanto ela.

— Não! Não, *por favor*. — As lágrimas brotam nos olhos âmbar, e ela me aperta com mais força. — Por favor, me ajude! Fiz algo imperdoável. Se me capturarem...

Seus olhos se enchem de um terror que é quase familiar demais. Porque quando a pegarem, não será uma questão de *se* ela morrerá, apenas uma questão de *quando*: imediatamente? Morrerá de fome na cadeia? Ou passará de mão em mão entre os guardas? Destruí-la de dentro para fora até ela sufocar de tristeza?

Vocês precisam proteger aqueles que não podem se defender. As palavras de Mama Agba dessa manhã permeiam minha cabeça. Imagino seu olhar sério. *Essa é a arte do bastão.*

— Não posso — suspiro, mas mesmo enquanto as palavras saem da minha boca, me preparo para a luta. *Droga.*

Não importa se posso ou não.

Não vou aguentar a culpa se não ajudar.

— Vamos. — Agarro o braço da garota e me enfio em uma barraca de roupa maior que as outras. Antes que a mercadora possa gritar, cubro sua boca e aperto a adaga de Tzain em seu pescoço.

— O-o que você está fazendo? — pergunta a garota.

Inspeciono seu manto. Como ela chegou tão longe? A pele acobreada da garota e a túnica grossa gritam sangue nobre, coberta em veludo e tons dourados.

— Ponha aquele manto marrom — ordeno antes de me virar para a mercadora. Pingos de suor escorrem de sua pele; com uma ladra divinal, um movimento errado poderia ser o último. — Não vou machucar você — prometo. — Só preciso fazer uma troca.

Espreito a frente da barraca enquanto a garota troca sua roupa por um manto simples, apertando a faca quando a mercadora solta um grito abafado. O mercado está entupido de guardas suficientes para montar um exército. Mercadores e aldeões cambaleantes aumentam o caos. Procuro um caminho para sair daquela loucura, mas nenhuma rota de fuga surge. Não temos opção.

Vamos ter que testar nossa sorte.

Me agacho de novo na barraca quando a garota puxa o capuz de seu novo manto sobre a cabeça. Agarro a túnica fina que ela estava vestindo e entrego nas mãos da mercadora. O medo nos olhos da mulher diminui quando o veludo suave toca seus dedos.

Afasto a adaga de seu pescoço e pego um manto para mim, escondendo os cabelos brancos embaixo do capuz escuro.

— Está pronta? — pergunto.

A garota consegue fazer que sim. Um traço de determinação reluz em seus olhos, mas ainda detecto um terror paralisante.

—Vem comigo.

Saímos da barraca e entramos no pandemônio. Embora os guardas parem diante de nós, nossos mantos marrons agem como um escudo. Estão em busca de sangue nobre. *Graças aos deuses.*

Talvez tenhamos mesmo uma chance.

— Ande rápido — sibilo baixo enquanto nos movemos entre as barracas têxteis. — Mas não... — Agarro-a pelo manto antes que ela avance demais. — Não corra. Vai chamar atenção. Misture-se à multidão.

A garota assente e tenta falar, mas nenhuma palavra sai. Ela só consegue me seguir como um filhote de leonário, nunca mais de dois passos atrás.

Abrimos caminho pela multidão até chegarmos ao mercado. Embora os guardas cubram a entrada principal, há uma abertura na lateral com apenas um homem. Quando ele avança para interrogar uma nobre, enxergo nossa chance.

— Rápido. — Aperto-me atrás da barraca de um mercador de gado para deslizar para fora do centro lotado e para as ruas de pedra do bairro dos mercadores. Suspiro aliviada quando o corpo pequeno da garota se liberta, mas quando nos viramos, dois guardas gigantes bloqueiam nosso caminho.

Ai, meus deuses. Meus pés escorregam até parar. As moedas de prata tilintam na minha bolsa. Olho para a garota; sua pele morena perdeu a maior parte da cor.

— Algum problema? — pergunto com o máximo de inocência que consigo.

Um deles cruza os braços, que parecem troncos de árvore.

— Fugitiva à solta. Ninguém sai até ela ser capturada.

— Erro nosso — peço desculpas com uma reverência respeitosa. —Vamos esperar lá dentro.

Droga. Eu me viro e caminho de volta para as barracas, examinando o mercado frenético. Se todas as saídas estão fechadas, precisamos de um novo plano. Precisamos de um outro jeito de sair...

Espera.

Embora eu já esteja quase de volta ao mercado, a garota não está do meu lado. Eu me viro e a vejo paralisada diante dos guardas, um leve tremor visível nas mãos estranhamente cruzadas.

Pelo amor dos deuses!

Abro a boca para sibilar seu nome, mas nem sei como se chama. Arrisquei tudo por uma estranha. E agora ela vai matar nós duas.

Tento distrair os guardas, mas um já está estendendo a mão para o capuz da garota. Não há tempo. Puxo minha vara de metal e a estendo.

— Abaixa!

A garota se joga no chão. Golpeio com meu bastão e acerto a cabeça do guarda. Um estalo arrepiante ressoa pelo ar quando ele despenca no chão. Antes que o outro possa desembainhar a espada, bato o bastão em seu esterno.

— *Ugh!*

Com um chute rápido no queixo, ele cai inconsciente na terra vermelha.

— Pelos céus! — A garota pragueja como uma nobre. Recolho o bastão. *Céus* mesmo. Agora ataquei os guardas.

Agora é que vamos mesmo morrer.

A fúria iminente de Tzain passa pela minha mente quando partimos, correndo o mais rápido que podemos pelo bairro dos mercadores.

Não estrague tudo agora. Entre. Saia. Em que parte desse plano fazia sentido ajudar uma fugitiva?

Enquanto corremos em disparada pelas ruas de prédios cor pastel enfileirados, duas tropas de guardas reais lutam para nos alcançar. Seus gritos aumentam. Seus passos ficam cada vez mais altos. Com espadas sacadas, eles se aproximam, pouco atrás de nós.

— Sabe onde estamos? — pergunto.

— Um pouco — ela arfa, os olhos arregalados de pânico. — Suficiente para nos levar às favelas, mas...

—Vamos para lá!

Ela avança, correndo um passo à frente para tomar a dianteira. Eu a sigo enquanto disparamos pelas ruas de pedra, passando a toda a velocidade por mercadores confusos com nossa correria. A adrenalina corre pelas minhas veias. O calor borbulha sob a pele. Não vamos conseguir. Não há maneira de escaparmos.

Relaxe, ouço Mama Agba em minha cabeça. Me forço a respirar fundo. *Seja criativa. Use o entorno a seu favor.*

Observo em desespero as ruas compactas do bairro dos mercadores. Quando viramos a esquina, vejo uma pilha enorme de barris de madeira. *Isso serve.*

Expando meu bastão e dou um golpe longo na base da torre. Quando o primeiro barril vai ao chão com estrondo, sei que o restante logo vai acompanhar.

Os gritos dos guardas enchem o ar quando os barris os derrubam. A distração nos dá tempo suficiente para correr, entrar nas favelas e parar para tomar fôlego.

— E agora? — ofega a garota.

— Você não sabe como sair?

Ela faz que não, o suor escorrendo pelo rosto.

— Nunca estive nesta parte da cidade.

De longe, as favelas parecem um labirinto, mas de dentro, as cabanas e palhoças se juntam como uma teia. Os caminhos estreitos e as ruas de terra se emaranham diante dos olhos. Não há saída em vista.

— Por aqui. — Aponto para a rua oposta ao bairro dos mercadores. — Se aquele caminho leva ao centro da cidade, este deve levar para fora.

Levantamos nuvens de poeira correndo o mais rápido que podemos. Mas uma tropa de guardas nos intercepta — não temos escolha a não ser correr para o outro lado.

— Pelos céus. — A garota arfa enquanto corremos por um beco, irritando um grupo de kosidán sem-teto. Por um momento, fico surpresa que ela tenha chegado tão longe. Duvido que fugir de soldados fosse parte de sua educação nobre.

Viramos outra esquina, poucos passos à frente dos guardas. Me forço a correr mais rápido, então a garota me puxa para trás.

— O que você está...

Ela cobre minha boca e me empurra contra a parede de uma cabana. Só então percebo o espaço estreito em que nos esprememos.

Por favor, funcione. Pela segunda vez em mais de uma década, eu rezo, pedindo a qualquer deus que possa ainda existir. *Por favor*, eu imploro. *Por favor, nos esconda.*

Meu coração ameaça fugir do peito, batendo tão forte que fico convencida de que o som vai nos entregar. Mas quando a tropa se aproxima, passam estrondando como rinocerontes perseguindo uma presa.

Olho para o céu, piscando, enquanto as nuvens passam lá em cima. Raios brilhantes de luz cintilam entre os vãos. É quase como se os deuses tivessem se erguido dos mortos, ressuscitado da tumba formada após a carnificina da Ofensiva. O que quer que haja lá em cima, está me abençoando.

Só espero que essa bênção não se esgote.

Nos contorcemos para sair do esconderijo e partimos por outro caminho, trombando acidentalmente com dois divinais curiosos. Um derruba sua garrafa de rum, e o cheiro forte invade meu nariz, tão intenso que as narinas queimam. Com seu odor, outra lição de Mama Agba reemerge.

Pego a garrafa do chão e olho para as ruas em busca do ingrediente que falta. *Ali.* Está apenas a poucos metros da cabeça da garota.

— Pegue a tocha!

— O quê?

— A tocha! — grito. — Essa bem na sua frente!

Leva um segundo para ela arrancar a tocha de metal de seu suporte, mas quando o faz, saímos em disparada. Quando passamos pelas últimas casas das favelas, rasgo um pedaço de tecido do meu manto e o enfio na boca da garrafa.

— Para que serve isso? — pergunta ela.

— Espero que você não descubra.

Saímos das favelas, e o portão de madeira da entrada de Lagos surge no campo de visão. A chave de nossa fuga.

Barrado por um bloqueio real.

Meu estômago se aperta quando estacamos diante da fileira infinita de guardas armados. Os soldados estão montados em ameaçadores pantenários pretos, cada fera gigante com as presas à mostra. Seu pelo escuro rebrilha sob o sol como uma fina camada de óleo, arco-íris opacos cravejando a camada preta. Mesmo quando os pantenários se agacham, ainda são maiores que nós, a postos e prontos para atacar.

— Vocês estão cercadas! — Os olhos âmbar do capitão me perfuram. — Por decreto do rei Saran, ordeno que parem!

Diferentemente de seus soldados, o capitão cavalga um cruel leopanário-das-neves, quase tão grande quanto minha cabana. Oito chifres grossos brotam de suas costas, pretos, afiados e brilhantes. O monstro lambe suas presas longas e serrilhadas quando rosna, ansioso por decorar sua pelagem branca com salpicos de sangue.

O capitão tem a mesma tez de cobre-escuro da garota, pele sem rugas e cicatrizes de batalha. Quando a garota o vê, a mão se ergue para o capuz; suas pernas começam a tremer.

Embora o capitão seja jovem, os guardas o seguem sem questionar. Um a um, cada soldado desembainha a espada, apontando as lâminas para nós.

— Acabou — suspira a garota, consternada. Lágrimas correm pelo seu rosto enquanto ela se ajoelha. Ela deixa a tocha cair, derrotada, e puxa um pergaminho amassado.

Finjo seguir sua deixa e me agacho, tocando o tecido na garrafa na chama da tocha. O fedor acre de fumaça enche minhas narinas. Quando o capitão se aproxima, lanço a arma na fileira de pantenários.

Vamos lá, torço pela garrafa de vidro, seguindo seu arco no ar com os olhos. Enquanto ela voa, temo que nada aconteça.

Então, o mundo irrompe em chamas.

O fogo queima brilhante, engolindo homens e pantenários chifrudos em suas labaredas. As feras uivam em histeria, derrubando os cavaleiros em uma tentativa de fugir.

A garota fica olhando, horrorizada, mas eu agarro seu braço e a forço a se mover. Estamos a poucos metros do portão agora, apenas a poucos metros da liberdade.

— Fechem o portão! — grita o capitão quando passo rente a ele. A garota tromba com ele, mas consegue se desviar de sua pegada quando ele cambaleia.

As engrenagens de metal rangem e giram, e o portão de madeira começa a descer. Os guardas do posto de controle brandem as armas, nossos últimos obstáculos para a liberdade.

— Não vamos conseguir! — sibila a garota.

— Não temos escolha!

Corro mais rápido do que imaginava ser possível. O guarda bêbado de antes desembainha a espada, erguendo o braço para atacar. Seu movimento lento provoca mais riso que medo. Golpeio sua cabeça de um jeito vingativo, gastando um segundo a mais para lhe dar uma joelhada no meio das pernas quando ele cai.

Outro guarda consegue golpear com a espada, mas é fácil bloquear com meu bastão. Giro a vara de metal nas mãos, arrancando a espada dele. Seus olhos arregalam-se quando rodopio e acerto um chute em seu rosto, derrubando-o contra o portão de madeira antes de passar.

Conseguimos!, quero gritar quando corremos para baixo da proteção dos ébanos. Viro para sorrir para a garota, mas ela não está lá. Meu coração para por um instante enquanto a observo cair a um dedo de distância do portão. As nuvens de poeira recebem sua queda.

— Não! — eu berro. O portão está a apenas alguns instantes de se fechar.

No fim das contas, ela não vai conseguir.

Depois de chegar tão perto, ela vai morrer.

Corra, eu digo a mim mesma. *Fuja. Você tem Tzain. Baba. Você fez tudo o que pôde.*

Mas o desespero nos olhos dela me puxa de volta, e sei que minhas bênçãos se esgotaram. Porque, apesar de cada protesto em meu corpo, corro através dos portões, rolando por baixo dele momentos antes que se feche com um estrondo.

—Acabou para vocês. — O capitão avança, ensanguentado pela bomba incendiária. — Soltem as armas. Agora!

Parece que todos os guardas de Lagos estão nos encarando. Eles nos circulam em bando, bloqueando cada caminho antes que tentemos outra escapada.

Ponho a garota em pé e ergo meu bastão. *Isso termina aqui.* Eles não vão me capturar. Vou forçá-los a me matar aqui mesmo.

Meu coração palpita contra o peito quando os guardas se aproximam. Tiro um momento para aproveitar meus últimos suspiros, imaginando os olhos suaves de Mama, sua pele de ébano.

Estou indo, digo para seu espírito. Provavelmente perambulando em alafia agora, flutuando pela paz da vida após a morte. Eu me imagino ao lado dela. *Vou estar com você lo...*

Um rugido estrondoso ressoa pelo ar, fazendo os guardas estacarem. Os gritos ficam cada vez mais altos, ensurdecedores, enquanto se aproximam. Eu mal tenho tempo de puxar a garota para longe do perigo quando a figura monstruosa de Nailah salta sobre o portão.

Os guardas recuam aos tropeços, assustados, enquanto minha leonária pousa na terra, a saliva pingando das presas gigantescas. Estou convencida de que ela é uma alucinação até ouvir o grito de Tzain montado em Nailah.

— O que vocês estão esperando? — grita ele. — *Subam!*

Sem perder mais um segundo, salto sobre as costas de Nailah e puxo a garota para cima. Partimos, saltando de cabana em cabana antes que elas desmoronem com seu peso. Quando Nailah chega a uma boa altura, ela dá o salto final, voando na direção do portão.

Estamos quase livres quando um choque, como um raio, brota das minhas veias.

O choque percorre cada poro da minha pele, acendendo meu ser, tirando meu fôlego. O tempo parece congelar quando olho para baixo, travando olhares com o jovem capitão.

Uma força desconhecida queima por trás de seus olhos âmbar, uma prisão da qual não consigo escapar. Algo em seu espírito parece arranhar o meu. Mas antes que eu gaste outro segundo com os olhos fixos nos dele, Nailah voa sobre o portão, rompendo nossa ligação.

Ela aterrissa com um baque surdo e saímos em disparada, estrondando pelas árvores de ébano.

— Meus deuses — suspiro. Cada parte de meu corpo grita de tensão. Não acredito que realmente conseguimos.

Não acredito que ainda estou viva.

CAPÍTULO SEIS

INAN

Fracasso.

Decepção.

Vergonha.

Com que insulto meu pai vai me marcar hoje?

Repasso as possibilidades enquanto atravesso o portão e subo os degraus de mármore branco do palácio. Fracasso encaixaria. Estou voltando sem a fugitiva em mãos. Mas meu pai talvez não gaste suas palavras.

Pode usar o punho.

Dessa vez não poderei culpá-lo. Não mesmo.

Se não consigo defender Lagos de um único ladrão, como poderei me tornar o próximo rei de Orïsha?

Malditos sejam os céus. Paro por um momento, segurando o corrimão liso de alabastro. Hoje era para ser minha vitória.

Então aquela infeliz de olhos prateados entrou no caminho.

O rosto da divinal surge na minha mente pela décima vez desde que assisti a seu voo sobre o portão de Lagos. A imagem de sua pele de obsidiana e dos longos cabelos brancos. Impossível tirar os olhos dela.

— Capitão.

Ignoro a saudação dos guardas quando entro no corredor principal. O título parece uma provocação. Um capitão de verdade teria enfiado uma flecha no coração daquela fugitiva.

— Onde está o príncipe? — Uma voz aguda ecoa contra as paredes do palácio.

Droga. É a última coisa de que preciso.

Minha mãe avança pela entrada do castelo, o gèlè balançando enquanto luta para abrir caminho pelos guardas que bloqueiam sua passagem.

— *Cadê* ele?! — grita ela. — Onde está... Inan?

O rosto dela suaviza-se com o alívio. Lágrimas escorrem. Ela se aproxima, pousando a mão sobre o corte em meu rosto.

— Houve relatos de assassinos.

Afasto-me e balanço a cabeça. Assassinos teriam alvos mais claros. Seriam mais fáceis de rastrear. Mas era apenas uma fugitiva. Uma que não consegui capturar.

Mas minha mãe não se importa com a verdadeira identidade dos bandidos. Com meu fracasso. Tempo perdido. Ela aperta as mãos, reprimindo mais lágrimas.

— Inan, precisamos... — Sua voz desaparece. Somente então percebe que todos estão olhando. Ela arruma seu gèlè e recua. Quase consigo ver as garras saindo de suas mãos. — Um verme atacou nossa cidade — ralha ela para a multidão reunida. — Vocês não deveriam estar em outro lugar? Vão ao mercado, revirem as favelas. Garantam que isso nunca mais aconteça!

Soldados, nobres e serviçais saem de uma vez, tropeçando uns nos outros em sua pressa. Quando desaparecem, minha mãe agarra meu pulso e me puxa pelas portas da sala do trono.

— Não. — Não estou preparado para a ira do meu pai. — Não tenho nenhuma novidade...

— E nunca mais terá.

Ela abre de uma vez as grandes portas de madeira e me arrasta pelo chão de ladrilhos.

— Saiam da sala! — ruge. Como ratos, os guardas e abanadores saem em debandada.

A única alma corajosa o bastante para desafiar minha mãe é Kaea. Ela está especialmente bonita no peitoral preto de seu novo uniforme.

Almirante? Encaro o selo decorado que aponta sua patente elevada. Não tem como confundir. Ela foi promovida. *Mas o que houve com Ebele?*

O cheiro forte de hortelã arde em meu nariz quando nos aproximamos do trono. Olho os ladrilhos e, realmente, vejo duas manchas de sangue fresco nos rejuntes.

Pelos céus.

Meu pai já está de mau humor.

— Isso inclui você, *almirante* — sibila minha mãe, cruzando os braços.

O rosto de Kaea fica tenso; sempre fica quando minha mãe se dirige a ela friamente. Kaea olha para meu pai. Ele meneia a cabeça, relutante.

— Perdão. — Kaea faz uma reverência à minha mãe, embora não soe arrependida. Minha mãe acompanha Kaea com um olhar de raiva até ela sair da sala do trono.

— Veja. — Minha mãe me puxa para frente. — Veja o que os vermes fizeram com seu filho. É isso o que acontece quando você o manda para a luta. É isso o que acontece quando ele brinca de capitão da guarda!

— Eu tinha encurralado as duas! — Liberto meu pulso. — Duas vezes. Não é minha culpa que meus homens tenham saído de suas posições depois da explosão.

— Não estou dizendo que é sua culpa, meu amor. — Minha mãe tenta tocar meu rosto, mas me afasto de sua mão, que cheira a rosas. — Só que isso é perigoso demais para um príncipe.

— Mãe, é *porque* sou um príncipe que preciso fazer isso — insisto. — É minha responsabilidade manter Orïsha em segurança. Não posso proteger meu povo se ficar escondido dentro do palácio.

Minha mãe faz um gesto de dispensa, ignorando minhas palavras enquanto se volta para o meu pai.

— Ele é o próximo rei de Orïsha, pelo amor dos céus. Arrisque a vida de algum camponês!

A expressão de meu pai permanece indiferente. Como se tivesse bloqueado minha mãe. Ele olha pela janela enquanto ela fala, girando o rubi real que tem no dedo.

Atrás dele, sua espada de majacita está encaixada no suporte dourado, com o leopanário-das-neves esculpido em seu pomo, reluzindo com o reflexo de meu pai. A espada preta é como uma extensão dele e nunca fica fora do alcance de sua mão.

— Você disse "as duas" — diz ele, por fim. — Quem estava com a fugitiva? Quando ela saiu do palácio, estava sozinha.

Engulo em seco, forçando-me a fitar os olhos de meu pai quando avanço.

— Ainda não sabemos sua identidade. Sabemos apenas que não é nativa de Lagos. — *Mas sei que tem olhos como a lua. Sei da cicatriz leve que corta sua sobrancelha.*

De novo, o rosto da divinal inunda minha mente com tanta clareza que poderia ser uma pintura pendurada na parede do palácio. Seus lábios cheios abertos em um rosnado; os músculos tensos de seu corpo magro.

Outra pontada de energia pulsa embaixo da pele. Forte e ardente, como uma bebida alcoólica sobre uma ferida aberta. A ardência lateja sob meu crânio. Estremeço, forçando a sensação vil a passar.

— O médico real está cuidando dos guardas dos postos de controle — continuo. — Quando se recuperarem, vou saber a idade e origem dela. Ainda posso rastreá-las...

— Não vai fazer nada disso — diz minha mãe. — Você podia ter morrido hoje! E então, o quê? Deixamos Amari assumir o trono? — Ela avança, punhos cerrados, o penteado alto. — Você precisa impedir isso, Saran. Pare com isso agora mesmo!

Deixo a cabeça pender para trás. Ela chamou meu pai pelo nome...

Sua voz ecoa pelas paredes vermelhas da sala do trono. Uma lembrança pungente de sua irritação.

Nós dois olhamos para meu pai. Não consigo adivinhar o que ele fará. Começo a pensar que, para variar, minha mãe realmente venceu. Então ele diz:

— Saia.

Os olhos de minha mãe arregalam-se. A confiança que ela enverga com tanto orgulho escorre de seu rosto como suor.

— Meu rei...

— Agora — ordena ele, com um tom equilibrado. — Preciso ter uma palavra em particular com meu filho.

Minha mãe agarra meu pulso. Nós dois sabemos como as palavras em particular com meu pai geralmente terminam. Mas ela não pode interferir.

A menos que queira enfrentar pessoalmente a ira de meu pai.

Ela se curva, rígida como uma espada, e me encara enquanto se vira para sair. Novas lágrimas riscam o pó que cobre suas bochechas.

Por um bom tempo, os passos de minha mãe em retirada são os únicos sons a preencher a vasta sala do trono. Em seguida, a porta se fecha com estrondo.

Meu pai e eu estamos sozinhos.

— Você sabe a identidade da fugitiva?

Hesito — uma mentira poderia me salvar de uma surra brutal. Mas meu pai fareja mentiras como hienárias farejam a caça.

Uma mentira vai apenas piorar as coisas.

— Não — respondo. — Mas terei uma pista até o pôr do sol. Quando tiver, vou pegar minha equipe...

— Dispense seus homens.

Fico tenso. Ele não vai sequer me dar uma chance.

Meu pai não acha que posso fazer isso. Ele vai me tirar da guarda.

— Pai — digo bem devagar. — Por favor. Não previ a capacidade da fugitiva, mas agora estou preparado. Conceda-me a chance de consertar isso.

Meu pai ergue-se do trono. Lenta e deliberadamente. Embora seu rosto esteja calmo, eu já vi, em primeira mão, a fúria que pode se esconder por trás de seu olhar vazio.

Baixo os olhos para o chão quando ele se aproxima. Já posso ouvir os gritos chegando. *O dever antes do eu.*

Orïsha antes de mim.

Falhei com ele hoje. Com ele e com o reino. Deixei uma divinal infeliz causar caos em toda a Lagos. Claro que ele vai me punir.

Abaixo a cabeça e prendo o fôlego. Imagino como vai doer. Se meu pai não me pedir para retirar a armadura, ele vai me bater no rosto.

Mais feridas para o mundo ver.

Ele ergue a mão, e eu fecho os olhos. Preparo-me para o golpe. Mas em vez de seu punho contra meu rosto, sinto sua palma pousando em meu ombro.

— Sei que você pode fazer isso, Inan. Mas precisa ser só você.

Pisco, confuso. Meu pai nunca me encarou desse jeito antes.

— Não é uma fugitiva qualquer — diz ele, entredentes. — É Amari.

CAPÍTULO SETE

ZÉLIE

Estamos na metade do caminho para Ilorin quando Tzain se sente seguro o bastante para puxar as rédeas de Nailah. Quando paramos, ele não se move. Devo ter provocado um novo nível de fúria.

Enquanto os grilos cricrilam nas árvores imensas, deslizo para fora da sela e abraço o focinho gigantesco de Nailah, massageando o ponto especial entre os chifres e as orelhas.

— Obrigada — sussurro abafado em sua pelagem. — Você vai receber o maior petisco que tiver quando chegarmos em casa.

Nailah ronrona e esfrega o focinho contra o meu nariz como se eu fosse um filhote que ela precisa proteger. É o suficiente para me fazer sorrir, mas quando Tzain apeia e vem na minha direção, sei que nem Nailah poderá me proteger agora.

— Tzain...

— Qual é o seu problema? — grita ele, com tal fúria que uma família de abelheiros rajados de azul foge das árvores.

— Não tive escolha! — apresso-me em dizer. — Eles iam matar ela...

— Pelos deuses, e o que você acha que vão fazer com você? — Tzain dá um murro em uma árvore com tanta força que a casca se parte ao meio. — Por que você não *pensa*, Zél? Por que você não faz apenas o que tem que fazer?

— Eu fiz! — Enfio a mão na bolsa e jogo um saquinho de veludo em Tzain. As peças de prata se espalham no chão. — Consegui quinhentos pelo peixe-vela!

— Nem todo o dinheiro de Orïsha vai nos salvar agora. — Tzain esfrega os olhos, espalhando as lágrimas pelo rosto. — Eles vão nos matar. Eles vão matar *você*, Zél!

— Por favor — grita a garota, chamando nossa atenção. Ela possui uma capacidade excepcional de se encolher; tinha esquecido que ela estava ali. — Eu... — Seu rosto empalidece. Sob o longo manto, mal consigo enxergar seus olhos âmbar. — É minha culpa. Toda minha.

— Obrigada. — Reviro os olhos, ignorando a expressão raivosa de Tzain. Não fosse por essa garota, Tzain seria só sorrisos agora. Nossa família estaria finalmente a salvo. — O que você fez? Por que os homens do rei estavam perseguindo você?

— Não conte. — Ele balança a cabeça e aponta na direção de Lagos. — Dê meia-volta e se entregue. É a única chance que temos de...

Ela retira o manto, silenciando nós dois. Tzain não consegue desviar os olhos de seu rosto régio. Eu não consigo parar de encarar o diadema dourado preso em sua trança, que cai sobre a testa, todo feito de correntes e folhas brilhantes. No centro, cintila um selo encrustado de diamantes. Um leopanário-das-neves adornado que apenas uma família tem permissão para usar.

— Ai, meus deuses — ofego.

A princesa.

Amari.

Eu sequestrei a princesa de Orïsha.

— Eu posso explicar — diz Amari rapidamente. Agora ouço o tom da realeza que me faz ranger os dentes. — Sei o que vocês devem estar pensando, mas minha vida estava em perigo.

— Sua vida — sussurro. — Sua *vida*?

Minha visão fica vermelha. A princesa grita quando a imprenso contra uma árvore. Ela engasga, os olhos arregalados de medo quando envolvo seu pescoço com as mãos e aperto.

— O que você está fazendo? — grita Tzain.

— Mostrando para a princesa como é ter a vida *realmente* em perigo! Tzain me puxa com força pelos ombros.

— Você ficou completamente louca?

— Ela mentiu para mim — retruco aos berros. — Disse que iam matar ela. Jurou que precisava de ajuda!

— Eu não menti! — sibila Amari, levando as mãos ao pescoço. — Meu pai executou membros da família real apenas por *simpatizar* com divinais. Ele não hesitaria em fazer o mesmo comigo!

Ela enfia a mão no vestido e tira um pergaminho, segurando-o com tanta força que sua mão treme.

— O rei precisa disto. — Amari tosse e olha para o pergaminho com um pesar que não consigo compreender. — Este pergaminho pode mudar tudo. Pode trazer a magia de volta.

Encaramos Amari com expressões vazias. *Ela está mentindo*. A magia não pode voltar. A magia morreu onze anos atrás.

— Eu também pensei que fosse impossível. — Amari percebe nossa dúvida. — Mas vi com meus próprios olhos. Uma divinal tocou o pergaminho e se transformou em uma maji... — Sua voz se suaviza. — Ela invocou luz com as mãos.

Uma acendedora?

Eu me aproximo, observando o pergaminho. A descrença de Tzain me envolve como fogo no ar, mas quanto mais Amari fala, mais ouso sonhar. Havia terror demais em seus olhos. Um terror genuíno por seu bem-estar. Por que mais metade do exército caçaria a princesa se sua fuga não representasse nenhum risco maior?

— Onde está a maji agora? — pergunto.

— Morta. — As lágrimas transbordam nos olhos de Amari. — Meu pai a matou. Assassinou ela apenas pelo seu poder.

Amari se abraça, fechando os olhos para conter as lágrimas. Parece se encolher. Se afogar na tristeza.

A exasperação de Tzain se atenua, mas as lágrimas dela não significam nada para mim. *Se transformou em uma maji*, sua voz ecoa na minha cabeça. *Ela invocou luz com as mãos.*

— Me dê isso. — Aponto para o pergaminho, ansiosa para inspecioná-lo. Mas no momento em que ele toca meus dedos, um choque anormal percorre meu corpo. Salto para trás, surpresa, soltando o pergaminho para me agarrar ao tronco de uma árvore de ébano.

— O que foi? — pergunta Tzain.

Balanço a cabeça. Não sei o que dizer. A sensação estranha zumbe sob a minha pele, nova, mas ao mesmo tempo familiar. Retumba no meu íntimo, aquecendo-me de dentro para fora. Palpita como uma segunda batida do coração, vibrando como...

Como àṣẹ?

O pensamento faz meu coração se apertar, revelando um buraco profundo em mim que eu nem sabia que ainda existia. Quando eu era criança, àṣẹ era tudo o que eu sempre quis. Rezava pelo dia em que eu sentiria seu calor em minhas veias.

Como o poder divino dos deuses, a presença do àṣẹ em nosso sangue é o que diferencia os divinais dos maji. É o que extraímos para usar nossos dons sagrados. É do àṣẹ que um maji precisa para fazer sua magia.

Encaro minhas mãos e busco as sombras da morte que Mama podia conjurar durante o sono. Quando o àṣẹ desperta, nossa magia desperta também. Mas é isso que está acontecendo agora?

Não.

Abafo a centelha dentro de mim antes que possa desabrochar em esperança. Se a magia voltar, isso muda tudo. Se realmente voltou, nem sei o que pensar.

Com a magia vêm os deuses, lançados no centro de minha vida depois de onze anos de silêncio. Mal consegui juntar os pedaços de mim mesma depois da Ofensiva.

Se me abandonarem outra vez, não serei mais capaz de me recompor.

— Está sentindo? — A voz de Amari vira um sussurro quando ela dá um passo atrás. — Kaea disse que o pergaminho transforma divinais em maji. Quando Binta tocou nele, todas aquelas luzes explodiram das mãos dela!

Viro as palmas para cima, buscando o brilho lavanda da magia de ceifador. Antes da Ofensiva, quando um divinal se transformava, não havia garantia de que tipo de maji ele seria. Com frequência os divinais herdavam a magia dos pais, quase sempre inclinados para a magia da linhagem materna. Com um pai kosidán, eu tinha certeza de que me tornaria uma ceifadora, como Mama. Ansiava pelo dia em que sentiria a magia dos mortos em meus ossos, mas neste momento tudo o que sinto é um formigamento enervante nas veias.

Pego o pergaminho com cuidado, temendo desencadear qualquer outra coisa. Embora eu possa identificar uma pintura amarela do sol no pergaminho surrado, o restante dos símbolos está ilegível, tão antigo que parece mais velho que o tempo.

— Não me diga que acredita nisso. — Tzain abaixa a voz. — A magia desapareceu, Zél. Nunca mais vai voltar.

Sei que ele está apenas tentando me proteger. Já me disse isso antes, limpando minhas lágrimas, contendo as dele. São palavras que sempre ouvi, mas desta vez...

— Outros que tocaram o pergaminho... — Eu me viro para Amari. — Eles são maji agora? Seus dons voltaram?

— Sim. — Ela assente, a princípio animada, mas logo o entusiasmo se dissipa. — A magia voltou... mas os homens de meu pai acabaram com eles.

Meu sangue gela quando encaro o pergaminho. Embora o cadáver de Mama venha à minha mente, não é seu rosto que vejo ensanguentado e espancado.

É o meu.

Mas ela não tinha sua magia, uma voz pequenina me lembra. *Ela não teve chance de lutar.*

E de repente tenho seis anos de novo, enrodilhada atrás da fogueira em nossa casa, em Ibadan. Tzain me abraça e me vira para a parede, sempre tentando me proteger da dor do mundo.

O carmesim respinga no ar quando o guarda golpeia Baba repetidamente. Mama grita para eles pararem enquanto dois soldados prendem a corrente em seu pescoço com tanta força que os elos de majacita arrancam sangue de sua pele.

Ela engasga enquanto eles a arrastam da cabana como um animal, chutando e se debatendo.

Só que, dessa vez, ela teria magia.

Dessa vez, ela poderia vencer.

Fecho os olhos e me permito imaginar como poderia ter sido.

— *Gbọ́ ariwo ikú!* — Mama sibila entredentes, revivida pela minha imaginação. — *Pa ipò dà. Jáde nínú èjè ara!*

Os guardas que a estrangulam ficam paralisados, tremendo violentamente enquanto seu feitiço toma forma. Gritam enquanto ela arranca seus espíritos do corpo, matando-os com a fúria de uma ceifadora em pleno comando de seus dons. A magia de Mama se alimenta de sua raiva. Com as sombras escuras rodopiando ao seu redor, ela parece Oya, a própria Deusa da Vida e da Morte.

Com um grito gutural, Mama arranca a corrente do pescoço e enrola os elos pretos na garganta do guarda restante. Com a magia, ela salva o espírito guerreiro de Baba.

Com a magia, ela ainda está viva.

— Se o que você diz é verdade — a raiva de Tzain interrompe minha fantasia —, não pode ficar aqui. Estão matando gente por isso. Se pegam isso com Zél...

Sua voz vacila, e meu coração se parte em tantos pedaços que não sei se meu peito aguenta. Eu poderia fazer tudo errado pelo resto de meus dias, e ainda assim Tzain morreria para tentar me manter em segurança.

Preciso proteger ele. É a vez de Tzain ser salvo.

— Temos que ir. — Enrolo o pergaminho e o coloco na bolsa, movendo-me com tanta rapidez que quase esqueço do saquinho cheio de prata no chão. — Real ou não, temos que voltar para Baba. Fugir enquanto ainda podemos.

Tzain engole em seco sua frustração e monta em Nailah. Estou subindo atrás dele quando a princesa fala, tímida como uma criança.

— E-e eu?

— E você? — pergunto. Meu ódio por sua família se inflama. Agora que temos o pergaminho, desejo abandonar Amari na floresta, deixá-la morrer de fome ou virar comida de hienária.

— Se for levar esse pergaminho idiota, ela precisa vir junto. — Tzain suspira. — Se não vai levar os guardas direto até nós.

O rosto de Amari empalidece quando me viro de novo para ela.

Como se fosse de mim que ela precisa ter medo.

— Sobe logo. — Eu me arrasto para frente na sela de Nailah.

Por mais que eu queria deixá-la para trás, ainda não terminamos nossos assuntos.

CAPÍTULO OITO

INAN

— Não entendo.

Mil pensamentos correm pela minha mente. Tento me ater aos fatos: magia em Orïsha; um pergaminho antigo; traição pelas mãos de *Amari*?

Não é possível. Mesmo se eu conseguisse acreditar em magia, não posso aceitar o envolvimento de minha irmã. Amari mal consegue levantar a voz em um banquete. Ela deixa minha mãe ditar suas roupas. Amari nunca passou um dia fora destas muralhas, e agora fugiu de Lagos com a única coisa que pode derrubar nosso império?

Relembro a situação, recordando o momento em que a fugitiva trombou comigo. Quando colidimos, algo quente e penetrante estalou pelos meus ossos. Um ataque estranho e poderoso. Em meu choque, não olhei sob o capuz da fugitiva. Mas se tivesse olhado, realmente veria os olhos âmbar de minha irmã?

— Não — sussurro para mim mesmo. É bizarro demais. Quase penso em levar meu pai ao médico real. Mas é impossível negar sua expressão, seus olhos. Loucos. Calculando. Em dezoito anos, vi muitas coisas em seu olhar. Mas nunca medo. Nunca terror.

— Antes de você nascer, os maji estavam inebriados de poder, sempre tramando algo para derrubar nossa linhagem — explica meu pai. — Mesmo com sua insurgência, meu pai tentou ser justo, mas essa lealdade o matou.

Junto com seu irmão mais velho, penso em silêncio. *Sua primeira esposa, seu primogênito.* Não há um nobre em Orïsha que não saiba do massacre que meu pai sofreu nas mãos dos maji. Uma carnificina que um dia seria vingada pela Ofensiva.

Por instinto, toco o peão desgastado no bolso, um "presente" roubado de meu pai. A peça de senet é a única sobrevivente do conjunto que meu pai tinha quando criança, um jogo de estratégia que ele costumava jogar comigo quando eu era menino.

Embora o metal frio em geral ponha meus pés no chão, hoje ele está quente. Quase queima ao rolar pelos meus dedos, ardendo com a verdade ameaçadora de meu pai.

— Quando subi ao trono, sabia que a magia era a raiz de toda a nossa dor. Ela esmagou impérios antes de nós e, enquanto existir, voltará a esmagá-los.

Faço que sim, lembrando-me dos resmungos de meu pai muito antes da Ofensiva. Os britauneses, os porltoganeses, o império espânico — todas civilizações destruídas porque os que tinham magia ansiavam pelo poder, e os que estavam no comando não fizeram o suficiente para impedi-los.

— Quando descobri a liga bruta que os bratonianos usavam para subjugar a magia, pensei que seria suficiente. Com a majacita, eles criaram prisões, armas e correntes. Seguindo suas táticas, fiz o mesmo. Mas nem isso foi suficiente para domar aqueles vermes traidores. Para nosso reino sobreviver, eu sabia que precisava me livrar da magia.

Quê? Inclino-me para frente, incapaz de confiar em meus ouvidos. A magia está além de nós. Como meu pai poderia atacar um inimigo desses?

— A magia é um presente dos deuses — continua ele —, uma conexão espiritual entre eles e a humanidade. Se os deuses romperam essa ligação com os reis gerações atrás, eu sabia que a conexão com os maji podia ser cortada também.

Minha cabeça gira com as palavras de meu pai. Se ele não precisa passar no médico, eu preciso. Na única vez em que ousei perguntar a ele sobre os deuses orïshanos, sua resposta foi rápida: *deuses não são nada sem os tolos que acreditam neles.*

Acreditei em suas palavras, construí meu mundo sobre sua convicção inabalável. Mas aqui está ele, me dizendo que os deuses existem. Que *ele* declarou guerra contra eles.

Pelos céus. Encaro o sangue que mancha os rejuntes no chão. Sempre soube que meu pai era um homem poderoso.

Só nunca tinha percebido a profundidade desse poder.

— Depois da minha coroação, procurei uma maneira de romper esse elo espiritual. Levou anos, mas acabei descobrindo a fonte da conexão espiritual dos maji e ordenei que meus homens a destruíssem. Até hoje, eu acreditava que tinha conseguido varrer a magia da face da terra. Mas agora esse maldito pergaminho está ameaçando trazer a magia de volta.

Deixei as palavras de meu pai me invadirem, analisando todas, até os fatos mais inconcebíveis estarem se movendo como peões de senet em minha cabeça: romper a conexão, romper a magia.

Destruir as pessoas que estão atrás de nosso trono.

— Mas se a magia desapareceu... — Meu estômago se retorce em nós, mas preciso saber a resposta. — Por que recorrer à Ofensiva? Por que... matar todas aquelas pessoas?

Meu pai corre o dedo pela ponta serrilhada de sua espada de majacita e vai até as janelas envidraçadas. O mesmo lugar em que eu fiquei, quando criança, enquanto os maji de Lagos eram consumidos pelas chamas. Onze anos depois, o cheiro da carne queimando ainda é uma lembrança constante. Tão vívida quanto o calor no ar.

— Para a magia desaparecer de vez, todos os maji precisavam morrer. Uma vez que tivessem provado o poder, nunca parariam de lutar para trazê-lo de volta.

Todos os maji...

Por isso ele deixou as crianças vivas. Divinais não manifestam suas capacidades até os treze anos. Crianças sem poderes que nunca tiveram magia não representavam uma ameaça.

A resposta de meu pai é calma. Tão objetiva que não consigo duvidar que tenha feito a coisa certa. Mas a lembrança das cinzas cobre minha língua. Amarga. Pungente. Eu me pergunto se o estômago de meu pai se revirou naquele dia.

Eu me pergunto se sou forte o bastante para fazer o mesmo.

— A magia é uma praga. — Meu pai interrompe meus pensamentos. — Uma doença fatal, purulenta. Se tomar nosso reino do jeito que tomou outros, ninguém sobreviverá a seu ataque.

— Como impedimos?

— O pergaminho é a chave — continua meu pai. — É o que sei. Alguma coisa nele tem poder para trazer a magia de volta. Se não o destruirmos, ele nos destruirá.

— E Amari? — Minha voz diminui. — Teremos que... eu terei que... — O pensamento é tão miserável que não consigo falar.

O dever antes do eu. É o que meu pai dirá. É o que ele gritou para mim naquele fatídico dia.

Mas o pensamento de erguer uma espada contra Amari depois de todos esses anos faz minha garganta secar. Não posso ser o rei que meu pai quer que eu seja.

Não posso matar minha irmã mais nova.

— Sua irmã cometeu uma traição — ele fala lentamente. — Mas não é culpa dela. Eu permiti que se aproximasse daquele verme. Eu deveria saber que sua personalidade ingênua seria um problema.

— Então Amari pode viver?

Meu pai assente.

— Se ela for capturada antes que qualquer um descubra o que fez. É por isso que não pode levar seus homens... você e a almirante Kaea devem partir e recuperar o pergaminho sozinhos.

O alívio golpeia meu peito como se fosse o punho de meu pai. Não posso matar minha irmã mais nova, mas posso trazê-la de volta.

Uma batida ríspida na porta; a almirante Kaea põe a cabeça na fresta. Meu pai acena com a mão, pedindo para ela entrar.

Atrás dela, vislumbro o rosto raivoso de minha mãe. Um novo peso recai sobre meus ombros. *Pelos céus.*

Minha mãe nem sabe onde está Amari.

— Encontramos um nobre. Ele alega que viu a verme que ajudou a fugitiva — diz Kaea. — Ela vendeu um peixe raro de Ilorin.

— Você fez uma referência cruzada no livro de registro? — pergunto.

Kaea assente.

— Tem apenas uma divinal de Ilorin hoje. Zélie Adebola, dezessete anos.

Zélie...

Minha mente ajusta a peça faltando em sua imagem impressionante. O nome ecoa da língua de Kaea como prata. Suave demais para um divinal que atacou minha cidade.

— Permita que eu vá a Ilorin — falo de uma vez. Minha mente percorre o plano enquanto falo. Já vi um mapa de Ilorin antes. Os quatro quadrantes da vila flutuante. Cento e poucos aldeões, a maioria de pescadores humildes. Poderíamos cuidar disso com... — Dez homens. É tudo de que almirante Kaea e eu precisamos. Encontrarei o pergaminho e trarei Amari de volta. Só me dê uma chance.

Meu pai gira o anel enquanto pensa. Consigo ouvir a rejeição se acomodando em sua língua.

— Se esses homens descobrirem...

— Eu os mato — interrompo. A mentira escapa de minha boca com facilidade. Se eu puder me redimir de minhas antigas falhas, ninguém mais precisará morrer.

Mas meu pai não pode saber disso. Ele mal confia em mim agora. Exige compromisso rápido, inflexível.

Como capitão, preciso dar isso a ele.

— Muito bem — concorda meu pai. — Partam. Sejam rápidos.

Graças aos céus. Ajusto meu capacete e faço uma reverência profunda. Estou quase fora da sala quando meu pai me chama.

— Inan.

Algo muda em seu tom. Algo obscuro.

Perigoso.

— Quando tiver o que precisa, queime o vilarejo inteiro.

CAPÍTULO NOVE

ZÉLIE

Toda Ilorin está pacífica demais.

Ao menos, depois de hoje, é o que parece. Os barcos-coco balançam em suas âncoras, panos caem sobre o domo da entrada das ahéré. A vila se põe com o sol, abrindo caminho para o calmo sono da noite.

Os olhos de Amari arregalam-se de surpresa quando navegamos pelas águas e seguimos na direção da casa de Mama Agba nas costas de Nailah. Ela observa cada centímetro da vila flutuante como um operário faminto posto diante de um banquete majestoso.

— Nunca vi nada assim antes — sussurra ela. — É impressionante.

Respiro o aroma fresco do mar, fechando os olhos enquanto a bruma respinga no meu rosto. O sabor do sal na língua me faz imaginar o que aconteceria se Amari não estivesse ali; um pedaço fresco de pão doce, um corte bom de carne apimentada. Para variar, dormiríamos de barriga cheia. Uma refeição de comemoração em minha homenagem.

Minha frustração se reinstala com a alegria ignorante de Amari. Sendo princesa, provavelmente nunca ficou sem uma refeição em toda a sua vida mimada.

— Me dê seu diadema — falo quando Nailah aporta no bairro dos mercadores.

O assombro desaparece do rosto de Amari, e ela fica tensa.

— Mas Binta... — Ela faz uma pausa, recompondo-se. — Eu não ficaria com ele se não tivesse sido feito por minha camareira... É a única coisa que restou dela.

— Não me importa se os deuses lhe deram essa desgraça. As pessoas não podem descobrir quem você é.

— Não se preocupe — acrescenta Tzain com gentileza. — Ela vai jogar dentro da bolsa, não no mar.

Olho para ele, furiosa pela tentativa de confortá-la, mas suas palavras resolvem o problema. Amari mexe na presilha e põe as joias brilhantes na minha bolsa. O brilho que elas acrescentam ao reluzir das moedas de prata é absurdo. Hoje de manhã eu não tinha uma moeda de bronze. Agora estou carregando o peso do ouro da realeza.

Me agacho nas costas de Nailah e saio para a passarela de madeira. Passo a cabeça pela porta acortinada de Mama Agba e vejo meu pai dormindo a sono solto no canto, enrolado como um gato-do-mato na frente de uma fogueira. A cor de sua pele voltou, o rosto não está tão esquelético e emaciado. Deve ser o cuidado de Mama Agba. Ela conseguiria fazer um cadáver voltar à vida.

Quando entro, Mama Agba espia por trás de um manequim vestido com um cafetã púrpura brilhante. As costuras justas sugerem que é para um nobre, uma venda que talvez cubra o próximo imposto.

— Como foi? — sussurra ela, cortando a linha com os dentes. Ela ajusta o gèle verde e amarelo na cabeça antes de prender as pontas soltas do cafetã.

Abro a boca para responder, mas Tzain se intromete, seguido com hesitação por Amari. Ela olha ao redor da ahéré com uma inocência que apenas o luxo pode gerar, correndo os dedos sobre o junco entremeado.

Tzain meneia a cabeça para Mama Agba de modo agradecido enquanto pega minha bolsa, parando para entregar a Amari o pergaminho. Ele ergue o corpo adormecido de Baba com facilidade. Baba nem sequer se move.

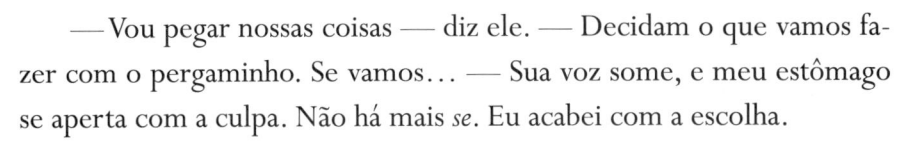

—Vou pegar nossas coisas — diz ele. — Decidam o que vamos fazer com o pergaminho. Se vamos... — Sua voz some, e meu estômago se aperta com a culpa. Não há mais *se*. Eu acabei com a escolha.

— Só seja rápido.

Tzain sai, reprimindo suas emoções. Observo quando sua figura musculosa desaparece, desejando que eu não fosse a fonte de sua dor.

— Partir? — pergunta Mama Agba. — Por que vocês partiriam? E quem é essa? — Os olhos dela estreitam-se enquanto olha Amari de cima a baixo. Mesmo em seu manto encardido, a postura perfeita dela e o queixo erguido denotam sua natureza régia.

—Ah, hum... — Amari vira-se para mim, segurando o pergaminho com força. — Eu... eu sou...

— O nome dela é Amari. — Eu suspiro. — Ela é a princesa de Orïsha.

Mama Agba solta uma gargalhada alta.

— É uma honra, Vossa Alteza — ela provoca com uma reverência exagerada.

Porém, quando nem Amari nem eu sorrimos, os olhos de Mama se arregalam. Ela se levanta do banquinho e abre o manto de Amari, revelando um vestido azul-escuro por baixo. Mesmo à luz fraca, o decote generoso cintila com joias brilhantes.

—Ai, meus deuses... — Ela se vira para mim, as mãos apertando o peito. — Zélie, o que você fez, pelo amor dos deuses?

Forço Mama Agba a se sentar para explicar os eventos do dia. Enquanto ela oscila entre orgulho e raiva com os detalhes de nossa fuga, são as possibilidades que o pergaminho apresenta que fazem com que ela se cale.

— Isso é real? — pergunto. — Há alguma verdade nisso?

Mama fica em silêncio por um bom tempo, encarando o pergaminho nas mãos de Amari. Para variar, seus olhos escuros estão ilegíveis, obscurecendo as respostas que busco.

— Me dê aqui.

No momento em que o pergaminho toca a palma das mãos de Mama Agba, ela arfa. Seu corpo treme e sacode tão violentamente que ela cai da cadeira.

— Mama Agba! — Corro até ela e agarro suas mãos, segurando-a até que os tremores parem. Com o tempo eles cedem, e ela fica caída no chão, tão estática quanto um de seus manequins. — Mama, a senhora está bem?

Lágrimas brotam em seus olhos, escorrendo pelas rugas de sua pele escura.

— Fazia tanto tempo — sussurra ela. — Nunca pensei que sentiria de novo o calor da magia.

Minha boca se abre em surpresa, e eu recuo, incapaz de acreditar em meus ouvidos. Não pode ser. Achava que nenhum maji havia sobrevivido à Ofensiva...

— A senhora é maji? — pergunta Amari. — Mas seus cabelos...

Mama Agba tira o gèle e corre a mão pela cabeça raspada.

— Onze anos atrás tive uma visão de mim mesma visitando uma câncer. Eu pedi a ela que me livrasse de meus cabelos brancos, e ela usou a magia da doença para arrancá-lo inteiro.

— A senhora é uma vidente? — arfo.

— Já fui — Mama Agba assente. — Perdi meus cabelos no dia da Ofensiva; poucas horas antes do momento em que eles teriam me levado embora.

Incrível. Quando eu era criança, os poucos videntes que viviam em Ibadan eram reverenciados. A magia que exerciam sobre o tempo ajudava todos os outros clãs de maji em Ibadan a sobreviver. Sorri, embora em meu coração eu já devesse saber. Mama Agba sempre teve muito juízo, a sabedoria de uma pessoa que tinha visto mais do que seus anos de vida permitiam.

— Antes da Ofensiva — continua Mama Agba —, senti a magia ser sugada do ar. Tentei conjurar uma visão do que viria, mas quando eu mais precisei, não consegui ver. — Ela se encolhe, como se revivesse a dor daquele dia. Posso apenas imaginar que imagens horríveis passam pela sua cabeça.

Mama arrasta os pés até as janelas teladas e fecha as cortinas. Encara suas mãos calejadas, enrugadas pelos anos como costureira.

— Ọrúnmìlà — ela sussurra, invocando o Deus do Tempo. — *Bá mi sọrọ. Bá mi sọrọ.*

— O que ela está fazendo? — Amari recua, como se as palavras de Mama Agba pudessem feri-la. Mas ouvir iorubá de verdade pela primeira vez em mais de uma década me deixa desnorteada demais para eu responder.

Desde a Ofensiva, tudo o que ouvi foram as pausas duras e os sons guturais do orïshano, a língua que somos forçados a falar. Fazia tempo que não ouvia um encantamento, tempo demais desde que o idioma de meu povo existia para além das minhas lembranças.

— Ọrúnmìlà — traduzo enquanto Mama Agba canta —, fale comigo. Fale comigo. Ela está invocando seu deus — explico a Amari. — Está tentando fazer magia.

Embora a resposta saia tranquila, nem eu consigo acreditar no que estou vendo. Mama Agba canta com uma fé cega, paciente e confiante, exatamente como aqueles que seguem o Deus do Tempo devem ser.

Enquanto pede orientação a Ọrúnmìlà, uma pontada de ansiedade se agita em meu coração. Não importa o quanto eu quisesse, nunca tive fé suficiente para invocar Oya assim.

— É seguro? — Amari recosta-se à parede da ahéré quando as veias saltam no pescoço de Mama Agba.

— É parte do processo. — Meneio a cabeça. — O custo de usar nosso àṣẹ.

Para lançar a magia, precisamos usar a língua dos deuses para reunir e moldar o àṣẹ em nosso sangue. Para uma vidente experiente, esse encantamento seria fácil, mas com tantos anos sem prática, esse feitiço provavelmente está sugando todo o àṣẹ que Mama Agba tem. O àṣẹ se desenvolve como qualquer músculo em nosso corpo; quanto mais usamos, mais fácil fica de reuni-lo e mais forte nossa magia se torna.

— *Ọrúnmìlà, bá mi sọrọ! Ọrúnmìlà, bá mi sọrọ...*

Sua respiração fica mais entrecortada a cada palavra. As rugas no rosto esticam-se com o esforço. Reunir àṣẹ cobra seu preço. Se ela tentar reunir demais, pode se matar.

— *Ọrúnmìlà...* — A voz de Mama Agba fica mais forte. Uma luz prateada começa a crescer em suas mãos. — *Ọrúnmìlà, bá mi sọrọ! Ọrúnmìlà, bá mi sọrọ...*

O cosmos explode entre as mãos de Mama com tanta força que Amari e eu somos lançadas ao chão. Amari grita, mas meu berro desaparece com o nó em minha garganta. O azul e a púrpura do céu noturno piscam entre as palmas das mãos de Mama Agba. Meu coração captura a linda visão. *Ela voltou...*

Depois de todo esse tempo, a magia finalmente está aqui.

É como uma comporta que se abre em meu coração, uma onda infinita de emoção correndo por todo o meu ser. Os deuses estão de volta. *Vivos.* Conosco depois de todo esse tempo.

As estrelas brilhando entre a palma das mãos de Mama Agba rodopiam e dançam umas com as outras. Uma imagem lentamente se cristaliza, ficando mais nítida, como uma escultura diante de nossos olhos. Com o tempo, consigo identificar as três silhuetas em uma colina montanhosa. Elas sobem com fúria implacável, abrindo caminho pela mata fechada.

— Pelos céus — pragueja Amari. Ela dá um passo hesitante adiante. — Aquela... sou eu?

Bufo com sua vaidade, mas a visão do meu dashiki curto me faz parar. Ela tem razão — somos nós duas e Tzain, subindo pela mata. Minhas mãos estendem-se para uma rocha, enquanto Tzain guia Nailah pelas rédeas até um platô. Subimos mais e mais a montanha, escalando até chegarmos a...

A visão desaparece, explodindo no ar vazio em um piscar de olhos.

Ficamos encarando as mãos vazias de Mama Agba, mãos que acabaram de mudar meu mundo inteiro.

Os dedos de Mama tremem pelo esforço da visão. Mais lágrimas escorrem de seus olhos.

— Eu sinto... — Ela engasga com soluços silenciosos. — Eu sinto como se pudesse respirar de novo.

Meneio a cabeça, embora não possa descrever como meu coração está apertado. Depois da Ofensiva, realmente pensei que nunca mais veria a magia.

Quando as mãos de Mama Agba ficam firmes, ela agarra o pergaminho, o desespero visível em seu toque. Ela observa a folha; pelo movimento dos olhos, percebo que está lendo os símbolos.

— É um ritual — diz ela. — Isso dá para entender. Alguma coisa com origem ancestral, uma maneira de se conectar com os deuses.

— A senhora pode fazer isso? — pergunta Amari, os olhos âmbar brilhando com uma mistura de admiração e medo. Ela encara Mama Agba como se ela fosse feita de diamantes, ainda que se encolha sempre que Mama se aproxima.

— Não sou eu quem deve fazer isso, menina. — Mama põe o pergaminho nas minhas mãos. — Você viu o mesmo que eu.

— N-não pode estar falando sério — gagueja Amari. Para variar, concordo com ela.

— O que há para discutir? — pergunta Mama. — Vocês três estavam na jornada. Estavam viajando para trazer a magia de volta!

— Ela já não está aqui? — questiona Amari. — O que a senhora fez...

— Uma fração do que eu podia fazer antes. Este pergaminho incita a magia, mas, para trazê-la de volta plenamente, vocês precisam fazer mais.

— Tem que ter alguém melhor. — Eu balanço a cabeça. — Alguém com mais experiência. A senhora não pode ser a única maji a ter escapado da Ofensiva. Podemos usar seu poder para encontrar alguém para o pergaminho.

— Meninas...

— Não podemos! — interrompo. — *Eu não posso! Baba...*

— Eu cuido de seu pai.

— Mas os guardas!

— Não se esqueça de quem te ensinou a lutar.

— Nem sabemos o que diz aí — intervém Amari. — Não sabemos nem ler o pergaminho!

Os olhos de Mama Agba ficam distantes, como se uma ideia tomasse sua mente. Ela revira uma coleção de seus pertences, voltando com um mapa desgastado.

— Aqui. — Ela mostra um ponto na Selva de Funmilayo, que fica a alguns dias a leste da costa de Ilorin. — Em minha visão, vocês estavam viajando por aqui. Deve ser onde fica Candomblé.

— Candomblé? — pergunta Amari.

— Um templo lendário — responde Mama Agba. — Segundo os rumores, é o lar dos sagrados sêntaros, protetores da magia e da ordem espiritual. Antes da Ofensiva, somente os líderes recém-eleitos dos dez clãs maji faziam a peregrinação, mas se minha visão mostrou vocês viajando para lá, deve ser sua vez. Vocês devem ir. Candomblé talvez guarde as respostas que buscam.

Quanto mais Mama Agba fala, mais dormentes ficam minhas mãos e meus pés. *Por que você não entende?*, quero gritar.

Não sou forte o suficiente.

Olho para Amari; por um instante, quase esqueço que é uma princesa. Sob o brilho das velas de Mama Agba, ela parece pequena, insegura sobre o que fazer.

Mama Agba pousa uma mão enrugada no meu rosto e pega o pulso de Amari com a outra.

— Sei que vocês estão assustadas, meninas, mas também sei que conseguem. Tantos dias para fazer negócios em Lagos, você foi justamente hoje. Tantas pessoas de quem você podia ter se aproximado naquele mercado, você a escolheu. Os deuses estão trabalhando. Estão nos abençoando com nossos dons depois de tanto tempo. Precisam confiar que eles não arriscariam o destino dos maji. Confiem em si mesmas.

Respiro fundo e encaro o chão trançado. Os deuses, que no passado pareciam tão distantes, estão mais próximos do que eu jamais imaginei ser possível. Hoje eu só queria me graduar.

Eu só precisava vender um peixe.

— Mama...

— *Socorro!*

Um grito interrompe a calma da noite. Em um instante, estamos todas de pé. Agarro meu bastão enquanto Mama corre até a janela. Quando ela abre as cortinas, minhas pernas enfraquecem.

O fogo avança enfurecido pelo bairro dos mercadores, cada ahéré engolfada nas chamas vibrantes. Colunas de fumaça preta sobem ao céu com o berro dos aldeões, gritos de socorro enquanto nosso mundo explode em chamas.

Uma fileira de flechas flamejantes rasga a escuridão; cada uma explodindo quando entra em contato com o junco e as vigas de madeira das ahéré.

Pó explosivo...

Uma mistura poderosa que apenas os guardas do rei poderiam conseguir.

Você, a voz em minha cabeça sussurra, enojada. *Você trouxe eles até aqui.*

E agora os guardas não vão apenas matar todo mundo que amo.

Eles vão incendiar o vilarejo inteiro.

Saio sem perder mais um segundo, sem recuar quando Mama Agba grita meu nome. Tenho que encontrar minha família. Tenho que garantir que estejam bem.

A cada passo na passarela bamba, minha casa arde em um inferno vivo. O fedor de carne queimando faz minha garganta arder. O fogo dura apenas poucos minutos, e ainda assim Ilorin inteira já arde em chamas.

— *Socorro!*

Reconheço os gritos agora. A pequena Bisi. Seus gritos cortam a escuridão, em um desespero agudo. Meu peito arfa quando passo correndo pela ahéré de Bisi. Será que ela vai conseguir sair viva?

Enquanto corro para casa, os aldeões, desesperados para escapar das chamas, saltam no oceano, e seus gritos perfuram o céu noturno. Tossindo, se agarram às madeiras soltas e chamuscadas, lutando para ficar na superfície.

Uma sensação estranha me percorre, emergindo em minhas veias, aprisionando o ar no meu peito. Com ela, o calor tremula sob a minha pele. *Uma morte...*

Um espírito.

Magia. Junto as peças. *Minha magia.*

Uma magia que ainda não entendo. Uma magia que nos trouxe a este inferno.

Mas enquanto as brasas queimam minha pele, imagino mareadores invocando correntes de água para combater as chamas. Queimadores mantendo as chamas sob controle.

Se tivesse mais maji aqui, seus dons poderiam impedir este horror.

Se eu fosse treinada e estivesse armada com feitiços, o fogo não teria chance.

Um estalo alto ressoa pelo ar. Os painéis de madeira sob meus pés rangem enquanto me aproximo do setor dos pescadores. Corro pelo tempo que a passarela aguenta e então me lanço no ar.

A fumaça queima minha garganta quando aterrisso no deque sacolejante que segura minha casa. Não consigo enxergar através das chamas, mas ainda me forço a agir.

— Baba! — grito entre tossidas, adicionando mais gritos ao caos da noite. — Tzain!

Não há uma ahéré em nosso setor que não tenha sido engolida pelas chamas, e ainda assim eu avanço, esperando que a minha não tenha o mesmo destino.

A passarela balança sob meus pés, e meus pulmões clamam por ar. Caio diante da minha casa, queimada pelo calor que irradia das chamas.

— *Baba!* — berro, horrorizada, buscando algum sinal de vida no fogo. — *Tzain! Nailah!*

Grito até minha garganta doer, mas ninguém responde ao meu chamado. Não sei se estão presos lá dentro.

Não consigo ver se ainda estão vivos.

Me esforço para levantar e estendo meu bastão, empurrando a porta de nossa ahéré. Estou prestes a correr para dentro quando uma mão segura meu ombro, puxando-me para trás com tanta força que tombo.

As lágrimas turvam minha visão. É difícil identificar o rosto de meu agressor. Mas logo as chamas tremeluzentes iluminam a pele acobreada. *Amari.*

—Você não pode entrar! — grita ela entre tossidas. — Está desmoronando!

Empurro Amari para o chão, com vontade de afogá-la no mar. Quando ela me solta, rastejo na direção de minha ahéré.

— Não!

As paredes de junco que passamos uma lua inteira construindo desmoronam com um estalo alto. Elas queimam em chamas através da passarela e caem no mar, afundando.

Espero a cabeça de Tzain subir das ondas, Nailah soltar um rugido de dor. Mas vejo apenas a escuridão.

Em um golpe, minha família foi dizimada.

— Zélie...

Amari segura meu ombro de novo; meu sangue ferve sob seu toque. Agarro seu braço e a puxo para frente, a dor e a fúria abastecendo minha força.

Eu vou te matar, decido. *Se nós morrermos, você morre também.*

Deixar o pai dela sentir esta dor.

Deixar o rei saber o que é uma perda insuportável.

— Não! — grita Amari quando eu a arrasto para as chamas, mas mal consigo escutá-la com o sangue pulsando em meus ouvidos. Quando olho para ela, vejo o rosto de seu pai. Tudo dentro de mim se retorce com ódio. — Por favor...

— Zélie, pare!

Solto Amari e me viro rapidamente na direção do mar aberto. Nailah está nadando com Tzain nas costas. Atrás dele, Baba e Mama Agba estão em segurança dentro de um barco-coco preso à sela de Nailah. Fico tão perplexa com a visão que levo um instante para entender que estão realmente vivos.

—Tzain...

A fundação inteira do setor dos pescadores se inclina. Ela afunda antes de podermos saltar, levando-nos com ela. A água fria como gelo nos engole de uma vez, atenuando as queimaduras que eu havia esquecido.

Me deixo afundar entre a madeira e as casas estraçalhadas. A escuridão limpa minha dor, resfria minha fúria.

Você pode ficar aqui embaixo, um pequeno pensamento sussurra. *Não precisa continuar esta luta...*

Me agarro a essas palavras por um momento, à minha única chance de fuga. Mas quando meus pulmões ardem, me forço a bater as pernas, me levando de volta ao mundo em frangalhos que conheço.

Não importa o quanto eu anseie pela paz; os deuses têm outros planos.

CAPÍTULO DEZ

ZÉLIE

Flutuamos em silêncio até uma pequena baía do outro lado da costa norte, incapazes de falar depois de tanto horror. Embora o estrondo das ondas fique cada vez mais alto, a lembrança dos gritos de Bisi estrondam ainda mais ruidosamente na minha cabeça.

Quatro mortes. Quatro pessoas que não conseguiram escapar das chamas.

Eu levei o fogo a Ilorin.

O sangue delas suja as minhas mãos.

Aperto meus próprios ombros para conter meus sentimentos enquanto Mama Agba cuida de nossos ferimentos com um pedaço de pano rasgado de sua saia. Embora tenhamos escapado das chamas, pequenas queimaduras e bolhas salpicam nossa pele. Mas a dor é bem-vinda, quase merecida. As queimaduras não são nada se comparadas à culpa que escalda meu coração.

Uma pressão aguda envolve meu estômago quando a lembrança de um corpo queimado se cristaliza na minha cabeça. A pele chamuscada se soltando de cada membro, o fedor de carne queimada ainda se infiltrando em cada respiração.

Estão em um lugar melhor, tento amenizar minha culpa. Se seus espíritos ascenderam à paz de alafia, a morte seria quase um presente. Mas se sofreram demais antes de morrer...

Fecho os olhos e tento engolir o pensamento. Se o trauma da morte foi grande demais, seus espíritos não subirão para o além-vida. Ficarão em apâdi, um inferno eterno, revivendo o pior de sua dor.

Quando aportamos no trecho rochoso de areia, Tzain ajuda Amari enquanto eu cuido de Baba. Prometi que não estragaria as coisas. Agora, nossa vila inteira está em chamas.

Encaro as rochas denteadas, incapaz de fitar os olhos de meu pai. Baba devia ter me vendido para as colônias. Se tivesse feito isso, finalmente teria ficado em paz. O silêncio de Baba apenas intensifica minha angústia, mas quando ele se curva para encontrar meu olhar, as lágrimas suavizam seus olhos.

— Não pode fugir disso, Zélie. Não agora. — Ele toma minhas mãos. — Esta é a segunda vez que esses monstros tomaram nossa casa. Que seja a última.

— Baba? — Não consigo acreditar em sua fúria. Desde a Ofensiva, ele não sussurrou um único xingamento contra a monarquia. Pensei que tinha desistido de lutar.

— Sem magia, eles nunca nos tratarão com respeito. Precisam saber que podemos revidar. Se queimam nossa casa, queimaremos a deles também.

Tzain fica boquiaberto e me encara. Não víamos esse homem há onze anos. Não sabíamos que ele ainda estava vivo.

— Baba...

— Pegue Nailah — ordena ele. — Os guardas estão próximos. Não temos muito tempo.

Ele aponta para a praia da costa norte, onde cinco figuras em armadura real reúnem sobreviventes. A luz trêmula das chamas ilumina o selo no capacete de um soldado. *O capitão...* O mesmo que perseguiu a mim e a Amari.

Ele reduziu minha casa a cinzas.

—Vem com a gente — diz Tzain. — Não podemos deixar você para trás.

— Não posso. Só vou atrasar vocês.

— Mas Baba...

— Não — ele interrompe Tzain, erguendo-se para pousar a mão no ombro dele. — Mama Agba me contou sobre a visão. Vocês três vão liderar a luta. Precisam chegar a Candomblé e descobrir como trazer a magia de volta.

Minha garganta se aperta. Agarro a mão de Baba.

— Eles já nos encontraram uma vez. Se vieram atrás de nós, vão atrás de vocês também.

— Até lá já estaremos longe — Mama Agba me garante. — Quem melhor para se esquivar de guardas do que uma vidente?

Tzain encara Mama Agba e Baba, o queixo firme enquanto luta para manter uma expressão neutra. Não sei se ele conseguirá deixar Baba para trás. Tzain não sabe fazer outra coisa além de proteger as pessoas.

— Como vamos encontrar vocês? — sussurro.

— Traga a magia de volta de uma vez por todas — diz Mama Agba. — Enquanto eu tiver minhas visões, sempre vou saber aonde ir.

— Vocês precisam partir — insiste Baba com vigor quando uma nova rodada de gritos ressoa. Um dos guardas agarra uma velhinha pelos cabelos e segura uma espada contra sua garganta.

— Baba, não!

Tento puxá-lo para irmos, mas ele me domina, ajoelhando-se para me envolver, trêmula, em seus braços. Ele me segura com mais força do que fez em anos.

— Sua mãe... — A voz dele vacila. Um pequeno soluço escapa da minha garganta. — Ela amava você com todas as forças. E ficaria muito orgulhosa agora.

Me agarro a Baba com tanta força que minhas unhas se enterram na sua pele. Ele me aperta também antes de se erguer para abraçar Tzain. Embora Tzain seja muito mais alto e forte que Baba, meu pai se iguala a ele na ferocidade do abraço. Eles ficam abraçados por um bom tempo, como se nunca fossem precisar se soltar.

— Estou orgulhoso de você, filho. Não importa o que aconteça. Sempre terei orgulho.

Tzain limpa rapidamente as lágrimas. Ele não é do tipo que demonstra suas emoções, mas que guarda sua dor para o isolamento da noite.

— Eu amo vocês — sussurra Baba para nós dois.

— Amamos você também — murmuro.

Ele gesticula para Tzain montar Nailah. Amari segue, lágrimas silenciosas escorrendo pelas bochechas. Apesar da minha dor, uma pontada de fúria se inflama. Por que ela está chorando? Mais uma vez, por causa da família dela, a minha está se separando.

Mama Agba beija minha testa e me abraça com força.

— Seja cuidadosa, mas seja forte.

Fungo e meneio a cabeça, embora eu sinta tudo, menos força. Estou assustada. Fraca.

Vou decepcioná-los.

— Cuide de sua irmã — Baba lembra a Tzain quando monto na sela. — E Nailah, seja boazinha. Proteja eles.

Nailah lambe o rosto de Baba e roça o focinho na cabeça dele, sinal de uma promessa que ela sempre cumpre. Meu peito se aperta quando ela avança, afastando-se de tudo que amo, da minha casa. Quando me viro, o rosto de Baba está radiante com um sorriso raro.

Rezo para que vivamos para ver esse sorriso de novo.

CAPÍTULO ONZE

INAN

— Conte até dez — sussurro para mim mesmo. — Conte. Até. Dez.

Porque quando eu terminar de contar, este horror terminará.

O sangue dos inocentes não manchará minhas mãos.

— Um... dois... — Agarro o peão de senet de meu pai com a mão trêmula, tão forte que o metal me machuca. Os números crescem, mas nada muda.

Como Ilorin, todos os meus planos explodiram em chamas.

Minha garganta fecha-se quando o vilarejo desmorona em labaredas ardentes, levando os lares de centenas de pessoas. Meus soldados arrastam cadáveres pela areia, corpos carbonizados e irreconhecíveis. Os gritos dos vivos e feridos enche meus ouvidos. Minha língua só tem gosto de cinza. Tanta destruição. Morte.

Esse não era meu plano.

Eu devia ter Amari em uma das mãos, a ladra divinal acorrentada na outra. Kaea deveria ter recuperado o pergaminho. Apenas a cabana da divinal precisava ter queimado.

Se eu tivesse conseguido recuperar o pergaminho, meu pai teria entendido. Teria me agradecido pela discrição, louvado meu julgamento sagaz de poupar Ilorin. Nosso comércio de peixe ficaria protegido. A única ameaça à monarquia seria esmagada.

Mas eu falhei. De novo. Depois de implorar a meu pai outra chance. O pergaminho ainda está perdido. Minha irmã em risco. Uma vila inteira dizimada. Ainda assim, não consegui nada.

O povo de Orïsha não está em segurança...

— Baba!

Agarro a lâmina quando uma criancinha se joga no chão. Seus gritos cortam a noite. Apenas então noto o cadáver coberto de areia a seus pés.

— Baba! — Ele agarra o corpo, tentando fazê-lo acordar. O sangue de seu pai mancha a pele das pequenas mãos negras.

— Abeni! — Uma mulher arrasta os pés pela areia molhada e arfa com a visão dos guardas que se aproximam. — Abeni, não, você precisa ficar quieto. B-baba quer que você fique quieto!

Eu me afasto e fecho os olhos com força, engolindo a bile. *O dever antes do eu.* Ouço a voz de meu pai. A segurança de Orïsha antes da minha consciência. Mas esses aldeões *são* Orïsha. São o povo que jurei proteger.

— Isso é um caos. — A almirante Kaea se aproxima pisando forte e para ao meu lado, os nós dos dedos ensanguentados por bater no soldado que ateou fogo cedo demais e começou o incêndio. Luto com a vontade de ir até lá e bater nele eu mesmo enquanto está caído, gemendo na areia molhada. — Levante e amarre os pulsos deles! — berra Kaea para o guarda antes de abaixar a voz outra vez. — Não sei se os fugitivos estão vivos ou mortos. Nem sabemos se eles voltaram para cá.

— Temos que reunir os sobreviventes. — Solto um suspiro frustrado. — Esperar que um deles...

Minha voz desaparece quando uma sensação abominável sobe pela minha pele. Como no mercado, o calor faz meu escalpo formigar. Ela pulsa enquanto um filete de ar flutua na minha direção. Uma nuvem turquesa estranha atravessando a fumaça preta.

— Você está vendo? — pergunto a Kaea.

Aponto, recuando enquanto a fumaça paira para mais perto. A nuvem estranha carrega o cheiro de maresia, minando o amargor das cinzas no ar.

— O quê? — pergunta Kaea, mas não tenho a chance de responder. A nuvem turquesa passa pelos meus dedos. Uma imagem estranha da divinal se acende em minha cabeça...

O som ao redor vai silenciando, ficando obscuro e confuso. O mar frio me invade, enquanto o luar e o fogo desaparecem lá em cima. Vejo a garota que assombra meus pensamentos afundando entre os cadáveres e pedaços de madeira, caindo na escuridão do mar. Ela não luta com a corrente que a puxa para baixo. Renuncia ao controle. Afundando para a morte.

Quando a visão desaparece, volto aos aldeões berrando e à areia remexida. Alguma coisa arde sob a minha pele, a mesma dor que começou quando vi pela última vez o rosto da divinal.

De repente, todas as peças se juntam. A luta. A visão.

Eu deveria ter sabido desde o início.

Magia...

Meu estômago revira. Arranho meu braço formigante. Tenho que tirar este vírus de mim. Preciso arrancar a sensação traiçoeira da minha pele...

Inan, foco.

Aperto o peão de senet de meu pai até os nós dos dedos estalarem. Jurei para ele que estava preparado. Mas como, pelos céus, eu poderia estar preparado para isso?

— Conte até dez — sussurro de novo, juntando todas as peças como peões. Quando murmuro "cinco", uma percepção aterradora se instala: a garota divinal está com o pergaminho.

A centelha que senti quando ela esbarrou em mim. A eletricidade que emergiu nas minhas veias. E quando nossos olhos se encontraram...

Pelos céus.

Ela deve ter me infectado.

A náusea queima meu estômago. Antes que eu possa impedir, o peixe-espada assado que comi mais cedo abre caminho pela garganta. Eu me inclino enquanto o vômito arde em minha garganta e atinge a areia, se espalhando.

— Inan! — Kaea franze o nariz enquanto tusso, um traço de preocupação ofuscado pelo nojo. Provavelmente pensa que sou fraco. Mas isso é melhor do que ela descobrir a verdade.

Fecho o punho, quase certo de que consigo sentir a magia atacando meu sangue. Se os maji puderem nos infectar agora, vão nos derrotar antes que tenhamos a chance de acabar com eles.

— Ela esteve aqui. — Limpo a boca com as costas da mão. — A divinal com o pergaminho. Precisamos localizá-la antes que ela machuque mais alguém.

— O quê? — As sobrancelhas finas de Kaea se crispam. — Como você sabe?

Abro a boca para explicar quando o formigamento nauseante irrompe sob meu escalpo de novo. Eu me viro. A dormência cresce — fica mais forte quando me volto para a floresta ao sul.

Embora o ar tenha o fedor de carne queimada e de fumaça preta, sinto outra vez o aroma fugaz do mar. *É ela.* Tem que ser. Escondendo-se entre as árvores...

— Inan — ralha Kaea. — O que quer dizer? Como sabe que ela esteve aqui?

Magia.

Aperto mais o peão desgastado. A palma de minha mão formiga ao toque. O mundo parece mais imundo que a *verme*. Se eu quase não consegui engolir a ideia, como Kaea reagirá?

— Um aldeão — minto. — Ele me disse que foram para o sul.

— Onde está esse aldeão agora?

Aponto às cegas para um cadáver, mas meu dedo recai sobre o corpo carbonizado de uma criança. Outra nuvem turquesa dispara na minha direção. Tudo cheira a alecrim e cinzas.

Antes que eu possa fugir, a nuvem passa pela minha mão com um calor nojento. O mundo desaparece devagar em uma parede de fogo. Gritos despejam-se em meus ouvidos.

— *Socorro...*

— Inan!

Volto com tudo à realidade. Uma onda fria cobre minhas botas.

A praia. Eu aperto o peão. *Você ainda está na praia.*

— O que houve? — pergunta Kaea. — Você estava murmurando...

Viro-me rápido, procurando a garota. Ela tem que estar por trás disso. Está usando sua magia desprezível para encher minha cabeça de sons.

— Inan...

— Deveríamos interrogá-los. — Ignoro a preocupação nos olhos de Kaea. — Se um dos aldeões sabia aonde estavam indo, outros talvez tenham essa informação também.

Kaea hesita e aperta os lábios. Provavelmente quer insistir. Mas seu dever como almirante vem em primeiro lugar. Sempre vem.

Caminhamos até os aldeões sobreviventes. Concentro-me na maré para ignorar seus berros, mas a gritaria apenas aumenta à medida que nos aproximamos.

Sete... Conto em minha cabeça. *Oito... nove...*

Sou filho do regente-mor de Orïsha.

Sou o futuro rei deles.

— Silêncio!

Minha voz estronda na noite com uma força que não parece minha. Até Kaea me olha surpresa quando os gritos diminuem até desaparecerem.

— Estamos procurando por Zélie Adebola. Ela roubou algo de valor da coroa. Disseram-nos que ela está seguindo para o sul, e agora precisamos saber por quê.

Examino os rostos escuros daqueles que se recusam a me olhar nos olhos, buscando algum sinal da verdade. O medo deles encharca o ar como umidade. Entranha-se na minha pele.

— *... deuses, por favor...*

— *... se ele me matar...*

— *... em nome dos deuses, ela roubou...*

Meu coração dispara enquanto sou atacado por essas vozes trêmulas, pensamentos entrecortados que ameaçam me subjugar. Mais nuvens turquesa erguem-se no ar. Como vespas, disparam na minha direção. Começo a recuar para a escuridão da minha mente...

— Respondam!

Graças aos céus. O berro de Kaea me traz de volta.

Pisco e agarro o pomo da minha espada. O metal liso me ancora à realidade. Com o tempo, o medo deles se esvai. Mas a sensação enervante permanece...

— Eu disse: *respondam!* — rosna Kaea. — Não me façam repetir.

Os aldeões mantêm os olhos no chão.

Ao seu silêncio, Kaea avança.

Gritos irrompem quando ela agarra uma senhora pelos cabelos cinzentos. Kaea arrasta a mulher chorosa pela areia.

— Almirante... — Minha voz fica presa quando Kaea desembainha a espada e encosta a lâmina no pescoço enrugado da mulher. Uma única gota de sangue cai no chão.

— Você quer ficar em silêncio? — sibila Kaea. — Fique em silêncio e vai morrer!

— Não sabemos de nada! — uma garota grita. Todos na praia ficam paralisados.

As mãos da garota tremem. Ela as enterra na areia.

— Podemos falar à senhora sobre o irmão e o pai dela. Podemos falar da habilidade dela com um bastão. Mas nenhuma alma em Ilorin sabe aonde ela foi ou por quê.

Lanço um olhar sério para Kaea; ela solta a mulher como uma boneca de pano. Arrasto os pés pela areia molhada até chegar à garota.

Seu tremor intensifica-se quando me aproximo, mas não sei dizer se é medo ou o frio das marés noturnas que lambem seus joelhos. Tudo o que ela usa é uma camisola encharcada, rasgada e puída.

— Qual é o seu nome?

De perto, vejo como sua pele marrom como carvalho se destaca diante de tons mais escuros, como castanheiras e mogno, dos aldeões. Talvez haja alguma nobreza em seu sangue. Um pai que deu uma escapada com alguém mais escuro.

Como ela não responde, eu me curvo, mantendo a voz baixa.

— Quanto mais rápido você responder, mais rápido iremos embora.

—Yemi — ela desembucha. As mãos agarram a areia enquanto fala. — Vou contar tudo o que quiserem saber, mas apenas se nos deixarem em paz.

Concordo com a cabeça. Uma concessão simples. Dever ou não, não quero ver mais corpos.

Não consigo suportar mais gritos.

Estendo a mão e desamarro a corda que prende seus pulsos. Ela se afasta de meu toque.

— Dê-nos as informações de que precisamos e prometo que seu povo ficará em segurança.

— Segurança?

Yemi encara meus olhos com um ódio que me empala como uma espada. Embora a boca não se abra, a voz ressoa em meu crânio.

"A segurança terminou muito tempo atrás."

CAPÍTULO DOZE

ZÉLIE

Meus olhos ardem pelas horas de lágrimas silenciosas quando paramos Nailah para descansar. Leva uns cinco segundos para ela e Tzain desmaiarem no solo coberto de musgo, escapando de nossa realidade destroçada para a segurança do sono.

Amari inspeciona o chão, tremendo com o frio da floresta. Por fim, estende seu manto e dorme sobre ele, régia demais para conceder à terra a graça de sua cabeça nua. Eu a encaro, lembrando-me de como cheguei perto de arrastá-la para as chamas.

A lembrança parece distante agora, como se outra pessoa nutrisse todo aquele ódio.

Agora, apenas a raiva fria fervilha, raiva que eu não deveria me dar o trabalho de sentir. Apostaria quinhentas peças de prata que Amari não vai durar mais um dia.

Eu me enrolo no meu manto e me aninho em Nailah, desfrutando da sensação da pelagem suave contra a pele. Através das folhas sombreadas, o céu cheio de estrelas reacende a magia da visão de Mama Agba em minha mente.

— Ela voltou — sussurro para mim mesma. Mesmo com toda a insanidade do dia, esse fato ainda é o mais difícil de acreditar. Podemos reivindicar nossa magia.

Podemos prosperar de novo.

— Oya...

Sussurro o nome da Deusa da Vida e da Morte, minha deidade irmã que me concedeu o dom da magia. Quando criança, eu a chamava com tanta frequência que seria de se pensar que ela dormia em meu catre, mas agora que eu busco as palavras de uma reza, não sei o que dizer.

— *Bá mi sọ̀rọ̀* — tento, mas faltam toda a convicção e o poder que o canto de Mama Agba tinha. Ela acreditou em sua conexão com Ọ̀rúnmìlà de tal forma que pôde conjurar uma premonição. Neste momento eu só quero acreditar que tem alguém lá em cima.

— *Ràn mí lọ́wọ́* — rezo em vez disso. *Me ajude.* Essas palavras parecem muito mais reais, muito mais minhas. — Mama Agba diz que você me escolheu. Baba concorda, mas eu... estou assustada. Isso é importante demais. Não quero estragar tudo.

Dizer isso em voz alta torna o medo tangível, um novo peso no ar. Não conseguia nem proteger Baba. Como poderia salvar os maji?

Mas enquanto o medo respira, tenho uma pequenina sensação de conforto. A ideia de que Oya pode estar aqui, bem ao meu lado. Pelos deuses, não há maneira de eu conseguir passar por isso sem ela.

— Só me ajude — repito mais uma vez. — *Ràn mí lọ́wọ́*. Por favor. E mantenha Baba em segurança. Não importa o que aconteça, faça com que ele e Mama Agba fiquem bem.

Sem saber mais o que dizer, abaixo a cabeça. Embora esteja tensa, quase penso ver minha reza subindo para o céu. Me agarro ao breve momento de satisfação que isso me concede, sobrepondo-se à dor, ao medo, à tristeza. Me agarro a isso até que a sensação me embale em seus braços, ninando-me até me fazer dormir.

Quando acordo, algo parece estranho. Fora do normal. Não muito certo.

Me levanto, esperando encontrar o corpo sonolento de Nailah, mas ela não está à vista. A floresta desapareceu, não há árvores nem musgo. Em vez disso, estou sentada em um campo de juncos altos que sibilam sob a rajada de vento.

— O que é isso? — sussurro, confusa pela sensação fresca e pela luz.

Olho para minhas mãos e levanto a cabeça, rápido. Nenhuma cicatriz ou queimadura mancha minha pele. Está macia como no dia em que nasci.

Me levanto no campo infinito de juncos que se estende para todos os lados. Mesmo de pé, os caules e folhas ficam bem acima da minha cabeça.

A distância, as plantas estão turvas, misturando-se ao branco no horizonte. É como se eu caminhasse em uma pintura incompleta, presa dentro de seus juncos de tinta. Não estou dormindo, mas também não estou acordada.

Flutuo em um mundo mágico entre esses dois estados.

A lama se move sob meus pés quando avanço pelas plantas celestiais. Minutos parecem virar horas, mas não me importo com o tempo, nesse torpor. O ar é frio e seco, como as montanhas de Ibadan, onde cresci. *Talvez seja um santuário*, penso. Um descanso dado de presente pelos deuses.

Estou pronta para aceitar essa ideia quando sinto a presença de outra pessoa. Meu coração dá um pulo quando me viro. Todo o ar parece sumir quando me dou conta.

Primeiro, reconheço a brasa em seus olhos âmbar, um olhar que nunca poderia esquecer, depois de hoje. Mas agora que está parado, sem espada ou cercado por chamas, percebo a curva de seus músculos, o tom brilhante da pele acobreada, a estranha mecha branca nos cabelos. Quando está assim, parado, os traços que compartilha com Amari são fortes, impossíveis de ignorar. *Ele não é apenas o capitão...*

Ele é o príncipe.

Ele me encara por um longo instante, como se eu fosse um cadáver que se levantou dos mortos. Mas então fecha os punhos.

— Solte-me desta prisão imediatamente!

— Soltar você? — Arqueio a sobrancelha, confusa. — Eu não fiz isso!

— Espera que eu acredite? Quando seu rosto miserável ficou aparecendo na minha cabeça o dia inteiro? — Ele tenta pegar a espada, mas não há nada ali.

Pela primeira vez percebo que estamos usando roupas brancas simples, vulneráveis sem nossas armas.

— Meu rosto? — pergunto, cautelosa.

— Não finja ignorância — retruca o príncipe. — Senti o que você fez comigo em Lagos. E aquelas... aquelas *vozes*. Pare com esses ataques de uma vez. Pare ou vai pagar por isso!

A raiva dele se espalha com um calor letal, mas a ameaça se perde quando pondero suas palavras. Ele acha que eu o trouxe aqui.

Ele acha que esse encontro acontece por obra minha.

Impossível. Embora eu fosse jovem demais para Mama me ensinar a magia da morte, eu a vi se desenvolver. Vinha em espíritos frios, flechas afiadas e sombras deturpadas, mas nunca em sonhos. Eu nem toquei o pergaminho até depois que escapamos de Lagos, depois que nossos olhos se encontraram e a eletricidade fez minha pele formigar. Se foi magia que nos trouxe aqui, não pode ser a minha. Tem que ser...

— Você. — Eu suspiro, com espanto. *Como é possível?* A família real perdeu a magia há gerações. Um maji não chega ao trono há anos.

— Eu o quê?

Meus olhos se voltam para a mecha branca em seus cabelos, correndo da têmpora até a nuca.

— Você fez isso. *Você* me trouxe aqui.

Cada músculo do corpo do príncipe enrijece; a fúria em seus olhos transforma-se em terror. Uma brisa fria corre entre nós. Os juncos dançam em nosso silêncio.

— Mentirosa — conclui ele. — Você está só tentando mexer com a minha cabeça.

— Não, principezinho. Foi você quem mexeu com a minha.

As antigas histórias de Mama borbulham em minhas lembranças, contos dos dez clãs e das diferentes magias que cada um portava. Quando criança, eu só queria aprender sobre os ceifadores, como Mama, mas ela insistia em que eu soubesse tanto quanto sobre todos os outros clãs. Sempre me alertou sobre os conectores, maji que tinham poder sobre a mente, o espírito e os sonhos. *São com esses que você precisa ter cuidado, pequena Zél. Eles usam a magia para invadir sua cabeça.*

A lembrança gela meu sangue, mas o príncipe está tão perturbado que é difícil temer suas habilidades. Do jeito que encara as mãos trêmulas, parece que vai tirar a própria vida antes de usar magia para aniquilar a minha.

Mas como isso é possível? Os divinais são selecionados pelos deuses no nascimento. O príncipe não nasceu divinal, e os kosidán não conseguem desenvolver magia. Como ele de repente se tornou um maji?

Olho ao redor, inspecionando a obra criada por suas habilidades de conector. Os juncos mágicos balançam ao vento sem se dar conta das impossibilidades soprando à nossa volta.

A força exigida para um feito desses é inconcebível. Mesmo um conector experiente precisaria de um feitiço para realizá-lo. Como ele poderia reunir o àṣẹ no sangue para criar este sonho, se nem percebeu que era um maji? Pelo amor dos deuses, o que está acontecendo?

Meus olhos se voltam à mecha branca que corre pelos cabelos do príncipe, a única marca verdadeira de um maji. Nosso cabelo é sempre tão cheio e branco como a neve que cobre o topo das montanhas de Ibadan, uma marca tão dominante que mesmo a tintura mais preta não conseguiria esconder os cabelos de um maji por mais que algumas horas.

Embora eu nunca tenha visto uma mecha como a dele entre os maji ou os divinais, não posso negar sua existência. Ela espelha a mesma brancura dos meus cabelos.

Mas o que isso significa? Olho para o céu. Que jogo os deuses estão fazendo? E se o príncipe não for o único? Se a realeza estiver retomando sua magia...

Não.

Não posso deixar que o medo me faça perder o controle.

Se a realeza estivesse retomando a magia, nós já saberíamos.

Respiro fundo, acalmando a mente antes que ela possa divagar ainda mais. Amari estava com o pergaminho em Lagos. Ela trombou com o irmão quando passamos correndo. Embora eu não entenda por quê, deve ter acontecido aí. Inan despertou seus poderes da mesma forma que eu despertei os meus — tocando o maldito pergaminho.

E o rei tocou o pergaminho, lembro a mim mesmo. Amari, e provavelmente a almirante, também. Eles não despertaram qualquer capacidade. Essa magia reside apenas dentro dele.

— Seu pai sabe?

Os olhos do príncipe cintilam, dando-me a resposta de que preciso.

— Claro que não. — Abro um sorriso forçado. — Se o rei soubesse, você já estaria morto.

Seu rosto fica pálido. É tão perfeito que quase dou risada. Quantos divinais caíram pelas mãos dele — massacrados, abusados, usados? Quantas vidas ele tirou para destruir a mesma magia que agora corre em suas veias?

—Vou fazer um acordo com você. — Caminho até o príncipe. — Me deixe em paz, e eu guardo seu segredinho. Ninguém precisa saber que você é um pequeno e imundo ver...

O príncipe avança.

Em um momento, suas mãos estão ao redor do meu pescoço, e no seguinte...

Abro os olhos subitamente. Sou recebida pelo som familiar dos grilos e das folhas dançando. O ronco de Tzain ressoa contínuo e real enquanto Nailah ajusta seu corpo contra o meu.

Avanço e pego meu bastão para combater um inimigo que não está ali. Enquanto observo as árvores, levo alguns momentos para me convencer de que o príncipe não vai surgir.

Respiro o ar úmido, tentando acalmar meus nervos. Me deito novamente e fecho os olhos, mas o sono não volta facilmente. Não sei nem se voltará. Agora, eu sei o segredo do príncipe.

Agora ele não vai parar até que eu esteja morta.

CAPÍTULO TREZE

ZÉLIE

Quando acordo na manhã seguinte, estou mais exausta do que quando fui dormir.

Isso faz com que eu me sinta roubada, como se um ladrão tivesse se mandado com meus sonhos. O sono geralmente proporciona um escape, uma pausa do sofrimento que enfrento quando acordo. Mas quando os meus sonhos terminavam com as mãos do príncipe no meu pescoço, os pesadelos feriam tanto quanto a realidade.

— Droga — murmuro. São apenas sonhos. O que há para temer? Mesmo se a magia dele for poderosa, sei que ele está apavorado demais para usá-la.

Tzain solta um grunhido do outro lado da pequena clareira enquanto faz abdominal atrás de abdominal com concentração inabalável, como se estivesse em seu treino matinal diário. Mas não vai haver outro treino para ele este ano. Por minha culpa, talvez nunca mais jogue agbön.

A culpa se soma à minha exaustão, arrastando-me de volta ao chão. Poderia me desculpar pelo resto dos meus dias e ainda assim não seria suficiente. Mas antes que eu possa me afundar ainda mais na culpa, um borrão de movimento chama a minha atenção. Amari se mexe embaixo de um grande manto marrom, acordando de seu sono real. A visão traz um gosto amargo à minha boca, reavivando a imagem de Inan.

Conhecendo sua família, estou surpresa por ela não ter cortado nossa garganta durante o sono.

Procuro em seus cabelos escuros uma mecha que combine com a do irmão, relaxando os músculos quando não encontro. Só os deuses sabem quão pior seria se ela pudesse me prender dentro de sua mente também. Ainda estou olhando Amari com raiva quando reconheço o manto que ela está usando como cobertor. Eu me levanto e me agacho ao lado de Tzain.

— O que acha que está fazendo?

Ele me ignora e continua o exercício. As bolsas sob os olhos me alertam para deixá-lo em paz, mas estou irritada demais para parar agora.

— Seu manto — sibilo. — Por que você deu para ela?

Tzain faz mais dois abdominais antes de murmurar:

— Ela estava tremendo.

— E?

— E? — ele retruca. — Não temos ideia do quanto esta viagem vai durar. A última coisa que precisamos é dela doente.

— Você sabe que ela está acostumada com isso, certo? Com pessoas que parecem com você garantindo que ela consiga o que quer?

— Zél, ela estava com frio, e eu não estava usando meu manto. É só isso.

Eu me viro para Amari e tento deixar o assunto para lá. Mas nos olhos dela vejo os de seu irmão. Sinto as mãos dele no meu pescoço.

— Quero confiar nela...

— Não, você não quer.

— Bem, mesmo se eu quisesse, não consigo. O pai dela ordenou a Ofensiva. O irmão incendiou nossa vila. O que faz você pensar que ela é diferente?

— Zél... — A voz de Tzain some quando Amari se aproxima, sempre delicada e discreta. Não tenho maneira de saber se ela nos ouviu ou não. De qualquer forma, não posso fingir que me importo.

— Acho que isso é seu. — Ela entrega o manto a ele. — Obrigada.

— Por nada. — Tzain pega o manto, dobra e põe em sua mochila. — Vai ficar mais quente quando entrarmos na floresta, mas me avise se precisar dele de novo.

Amari sorri pela primeira vez desde que nos encontramos, e eu fico furiosa quando Tzain retribui. Deveria ser preciso mais do que um rosto bonito para ele esquecer que ela é filha de um monstro.

— Era só isso? — pergunto.

— Hum, bem, na verdade... — A voz dela fica mais baixa. — Eu estava pensando... o que estamos planejando fazer para, hum...

Um ronco profundo escapa do estômago de Amari. As bochechas dela ficam coradas enquanto abraça a barriga chapada, fracassando em reprimir outro ronco.

— Perdão. Tudo o que comi ontem foi um filão de pão.

— Um filão inteiro? — Salivo com o pensamento. Há luas eu não como uma boa fatia. Embora não consiga imaginar que os tijolos duros que negociamos no mercado sejam páreos para um filão fresco da cozinha real.

Me coço para lembrar a Amari de sua boa sorte, mas meu próprio estômago está contraído, vazio. Não fiz nenhuma refeição ontem. Se não comer logo, meu estômago também vai roncar.

Tzain enfia a mão nos bolsos da calça preta e tira o mapa surrado de Mama Agba. Seguimos seu dedo enquanto ele rastreia a costa de Ilorin, parando ao lado de um ponto que marcava o povoado de Sokoto.

— Estamos a cerca de uma hora — diz ele. — É o melhor lugar para parar antes de seguirmos para leste, para Candomblé. Vai ter mercadores e comida, mas precisaremos de algo para trocar.

— O que aconteceu com as moedas do peixe-vela?

Tzain vira minha mochila. Gemo quando algumas peças de prata e o diadema de Amari caem no chão.

— A maior parte se perdeu no incêndio — suspira Tzain.

— O que podemos negociar? — pergunta Amari.

Tzain observa o vestido refinado dela. Mesmo com as manchas de terra e algumas marcas de queimado, seu corte longo, elegante, e a seda brilhosa deixam clara a origem nobre.

Amari segue os olhos de Tzain e fecha a cara.

— Nem pense nisso.

— Ele vale umas boas moedas — me intrometo. — E vamos para a selva, pelo amor dos deuses. Você não vai conseguir fazer a viagem usando isso.

Amari observa minha calça larga e o dashiki curto, segurando o tecido de seu vestido com mais força. Fico surpresa que ela pense que tem escolha quando eu poderia derrubá-la e arrancá-lo com facilidade.

— Mas o que eu vou vestir?

— Seu manto. — Aponto para o manto marrom sujo. — Vamos trocar o vestido por um pouco de comida e conseguir roupas novas no caminho.

Amari recua e olha para o chão.

— Você se dispôs a fugir dos guardas de seu pai para salvar o pergaminho, mas não quer abrir mão do seu vestido idiota?

— Não arrisquei tudo por causa do pergaminho. — A voz de Amari vacila. Por um momento seus olhos brilham com a ameaça de lágrimas. — Meu pai matou minha melhor amiga...

— Sua melhor amiga ou sua escrava?

— Zél — Tzain adverte.

— O quê? — Eu me viro para ele. — *Seus* melhores amigos passam suas roupas e fazem sua comida sem receber por isso?

As orelhas de Amari ficam vermelhas.

— Binta *recebia*.

— Um salário gigante, tenho certeza.

— Estou tentando ajudar. — Amari aperta a saia do vestido. — Abri mão de *tudo* para ajudar seu povo...

— "Seu povo"? — Fico furiosa.

— Podemos salvar os divinais...

—Você quer salvar os divinais, mas não vai nem vender esse maldito vestido?

— Está bem! — Amari lança as mãos para o alto. — Pelos céus, eu vou vender. Nunca disse que não.

— Ai, obrigada, graciosa princesa, *salvadora* dos maji!

— Para com isso. —Tzain me cutuca enquanto Amari caminha para trás de Nailah, para se trocar. Seus dedos delicados se movem para os botões nas costas, mas ela hesita, olhando para trás. Eu reviro os olhos enquanto Tzain e eu nos viramos de costas.

Princesa.

—Você precisa baixar a guarda — murmura Tzain enquanto encaramos as fileiras de mogno das vibrantes florestas de Sokoto. Uma pequena família de babunemos de bunda azul se balança nos galhos, derrubando as folhas brilhantes no processo.

— Se ela não sabe conviver com uma divinal não escravizada por seu pai, está livre para voltar ao seu pequeno palácio.

— Ela não fez nada de errado.

—Também não fez nada de *certo*. — Cutuco Tzain de volta. Por que ele insiste em defendê-la? Parece que ele realmente acha que ela merece ser mais bem tratada. Como se, de alguma forma, *ela* fosse a vítima.

— Sou a última pessoa que vota para dar uma chance a um nobre, mas, Zél, olhe para ela. Acabou de perder a amiga mais próxima e, em vez de ficar se lamentando, arriscou a vida para ajudar os maji e os divinais.

—Tenho que me sentir mal porque o pai dela matou a única serviçal maji de que ela gostava? Onde estava essa indignação dela durante todos estes anos? Onde ela estava depois da Ofensiva?

— Ela tinha seis anos. —Tzain mantém o tom calmo. — Uma criança, como você.

— Só que ela conseguiu dar um beijo na mãe dela naquela noite. Nós não.

Me viro para montar Nailah, certa de que já dei tempo suficiente para Amari. Mas quando olho, suas costas ainda estão expostas.

— Ai meus deuses...

Meu coração acelera quando vejo a cicatriz horrenda correndo pela espinha de Amari. A marca ondula por sua pele, tão medonha que sinto a dor na minha própria pele.

— O quê?

Tzain se vira logo antes de Amari, e arfa ao ver a marca. Mesmo as cicatrizes que se enfileiram nas costas de Baba não parecem tão horrendas quanto as dela.

— Como ousa! — Amari cambaleia para se cobrir com o manto.

— Eu não estava espiando — digo rapidamente. — Juro, mas... pelos deuses, Amari. O que aconteceu?

— Nada. U-um acidente de quando meu irmão e eu éramos mais novos.

Tzain fica boquiaberto.

— Seu irmão fez isso com você?

— Não! Não de propósito. Não foi... ele não... — Amari faz uma pausa, tremendo com uma emoção que não compreendo. — Vocês queriam meu vestido, aqui está. Vamos negociá-lo e seguir em frente!

Ela se envolve melhor no manto e monta Nailah, mantendo o rosto escondido. Sem mais nada a dizer, Tzain e eu não temos escolha a não ser segui-la.

Ele murmura desculpas antes de atiçar Nailah a avançar. Tento me desculpar também, mas as palavras ficam travadas quando olho para suas costas cobertas.

Pelos deuses.

Não quero imaginar que outras cicatrizes se escondem em sua pele.

O CLIMA ESQUENTA quando chegamos à clareira que marca o povoado de Sokoto. Crianças kosidán correm pelas margens do lago cristalino, gritando com deleite quando uma das meninas cai na água. Viajantes montam acampamento entre as árvores e em terrenos enlameados; carrinhos e carroças de mercadores alinham seus produtos pela praia rochosa. O aroma de carne de antilopentai vindo de um dos carrinhos me envolve, fazendo meu estômago roncar.

Sempre me disseram que, antes da Ofensiva, Sokoto era o lar dos melhores curandeiros. As pessoas vinham de toda Orïsha, esperando ser curadas pela magia de seu toque. Enquanto observo os viajantes, tento imaginar como era. Se Baba ainda estivesse conosco, teria gostado. Um momento de refúgio depois de perder nossa casa.

— Tão tranquilo — suspira Amari, puxando o manto quando apeamos de Nailah.

— Você nunca esteve aqui antes? — pergunta Tzain.

Ela faz que não.

— Eu mal saía do palácio.

Embora o ar fresco encha meus pulmões enquanto caminhamos, a visão reacende a lembrança de carne queimando. No lago, vejo as ondas calmas do mercado flutuante da minha cidade, o barco-coco em que eu deveria estar enquanto discutia com Kana por um cacho de banana-da-terra. Mas, como Ilorin, o mercado se foi, tudo queimado no fundo do mar. As lembranças ainda pairam entre as madeiras carbonizadas.

Outro pedaço de mim levado pela monarquia.

— Vocês duas negociam o vestido — diz Tzain. — Vou levar Nailah para beber água. Vejam se conseguem encontrar alguns cantis.

Fico irritada com a possibilidade de negociar com Amari, mas sei que ela não vai sair do meu lado até conseguir roupas novas. Nos afastamos de Tzain, passando pelos acampamentos na direção de uma fileira de carrinhos de mercadores.

— Pode relaxar. — Arqueio a sobrancelha. Amari se encolhe sempre que alguém olha para ela. — Eles não sabem quem você é, e ninguém liga para o seu manto.

— Eu sei disso — responde Amari rapidamente, mas sua postura se alivia. — Eu nunca estive perto das pessoas assim.

— Que terrível. Os orïshanos que existem para fazer mais que servir você.

Amari respira fundo, mas engole qualquer resposta. Quase me sinto mal. Cadê a graça se ela não retrucar?

— Pelos céus, olhe aquilo! — Amari reduz o passo quando passamos por um casal que está montando sua tenda. O homem usa cipós para prender dezenas de galhos longos e finos e formar um cone, enquanto sua parceira cria uma camada protetora, empilhando musgo. — As pessoas realmente dormem aí?

Parte de mim quer ignorá-la, mas ela encara a tenda simples como se fosse feita de ouro.

— A gente construía tendas assim o tempo todo quando eu era criança. Se fizer direito, protege até de neve.

— Neva em Ilorin? — De novo seus olhos cintilam, como se a neve fosse uma lenda ancestral sobre os deuses. É estranho ela ter nascido para governar um reino que nunca viu.

— Em Ibadan — respondo. — Morávamos lá antes da Ofensiva.

À menção da Ofensiva, Amari fica quieta. A curiosidade desaparece de seus olhos. Ela aperta mais o manto contra o corpo e encara o chão.

— Foi isso que aconteceu com sua mãe?

Fico rígida; como ela pode ser tão ousada a ponto de perguntar isso, se mal consegue pedir comida?

— Desculpe se fui direta demais... é que seu pai comentou sobre ela ontem.

Relembro o rosto de Mama. Sua pele escura parecia brilhar na ausência do sol. *Ela amava você com todas as forças.* As palavras de Baba ecoam na minha mente. *Ela ficaria muito orgulhosa agora.*

— Ela era uma maji — respondo por fim. — E poderosa. A sorte do seu pai foi que ela não estava com sua magia durante a Ofensiva.

Minha mente retorna à fantasia de Mama de posse de sua magia, uma força letal e não uma vítima indefesa. Ela teria vingado os maji caídos, marchando para Lagos com um exército de mortos. Seria ela que envolveria o pescoço de Saran com uma sombra preta.

— Sei que isso não muda nada, mas sinto muito — sussurra Amari, tão baixo que quase não consigo ouvi-la. — A dor de perder uma pessoa que se ama é... — Ela fecha os olhos. — Sei que você odeia meu pai. Entendo por que também me odeia.

Quando a tristeza toma o rosto de Amari, o ódio de que ela fala esfria dentro de mim. Ainda não entendo como sua criada poderia ter sido mais do que outra serviçal qualquer para ela, mas não há como negar sua dor.

Não. Balanço a cabeça quando a culpa cresce no espaço entre nós. Com ou sem tristeza, ela não terá minha compaixão. E não é a única que tem curiosidades.

— Então, seu irmão sempre foi um assassino sem coração?

Amari se vira para mim com as sobrancelhas erguidas, surpresa.

— Não ache que pode perguntar sobre minha mãe e esconder a verdade sobre aquela cicatriz horrenda.

Amari foca nos carrinhos de mercadores, mas mesmo assim vejo o passado correndo por trás de seus olhos.

— Não foi culpa dele — ela diz por fim. — Nosso pai nos forçava a lutar.

— Com espadas de verdade? — Inclino a cabeça para trás. Mama Agba nos fazia treinar por anos antes de termos a permissão de pegar em um bastão.

— A primeira família do meu pai foi mimada. — Sua voz ficou cada vez mais distante. — Fraca. Ele disse que morreram por isso. Não permitiria que o mesmo acontecesse conosco.

Ela fala como se fosse normal, como se todos os pais amorosos derramassem o sangue dos filhos. Sempre imaginei o palácio como um porto seguro, mas, meus deuses, a vida dela era assim?

— Tzain nunca faria isso. — Aperto os lábios. — Ele nunca me machucaria.

— Inan não teve escolha. — O rosto dela endurece. — Tem um bom coração. Só foi desencaminhado.

Balanço a cabeça. De onde vem a lealdade dela? Todo esse tempo pensei que quem tinha sangue nobre estava a salvo. Nunca imaginei que crueldades a monarquia podia infligir aos seus.

— Bons corações não deixam cicatrizes como essa. Não incendeiam vilarejos.

Não agarram meu pescoço e tentam me enterrar.

Como Amari não responde, sei que o assunto sobre seu irmão está encerrado. Ótimo. Se ela não vai contar a verdade sobre Inan, eu também não vou.

Engulo seu segredo em silêncio e me concentro na carne de antilopentai assada quando nos aproximamos dos carrinhos e carroças dos mercadores. Estamos prestes a nos aproximar de um negociante mais velho com um suprimento robusto quando Amari me puxa pela mochila.

— Não agradeci por você ter salvado minha vida. Lá em Lagos. — Ela olha para o chão. — Mas você tentou me matar duas vezes... então talvez estejamos quites, certo?

Leva um segundo para perceber que ela está brincando. Fico surpresa quando sorrio. Pela segunda vez hoje, ela sorri, e eu tenho um vislumbre de por que é tão difícil para Tzain desviar o olhar.

— Ora, duas senhoritas adoráveis — diz o velho kosidán, acenando para nos aproximarmos. Ele dá um passo à frente, seus cabelos grisalhos reluzindo sob o sol.

— Por favor. — O sorriso do mercador se alarga, abrindo sulcos em sua pele curtida. — Venham. Prometo que vão encontrar algo de que gostem.

Contornamos os degraus de sua carroça, puxada por dois guepardanários tão grandes que ficamos olho a olho com eles. Corro minha mão pela pelagem sarapintada, parando para pôr o dedo nas ranhuras do chifre grosso que se projetava da testa de um deles. A montaria ronrona e lambe minha mão com sua língua serrilhada antes que eu entre no grande espaço das mercadorias.

O almiscarado dos tecidos antigos me atinge enquanto atravessamos a carroça apinhada. Em uma ponta, Amari percorre roupas antigas com a ponta dos dedos, enquanto eu paro e inspeciono um par de cantis de couro de mongixe.

— O que procuram no mercado? — pergunta o mercador, estendendo uma série de colares brilhantes. Ele se inclina para frente, arregalando seus olhos afundados que são a marca do povo da fronteira norte de Orïsha. — Essas pérolas vêm das baías de Jimeta, e essas belezas brilhantes vêm das minas de Calabrar. Certamente vai virar a cabeça de qualquer rapaz, embora eu tenha certeza de que as senhoritas não têm problemas nesse departamento.

— Precisamos de suprimentos para viagem. — Eu sorrio. — Cantis e alguns equipamentos de caça, talvez um sílex.

— Quanto vocês têm?

— Quanto podemos conseguir por isso?

Entrego para ele o vestido de Amari, e ele o desdobra, erguendo-o contra a luz externa. Corre os dedos pelas costuras como um conhecedor de tecidos, parando um tempo maior para inspecionar os chamuscados ao redor da barra.

— É bem-feito, não há como negar. Tecido fino, corte excelente. Seria melhor sem os queimados, mas nada que uma barra nova não possa consertar...

— Então? — insisto.

— Oitenta peças de prata.

— Não vamos aceitar menos que...

— Não sou regateador, minha cara. Meus preços são justos, como minhas ofertas. Oitenta é meu preço final.

Cerro os dentes, mas sei que não há como convencê-lo. Um mercador que negocia em toda Orïsha não pode ser passado para trás como um nobre mimado.

— O que conseguimos levar com oitenta? — pergunta Amari, erguendo uma calça larga e um dashiki preto sem mangas.

— Aquelas roupas... esses cantis... uma faca de esfolar... alguns pedaços de sílex. — O mercador começa a encher um cesto trançado, reunindo suprimentos para a nossa viagem.

— É suficiente? — sussurra Amari.

— Por ora. — Eu faço que sim. — Se ele puser aquele arco...

— Não pode pagar por ele — interrompe o mercador.

— Mas e se isso tudo não terminar em Cand... no templo? — Amari baixa a voz. — Não vamos precisar de mais dinheiro? Mais comida? Suprimentos?

— Não sei. — Dou de ombros. —Vamos dar um jeito.

Viro-me para sair, mas Amari franze a testa e enfia a mão no fundo de minha mochila.

— Quanto isso vale? — Ela puxa seu diadema cheio de joias.

Os olhos do mercador arregalam-se enquanto encara o adorno inestimável.

— Meus deuses — ele suspira. — Onde vocês acharam isso?

— Não importa — responde Amari. — Quanto?

Ele gira a tiara nas mãos e fica boquiaberto quando vê o leopanário-das-neves cravejado de diamantes. Ele ergue o olhar para Amari, lenta e deliberadamente. Depois me encara, mas mantenho o rosto impassível.

— Não posso aceitar isso. — Ele deixa a tiara de lado.

— Por quê? — Amari a coloca de volta nas mãos dele. — O senhor vai tirar o vestido do meu corpo, mas não a coroa da minha cabeça?

— Não posso. — O mercador balança a cabeça, mas com o ouro agora em suas mãos, sua convicção vacila. — Mesmo se eu quisesse, não há nada que eu possa negociar. Vale mais do que tudo que tenho.

— Então quanto o senhor pode dar? — pergunto.

Ele hesita, o medo disputando com a ganância. Olha para Amari de novo antes de encarar o diadema brilhante nas mãos. Ele tira um molho de chaves do bolso e empurra uma caixa para o lado, revelando um cofre de ferro. Depois de destrancá-lo e abri-lo, inspeciona a pilha reluzente de moedas lá dentro.

—Trezentas peças de ouro.

Eu cambaleio. Essa quantia poderia sustentar nossa família a vida toda. Talvez duas! Viro para celebrar com Amari quando seu olhar faz com que eu me segure...

Eu não ficaria com ele se não tivesse sido feito por minha camareira. É a única coisa que restou dela.

Havia tanta dor em seus olhos. Dor que eu reconhecia. Dor que eu senti quando era criança, na primeira vez que minha família não pôde pagar um imposto real.

Por meses, Tzain e Baba trabalharam na pesca de peixe-lua da alvorada até o ocaso; à noite, eles ainda faziam turnos extras dos guardas. Fizeram todo o possível para me manter protegida, mas, no fim das contas, seus esforços não foram suficientes. Naquele dia, eu entrei no mercado flutuante com o amuleto de ouro de Mama na mão. Foi a única coisa dela que conseguimos recuperar, arrancado e jogado ao chão quando os guardas a arrastaram.

Depois que Mama morreu, compreendi que aquele amuleto era a última peça restante de sua alma. Ainda esfrego o pescoço às vezes, atormentada por sua ausência.

— Não precisa fazer isso. — Me dói dizer essas palavras diante de tanto ouro, mas me livrar do amuleto de Mama foi como arrancar seu coração; uma dor tão forte que não conseguia desejá-la nem para Amari.

Seus olhos se suavizam, e ela sorri.

— Você zombou de mim por não querer tirar o vestido, mas tem razão. Eu estava pensando no que já perdi, mas depois de tudo que meu pai fez, meus sacrifícios nunca serão suficientes. — Amari meneia a cabeça para o mercador, tomando sua decisão. — Não pude salvar Binta, mas com o ouro dessa venda...

Poderíamos salvar os divinais.

Encaro Amari enquanto o mercador pega o diadema e empilha o ouro em sacos de veludo.

— Peguem o arco. — Ele fica radiante. — Peguem o que quiserem!

Olhando ao redor da carroça, meus olhos pousam sobre uma mochila de couro robusta, decorada com círculos e linhas. Inclino-me para inspecionar sua textura firme, mas paro quando percebo que ela é composta inteiramente de cruzes pintadas. Corro as mãos sobre a marca de clã disfarçada, o símbolo secreto de Oya, minha divindade-irmã. Se os guardas reconhecessem a verdade escondida na estampa da bolsa, poderiam confiscar a carroça do mercador inteira. Talvez até cortassem suas mãos.

— Cuidado! — grita o mercador.

Afasto as mãos antes de perceber que ele está falando com Amari.

Ela gira uma bainha vazia nas mãos.

— O que é isso? Cadê a lâmina?

— Aponte para longe e dê um solavanco com a mão.

Como meu bastão, uma sacudida no punho estende uma longa lâmina com ponta curva e letal. Ela desliza pelo ar com uma graça mortal, surpreendentemente ágil nas mãos pequenas de Amari.

— Vou levar.

— Se não souber como usá-la... — alerta o mercador.

— Por que o senhor acha que não sei?

Arqueio a sobrancelha para Amari e penso no comentário sobre um acidente de treino. Supus que a cicatriz veio da espada do irmão, mas ela também estava segurando uma? Apesar de sua fuga de Lagos, não consigo imaginar a princesa em uma batalha.

O mercador embala nossa coleção de moedas e mercadorias e se despede de nós, dando tudo de que precisamos para viajar até Candomblé. Voltamos para encontrar Tzain em silêncio, mas entre a cicatriz, o diadema e a espada, não sei o que pensar. Onde está a princesa mimada que eu queria sufocar até a morte? E ela sabe mesmo manejar uma espada?

Quando passamos por uma árvore de mamão-papaia, eu paro, sacodindo o tronco até que uma fruta amarela caia. Dou a Amari alguns momentos para avançar antes que eu lance o mamão maduro em sua cabeça.

Por um momento, Amari parece distraída — *como vou explicar isso?* Mas quando a fruta se aproxima, zunindo, ela solta o cesto e gira, a nova espada estendida, em uma velocidade inigualável.

Fico boquiaberta quando o mamão maduro vai ao chão partido em duas metades perfeitas. Amari sorri e pega um pedaço, dando uma mordida triunfante.

— Se quiser me atingir, vai ter que se esforçar um pouco mais do que isso.

CAPÍTULO CATORZE

INAN

Matá-la.

Matar a magia.

Meu plano é tudo o que tenho.

Sem ele, o mundo escapa por entre meus dedos. Minha maldição maji ameaça irromper da pele.

Vou fazer um acordo com você, a garota sussurra na minha mente, os lábios se retorcendo enquanto fala. *Ninguém precisa saber que você é um pequeno e imundo...*

— Droga.

Cerro os dentes. Isso não bloqueia o restante de seu discurso vil. Com a lembrança de sua voz, minha infecção borbulha até quase transbordar, deixando minha pele quente e formigando. Ao se erguer, as vozes vacilantes aumentam. Mais altas. Mais nítidas.

Como se forçasse um tijolo pela minha garganta, eu luto contra a magia.

Um... dois...

Conto enquanto me esforço. O ar ao meu redor começa a esfriar. O suor se acumula na minha testa. Quando por fim a magia é abafada, minha respiração escapa em rajadas bruscas. Mas a ameaça está sufocada. Por um breve instante, estou seguro. Sozi...

— Inan.

Encolho-me e vejo se meu capacete ainda está preso. Meu polegar corre pelo fecho pela quinquagésima vez hoje. Juro que consigo sentir essa nova mecha branca crescendo.

Bem diante de Kaea.

Ela cavalga na frente, convocando-me para seguir seu passo. Não deve perceber que estou cavalgando atrás dela o dia todo, evitando sua linha de visão. Poucas horas atrás ela quase me flagrou, pegando-me distraído enquanto olhava meu reflexo em um riacho. Se ela tivesse saído um pouco antes... ou eu tivesse ficado um pouco mais...

Foco, Inan!

O que estou fazendo? Esses "se" não me levam a lugar algum.

Matar a garota. Matar a magia. É tudo o que preciso fazer.

Aperto as pernas nos flancos de minha leopanária-das-neves, Lula, e a faço avançar atrás de Kaea, com cuidado para evitar os chifres que se projetam das costas. Se eu pressionar algum com muita força, minha montaria vai me derrubar da sela.

— Agora. — Estalo as rédeas quando ela rosna. — Não seja uma maldita preguiçosa.

Lula expõe as presas serrilhadas, mas apressa o passo. Ela ziguezagueia pelas árvores de marula, desviando dos babunemos que passeiam pelos galhos cobertos de frutas.

Acaricio sua pelagem sarapintada em agradecimento quando ela alcança Kaea. Ela solta outro grunhido baixo, mas esfrega a cara contra minha mão.

— Diga — diz Kaea quando me aproximo. — O que o aldeão lhe disse?

De novo? Pelos céus, ela é implacável.

— Não faz sentido. Preciso ouvir mais uma vez. — Kaea estende a mão para a traseira de seu pantenário para soltar seu falcão-de-fogo de peito vermelho da gaiola. O pássaro se empoleira na sela da montaria enquanto Kaea prende um bilhete à sua pata. Provavelmente uma mensagem ao meu pai. *Seguindo a trilha do pergaminho para o sul. Também suspeito que Inan seja um maj...*

— Ele alegou ser um cartógrafo — minto. — A ladra e Amari o visitaram depois de terem escapado de Lagos.

Kaea ergue o braço, e o falcão-de-fogo estende as grandes asas antes de alçar voo.

— Como ele sabia que estavam indo para o sul?

— Ele as viu traçando seu caminho.

Kaea desvia o olhar, mas não antes de eu perceber o brilho da dúvida em seus olhos.

— Não deveria ter interrogado ninguém sem mim.

— E o vilarejo não deveria ter sido incendiado! — retruco. — Não consigo enxergar o motivo dessa obsessão sobre o que deveria ou não ter acontecido.

Relaxe, Inan. Não é com Kaea que estou irritado.

Mas seus lábios já se apertaram. Eu a pressionei demais.

— Desculpe — suspiro. — Não quis dizer isso.

— Inan, se não consegue lidar com isso...

— Estou bem.

— Está? — Ela volta os olhos para mim. — Se acha que eu esqueci seu pequeno incidente, infelizmente está enganado.

Malditos sejam os céus.

Kaea estava presente na primeira vez que a magia me atacou, na costa de Ilorin. Na noite em que ela encheu minha cabeça de sons.

Minhas entranhas se reviram enquanto abafo ainda mais esse mal.

— Não vou deixar um príncipe morrer sob minha guarda. Se acontecer de novo, você volta para o palácio.

Meu coração aperta-se com tanta força que uma dor se espalha no peito. Ela não pode me mandar para casa desse jeito.

Não até a garota morrer.

Vou fazer um acordo com você. A voz dela rasteja de volta para a minha mente. É tão vívida que é como se ela sussurrasse no meu ouvido. *Me deixe em paz e eu guardo seu segredinho. Ninguém precisa saber que você é um pequeno e imundo...*

— Não! — grito. — Não foi um incidente. Na praia. Eu... eu...

— Respiro fundo. *Relaxe.* — Pensei ter visto o cadáver de Amari. — *É isso.* — Fiquei envergonhado com o quanto isso me abalou.

—Ah, Inan... — A dureza de Kaea se desvanece. Ela estende a mão e pega a minha. — Perdoe-me. Não posso imaginar como deve ter sido horrível.

Meneio a cabeça e aperto a mão dela de volta. Forte demais. *Deixe para lá.* Mas meu coração acelera. Uma nuvem turquesa parece irradiar de meu peito, subindo como fumaça de cachimbo. O cheiro de alecrim e cinzas volta. Os berros da garota queimando ressurgem de novo...

O calor das chamas lambe meu rosto. A fumaça sufocante enche meus pulmões. A cada segundo o fogo se aproxima mais do meu corpo, eliminando qualquer chance de fuga.

— Socorro!

Jogo-me no chão. Meus pulmões rejeitam o ar rançoso. Meus pés ficam presos nas labaredas...

— socorro!

Puxo as rédeas de Lula. Ela solta um rosnado ameaçador quando paramos de forma abrupta.

— O que foi? — Kaea olha para todos os lados.

Enterro as mãos na pelagem de Lula para mascarar o tremor. Meu tempo está se esgotando. A magia está ficando mais forte.

Como um parasita se alimentando de meu sangue.

— Amari — ofego. Minha garganta queima como se estivesse cheia de fumaça. — Estou preocupado. Ela nunca saiu do palácio antes. Pode se machucar.

— Eu sei — Kaea me tranquiliza. Imagino se ela fala do mesmo jeito com meu pai quando ele explode. — Mas ela não é totalmente indefesa. Há um motivo para o rei ter gastado tantos anos garantindo que vocês dois pudessem manejar uma espada.

Me forço a assentir, fingindo ouvir enquanto Kaea continua a falar. De novo, procuro abafar minha maldição, ignorando o jeito como ela deixa o ar ao meu redor rarefeito. Mas mesmo quando a magia se acalma, meu coração ainda palpita.

O poder queima dentro de mim. Me provocando. Me corrompendo.

Matá-la, eu lembro a mim mesmo.

Vou matar a garota. Vou matar essa maldição.

Se eu não conseguir...

Forço um suspiro profundo.

Se eu não conseguir, já estou morto.

CAPÍTULO QUINZE

AMARI

Sempre sonhei com escaladas.

Tarde da noite, enquanto todos no palácio estavam dormindo. Binta e eu partíamos em disparada pelos corredores iluminados por tochas, deslizando nos ladrilhos em nossa jornada até a sala de guerra do meu pai. De mãos dadas, passávamos a tocha diante do mapa de Orïsha costurado à mão, um mapa que parecia gigantesco para nossos jovens olhos. Pensei que Binta e eu veríamos o mundo juntas.

Pensei que, se deixássemos o palácio, poderíamos ser felizes.

Agora, enquanto me agarro à encosta da terceira montanha que escalamos hoje, me pergunto por que eu sonhava em subir qualquer coisa mais alta que as escadarias do palácio. O suor gruda na minha pele, encharcando o tecido rústico de meu dashiki preto. Um enxame infinito de mosquitos zumbe e pica minhas costas, banqueteando-se porque não consigo soltar a mão da montanha por tempo suficiente para afastá-los.

Outro dia inteiro de viagem se passou, felizmente junto com uma boa noite de sono. Embora o clima tenha esquentado assim que saímos de Sokoto e adentramos a selva, senti que Tzain me cobriu de novo quando comecei a adormecer. Com nossos novos suprimentos, é fácil conseguir comida. Até carne de raposana e leite de coco começam a ter gosto de frango temperado e chá da cozinha do palácio. Pensei que as coisas finalmente estivessem melhorando, mas agora sinto um aperto no peito tão grande que mal consigo respirar.

A essa hora do dia já escalamos milhares de metros, o que nos proporciona visões incríveis da selva lá embaixo. Todos os tons de verde cobrem a terra, criando abóbadas infinitas sob nossos pés. Um rio apressado curva-se pela mata tropical, marcando a única fonte visível de água. Fica cada vez menor enquanto subimos, diminuindo até ser apenas uma fina linha azul.

— Como pode existir qualquer coisa aqui em cima? — pergunto, ofegante. Respiro fundo e dou um puxão firme em uma pedra sobre minha cabeça. Mais cedo em nossa jornada, eu não estava testando meus apoios. Meus joelhos ralados são um lembrete para não repetir esse erro.

Quando a pedra aguenta firme, me impulsiono mais para cima na montanha, encaixando meu pé descalço em uma fenda. A vontade de gritar brota dentro de mim, mas eu a abafo. Já escondi minhas lágrimas duas vezes. Seria humilhante chorar de novo.

— Ela tem razão — diz Tzain atrás de mim, procurando uma área larga o bastante para Nailah escalar. Sua leonária está arisca depois de quase despencar da última montanha. Agora ela só sobe depois de Tzain provar que é seguro.

— Só continue — diz Zélie lá de cima. — É aqui. *Tem* que ser aqui.

— Você realmente *viu*? — pergunta Tzain.

Penso naquele momento na cabana de Mama Agba, no momento em que o futuro explodiu diante de nossos olhos. Tudo pareceu tão mágico naquele instante. Roubar o pergaminho realmente pareceu uma boa ideia.

— Nós nos vimos escalando... — começo a falar.

— Mas você viu esse templo lendário? — insiste Tzain. — Só porque Mama Agba nos viu escalando não significa que Candomblé exista mesmo.

— Pare de falar e continue subindo! — grita Zélie. — Confie em mim. Eu sei que existe.

É o mesmo argumento que ela vem gritando o dia todo, a teimosia que nos carrega de um penhasco a outro. Realidade e lógica não importam para ela. Precisa tanto desta jornada que o fracasso nem sequer está no reino das possibilidades.

Olho para baixo para responder a Tzain, mas a visão das árvores a milhares de metros abaixo faz meus músculos se contraírem. Pressiono o corpo contra a montanha e agarro-me às rochas com força.

— Ei — grita Tzain. — Não olhe para baixo. Você está indo bem.

— Mentiroso.

Ele quase sorri.

— Continue escalando.

Minha pulsação enche meus ouvidos quando olho para cima de novo. A próxima plataforma está à vista. Embora minhas pernas tremam, eu me impulsiono para cima. *Pelo amor dos céus, se Binta pudesse me ver agora.*

Seu rosto lindo invade minha mente em toda sua glória. Pela primeira vez, desde que eu a vi morrer, imagino-a viva, sorrindo e ao meu lado. Houve uma noite, na sala de guerra, em que ela desamarrou sua touca. Os cabelos de marfim caíram em ondas sedosas ao redor da cabeça.

E o que você usaria quando cruzássemos a Cordilheira de Olasimbo?, implicou ela quando eu contei meus planos para nossa fuga para o Mar Adetunji. *Mesmo fugindo, a própria rainha ia cair morta antes de permitir que você usasse calça.* Ela pôs as mãos na cabeça e fingiu berrar, imitando o tom de minha mãe. Eu gargalhei tanto naquela noite que quase fiz xixi na calça.

Apesar das circunstâncias, um sorriso me vem ao rosto. Binta sabia imitar todo mundo no palácio. Mas meu sorriso desaparece quando penso em nossos sonhos perdidos e planos abandonados. Pensei que poderíamos escapar pelos túneis embaixo do palácio. Uma vez que saíssemos, não voltaríamos nunca mais. Tudo parecia tão certo naquele momento, mas será que Binta sempre soube que era um sonho que ela nunca veria realizado?

A questão me perturba enquanto alcanço a plataforma e me ergo para cima dela. A montanha é plana por um breve trecho, um espaço largo o bastante para eu deitar na grama selvagem.

Enquanto caio de joelhos, Zélie tomba em um jardim de bromélias, esmagando as pétalas vermelhas e púrpura sob os pés. Eu me curvo e respiro o doce aroma. Binta amaria essas flores.

— Não podemos ficar aqui? — pergunto enquanto a fragrância de cravo me acalma. Não consigo imaginar escalar ainda mais. A promessa de Candomblé não pode nos carregar para sempre.

Levanto a cabeça quando Nailah crava as garras para subir à plataforma. Tzain a segue, pingando de suor. Ele arranca o dashiki sem mangas e eu baixo os olhos — a última vez que vi o corpo nu de um rapaz, minhas babás estavam dando banho em Inan e em mim.

Meu rosto esquenta quando percebo o quanto estou longe do palácio. Embora não seja ilegal que a realeza e os kosidán se unam, como é para maji e kosidán, minha mãe teria mandado prender Tzain pelo que ele acabou de fazer.

Eu me afasto rápido, ansiosa para abrir espaço entre a pele nua de Tzain e meu rosto vermelho. Mas quando me movo, meus dedos batem contra algo liso e oco.

Eu me viro e me vejo frente a frente com um crânio rachado.

— Céus! — grito e engatinho para trás, e os cabelos da nuca se arrepiam. Zélie levanta-se de um salto e estende seu bastão, imediatamente pronta para lutar.

— O que foi? — ela pergunta.

Aponto o crânio fraturado que jaz sobre uma pilha de ossos esmagados. Um buraco aberto sobre a órbita ocular sinaliza a morte violenta.

— Será que é outro escalador? — pergunto. — Alguém que não conseguiu chegar lá?

— Não — responde Zélie com uma confiança estranha. — Não é isso.

Ela inclina a cabeça e se curva para olhar de perto. Um vento frio passa pelo ar. Zélie estende a mão para o osso rachado. Seus dedos mal tocam o crânio quando...

Eu arfo quando o calor fervilhante da selva ao redor se transforma de repente em um frio congelante. O ar gélido penetra minha pele, chegando aos ossos. Mas a corrente fria dura apenas um instante. Desaparece tão rápido quanto veio, deixando-nos perplexos na encosta da montanha.

— *Ai!* — arfa Zélie, como se tivesse sido trazida de volta à vida. Ela agarra as bromélias com tanta força que as flores são arrancadas dos talos.

— Em nome dos deuses, o que foi isso? — pergunta Tzain.

Zélie balança a cabeça, os olhos arregalando-se cada vez mais.

— Eu *senti* ele. Era seu espírito... sua vida!

— Magia — percebo. Não importa quantas vezes eu veja, as exibições de magia nunca deixam de me confundir. Mesmo relembrando os alertas de meu pai sobre o ressurgimento da magia, meu coração se enche de admiração.

— Vamos! — Zélie avança, correndo até a próxima inclinação. — Foi mais forte do que qualquer coisa que já senti. O templo tem que estar por perto!

Cambaleio atrás dela, deixando o medo de lado em meu desejo de chegar à última plataforma. Quando me ergo sobre o penhasco final, não consigo acreditar em meus olhos. Candomblé.

Realmente existe.

Os tijolos cobertos de musgo empilham-se em montanhas de ruínas, cobrindo cada centímetro do platô. Destruição é tudo o que resta dos templos e dos santuários que no passado cobriram esta terra. Diferentemente da selva e das montanhas abaixo, não há grilos cricrilando, nem pássaros piando, nem mosquitos zumbindo. O único sinal de que existiu vida são os crânios espatifados ao redor de nossos pés.

Zélie para diante de um crânio e franze o cenho, embora nada aconteça.

— O que foi? — pergunto.

— Seu espírito... — Ela se curva. — Está *subindo*.

— Subindo aonde? — Dou um passo atrás, tropeçando em escombros. Outro vento frio me preenche de um terror velado, mas não consigo decifrar se é real ou se é apenas minha cabeça.

— Não sei. — Zélie esfrega o pescoço. — Alguma coisa no templo está amplificando meu àṣẹ. Consigo sentir minha magia de verdade.

Antes que eu possa fazer outra pergunta, Zélie se inclina e toca outro crânio.

Minha mão sobe ao peito; dessa vez não é um ar gélido que surge ao redor dela, mas uma imagem tingida de dourado. Templos magníficos e torres erguem-se, estruturas surpreendentes adornadas com quedas d'água elegantes. Homens, mulheres e crianças de pele escura em túnicas de couro fino circulam, linhas e símbolos bonitos salpicando sua pele em espirais brancas elegantes.

Embora o vislumbre dure apenas um instante, a imagem de terrenos luxuosos permanece em minha memória quando olho para os escombros à frente. Candomblé era radiante.

Agora é apenas ar.

— O que acha que aconteceu? — pergunto a Zélie, embora tema já saber. Meu pai destruiu a beleza da magia em minha vida. Por que não teria feito o mesmo no mundo todo?

Espero Zélie responder, mas ela não responde. Seu rosto fica mais sério a cada segundo — ela está vendo mais, alguma coisa que não consigo enxergar.

Uma luz lavanda suave começa a reluzir de seus dedos, emergindo enquanto ela explora seus poderes pela primeira vez. Observá-la aumenta minha curiosidade. O que mais ela pode ver? Embora pensar em magia ainda faça meu pulso acelerar, parte de mim deseja poder vivenciá-la ao menos uma vez. O arco-íris que explodiu da mão de Binta começa a preencher minha mente, até ouvir Tzain chamar.

—Vejam isso.

Seguimos a voz dele até encontrarmos a única estrutura de pé na montanha. O templo ergue-se para o céu, construído contra a encosta da última inclinação rochosa. Diferentemente dos tijolos de pedra, essa estrutura é feita de metal empretecido, riscado com tons de amarelo e rosa que sugerem que um dia ela foi dourado-brilhante. Cipós e musgo crescem nas laterais, obscurecendo as fileiras infinitas de runas ancestrais esculpidas no friso do templo.

Zélie caminha até a entrada sem porta, mas Nailah solta um pequeno grunhido.

—Tudo bem, Nailah. — Zélie lhe dá um beijo no focinho. — Fique aqui, está bem?

Nailah solta outro grunhido e se deita atrás de uma pilha de pedras quebradas. Com Nailah apaziguada, passamos pela abertura e somos recebidos por uma aura mágica tão densa que até eu consigo sentir seu peso no ambiente. Tzain aproxima-se de Zélie enquanto eu corro a mão pelo ar; as oscilações de energia mágica deslizam pelos meus dedos como grãos de areia caindo.

Raios de luz atravessam as aberturas acima, iluminando a cúpula e suas imagens. Os desenhos recaem sobre uma fileira de pilares, decorados com vidro colorido e cristais reluzentes.

Por que não destruíram isso aqui?, me pergunto enquanto corro os dedos pelos entalhes. Estranhamente, o templo está intacto, uma única árvore em uma floresta totalmente incendiada.

— Está vendo alguma porta? — pergunta Tzain do outro lado do cômodo.

— Nada — responde Zélie. A única peça visível é uma grande estátua recostada à parede ao fundo, pegando poeira e com cipós crescendo ao redor. Vamos até lá, e Tzain corre a mão sobre a pedra desgastada.

A estátua parece ser de uma senhora vestida com túnica refinada. Uma coroa dourada pousa nos cachos brancos esculpidos, o único metal não manchado à vista.

— É uma deusa? — pergunto, inspecionando a escultura de perto. Em toda a minha vida, nunca vi a imagem de uma divindade sequer. Ninguém ousaria colocar uma no palácio. Sempre acreditei que a primeira vez que eu visse um deus ou uma deusa, ele seria representado como os retratos reais que pendem no salão principal. Mas, apesar de suas manchas, esta estátua tem um ar régio que mesmo a pintura mais incrível não conseguiria alcançar.

— O que é isso? — aponta Tzain para um objeto na mão da mulher.

— Parece um chifre. — Zélie estende a mão para inspecionar. — É estranho... — Ela corre a mão pelo metal enferrujado. — Quase consigo ouvi-lo na minha cabeça.

— O que está dizendo? — pergunto.

— É um chifre, Amari. Não está *dizendo* nada.

Meu rosto enrubesce.

— Bem, se é uma escultura, não devia estar fazendo som nenhum!

— Fique quieta. — Zélie me cala e pousa as mãos no metal. — Acho que está tentando me dizer alguma coisa.

Prendo a respiração quando as sobrancelhas dela se contraem. Depois de um bom tempo, as mãos de Zélie começam a brilhar com uma luz prateada, cintilante. O chifre parece alimentar-se de seu àṣẹ, brilhando cada vez mais enquanto ela se retesa.

— Tenha cuidado — alerta Tzain.

— Vou ter. — Zélie assente, embora comece a tremer. — Está perto. Só precisa de mais um empurrãozinho...

Um estalo baixo ressoa sob nossos pés. Grito com o som. Nos viramos, surpresos, quando uma lajota grande desliza no chão. A abertura revela uma escada que se espirala até uma sala tão penumbrosa que mascara tudo na escuridão.

— É seguro? — sussurro. A escuridão faz meu coração acelerar. Inclino-me para enxergar melhor, mas não há fonte de luz por ali.

— Não há outra porta. — Zélie dá de ombros. — Que escolha temos?

Tzain corre para fora, voltando com um fêmur chamuscado enrolado em um pedaço rasgado de seu manto. Zélie e eu nos encolhemos, mas ele passa por nós e acende o pano com nosso sílex, criando uma tocha improvisada.

— Venham comigo — diz ele, sua voz de comando diminuindo meu medo.

Começamos nossa descida com Tzain à frente. Embora a bolha de luz da tocha ilumine nossos passos, não alcança mais nada. Mantenho a mão na parede irregular, contando cada respiração até finalmente chegarmos ao próximo andar. No momento em que meu pé deixa o último degrau, a abertura sobre nós se fecha com um estalo ensurdecedor.

— Pelos céus!

Meu grito ressoa pela escuridão. Eu me lanço contra Zélie.

— O que fazemos agora? — Tremo. — Como vamos sair daqui?

Tzain vira-se para correr de volta às escadas, mas para quando ouve um sibilo no ar. Dentro de segundos, sua tocha se apaga, deixando-nos na escuridão total.

— Tzain! — grita Zélie.

O sibilo fica mais alto até uma lufada quente de ar me atingir como chuva. Quando inalo, o ar instantaneamente reduz a velocidade de meus músculos e depois começa a nublar minha mente.

— Veneno — Tzain consegue balbuciar antes de eu ouvir o baque surdo de seu corpo atingindo o chão. Não tenho nem chance de sentir medo quando a escuridão toma conta de tudo.

CAPÍTULO DEZESSEIS

INAN

O silêncio corta o ar quando minha legião desce para Sokoto. Não leva muito tempo para se descobrir por quê.

Somos os únicos guardas à vista.

— Onde estão as patrulhas? — sussurro para Kaea. O silêncio é ensurdecedor. É como se as pessoas nunca tivessem posto os olhos no selo orïshano. Apenas os céus sabem o que meu pai faria se testemunhasse essa completa falta de respeito.

Apeamos de nossa montaria ao lado de um lago tão claro que reflete as árvores ao redor, como um espelho. Lula arreganha os dentes para um grupo de crianças. Elas correm para longe enquanto ela bebe água.

— Não postamos guardas em povoados de viajantes. Seria um desperdício, pois os residentes mudam a cada poucos dias. — Kaea desata seu capacete, e o vento corre por seus cabelos. Meu escalpo comicha para sentir o mesmo, mas tenho que manter minha mecha branca escondida.

Encontre-a. Respiro o ar limpo e refrescante, tentando esquecer minha mecha, mesmo que apenas por um momento. Diferentemente do calor e da fumaça poluída de Lagos, o pequeno povoado é fresco. Revitalizante. O ar frio atenua a queimação no peito enquanto tento manter minha maldição escondida, mas minha pulsação acelera quando olho os divinais ao redor. Estive muito concentrado em acabar com a garota.

Não parei para pensar em como ela pode acabar comigo.

Agarro o cabo da espada enquanto meus olhos passam de um divinal a outro. Preciso entender a extensão da magia da garota. Como eu me defenderia de seu ataque?

E se ela lutar com palavras? Um formigamento de terror me atinge; a magia dentro de mim atingindo seu ápice. Tudo o que ela precisaria fazer seria apontar para meu capacete, identificar a maldição embaixo dele. Kaea veria minha mecha branca. Meu segredo seria revelado para o mundo...

Foco, Inan. Fecho os olhos, apertando com força o peão de senet. Não posso continuar devaneando. Preciso cumprir minha obrigação. Orïsha ainda está sob ataque.

Quando os números me forçam a colocar os pensamentos em ordem, estendo a mão para o cabo curvado de minha faca de arremesso. Com ou sem magia, um lançamento certeiro a desarmará. Uma lâmina afiada ainda vai atravessar seu peito.

Mas, apesar de todo meu estratagema e manobra, é óbvio que a garota não está aqui. Embora não haja poucos divinais me encarando com raiva, o olhar prateado dela não está entre eles.

Solto a faca quando algo que não consigo identificar murcha em meu peito. Parece com decepção.

Parece com alívio.

— Peguem esses cartazes — Kaea instrui os soldados. Ela entrega a cada um dos dez homens um rolo de pergaminho pintado com o suposto rosto da garota. — Descubram se alguém a viu ou a um leonário de chifres... em geral não se encontra desses animais tão perto da costa. — Kaea se vira para mim, os lábios apertados em determinação.

—Vamos vasculhar os mercadores. Se realmente foram ao sul, seria o primeiro lugar para conseguir suprimentos.

Faço que sim e tento relaxar, mas estar tão perto de Kaea torna isso impossível. Cada pequeno movimento atrai seu olhar; cada som praticamente faz suas orelhas se empertigarem.

Enquanto ando atrás dela, o esforço para abafar meus poderes aumenta a cada passo. O ferro de minha armadura começa a pesar como chumbo. Embora caminhemos devagar, não consigo manter um passo firme. Com o tempo, começo a ficar para trás. Eu me encurvo, descansando as mãos sobre os joelhos. *Só preciso recuperar o fôle...*

— O que está fazendo?

Levanto a cabeça, ignorando como minha maldição dispara com o tom da voz de Kaea.

— A-as tendas. — Aponto para as plataformas naturais diante de mim. — Eu as estava inspecionando. — Diferentemente dos postes de metal e do couro curtido de hipone que usamos para montar nossas tendas, essas são feitas de galhos e cobertas de musgo. Na verdade, há uma eficiência estranha na estrutura delas. Técnicas que o exército poderia adaptar.

— Não é hora de apreciar arquitetura rudimentar. — Kaea estreita os olhos. — Concentre-se na tarefa atual.

Ela dá meia-volta, caminhando ainda mais rápido agora, pois desperdicei seu tempo. Corro para seguir, mas quando nos aproximamos dos carrinhos e carroças, uma mulher gorda chama minha atenção. Diferentemente dos outros, ela não está me olhando com raiva. Nem mesmo está olhando para nós. Sua atenção está voltada para o fardo de cobertores que carrega junto ao peito.

Como um espirro abafado, minha maldição salta à superfície. As emoções da mãe me atingem como um tapa no rosto: centelhas de fúria, lampejos obscuros de medo. Mas, acima de tudo, um instinto de proteção queima, rosnando como um leopanário-das-neves vigiando seu único filhote. Não entendo por que até o fardo apertado contra seu peito começar a chorar.

Uma criança...

Meus olhos percorrem a pele acastanhada da mulher até a rocha denteada em sua mão. Seu terror irradia através de meus ossos, mas sua resolução queima com mais força ainda.

— Inan!

Volto a ficar alerta — tenho que fazer isso sempre que Kaea me chama. Mas quando chego às carroças dos mercadores, olho para trás, para a mulher, retendo minha maldição apesar da queimação no estômago que isso causa. De que ela tem medo? E o que eu ia querer com seu filho?

— Espere. — Eu paro Kaea quando passamos por uma carroça de mercador puxada por guepardanários de chifre. As criaturas pintadas me encaram com olhos laranja. Presas afiadas espreitam detrás dos lábios pretos.

— O que foi?

Uma nuvem turquesa paira ao redor da porta, maior do que as que me apareceram antes.

— Este aqui tem mais produtos. — Tento manter a voz leve quando nos aproximamos.

E o aroma de maresia da alma da garota.

Embora eu combata a magia, o cheiro dela me envolve quando passamos pela nuvem. A divinal surge inteiramente em minha cabeça, a pele escura quase luminescente ao sol de Sokoto.

A imagem dura apenas um momento, mas mesmo um piscar faz minhas entranhas se revirarem. A magia alimenta-se de meu sangue como um parasita. Endireito meu capacete quando atravessamos a porta da carroça.

— Bem-vindos, bem-vindos!

O sorriso largo do velho mercador escorre do rosto escuro como tinta molhada. Ele para, se apoiando às paredes da carroça para se apoiar.

Kaea enfia o pergaminho na cara dele.

— Viu esta garota?

O mercador estreita os olhos e limpa os óculos na camisa. Devagar. *Ganhando tempo.* Ele pega a folha.

— Não posso dizer que sim.

Gotículas de suor se formam na testa dele. Olho para Kaea; ela percebe também.

Não é preciso magia para saber que o idiota está mentindo.

Caminho pela pequena carroça, procurando, derrubando produtos para conseguir alguma reação. Vejo uma garrafa de tinta preta em forma de lágrima e a enfio no bolso.

Por um momento, o mercador fica parado. Parado demais para alguém que não tem nada a esconder. Ele fica tenso quando chego perto de uma caixa, e então eu a chuto. Pedaços de madeira voam. Um cofre de ferro é revelado.

— Não...

Kaea empurra o mercador contra a parede e o revista, jogando um molho de chaves na minha direção. Testo cada uma no trinco do cofre escondido. *Como ele ousa mentir para mim?*

Quando a chave correta se encaixa, abro o cofre de uma vez, esperando encontrar uma pista incriminadora. Mas então vejo as joias do diadema de Amari. Meu fôlego fica preso na garganta.

A visão me leva ao passado, a quando éramos crianças. Ao primeiro dia em que ela usou esse diadema. Ao momento em que a machuquei...

Enrolo-me nas cortinas da enfermaria do palácio. Lutando para abafar os gritos. Enquanto me encolho, os médicos que cuidam dos ferimentos de Amari expõem suas costas. Meu estômago se revira quando vejo o corte da espada.

Vermelho e em carne viva, o corte rasga a pele sobre a espinha. A cada segundo, mais sangue escapa.

— Me perdoa — soluço contra as cortinas, encolhendo-me sempre que as agulhas do médico a fazem gritar. — Sinto muito — desejo gritar. — Prometo que nunca mais vou te machucar!

Mas nenhuma palavra sai da minha boca.

Ela está na cama. Gritando.

Rezando para a agonia ter fim.

Depois de horas, Amari está deitada. Tão exausta que mal consegue falar. Quando geme, sua criada Binta vai até a cama, sussurrando algo que de alguma forma arranca um sorriso dos lábios de Amari.

Ouço e observo com atenção. Binta conforta Amari de um jeito que nenhum de nós consegue. Canta para ela dormir com sua voz melódica e, quando Amari cochila, Binta pega o velho diadema amassado de minha mãe e o põe na cabeça de Amari...

Amari usava aquele diadema todos os dias. A única discussão com nossa mãe que ela sempre vencia. Seria necessário um gorílio para arrancá-lo de sua cabeça.

Para isso estar aqui, minha irmã deve estar morta.

Empurro Kaea para o lado e estendo a lâmina contra o pescoço do mercador.

— Inan...

Silencio Kaea com um gesto. Não é hora de hierarquia ou discrição.

— Onde você conseguiu isso?

— A-a garota me deu! — ofega o mercador. — Ontem!

Pego o pergaminho.

— Ela?

— Não. — O mercador nega com a cabeça. — Ela esteve aqui, mas foi outra garota. Tinha a pele acobreada. Olhos brilhantes... olhos como os do senhor!

Amari.

Significa que ela está viva.

— O que compraram? — interrompe Kaea.

— Uma espada... alguns cantis. Parecia que estavam partindo em viagem, como se estivessem indo para a selva.

Os olhos de Kaea arregalam-se. Ela arranca o pergaminho de minha mão.

— Só pode ser o templo. Candomblé.

— Fica longe daqui?

— Um dia inteiro de cavalgada, mas...

— Vamos partir. — Pego o diadema e sigo para a porta. — Se cavalgarmos rápido, podemos alcançá-los.

— Espere — diz Kaea. — O que vamos fazer com ele?

— Por favor — geme o mercador, trêmulo. — Não sabia que era roubado! Pago meus impostos em dia. Sou leal ao rei!

Hesito, encarando o pobre homem.

Sei o que devo dizer.

Sei o que meu pai faria.

— Inan? — pergunta Kaea. Ela põe a mão na espada. Preciso dar a ordem. Não posso mostrar fraqueza. *O dever antes do eu.*

— Por favor! — implora o mercador, agarrando-se à minha hesitação. — Podem levar minha carroça. Podem levar tudo que tenho...

— Ele viu demais... — interrompe Kaea.

— Espere um pouco — sussurro, com minha pulsação palpitando nos ouvidos. Os cadáveres carbonizados de Ilorin vêm à mente. A carne queimada. A criança chorando.

Vá em frente, eu me forço. *Um reino vale mais que uma vida.*

Mas sangue demais já foi derramado. Muito dele pelas minhas mãos...

Antes que eu possa dizer qualquer coisa, o mercador corre para a saída. Uma das mãos chega à porta. Vermelho explode pelo ar.

Sangue esguicha no meu peito.

O mercador vai ao chão, despencando com um forte baque.

A faca de Kaea está atravessada na nuca do homem.

Depois de um suspiro trêmulo, o mercador sangra em silêncio. Kaea me encara enquanto se curva, recolhendo sua faca como se colhesse a rosa perfeita de um jardim.

—Você não deve tolerar aqueles que entram no seu caminho, Inan. — Kaea salta o cadáver, limpando a lâmina. — Especialmente aqueles que sabem demais.

CAPÍTULO DEZESSETE

AMARI

Minha mente enevoada clareia quando pisco para despertar. Minha visão confunde passado e presente. Por um momento, o prateado dos olhos de Binta cintila.

Mas quando a alucinação some, o tremeluzir das chamas das velas dança pelas paredes de pedras irregulares. Um roedor corre pelo meu pé, e eu me sobressalto. Só então percebo que estou amarrada, presa a Tzain e a Zélie com cordas firmes.

— Gente? — Zélie se mexe às minhas costas, a voz carregada de sono. Ela se contorce, mas não importa o quanto se remexa, as cordas não cedem.

— Quê que aconteceu? — As palavras de Tzain saem emboladas. Ele dá um puxão, mas mesmo sua força considerável não afrouxa as cordas. Por um tempo, seus grunhidos são os únicos sons na caverna. Mas logo outro som cresce; ficamos paralisados quando os passos se aproximam.

— Sua espada — sibila Zélie. — Consegue alcançar?

Meus dedos roçam os de Zélie quando estendo a mão para trás para pegar o cabo da espada, mas não encontro nada.

— Sumiu — sussurro em resposta. — Tudo sumiu!

Observamos a caverna mal iluminada, procurando pelo latão do cabo da espada, o brilho do bastão de Zélie. Alguém levou todas as nossas coisas. Não temos nem...

— O pergaminho? — uma voz profunda estronda.

Fico tensa quando um homem de meia-idade aparece à luz das velas, vestido com uma túnica de couro sem mangas. Espirais brancas e padrões cobrem cada centímetro de sua pele escura.

Zélie ofega.

— Um sêntaro...

— Um *o quê?* — sussurro.

— Quem está aí? — rosna Tzain, forçando-se contra as cordas para enxergar. Ele arreganha os dentes, desafiador.

O homem misterioso nem pisca.

Ele se recosta em um bastão esculpido em pedra, segurando a face entalhada no punho. Uma fúria inegável queima por trás de seus olhos dourados. Começo a pensar que ele nunca vai se mover, quando de repente avança; Zélie tem um sobressalto quando o homem agarra um cacho de seus cabelos.

— Liso — murmura ele com uma ponta de decepção. — Por quê?

— Tire as mãos dela! — grita Tzain.

Embora Tzain não ofereça perigo, o homem recua, soltando os cabelos de Zélie. Ele tira o pergaminho de uma faixa em sua túnica, e seus olhos dourados se estreitam.

— Isso foi tirado de meu povo há muitos anos. — Seu sotaque soa denso e pesado, diferente dos dialetos orïshanos que já ouvi. Encaro o pergaminho aberto em sua mão, reconhecendo alguns dos mesmos símbolos pintados em sua pele. — Eles roubaram de nós. — Sua voz assume um tom violento. — Não deixarei que vocês façam o mesmo.

— O senhor está enganado — digo sem pensar. — Não estamos aqui para roubar!

— Exatamente o que disseram antes. — Ele franze o nariz. — Você fede ao sangue deles.

Recuo, encolhendo-me contra os ombros de Tzain. O homem me encara com um ódio do qual não consigo desviar.

— Ela não está mentindo — diz Zélie às pressas, sua voz firme. — Somos diferentes. Os deuses nos enviaram. Uma vidente nos guiou até aqui!

Mama Agba... Penso em suas palavras de despedida. *Estamos destinados a fazer isso*, quero gritar. Mas como posso argumentar quando neste momento tudo o que eu queria era nunca ter posto os olhos nesse pergaminho?

As narinas do sêntaro se inflam. Ele ergue os braços, e o ar zumbe com a ameaça de magia. *Ele vai nos matar...* Meu coração dispara. Nossa jornada termina aqui.

Os antigos alertas de meu pai ressoam na cabeça: *contra a magia, não temos a menor chance.* Contra a magia, somos indefesos.

Contra a magia, morremos...

— Eu vi como este lugar era — arfa Zélie. — Vi as torres e os templos, sêntaros que pareciam com o senhor.

O homem abaixa o braço lentamente, e sei que Zélie conseguiu chamar sua atenção. Ela engole em seco. Rezo aos céus para que encontre as palavras certas.

— Sei que vieram até seu lar, destruíram tudo o que o senhor amava. Fizeram o mesmo comigo. Com milhares de pessoas que se parecem comigo. — A voz dela vacila, e eu fecho os olhos. Atrás de mim, Tzain fica tenso. Minha garganta seca quando percebo sobre quem Zélie está falando. Eu tinha razão.

Meu pai destruiu este lugar.

Penso em todos os escombros, os crânios quebrados, o olhar sério de Zélie. O vilarejo pacífico de Ilorin em chamas. As lágrimas correndo pelo rosto de Tzain.

A cascata de luz que escapou da mão de Binta preenche minha mente, mais linda que raios de sol. Onde eu estaria agora se meu pai tivesse deixado Binta viva? O que seria de toda Orïsha se ele simplesmente tivesse dado uma chance a esses maji?

A vergonha me esmaga, fazendo com que eu queira enfiar a cabeça em um buraco, quando os braços do homem se erguem de novo.

Fecho os olhos, preparando-me para a dor...

As cordas desaparecem no ar; nossos pertences ressurgem ao nosso lado.

Ainda estou perplexa pela magia quando o homem misterioso se afasta, apoiando-se no cajado. Quando nos erguemos, ele emite um comando simples:

— Sigam-me.

CAPÍTULO DEZOITO

ZÉLIE

A ÁGUA GOTEJA das paredes esculpidas enquanto nos aprofundamos no coração da montanha, acompanhados pelo baque rítmico do cajado de nosso guia. Velas douradas se enfileiram na pedra irregular, iluminando a escuridão com seu brilho suave. Enquanto arrasto os pés pela rocha fria, encaro o homem, ainda incapaz de acreditar que um sêntaro está diante de meus olhos. Antes da Ofensiva, apenas os líderes dos dez clãs maji tinham o privilégio de encontrá-los em vida. Mama Agba vai cair da cadeira quando eu lhe contar.

Empurro Amari de leve para o lado e me aproximo do sêntaro, inspecionando as marcas pintadas na nuca do homem. Elas ondulam por sua pele a cada passo, dançando com as sombras das chamas.

— Chamam-se sênbaría — responde o homem, de alguma forma sentindo meu olhar. — A língua dos deuses, tão antiga quanto o próprio tempo.

Então é assim que ela é. Me inclino para examinar os símbolos que um dia tinham vindo a se tornar o iorubá falado, dando-nos a língua para invocar nossa magia.

— São lindas — comento.

O homem assente.

— As coisas que a Mãe Céu cria sempre são.

Amari abre a boca, mas a fecha rapidamente, como se mudasse de ideia. Fico um tanto irritada ao vê-la caminhar boquiaberta pelas coisas que apenas os maji mais poderosos da história tiveram o direito de ver.

Ela pigarreia e parece tomar bastante coragem para reencontrar a voz.

— Perdoe-me — diz ela —, mas o senhor tem um nome?

O sêntaro se vira e franze o nariz.

—Todo mundo tem um nome, menina.

—Ah, eu não quis...

— Lekan — ele a interrompe. — Olamilekan.

As sílabas despertam algo nos recônditos mais fundos de meu cérebro.

— *Olamilekan* — repito. — Minha riqueza... crescerá?

Lekan se vira para mim com um olhar tão fixo que certamente enxerga minha alma.

—Você se lembra de nossa língua?

— Um pouquinho. — Faço que sim. — Minha mãe me ensinou quando eu era mais nova.

— Sua mãe era uma ceifadora?

Fico boquiaberta, surpresa. É impossível identificar os poderes de um maji apenas olhando para ele.

— Como o senhor sabia?

— Consigo sentir — responde Lekan. — O sangue de ceifador corre denso em suas veias.

— Consegue sentir a magia em pessoas que não são maji ou divinais? —A pergunta me escapa, pensando em Inan. — É possível para os kosidán ter magia no sangue?

— Como sêntaros, não fazemos essa distinção. Tudo é possível, no que diz respeito aos deuses. Tudo o que importa é o desejo da Mãe Céu.

Ele se vira, me deixando com mais perguntas que respostas. Que parte do desejo da Mãe Céu envolve as mãos de Inan no meu pescoço?

Tento afastar esses pensamentos enquanto avançamos. Quando parece que já viajamos um quilômetro inteiro por esses túneis, Lekan nos guia até uma cúpula escura e ampla cavada na montanha. Ele ergue as mãos com a mesma seriedade de antes, fazendo o ar zumbir com energia espiritual.

— *Ìmọlẹ àwọn òrìshà* — canta ele, enquanto o encantamento iorubá flui de seus lábios como água. — *Tàn sì mi ní kíá báàyí. Tan ìmọlẹ sí ìpàsẹ̀ awọn ọmọ rẹ!*

De uma vez, as chamas que ladeiam as paredes se extinguem, como aconteceu com a tocha improvisada de Tzain. Mas, em um instante, elas se reacendem, cobrindo cada centímetro de pedra com luz.

— Ai...

— Meus...

— Deuses...

Ficamos maravilhados ao entrarmos na cúpula, decorada com um mural tão magnífico que fico sem palavras. Cada metro de pedra é coberto com pinturas vibrantes que representam os dez deuses, os clãs maji, e tudo mais. É muito mais do que as imagens rústicas dos deuses que existiam antes da Ofensiva, ocasionais pinturas secretas, raras tapeçarias exibidas apenas sob a cobertura da escuridão. Aquelas eram raios de luz tremeluzentes. Esse mural é como encarar a face do sol.

— O que é isso? — suspira Amari, girando para observar tudo de uma vez.

Lekan gesticula para seguirmos, e eu puxo Amari, segurando-a quando ela tropeça. Ele pousa as mãos na pedra antes de responder:

— A origem dos deuses.

Seus olhos dourados cintilam e uma energia brilhante escapa da palma de sua mão, entrando na parede. Quando a luz viaja pela pintura, a arte brilha, e as figuras lentamente tomam vida.

— Pelos céus — trágueja Amari, agarrando meu pulso. Magia e luz explodem quando a alma de cada pintura se anima diante de nossos olhos.

— No início, nossa Mãe Céu criou os céus e a terra, trazendo vida à vasta escuridão. — Luzes fortes rodopiam das palmas da senhorinha que reconheço como a estátua do primeiro andar. Sua túnica púrpura desliza como seda ao redor de sua forma régia enquanto novos mundos saltam à vida. — Na terra, a Mãe Céu criou os seres humanos, seus filhos de sangue e osso. Nos céus, ela deu à luz os deuses e deusas. Cada um viria a incorporar um fragmento diferente de sua alma.

Embora eu tivesse ouvido Mama contar essa história antes, nunca pareceu tão real quanto agora. Ela transcende o reino das fábulas e mitos e se torna história de verdade. Todos encaramos com olhos arregalados e boquiabertos enquanto humanos e deuses saltam de repente da Mãe Céu. Os humanos caem na terra marrom, e as divindades recém-nascidas flutuam nas nuvens logo acima.

— A Mãe Céu amava todos os seus filhos, cada um criado à sua imagem. Para nos conectar a todos, ela dividiu seus dons com os deuses, e os primeiros maji nasceram. Cada deidade tomou parte de sua alma, uma magia com que eles deviam presentear os seres humanos na terra. Yemọja pegou as lágrimas dos olhos de Mãe Céu e se tornou a Deusa do Mar.

Uma deusa estonteante de pele escura e olhos azuis vibrantes deixa cair uma única lágrima no mundo. Quando ela aterrissa, explode, criando oceanos, lagos e riachos.

—Yemọja trouxe a água a seus irmãos humanos, ensinando aqueles que a louvavam como controlar sua vida. Seus pupilos estudaram sua divindade-irmã com disciplina rígida, ganhando domínio sobre o mar.

O nascimento dos mareadores, lembro de repente. Acima de nós, os membros pintados do Clã de Omi movem as águas à vontade, fazendo com que dancem com facilidade magistral.

Lekan narra a origem de deus atrás de deus, explicando cada divindade e seu clã maji enquanto avançamos. Conhecemos Ṣàngó, que tirou o fogo do coração de Mãe Céu para criar os queimadores; Ayaó, que tomou o ar da respiração de Mãe Céu para fazer os ventaneiros. Estudamos os nove deuses e deusas até restar apenas uma.

Espero Lekan começar a falar, mas ele se vira para mim, a expectativa nítida em seu olhar.

— Eu? — Dou um passo à frente, as palmas suando quando tomo seu lugar. Essa é a parte da história que eu mais conheço, a história que Mama me contou tantas vezes que até Tzain conseguiria recitá-la. Mas quando eu era criança, era apenas um mito, uma fantasia que os adultos podiam inventar para nossas mentes juvenis. Pela primeira vez a história parece real, alinhavada no próprio tecido da minha vida.

— Diferentemente das irmãs e dos irmãos, Oya escolheu esperar até o fim — falei em voz alta. — Ela não tirou nada da Mãe Céu, como seus irmãos. Em vez disso, pediu a Mãe Céu para doar.

Observo enquanto minha divindade-irmã se move com a graça de um furacão, desenhada em todo o seu poder e brilho. Uma beleza de pele de obsidiana ajoelha-se diante da Mãe; a sua túnica vermelha flui como o vento. A visão me deixa sem fôlego. Sua posição demonstra força, uma tempestade fermentando embaixo da pele negra.

— Pela paciência e sabedoria de Oya, a Mãe Céu a recompensou com o domínio sobre a vida — continuo. — Mas quando Oya compartilhou esse dom com seus adoradores, a capacidade se transformou no poder sobre a morte.

Meu coração acelera quando os ceifadores do Clã de Ikú exibem suas capacidades letais, o tipo de maji que eu nasci para ser. Mesmo nas pinturas, suas sombras e espíritos se erguem, comandando exércitos de mortos, destruindo a vida em tempestades de cinzas.

As exibições mágicas me levam de volta aos meus dias em Ibadan, observando os anciões recém-eleitos demonstrarem sua proeza para nosso clã de ceifadores. Quando Mama foi eleita, as sombras pretas da morte que giraram ao seu redor foram magníficas. Aterrorizantes, mas ainda assim surpreendentes ao dançarem ao seu lado.

Naquele momento, eu soube que, enquanto vivesse, nunca veria nada tão belo. Só esperava que um dia eu me juntasse a ela. Queria que ela me visse e sentisse metade do orgulho que senti.

— Desculpe. — Sinto a garganta fechar. Lekan parece entender no mesmo instante. Com um meneio de cabeça, ele dá um passo à frente e continua a história.

— Oya foi a primeira a perceber que nem todos os seus filhos podiam lidar com tamanho poder. Ela se tornou seletiva, como sua mãe, compartilhando a capacidade apenas com aqueles que mostrassem paciência e sabedoria. Seus irmãos seguiram seu modelo, e logo a população maji diminuiu. Nessa nova era, todos os maji foram agraciados com cabelos brancos cacheados, uma homenagem à imagem da Mãe Céu.

Ajeito minhas mechas lisas; meu rosto esquenta. Mesmo que eu me passe por sábia, não há um deus lá em cima que ache que sou paciente...

O olhar de Lekan volta-se para o último conjunto de desenhos no mural celestial, onde homens e mulheres pintados com símbolos brancos se ajoelham em adoração.

— Para proteger a vontade dos deuses, a Mãe Céu criou meu povo, os sêntaros. Liderados pela mamaláwo, agimos como guardiães espirituais, com a tarefa de conectar o espírito da Mãe Céu com os maji aqui embaixo.

Ele para quando a pintura de uma mulher surge acima dos sêntaros com uma adaga de marfim em uma das mãos e uma pedra brilhante na outra. Embora vestida com uma túnica de couro, como seus irmãos e irmãs, há um diadema ornado pousado na cabeça da mamaláwo.

— O que ela está segurando? — pergunto.

— A adaga de osso — responde Lekan, retirando a peça de sua túnica. — Uma relíquia sagrada esculpida do esqueleto do primeiro sêntaro. — A adaga parece banhada em uma luz azul-clara, emitindo uma energia fria como o gelo. A mesma sênbaría pintada nos braços de Lekan brilha forte contra seu cabo. — Quem a empunha extrai energia da força vital de todos aqueles que a empunharam antes.

"Na mão direita, a mamaláwo segura a pedra do sol, um fragmento vivo da alma da Mãe Céu. Como contém o espírito da Mãe Céu, a pedra a liga a este mundo, mantendo a magia viva. Todo século, nossa mamaláwo carregava a pedra, a adaga e o pergaminho até um templo sagrado para realizar o ritual do elo. Ao derramar seu sangue com a adaga e usar o poder imbuído na pedra, a mamaláwo selava a conexão espiritual dos deuses no sangue dos sêntaros. Enquanto nossa linhagem sobrevivesse, a magia também sobreviveria."

Enquanto a mamaláwo canta no mural, as palavras dançam pela parede em símbolos pintados. A adaga de marfim pinga o sangue da mulher. O brilho da pedra do sol envolve o mural inteiro em sua luz.

— Então, o que aconteceu? — Tzain encara o mural com olhos vazios, a postura rígida. — Ela não realizou o ritual? Foi por isso que a magia morreu?

Embora ele diga *magia*, eu ouço *Mama* em sua voz. Foi isso que a deixou indefesa.

Foi assim que o rei a levou embora.

A centelha desaparece dos olhos de Lekan, e as pinturas perdem a vida. Em um instante, a magia do mural morre, não mais que tinta comum, seca.

— O massacre dos maji... a "Ofensiva", como as pessoas chamam... não foi um evento fortuito. Antes de eu sair em peregrinação, seu rei entrou nos templos de Candomblé alegando uma adoração falsa. Na verdade, Saran estava buscando uma arma contra os deuses. — Lekan se vira, escondendo o rosto, e vemos apenas os símbolos pintados nos seus braços, que parecem diminuir quando ele se curva à luz das velas, murchando de desgosto. — Ele ficou sabendo do ritual, soube como em Orïsha a magia estava ancorada ao sangue dos sêntaros. Quando eu voltei, Saran havia massacrado meu povo, rompendo a conexão da Mãe Céu e arrancando a magia de nosso mundo.

Amari leva a mão à boca, lágrimas silenciosas correndo pelas bochechas rosadas. Não consigo compreender como alguém pode ser tão cruel. Não sei o que faria se esse homem fosse meu pai.

Lekan vira-se de novo para nós, e nesse momento percebo que nunca entenderei sua solidão, sua dor. Depois da Ofensiva, ainda tive Tzain e Baba. Tudo o que ele tinha eram esqueletos; cadáveres e deuses silenciosos.

— Saran coordenou seus massacres, um logo após o outro. Enquanto meu povo sangrava neste solo e a magia desaparecia, ele instruiu seus guardas a matarem os povos de vocês.

Fecho os olhos, desejando afastar as imagens de fogo e sangue que a Ofensiva traz.

Os gritos de Baba enquanto um guarda quebra seu braço.

Mama agarrando a corrente de majacita negra ao redor do pescoço.

Meus gritos enquanto eles a arrastam.

— Por que eles não fizeram nada? — grita Tzain. — Por que não impediram o rei?

Toco o ombro dele, apertando de leve para atenuar sua fúria. Conheço meu irmão. Sei que seus gritos mascaram a dor.

— Meu povo tem a tarefa de proteger a vida humana. Não temos permissão para tirá-la.

Ficamos ali por um bom tempo, e apenas o fungar de Amari quebra o silêncio. Encarando as paredes pintadas, começo a perceber até onde os outros irão para nos reprimir.

— Mas agora a magia está de volta, certo? — pergunta Amari, secando os olhos. Tzain entrega para ela um pedaço rasgado de seu manto, mas sua gentileza parece apenas causar mais lágrimas. — O pergaminho funcionou para Zélie e Mama Agba — continua Amari. — Transformou minha amiga também. Se pudermos levar o pergaminho a todos os divinais em Orïsha, não será suficiente?

— Saran rompeu a antiga conexão entre os maji e os deuses quando massacrou os sêntaros. O pergaminho traz de volta a magia porque tem a capacidade de ativar uma nova conexão com os deuses, mas para tornar essa conexão permanente e trazer a magia de volta de uma vez por todas, precisamos realizar o ritual sagrado. — Lekan pega o pergaminho com reverência. — Passei anos procurando os três artefatos sagrados, quase todos em vão. Consegui recuperar a adaga de osso, mas temo às vezes que Saran tenha conseguido destruir os outros.

— Não acho que possam ser destruídos — diz Amari. — Meu pai ordenou que seu almirante se livrasse do pergaminho e da pedra do sol, mas ele fracassou.

— O almirante de seu pai fracassou porque os artefatos não podem ser destruídos por mãos humanas. Receberam a vida por meio da magia. Apenas a magia pode causar sua morte.

— Então podemos fazer isso? — insisto. — Podemos trazer a magia de volta?

Pela primeira vez, Lekan sorri, com a esperança brilhando em seus olhos dourados.

— O solstício secular está chegando, o décimo centenário dos presentes da Mãe Céu à humanidade. Ele nos dá a última chance de corrigirmos nossos erros. A última chance de manter a magia viva.

— Como? — pergunta Tzain. — O que temos que fazer?

Lekan desenrola o pergaminho, interpretando seus símbolos e figuras.

— No solstício secular, uma ilha sagrada aparecerá na costa norte do Mar Orinion. Ela abriga o templo de nossos deuses. Precisamos levar o pergaminho, a pedra do sol e a adaga de osso até lá e recitar o encantamento ancestral deste pergaminho. Se concluirmos o ritual, poderemos criar novas âncoras de sangue e restaurar a conexão, garantindo a magia por mais cem anos.

— E todos os divinais se tornarão maji? — pergunta Amari.

— Se for possível concluir o ritual antes do solstício, cada divinal que atingiu a idade de treze anos se transformará.

O solstício secular, repito em minha cabeça, calculando quanto tempo nos resta. A graduação de verão de Mama Agba sempre cai na lua crescente, depois da pesca anual de peixe-tigre. Se o solstício está chegando...

— Espere! — exclama Tzain. — Falta menos de uma lua!

— Quê? — Meu coração se aperta. — O que acontecerá se perdermos a data?

— Se for perdido, Orïsha nunca mais verá magia.

Meu estômago pesa como se eu tivesse sido empurrada montanha abaixo. *Uma lua? Uma lua ou nunca mais?*

— Mas a magia já está voltando. — Tzain balança a cabeça. — Veio com o pergaminho. Se pudermos levá-lo a todos os divinais...

— Não vai funcionar — interrompe Lekan. — O pergaminho não conecta a pessoa à Mãe Céu. Apenas faz a conexão com sua divindade-irmã. Sem o ritual, a magia não vai durar além do solstício. Restabelecer a conexão dos maji com a Mãe Céu é o único jeito.

Tzain pega seu mapa, e Lekan traça uma rota até onde o templo sagrado aparecerá. Rezo para que a localização esteja ao nosso alcance, mas os olhos de Tzain arregalam-se, alarmados.

— Espere aí — diz Amari, erguendo as mãos. — Temos o pergaminho e a adaga de osso, mas onde está a pedra do sol? — Ela olha para a túnica dele, com expectativa, mas nenhuma pedra brilhante sai dela.

— Venho rastreando a pedra a partir de Warri, desde que ela foi encontrada na costa. Estava seguindo uma pista dela em Ibeji quando meu espírito me chamou de volta para cá. Acredito que tenha sido para que eu pudesse encontrar vocês.

— Então o senhor não está com ela? — pergunto.

Lekan faz que não, e Tzain quase explode.

— Então como vamos fazer isso? Só para viajar vamos levar uma lua!

A resposta vem mais clara que as pinturas na parede. Os divinais nunca se tornarão maji. Saran sempre estará no comando.

— Pode nos ajudar? — pergunta Amari.

— Posso auxiliar vocês. — Lekan meneia a cabeça. — Mas tenho limites. Apenas uma mulher pode se tornar nossa mamaláwo. Eu não posso realizar o ritual.

— Mas o senhor precisa fazer isso — insiste Amari. — É o único sêntaro que restou!

— Não funciona desse jeito. — Lekan balança a cabeça. — Os sêntaros não são como os maji. A conexão dos maji com os deuses é cimentada em seu sangue. É essa conexão com a Mãe Céu que é necessária para completar o ritual.

— Então quem pode fazer?

Lekan olha para mim, sério.

— Uma maji. Uma ligada aos deuses.

Leva um momento para as palavras de Lekan se assentarem; quando acontece, eu quase dou uma gargalhada.

— Se a Mãe Céu trouxe o pergaminho até você por meio de uma descendente do sangue de Saran, seu desejo está claro.

Seu desejo está errado, quase retruco. Não posso salvar os maji. Eu mal posso salvar a mim mesma.

— Lekan, não. — Meu estômago se aperta como quando Amari agarrou meu pulso no mercado. — Não sou forte o bastante. Nunca nem realizei um feitiço. O senhor disse que o pergaminho apenas me conectou a Oya. Também não sou conectada à Mãe Céu!

— Posso consertar isso.

— Então conserte no senhor mesmo. Conserte em Tzain! — Empurro meu irmão para frente. Mesmo Amari seria melhor candidata que eu.

Mas Lekan agarra minha mão e me guia adiante, seguindo pela cúpula. Antes que eu possa protestar, ele me interrompe:

— Os deuses não erram.

Gotas de suor se acumulam na minha testa enquanto subimos outro lance de degraus de pedra. Passamos por escadaria atrás de escadaria, subindo para o topo da montanha. A cada passo, minha mente se retorce e gira, lembrando-me de todas as maneiras como isso pode dar errado.

Talvez se já tivéssemos a pedra do sol...

Se a guarda real não estivesse no nosso calcanhar...

Se Lekan conseguisse outra pessoa para fazer esse ritual idiota...

Meu peito se aperta, sufocando sob a ameaça de fracasso. O sorriso brincalhão de Baba me volta à mente, a esperança em seus olhos. *Sem magia, eles nunca nos tratarão com respeito.*

Precisamos desse ritual. É nossa única esperança. Sem ele, nunca teremos poder.

A monarquia sempre nos tratará como vermes.

— Aqui estamos.

Por fim, chegamos ao topo das escadas e emergimos à luz pálida do dia. Lekan nos leva até uma torre de pedras brilhantes que se ergue do topo da montanha, muito acima do templo em que entramos. Embora algumas lajotas rachadas marquem a entrada, o lugar está em grande parte intocado. Pilares enormes sustentam a estrutura, curvando-se em fileiras de arcos elegantes.

— Uau — ofego, correndo os dedos pelas marcas de sênbaría esculpidas em cada coluna. Os símbolos brilham à luz do sol poente que perpassa os arcos.

— Aqui. — Lekan aponta para o único objeto na torre, uma banheira de obsidiana borbulhando com água azul-clara. O líquido começa a borbulhar quando ele se aproxima, embora não haja nenhuma chama à vista.

— O que é isso?

— Seu despertar. Quando eu terminar, seu espírito estará reconectado com o da Mãe Céu.

— Pode fazer isso? — pergunta Amari.

Lekan assente, o vislumbre de um sorriso surgindo nos lábios.

— Era meu dever com meu povo. Treinei para isso a vida inteira. — Ele junta as mãos, o olhar suave e desfocado. Então, de repente, ele muda, encarando Tzain e Amari.

— Vocês precisam sair. — Ele gesticula para os dois. — Já rompi com séculos de tradição deixando vocês chegarem até aqui. Não posso deixar que observem nosso ritual mais sagrado.

— Uma ova que não pode. — Tzain entra na minha frente, os músculos se flexionando em desafio. — Não vou te deixar sozinho com a minha irmã.

— Você deveria ficar — sussurra Amari. — Eu não tenho direito de ver isso...

— Não. — Tzain estende a mão diante de Amari, impedindo-a de descer os degraus de pedra. — Fique. Sem nós, sem ritual.

Lekan apertas os lábios.

— Se ficarem, serão obrigados a guardar segredo.

— Nós juramos. — Tzain acena com a mão. — Não vamos contar nada.

— Não seja leviano neste juramento — alerta Lekan. — Os mortos não serão.

Lekan volta seu olhar raivoso para Amari, que quase derrete. Ele só desvia para agarrar a borda da banheira de obsidiana. A água instantaneamente borbulha sob seu toque.

Minha garganta seca quando me aproximo da banheira e uma nova onda de vapor atinge meu rosto. *Oya, me ajude. Não consigo sequer vender um peixe sem causar a destruição da minha vila inteira. Como posso ser a única esperança dos maji?*

— Se eu concordar com isso, o senhor precisa despertar outros.

Lekan reprime um suspiro frustrado.

— A Mãe Céu trouxe você aqui...

— Por favor, Lekan. Precisa fazer isso. Não posso ser a única.

Lekan solta um muxoxo e gesticula para eu ir até a banheira.

— Tudo bem — ele cede. — Mas preciso despertar você primeiro.

Dou um passo hesitante para dentro da banheira, deslizando devagar até a água cobrir tudo, menos minha cabeça. Minhas roupas flutuam ao redor enquanto o calor relaxa cada membro, levando embora a tensão da escalada de hoje.

— Vamos começar.

Lekan pega minha mão direita e retira a adaga de osso das dobras de sua túnica.

— Para libertar o poder divino, precisamos sacrificar o que é mais divino em nós.

— Você está usando a magia do sangue? — Tzain dá um passo na minha direção; seu corpo está tenso de medo.

— Sim — responde Lekan —, mas sua irmã ficará a salvo. Vou manter tudo sob controle.

Minha pulsação acelera, lembrando-me do corpo debilitado de Mama depois de ter usado a magia do sangue pela primeira vez. O poder infinito estraçalhou seus músculos. Mesmo com a ajuda de curandeiros, levou uma lua inteira para ela conseguir andar de novo.

Foi um risco que ela assumiu para salvar Tzain quando ele quase se afogou, na infância, um sacrifício que permitiu que ele se agarrasse à vida. Mas, ao fazer esse sacrifício, ela quase morreu.

— Você estará segura — garante Lekan, parecendo ler meus pensamentos. — Não é igual a quando um maji usa a magia do sangue. Os sêntaros têm a capacidade de guiá-la.

Faço que sim, embora uma pontada sombria de medo doa em minha garganta.

— Perdoe-me — diz Lekan. — Talvez isso doa.

Respiro fundo quando ele corta a palma da minha mão, cerrando os dentes para suportar a dor enquanto o sangue começa a escorrer. A dor se transforma em choque quando meu corpo brilha com uma luz branca.

Quando meu sangue pinga na água, sinto como se alguma coisa me deixasse, alguma coisa mais profunda que um simples corte. As gotículas vermelhas deixam branco o líquido azul-claro; quanto mais sangue cai, mais forte ele borbulha.

— Agora relaxe. — A voz retumbante de Lekan vira um timbre suave. Meus olhos piscam até se fecharem. — Limpe a mente, respire fundo. Solte-se das amarras mundanas.

Refreio uma resposta. Há amarras demais para contar. As chamas de Ilorin surgem em minha mente, os ecos dos gritos de Bisi ressoam nos meus ouvidos. As mãos do príncipe envolvem minha garganta. Apertando. Cada vez mais.

Mas quando meu corpo mergulha na água aquecida, as tensões começam a desaparecer. A segurança de Baba... a fúria de Inan... Um a um, cada fardo afunda. Eles me abandonam em ondas, até mesmo a morte de Mama parece evanescer no vapor.

— Bom — tranquiliza Lekan. — Seu espírito está sendo purgado. Lembre, o que quer que você sinta, estarei aqui.

Ele pousa uma das mãos na minha testa e a outra no meu esterno antes de cantar:

— Ọmọ Mama, Arábìnrin Ọyà. Sí ẹ̀bùn iyebíye rẹ̀. Tú idán mímọ́ rẹ sílẹ̀.

Um poder estranho redemoinha pela minha pele. A água fervilha com nova intensidade, e meu fôlego fica preso quando o calor me domina.

— Ọmọ Mama...

Filha da Mãe Céu, eu repito na minha cabeça.

— *Arábìnrin Ọyà.*

Irmã de Oya.

— *Sí ẹ̀bùn iyebíye rẹ̀...*

Revele seu dom precioso.

— *Tú idán mímọ́ rẹ sílẹ̀.*

Libere sua magia sagrada.

O ar sobre nós zumbe com uma energia eletrizada, mais forte que qualquer coisa que eu já tenha sentido. Supera o zumbido da presença de

Inan, eclipsa o choque de tocar o pergaminho pela primeira vez. As pontas de meus dedos ficam quentes, emitindo uma luz branca. Enquanto Lekan canta, o poder viaja pelas minhas veias, fazendo-as brilhar sob a pele.

— *Ọmọ Mama, Arábìnrin Ọyà...*

Quanto mais altos soam seus encantamentos, mais meu corpo reage. A magia invade cada célula do meu ser, pulsando enquanto Lekan mergulha minha cabeça embaixo d'água. Meu crânio é pressionado contra o fundo da banheira, e um novo tipo de fôlego agarra em minha garganta. Finalmente entendo as palavras de Mama Agba.

É como respirar pela primeira vez.

— *Ọmọ Mama, Arábìnrin Ọyà.*

As veias saltam contra a minha pele à medida que a magia cresce, se dilatando até parecerem prestes a estourar. Na minha mente, véus vermelhos dançam ao meu redor, caindo como ondas, girando como furacões.

Enquanto me perco nesse belo caos, um vislumbre de Oya emerge. Fogo e vento dançam ao redor dela como espíritos, girando como as sedas vermelhas de sua saia.

— *Arábìnrin Ọyà...*

Sua dança me deixa paralisada, acendendo tudo que eu nunca percebi que estava preso dentro de mim. Arde pelo meu corpo como uma chama, e ainda assim resfria minha pele como gelo, fluindo em ondas inesperadas.

— *Sí ẹ̀bùn iyebíye rẹ!* — grita Lekan, fora da água. — *Tú idán mímọ́ rẹ sílẹ̀.*

Em uma explosão final, a onda gigantesca se rompe e a magia flui para cada centímetro do meu ser. Espalha-se em cada célula, tingindo meu sangue, preenchendo minha mente. Em seu poder, eu vislumbro o início e o fim ao mesmo tempo, as conexões inquebráveis que ligam a vida de todos nós.

O vermelho da ira de Oya rodopia ao meu redor.

A prata dos olhos da Mãe Céu brilha...

— Zélie!

Abro os olhos e vejo Tzain me sacudindo pelos ombros.

— Você está bem? — pergunta ele, inclinando-se sobre a beirada da banheira.

Faço que sim, mas não consigo falar. Não há palavras. Apenas a sensação de formigamento remanescente.

— Consegue se levantar? — pergunta Amari.

Tento sair da banheira, mas assim que me levanto o mundo inteiro gira.

— Fique quieta — instrui Lekan. — Seu corpo precisa descansar. A magia do sangue drena sua força vital.

Descansar, eu repito. Descansar com o tempo que não temos. Se a pista de Lekan sobre a localização da pedra do sol estiver correta, precisamos seguir até Ibeji para encontrá-la. Não conseguirei concluir o ritual sem a pedra, e já estamos ficando sem tempo. O solstício será daqui a apenas três quartos de lua.

— Precisa gastar uma noite — insiste Lekan, de alguma forma pressentindo minha urgência. — Despertar a magia é como acrescentar um novo sentido. Seu corpo precisa de tempo para se ajustar.

Meneio a cabeça e fecho os olhos, desmoronando contra a pedra fria. *Amanhã você começa. Seguir para Ibeji, encontrar a pedra. Ir até a ilha sagrada. Realizar o ritual.*

Repito o plano de novo, várias vezes, deixando que isso embale meu sono. *Ibeji. Pedra. Ilha. Ritual.*

Com o tempo, minha mente se apaga em uma escuridão suave, segundos antes do sono. Estou quase apagada quando Lekan agarra meus ombros e me põe em pé.

— Alguém está vindo — grita Lekan. — Rápido! Precisamos ir!

CAPÍTULO DEZENOVE

INAN

— Nos arrasta por meio mundo...

— ... por que não podem só dizer o que ela roubou...

— ... se aquele desgraçado acha que estou disposto a morrer neste penhasco...

— Inan, devagar! — grita Kaea lá debaixo. Levo um momento para perceber que ela não é apenas outra voz em minha cabeça.

Quanto mais me aproximo de Candomblé, mais altas elas ficam.

Malditos sejam os céus. As reclamações dos guardas zumbem como abelhas brigando dentro do meu crânio. Embora eu queira bloqueá-las, não posso reprimir minha maldição; mesmo o menor dos esforços faz minhas pernas escorregarem no penhasco.

A picada da magia revira tudo dentro de mim, um vírus me destruindo de dentro para fora. Mas não tenho escolha. Não posso escalar e me enfraquecer.

Tenho que dar espaço para a escuridão.

Dói mais que a ardência que ferve em meu peito quando reprimo os poderes. Cada vez que um pensamento alheio me atinge, minha pele formiga. Cada vislumbre da emoção de outra pessoa faz meus lábios se apertarem.

A magia esgueira-se para dentro de mim. Venenosa, como mil aranhas rastejando pela minha pele. Ela quer mais de mim. A maldição quer abrir caminho...

Com um solavanco, meu apoio do pé desmorona.

As pedras junto aos meus pés rolam como em uma avalanche.

Solto um grunhido quando meu corpo bate com tudo contra o paredão, e meus pés balançam, buscando um novo apoio.

— Inan! — grita Kaea da plataforma abaixo. Mais uma distração do que uma ajuda. Ela espera com as montarias e os outros soldados enquanto eu busco um caminho.

Corda e pederneira deslizam dos bolsos em meu cinto enquanto estou pendurado. O diadema de Amari também escorrega.

Não!

Embora seja um risco, eu solto a mão esquerda, agarrando o diadema antes que saia do alcance. Enquanto meus pés descobrem novos apoios, lembranças que não consigo combater emergem.

— *Golpeie, Amari!*

O comando de meu pai estrondou contra as paredes de pedra do porão do palácio. Lá no subterrâneo, onde seus comandos eram lei. A mãozinha de Amari tremeu, quase sem forças para erguer a espada de ferro.

Não eram como as espadas de madeira com as quais ele nos forçava a lutar, lâminas sem fio que machucavam, mas nunca cortavam. O ferro era afiado. Denteado no fio. Com o golpe certo, não deixaria apenas um hematoma.

Arrancaria sangue.

— *Eu disse golpeie!* — Os gritos de meu pai eram como trovões. Uma ordem que ninguém podia desafiar. Ainda assim, Amari fez que não. Ela deixou a espada cair.

Eu me encolhi quando a espada retiniu contra o chão. Um som desagradável e penetrante. O desafio reverberando em cada som.

Pega!, eu quis gritar.

Ao menos, se ela atacasse, eu poderia me defender.

— *Golpeie, Amari.*

A voz de meu pai atingiu uma oitava tão baixa que poderia rachar pedras.

Ainda assim, Amari se abraçou e se virou. Lágrimas escorriam por seu rosto. Tudo o que meu pai viu foi fraqueza. Depois de todo esse tempo, acho que talvez tenha sido força.

Meu pai se virou para mim, com o rosto sombrio, tremeluzente às sombras das tochas.

— *Sua irmã escolhe a si mesma. Como rei, você deve escolher Orïsha.*

Todo o ar desapareceu da sala. As paredes fecharam-se ao meu redor. As ordens de meu pai ecoaram na minha mente. Seus comandos para lutar contra mim mesmo.

— *Golpeie, Inan!* — A fúria reluzia em seus olhos. — *Você deve lutar agora!*

Amari gritou e cobriu as orelhas. Tudo em mim queria correr até ela. Protegê-la. Salvá-la. Prometer que nunca teríamos que lutar.

— *O dever antes do eu!* — A voz de meu pai ficou rouca. — *Mostre que você pode ser rei!*

Naquele momento, tudo parou.

Avancei com a minha espada.

— Inan!

O grito de Kaea me traz de volta, irrompendo nas profundezas das minhas lembranças.

Aperto o corpo contra a encosta, com um pé ainda no ar. Com um grunhido, continuo minha escalada sem parar até chegar à próxima plataforma. O suor escorre pelo meu corpo enquanto esfrego o polegar no selo ornado do diadema de Amari.

Nunca falamos disso. Nem uma vez. Mesmo depois de todos esses anos. Amari era gentil demais para trazer o assunto à tona. Eu, medroso demais.

Seguimos com a vida, um abismo invisível sempre entre nós. Amari nunca teve de voltar àquele porão. Eu nunca saí.

Embora meus músculos tremam, ponho o diadema no bolso. Não há tempo a perder. Falhei com minha irmã uma vez. Não repetirei esse erro.

Quando me levanto, o espírito da maji pulsa como nunca. Uma onda que ela não consegue controlar. O aroma de maresia de sua alma é tão forte que encobre o cheiro de cravo das bromélias sob meu nariz. Paro quando percebo os caules esmagados aos meus pés.

Rastros...

Ela esteve aqui.

Ela está por perto.

Eu estou perto.

Mate-a, meu coração palpita enquanto me agarro à encosta da montanha. *Mate-a. Mate a magia.*

Quando a garota finalmente estiver nas minhas mãos, vai ter valido a pena. Tomarei meu reino de volta.

O diadema de Amari espeta minhas costelas enquanto continuo a subir. Não pude salvá-la de meu pai naquela época. Mas hoje vou salvá-la de si mesma.

CAPÍTULO VINTE

ZÉLIE

— Mais rápido! — diz Lekan enquanto avançamos pelos corredores do templo. Tzain me carrega nos ombros, a pegada firme ao redor da minha cintura.

— Quem é? — pergunta Amari, embora o tremor na voz sugira que ela já sabe. Seu irmão lhe deixou cicatrizes uma vez. Quem pode dizer que não acontecerá de novo?

— Meu bastão — resmungo. Me custa cada gota de energia falar. Mas preciso dele para lutar. Preciso dele para nos manter vivos.

— Você mal consegue ficar em pé. — Tzain me segura antes que eu deslize de suas costas. — Fique quieta. E, pelo amor dos deuses, tente se segurar!

Chegamos a um beco sem saída no corredor, e Lekan pressiona a palma da mão na pedra. Os símbolos pintados dançam por sua pele e viajam até a parede. Quando seu braço está limpo de sênbaría, a pedra faz um clique, deslizando até se abrir para uma sala dourada. Entramos naquela maravilha escondida, do chão ao teto cheia de prateleiras de pergaminhos finos, coloridos.

— Vamos nos esconder aqui? — pergunta Tzain.

Lekan desaparece atrás de uma grande estante e volta com uma braçada de pergaminhos pretos.

— Estamos aqui para resgatar esses encantamentos — explica ele. — Precisaremos amadurecer os poderes de Zélie, se ela vai assumir o papel de mamaláwo.

Antes que Tzain possa protestar, Lekan os coloca na minha mochila de couro, junto com o pergaminho ritual.

— Muito bem — diz Lekan. — Sigam-me!

Com a orientação de Lekan, viramos correndo algumas esquinas do templo, descendo lances infinitos de escadas. Outra parede se abre, deslizando, e emergimos na lateral do templo devassado, encontrando o calor da selva.

À luz do sol poente, meu coração palpita. A montanha inteira grita com vida. Embora antes houvesse um zumbido de energia espiritual, agora o território do templo me inunda com berros e gritos assombrados. Como sombras, os espíritos dos sêntaros massacrados giram ao meu redor, ímãs que encontram seu caminho para casa.

Despertar a magia é como acrescentar um novo sentido. As palavras de Lekan ressurgem. *Seu corpo precisa de tempo para se ajustar.*

Só que o ajuste não vem. A magia esmaga todos os outros sentidos, quase me impossibilitando de enxergar. Minha visão escurece e clareia enquanto Tzain corre através dos escombros. Lekan está prestes a nos guiar selva adentro quando eu me lembro.

— Nailah!

— Espere — sussurra Tzain atrás de Lekan, deslizando até parar. — Nossa leonária está lá na frente.

— Não podemos arriscar...

— Não! — eu berro. Tzain cobre minha boca para abafar o som. Com ou sem guardas, não vou abandonar Nailah. Não vou deixar minha amiga mais antiga para trás.

Lekan solta um suspiro frustrado, mas nos esgueiramos de volta ao templo. Minha visão volta aos poucos enquanto ele gesticula para avançarmos, colando-se contra a lateral do templo para espiar à frente.

Do outro lado do cemitério de crânios e ruínas, vejo Inan se abaixando, ajudando a almirante enquanto os soldados restantes encorajam suas montarias a subir até a plataforma final. Há uma determinação enlouquecida em seus olhos, um desejo de nos encontrar mais profundo que antes. Procuro pelo príncipe que tremeu no sonho. Em vez disso, tudo o que vejo são as mãos que envolveram minha garganta.

À frente de Inan, três guardas chutam pedras e ossos quebrados. Estão perto.

Perto demais para nos escondermos.

— Sùn, ẹmí ọkàn, sùn. Sùn, ẹmí ọkàn, sùn. — Lekan tece um feitiço baixinho, como um fio por uma agulha, movendo seu cajado em círculos. As palavras invocam uma espiral de fumaça branca que gira e rodopia pelo ar.

Durma, espírito, durma, eu traduzo. *Durma, espírito, durma...*

Nós assistimos enquanto a espiral se esgueira pelo chão como uma cobra. Ela se enrola na perna do guarda mais próximo, apertando até entrar na pele. O guarda cai para a frente, despencando atrás de uma pilha de pedras. Seus olhos emitem o brilho branco do espírito de Lekan antes de se revirarem até a inconsciência.

A espiral branca esgueira-se para fora do corpo do soldado e incapacita o próximo do mesmo jeito. Enquanto ele despenca, Inan e a almirante puxam a cruel leopanária-das-neves até a plataforma.

— Lekan — sibila Amari, com gotas de suor formando-se na testa. Nessa velocidade, não vamos conseguir.

Eles vão nos encontrar antes que a gente escape.

Lekan canta cada vez mais rápido, movendo o bastão como se estivesse mexendo tubani em uma panela de ferro. O espírito se esgueira até o última guarda, a segundos de distância de Nailah. Seus olhos amarelos cintilam com a malícia de um predador. *Não, Nailah. Por favor...*

— *Ai!* — O grito penetrante do guarda ecoa. Revoadas de pássaros se erguem no céu. O sangue esguicha da coxa do homem quando Nailah retira suas presas gigantescas.

Inan vira-se de uma vez com uma violência furiosa nos olhos, que pousam em mim e se estreitam; um predador que finalmente pegou a presa.

— Nailah!

Minha leonária salta pelos escombros, nos alcançando em um segundo. Tzain me ergue sobre a sela antes que os outros subam aos tropeços.

Meu irmão estala as rédeas quando Inan e a almirante sacam as espadas. Antes que consigam nos alcançar, Nailah parte em disparada, zunindo pela encosta da montanha. Pedras quebradas rolam sob suas patas enquanto ela foge, fazendo a plataforma estreita tremer.

— Lá! — Lekan aponta para o mato denso da selva. — Tem uma ponte a poucos quilômetros. Se conseguirmos atravessar e cortá-la, eles não conseguirão seguir!

Tzain estala as rédeas de Nailah, e ela cruza a selva a uma velocidade estonteante, desviando de cipós e árvores gigantescas. Espreitando pelo mato alto, vejo a ponte a distância, mas um rugido ameaçador me lembra de que Inan está bem no nosso encalço. Dou uma olhada para trás. Galhos grossos se partem contra o corpo enorme de sua leopanária-das-neves enquanto ela avança a toda a velocidade pelo mato. Ela arreganha os dentes medonhos enquanto se aproxima, faminta como seu dono.

— Amari! — grita Inan.

Amari fica tensa e me aperta com força.

— Mais rápido!

Nailah já está correndo mais rápido do que nunca, mas de alguma forma ela encontra força para acelerar. Seus saltos aumentam nossas chances, criando a distância necessária entre nós e nossos perseguidores.

Irrompemos pela mata e deslizamos até parar antes de uma ponte capenga. Cipós envelhecidos se unem à madeira podre; com uma lufada de vento, a estrutura inteira sacode.

— Um a um — ordena Lekan. — Ela não vai aguentar todos nós. Tzain, guie Zélie...

— Não. — Eu deslizo até o chão, quase despencando quando toco a terra. Minhas pernas parecem água, mas eu me obrigo a ser forte. — Nailah primeiro... ela vai levar mais tempo.

— Zél...

— Vá! — grito. — Estamos ficando sem tempo!

Tzain cerra os dentes e agarra Nailah pelas rédeas. Ele a guia pela ponte, que não para de ranger, retorcendo-se enquanto a madeira geme a cada passo. No segundo em que chegam ao outro lado, empurro Amari para frente, mas ela não solta meu braço.

— Você está fraca — ela diz com voz sufocada. — Não vai conseguir sozinha.

Ela me puxa para a ponte, e meu estômago se revira quando cometo o erro de olhar para baixo. Sob as tábuas apodrecidas, rochas afiadas apontam para o céu, ameaçando empalar qualquer um que seja azarado a ponto de cair.

Fecho os olhos e me agarro aos cipós, que já estão lascados e gastos. O terror aperta tanto meu peito que quase não consigo respirar.

— Olhe para mim! — ordena Amari, me forçando a abrir os olhos. Embora seu corpo trema, uma determinação feroz brilha em seu olhar âmbar. Minha visão se apaga, e ela agarra minha mão, obrigando-me a avançar tábua a tábua. Estamos na metade do caminho quando Inan surge da mata densa, a almirante o alcançando momentos depois.

É tarde demais. Não vamos conseguir...

— *Àgbájọ ọwọ́ àwọn òrìsà!* — Lekan bate com o cajado no chão. — *Yá mi ní agbára à rẹ!*

Seu corpo explode com um brilho branco poderoso que cerca as montarias. Ele solta o cajado e ergue os braços. Com isso, os animais erguem-se para o céu.

Inan e sua almirante berram ao cair das costas dos leopanários, os olhos arregalados de horror. Lekan baixa os braços, fazendo os animais voarem penhasco abaixo.

Ai, meus deuses...

Seus corpos gigantescos se contorcem e giram. Suas garras arranham o céu. Mas seus rugidos cessam de uma vez quando são perfurados pelas rochas.

Uma fúria terrível toma conta da almirante. Com um grito gutural, ela se levanta e corre na direção de Lekan com sua espada.

— Seu verme...

Ela avança, mas a magia de Lekan a paralisa. Inan corre para ajudá-la, mas também fica preso na luz branca; outra mosca na teia de Lekan.

— Corram! — grita Lekan, as veias saltando sob a pele. Amari me puxa para frente o mais rápido que pode, embora a ponte se enfraqueça a cada passo.

—Vá — eu ordeno. — Ela não aguenta nós duas!

—Você não pode...

— Eu vou conseguir. — Forço meus olhos a se abrirem. — Só corra. Se não correr, nós duas vamos cair!

Os olhos de Amari cintilam, mas não há um instante a perder. Ela salta pela ponte e pula na plataforma, caindo do outro lado.

Mesmo com as pernas trêmulas, eu avanço, arrastando-me pelos cipós. *Vamos.* A vida de Lekan está em jogo.

Um estalo horripilante escapa da ponte, mas eu continuo. Estou quase do outro lado. Vou conseguir...

O cipó arrebenta.

Meu estômago voa até a garganta quando a ponte despenca sob meus pés. Meus braços se agitam, desesperados para agarrar qualquer coisa. Me prendo a uma tábua quando a ponte bate com tudo na encosta de pedra.

— *Zélie!*

A voz de Tzain soa rouca quando ele olha sobre a plataforma. Meu corpo treme enquanto me agarro à tábua. Mesmo agora eu a ouço se partindo. Sei que não vai aguentar.

— *Suba!*

Meus olhos estão marejados, minha visão escurecendo, mas noto como a ponte quebrada formou uma escada. Tudo que preciso fazer é subir três tábuas para alcançar as mãos estendidas de Tzain.

Três tábuas entre a vida e a morte.

Suba!, ordeno a mim mesma, mas meu corpo não se move. *Suba!*, grito de novo. *Mova-se! Vá, agora!*

Com a mão trêmula, agarro a tábua acima e me impulsiono.

Uma.

Agarro a tábua seguinte e puxo de novo, o coração na garganta quando outro cipó arrebenta.

Duas.

Apenas uma tábua. *Você consegue. Não chegou tão longe para morrer.* Estendo a mão para a tábua final.

— Não!

A tábua se quebra na minha mão.

O tempo passa em um instante e demora uma eternidade. O vento sopra furioso nas minhas costas, me virando na direção do meu túmulo. Fecho os olhos para receber a morte.

— Ugh!

Uma força gigantesca esmaga meu corpo, arrancando o ar do meu peito. A luz branca envolve minha pele... *a magia de Lekan.*

Como a mão de um deus, a força de seu espírito me ergue, lançando-me para os braços de Tzain. Me viro para encará-lo bem quando a almirante se livra da prisão dele.

— Lekan...

A espada da almirante atravessa seu coração.

Os olhos de Lekan se arregalam e a boca se abre. O bastão cai de sua mão.

O sangue esguicha no solo.

— Não! — grito.

A almirante puxa a espada de volta. Lekan despenca, arrancado de nosso mundo em um instante. Quando seu espírito abandona o corpo, vem até mim. Por um momento, vejo o mundo por seus olhos.

... correndo pelos campos do templo com as crianças sêntaros, uma alegria sem igual iluminada em seu olhar dourado... seu corpo se tensiona enquanto a mamaláwo desenha em cada parte de sua pele, pintando símbolos bonitos em branco... sua alma se parte, várias e várias vezes, viajando através das ruínas massacradas de seu povo... seu espírito se eleva como nunca quando ele realiza seu primeiro e único despertar...

Quando a visão termina, um sussurro perdura, uma palavra que oscila através da escuridão da minha mente.

— *Viva* — seu espírito suspira. — *Faça o que fizer, sobreviva.*

CAPÍTULO VINTE E UM

INAN

Até hoje, a magia não tinha um rosto.

Não mais que o dos contos do povo e os sussurros dos serviçais. Morreu onze anos atrás. Eu só a vivenciei no medo nos olhos de meu pai.

A magia não respirava. Não golpeava ou atacava.

A magia não matava minhas montarias e nem me aprisionava em suas garras.

Espreito pela beirada do penhasco; o corpo de Lula está caído, empalado por uma rocha pontuda. Seus olhos permanecem abertos, encarando o vazio. O sangue mancha sua pelagem pintada. Quando criança, assisti a Lula estraçalhar um gorílio selvagem com duas vezes seu tamanho.

Diante da magia, ela não conseguiu sequer lutar.

— Um... — sussurro, afastando-me da visão medonha. — Dois... três... quatro... cinco...

Quero que os números desacelerem minha pulsação, mas meu coração apenas bate mais forte no peito. Não há movimentos. Não há contra-ataques.

Diante da magia, nos transformamos em formigas.

Observo uma fileira de criaturas de seis pernas até sentir algo grudento embaixo do salto de metal da minha bota. Dou um passo atrás e sigo as gotículas carmesim até o cadáver do maji; o sangue ainda escorre de seu peito.

Eu o examino, vendo-o realmente pela primeira vez. Vivo, parecia ter três vezes seu tamanho, uma fera envolta em branco. Os símbolos que cobriam a pele escura brilhavam enquanto lançava nossas montarias pelo ar. Com sua morte, os símbolos desapareceram. Sem eles, o maji parece estranhamente humano. Estranhamente vazio.

Mas, mesmo morto, seu corpo envolve minha garganta com um calafrio. Ele teve minha vida em suas mãos.

Teve a chance de acabar com ela.

Meu polegar percorre o peão desgastado de meu pai, minha pele formigando enquanto me afasto do corpo. *Entendo agora, pai.*

Com a magia, nós morremos.

Mas sem ela...

Meu olhar volta para o cadáver, para as mãos com os dons dos céus, mais fortes que a terra. Orïsha não consegue sobreviver a esse tipo de poder. Mas se for usado para se fazer o que é necessário...

Um gosto amargo domina minha língua quando a nova estratégia se consolida. A magia deles é uma arma; a minha também poderia ser. Se existem maji que podem me lançar de um penhasco com um aceno de mão, a magia é minha única chance de recuperar o pergaminho.

Mas o simples pensamento faz minha garganta fechar. Se meu pai estivesse aqui...

Olho para o peão. Quase consigo ouvir a voz dele.

O dever antes do eu.

Não importa o custo ou o efeito colateral.

Mesmo que signifique trair tudo que conheço, meu dever de proteger Orïsha vem em primeiro lugar. Solto o peão.

Pela primeira vez, eu paro de me segurar.

Começa devagar. Aos poucos. Subindo membro a membro. A pressão no peito é libertada. A magia que tento abafar começa a se agitar sob a minha pele. Quando sinto a pulsação, meu estômago se revira, queimando com todo meu desgosto. Mas nossos inimigos usarão esta magia contra nós.

Se for para cumprir meu dever e salvar meu reino, preciso fazer o mesmo.

Mergulho no zumbido cálido e pulsante dentro de mim. Devagar, uma nuvem da consciência do maji aparece. Delicada e azul como as outras, girando sobre a cabeça dele. Quando toco essa névoa, a essência do defunto me atinge: um aroma misturado. Rústico. Como madeira queimada e carvão.

Meus lábios apertam-se quando mergulho em sua psique remanescente, avançando para ela, em vez de fugir. Uma única lembrança começa a surgir na minha mente. Um dia silencioso de quando seu templo fervilhava com vida. Ele corria pela grama bem cuidada, de mãos dadas com um garoto.

Quanto mais solto o controle de minha magia, maior fica a imagem trêmula. Um sopro do ar limpo da montanha enche meu nariz. Uma canção distante ressoa em meus ouvidos. Cada detalhe fica intenso e opulento. Como se a lembrança armazenada na consciência dele fosse minha.

Com o tempo, novas informações começam a se assentar. Uma alma. Um nome. Algo simples...

Lekan...

Saltos de metal batem contra a encosta de pedra.

Pelos céus! Com um sobressalto, reprimo minha magia.

O cheiro de madeira e carvão desaparece em um instante. Uma dor aguda no estômago reaparece em seu lugar.

Pressiono o alto do meu nariz enquanto minha cabeça gira com a brusquidão. Momentos depois Kaea surge de um arbusto denso.

O cabelo encharcado de suor gruda em sua pele marrom, agora respingada com o sangue de Lekan. Quando ela se aproxima, ergo a mão para garantir que meu capacete ainda cobre a cabeça. Essa foi por muito pouco...

— Não há como atravessar — suspira ela, sentando-se ao meu lado. — Cheguei um quilômetro inteiro. Com a ponte destruída, não dá para ir desta montanha para a próxima.

Imaginei. No breve vislumbre que tive de Lekan, percebi ao menos isso. Ele era inteligente. Buscou o único caminho que permitiria que escapassem.

— Eu disse a ele para não fazer isso. — Kaea retira seu peitoral preto. — Sabia que não funcionaria. — Ela fecha os olhos. — Ele vai me culpar pelo ressurgimento deles. Nunca mais vai me olhar da mesma forma.

Conheço o olhar do qual ela está falando; como se ela fosse o sol, e ele, o céu. É o olhar que meu pai reserva para ela. O que usa quando acha que estão sozinhos.

Eu me recosto e cutuco minha bota, sem saber o que dizer. Kaea nunca desmorona na minha frente. Até hoje, pensei que ela nunca desmoronasse.

Em seu desespero, enxergo o meu. Minha concessão, minha derrota. Mas não tenho esse direito. Preciso ser um rei mais forte.

— Pare de reclamar — ralho. — Não perdemos a guerra ainda.

A magia tem um rosto novo.

Isso só significa que preciso atacar com uma nova lâmina.

— Há um posto da guarda a leste de Sokoto — digo. *Encontre os maji. Encontre o pergaminho.* — Podemos enviar uma mensagem sobre a ponte derrubada com seu falcão-de-fogo. Se eles despacharem uma legião de operários da colônia, poderemos construir outra.

— Brilhante. — Kaea enterra o rosto nas mãos. — Vamos facilitar para os vermes voltarem e nos matarem quando seus poderes estiverem restaurados.

— Vamos encontrá-los antes de isso acontecer.

Eu vou matá-la.

Vou nos salvar.

— Com que pistas? — pergunta Kaea. — Só para reunir homens e suprimentos vai levar dias. Construir...

— Três dias — interrompo. *Como ela ousa questionar meu argumento?* Almirante ou não, Kaea não pode desafiar uma ordem minha. — Se trabalharem noite adentro, podem conseguir — continuo. — Já vi colonos construírem palácios em menos tempo.

— Inan, de que vai adiantar uma ponte? Mesmo se a construirmos, não haverá rastro daquela verme quando ficar pronta.

Faço uma pausa e olho para o outro lado do penhasco. O aroma de maresia da alma da garota quase desapareceu, sumindo pela mata. Kaea tem razão. Uma ponte só nos levaria até certo ponto. À noite, não serei mais capaz de sentir a divinal.

A menos que...

Viro-me para o templo, me lembrando do jeito que ele fez as vozes inundarem minha cabeça. Se o templo tem esse poder, talvez possa permitir que minha magia sinta mais.

— Candomblé. — Eu mexo as peças de senet na cabeça. — Eles vieram aqui em busca de respostas. Talvez eu possa encontrar algumas também.

Sim, é isso. Se eu descobrir o que amplifica minha maldição, posso usá-la para encontrar o rastro da garota. Só dessa vez.

— Inan...

— Vai funcionar — interrompo. — Convoque os colonos e lidere a construção enquanto eu faço as buscas. Vai haver rastros da garota lá. Vou descobrir pistas sobre aonde eles foram.

Ponho o peão de meu pai no bolso; quando o solto, sinto o ar frio contra a pele. Esta luta não terminou ainda. A guerra apenas começou.

— Envie uma mensagem e reúna uma equipe. Quero trabalhadores naquela encosta ao cair do sol.

— Inan, como capitão...

— Não estou me dirigindo a você como seu capitão — interrompo. — Estou ordenando como seu príncipe.

Kaea fica tensa.

Algo entre nós se rompe, mas forço meu olhar a ficar calmo. Meu pai nunca toleraria sua fragilidade.

Nem eu posso.

— Certo. — Ela aperta os lábios em uma linha fina. — Seu desejo é uma ordem.

Enquanto Kaea se afasta, vejo o rosto da maji em minha mente. Sua voz desprezível. Os olhos prateados.

Encaro o vazio até onde a alma de maresia dela desapareceu entre as árvores da selva.

— Continue correndo — sussurro.

Estou indo te pegar.

CAPÍTULO VINTE E DOIS

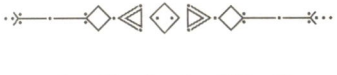

AMARI

Lá em casa, cada janela de meus aposentos só dava vista para o interior do próprio palácio. Meu pai ordenou que uma nova ala fosse construída logo depois que nasci, insistindo que toda janela só desse para o pátio. O máximo que eu enxergava do mundo lá fora eram as flores-leopardo do jardim real desabrochando. *Você só precisa se preocupar com o palácio*, meu pai dizia quando eu implorava por uma vista diferente. *O futuro de Orïsha é decidido dentro dessas muralhas. Como princesa, o seu também será.*

Tentei me ater a suas palavras, permitir que a vida palaciana me satisfizesse como satisfazia minha mãe. Fiz um esforço para socializar com outras olóyès e suas filhas. Tentei me divertir com os fuxicos palacianos. Mas à noite, costumava me esgueirar até os aposentos de Inan e ir até a sacada que dava para a nossa capital. Imaginava o que havia além das muralhas de madeira de Lagos, o mundo lindo que eu ansiava ver.

Um dia, eu sussurrava para Binta.

Claro, um dia. Ela sorria em resposta.

Nos meus sonhos, nunca imaginei o inferno da selva, todos os mosquitos, o suor e as pedras afiadas. Mas depois de quatro dias no deserto, estou convencida de que não há limite para os infernos que Orïsha pode conter. O deserto não fornece carne de raposana para comer, nem leite de coco para beber. Tudo que ele nos dá é areia.

Montes infinitos de areia.

Apesar do lenço enrolado com tanta firmeza no rosto que mal consigo respirar, os grãos se juntam na minha boca, no nariz, nas orelhas. Sua persistência só se compara à do sol escaldante, um toque final para esta desolação lúgubre. Quanto mais viajamos pelo deserto, mais meus dedos coçam para agarrar as rédeas de Nailah e puxá-la para o lado oposto. Mas mesmo se virássemos agora, aonde, em nome dos céus, iríamos?

Meu próprio irmão está me caçando. Meu pai provavelmente deseja minha cabeça. Mal posso conceber todas as mentiras que minha mãe está criando na minha ausência. Talvez se Binta ainda estivesse no palácio, eu arriscasse voltar rastejando com o rabo entre as pernas. Mas ela se foi.

Esta areia é tudo o que me resta.

Minha tristeza aumenta quando fecho os olhos e imagino o rosto dela. Pensar nela por poucos segundos é quase suficiente para me arrancar do inferno deste deserto. Se estivesse aqui, ela estaria sorrindo, gargalhando com os grãos de areia que ficassem presos entre os dentes. Veria beleza em tudo isso. Binta via beleza em tudo.

Não consigo evitar me perder em pensamentos sobre ela, e sou levada de volta a nossos dias no palácio. Uma manhã, quando éramos mais novas, a levei às escondidas até os aposentos de minha mãe, ansiosa para lhe mostrar minhas joias favoritas. Enquanto divagava subia na penteadeira, sobre as aldeias que Inan tinha visto em suas visitas militares.

— *Não é justo* — choraminguei. — *Ele foi até Ikoyi. Ele viu o mar de verdade.*

— *Você terá sua chance.* — Binta ficou para trás, com as mãos firmes ao lado do corpo. Não importava quantas vezes eu acenasse para ela se juntar a mim, ela insistia que não podia.

— *Um dia.* — Pendurei o adorado colar de esmeralda de minha mãe na cabeça, cativada pelo jeito como ele cintilava à luz do espelho. — *E você?* — perguntei. — *Quando partirmos, que vila você quer ver?*

— *Qualquer uma.* — Os olhos de Binta devanearam. — *Todas.* — Ela mordeu o lábio inferior quando um sorriso se abriu. — *Acho que amaria todas. Ninguém da minha família já passou das muralhas de Lagos.*

— *Por que não?* — Franzi o nariz e me levantei, estendendo a mão para pegar o estojo que continha a antiga tiara de minha mãe. Estava só um pouco além do meu alcance. Eu me inclinei para frente.

—*Amari, não!*

Antes que as palavras de Binta pudessem me impedir, perdi o equilíbrio. Com um solavanco, derrubei o estojo. Levou dois segundos até que tudo o mais se espalhasse pelo chão.

—*Amari!*

Nunca saberei como minha mãe chegou tão rápido. Sua voz ecoou pelo arco de entrada de seu quarto enquanto ela olhava a bagunça que eu havia feito.

Como não consegui falar, foi Binta que deu um passo à frente.

— *Minhas mais profundas desculpas, Vossa Alteza. Me disseram para polir suas joias. A princesa Amari só estava me ajudando. Se a senhora tiver que punir alguém, esse alguém sou eu.*

— *Sua preguiçosa.* — Minha mãe agarrou o pulso de Binta. — *Amari é uma princesa. Não está aqui para fazer seu serviço!*

— *Mãe, não é...*

— *Quieta* — ralhou ela, rosnando enquanto arrastava Binta. — *É óbvio que fomos muito lenientes com você. Vai tirar proveito dos ensinamentos de um chicote.*

— *Não, mãe! Espere...*

Nailah cambaleia, resgatando-me das profundezas de minha culpa. O rosto jovem de Binta desaparece da minha mente enquanto Tzain luta para impedir que rolemos por uma montanha de areia. Prendo os pés nos estribos de couro enquanto Zélie se inclina e acaricia os pelos de Nailah.

— Sinto muito, garota — tranquiliza Zélie. — Juro que vamos chegar logo.

— Tem certeza? — Minha voz sai seca, tão frágil quanto a areia que nos cerca. Mas não consigo saber se o bolo em minha garganta é pela falta de água ou pelas lembranças de Binta.

— Estamos perto. — Tzain vira-se para trás, estreitando os olhos para se proteger do sol. Mesmo com os olhos quase fechados, seu olhar castanho-escuro se fixa em mim, fazendo meu rosto corar. — Se não chegarmos lá hoje, estaremos em Ibeji amanhã.

— Mas e se a pedra do sol não estiver em Ibeji? — pergunta Zélie. — E se a pista de Lekan estiver errada? Temos apenas treze dias até o solstício. Se não estiver lá, estamos perdidos.

Ele não pode ter se enganado...

O pensamento faz meu estômago vazio se revirar. Toda a determinação que senti em Candomblé desmorona. *Pelos céus.* Tudo isso seria muito mais fácil se Lekan ainda estivesse vivo. Com sua orientação e magia, a perseguição de Inan não seria uma ameaça. Teríamos a chance de encontrar a pedra do sol. Talvez já estivéssemos a caminho da ilha sagrada para realizar o ritual.

Mas sem Lekan será ainda mais difícil salvar os maji. Na verdade, nosso tempo está se esgotando. Estamos marchando em direção à morte.

— Lekan não nos mandaria para o lugar errado. Está aqui. — Tzain faz uma pausa, alongando o pescoço. — E, a menos que seja uma miragem, chegamos.

Zélie e eu espreitamos por cima dos ombros largos de Tzain. O calor se reflete na areia, subindo em ondas, borrando o horizonte, mas logo uma muralha de argila rachada se cristaliza na paisagem. Para minha surpresa, somos apenas três de muitos viajantes a caminho da cidade do deserto, vindos de todas as direções. Diferentemente de nós, vários deles viajam em caravanas feitas com madeira reforçada e embelezadas com ouro; veículos tão enfeitados que só podem pertencer à nobreza.

Uma onda de empolgação percorre meu corpo quando estreito os olhos para enxergar melhor. Quando criança, uma vez ouvi meu pai alertar seus generais sobre os perigos do deserto, uma terra dominada pelos terrais. Afirmou que a magia deles podia transformar cada grão de areia em uma arma letal. Mais tarde, naquela noite, contei para Binta o que havia aprendido enquanto ela penteava meus cabelos embaraçados.

— Não é verdade — ela me corrigiu. — Os terrais do deserto são pacíficos. Usam sua magia para criar povoados com a areia.

Naquele momento, imaginei como seria uma cidade de areia, sem as restrições das leis e dos materiais que regem nossa arquitetura. Se os terrais realmente mandavam no deserto, suas cidades magníficas já desmoronaram, desaparecendo junto com eles.

Mas depois de quatro dias no deserto horrendo, o miserável povoado de Ibeji reluz. O primeiro sinal de esperança naquele ermo desgraçado. *Graças aos céus.*

Talvez a gente vá sobreviver, no fim das contas.

Encontramos cabanas e ahérés de argila ao passarmos pela muralha. Como as casas na favela de Lagos, as cabanas de areia são robustas e quadradas, impregnadas pelos raios de sol. A maior das ahérés agiganta-se à distância, portando o selo que conheço tão bem. O leopanário-das-neves esculpido brilha ao sol, suas presas afiadas à mostra para dar o bote.

— Um posto da guarda — ofego, ficando tensa contra a sela de Nailah. Embora o selo real esteja talhado na muralha de argila, na minha mente ele ondula como as flâmulas de veludo na sala do trono de meu pai. Depois da Ofensiva, ele aboliu o antigo selo, um galante leonário de chifres que sempre me fazia sentir em segurança. No lugar dele, proclamou que nosso poder seria representado pelos leopanários-das-neves: montarias que eram implacáveis. Puras.

— Amari — sibila Zélie, arrancando-me de meus pensamentos. Ela apeia de Nailah e amarra com mais força o lenço sobre o rosto, insistindo para que eu faça o mesmo.

— Vamos nos dividir. — Tzain desce das costas de Nailah e nos entrega seu cantil. — Não podemos ser vistos juntos. Vocês procuram água. Vou encontrar um lugar para ficarmos.

Zélie assente e se afasta, mas de novo Tzain fita meus olhos.

— Você está bem?

Forço um menear de cabeça, mas não consigo dizer nada. Um vislumbre do selo real e minha garganta parece cheia de areia.

— Só fique perto de Zélie.

Porque você é fraca, eu o imagino falando, embora seus olhos escuros sejam gentis. *Porque, apesar da espada que carrega, você não conseguirá se defender.*

Ele aperta meu braço delicadamente antes de tomar Nailah pelas rédeas e caminhar com ela para o lado oposto. Encaro sua figura grande, lutando contra o desejo de segui-lo, quando Zélie sussurra meu nome.

Vai dar certo. Ponho um sorriso nos olhos, embora Zélie nem me encare. Pensei que as coisas estavam começando a melhorar entre nós, depois de Sokoto, mas qualquer boa vontade que eu tivesse conseguido foi esmagada no minuto em que meu irmão apareceu no templo. Nos últimos quatro dias Zélie mal falou comigo, como se tivesse sido eu a assassina de Lekan. As únicas vezes em que seu olhar pousa em mim são quando eu a flagro encarando-me pelas costas.

Fico por perto enquanto avançamos pelas ruas vazias, procurando comida em vão. Minha garganta grita por um copo de água gelada, um pedaço fresco de pão, uma bela peça de carne. Mas, diferentemente do bairro de mercadores de Lagos, não há vitrines coloridas, nem a exibição de delícias suculentas. A cidade parece quase tão esfaimada quanto o deserto ao redor.

— Pelos deuses — pragueja Zélie baixinho, parando enquanto seu tremor piora. Embora o sol brilhe com fúria, seus dentes batem como se estivesse em um banho de gelo. Desde seu despertar, ela treme cada vez mais, encolhendo-se sempre que sente que os espíritos dos mortos estão por perto.

— Há muitos? — pergunto em um sussurro.

Ela arfa quando um tremor para.

— É como caminhar por um cemitério.

— Com esse calor, provavelmente estamos em um.

— Não sei. — Zélie olha ao redor, apertando mais o lenço. — Toda vez que um chega, sinto gosto de sangue.

Um calafrio corre por meu corpo, embora o suor escape por todos os poros. Se Zélie sente gosto de sangue, não quero saber por quê.

— Talvez... — Eu paro, estacando na areia quando um grupo de homens invade a rua. Embora estejam disfarçados com capas e máscaras, suas roupas empoeiradas trazem o selo real de Orïsha.

Guardas.

Agarro Zélie quando ela pega o bastão. Os soldados fedem a bebida; alguns cambaleiam a cada passo. Minhas pernas tremem como se feitas de água.

Então, tão rápido quanto vieram, eles se dispersam, desaparecendo entre as ahérés de argila.

— Para de besteira. — Zélie me empurra para longe. Tento não tombar na areia. Não há compaixão em seu olhar; diferentemente de Tzain, seus olhos claros estão furiosos.

— Eu só... — As palavras saem fracas, embora eu queira que saiam fortes. — Sinto muito. Fui pega desprevenida.

— Se vai bancar a princesinha, se entregue logo aos guardas. Não estou aqui para proteger você. Estou aqui para lutar.

— Isso não é justo. — Eu cruzo os braços. — Estou lutando também.

— Bem, como foi seu pai que criou essa bagunça, se eu fosse você, lutaria com um pouco mais de empenho.

Zélie se vira, chutando areia quando sai pisando duro. Meu rosto queima enquanto a sigo, com cuidado para manter distância desta vez.

Continuamos na direção da praça central de Ibeji, uma série de ruas emaranhadas e casas quadradas feitas de argila vermelha. Quando nos aproximamos, vemos mais nobres se reunindo, ostentando seus cafetãs de seda brilhante e seus serviçais a tiracolo. Embora não reconheça ninguém, ajusto meu lenço, temendo que até o menor deslize revele minha identidade. Mas o que estão fazendo aqui, tão longe da capital? Há tantos nobres que são sobrepujados apenas pelo número de trabalhadores das colônias.

Paro por um momento, perplexa ao ver quantos deles enchem o caminho estreito. Até hoje, tive apenas vislumbres de trabalhadores levados para fazer parte da equipe do palácio — sempre agradáveis, limpos, arrumados ao gosto de minha mãe. Pensava que tinham vida simples, segura dentro das muralhas do palácio, como Binta. Nunca considerei de onde vinham, onde mais poderiam estar.

— Pelos céus... — A visão é quase insuportável. Em sua maioria divinais, os trabalhadores superam imensamente o número de aldeões, vestidos apenas com trapos esfarrapados. Sua pele escura descama sob o sol escorchante, manchados com terra e areia, que parecem fundidas a eles. Todos são praticamente esqueletos ambulantes.

— O que está acontecendo? — sussurro, observando a quantidade de crianças acorrentadas. Quase todas são bem novas... até a mais velha ainda parece mais nova que eu. Procuro os recursos que devem estar minerando, as estradas recém-abertas, as novas fortalezas erigidas no vilarejo do deserto. Mas não há nenhum sinal de seus esforços. — O que estão fazendo aqui?

Zélie encara uma garota de pele escura que tem longos cabelos brancos, como os dela. A trabalhadora usa um vestido branco esfarrapado; seus olhos estão fundos, quase desprovidos de toda vida.

— Estão nas colônias — murmura Zélie. — Vão aonde são mandados.

— Não é sempre ruim assim, certo?

— Em Lagos vi pessoas com aparência ainda pior.

Ela vai na direção do posto da guarda na praça central enquanto minhas entranhas se reviram. Embora não haja comida no estômago, ele se revolve com a verdade. Todos aqueles anos sentada em silêncio à mesa.

Bebericando chá enquanto pessoas morriam.

Estendo a mão para encher meu cantil no poço, evitando os olhos lascivos do guarda. Zélie estende a mão para fazer o mesmo...

A espada do guarda desce de uma vez em fúria.

Saltamos para trás com o coração aos pulos. A espada bate na borda de madeira onde a mão de Zélie estava segundos antes. Ela agarra o bastão no cós da calça, a mão tremendo de raiva.

Meus olhos seguem a espada até o soldado de olhar penetrante que a empunha. O sol escureceu sua pele cor de mogno, mas os olhos brilham.

— Sei que vocês, vermes, não sabem ler — ele diz a Zélie —, mas, pelo amor dos céus, aprendam a contar.

Ele bate a lâmina contra uma placa desgastada. Enquanto a areia cai dos sulcos da madeira, sua mensagem desgastada fica mais clara: UM COPO = UMA PEÇA DE OURO.

— Sério? — sibila Zélie.

— Podemos pagar — sussurro, estendendo a mão para sua mochila.

— Mas eles não podem! — Ela aponta para os trabalhadores. A multidão que carrega baldes está bebendo uma água tão poluída que poderia ser areia. Mas não é hora de se rebelar. Como Zélie não percebe?

— Nossas mais profundas desculpas. — Dou um passo à frente, usando meu tom mais respeitoso. Quase soa crível. Minha mãe ficaria orgulhosa.

Deixo três moedas de ouro na mão do guarda e pego o cantil de Zélie, forçando-a a recuar enquanto o encho.

—Aqui.

Deixo o cantil na mão dela, mas Zélie solta um muxoxo de desprezo. Ela agarra o cantil e vai até os trabalhadores, aproximando-se da garota de branco.

— Beba — encoraja Zélie. — Rápido. Antes que seu colono veja.

A jovem trabalhadora não perde um segundo. Ela bebe a água com avidez, sem dúvida saboreando seu primeiro gole em dias. Quando termina em um gole longo, passa o cantil para a divinal algemada à frente dela. Com relutância, entrego os dois cantis restantes para os outros trabalhadores.

— Vocês são muito gentis — sussurra a garota a Zélie, lambendo as gotículas dos lábios.

— Desculpe por não poder fazer mais.

— Já fez mais que o suficiente.

— Por que há tantos de vocês? — pergunto, tentando ignorar minha garganta seca.

— Os colonos nos enviam para cá, para a arena. — A garota meneia a cabeça para um ponto quase fora de vista, além da muralha de argila. De início nada se destaca contra as dunas vermelhas e ondas de areia, mas logo o anfiteatro abre caminho.

Pelos céus...

Nunca vi uma estrutura tão grande. Feita de uma série de arcos e pilares envelhecidos, a arena se estende pelo deserto, cobrindo muito de seu território árido.

— Vocês estão construindo isso? — Franzo o nariz. Meu pai nunca aprovaria colonos construindo um edifício como este aqui. O deserto é árido demais; esta terra pode manter apenas umas poucas pessoas.

A garota faz que não.

— Nós competimos ali. Os colonos dizem que, se vencermos, vão pagar todas as nossas dívidas.

— Competir? — Zélie faz uma careta. — Pelo quê? Por sua liberdade?

— E riquezas — intromete-se o trabalhador na frente da garota, a água pingando de seu queixo. — Ouro suficiente para encher um mar.

— Não é por isso que eles nos fazem competir — interrompe a garota. — Os nobres já são ricos. Não precisam de ouro. Estão atrás da relíquia de Babalúayé.

— Babalúayé? — pergunto.

— O Deus da Saúde e da Doença — Zélie me lembra. — Cada deus tem uma relíquia lendária. A de Babalúayé é *ohun èṣọ́ aiyé*, a joia da vida.

— Ela existe mesmo? — questiono.

— Apenas um mito — responde Zélie. — Uma história de ninar que os maji contam aos divinais.

— Não é mito — diz a garota. — Eu mesma vi. É mais uma pedra que uma joia, mas é real. Ela garante vida eterna.

Zélie inclina a cabeça e se aproxima mais.

— Essa pedra. — Ela baixa a voz. — Como ela é?

CAPÍTULO VINTE E TRÊS

ZÉLIE

A arena zumbe com o tagarelar bêbado dos nobres enquanto o sol mergulha no horizonte. Apesar de a noite estar caindo, o anfiteatro brilha com luz; lanternas pendem dos pilares das muralhas. Abrimos caminho pelas hordas de guardas e nobres que enchem as arquibancadas esculpidas na pedra. Agarro Tzain para me apoiar, cambaleando enquanto avançamos pelos degraus gastos de areia.

— De onde vem toda essa gente? — murmura Tzain.

Ele abre caminho entre dois kosidán enrolados em cafetãs sujos de terra. Embora Ibeji não possa ostentar mais que algumas centenas de residentes, milhares de espectadores enchem as arquibancadas, muitos deles, surpreendentemente, de mercadores e nobres. Todos encaram o chão da arena, formado por uma profunda depressão, unidos pela empolgação dos jogos.

— Você está tremendo — diz Tzain quando nos sentamos. Arrepios percorrem minha pele de cima a baixo.

— Há centenas de espíritos — sussurro. — Muitos morreram aqui.

— Faz sentido, se operários construíram este lugar. Provavelmente morreram às dezenas.

Concordo com a cabeça e bebo do meu cantil, esperando lavar o gosto de sangue da boca. Não importa o que eu coma ou beba, o sabor de cobre não desaparece. Tem almas demais ao meu redor, presas no inferno de apâdi.

Sempre aprendi que quando orïshanos morriam, os espíritos abençoados subiam a alafia: a paz. Uma libertação da dor terrena, um estado de ser que existe apenas no amor dos deuses. Uma de nossas obrigações sagradas como ceifadores era guiar os espíritos perdidos para a alafia e, em troca, eles nos emprestavam sua força.

Mas os espíritos carregados de pecado ou traumas não podem subir a alafia; não podem se elevar desta terra. Atados pela dor, ficam em apâdi, revivendo continuamente os piores momentos de suas lembranças humanas.

Quando criança, suspeitava que apâdi era um mito, um alerta conveniente para impedir que as crianças se comportassem mal. Mas como ceifadora despertada, posso *sentir* a tortura dos espíritos, sua agonia incessante, sua dor infinita. Observo a arena, incapaz de acreditar em todos os espíritos presos no inferno de apâdi dentro destas muralhas. Nunca tinha ouvido falar de nada assim. Pelos deuses, o que aconteceu aqui?

— Não deveríamos estar procurando por aí? — sussurra Amari. — Buscando pistas na arena?

— Vamos esperar a competição começar — diz Tzain. — Vai ser mais fácil quando todos estiverem distraídos.

Enquanto esperamos, olho além das sedas ornadas dos nobres para inspecionar o chão de metal no fundo da arena. É algo curioso, em contraste com os tijolos de areia que preenchem os arcos e arquibancadas rachadas. Procuro por sinais de batalha no ferro: a batida de uma espada, os riscos das garras gigantes de montarias selvagens. Mas o metal está intocado, imaculado. *Que tipo de competição é essa...?*

Um sino repica pelo ar.

Meus olhos se erguem quando o sino incita gritos de entusiasmo. Todos se levantam, forçando a mim e a Amari a subir nos assentos para enxergar. Os gritos ficam mais altos quando um homem mascarado e vestido de preto sobe uma escada de metal, indo até uma plataforma acima da arena. Há uma aura estranha ao redor dele, algo controlador, algo dourado...

O apresentador retira a máscara e revela um rosto moreno e sorridente, bronzeado. Leva um cone de metal aos lábios.

—Vocês estão prontos?

A multidão urra com uma ferocidade que faz meus tímpanos retinirem. Um estrondo ecoa a distância, ficando cada vez mais alto, até que...

Os portões de metal se abrem de uma vez nas laterais da arena, e uma onda infinita de água irrompe. *Só pode ser uma miragem.* Ainda assim, litro após litro flui. A água cobre o chão de metal, as ondas batendo como em um mar.

— Como é possível? — sibilo baixo, lembrando-me dos trabalhadores que não eram mais que pele e osso. Tantos morrendo por um pouco de água, e eles desperdiçando aqui?

— Não consigo ouvir vocês — zomba o apresentador. — Vocês estão prontos para *a melhor batalha da sua vida?*

Quando a multidão bêbada grita, portões de metal se abrem nas laterais da arena. Uma a uma, dez embarcações de madeira entram flutuando, navegando pelas ondas do mar improvisado. Cada barco tem cerca de doze metros, mastro alto, velas desfraldadas. Flutuam enquanto as tripulações tomam posição, ocupando as fileiras de remos de madeira e de canhões.

Em cada barco há um capitão vestido com esmero, no timão. Mas quando olho a tripulação, meu coração tem um sobressalto.

A trabalhadora de branco está entre as dúzias de remadores, com lágrimas nos olhos; a garota que nos falou da pedra. Seu peito sobe e desce. Ela se agarra a um remo com todas as forças.

— Hoje à noite, dez capitães de toda Orïsha batalham por riquezas maiores que a de um rei. O capitão e a tripulação que vencerem se banharão em um mar de glória, um oceano de ouro infinito! — O apresentador ergue as mãos, e dois guardas entram rolando uma arca grande, cheia de peças de ouro reluzentes. Um eco de admiração e ganância corre pelas arquibancadas. — As regras são simples... para vencer, é necessário matar o capitão e a equipe de cada barco. Nas últimas duas luas, ninguém sobreviveu a uma luta de arena. Será que hoje à noite finalmente coroaremos um vencedor?

Os vivas da multidão explodem de novo. Os capitães entram, os olhos cintilando às palavras do apresentador. Diferentemente das tripulações indefesas, eles não têm medo.

Querem apenas vencer.

— Se um capitão vencer hoje à noite, um prêmio especial aguarda, uma descoberta recente maior que qualquer prêmio que já oferecemos. Não tenho dúvida de que os rumores de sua grandeza trouxeram muitos de vocês aqui hoje.

O apresentador salta pela plataforma, aumentando o suspense. O medo cresce dentro de mim quando ele leva de novo o cone de metal aos lábios.

— O capitão que vencer vai sair daqui com mais que ouro. Vai receber a joia da vida, perdida no tempo até este exato momento. A relíquia lendária de Babalúayé. O dom da imortalidade!

O apresentador tira a pedra brilhante do casaco. As palavras ficam presas na minha garganta. Mais brilhante que a pintura que Lekan havia trazido à vida, a pedra do sol é estonteante. Do tamanho de um coco, ela brilha em laranja, amarelo e vermelho, pulsando sob o cristal liso do exterior. Exatamente o que eu preciso para concluir o ritual.

O último artefato necessário para trazer a magia de volta.

— A pedra concede a imortalidade? — Amari inclina a cabeça. — Lekan não mencionou isso.

— Não, mas parece possível — respondo.

— Quem você acha que vai ven...

Antes que Amari possa terminar, estouros ensurdecedores ressoam no ar.

A arena chacoalha quando o primeiro navio atira.

Duas bolas de canhão são disparadas sem misericórdia sobre o alvo. Elas atingem os remadores do barco próximo, eliminando vidas no impacto.

— Ai! — Uma dor violenta rasga meu corpo, embora nada me atinja. O gosto forte de sangue cobre minha língua, mais forte que nunca.

— Zél! — grita Tzain. Ao menos, acho que ele grita. É impossível ouvi-lo sobre os berros. Quando o barco afunda, a comemoração da multidão se turva com os gritos dos mortos invadindo minha mente.

— Eu sinto — digo, cerrando os dentes para evitar um grito cortante. — Cada uma delas, cada morte.

Uma prisão da qual não consigo escapar.

A explosão das bolas de canhão sacode as paredes. Madeira estilhaçada voa pelo ar quando outro navio afunda. Sangue e cadáveres chovem sobre a água, enquanto os sobreviventes feridos lutam para não se afogarem.

Cada nova morte me atinge tão duramente quanto o espírito de Lekan me atingiu em Candomblé, fluindo pela minha mente e corpo. Minha cabeça é invadida por diversas lembranças fragmentadas. Meu corpo acolhe toda sua dor. Apago e acordo em agonia, esperando o horror terminar. Tenho um vislumbre da garota de branco, só que agora ela está afogada em vermelho.

Não sei quanto tempo dura… dez minutos, dez dias.

Quando o derramamento de sangue finalmente termina, estou fraca demais para pensar, para respirar. Pouco resta dos dez barcos ou de seus capitães, todos explodidos pelas mãos uns dos outros.

— Parece que temos outra noite sem um vencedor! — A voz do apresentador retumba sobre os gritos dos espectadores. Ele brande a pedra, fazendo com que a luz incida sobre ela.

A relíquia cintila sobre o mar carmesim, luzindo sobre os cadáveres que flutuam entre os estilhaços de madeira. A visão faz a multidão berrar mais alto que em toda a noite. Querem mais sangue.

Querem outra luta.

—Teremos que ver se os capitães de amanhã conquistarão este prêmio magnífico!

Me recosto em Tzain e fecho os olhos. Nesse ritmo, morreremos antes de sequer tocar a pedra.

CAPÍTULO VINTE E QUATRO

INAN

Os gritos distantes dos colonos ressoam sobre os retinidos fracos da construção. Os berros irritados de Kaea reinam sobre eles. Apesar de relutante, ela parece estar liderando a montagem. Depois de três dias sob seu comando, a ponte está quase pronta.

Porém, enquanto nosso caminho ao outro lado da montanha cresce, não me vejo mais próximo de encontrar pistas. Não importa o quanto eu avance, o templo é um enigma, um mistério infinito que não consigo desvendar. Mesmo relaxar o controle sobre minha magia não basta para rastrear a garota. Meu tempo está se esgotando.

Para ter alguma chance de encontrá-la, terei que liberar toda a minha magia.

A ideia me assombra, desafiando tudo em que acredito. Mas a alternativa é muito pior. O dever antes do eu. Orïsha em primeiro lugar.

Respirando fundo, solto cada amarra, pouco a pouco. A dor em meu peito diminui. Com o tempo, o formigar da magia cresce na minha pele.

Espero que o cheiro do mar me atinja primeiro, mas, como em todos os outros dias, só sinto o aroma de madeira e de carvão enchendo os corredores estreitos.

Quando viro uma esquina, o cheiro fica devastador; uma nuvem turquesa paira no ar. Passo a mão por ela, deixando que a consciência persistente de Lekan adentre.

— *Lekan, pare!*

Gargalhadas ressoam quando viro outra esquina. Recosto-me contra a pedra fria enquanto as lembranças do sêntaro me dominam. Crianças-fantasma passam, gritando, pintadas e nuas. Sua alegria ricocheteia e ecoa, aguda contra as paredes de pedra.

Não são reais, lembro a mim mesmo, o coração palpitando contra o peito. Mas mesmo enquanto tento me ater à mentira, o brilho sagaz nos olhos de uma criança faz a verdade vencer.

Com uma tocha na mão, avanço às pressas pelos corredores estreitos do templo. Por um momento, um cheiro ligeiro de maresia paira no ar, coberto pelo aroma de carvão. Viro a esquina e outra nuvem turquesa aparece. Corro até ela, dentes cerrados quando o novo lampejo da consciência de Lekan se instala. Seu cheiro de madeira é atordoante. O ar muda. Uma voz suave ressoa.

— *O senhor tem um nome?*

Meu corpo enrijece. A figura tímida de Amari materializa-se diante dos meus olhos. Minha irmã me encara, apreensiva, o medo nublando seus olhos âmbar. Um aroma ácido entra nas minhas narinas. Meu nariz se franze com o cheiro de queimado.

— *Todo mundo tem um nome, menina.*

— *Ah, eu não quis...*

— *Lekan* — sua voz estronda na minha cabeça. — *Olamilekan.*

Quase dou risada quando vejo Amari; parece ridícula em roupas de plebeia. Mas, mesmo depois de tudo, é a mesma garota de sempre: uma teia de emoções tecendo-se por trás de uma muralha de silêncio.

Minhas próprias lembranças irrompem — o breve olhar que trocamos através da ponte quebrada. Pensei que a salvaria; em vez disso, fui a causa de sua dor.

— *Minha riqueza... crescerá?*

A lembrança de Lekan da garota maji emerge. Ela vem à vida na chama da tocha.

—*Você se lembra de nossa língua?*

— *Um pouquinho.* — Ela meneia a cabeça. — *Minha mãe me ensinou quando eu era mais nova.*

Finalmente. Depois de todos esses dias, o cheiro de maresia me atinge como uma lufada de vento. Mesmo assim, pela primeira vez desde que nossos caminhos se cruzaram, a imagem da garota não me faz tocar a espada. Pelos olhos de Lekan, ela é suave, ainda que impressionante. Sua pele escura brilha à luz da tocha, iluminando os fantasmas por trás dos olhos prateados.

É ela a escolhida. Os pensamentos de Lekan ressoam em minha mente. *Aconteça o que acontecer, ela precisa sobreviver.*

— A escolhida para quê? — pergunto em voz alta. O silêncio é a única resposta.

As imagens da garota e de Amari desaparecem, deixam-me encarando o lugar onde elas estavam. O cheiro dela desaparece. Embora eu tente vislumbrar a memória de novo, nada acontece. Eu me forço a avançar.

Enquanto meus passos ecoam pelos nichos e fendas do templo, sinto a mudança no meu corpo. Suprimir minha maldição tornou-se um cansaço constante. Exaustão a cada suspiro. Mesmo com o zumbido da magia na minha cabeça, o que ainda faz meu estômago se contrair, meu corpo se alegra com a nova liberdade. É como se eu tivesse passado anos afundado na água.

Por um momento, consigo respirar.

Tomando fôlego profundamente, sigo pelo templo, atravessando corredores com um novo vigor. Persigo os fantasmas de Lekan, procurando respostas, esperando encontrar novamente a garota. Quando viro outra esquina, o cheiro de sua alma me atinge em cheio. Entro em uma sala abobadada. Vestígios da consciência de Lekan pulsam mais forte do que outros que encontrei essa semana. Uma nuvem turquesa parece abarcar todo o espaço. Antes que eu possa me preparar, a sala é tomada por um brilho branco.

Embora eu esteja nas sombras, a consciência de Lekan banha as paredes fendidas com luz. Fico boquiaberto enquanto estudo o mural surpreendente dos deuses. Cada retrato enche-se de cor brilhante.

— O que é isso? — suspiro, surpreso com a visão magnífica. As pinturas são tão expressivas que parecem vivas.

Ergo minha tocha na direção dos deuses e deusas, dos maji que dançam aos seus pés. É imponente. Penetrante. Contraria tudo o que aprendi.

Quando eu era pequeno, meu pai fez com que eu acreditasse que aqueles que se atinham ao mito dos deuses eram fracos. Confiavam em seres que nunca podiam ver, dedicavam a vida a entidades sem rosto.

Escolhi pôr minha fé no trono. Em meu pai. Em Orïsha. Mas agora, encarando os deuses, mal consigo falar.

Fico maravilhado com os oceanos e florestas que saltam de seu toque, com o mundo de Orïsha criado por suas mãos. Uma alegria estranha parece avivar as camadas de tinta, enchendo Orïsha com uma luz que eu não sabia que ela possuía.

Ver o mural me força a enxergar a verdade, a confirmar tudo que meu pai me disse na sala do trono. Os deuses são reais. Estão vivos. Conectam os fios da vida dos maji. Mas se tudo isso é verdade, por que, em nome dos céus, um deles forjou uma conexão comigo?

Examino cada retrato de novo, observando os diferentes tipos de magia que parecem saltar das mãos dos deuses. Quando chego a uma divindade vestida em uma bela túnica de cobalto, paro. Minha magia maldita aviva-se com a visão dele.

O deus está empertigado, imponente, com músculos cinzelados. Um ìpele azul-escuro estende-se sobre o peito largo como um xale, vibrante contra a pele marrom-escura. Fumaça turquesa rodopia em suas mãos, como os fiapos de nuvem que aparecem com minha maldição. Quando movo a tocha, um pulso de energia percorre meu escalpo. A voz de Lekan estronda em minha cabeça quando outra nuvem azul surge.

— *Orí tirou a paz da cabeça da Mãe Céu para se tornar o Deus da Mente, do Espírito e dos Sonhos. Na terra, ele partilha esse dom único com seus adoradores, permitindo que se conectem com todos os seres humanos.*

— Deus da Mente, do Espírito e dos Sonhos... — sussurro, juntando as peças. As vozes. Os vislumbres das emoções alheias. A terra do sonho onde fiquei preso. É isso.

O deus de minha origem.

A fúria debate-se dentro de mim com essa percepção. *Que direito você tem?* Alguns dias atrás eu nem sabia que esse deus existia, e ainda assim ele decidiu me envenenar?

— Por quê? — grito, a voz ecoando pela abóbada. Quase espero que o deus grite de volta, mas minha resposta é o silêncio. —Você vai se arrepender — murmuro, sem saber se isso me torna um louco ou se em algum lugar, apesar de todo o ruído do mundo, ele pode me ouvir. O desgraçado deveria se arrepender por este dia. A magia com que ele me amaldiçoou será a ruína de toda a magia.

Minhas entranhas reviram-se, e eu me viro, o estômago contraindo quando invoco minha maldição com mais força. Não há como combatê-la. Para encontrar as respostas que preciso, há apenas um lugar aonde posso ir.

Deito-me no chão e cerro os olhos, deixando o mundo desaparecer enquanto a magia se esgueira pelas minhas veias. Se vou matar esta maldição, preciso dela por inteiro.

Preciso sonhar.

CAPÍTULO VINTE E CINCO

ZÉLIE

— Está livre?

Amari espreita pelos corredores de pedra que levam para fora da arena. Arcos desgastados curvam-se sobre nossa cabeça, pedras rachadas sob os pés. Depois que ouvimos passos se afastando, Amari assente e corremos. Trançamos pelos pilares antigos, avançando para atravessar os cômodos antes de sermos vistos.

Horas depois de o último homem ter morrido e os espectadores terem deixado seus assentos, os guardas drenaram o mar vermelho da arena. Pensei que os horrores dos jogos terminariam aí, mas agora os estalos dos cajados ecoam pelas arquibancadas vazias. Guardas comandam uma nova leva de trabalhadores para limpar o sangue e as tripas que não foram levadas quando drenaram o estádio. Não consigo nem imaginar o tamanho da tortura, para eles. Limpar a bagunça de hoje apenas para se tornar parte da carnificina de amanhã.

Vou voltar, decido. *Vou salvá-los*. Depois de realizar o ritual e trazer a magia de volta, depois que Baba estiver em segurança. Vou reunir um grupo de terrais para afundar esta monstruosidade na areia. Aquele apresentador vai pagar pela vida desperdiçada de cada divinal. Cada nobre responderá por seus crimes.

Deixo os pensamentos de vingança me tranquilizarem enquanto nos recostamos a uma parede irregular. Fecho os olhos, concentrando-me o máximo que posso. A pedra do sol desperta o àṣẹ no meu sangue. Quando abro os olhos, seu brilho é fraco, como um vaga-lume desaparecendo na noite. Mas, passado algum tempo, o brilho aumenta até a aura da pedra do sol aquecer a sola dos meus pés.

— Embaixo da gente — sussurro.

Avançamos por corredores vazios e descemos as escadas. Quanto mais perto chegamos do chão manchado da arena, de mais homens temos que desviar. Ao chegarmos ao fundo, ficamos praticamente a um dedo de distância dos guardas canalhas e dos trabalhadores arrasados. Seus cajados estalam alto, abafando nossos passos. Passamos disfarçadamente por baixo de uma arcada de pedra.

— É aqui — sibilo, apontando para uma grande porta de ferro. A luz cintila pelas frestas, enchendo a arcada com o calor da pedra do sol. Corro os dedos pela maçaneta de metal, uma roda enferrujada presa por um cadeado gigante.

Pego a adaga que Tzain me deu e enfio no estreito buraco do cadeado. Embora eu tente forçar para a frente, sou impedida por um padrão intrincado de dentes.

— Consegue abrir? — pergunta ele em um sussurro.

— Estou tentando. — É mais complexo que um cadeado comum. Para abri-lo, preciso de algo mais afiado, algo com um gancho.

Pego um prego enferrujado no chão e aperto contra a parede, curvando sua ponta. Quando ela se entorta, fecho os olhos e me concentro no toque delicado dos dentes do cadeado. *Seja paciente.* A antiga lição de Mama Agba ecoa pela minha mente. *Deixe que as sensações se transformem em olhos.*

Meu coração acelera enquanto busco ouvir o som de passos se aproximando, mas quando forço a adaga, os dentes cedem. Mais uma mexidinha para a esquerda e...

Um estalo baixo. O cadeado se abre, e fico tão aliviada que quase choro. Pego a roda e puxo para a esquerda, mas o metal não cede.

— Está presa!

Amari fica de olho enquanto Tzain puxa a maçaneta enferrujada com toda a força. O metal range e guincha alto, abafando os gritos dos guardas, mas a roda não se mexe.

— Tenha cuidado! — sibilo.

— Estou tentando!

— Tente mais...

A roda se solta com um movimento brusco. Encaramos o metal quebrado na mão de Tzain. Pelos deuses, o que faremos agora?

Tzain lança o corpo contra a porta. Embora ela trema com o impacto, recusa-se a ceder.

— Você vai alertar os guardas! — sussurra Amari.

— Precisamos da pedra! — retruca Tzain, também baixinho. — Como vamos conseguir?

Eu me encolho a cada pancada do corpo de Tzain, mas ele tem razão. A pedra está tão próxima que o calor de seu brilho me aquece como uma fogueira recém-acesa.

Uma torrente de xingamentos percorre minha mente. *Deuses, se ao menos tivéssemos a ajuda de outro maji.* Um soldador seria capaz de entortar a porta de metal. Um queimador poderia derreter a maçaneta sem pestanejar.

Meia-lua, eu me lembro. *Meia-lua para corrigir tudo isso.*

Para recuperar a pedra do sol a tempo para o solstício, tem que ser hoje.

A porta cede um milímetro, e eu arfo. Estamos quase lá. Consigo sentir. Mais algumas batidas e ela se abrirá de uma vez. Mais algumas tentativas e a pedra é nossa.

— Ei!

A voz de um guarda ribomba pelo ar. Ficamos paralisados. Passos ecoam contra o chão de pedra, estrondando na nossa direção com velocidade assustadora.

— Por aqui! — Amari aponta para um cômodo logo depois da porta da pedra do sol, cheio de balas de canhão e caixas de pó explosivo. Quando nos agachamos atrás das caixas, um jovem divinal entra correndo, os cabelos brancos brilhando à luz fraca. Em segundos, ele é encurralado pelo apresentador e por outro guarda. Eles deslizam até parar quando veem a porta da sala da pedra do sol entreaberta.

— Seu verme. — Os lábios do apresentador se retraem em um rosnado. — Com quem você trabalha? Quem fez isso?

Antes que o garoto possa falar, o cajado do apresentador o acerta. Ele cai no chão. Enquanto grita, outro guarda se junta ao espancamento.

Me encolho atrás da caixa, lágrimas ardendo nos olhos. As costas do garoto já estão em carne viva de outras surras, mas nenhum dos monstros dá trégua. Ele vai morrer sob os golpes.

Ele vai morrer por minha causa.

— Zélie, não!

O sussurro de Tzain me segura por um momento, mas não é o suficiente para me parar. Saio de nosso esconderijo, combatendo a náusea quando vejo o menino.

Lágrimas de fúria tracejam sua pele. Sangue escorre das costas. Ele se agarra à vida por um fio; um fio que se enfraquece diante de meus olhos.

— Quem é você? — sibila o apresentador, puxando uma adaga. Minha pele formiga quando ele se aproxima com a lâmina de majacita preta. Mais três guardas se juntam a ele.

— Graças aos deuses! — forço uma risada, procurando palavras para consertar a situação. — Procurei o senhor por todo canto!

O apresentador estreita os olhos, descrente. Aperta com mais força o cajado.

— Procurou por mim? — repete ele. — Neste porão? Ao lado da pedra?

O garoto geme, e eu me encolho quando o guarda chuta sua cabeça. Seu corpo jaz imóvel em uma poça do próprio sangue. Parece um golpe fatal. *Mas por que não sinto seu espírito? Onde está sua última lembrança? Sua dor final?* Se ele fosse direto para alafia, talvez eu não sentisse, mas como alguém poderia fazer a passagem em paz depois de uma morte dessas?

Me forço a voltar os olhos para o apresentador cínico. Não há nada que eu possa fazer agora. O garoto está morto. A menos que eu pense em alguma coisa rápido, estarei morta também.

— Eu sabia que encontraria o senhor aqui. — Engulo em seco. Apenas uma desculpa servirá. — Quero entrar no jogo. Me deixe competir amanhã à noite.

※──◇◁◇▷◇──※

— Você não pode estar falando sério! — exclama Amari quando finalmente chegamos à segurança das areias. —Você viu o banho de sangue. Você *sentiu*. Agora quer fazer parte dele?

— Quero a pedra — grito de volta. — Quero sobreviver! — Apesar da minha fúria, a imagem do garoto espancado me volta à mente.

Melhor. Melhor ser espancada até a morte do que explodida em um barco. Mas não importa o quanto eu tente me convencer, sei que as palavras não são verdadeiras. Não há dignidade em uma morte como aquela, espancado até o último suspiro por algo que ele nem fez. E eu não pude ajudar seu espírito a fazer a travessia. Não poderia ter sido a ceifadora que ele precisava, nem se eu quisesse.

— A arena está lotada de guardas — murmuro. — Se não pudemos pegá-la hoje à noite, não haverá maneira de conseguirmos amanhã.

— Deve haver alguma maneira — intervém Tzain. Grãos de areia grudam-se aos seus pés cobertos de sangue. — Depois de tudo isso, ele não vai guardar a pedra do sol aqui. Se descobrirmos onde vai deixar a pedra…

— Temos treze dias antes do solstício. Treze dias para cruzar Orïsha e navegar até a ilha sagrada. Não temos tempo para procurar. Precisamos pegar a pedra e ir embora!

— A pedra do sol não terá serventia se nossos cadáveres ficarem no chão da arena — diz Amari. — Como vamos sobreviver? A competição mata todo mundo!

— Não vamos jogar como todo mundo.

Enfio a mão na mochila e tiro um dos pergaminhos pretos de Lekan. A tinta branca reluz em sua etiqueta, e se traduz como *Reanimação dos Mortos*. O encantamento era uma prática comum dos ceifadores, com frequência a primeira técnica dominada por um novo maji. A magia concede a quem a invoca a ajuda de um espírito preso no inferno de apâdi em troca de ajudar esse espírito a fazer a travessia para a vida após a morte.

De todos os encantamentos nos pergaminhos de Lekan, era o único que eu já conhecia. Toda lua, Mama levava um grupo de ceifadores aos topos isolados das montanhas de Ibadan e usava este encantamento para limpar nosso vilarejo de almas presas.

— Venho estudando este pergaminho — digo, apressada. — Tem um encantamento que minha mãe sempre invocava. Se eu conseguir dominá-lo, poderei transformar espíritos mortos na arena em soldados de verdade.

— Você ficou demente? — grita Amari. — Mal conseguia respirar nas arquibancadas com todos aqueles espíritos. Levou horas para recuperar suas forças e sair. Se não conseguiu lidar com isso lá em cima, o que a faz pensar que poderá invocar a magia lá embaixo?

— Os mortos me atordoaram porque eu não sabia o que fazer. Eu não estava no controle. Se eu aprender este encantamento e controlar eles, poderemos ter um exército oculto. Há milhares de espíritos furiosos naquela arena!

Amari se vira para Tzain.

— Diga para ela que está demente. Por favor.

Tzain cruza os braços e se remexe, sopesando os riscos, enquanto olha para Amari e para mim.

—Veja se consegue descobrir como fazer. Depois disso, decidimos.

A NOITE CLARA traz ao deserto um frio quase tão inclemente quanto seu sol intenso. Embora o vento gelado sopre areia das dunas que cercam Ibeji, o suor escorre pela minha pele. Por horas, tento realizar o encantamento, mas cada experimento é pior que o anterior. Depois de um tempo, tenho que mandar Tzain e Amari de volta à cabana que alugamos. Ao menos agora posso fracassar sozinha.

Seguro o pergaminho de Lekan contra o luar, tentando compreender a tradução do iorubá rabiscada embaixo das sênbaría. Desde o despertar, minha lembrança da antiga língua é precisa, tão clara como era quando eu era criança. Mas não importa quantas vezes eu recite as palavras, meu àșẹ não flui. Nenhuma magia acontece. E quanto mais minha frustração cresce, mais eu me lembro de que não deveria estar fazendo isso sozinha.

—Vamos lá. — Eu cerro os dentes. — *Oya, bá mi sọrọ!*

Se estou arriscando tudo para fazer o trabalho dos deuses, por que eles não vêm quando mais preciso?

Solto um suspiro trêmulo e caio de joelhos, correndo a mão pelas novas ondas dos meus cabelos. Se eu fosse uma maji antes da Ofensiva, nossa sábia do clã teria me ensinado os encantamentos na infância. Ela saberia exatamente o que fazer para atrair meu àșẹ agora.

— Oya, por favor. — Olho de novo para o pergaminho, tentando descobrir o que estou esquecendo. O encantamento deveria criar um reanimado, um espírito dos mortos reencarnado nos materiais físicos ao meu redor. Se tudo desse certo, um reanimado deveria se formar das dunas. Mas faz horas, e eu não consegui mover nenhum grão de areia.

Corro as mãos pelo pergaminho e a nova cicatriz na palma me faz hesitar. Ergo a mão ao luar, inspecionando onde Lekan me cortou com a adaga de osso. A lembrança do meu sangue brilhando com luz branca ainda enche minha cabeça. A onda de àṣẹ foi revigorante, uma descarga ofuscante que apenas a magia do sangue pode trazer.

Se eu a usasse agora...

Meu coração acelera com o pensamento. O encantamento fluiria com facilidade. Não teria problemas para fazer uma legião de reanimados se erguer do chão.

Mas antes que o pensamento possa me tentar ainda mais, a voz rouca de Mama me vem à mente. Sua pele enrugada. A respiração fraca. O trio de curandeiros que trabalharam duro ao seu lado por muito tempo.

Prometa, sussurrou ela, apertando minha mão depois de ter usado a magia do sangue para trazer Tzain de volta à vida. *Prometa agora. Não importa o que aconteça, você nunca fará isso. Se fizer, não vai sobreviver.*

Eu prometi. Jurei pelo àṣẹ que um dia correria pelas minhas veias. Não posso quebrar a promessa porque não sou forte o suficiente para realizar o encantamento.

Mas se isso não funcionar, que escolha vou ter? Não deveria ser tão difícil. Poucas horas atrás o àṣẹ vibrava em meu sangue. Agora não consigo sentir nada.

Espere um minuto.

Encaro minhas mãos, lembrando-me do jovem divinal que sangrou até a morte diante de meus olhos. Não foi apenas seu espírito que não consegui sentir. Não tenho sentido a atração dos mortos há horas.

Viro o pergaminho de novo em busca de um significado oculto em suas palavras. É como se minha magia houvesse secado na arena. Eu não sinto nada desde...

Minoli.

A garota de branco. Aqueles olhos grandes, vazios.

Tanta coisa aconteceu de uma vez, eu não percebi que o espírito da garota havia me deixado seu nome.

Na morte, os outros espíritos da arena só me deixaram sua dor. Seu ódio. Em suas lembranças, senti o arder dos chicotes dos guardas. Senti o sal das lágrimas derramadas na língua. Mas Minoli me trouxe os campos de terra de Minna, onde ela e seus irmãos de nariz arrebitado trabalhavam a terra para a plantação outonal de milho. Embora o sol brilhasse brutalmente e o trabalho fosse duro, cada momento se passava com um sorriso, com canções.

— *Ìwọ ni ìgbọ́kànlé mi òrìshà, ìwọ ni mó gbójú lé.*

Canto as palavras em voz alta, minha voz carregada pelo vento. Enquanto repito a letra, uma voz comovente ressoa em minha cabeça.

Foi lá que Minoli passou seus momentos finais, abrindo mão da arena brutal pela fazenda pacífica em sua mente. Foi lá que ela escolheu viver.

Lá ela escolheu morrer.

— *Minoli* — sussurro o encantamento nas profundezas de minha mente. — *Èmí àwọn tí ó ti sùn, mo ké pè yín ní òní. Ẹ padà jáde nínú èyà mímọ́ yín. Súre fún mi pẹ̀lú ẹ̀bùn iyebíye rẹ.*

De repente, a areia rodopia diante de mim. Cambaleio para trás quando o vértice brumoso se ergue e gira em ondas antes de se assentar no chão.

— Minoli? — ofego, embora, lá no fundo, eu saiba a resposta. Quando fecho os olhos, o aroma de terra enche meu nariz. Sementes lisas de milho deslizam dos meus dedos. Suas lembranças brilham: nítidas, vibrantes, vivas. Se elas residem em mim com tanta força, preciso acreditar que a garota também.

Repito o encantamento com convicção, estendendo a mão para a areia.

— *Minoli, hoje eu a invoco. Apareça neste novo elemento, me abençoe com sua preciosa vi...*

Sênbarías brancas saltam do pergaminho e correm pela minha pele. Os símbolos dançam pelos meus braços, infundindo meu corpo com uma nova força. A magia atinge meus pulmões como a primeira respiração depois de um mergulho. Quando a areia rodopia ao meu redor com a força de uma tempestade, uma figura granular emerge do torvelinho, animada com os talhes rústicos da vida.

— Ai, meus deuses. — Prendo a respiração enquanto o espírito de Minoli estende a mão de areia. Seus dedos granulares roçam meu rosto antes que o mundo todo se desfaça em escuridão.

CAPÍTULO VINTE E SEIS

INAN

O AR FRESCO enche meus pulmões. Voltei. A terra do sonho vive. Apenas segundos atrás eu estava sentado sob a imagem de Orí — agora estou no campo de juncos dançantes.

— Funcionou — suspiro, descrente, enquanto corro os dedos pelos caules verdes.

O horizonte ainda desaparece em cor branca, cercando-me como nuvens no céu. Mas tem alguma coisa diferente. Da última vez, o campo se estendia até perder de vista. Agora juncos tombados formam um círculo estreito ao meu redor.

Toco um galho, surpreso com os sulcos ásperos que irradiam do centro. Minha mente busca rotas de fuga e planos de ataque, mas meu corpo se sente estranhamente em casa. É mais que o alívio de não suprimir a magia, a sensação de respirar novamente. O ar da terra do sonho contém uma paz anormal, como se, mais que qualquer outro lugar em Orïsha, este aqui fosse meu lug…

Foco, Inan. Estendo a mão para o peão de senet, mas não consigo pegá-lo aqui. Em vez disso, balanço a cabeça, como se pudesse afastar tais pensamentos traidores. Não é um lar. Nem paz. É apenas o âmago da minha maldição. Se eu conseguir fazer o que preciso, este lugar deixará de existir.

Mate-a. Mate a magia. A obrigação se contorce em minha mente até controlar minha essência. Não tenho escolha.

Preciso seguir meu plano.

Imagino o rosto da garota. Em uma brisa repentina, os juncos se abrem. Ela se materializa como uma nuvem se condensando, o corpo formando-se quando a fumaça azul viaja dos pés aos braços.

Prendo a respiração, contando os segundos. Quando a bruma azul se dissipa, meus músculos ficam tensos; sua figura de obsidiana ganha vida.

Está de costas para mim, os cabelos diferentes. Mechas brancas que antes caíam lisas agora cascateiam pelas costas em ondas fluidas.

Ela se vira. Suavemente. Quase etérea em sua graça. Mas quando os olhos prateados encontram os meus, a rebelde que conheço emerge.

— Vejo que você tingiu o cabelo. — Ela aponta para a cor que esconde minha mecha branca e sorri, maliciosa. — Talvez tenha que passar outra camada. Um pouco de sua cara de verme ainda está aparecendo.

Maldição. Faz apenas três horas desde a última vez que tingi. Por instinto, toco a mecha. O sorriso da garota alarga-se.

— Na verdade, estou feliz que tenha me chamado aqui, principezinho. Tem algo que estou morrendo de vontade de saber. Vocês foram criados pelo mesmo desgraçado, mas Amari não consegue matar uma mosca. Então, me diga, como você se transformou nesse monstro?

A paz da terra do sonho evapora em um instante.

— Sua tola — sibilo entredentes. — Como ousa difamar seu rei?!

— Gostou de sua visita ao templo, principezinho? Como se sentiu quando viu tudo que ele destruiu? Ficou orgulhoso? Inspirado? Entusiasmado para fazer o mesmo?

As lembranças que Lekan tinha dos sêntaros lampejam pela minha mente. A travessura nos olhos da criança correndo. As ruínas e os escombros do templo deixaram claro que aquelas vidas foram tomadas.

Uma parte mínima de mim rezava para que não tivesse sido pelas mãos de meu pai.

A culpa me atinge como a espada que atravessou o peito de Lekan. Mas não posso esquecer o que está em jogo. *O dever antes do eu.*

Aquelas pessoas morreram para que Orïsha pudesse viver.

— É possível? — Zélie avança, sarcástica. — É remorso que vejo? O principezinho está escondendo um coraçãozinho apertado?

— Você é tão ignorante. — Balanço a cabeça. — Cega demais para compreender. Meu pai já esteve do seu lado. Apoiou os maji!

A garota ri com desdém. Me irrita o modo como esse sorriso me provoca.

— Seu povo matou a família dele! — grito. — *Seu* povo causou a Ofensiva!

Ela cambaleia para trás como se eu tivesse dado um murro em seu estômago.

— É minha culpa que os homens do *seu* pai invadiram minha casa e levaram minha mãe embora?

A lembrança de uma mulher de pele escura enche a cabeça dela com tanta nitidez que vaza para a minha. Como a garota, a mulher tem lábios grossos, maçãs do rosto proeminentes, olhos levemente puxados para cima. A única diferença são os olhos. Não são prateados. São escuros como a noite.

A lembrança endurece algo dentro dela.

Algo obscuro.

Deturpado pelo ódio.

— Mal posso esperar — suspira a garota, quase inaudível. — Mal posso esperar que ele descubra o que você é. Vamos ver o quão corajoso será quando seu pai se voltar contra o próprio filho.

Um calafrio violento me percorre. *Ela está enganada.*

Meu pai estava disposto a perdoar Amari por traição. Quando eu sumir com a magia, ele vai me perdoar.

— Isso nunca vai acontecer. — Tento soar forte. — Sou filho dele. A magia não vai mudar isso.

— Tem razão — diz ela com um sorriso afetado. — Tenho certeza de que ele vai te deixar vivo.

Ela se vira e recua para os juncos. Minha convicção fenece com sua zombaria. O olhar indiferente de meu pai invade minha mente. O ar ao meu redor fica mais escasso.

O dever antes do eu. Ouço sua voz. Direta. Resoluta. Orïsha deve sempre vir em primeiro lugar.

Mesmo que signifique minha morte...

A garota arfa. Fico tenso, virando-me para olhar os juncos.

— O que foi? — pergunto. *Invoquei o espírito de meu pai aqui?*

Mas nada aparece. Nada humano, ao menos. Quando a garota avança para o horizonte branco que limita a terra do sonho, juncos florescem sob seus pés.

Crescem quase até a minha cabeça, um verde forte que se estende ao sol. Ela dá outro passo hesitante na direção do horizonte, e a onda de juncos se expande.

— Pelos céus, o que é isso? — Como uma onda se espalhando na areia, os juncos se estendem por todo o horizonte, expandindo a fronteira branca da terra do sonho. Um calor formiga dentro de mim. *Minha magia...*

De alguma forma, ela está influenciando minha magia.

— Não se mexa! — ordeno.

Mas a garota dispara, correndo para o horizonte branco. A terra do sonho cede a seus caprichos, selvagem e viva sob seu reinado. Enquanto ela corre, os juncos que crescem sob seus pés se tornam terra macia, samambaias brancas, árvores imensas. Crescem alto no céu, obscurecendo o sol com suas folhas denteadas.

— Pare! — grito, correndo pelo novo mundo que cresce no rastro dela. A onda de magia me enfraquece, deslizando pelo meu peito e latejando em minha cabeça.

Apesar de meus gritos, ela continua correndo, os passos afogueados enquanto a terra macia sob seus pés se transforma em rocha dura. Só quando fica cara a cara com um penhasco é que ela desliza até parar.

— Meus deuses — suspira ela com a visão da grande cachoeira criada pelo seu toque. A água espuma em uma parede infinita de branco, despejando-se em um lago tão azul que reluz como as safiras de minha mãe.

Encaro-a, perplexo, a cabeça ainda pulsando com o latejar da magia que me inunda. Na beirada do penhasco, as folhas verde-esmeralda enchem as fendas da pedra irregular. Depois da margem do lago, árvores vão sumindo em branco.

— Como, pelos céus, você fez isso? — pergunto. Há uma beleza neste novo mundo que não posso negar. Deixa meu corpo inteiro formigando, como se eu tivesse consumido uma garrafa inteira de rum.

Mas a garota não presta atenção em mim. Em vez disso, se contorce para tirar a calça larga. Com um grito, ela salta do penhasco e atinge a água com um estrondo.

Inclino-me sobre a beira do penhasco quando ela emerge, encharcada. Pela primeira vez desde que a conheci, ela sorri. Uma alegria verdadeira brilha em seus olhos. Antes que eu possa evitar, a imagem me traz lembranças. A memória das gargalhadas de Amari enche meus ouvidos. Os gritos de minha mãe seguem...

— *Amari!* — *berra minha mãe, apoiando-se na parede quando quase escorrega.*

Amari dá uma risadinha ao sair correndo, encharcando o chão ladrilhado com a água do banho. Embora um exército de babás a persiga, não há quem vença a garotinha determinada. Agora que Amari tomou a decisão de escapar, elas já perderam.

Não vai parar até conseguir o que quer.

Salto sobre uma babá caída e parto em disparada, rindo tanto que mal consigo respirar. Em um instante tiro a camisa pela cabeça. No seguinte, minha calça voa pelo ar. Os serviçais da casa riem enquanto corremos, abafando as risadinhas sob o olhar furioso de minha mãe.

Quando chegamos à piscina real, somos duas ameaças nuas, saltando bem a tempo de encharcar o vestido mais fino de minha mãe...

Não consigo me lembrar da última vez que Amari riu tanto que escapou água de seu nariz. Depois que a feri, nunca mais foi a mesma comigo. Gargalhadas eram reservadas para gente como Binta.

Ver a garota nadar traz tudo isso de volta, mas quanto mais eu olho, menos penso em minha irmã. A garota tira a camiseta e perco o fôlego. A água brilha ao redor de sua pele escura.

Desvie o olhar. Viro a cabeça, tentando observar as fendas do penhasco. *Mulheres são distrações*, diria meu pai. *Seu foco está no trono.*

Só ficar perto da garota já parece um pecado, ameaçando a lei inquebrável feita para manter os maji e os kosidán separados. Mas, apesar da regra, meus olhos são atraídos de volta. Ela torna impossível não olhar.

Um truque, concluo. *Outro jeito de entrar em minha cabeça.* Mas quando ela ressurge, fico sem palavras.

Se for um truque, está funcionando.

— Sério? — me obrigo a dizer. Tento ignorar as curvas de seu corpo sob a água ondulante.

Ela ergue os olhos e os estreita, como se lembrasse que eu existo.

— Perdão, principezinho. Essa é a maior quantidade de água que vejo desde que você incendiou minha casa.

Os berros dos aldeões de Ilorin esgueiram-se de volta à minha mente. Esmago a culpa como um inseto. *Mentiras.* A culpa é dela.

Ela ajudou Amari a roubar o pergaminho.

—Você é louca. — Cruzo os braços. *Desvie o olhar.* Continuo olhando.

— Se sua água custasse uma peça de ouro por copo, você estaria fazendo exatamente o mesmo.

Uma peça de ouro por copo?, rumino enquanto ela mergulha. Mesmo para a monarquia, um dinheiro desses é bastante. Ninguém conseguiria sustentar esses preços. Nem mesmo em...

Ibeji.

Meus olhos arregalam-se. Ouvi falar de guardas corruptos que mandam naquele povoado do deserto. São canalhas o bastante para cobrarem preços elevados, especialmente quando a água fica escassa. Custa-me muito impedir que um sorriso me venha aos lábios. Eu a peguei. E ela nem sabe disso.

Fecho os olhos para sair da terra do sonho, mas a lembrança do sorriso de Amari me faz parar.

— Minha irmã — grito sob o barulho da água. — Ela está bem?

A garota encara-me por um longo momento. Não espero resposta, mas algo indecifrável queima naqueles olhos.

— Ela está assustada — responde ela por fim. — E não deveria ser a única. Você é um verme agora, principezinho. — Seus olhos escurecem. — Deveria estar assustado também.

O AR ESPESSO invade meus pulmões.

Denso, pesado e quente.

Abro os olhos e encontro a imagem pintada de Orí sobre minha cabeça. *Estou de volta.*

— Finalmente. — Sorrio a contragosto. Tudo vai acabar em breve. Quando eu pegar a garota e o pergaminho, a ameaça da magia morrerá de uma vez por todas.

Gotas de suor escorrem pelas minhas costas enquanto minha mente percorre os próximos passos. Quanto falta para concluir a ponte? Com que velocidade podemos cavalgar até Ibeji?

Fico em pé e pego minha tocha. *Preciso encontrar Kaea.* Só quando me viro é que percebo que ela já está aqui.

Espada estendida. Apontada direto para o meu coração.

— Kaea?

Seus olhos amendoados estão arregalados. Um tremor mínimo sacode a lâmina. Ela muda de posição, firmando o alvo no meu peito.

— O que foi aquilo?

—Aquilo o quê?

— Não — diz ela entredentes. — Você estava *murmurando*. S-sua cabeça... estava cercada de luz.

As palavras da garota ecoam em meus ouvidos.

Você é um verme agora, principezinho. Deveria estar assustado também.

— Kaea, abaixe a espada.

Ela hesita. Seus olhos sobem para meus cabelos. *A mecha...*

Deve estar aparecendo de novo.

— Não é o que você está pensando.

— Eu sei o que vi! — O suor pinga de sua testa, acumulando-se sobre o lábio superior. Ela avança com a lâmina. Sou forçado a me encostar à parede.

— Kaea, sou eu. Inan. Eu nunca machucaria você.

— Faz quanto tempo? — ofega ela. — Há quanto tempo você é um *maji*? — Ela sibila a palavra como se fosse uma maldição. Como se eu fosse o espelho de Lekan, não o garoto que ela conhece desde que nasceu. O soldado que ela treinou por anos.

— A garota me infectou. Não é permanente.

—Você está mentindo. — Seus lábios se contorcem de nojo. —Você está... você está trabalhando com ela?

— Não! Eu estava procurando pistas! — Dou um passo adiante. — Sei onde ela está...

— Não se mexa! — grita Kaea. Fico paralisado com as mãos para o alto. Não há reconhecimento em seus olhos.

Apenas medo desenfreado.

— Estou do seu lado — sussurro. — Sempre estive. Em Ilorin, senti quando ela foi para o sul. Em Sokoto, senti que ela esteve com aquele mercador. — Engulo em seco, a pulsação aumentando quando Kaea dá outro passo adiante. — Não sou seu inimigo, Kaea. Sou a única maneira de rastreá-la!

Kaea me encara. O tremor de sua espada cresce.

— Sou eu — suplico. — *Inan*. O príncipe coroado de Orïsha. Herdeiro do trono de Saran.

À menção de meu pai, Kaea vacila. Sua espada finalmente aponta para o chão. *Graças aos céus*. Minhas pernas cedem e despenco contra a parede.

Kaea segura a própria cabeça por alguns minutos antes de me encarar.

— Por isso você vem agindo tão estranho a semana inteira?

Faço que sim, o coração ainda palpitando.

— Queria contar, mas tive a sensação de que você reagiria desse jeito.

— Desculpe. — Ela se recosta à parede. — Mas depois do que aquele verme fez comigo, tinha que ter certeza. Se você fosse um deles... — Seus olhos voltam para a mecha nos meus cabelos. — Eu tinha que ter certeza de que você estava do nosso lado.

— Sempre. — Pego o peão de meu pai. — Nunca hesitei. Quero que a magia morra. Preciso manter Orïsha em segurança.

Kaea me analisa, mantendo a guarda levemente erguida.

— Onde a verme está agora?

— Ibeji — apresso-me em dizer. — Tenho certeza.

— Muito bem. — Kaea endireita o corpo e embainha a espada. — Vim porque a ponte está terminada. Se estão em Ibeji, vou reunir uma equipe e sair hoje à noite.

— *Você* vai reunir uma equipe?

— Você precisa voltar ao palácio imediatamente — responde Kaea. — Quando o rei descobrir...

Mal posso esperar, a voz da garota retorna. *Mal posso esperar para ele descobrir o que você é. Vamos ver o quão corajoso será quando seu pai se voltar contra o próprio filho.*

— Não! — digo. — Você precisa de mim. Não pode rastreá-la sem minhas habilidades.

— Suas habilidades? Você é um *risco*, Inan. A qualquer momento poderia se virar contra nós ou se pôr em perigo. E se alguém descobrir? Pense em como será para o rei!

—Você não pode contar. — Estendo a mão para ela. — Ele não vai entender!

Kaea encara o corredor, o rosto pálido. Então começa a recuar.

— Inan, minha obrigação...

— Sua obrigação é *comigo*. Eu ordeno que você pare!

Kaea sai em disparada pelos corredores mal iluminados. Corro atrás dela e dou um salto, derrubando-a no chão.

— Kaea, por favor, só... *ugh!*

Ela enfia o cotovelo no meu peito. O ar fica preso na minha garganta. Kaea se liberta, cambaleando até ficar em pé para subir as escadas.

— Socorro! — Seus gritos são frenéticos agora, ecoando pelos corredores do templo.

— Kaea, pare! — Ninguém pode saber. Ninguém pode saber o que eu sou.

— Ele é um deles! — berra ela. — Ele sempre foi...

— Kaea!

— Detenham-no! Inan é um maj...

Kaea congela, como se atingisse um muro invisível.

Sua voz abafa-se até silenciar. Cada músculo de seu corpo treme.

A energia turquesa gira da palma da minha mão para o crânio de Kaea, paralisando-a como a magia de Lekan fez. A mente dela luta para se libertar do meu controle, batalhando contra uma força que nem eu sabia que podia controlar.

Não...

Encaro minhas mãos trêmulas. Não consigo dizer de quem é o medo que corre pelas minhas veias.

Realmente sou um deles.

Sou o próprio monstro que caço.

A respiração de Kaea fica ofegante enquanto ela se contorce. Minha magia fica cada vez mais descontrolada. Um grito estrangulado escapa da boca de Kaea.

— *Me solte!*

— Não sei como! — grito em resposta, o medo apertando minha garganta. O templo amplifica minhas capacidades. Quanto mais tento refrear a magia, mais ela luta para escapar.

Os gritos de agonia de Kaea aumentam. Os olhos avermelham-se. O sangue vaza de suas orelhas, escorrendo pelo pescoço.

Meus pensamentos correm a um milhão de metros por segundo. Todos os peões em minha cabeça viram pó. Não há conserto.

Se ela me temia antes, agora me abomina.

— Por favor! — imploro. Tenho que mantê-la presa. Ela precisa me ouvir. Sou seu futuro rei...

— *Ugh!*

Um arfar trêmulo escapa dos lábios de Kaea. Seus olhos reviram.

A luz turquesa que a prende se evapora.

Seu corpo despenca no chão.

— Kaea!

Corro até ela e toco seu pescoço, mas sua pulsação é fraca sob meus dedos. Depois de um instante, quase desaparece.

— Não! — grito, como se isso pudesse prendê-la à vida. O sangue vaza de seus olhos, do nariz. Escorre pela boca. — Sinto muito — soluço entre lágrimas. Tento limpar o sangue de seu rosto, mas apenas mancho a pele. Meu peito se comprime, enchendo-se com o eco de seu sangue. — Desculpe. — Minha visão turva-se. — Desculpe. Me perdoe.

—Verme — exala Kaea.

Então, nada. Seu corpo enrijece.

A luz some de seus olhos amendoados.

Não sei quanto tempo fico sentado, segurando o cadáver de Kaea. O sangue pinga nos cristais turquesa que cobrem seus cabelos pretos. Uma marca da minha maldição. Enquanto brilham, o cheiro de ferro e vinho enche minhas narinas. Fragmentos da consciência de Kaea consolidando-se.

Vejo o dia em que ela conheceu meu pai, o jeito que ela o abraçou quando os maji assassinaram sua família. Um beijo que trocaram no sigilo da sala do trono enquanto Ebele sangrava aos seus pés.

O homem que beija Kaea é um estranho. Um rei que nunca conheci. Para ele, Kaea é mais que o sol. Ela é tudo que restou de seu coração.

E eu a destruí.

Com um sobressalto, solto o corpo de Kaea, recuando de todo aquele sangue. Reprimo tanto minha magia que a dor no meu peito é debilitante, afiada como a espada com a qual eu poderia muito bem ter apunhalado Kaea pelas costas.

Meu pai nunca pode saber.

Essa monstruosidade nunca aconteceu.

Talvez ele pudesse perdoar o fato de eu ser um maji, mas nunca perdoará isso.

Depois de tanto tempo, a magia roubou seu amor outra vez.

Dou um passo atrás. Depois outro. Vários passos até estar fugindo desse erro terrível. Há apenas uma maneira de escapar dessa bagunça.

E ela está esperando em Ibeji.

CAPÍTULO VINTE E SETE

AMARI

Embora os jogos ainda não tenham começado, a arena urra com entusiasmo. Os gritos animados dos bêbados ressoam pelos corredores de pedra, cada espectador sedento por sangue. *Nosso sangue.* Engulo em seco e aperto os punhos para esconder minhas mãos trêmulas.

Coragem, Amari. Coragem.

A voz de Binta ecoa em minha cabeça com tanta clareza que faz meus olhos arderem. Quando estava viva, o som de sua voz me fortalecia, mas hoje à noite suas palavras são abafadas pelos gritos da arena pedindo uma carnificina.

— Eles vão amar isso. — O apresentador sorri enquanto nos leva até o subterrâneo. — Mulheres nunca competem como capitãs. Por sua causa, conseguimos cobrar o dobro.

Zélie bufa, mas falta seu sarcasmo habitual.

— Fico feliz que nosso sangue valha um pouco mais.

— Novidades sempre valem mais. — O apresentador lança para ela um sorriso nojento. — Lembre-se disso caso vá entrar *nos negócios*. Uma verme como você pode render um bom dinheiro.

Zélie agarra o braço de Tzain antes que ele possa reagir e fita o apresentador com um olhar assassino. Seus dedos deslizam pelo bastão de metal.

Vá em frente, quase sussurro.

Se ela apagar o apresentador, talvez tenhamos outra chance de roubar a pedra do sol. Qualquer coisa seria melhor que o destino que nos aguarda se subirmos naquele barco.

— Chega de conversa. — Zélie respira fundo e tira a mão do bastão.

Meu coração afunda quando avançamos. *Para a nossa morte, então.*

Quando passamos pelo porão enferrujado que abriga o barco, nossa equipe designada mal nos olha. Os trabalhadores parecem pequenos contra o casco imenso do barco de madeira, enfraquecidos pelos anos de trabalho duro. Embora a maioria seja de divinais, os mais velhos parecem ter apenas um ou dois anos a mais que Tzain. Um guarda tira suas correntes, um momento de falsa liberdade antes do massacre.

— Podem dar as ordens que desejarem. — O apresentador acena como se os trabalhadores fossem gado. — Vocês têm trinta minutos para montar uma estratégia. Então, os jogos começam.

Com isso ele se vira, saindo pelo porão escuro. Assim que ele sai, Tzain e Zélie tiram filões de pão e cantis de nossas bolsas e distribuem pela multidão ali reunida. Espero que os trabalhadores devorem o banquete escasso, mas eles ficam encarando o pão seco como se fosse a primeira vez que veem comida.

— Comam — encoraja Tzain. — Mas não muito rápido. Vão devagar ou vão passar mal.

Um divinal jovem se move para dar uma mordida no pão, mas uma mulher esquálida o impede.

— Pelos céus — murmuro. A criança não deve ter mais que dez anos.

— O que é isso? — um kosidán mais velho pergunta. — Uma última refeição?

— Ninguém vai morrer — Tzain garante. — Façam o que eu disser e vão sair com vida e com ouro.

Se Tzain está sentindo metade do meu terror, não demonstra. Está empertigado, exalando respeito, a confiança clara em sua voz e passos. Ao observá-lo, quase acredito que ficaremos bem. *Quase.*

— Você não pode nos enganar com pão — diz uma mulher com uma cicatriz terrível correndo sobre o olho. — Mesmo se vencermos, você vai nos matar e ficar com o ouro.

— Estamos atrás da pedra. — Tzain balança a cabeça. — Não do ouro. Trabalhem conosco e prometo que podem ficar com todas as moedas.

Observo as pessoas, odiando cada partezinha de mim que deseja que eles se revoltem. Sem tripulação, não poderíamos entrar na arena. Zélie e Tzain não teriam escolha além de ficar fora do barco.

Coragem, Amari. Cerro os olhos e me forço a respirar fundo. No subterrâneo, a lembrança da voz de Binta é mais alta, mais forte na minha cabeça.

— Vocês não têm escolha. — Todos os olhos se viram para mim, e minhas bochechas ficam coradas. *Coragem.* Eu posso fazer isso. Não é diferente da oratória no palácio. — Não é justo e não é certo, mas está acontecendo. Trabalhando conosco ou não, vocês têm que entrar naquele barco.

Encaro Tzain, e ele me incentiva a continuar. Pigarreio enquanto ando, forçando-me a soar forte.

— Todos os outros capitães competindo esta noite só querem vencer. Não se importam com quem vai ser morto ou ferido. *Nós* queremos que vocês vivam. Mas só vai acontecer se confiarem em nós.

A tripulação se entreolha antes de se voltar para o mais forte entre eles — um divinal quase tão alto quanto Tzain. Uma trama de cicatrizes ondula pelas suas costas quando ele se aproxima e fita os olhos de Tzain.

O ar parece congelar por um instante enquanto esperamos sua decisão. Minhas pernas quase cedem quando ele estende a mão.

— O que vocês precisam que a gente faça?

CAPÍTULO VINTE E OITO

AMARI

— Competidores em posição!

A voz do apresentador estronda na arena. Meu coração se contorce no peito. Trinta minutos se passaram em um borrão enquanto Tzain discutia estratégias e delegava comandos. Ele lidera como um general experiente, perito pelos anos de guerra. Os trabalhadores prestam atenção a cada palavra de Tzain, uma centelha nos olhos.

— Muito bem. — Tzain meneia a cabeça. — Vamos lá.

Mais nutridos e com a esperança renovada, os trabalhadores avançam resolutos. Mas enquanto entramos no convés do barco, meus pés ficam pesados como chumbo. O rugir da água se aproxima, trazendo de volta os corpos que se afogaram em sua ira. Já posso sentir a água me puxando para baixo.

É isso...

Em breve os jogos começarão.

Metade dos trabalhadores senta-se em suas estações de remo, prontos para nos dar velocidade. O restante toma posição nos canhões, na formação eficiente que Tzain concebeu: dois trabalhadores manobram o canhão para mirar, dois carregam pó explosivo na culatra. Logo, todos estão a bordo.

Todos menos eu.

Com a água subindo, forço meus pés de chumbo a se moverem, e embarco. Caminho pelo convés para tomar posição atrás de um canhão, mas Tzain bloqueia meu caminho.

— Você não precisa fazer isso.

O terror ecoa tão alto em meus ouvidos que levo um momento para processar as palavras de Tzain. *Você não precisa fazer isso.*

Você não precisa morrer.

— Só tem três pessoas que sabem do ritual. Se estivermos todos no barco... — Ele pigarreia, engolindo o pensamento fatal. — Eu não vim até aqui à toa. Não importa o que aconteça, um de nós *precisa* sobreviver.

Tudo bem. As palavras chegam aos meus lábios, loucas para escaparem.

— Mas Zélie — ofego em vez disso. — Se alguém for ficar, deve ser ela.

— Se tivéssemos alguma chance de vencer sem ela no barco, eu estaria persuadindo minha irmã.

— Mas... — Paro de falar quando a água da arena avança, batendo no barco. Em minutos, o local estará coberto, me prendendo nesta câmara mortuária. Se for para fugir, precisa ser agora. Em um instante será tarde demais.

— Amari, vá — insiste Tzain. — Por favor. Vamos lutar melhor se nós não tivermos que nos preocupar com você se ferindo.

Nós. Quase encontro forças para rir. Atrás de nós, Zélie agarra a amurada, os olhos fechados e os lábios murmurando rápido enquanto ela pratica o encantamento. Apesar de seu medo óbvio, ela ainda vai lutar. Ninguém permite que ela fuja.

Se vai bancar a princesinha, se entregue logo aos guardas. Não estou aqui para proteger você. Estou aqui para lutar.

— Meu irmão está atrás de mim — sussurro para Tzain. — Meu pai também. Ficar fora deste barco não garante que eu ou o segredo do pergaminho vamos sobreviver. Apenas ganho tempo. — Quando a água bate em meus pés, eu avanço, juntando-me a uma equipe nos canhões. — Eu consigo fazer isso — minto.

Eu consigo lutar.

Coragem, Amari.

Dessa vez, eu me atenho às palavras de Binta, me envolvendo nelas como se fossem uma armadura. Eu posso ser corajosa.

Por Binta, eu devo ser tudo.

Tzain me encara por um momento, então assente. Ele sai para tomar sua posição. Com um rangido, o barco avança com a correnteza, levando-nos à batalha. Navegamos pelo túnel final. Os gritos da multidão aumentam loucamente, frenéticos por nosso sangue. Pela primeira vez me pergunto se meu pai sabe deste "entretenimento". Se soubesse, se importaria?

Agarro a amurada do barco com o máximo de força, uma tentativa fútil de acalmar os nervos. Antes que possa me preparar, entramos na arena, expostos ao mundo.

O cheiro de salmoura e vinagre me atinge como uma onda enquanto pisco diante dessa visão impressionante. Nobres preenchem as primeiras fileiras da arena, seda brilhante agitando-se enquanto eles batem os punhos no parapeito.

Virando de costas, meu coração se aperta quando cruzo olhares com um jovem divinal de olhos arregalados, em outro barco. Seu rosto pálido diz tudo.

Para um de nós viver, o outro precisa morrer.

Zélie entrelaça e estala os dedos, caminhando até a proa do barco. Ela diz o encantamento sem emitir som, fortalecendo-se contra as distrações antes de começarmos.

A multidão urra a cada novo barco que entra nos jogos, mas enquanto observo os oponentes, percebo uma coisa terrível. Na última noite havia dez barcos.

Hoje há trinta.

CAPÍTULO VINTE E NOVE

ZÉLIE

Não...

Conto de novo e de novo, esperando que alguém anuncie que houve um engano. Não podemos sobreviver a outros vinte e nove barcos. Em nosso plano mal poderíamos sobreviver a dez.

—Tzain — grito enquanto corro até ele, revelando todo meu medo. — Não posso fazer isso! Não posso afundar todos.

Amari segue, tremendo tanto que quase tropeça no convés. A tripulação a segue, bombardeando Tzain com perguntas infinitas. Os olhos dele ficam enfurecidos quando o cercamos, tentando se concentrar em alguma coisa. Até que seus dentes se cerram. Ele fecha os olhos.

— Quietos!

Sua voz retumba sobre a loucura, silenciando nossos gritos. Observamos enquanto ele examina a arena, embora o apresentador incite a multidão.

—Abi, pegue o barco à esquerda. Déle, o barco à direita. Formem uma aliança com as tripulações. Diga a eles que vamos durar mais se mirarmos nos barcos mais distantes.

— Mas e se...

— Vão! — grita Tzain contra suas objeções, fazendo irmão e irmã saírem correndo. — Remadores — continua ele —, novo plano. Apenas

metade de vocês ficam nos remos. Vamos nos mover o tempo todo. Não vamos ganhar muita velocidade, mas morreremos se ficarmos parados.
— Metade dos trabalhadores saem correndo para retomar suas posições nos remos de madeira. Tzain se volta para nós, o campeão de agbön vivo em seus olhos. — O restante de nós se juntará à equipe de canhões e mirará os barcos da frente. Queremos tiros contínuos. Mas sejam comedidos... o pó explosivo só vai durar por algum tempo.

— E a arma secreta? — pergunta Baako, o mais forte da tripulação.

A breve calma que senti sob a liderança de Tzain evapora. Meu peito se aperta tanto que uma dor aguda percorre minhas costelas. *A arma não está pronta*, quero gritar. *Se puserem sua fé nela, vão morrer.*

Já posso imaginar: Tzain gritando sobre a água, eu segurando o fôlego enquanto tento soltar minha magia. Não sou a maji que Mama era. E se eu não puder ser a ceifadora de que eles precisam?

— Está sob controle — garante Tzain. — Só precisamos ficar vivos tempo suficiente para usá-la.

— Vocês estão prontos.... para *a melhor batalha da sua vida?*

A multidão urra em resposta à provocação do apresentador. Os gritos abafam até mesmo sua voz amplificada. Seguro o braço de Tzain enquanto a tripulação se divide. Minha garganta está tão seca que é difícil falar.

— Qual é o meu plano?

— O mesmo de antes. Só precisamos que você derrube mais deles.

— Tzain, eu não posso...

— Olhe para mim. — Ele pousa as mãos nos meus ombros. — Mama era a ceifadora mais poderosa que já vi. Você é filha dela. Eu sei que você pode.

Meu peito se aperta, mas não sei dizer se é medo ou outra coisa.

— Apenas tente. — Ele aperta de leve meus ombros. — Mesmo um único reanimado vai ajudar.

— *Dez... nove... oito... sete...*

— Fiquem vivos! — grita ele antes de se posicionar ao lado do arsenal.

— Seis... cinco... quatro... três...

Os gritos aumentam a níveis ensurdecedores enquanto corro para a amurada do barco.

— Dois...

Não tem volta agora. Ou pegamos a pedra...

— Um!

... ou morreremos tentando.

A corneta ressoa, e eu salto do barco, atingindo o mar morno a toda a velocidade. Quando bato na água, nosso barco balança.

Os primeiros canhões disparam.

Vibrações percorrem a água, ondulando dentro de mim. Os espíritos dos mortos resfriam o espaço ao meu redor; mortes recentes dos jogos de hoje.

Tudo bem, penso, lembrando-me da reanimação de Minoli. Arrepios percorrem minha pele quando os espíritos se aproximam, a minha língua se curva com o gosto do sangue, embora eu mantenha a boca fechada. As almas estão desesperadas pelo meu toque, por um jeito de voltar à vida. É isso.

Se eu for realmente uma ceifadora, preciso mostrar.

— Èmí àwọn tí ó ti sùn, mo ké pè yín ní òní...

Espero que reanimados surjam da água diante de mim, mas apenas algumas bolhas escapam de minhas mãos. Tento de novo, extraindo a energia dos mortos, mas não importa o quanto eu me concentre, nenhum reanimado surge.

Droga. O ar na minha garganta vai sumindo, escapando mais rápido quando minha pulsação acelera. Não posso. Não posso me salvar...

Um estouro retumba de cima.

Eu me viro quando o barco ao lado do nosso afunda. Chovem cadáveres e madeira estilhaçada. A água ao meu redor se avermelha. Um corpo ensanguentado mergulha e passa por mim em direção ao fundo.

Meus deuses...

O terror arrebata meu peito.

Uma bola de canhão à direita e poderia ter sido Tzain.

Vamos lá, eu me encorajo enquanto o ar de meus pulmões diminui. Não há tempo para falhar. Preciso de minha magia agora.

Oya, por favor. A reza parece estranha, como um idioma que não aprendi direito e esqueci completamente. Mas depois de meu despertar, nossa conexão deveria ser mais forte que nunca. Se eu chamar, ela precisa responder.

Me ajude. Me guie. Me empreste sua força. Me deixe proteger meu irmão e libertar os espíritos presos neste lugar.

Fecho os olhos, reunindo a energia eletrizante dos mortos em meus ossos. Estudei o pergaminho. Posso fazer isso.

Posso ser uma ceifadora agora.

— Èmí àwọn tí ó ti sùn...

Uma luz lavanda brilha em minhas mãos. Um calor forte corre pelas minhas veias. O encantamento abre meus caminhos espirituais, permitindo que o àṣẹ flua. O primeiro espírito passa pelo meu corpo, pronto para ser comandado. Diferentemente de Minoli, minha única informação sobre este reanimado é sua morte; meu estômago dói pela bola de canhão que atravessou sua barriga.

Quando termino o encantamento, o primeiro reanimado flutua diante de mim, um torvelinho de vingança, bolhas e sangue. O reanimado toma a forma humana, criando seu corpo da água ao nosso redor. Embora sua expressão esteja nublada pelas bolhas, sinto a resolução combativa de seu espírito. Meu soldado. O primeiro em meu exército de mortos.

Por um brevíssimo momento, o triunfo domina a exaustão que percorre meus músculos. Consegui. Sou uma ceifadora. Uma verdadeira irmã de Oya.

Uma pontada de tristeza lampeja através de mim. Se Mama pudesse ver...

Mas ainda posso honrar seu espírito.

Darei orgulho a cada ceifador caído.

— Èmí àwọn tí ó ti sùn...

Com o àṣẹ diminuindo dentro de mim, eu canto, dando vida a mais um reanimado. Aponto para o barco, então dou meu comando.

— *Afundem!*

Para minha surpresa, os reanimados percorrem a água com a velocidade de flechas. Avançam para meu alvo, colidindo com ele em segundos.

A água estronda quando eles batem, atravessando o casco do barco. Tábuas voam como lanças, contorcendo-se quando a água entra.

Consegui...

Não sei se busco Oya no céu ou nas minhas mãos. Os espíritos dos mortos responderam ao meu chamado. Eles se curvaram à *minha* vontade!

A água engole o barco inteiro, naufragando-o. Mas antes que meu entusiasmo se acomode, divinais caem na água.

Eu giro, percebendo o dano colateral. A tripulação caída se debate para chegar à superfície, nadando na direção das bordas à arena. O terror se instala quando vejo uma garota afundar, seus membros inertes. Meu peito se aperta quando o corpo inconsciente começa a afundar como chumbo.

— *Salvem ela!*

Envio o comando, mas minha conexão com os reanimados vai sumindo como o suspiro final no meu peito. Já posso sentir o espírito dos soldados evanescendo, deixando o inferno daquela arena para entrar na paz da vida após a morte.

Enquanto bato as pernas para a superfície, os reanimados mergulham como arraias de cauda espinhosa, cercando a garota antes que ela atinja o fundo da arena. O àṣẹ zumbe nas minhas veias quando eles a puxam até uma madeira flutuante, dando-lhe uma chance de sobreviver.

— *Ugh!* — Tusso ao irromper na superfície. Algo me abandona quando os reanimados desaparecem. Envio agradecimentos silenciosos aos seus espíritos enquanto busco ar.

— Viram aquilo? — berra o apresentador. A arena explode, sem saber o que afundou o barco.

— Zélie! — grita Tzain lá de cima, com um sorriso enlouquecido no rosto, apesar do pesadelo ao nosso redor. Seu riso contém um brilho que eu não via há mais de uma década; a luz que tinha sempre que observava a magia de Mama em curso.

— É isso! — Ele aponta. — Não pare!

O orgulho enche meu peito, aquecendo-me de dentro para fora. Respiro fundo antes de mergulhar novamente.

Então começo a cantar.

CAPÍTULO TRINTA

AMARI

Caos.

Até este momento, eu nunca havia realmente compreendido a palavra. Caos eram os gritos de minha mãe antes de um almoço. Era o correr das olóyès até suas cadeiras adornadas com ouro.

Agora, o caos me cerca, pulsando a cada respiração e batida do coração. O caos ressoa enquanto o sangue espirra pelos ares, grita enquanto barcos explodem e desaparecem.

Cambaleio para os fundos do barco e cubro a cabeça quando um estrondo ressoa. Nosso barco chacoalha quando outro canhão atinge seu casco. Apenas dezessete barcos flutuando e, de alguma forma, ainda estamos nesta luta.

Vejo todos se movendo com precisão inigualável, lutando, apesar da confusão. Tendões se estufam no pescoço dos remadores enquanto levam o barco adiante; o suor escorre pelo rosto da tripulação enquanto carregam mais pó explosivo nas culatras dos canhões.

Vá, grito comigo mesma. *Faça alguma coisa. Qualquer coisa!*

Mas não importa o quanto eu tente, não consigo ajudar. Não consigo sequer *respirar*.

Minhas entranhas revolvem-se quando uma bola de canhão atravessa o convés de outro barco. Os gritos dos feridos atingem meus ouvidos como vidro estilhaçado. O fedor de sangue macula o ar, trazendo as antigas palavras de Zélie à mente. No dia em que chegamos a Ibeji, ela sentiu o gosto da morte.

Hoje eu também sinto.

— Aproximação! — grita Tzain, apontando através da fumaça. Outro barco chega perto, seus remadores arfando com as lanças a postos. *Céus...*

Eles vão invadir o barco.

Vão trazer a batalha para cá!

— Amari, cuide dos remadores! — berra Tzain. — Me ajude a liderar esta luta!

Sempre um capitão destemido, ele sai às pressas, desaparecendo antes que possa ver meus pés paralisados. Meus pulmões buscam ar; por que não me lembro de como se respira?

Você foi treinada para isso. Agarro minha espada enquanto o barco se aproxima. *Você* sangrou *por isso.*

Mas quando a tripulação inimiga salta a bordo, anos de lições forçadas congelam na ponta de meus dedos. Embora eu tente desembainhar a espada, minhas mãos só tremem. *Golpeie, Amari.* A voz de meu pai troveja nos meus ouvidos, afundando-se na cicatriz das minhas costas. *Erga a espada, Amari. Ataque, Amari. Lute, Amari.*

— Não consigo...

Depois de todos esses anos, ainda não consigo. Nada mudou. Não consigo me mover. Não consigo lutar.

Só consigo ficar parada.

Por que estou aqui? O que eu tinha na cabeça, pelos céus? Poderia ter deixado aquele pergaminho de lado e voltado aos meus aposentos. Poderia ainda estar chorando a morte de Binta no meu quarto. Mas fiz essa escolha, uma escolha fatídica que pareceu correta, lá atrás. Pensei que pudesse vingar minha querida amiga.

Em vez disso, vou morrer.

Recosto-me à lateral do barco, escondendo-me enquanto a tripulação combate os invasores. O sangue deles escorre pelos meus pés. A agonia ressoa, enchendo meus ouvidos.

O caos me envolve, tão esmagador que mal consigo enxergar. Levo um momento longo demais para perceber que uma das lâminas está vindo na minha direção.

Golpeie, Amari.

Ainda assim, meus membros não se movem. A lâmina sibila na direção de meu pescoço...

Tzain grita quando seu punho colide com o queixo do homem.

O agressor despenca, mas não sem antes passar a espada pelo braço dele.

—Tzain!

— Fique aí — grita ele, agarrando o bíceps ensanguentado.

— Desculpe!

— Saia do caminho!

Lágrimas quentes de vergonha brotam em meus olhos quando ele sai em disparada. Recuo para o canto ao fundo do barco. Não devia ter entrado a bordo. Não devia estar aqui. Nunca devia ter saído do palácio...

Um estrondo gigantesco chega aos meus ouvidos. Nosso barco treme com uma força violenta, lançando-me ao chão. Seguro a amurada da embarcação enquanto ela sacode. É isso.

Fomos atingidos.

Antes que eu possa me erguer, outra bola de canhão atravessa nosso convés. Estilhaços de madeira e fumaça voam pelo ar. Com uma guinada, a proa do barco afunda. A fumaça enche meus pulmões quando deslizo pelo convés manchado de sangue.

Agarro a base do mastro e seguro com desespero. Litros de água correm pela carnificina do barco.

Com outra sacudida, nossa embarcação começa a afundar.

CAPÍTULO TRINTA E UM

ZÉLIE

— Zélie!

Eu emerjo e viro a cabeça às pressas. Tzain segura a amurada do barco, dentes cerrados com força. Sangue cobre as roupas e o rosto, mas não sei dizer se é o dele.

Apenas outras nove embarcações flutuam na arena. Nove embarcações restantes neste banho de sangue. Mas a popa de nosso barco range sob a superfície.

Nosso barco está afundando.

Respiro fundo e mergulho de novo na água. Imediatamente, a bile sobe à minha garganta. Nuvens de vermelho e destroços quase não me deixam enxergar.

Luto para manter os olhos abertos enquanto bato os pés o mais forte que posso. Cada impulso para baixo é um impulso pela água espessa e carregada de sangue.

— Èmí àwọn tí ó ti sùn...

Embora eu cante, o resto de meu àṣẹ se esvai entre meus dedos. Não estou forte o bastante. Minha magia está secando. Mas se eu não fizer isso, talvez Tzain e Amari morram. Nosso barco vai afundar, nossa chance de ter a pedra do sol desaparecerá. Não poderemos trazer a magia de volta.

Encaro a cicatriz na palma da minha mão. O rosto de Mama lampeja na minha mente.

Sinto muito, penso para seu espírito.

Não tenho escolha.

Mordo minha mão. O gosto acobreado do sangue enche minha boca quando os dentes rompem a pele. O sangue espalha-se na água, brilhando com uma luz branca que me envolve. Meus olhos se arregalam quando a luz me percorre por dentro, vibrando em meu sangue, irradiando por minha essência.

O àṣẹ irrompe pelas minhas veias, queimando minha pele de dentro para fora.

— Èmí àwọn tí ó ti sùn...

Ondas de luz vermelha piscam em minhas pálpebras.

Oya dança para mim de novo.

A água rodopia ao meu redor, girando com um ânimo novo e violento. A magia do sangue domina, cumprindo minha vontade. Às pressas, um novo exército de reanimados gira diante de meus olhos.

A pele aquosa deles borbulha com sangue e luz branca, tomando vida com a força de uma tempestade. Mais dez reanimados despertam para juntar-se ao exército, a água rodopiando enquanto os corpos tomam forma. Atraem sangue e destroços para sua pele, criando novas armaduras para meu exército de mortos. Eles me encaram quando o último reanimado surge.

— *Salvem o barco!*

Meus espíritos-soldados partem pela água como tubarões de duas nadadeiras, mais ferozes que qualquer barco ou canhão à vista. Embora minhas entranhas queimem, a emoção de minha magia supera o caos de nossa luta.

O prazer cresce em mim enquanto eles seguem minha ordem silenciosa e desaparecem nos buracos deixados pelas bolas de canhão. Um segundo depois, toda a água lá dentro começa a fluir para fora.

Isso!

Em um instante, nosso barco ganha leveza, voltando à superfície aos sacolejos. Quando toda a água sai, os reanimados juntam-se à madeira, cobrindo os buracos com os restos aquosos de seu corpo.

Funcionou!

Mas meu encanto não dura muito.

Embora os reanimados tenham desaparecido, a onda da magia do sangue permanece.

Minha pele arde enquanto a magia me rasga por dentro, queimando como se estivesse destroçando meus órgãos. A violência estilhaça meus músculos. Minhas mãos ficam dormentes.

— *Socorro!*

Tento gritar, mas bolhas sobem pela minha garganta. O horror instala-se nos meus ossos. Mama tinha razão.

A magia do sangue me destruirá.

Nado para a superfície, mas cada bater de pés é mais difícil que o anterior. Não sinto meus braços, depois meus pés.

Como espíritos vingativos, a magia do sangue me devasta, grudando-se à minha boca, peito, pele. Embora eu lute para chegar à superfície, não consigo me mover. Antes tão próximo, nosso barco agora se afasta cada vez mais.

—*Tzain!*

O mar carmesim abafa o som de meus gritos.

O pouco de ar que tenho nos pulmões desaparece.

A água invade.

CAPÍTULO TRINTA E DOIS

AMARI

Seguro a amurada do barco, o coração acelerado enquanto o naufrágio diminui de velocidade até parar bruscamente.

— Ela conseguiu! — Tzain bate o punho contra a amurada do navio. — Zél, você conseguiu!

Mas Zélie não ressurge na superfície, e o triunfo de Tzain desaparece. Ele grita o nome dela várias vezes, berrando até ficar rouco.

Inclino-me sobre a amurada do navio e observo as águas, procurando freneticamente por um chumaço de cabelos brancos contra o vermelho. Resta apenas uma embarcação, mas Zélie não está em lugar nenhum.

—Tzain, espere!

Ele salta do barco, deixando-o sem seu capitão. A última embarcação se vira na água, alterando seu curso.

— E, inesperadamente, nossos últimos competidores ficam sem pó explosivo! — cantarola a voz do apresentador. — Mas apenas um capitão pode chegar ao fim. Para vencer, apenas um capitão pode ficar vivo!

—Tzain! — grito sobre a amurada, o coração palpitando quando o último barco se aproxima. Não posso fazer isso sozinha. *Precisamos* dele para afundar o último barco.

Os remadores do inimigo remam o mais rápido que podem, enquanto aqueles que manejam os canhões se armam com espadas. Nossa tripulação também abandona seus postos, cambaleando para pegar lanças e espadas presas ao barco. Embora eu trema, eles não hesitam. Estão prontos, ansiosos, preparados para encerrar este inferno.

Estremeço de alívio quando Tzain irrompe na superfície, com um braço apertado ao redor do corpo inconsciente de Zélie. Eu desprendo uma corda da lateral do barco e jogo-a na água; Tzain a prende sob os braços de Zélie e grita para puxarmos para cima.

Três trabalhadores se juntam a mim enquanto puxo, erguendo Zélie ao convés. O inimigo está a poucos momentos de distância. Se ela puder invocar seus reanimados de novo, poderemos sobreviver.

—Acorde! — Chacoalho Zélie, mas ela não se move. Sua pele queima ao toque. Sangue pinga do canto de seus lábios.

Pelos céus, não vai funcionar. Temos que trazer Tzain de volta. Desfaço os nós que prendem o torso de Zélie, mas antes que o último nó se solte, o barco inimigo se choca contra o nosso.

Com um rugido selvagem, nossos concorrentes saltam a bordo.

Fico de pé e balanço minha espada como uma criança tentando manter um leonário afastado com uma tocha. Não há técnica em minha investida, nenhum sinal dos anos gastos em dor.

Golpeie, Amari. A voz de meu pai troveja em minha cabeça, trazendo-me de volta às lágrimas derramadas de quando ele ordenou que eu lutasse com Inan. Eu soltei minha espada. Eu me recusei.

Então, a lâmina de meu irmão rasgou minhas costas.

Meu estômago aperta-se quando nossa tripulação se lança à luta, a chance de vitória incentivando-os. Eles dominam a outra tripulação com facilidade, desviando das espadas para desferir golpes mortais. Homens enlouquecidos correm na nossa direção, mas, pela graça dos deuses, nossa tripulação acaba com eles. Um homem morre a poucos passos de mim, o sangue empoçando em sua boca, uma faca atravessada no pescoço.

Acaba logo, imploro. *Só permita que eu saia dessa!*

Mas enquanto eu rezo, o capitão irrompe, a espada em riste. Preparo-me para o ataque, mas percebo que não está vindo na minha direção. A espada dele aponta para baixo, para o lado.

Está mirando Zélie.

O tempo congela quando o capitão se aproxima, a lâmina reluzente cada vez mais perto. Tudo ao meu redor fica em silêncio.

Então o sangue jorra pelo ar.

Por um momento, fico chocada demais para entender o que fiz. Mas quando o capitão cai, minha lâmina vai com ele. Cravada na barriga.

A arena fica em silêncio. A fumaça começa a se dissipar.

Não consigo respirar quando o apresentador fala.

— Parece que temos um vencedor...

CAPÍTULO TRINTA E TRÊS

ZÉLIE

538.

Foi esse o número de vezes que meu corpo foi despedaçado.

Quantos espíritos pereceram por esporte. Quantas almas inocentes berram em meus ouvidos.

Cadáveres flutuam entre destroços no mar infinito de sangue. A presença deles mancha o ar, invadindo meus pulmões a cada suspiro.

Deuses, nos ajudem. Fecho os olhos, tentando abafar a tragédia. Em meio a tudo isso, os gritos de viva não param. O louvor é interminável. Enquanto somos erguidos à plataforma, a multidão se regozija como se houvesse motivo para celebrar esse banho de sangue.

Ao meu lado, Tzain me segura bem perto; ele não me solta de verdade desde que me carregou para fora do barco. Mantém sua expressão neutra, mas sinto seu remorso.

Embora o competidor dentro dele tenha prevalecido, ainda está coberto com o sangue daqueles que caíram. Podemos ter triunfado, mas essa não é uma vitória.

À minha direita, Amari está imóvel, as mãos apertadas no punho sem lâmina. Ela não falou uma palavra desde que saímos daquele barco, mas os trabalhadores me disseram que foi ela quem me protegeu e matou o outro capitão. Pela primeira vez, olhar para ela não me lembra de Saran ou de Inan. Vejo a garota que roubou o pergaminho.

Vejo as sementes de uma guerreira.

O apresentador força um sorriso quando Déle e Baako levam a arca brilhante de ouro embora. Ouro que ele provavelmente pretendia manter, ouro trocado por cada morte.

A multidão urra quando nossa tripulação recebe o prêmio, mas nenhum trabalhador sorri com a recompensa. Riqueza e liberdade das colônias não são nada quando este horror vai assombrá-los todas as noites.

— Vamos logo. — Cerro os dentes, afastando-me da proteção de Tzain. — Você já fez seu espetáculo. Entregue a pedra do sol.

O apresentador estreita os olhos, sua pele marrom enrugando-se em linhas duras.

— O espetáculo nunca acaba — sibila ele, longe do cone de metal. — Especialmente quando envolve uma verme.

As palavras do apresentador fazem meus lábios se contorcerem. Embora meu corpo pareça oco, não consigo evitar pensar em uma estratégia. Quantos reanimados seriam necessários para arrastá-lo para a carnificina, afogá-lo no fundo do próprio mar vermelho?

O apresentador deve pressentir minha ameaça silenciosa, porque o sorriso desaparece de seus lábios. Ele recua e ergue o cone, virando-se de novo para a multidão.

— E agora... — Sua voz retumba pela arena. Ele vende a performance com suas palavras, embora o rosto mal esconda o desprezo. — Apresento... a pedra da imortalidade!

Mesmo a distância, o calor da pedra do sol penetra meus ossos trêmulos. Laranja e amarelo pulsam através de seu exterior de cristal, como lava derretida. Como uma mariposa, sou atraída por sua luz sagrada.

A última peça, penso, lembrando-me das palavras de Lekan. Com o pergaminho, a pedra e a adaga, finalmente teremos tudo o que precisamos. Podemos seguir para o templo sagrado e realizar o ritual. Podemos trazer a magia *de volta*.

— Você conseguiu. — Tzain põe a mão no meu ombro e aperta de leve. — Aconteça o que acontecer, estou bem aqui, do seu lado.

— Eu também — diz Amari com suavidade, recuperando a voz. Apesar do sangue seco que cobre seu rosto, os olhos dela são tranquilizadores.

Faço que sim e dou um passo adiante, estendendo a mão para a pedra dourada. Pela primeira vez a multidão ao redor fica em silêncio, com uma densa curiosidade no ar.

Preparo-me para o que talvez aconteça quando eu segurar um fragmento vivo da alma da Mãe Céu. Mas assim que meus dedos tocam a superfície polida, sei que nada poderia ter me preparado para isso.

Assim como no despertar, tocar a pedra me preenche com uma força mais poderosa do que qualquer coisa que eu já experimentei. A energia da pedra do sol aquece meu sangue, eletrificando o àṣẹ que percorre cada veia.

A multidão arfa maravilhada quando a luz da pedra brilha entre os vãos de meus dedos. Até o apresentador recua; até onde ele sabia, a pedra era apenas parte de sua farsa.

A onda continua a me preencher, borbulhando como vapor. Fecho os olhos, e a Mãe Céu surge, mais gloriosa do que qualquer coisa que já imaginei.

Seus olhos prateados reluzem contra a pele de ébano, envolta pelos cristais que pendem de sua tiara. Cachos brancos caem ao redor do rosto como chuva, girando com a força que irradia de seu ser.

Seu espírito cresce dentro de mim como relâmpago rompendo uma nuvem trovejante. É mais que a sensação de respirar.

É a própria essência da vida.

— Èmí àwọn tí ó ti sùn... — sussurro as primeiras palavras do encantamento baixinho, desfrutando de um frenesi incomparável. Com o poder da pedra do sol, eu poderia invocar centenas de reanimados. Poderia comandar um exército irrefreável.

Poderíamos irromper pela arena, acabar com o apresentador, punir cada espectador que vibrou com massacres por esporte. Mas não é o desejo da Mãe Céu. Não é o que esses espíritos precisam.

Um a um, os mortos histéricos me percorrem, não para se tornarem reanimados, mas para escapar. Exatamente como a limpeza que Mama liderava a cada lua cheia. Uma purificação final para ajudar os espíritos a passarem à alafia.

Quando as almas escapam de seu trauma para a paz da vida após a morte, a imagem da Mãe Céu na minha mente começa a desaparecer. Uma deusa com a pele como a noite toma seu lugar, vestida em ondas de vermelho, linda com seus olhos castanho-escuros.

Meus deuses.

Oya brilha em minha mente como uma tocha na escuridão. Diferentemente do caos que vislumbrei quando usei a magia do sangue, essa visão mantém uma graça etérea. Ela fica imóvel, mas é como se o mundo inteiro mudasse em sua presença. Um sorriso triunfante se abre em seus lábios...

— *Ai!* — Meus olhos se arregalam. A pedra do sol reluz tão forte em minhas mãos que preciso desviar o olhar. Embora a onda inicial de seu toque tenha passado, sinto seu poder zumbindo em meus ossos. É como se o espírito da Mãe Céu tivesse se espalhado pelo meu corpo, curando cada ferimento causado pela destruição da magia do sangue.

Logo a luz ofuscante diminui, e a imagem incrível de Oya desaparece da minha cabeça. Cambaleio para trás, agarrando a pedra enquanto caio nos braços de Tzain.

— O que aconteceu? — sussurra Tzain, com olhos arregalados de assombro. — O ar... parecia que a arena inteira estava tremendo.

Aperto a pedra do sol contra o peito, tentando capturar as imagens que dançam em minha mente. O brilho dos cristais na tiara de Mãe Céu; o jeito que a pele de Oya cintilava, escura e encantadora como a rainha da noite.

É como Mama devia se sentir... essa percepção preenche meu coração. Era por isso que ela amava sua magia.

É assim que é se sentir *viva*.

— A Imortal! — grita um homem da multidão, e eu pisco, me reorientando para olhar a arena. O grito viaja pelas arquibancadas até todos se juntarem. Eles entoam o título falso, violentos em seu louvor.

—Você está bem? — pergunta Amari.

— Mais que bem — respondo com um sorriso.

Temos a pedra, o pergaminho, a adaga.

E agora realmente temos uma chance.

CAPÍTULO TRINTA E QUATRO

AMARI

Leva horas para as celebrações arrefecerem, embora eu não entenda como alguém pode estar no clima para celebrar. Um desperdício tremendo de vidas. Uma delas roubada pelas minhas mãos.

Tzain tenta nos proteger das massas, mas mesmo ele não consegue dominar a força dos espectadores quando saímos da arena. Eles nos conduzem em um desfile pelas ruas de Ibeji, criando títulos para comemorar a ocasião. Zélie se torna "a Imortal", enquanto Tzain reina como "o Capitão". Quando passo, os espectadores gritam o nome mais ridículo de todos. Eu me encolho quando ele ressoa de novo: "A Leonária!"

Quero gritar o erro deles: substituam "leonária" por um título mais adequado, como "covarde" ou "impostora". Não há ferocidade em meus olhos, nenhuma fera cruel escondida em mim. O título não passa de uma mentira, mas, abastecidos pelo álcool, nenhum dos espectadores se importa. Precisam apenas de alguma coisa para gritar. Alguma coisa para louvar.

Quando nos aproximamos de nossa ahéré alugada, Tzain finalmente nos liberta. Com sua orientação, chegamos à cabana de argila e nos revezamos para lavar o sangue do corpo.

Enquanto a água fria escorre por mim, esfrego o mais forte que posso, desesperada para limpar cada resquício daquele inferno da minha carne. Quando a água fica vermelha, penso no capitão que matei. *Pelos céus...*

Havia tanto sangue.

Vazou pelo cafetã azul-marinho colado, escorreu pelas minhas solas de couro, manchou a barra da minha calça. Em seus últimos momentos, o capitão enfiou a mão no bolso com mão trêmula. Não sei o que ele queria pegar. Antes que pudesse retirar o objeto, sua mão caiu, inerte.

Fecho os olhos e enterro as unhas na palma das mãos, soltando um suspiro trêmulo. Não sei o que me perturba mais: o fato de eu ter matado um homem ou que eu poderia fazê-lo de novo.

Golpeie, Amari. Um sussurro fraco da voz de meu pai soa em meus ouvidos.

Tiro-o da mente enquanto lavo da minha pele o restante do sangue da arena.

De volta à ahéré, a pedra do sol brilha dentro da bolsa de Zélie, iluminando o pergaminho e a adaga de osso em tons de vermelho e amarelo-girassol. Um dia atrás, eu mal acreditava que tínhamos dois artefatos sagrados, mas aqui estão três. Faltando doze dias até o solstício secular, podemos chegar à ilha sagrada com tempo de sobra. Zélie poderá realizar o ritual. A magia realmente voltará.

Sorrio para mim mesma, imaginando as luzes cintilantes que escaparam da mão de Binta. Não interrompidas pela lâmina de meu pai, mas contínuas. Uma beleza que eu poderia testemunhar todos os dias.

Se conseguirmos, a morte de Binta terá significado. De um jeito ou de outro, a luz de Binta se espalhará por toda Orïsha. O buraco que ela deixou no meu coração um dia vai se curar.

— Difícil de acreditar? — sussurra Tzain do batente da porta.

— Um pouco. — Abro um leve sorriso para ele. — Só estou grata por tudo ter terminado.

— Soube que eles vão parar os jogos. Sem o dinheiro do prêmio, não conseguem subornar os colonos por mais trabalhadores.

— Graças aos céus. — Penso em todos os jovens divinais que pereceram. Embora Zélie tenha ajudado na passagem de seus espíritos, sua morte ainda pesa em meus ombros. — Baako me disse que ele e os outros trabalhadores usarão o ouro para cobrir a dívida de mais divinais. Se tiverem sorte, poderão salvar centenas de pessoas das colônias.

Tzain assente, olhando para Zélie adormecida no canto da cabana. Saída do banho, ela está quase escondida contra o pelo macio de Nailah, recuperando-se depois de sua apresentação ofuscante com a pedra do sol. Ao observá-la, não sinto o desconforto que em geral emerge em sua presença. Quando a tripulação disse a ela que fui eu quem deu cabo da luta, ela me encarou com uma expressão que quase lembrou um sorriso.

— Acha que seu pai sabia disso aqui?

Ergo a cabeça de repente. Tzain desvia o olhar e seu rosto fica sério.

— Não sei — digo baixinho. — Mas se soubesse, não sei se tentaria impedir.

Um silêncio desconfortável surge entre nós, roubando nosso breve momento de alívio. Tzain se estica para pegar um rolo de atadura, mas então se encolhe. A dor no braço deve estar bem forte.

— Posso? — Adianto-me, evitando as ataduras avermelhadas ao redor de seu bíceps. Seu único ferimento de batalha, e porque fiquei em seu caminho.

— Obrigado — murmura Tzain quando entrego para ele o rolo. Meu estômago aperta-se com a culpa que me corrói.

— Não me agradeça. Se eu tivesse ficado fora daquele barco, você nem teria esse ferimento.

—Também não teria Zél.

Ele me encara com uma expressão tão gentil que me pega desprevenida. Pensei que estaria com raiva de mim, mas na verdade ele está grato.

—Amari, eu estive pensando... — Ele pega a atadura, desenrolando e enrolando de novo. — Quando passarmos por Gombe, você deveria ir até o posto da guarda. Dizer que foi sequestrada, nos culpar por tudo.

— Por causa do que aconteceu no barco? — Tento manter meu tom neutro, mas uma leve estridência escapa. Por que isso agora? Um momento atrás ele estava me agradecendo por estar aqui.

— Não! — Tzain se aproxima, pousando a mão no meu ombro, hesitante. Para alguém tão grande, há uma suavidade surpreendente em seu toque. — Você foi incrível. Não quero nem pensar no que teria acontecido se você não estivesse lá. Mas seu olhar depois de tudo... Se ficar, não posso prometer que não vá ter que matar de novo.

Encaro o chão, contando as rachaduras na argila. Ele está me oferecendo outra chance de escapar.

Está tentando impedir que minhas mãos se sujem de sangue.

Penso naquele momento no barco, quando me arrependi de tudo e desejei nunca ter roubado o pergaminho. Esta é a saída pela qual rezei. Que desejei com todo meu coração.

Poderia funcionar...

Embora um lampejo de vergonha me atinja, imagino o que aconteceria se eu me entregasse. Com a história correta, lágrimas o suficiente, as mentiras perfeitas, eu poderia convencer a todos. Se eu aparecesse desgrenhada o bastante, meu pai talvez acreditasse que fui sequestrada pelos cruéis maji. Mas mesmo enquanto brinco com a possiblidade, já sei minha resposta.

— Vou ficar. — Engulo a parte de mim que quer se entregar, guardando-a bem fundo. — Posso fazer isso. Provei hoje à noite.

— Só porque pode lutar não significa que foi feita para...

— Tzain, *não* me diga para o que fui feita!

As palavras dele são como agulhadas, trancando-me de volta entre as paredes do palácio.

Amari, sente-se direito!

Não coma isso.

Você já comeu sobremesa suficiente.

Não.

Nunca mais. Já vivi assim antes e perdi minha amiga mais querida por causa disso. Agora que escapei, nunca vou voltar. Depois dessa fuga, preciso fazer mais.

— Sou uma princesa, não um objeto de decoração. Não me trate diferente. Meu pai é responsável por todo esse sofrimento. E *eu* vou consertar tudo isso.

Tzain recua e ergue as mãos, rendendo-se.

— Tudo bem.

Inclino a cabeça.

— É só isso?

— Amari, eu quero você aqui. Só precisava saber se era uma escolha sua. Quando você pegou aquele pergaminho, não tinha como saber como as coisas seriam.

— Ah... — Reprimo um sorriso. *Quero você aqui.* Suas palavras fazem minhas orelhas queimarem. Tzain quer mesmo que eu fique. — Bem, obrigada — digo baixinho, recostando-me. — Quero ficar aqui também. Apesar de você roncar muito alto.

Tzain sorri, e isso alivia todas as linhas sérias em seu rosto.

— Você também não é quietinha, princesa. Do jeito que ronca, eu deveria estar te chamando de Leonária este tempo todo.

— Ah, tá. — Estreito os olhos e pego nossos cantis, rezando para meu rosto não estar corado. — Vou me lembrar disso da próxima vez que você precisar pegar ataduras.

Tzain abre um sorrisinho enquanto eu saio da cabana, um sorriso torto que me enleva. O ar frio da noite me cumprimenta como um velho amigo, denso com o aroma de ogogoro e vinho de palma da celebração.

Uma mulher encapuzada me nota e abre um sorriso largo.

— A Leonária!

Suas palavras incitam vivas daqueles ao redor. Fazem minhas bochechas corarem, mas dessa vez o nome não me parece tão equivocado. Com um aceno tímido, eu me desvio da multidão, desaparecendo nas sombras.

Talvez eu tenha errado.

Talvez exista uma leonária dentro de mim, no fim das contas.

CAPÍTULO TRINTA E CINCO

INAN

O ar do deserto não tem vida.

Corta a cada respiração.

Sem a orientação firme de Kaea, cada suspiro se nubla, manchado pela magia que a levou embora.

Eu nunca havia percebido como cavalgar junto a Kaea fazia o tempo passar. Viajando sozinho, os minutos fundem-se em horas. Dias misturam-se às noites. O suprimento de comida se reduz primeiro. A água, em seguida.

Agarro o cantil pendurado na sela de meu pantenário roubado e espremo as últimas gotas. Se Orí está realmente me vigiando lá de cima, deve estar rindo agora.

Ataque do maji.
Kaea assassinada.
Rastreando o pergaminho.
   — I

A mensagem que envio para casa com os soldados deve chegar em breve.

Conhecendo meu pai, ele despachará guardas no momento em que a receber, ordenará que retornem com a cabeça do criminoso ou nem retornem. Mal sabe ele que o monstro que ele caça sou eu.

A culpa me destroça por dentro, como a magia que reprimo. Meu pai nunca vai entender o quanto já estou me punindo.

Pelos céus.

Minha cabeça zumbe enquanto abafo minha magia. Para o fundo de meus ossos, para além do que eu sabia que ela podia ir. Agora não combato apenas uma dor no peito ou a respiração ofegante, é um tremor constante nas mãos. O ódio queimando nos olhos de Kaea. O veneno em sua última palavra.

Verme.

Ouço-a repetidamente. Um inferno do qual não posso escapar. Com aquela palavra maldita, Kaea praticamente me declarou inadequado para ser rei.

Esse insulto rebaixa todo o trabalho que já fiz. O dever que luto para cumprir. O destino que a própria Kaea me impôs.

Maldição. Fecho os olhos contra as lembranças daquele dia. Foi Kaea quem me encontrou depois de eu ter ferido Amari, escondido no canto mais escuro de meu quarto, agarrado à lâmina ensanguentada.

Quando joguei a espada no chão, Kaea a devolveu para as minhas mãos.

Você é forte, Inan. Ela sorriu. *Não deixe que essa força o assuste. Vai precisar dela durante toda a vida. Vai precisar dela para ser rei.*

— Força — digo com desdém. É essa mesma força que preciso agora. Só usei a magia para proteger meu reino. Kaea deveria ter entendido isso melhor do que ninguém.

A areia atinge meu rosto quando passo pelas muralhas de argila de Ibeji. Luto para afastar os pensamentos de Kaea. Ela está morta. Não posso mudar isso.

A ameaça da magia ainda vive.

Mate-a. Na calada da noite, eu esperava que o povoado do deserto estivesse dormindo, mas as ruas de Ibejih fervem com o restante de alguma celebração. Nobres de baixo escalão e aldeões dão goles generosos em seus copos, um mais bêbado que o outro. Às vezes, gritam nomes míticos, celebrando "a Leonária", "o Capitão" ou "a Imortal". Ninguém presta atenção no soldado desgrenhado que cavalga no meio deles ou digna um olhar para o sangue seco que cobre minha pele. Ninguém percebe que sou seu príncipe.

Puxo as rédeas do pantenário, parando diante de um aldeão que parece sóbrio o bastante para lembrar o próprio nome, e me estico para pegar o pôster amassado.

Então, sinto o cheiro do mar.

Embora eu tenha reprimido cada parte de minha maldição, ela vem. Distinta, como uma brisa do oceano. Me atinge como a primeira gota de água em dias. De repente, tudo se encaixa.

Ela está aqui.

Puxo as rédeas com força e atiço o pantenário na direção do cheiro.

Mate-a. Mate a magia.

Vou retomar minha vida.

Deslizo até parar em uma rua estreita com ahérés de areia enfileiradas. O cheiro de maresia é dominante agora. Ela está aqui. Escondida. Atrás de uma dessas portas.

Minha garganta aperta-se quando apeio do pantenário e desembainho a espada. Sua lâmina reflete o luar.

Abro a primeira porta com um chute.

— O que você está fazendo? — grita uma mulher. Mesmo com a névoa nublando meus pensamentos, posso ver que não é ela.

Não é a garota.

Não é o que preciso.

Respiro fundo e procuro de novo, deixando o aroma de maresia guiar meu caminho. É aquela porta. *Aquela* ahéré. A única coisa no meu caminho.

Chuto a porta de argila e corro para dentro, com os dentes à mostra em um rosnado. Ergo a espada para lutar...

Ninguém aqui.

Lençóis dobrados e roupas velhas cobrem as paredes. Tudo manchado de sangue. Mas a cabana está vazia, preenchida apenas com pelos soltos de leonário e o aroma inconfundível da garota.

— Ei! — um homem grita lá de fora. Não me viro para olhar.

Ela estava aqui. Nesta cidade. Nesta cabana.

E agora se foi.

— Você não pode simplesmente... — Uma mão agarra meu ombro.

Em um instante, minhas mãos envolvem o pescoço do homem.

Ele solta um grito quando aponto a espada para seu coração.

— Onde ela está?

— Não sei de quem você está falando! — grita ele.

Risco minha espada em seu peito. Uma linha fina de sangue aparece. Suas lágrimas parecem quase prateadas à luz da lua.

Verme, a garota sussurra com a voz de Kaea. *Você nunca será rei. Nem consegue me pegar.*

Aperto a mão no pescoço do homem.

— *Onde ela está?*

CAPÍTULO TRINTA E SEIS

ZÉLIE

Depois dos seis dias viajando pelo inferno do deserto, as florestas verdejantes do Vale do Rio Gombe são uma visão bem-vinda. O terreno montanhoso exala vida, cheio de árvores tão largas que um tronco poderia ocupar uma ahéré inteira. Trançamos por entre as árvores gigantes, a luz da lua atravessando as folhas enquanto viajamos ao encontro do rio serpenteante. Um leve rumorejo ecoa em meus ouvidos como uma canção, suave como as ondas do oceano se quebrando.

— É tão tranquilizante — murmura Amari.

— Eu sei. É quase como voltar para casa.

Fecho os olhos e absorvo o som gotejante, deixando que ele me encha da calma que existia nas manhãs que passava puxando rede de pesca com Baba. Em alto-mar, era como se vivêssemos em um mundo próprio. Eram os únicos momentos em que realmente me sentia segura. Nem mesmo os guardas podiam nos alcançar.

Meus músculos relaxam enquanto mergulho em lembranças. Não sentia essa tranquilidade há semanas. Com os artefatos sagrados espalhados e a espada de Inan em nossas costas, cada segundo parecia roubado, no máximo emprestado. Não tínhamos o que precisávamos para o ritual, e as chances de conseguirmos eram muito menores que as chances de sermos mortos. Mas agora temos tudo: o pergaminho, a pedra do sol e a adaga de osso estão seguras em nossas mãos. Pela primeira vez, me sinto em paz. Faltando seis dias para o solstício secular, finalmente acho que podemos vencer.

— Acham que vão contar histórias sobre isso? — pergunta Amari. — Sobre nós?

— Melhor contarem. — Tzain bufa. — Por toda a porcaria que tivemos que superar por conta dessa magia, é melhor que tenhamos um festival inteiro em nossa homenagem.

— Onde a história começaria? — Amari morde o lábio inferior. — Como eles a chamariam? "Os Invocadores da Magia"? "Os Restauradores da Magia e dos Artefatos Sagrados"?

— Isso não tem apelo. — Franzo o nariz e me reclino nas costas peludas de Nailah. — Um título como esse nunca vai resistir ao teste do tempo.

— Que tal algo mais simples? — sugere Tzain. — "A princesa e o pescador"?

— Parece uma história de amor.

Reviro os olhos. Consigo ouvir o sorriso na voz de Amari. Não tenho dúvida de que, se eu erguer o corpo, vou flagrar Tzain sorrindo também.

— Parece mesmo uma história de amor — provoco. — Mas não é precisa. Se quer tanto uma história de amor, por que não chamar "A princesa e o jogador de agbön"?

Amari vira a cabeça, rápido, o rubor subindo pelo rosto.

— Eu não quis dizer... eu... eu não estava tentando dizer... — Ela fecha a boca antes que possa gaguejar mais alguma coisa.

Tzain me lança um olhar, mas sem malícia. Quando nos aproximamos do rio Gombe, não consigo decidir se é fofo ou irritante como a menor provocação faz os dois fecharem o bico.

— Meus deuses, é gigante! — Escorrego pelo rabo de Nailah e caio sobre pedras grandes e lisas que se enfileiram pela margem enlameada. O leito do rio é bem largo, serpenteando até o coração da floresta, entre os troncos das imensas árvores. Ajoelho na lama e levo água aos lábios, lembrando-me de como minha garganta implorava por ela, no deserto. A água fria como gelo é tão gostosa, neste ar úmido, que fico tentada a enfiar o rosto inteiro nela.

— Zél, ainda não — diz Tzain. — Vai ter água lá em cima. Ainda temos muito que avançar.

— Eu sei, mas só vou tomar um golinho. Nailah também precisa descansar.

Esfrego o chifre de Nailah e enfio o rosto em seu pescoço, sorrindo quando ela me toca com o focinho. Até ela odiou o deserto. Desde que saímos dele, seus passos têm uma força extra.

— Por Nailah — concede Tzain. — Não por você.

Ele desmonta e se agacha na margem do rio, cuidadoso ao encher o cantil. Um sorriso abre-se em meus lábios. A oportunidade é muito boa para resistir.

— Ai, meus deuses! — Eu aponto. — O que é aquilo?

— O quê...

Empurro Tzain, que grita ao cair no rio, espirrando água. Amari arfa quando Tzain emerge, encharcado, os dentes batendo de frio. Ele me encara, um sorriso vingativo nos lábios.

— Eu vou te matar.

— Vai ter que me pegar primeiro!

Antes que eu possa correr, Tzain avança, agarrando-me pela perna. Eu grito quando ele me puxa para baixo. A água é tão fria que atinge minha pele como as agulhas de madeira de Mama Agba.

— Meus deuses! — Eu busco ar.

— Valeu a pena? — Tzain gargalha.

— É a primeira vez que posso implicar com você em muito tempo, então vou ter que dizer que sim.

Amari desce de Nailah, rindo enquanto balança a cabeça.

— Vocês dois são ridículos.

O sorriso de Tzain fica malicioso.

— Somos uma equipe, Amari. Você não deveria ser ridícula também?

— De jeito nenhum. — Amari recua, mas não tem chance. Tzain emerge do rio como uma cobra-d'água. Ela corre apenas alguns metros antes que ele a derrube. Sorrio enquanto ela se contorce entre gargalhadas, soltando todas as desculpas em que consegue pensar quando Tzain a joga nos ombros.

— Não sei nadar.

— Não é muito fundo. — Ele gargalha.

— Sou uma princesa.

— Princesas não tomam banho?

— Estou com o pergaminho! — Ela o tira da cintura, lembrando Tzain de sua estratégia. Para impedir que os artefatos fiquem todos no mesmo lugar, ele carrega a adaga de osso, Amari leva o pergaminho e eu guardo a pedra do sol.

—Tem razão. —Tzain arranca o pergaminho da mão dela e o coloca na sela de Nailah. — E agora, Vossa Majestade, seu banho real espera.

—Tzain, não!

O grito de Amari é tão alto que os pássaros saem em revoada das árvores, alarmados. Tzain e eu nos acabamos de rir quando ela cai na água, se debatendo, embora dê pé.

— Não tem graça. — Amari treme, sorrindo mesmo sem querer. —Você me paga.

Tzain faz uma reverência.

— Pode tentar.

Um novo tipo de sorriso surge em meu rosto, que me aquece mesmo enquanto estou sentada à margem do rio congelante. Faz muito tempo desde que vi meu irmão brincando. Amari luta a sério para afundá-lo na água, embora não tenha nem metade do peso dele. Tzain a distrai, gritando em falsa dor, fingindo que ela talvez vença...

De repente, o rio desaparece.

As árvores.

Nailah.

Tzain.

O mundo gira ao meu redor quando uma força familiar me arrasta.

Quando as coisas param de rodar, os juncos fazem cócegas nos meus pés. O ar puro enche meus pulmões.

Quando percebo que é a terra do sonho do príncipe, já estou de volta ao mundo real.

Ofego, levando a mão ao peito enquanto volto a sentir o frio do rio nos meus pés. O vislumbre da terra do sonho durou apenas um instante, mas foi poderoso, mais forte do que nunca. Um calafrio percorre minhas entranhas quando compreendo. Inan não está apenas em meus sonhos.

Ela está por perto.

—Temos que ir.

Tzain e Amari estão rindo muito alto e não me ouvem. Ele a ergueu de novo, ameaçando jogá-la de volta à água.

— Parem. — Chuto água neles. — Temos que *ir*. Não estamos seguros aqui!

— Do que você está falando? — Amari dá uma risadinha.

— É Inan — falo, apressada. — Ele está per...

Minha voz fica presa na garganta. Um ruído ritmado se aproxima.

Erguemos os olhos na direção do som, baques surdos e constantes.

De início, não consigo decifrar, mas quando chega perto reconheço as batidas firmes de patas. Quando fazem a curva do rio, finalmente vejo o que mais temia. Inan avançando a toda a velocidade na nossa direção.

Raivoso em seu pantenário.

O choque reduz a velocidade de meus passos enquanto saímos cambaleando do rio. A água que antes continha nossa alegria agora pesa, uma correnteza forte da qual Amari e Tzain lutam para sair. *Somos idiotas*.

Como pudemos ser tão tolos? O segundo em que relaxamos é o segundo em que Inan finalmente vai nos pegar.

Mas como ele atravessou a ponte quebrada em Candomblé? Como soube aonde ir? Mesmo se de alguma forma tivesse nos rastreado até Ibeji, faz seis noites que saímos daquele inferno.

Corro até Nailah e monto primeiro, agarrando com firmeza as rédeas. Tzain e Amari sobem atrás de mim rapidamente. Mas antes que eu possa estalar as rédeas, viro para trás — *o que está faltando?*

Onde estão os guardas com quem ele viajava? A almirante que matou Lekan? Depois de sobreviver ao ataque do sêntaro, com certeza Inan não atacaria sem reforços.

Mas, apesar de toda essa lógica, nenhum guarda avança. O principezinho está vulnerável. Sozinho.

E eu posso vencê-lo em uma luta.

— O que você está fazendo? — grita Tzain quando solto as rédeas de Nailah, fazendo-a parar mesmo antes de partirmos.

— Eu cuido disso.

— Zélie, não!

Mas não volto atrás.

Jogo a mochila no chão e salto das costas de Nailah, aterrissando agachada. Inan para sua montaria e apeia, a espada em riste e pronta para tirar sangue. Com um grunhido, o pantenário galopa para longe, mas Inan mal parece notar. Manchas vermelhas espalham-se pelo uniforme, um desespero ferve em seus olhos âmbar. Mas ele também parece mais magro. A fadiga exala de sua pele como calor. Certa loucura paira em seu olhar.

Reprimir seus poderes o deixou fraco.

— Espere! — A voz de Amari treme.

Embora Tzain tente segurá-la, ela desce da sela de Nailah. Seus pés ágeis batem no solo sem fazer barulho, hesitantes ao passarem por mim.

A cor sumiu do rosto de Amari, e vejo o medo que a assolou durante toda a vida. A garota que agarrou meu braço tantas semanas atrás no mercado. A princesa com a cicatriz nas costas.

Mas quando se move, há algo diferente em sua postura, algo firme, como no barco da arena. Permite que ela se aproxime do irmão, a preocupação eclipsando o terror nos olhos.

— O que aconteceu?

Inan aponta a espada do meu peito para o de Amari. Tzain desmonta para lutar, mas eu agarro seu braço.

— Deixe que ela tente.

— Saia do meu caminho. — A voz de Inan tem um tom de ordem, mas sua mão treme.

Amari para por um segundo, iluminada pelo luar refletido na lâmina de Inan.

— Nosso pai não está aqui — diz ela por fim. — Você não vai me ferir.

— Você não sabe.

— Talvez você não saiba. — Amari engole em seco. — Mas eu sei.

Inan fica em silêncio por um longo momento. Imóvel. Imóvel demais. As nuvens passam e o luar brilha, iluminando o espaço entre eles. Amari dá um passo adiante. Em seguida outro, maior dessa vez. Quando ela pousa a mão no rosto de Inan, lágrimas enchem os olhos âmbar dele.

— Você não entende — ele sussurra, ainda segurando a espada. — Isso acabou com ela. Vai acabar com *todos* nós.

Ela? Se Amari sabe de quem Inan está falando, não parece se importar. Ela guia a espada do irmão para o chão, como se domasse um animal selvagem.

Pela primeira vez percebo como ela e o irmão são realmente diferentes; o contraste do rosto redondo dela, os ângulos do queixo quadrado dele. Embora tenham o mesmo olhar âmbar e a pele acobreada, parece que as semelhanças terminam aí.

— Essas são as palavras do nosso pai, Inan. Decisões dele. Não suas. Somos pessoas independentes. Fazemos nossas próprias escolhas.

— Mas ele tem razão. — A voz de Inan vacila. — Se não pararmos a magia, Orïsha vai cair.

Seus olhos se voltam para mim, e eu aperto meu bastão. *Tente*, quero gritar. Estou farta de fugir.

Amari redireciona o olhar de Inan, seus dedos delicados puxando o rosto dele de volta.

— Nosso pai não é o futuro de Orïsha, irmão. Nós somos. Estamos do lado certo. Você pode ficar deste lado também.

Inan encara Amari e, por um momento, não sei quem ele é. O capitão implacável; o principezinho; o maji assustado e arrasado? Há um anseio nos olhos dele, um desejo de desistir da luta. Mas quando ergue o queixo, o assassino que conheço volta.

— Amari… — eu grito.

Inan a empurra de lado e avança, a espada apontada para o meu peito. Salto na frente de Tzain com meu bastão em riste. Amari tentou.

Agora é minha vez.

O ar retine quando a espada de Inan atinge o metal de meu bastão. Espero uma chance de contra-atacar, mas agora que o verdadeiro Inan despertou, ele não vai ceder. Embora fatigado, seus golpes são ferozes, abastecidos pelo ódio por mim, o ódio pelo que sei. Mas enquanto me defendo de cada golpe, meu ódio cresce. O monstro que queimou meu vilarejo, o homem responsável pela morte de Lekan. A raiz de todos os nossos problemas.

E posso acabar com ele.

— Vejo que aceitou meu conselho — grito, dando uma cambalhota para escapar do golpe de sua lâmina. — Mal consigo ver sua mecha. Quantas camadas dessa vez, principezinho?

Balanço o bastão na direção de seu crânio, golpeando para matar, não para aleijar. Estou cansada de lutar.

Estou cansada dele em nosso caminho.

Ele desvia para evitar meu bastão e rapidamente golpeia na altura da minha barriga. Rodopio para fora de alcance e ataco. De novo, nossas armas se chocam com um retinido agudo.

—Você não vai vencer — sibilo com os braços tremendo sob a pressão. — Me matar não vai mudar o que você é.

— Não importa. — Inan salta para trás, libertando-se para outro golpe. — Se você morrer, a magia morre também.

Ele avança e ergue a espada com um grito.

CAPÍTULO TRINTA E SETE

AMARI

Apesar de todos os anos de luta com meu irmão, observá-lo agora é como assistir a um estranho em batalha. Mesmo mais lento que de costume, os golpes de Inan são impiedosos, abastecidos por uma fúria ardente que não consigo compreender. Quando ele e Zélie trocam investidas, a batalha flui em constantes estalos da espada dele contra o bastão dela. Quando a luta os leva para dentro da floresta, Tzain e eu corremos atrás deles.

—Você está bem? — pergunta Tzain.

Meu desejo é dizer que sim, mas assistir a Inan parte meu coração. Depois de todo esse tempo, ele está tão perto de fazer a coisa certa.

— Eles vão se matar — sussurro, encolhendo-me com seus golpes impulsionados pelo ódio.

— Não. — Tzain balança a cabeça. — Zél vai matar ele.

Paro e observo os movimentos de Zélie, poderosos e precisos, a guerreira que sempre foi. Mas ela não está tentando derrubá-lo; está lutando para destruir meu irmão.

—Temos que parar isso! — Corro adiante, ignorando os pedidos de Tzain para ficar afastada.

A batalha leva nossos irmãos colina abaixo, ao fundo do vale arborizado. Avanço para alcançá-los, mas, quanto mais me aproximo, menos sei o que fazer. Devo desembainhar minha espada ou me pôr indefesa e me jogar entre eles? Eles se atacam com tal violência que não sei se algum desses planos os pararia. Não sei nem se os faria hesitar.

No entanto, enquanto corro, um novo dilema me distrai: a pressão de olhos invisíveis. É um peso que eu reconheceria em qualquer lugar, depois de uma vida inteira carregando-o dentro das muralhas do palácio.

Quando a sensação cresce, paro completamente, procurando a fonte. *Inan convocou outros soldados?* Não é de seu feitio lutar sozinho. Se o exército estiver se aproximando, podemos ficar mais vulneráveis do que eu pensava.

Mas o selo de Orïsha não aparece. Em vez disso, folhas farfalham sobre nós. Antes que eu possa estender a lâmina, um som de chicote ressoa no ar...

Nailah cai no chão com um berro, com boleadeiras grossas enroladas nas pernas e no focinho. Giro quando uma rede voa sobre sua figura gigante, capturando-a com a habilidade de um caçador experiente. Rugidos enjaulados viram uivos assustados enquanto Nailah luta em vão para se libertar. Seus uivos vão silenciando. Ela fica indefesa quando cinco soldados emergem da floresta e a arrastam para longe.

— Nailah! — Tzain se move, brandindo a faca de esfolar. Ele avança a uma velocidade impressionante, lâmina estendida para atacar...

— *Ugh!*

Tzain vai ao chão como uma rocha com boleadeiras prendendo pulsos e tornozelos. A faca de caça desliza pelo chão da floresta quando a rede é lançada, imobilizando-o como um gato selvagem.

— Não!

Corro atrás dele, erguendo a espada, o coração trovejando no peito. Desvio facilmente de uma boleadeira lançada, mas quando as cinco figuras que levaram Nailah reaparecem, não sei para onde me virar. Eles se fundem e emergem das sombras, mascarados e vestidos de preto. Em breves lampejos, vislumbro seus olhos brilhantes. *Não são soldados...*

Mas se não são mais dos guardas de Inan, quem são esses guerreiros? Por que nos atacam? Estão atrás de quê?

Golpeio a primeira figura que se aproxima e desvio para evitar a investida de outra. Cada ataque gasta um tempo precioso, tempo que Tzain e Nailah não têm.

— Tzain! — chamo quando mais figuras mascaradas surgem da escuridão e o levam embora.

Ele luta contra a rede com todas as forças, mas um golpe rápido na cabeça deixa seu corpo inerte.

— Tzain! — Golpeio o agressor que avança com a espada, investindo um instante tarde demais. O homem mascarado agarra minha lâmina e me desarma. Outro cobre meu rosto com um pano encharcado.

O cheiro ácido queima com um ardor pungente, intenso, enquanto minha visão escurece.

CAPÍTULO TRINTA E OITO

ZÉLIE

Os gritos de Amari reverberam através das árvores.

Inan e eu ficamos paralisados no meio de um ataque. Viramos a cabeça para ver Amari lutando com um homem mascarado a vários metros de distância.

Enquanto ela se debate, a mão enluvada cobre sua boca. Seus olhos ficam vidrados antes de se revirarem.

— Amari! — Inan sai em disparada atrás dela, e eu o sigo. Mas a floresta está vazia. Não consigo encontrar Nailah.

Não vejo Tzain.

— Tzain? — Me recosto a uma árvore e vasculho a silhueta dos troncos que enchem o vale. Uma nuvem de fumaça escura a distância, um corpo enrolado em redes, pesado e forte. A mão inerte entre as cordas. *Não...*

— Tzain!

Corro.

Mais rápido do que eu sabia que podia correr.

É como se eu tivesse seis anos de novo, estendendo a mão para a corrente, tentando agarrar Mama.

Reprimo as lembranças enquanto avanço, gritando o nome de Tzain no meio da noite. Isso não pode acontecer. Não comigo. Não com Tzain.

Não de novo.

—*Tzain!*

Os gritos fazem minha garganta arder, e meus pés tremem ao se impulsionar na terra. Ultrapasso Inan na perseguição a Amari. Posso salvá-lo...

— Não!

Cordas firmes enrolam-se em meus tornozelos, derrubando-me. O fôlego se esvai do meu peito quando uma rede me enlaça.

— Ai!   grito de novo, girando e chutando enquanto sou arrastada pela floresta. Levaram Tzain. Levaram Amari.

E agora vão me levar.

Pedras e galhos arranham minha pele, arrancando o bastão da minha mão. Tento pegar a adaga de Tzain, mas ela também me escapa. Terra voa nos meus olhos, queimando enquanto pisco para afastar os detritos. É inútil. Eu perdi...

A corda que puxa minha rede arrebenta.

Meu corpo rola até parar enquanto as duas figuras que me arrastavam tropeçam para frente. Em um momento, Inan surge, atacando enquanto ainda estão no chão.

Um mascarado corre, parecendo sumir sob as raízes escancaradas das árvores. O outro é lento demais; Inan acerta o cabo da espada na têmpora do homem e ele cai de joelhos.

Quando o homem despenca no chão, Inan se vira para mim. Ele reajusta a pegada na espada.

Um fogo arde em seus olhos.

Meus dedos tremem ao arrebentar as cordas com as mãos nuas, lutando para me libertar. Quando Inan se aproxima, o selo de Orïsha reflete a luz da lua, carregando cada dor sofrida sob a vigilância do leopanário. As botas dos guardas. O sangue na terra. A corrente preta ao redor do pescoço de Mama.

O jeito com que chutaram Tzain até derrubá-lo.

O jeito com que me jogaram no chão.

Cada nova lembrança contrai tudo dentro de mim, esmagando minhas costelas. Meu fôlego fica preso quando Inan agacha-se e prende meus braços com os joelhos.

É assim que termina...

A lâmina de Inan reluz do alto.

... exatamente como começou.

CAPÍTULO TRINTA E NOVE

INAN

Estou tão perto.

Esse único pensamento me consome quando avanço até a garota. Presa na rede, ela está indefesa. Sem bastão. Sem magia.

Com esta morte, cumpro meu dever. Protejo toda Orïsha de sua loucura. Cada pecado cometido nesta caça desaparece. O único ser vivo que sabe de minha maldição some.

— Huh! — Prendo seus braços com meus joelhos, apertando mais forte quando ela se debate. Ergo a espada e pressiono seu peito com a mão, acertando o ângulo para cravar a lâmina em seu coração.

Mas no momento em que minha mão toca o peito dela, minha magia estronda. Uma força que não pode ser contida. Mais forte que qualquer magia que já senti.

— *Ugh!* — ofego. O mundo desaparece em uma nuvem azul chamejante. Embora eu lute, não consigo sair dela.

Minha maldição me prende.

Céus vermelhos.

Gritos agudos.

Sangue correndo.

Em um instante, o mundo inteiro da garota lampeja diante de meus olhos. Sua mágoa atravessa meu peito.

Mais dolorida do que eu sabia que uma dor poderia ser.

A rocha fria toca meus pés descalços enquanto ela sobe as montanhas cobertas de neve de Ibadan. O cheiro morno de arroz jollof me envolve. Meu coração tem um sobressalto quando os guardas derrubam aos chutes a porta de sua casa. Guardas de Orïsha.

Meus guardas.

A simples visão deles me sufoca. Como um gorílio apertando meu pescoço.

Mil eventos piscam diante de mim, mil crimes sob o selo de Orïsha.

O leopanário-das-neves reluz quando o punho coberto de ferro do guarda colide com o rosto de seu pai.

Ele brilha quando a corrente coberta de sangue se enrola no pescoço da mãe.

Eu vejo tudo. O mundo que meu pai criou.

A dor com que ela foi forçada a viver.

— *Mama!*

Zélie grita. Um grito tão desesperado que nem parece humano.

Tzain a encobre no canto da cabana, uma tentativa desesperada de escondê-la da dor do mundo.

Tudo passa rápido. Um borrão, e ainda assim por um tempo infinito.

Debatendo-se enquanto ela corre atrás da mãe.

Paralisando quando ela chega à árvore...

Pelos céus.

O horror abrasa meu cérebro. A maji presa por correntes de majacita. Ornamentos da morte.

Enforcada em público.

É uma mágoa que reverbera pelo meu íntimo. Um decreto a qualquer divinal que sobreviveu àquela noite.

No Orïsha de meu pai, esse é o único fim que os maji poderiam ter.

Custam-me todas as forças para refrear as lembranças de Zélie. Sua tristeza arrasta-me como uma corredeira impetuosa.

Com um solavanco, volto à realidade.

Minha espada pende sobre seu peito.

Malditos sejam os céus.

Minha mão treme. O instante para matar ainda paira entre nós. Ainda assim, não consigo me obrigar a me mover.

Não quando tudo que vejo é aquela garota assustada e arrasada.

É como vê-la pela primeira vez: o ser humano por trás da maji. O medo incorporado na dor. A tragédia causada em nome de meu pai.

Meu pai...

A verdade queima, uma bebida amarga descendo pela garganta.

As lembranças de Zélie não contêm os vilões sobre quem meu pai sempre me alertou. Apenas famílias que ele destruiu.

O dever antes do eu. A crença dele ressoa em meus ouvidos.

Meu pai.

O rei dela.

O precursor de todo esse sofrimento.

Com um grito, eu golpeio. Zélie encolhe-se com minha velocidade. As cordas que a prendem caem na terra.

Seus olhos abrem-se subitamente, e ela se arrasta para trás, esperando pelo meu ataque. Mas ele não chega.

Não posso ser outra pessoa portando o selo de Orïsha a lhe causar dor.

Zélie fica boquiaberta. Perguntas e confusão pairam na curva de seus lábios. Mas, em seguida, sua cabeça se volta para a figura mascarada caída no chão. Seus olhos arregalam-se quando se dá conta.

—Tzain!

Ela salta para ficar de pé, quase tropeçando no processo. O nome de seu irmão ecoa pela escuridão.

Quando nenhuma resposta vem, ela cai na terra. A contragosto, agacho-me ao seu lado.

Finalmente sei a verdade.

Ainda assim, pelos céus, não sei o que devo fazer.

CAPÍTULO QUARENTA

ZÉLIE

Não sei quanto tempo fico no chão.

Dez minutos.

Dez dias.

Um frio como nunca senti se instala em meus ossos.

O frio de estar sozinha.

Não entendo. Quem eram aqueles guerreiros mascarados? O que queriam? Moviam-se tão rápido que não havia como fugir.

A menos que tivesse continuado fugindo...

A verdade me traz um gosto amargo à língua. Mesmo o mascarado mais rápido não seria nada comparado à velocidade de Nailah. Se tivéssemos partido cavalgando Nailah, os homens não teriam conseguido nos emboscar. Amari e meu irmão estariam seguros. Mas ignorei o alerta de Tzain, e ele pagou o preço.

Tzain sempre pagando o preço.

Quando corri atrás dos guardas que levaram Mama, ele aguentou um espancamento para me arrastar de volta. Quando salvei Amari, em Lagos, ele abriu mão de sua casa, seus amigos, seu passado. E quando decido lutar com Inan, não foi a mim que levaram. Foi ele. Sempre Tzain pagando pelos meus erros.

Levante-se, uma voz ressoa pela minha cabeça, mais rude do que nunca. *Vá atrás de Tzain e Amari. Traga eles de volta, agora.*

Quem quer que sejam esses mascarados, cometeram um erro fatal. E vou garantir que seja o último.

Embora meu corpo pareça de chumbo, me arrasto até ficar em pé e vou até Inan e a figura mascarada.

Inan está recostado a um tronco, o rosto contraído, ainda com a mão agarrando o peito. Quando me vê, segura o cabo da espada, mas ainda assim não ataca.

Seja lá que fogo ele invocou para me combater, se extinguiu; em suas cinzas, círculos escuros se formaram embaixo dos olhos dele. Inan parece menor que antes. Os ossos despontam contra a pele pálida.

Ele está combatendo... Percebo isso quando o ar ao redor se resfria. Ele está reprimindo sua magia.

Está se enfraquecendo de novo.

Mas por quê? Eu o encaro, a confusão aumentando a cada segundo. Por que ele me libertou da rede? Por que não está erguendo a espada contra mim de novo?

O "porquê" não importa, a voz ríspida ecoa na minha cabeça. Independentemente dos motivos, ainda estou viva.

Se perder mais tempo, meu irmão talvez acabe morto.

Eu me afasto de Inan e piso no peito do garoto mascarado. Parte de mim quer tirar a máscara, mas será mais fácil se eu não olhar seu rosto. Ele parecia um gigante quando me arrastou pela floresta. Agora seu corpo caído parece frágil. Perfeitamente fraco.

— Aonde vocês os levaram? — pergunto.

O garoto se move, mas fica em silêncio. *Má escolha.*

Pior escolha.

Alcanço meu bastão caído e golpeio, esmagando os ossos de sua mão. Inan ergue a cabeça de repente quando o garoto solta um uivo violento que ecoa na noite.

— Responda! — grito. — Aonde vocês os levaram?

— Eu não... *aah!* — Seus gritos ficam mais altos, mas não o bastante. Quero ouvi-lo berrar. Quero vê-lo sangrar.

Deixo meu bastão cair e puxo a adaga do cós da calça. *A adaga de Tzain...*

A lembrança dele colocando-a nas minhas mãos antes de eu entrar em Lagos irrompe pela minha tristeza.

Só para garantir, disse ele naquele dia.

Só para garantir que eu o colocaria em perigo.

— Fale! — Meus olhos ardem. — Onde está a garota? Onde está meu irmão? Onde é seu *acampamento*?

O primeiro golpe é intencional, um corte no braço para fazê-lo falar. Mas quando o sangue flui, algo se rompe, algo feroz que não posso conter.

O segundo golpe é rápido, o terceiro se segue veloz demais para acompanhar. A parte mais sombria da minha fúria se liberta enquanto eu o fustigo várias vezes, abafando toda a minha dor.

— Onde eles estão? — Cravo a adaga na mão dele quando os cantos da minha visão se turvam. Mama desaparece na escuridão. O corpo enredado de Tzain segue atrás dela. — Responda! — berro, erguendo a lâmina mais uma vez. — Aonde o levaram? *Onde está meu irmão?*

— Ei!

Uma voz me chama de cima, mas quase não consigo ouvi-la. Eles tomaram a magia. Eles tomaram Mama. Não vão tomar Tzain também.

— Eu mato você. — Ergo a adaga sobre o coração do garoto mascarado e tomo impulso. — Eu mato v...

— Zélie, não!

CAPÍTULO QUARENTA E UM

INAN

Estendo a mão, agarrando os pulsos dela bem a tempo.

Ela se enrijece quando a ponho de pé.

No momento em que nossas peles se tocam, minha magia tremula, ameaçando me engolfar nas lembranças de Zélie mais uma vez. Cerro os dentes e forço a fera a se encolher. Apenas os céus sabem o que vai acontecer se eu me perder novamente na cabeça dela.

— Solta — diz ela, furiosa. Sua voz. Ela ainda carrega toda a fúria e a ferocidade de antes. Totalmente ignorante do fato de que já vi suas lembranças.

Agora eu a vejo.

Incapaz de evitar, absorvo Zélie, cada curva, cada linha. A marca de nascença em forma de lua crescente na curva do pescoço. Os pontinhos brancos nadando nos lagos prateados dos olhos.

— *Solte* — repete Zélie, com mais violência que antes. Ela impulsiona o joelho contra o meio das minhas pernas e eu salto bem a tempo.

— Espere. — Tento trazê-la à razão, mas sem o mascarado, sua fúria encontrou uma nova válvula de escape. Os dedos apertam-se ao redor da adaga rústica. Ela recua para atacar.

— Ei... — *Zél*. A palavra surge em minha mente. Uma voz bruta. A voz do irmão dela.

Tzain a chama de Zél.

— Zél, pare!

Soa estranho em meus lábios, mas Zélie para, surpresa com o apelido. As sobrancelhas contraem-se de dor. Como se contraíram quando os guardas levaram sua mãe embora.

— Calma. — Relaxo minha pegada. Uma pequena demonstração de confiança. — Você precisa parar. Vai matar nossa única pista.

Ela me encara. As lágrimas que pendem dos cílios escuros caem no rosto. Outra onda de lembranças dolorosas fervilha na superfície. Tenho que me fortalecer para mantê-las sob controle.

— "Nossa"? — pergunta Zélie.

A palavra parece estranha vindo de sua boca. Não devemos ter nada juntos. Nem deveríamos ser um "nós".

Mate-a. Mate a magia.

Era tudo tão simples antes. É o que meu pai ia querer.

É o que ele já teria feito.

Mas a maji enforcada na árvore ainda marca meus pensamentos.

Apenas um dos crimes infinitos de Orïsha.

Olhando para Zélie, finalmente tenho a resposta à pergunta que tive tanto medo de fazer. Não posso ser como meu pai.

Não serei esse tipo de rei.

Largo seus pulsos, mas por dentro largo muito mais. As táticas de meu pai. Sua Orïsha. Tudo que agora percebo que não quero ser.

Minha obrigação sempre foi para com o reino, mas deve ser para uma Orïsha melhor. Uma nova Orïsha.

Uma terra na qual um príncipe e uma maji possam coexistir. Uma terra onde até mesmo Zélie e eu poderíamos ser "nós".

Se devo realmente cumprir minha obrigação para com meu reino, essa é a Orïsha que devo liderar.

— Nossa — repito, me forçando a soar confiante. — Precisamos um do outro. Eles levaram Amari também.

Os olhos dela me analisam. Esperançosos. Ao mesmo tempo lutando contra essa esperança.

— Há dez minutos você apontou a espada para Amari. Só está atrás do pergaminho.

—Você *está vendo* o pergaminho?

Zélie olha ao redor, procurando a bolsa que deixou de lado antes de nossa luta, mas mesmo quando a encontra, sua expressão é infeliz. Eles levaram seu irmão. Sua montaria, sua aliada. E o pergaminho de que nós dois precisamos desapareceu.

— Não importa se estou atrás de minha irmã ou daquele pergaminho; aqueles homens levaram os dois. A partir de agora, nossos interesses estão alinhados.

— Não preciso de você. — Zélie estreita os olhos. —Vou encontrá-los sozinha. — Mas o medo escorre de sua pele como suor.

Ela teme ficar sozinha.

— Sem mim, você estaria presa em uma rede. Sua única pista para chegar ao acampamento deles estaria morta. Acha mesmo que pode enfrentar esses guerreiros sem a minha ajuda?

Espero que ela ceda, mas Zélie apenas me fita com ódio.

—Vou entender seu raro surto de silêncio como um não.

Ela encara a adaga em sua mão.

— Se me der um motivo para matar você...

— Engraçado você achar que conseguiria.

Encaramo-nos como se ainda estivéssemos lutando, um bastão invisível cruzado com uma espada invisível. Mas quando não pode mais argumentar, Zélie volta até o garoto sangrando na terra.

—Tudo bem, principezinho. O que faremos agora?

Meu sangue ferve com o apelido, mas me forço a deixar para lá. Uma nova Orïsha precisa começar de algum ponto.

— Levanta ele.

— Por quê?

— Pelo amor dos céus, só levanta.

Ela arqueia a sobrancelha, desafiadora, mas arrasta o coitado até erguê-lo. As pálpebras dele estremecem levemente, e ele geme. Um calor desconfortável corre o ar entre nós quando me aproximo.

Faço o inventário da figura mascarada. *Duas mãos quebradas. Mais ferimentos do que posso contar.* Ele pende como uma boneca de pano nas mãos dela. Teremos sorte se não morrer de hemorragia.

— Ouça bem. — Agarro seu queixo, forçando-o a me olhar nos olhos. — Se quiser viver, sugiro que comece a falar. Onde está nossa família?

CAPÍTULO QUARENTA E DOIS

AMARI

A dor aguda vem primeiro, pulsando na minha cabeça com uma intensidade que me desperta. A ardência vem em seguida, nos infinitos cortes e arranhões que salpicam minha pele.

Pisco até abrir os olhos, mas a escuridão permanece; eles amarraram um saco de lã sobre meu rosto. O tecido áspero cola no meu nariz quando respiro fundo demais, uma tentativa fútil de me impedir de hiperventilar.

Qual é o sentido de tudo isso?

Me inclino para frente, mas meus braços estão presos, os pulsos amarrados em uma coluna. *Espere, não é uma coluna.* Mexo-me para explorar a superfície áspera. *Uma árvore...*

Significa que ainda estamos na floresta.

— Tzain? — tento chamar, mas minha boca está amordaçada. As costelas de porco fritas do jantar reviram-se no meu estômago. Quem quer que sejam essas pessoas, tomaram todas as precauções para se protegerem.

Esforço-me para ouvir outra pista — água corrente, outros cativos se movendo. Mas não há nenhum outro som. Sou forçada a escavar minhas lembranças para mais informações.

Embora não possa ver, fecho os olhos, revivendo o ataque surpresa: Tzain e Nailah desaparecendo em redes trançadas, o fedor ácido que deixou tudo preto. Muitas figuras mascaradas, rápidas e silenciosas, misturando-se às sombras. Esses combatentes estranhos são os criminosos.

Derrubaram todos nós.

Mas por quê? O que essas pessoas querem? Se o objetivo era nos roubar, já conseguiram. Se desejassem nossa morte, eu não estaria respirando agora. Deve ser outra coisa, um ataque disfarçado com um objetivo maior. Com tempo suficiente, poderei decifrá-lo. Pensar em uma maneira de escapar...

— Ela está acordada.

Fico tensa, mantendo-me estática quando uma voz feminina fala. Algo se arrasta enquanto passos se aproximam. O cheiro leve de sálvia me atinge quando ela chega perto.

— Devemos chamar Zu?

Dessa vez, identifico o falar arrastado, um sotaque que só ouvi dos nobres vindos do leste. Relembro o mapa de Orïsha do meu pai. Além de Ilorin, o único vilarejo a leste grande o suficiente para reunir nobres no palácio é Warri.

— Zu pode esperar — responde uma voz masculina com o mesmo sotaque arrastado do leste. O calor que emana de seu corpo me atinge em uma onda quando ele se aproxima.

— Kwame, não!

O saco é arrancado de minha cabeça com tanta força que meu pescoço é puxado para frente. O latejar na minha cabeça aumenta com a inundação de luz das lanternas. Minha visão turva-se enquanto luto contra a dor para absorver tudo ao redor.

O rosto de um divinal preenche minha visão, olhos castanhos estreitados com desconfiança. Uma barba grossa destaca seu queixo definido. Quando se aproxima mais, vislumbro uma pequena argola prateada na orelha direita. Apesar de sua expressão ameaçadora, o rapaz não pode ser muito mais velho que Tzain.

Atrás dele, há outra divinal, linda, com a pele escura e olhos felinos. Longos cachos brancos caem por suas costas, emaranhando-se sobre os braços quando ela os cruza. Uma grande tenda de lona nos cerca, erguida ao redor dos troncos de duas árvores gigantes.

— Kwame, nossas máscaras.

— Não precisamos delas — responde ele, o hálito morno no meu rosto. — Para variar, é ela quem está em perigo. Não nós.

Outro corpo está sentado atrás de mim, preso a uma grande raiz, a cabeça escondida por um capuz de lã. *Tzain.* Suspiro quando reconheço sua forma, mas o alívio não dura. Uma mancha vaza pelo topo do capuz dele, grande e escura. Cortes e escoriações marcam sua pele; transportá-lo até aqui deve ter sido difícil.

— Quer falar com ele? — pergunta Kwame. — Diga onde conseguiu este pergaminho.

O sangue congela em minhas veias quando ele balança o pergaminho diante do meu rosto. *Pelos céus. O que mais ele pegou?*

— Querendo sua lâmina? — Kwame parece ler minha mente, puxando a adaga de osso da cintura. — Não podia deixar seu namorado com uma arma dessas.

Kwame corta a mordaça da minha boca, firme mesmo quando talha minha bochecha no processo.

— Você tem uma chance — diz ele, entredentes. — Nem se dê ao trabalho de mentir.

— Peguei do palácio real — falo, apressada. — Estamos em uma missão para trazer a magia de volta. Recebi essa tarefa dos deuses.

— Vou chamar Zu... — começa a dizer a garota atrás dele.

— Folake, espere. — O tom de Kwame é ríspido. — Sem Jailin, precisamos ir até ela com respostas.

Ele se volta para mim, estreitando os olhos mais uma vez.

— Um kosidán e uma nobre estão em uma missão para trazer a magia de volta, mas não tem nenhum maji com você?

—Temos uma...

Paro de falar, peneirando as informações que ele revelou com sua simples pergunta. Me recordo dos almoços no palácio, quando eu precisava buscar a verdade por trás de sorrisos e mentiras. Ele acha que estamos sozinhos. Significa que Zélie e Inan devem ter escapado. Ou nunca foram pegos. *É bem possível que ainda estejam em segurança...*

Não consigo decidir se esse fato deveria me dar esperança. Juntos, Zélie e Inan poderiam nos encontrar. Mas, do jeito que estavam brigando, talvez um deles já esteja morto.

—Terminaram as mentiras? — pergunta Kwame. — Ótimo. Diga a verdade. Como encontrou isso? Há quantos mais de vocês? O que uma nobre como você está fazendo com um pergaminho como este?

Um pergaminho como este?

Enterro minhas unhas na terra. *Claro.* Por que não notei logo? Kwame nem piscou quando eu disse que queria o pergaminho para trazer a magia de volta. E, embora seja um divinal, tocá-lo pela primeira vez não fez sua magia reagir.

Porque não é a primeira vez que ele o segura...

Na verdade, talvez ele e seus camaradas mascarados estivessem exatamente atrás do pergaminho.

— Ouça...

— Não — interrompe-me Kwame, e vai até Tzain, arrancando o capuz da cabeça dele. Tzain está quase inconsciente, e sua cabeça pende para o lado. A ansiedade aperta meu peito quando Kwame segura a adaga de osso junto ao pescoço dele.

— Diga a verdade.

— Estou dizendo! — berro, forçando as cordas que me amarram.

— Precisamos buscar Zu. — Folake recua até a entrada da tenda, como se a distância a absolvesse deste horror.

— Precisamos da verdade — grita Kwame. — Ela está mentindo. Eu sei que você vê o mesmo que eu!

— Não o machuque — imploro.

— Eu lhe dei uma chance. — Kwame aperta os lábios. — Depende de você. Não perderei minha família de novo...

— O que está acontecendo?

Meus olhos voltam-se para a entrada da tenda quando uma garota entra, os punhos cerrados. Seu dashiki verde brilha contra a tez morena cor de coco. Os cabelos brancos assentam-se ao redor da cabeça, grandes e emaranhados como uma nuvem. Não deve ter mais que treze anos, mas Kwame e Folake ficam em posição de sentido em sua presença.

— Zu, eu quis ir te chamar — fala Folake rapidamente.

— Eu queria respostas primeiro — termina Kwame. — Meus batedores viram esses dois ao lado do rio. Eles estavam com o pergaminho.

Os olhos castanho-escuros de Zu arregalam-se quando ela puxa o pergaminho da mão de Kwame e observa a tinta antiga. O jeito como passa o polegar pelos símbolos me dá toda a confirmação de que preciso.

—Você já viu este pergaminho antes.

A garota me encara, avaliando os cortes na minha pele, o corte superficial na testa de Tzain. Ela luta para manter o rosto impassível, mas os cantos dos lábios curvam-se para baixo.

— Deviam ter me acordado.

— Não tínhamos tempo — diz Kwame. — Eles estavam se preparando para partir. Tínhamos que agir ou eles ficariam fora de alcance.

— Eles? — pergunta Zu. — Há mais deles?

— Mais dois — responde Folake. — Eles fugiram. E Jailin...

— O que tem?

Folake troca um olhar culpado com Kwame.

— Ele ainda não voltou. Tem chance de ter sido pego.

Zu parece arrasada. O pergaminho retorce-se em sua mão.

—Vocês não foram atrás dele?

— Não tinha tempo...

— Essa decisão não é sua! — ralha Zu. — Não deixamos ninguém para trás. É nosso trabalho manter todo mundo em segurança!

O queixo de Kwame encosta no peito. Ele se remexe e cruza os braços.

— O pergaminho estava em jogo, Zu. Se mais guardas estão vindo, precisamos dele. Avaliei o risco.

— Não somos guardas — intervenho. — Não somos parte do exército.

Zu olha para mim antes de caminhar até Kwame.

— Você pôs todos nós em perigo. Espero que tenha sido divertido bancar o rei.

Com as finas sobrancelhas franzidas, ela parece ainda mais jovem do que é.

— Reúnam os outros na minha tenda — ordena ela a Kwame antes de apontar Tzain. — Folly, limpe a cabeça dele e faça um curativo. A última coisa que precisamos é que ele pegue uma infecção.

— E ela? — Folake meneia a cabeça na minha direção. — O que quer que a gente faça?

— Nada. — Zu vira-se para me encarar, novamente impassível. — Ela não vai a lugar nenhum.

CAPÍTULO QUARENTA E TRÊS

INAN

O silêncio nos cerca.

Denso e pesado, pairando no ar.

O único som entre mim e Zélie é o de nossos passos enquanto avançamos aos tropeços subindo a colina mais alta da floresta. Fico surpreso que com o solo macio e as redes pesadas, as figuras mascaradas não tenham deixado mais rastros. Sempre que encontro uma pista, ela parece sumir.

— Por aqui. — Zélie toma a dianteira, explorando as árvores.

Seguindo o conselho do garoto mascarado que interrogamos, vasculho os troncos à procura do símbolo pintado de seu povo: um *X* com duas luas crescentes de costas uma para a outra. Segundo ele, seguir os símbolos discretos é a única maneira de encontrar o acampamento.

— Tem outro aqui. — Zélie aponta para a esquerda, mudando nosso trajeto. Ela escala com resolução inflexível, e eu me esforço para acompanhar. Jogado no meu ombro, o guerreiro inconsciente me sobrecarrega, tornando cada respiração uma luta. Quase me esqueço de quanto dói respirar enquanto preciso reprimir minha magia.

Lutando com Zélie, fui forçado a deixar fluir. Precisei de toda a minha força para ganhar o controle. Agora me custa tudo bloquear novamente a magia. Não importa o quanto eu lute, o risco de sentir o sofrimento de Zélie permanece. Uma ameaça constante e crescente que...

Meus pés deslizam no solo. Solto um grunhido, enterrando o calcanhar na terra para não deslizar colina abaixo. Esse escorregão é toda a brecha de que minha maldição precisa.

Como um leopanário escapando da jaula, a magia se liberta.

Fecho os olhos quando a essência de Zélie me invade como uma imensa onda se quebrando. Primeiro fria e aguda, depois suave e morna. O cheiro do mar me envolve, o céu noturno e claro espelhado contra as ondas pretas. Idas ao mercado flutuante com Tzain. Horas passadas em um barco-coco com Baba.

Há partes disso, partes dela, que iluminam alguma coisa dentro de mim. Mas a luz dura apenas um instante.

Então, afundo na escuridão de sua dor.

Pelos céus. Reprimo tudo, reprimo cada parte dela e desse vírus. Quando passa, me sinto mais leve, embora o esforço da repressão cause dores agudas no peito. Algo na essência dela invoca minha maldição, trazendo-a à tona a cada oportunidade. O espírito de Zélie parece pairar ao meu redor, se debatendo com a força de um mar turbulento.

— Você está me atrasando — grita Zélie sobre o ombro, quase no topo da colina.

— *Você* quer carregar ele? Ficarei mais que feliz em observá-lo sangrando em você, e não em mim.

—Talvez se parasse de reprimir sua magia, pudesse lidar com o peso extra.

Talvez se você fechasse sua mente perturbada, não custasse tanta energia te bloquear.

Mas mordo a língua; nem todas as partes de sua mente são perturbadas. Misturado às lembranças de sua família há um amor ardente, algo que nunca senti. Penso nos dias em que lutava com Amari, nas noites que passei encolhendo-me com a ira de meu pai. Se Zélie tivesse meu poder, que partes de mim veria?

A questão assombra-me enquanto cerro os dentes para subir o último trecho. Quando chego ao topo, coloco nosso cativo no chão e caminho pelo planalto. O vento bate em meu rosto, e eu anseio por tirar o capacete.

Olho para Zélie; ela já sabe meu segredo. Pela primeira vez desde que essa mecha miserável apareceu, não preciso escondê-la.

Desamarro o capacete e saboreio como a brisa fria corre pelo meu cabelo enquanto me aproximo da beirada íngreme da colina. Faz muito tempo desde que pude retirar o capacete sem medo.

Lá embaixo, as colinas arborizadas do Vale do Rio Gombe espalham-se sob as sombras e o luar. Árvores gigantescas preenchem o terreno, mas, dali de cima, um único símbolo se destaca. Diferentemente da distribuição aleatória de árvores em toda a floresta, aquele bosque é arranjado, formando um círculo gigante. De nosso ponto vantajoso, o *X* especial deles fica visível, pintado sobre algumas das folhas das árvores.

— Ele disse a verdade. — Zélie parece surpresa.

— Não lhe demos muita escolha.

— Ainda assim. — Ela dá de ombros. — Podia facilmente ter mentido.

Entre a formação circular das árvores, uma muralha secreta foi erguida, formada de lama, pedras e galhos entrelaçados. Apesar de rudimentar, o muro é alto, erguendo-se muitos metros acima dos troncos.

Duas figuras portando espadas estão à frente da muralha, vigiando o que parece ser o portão. Como o garoto que interrogamos, os combatentes usam máscaras e estão totalmente vestidos de preto.

— Ainda não entendo quem são eles — murmura Zélie baixinho. Faço coro com sua questão. Além da localização, a única coisa que o rapaz contou foi que seu povo também estava atrás do pergaminho.

— Talvez se você não tivesse espancado o garoto quase até a morte, tivéssemos mais respostas.

Zélie bufa.

— Se eu não tivesse batido nele, não teríamos nem encontrado este lugar.

Ela avança, começando a trilha pela floresta.

— Aonde acha que está indo?

— Buscar nossos irmãos.

— Espere. — Agarro seu braço. — Não podemos simplesmente aparecer lá.

— Posso cuidar dos dois homens.

—Tem muito mais que dois. — Aponto para áreas ao redor do portão. Leva um instante para Zélie enxergar através das sombras. Os soldados escondidos estão tão inertes que se fundem por completo na escuridão. — Há pelo menos trinta deles apenas deste lado. Sem contar os arqueiros nas árvores.

Aponto um pé balançando em um galho, o único sinal de vida entre a folhagem densa.

— Se a formação deles for equivalente aos guerreiros no chão, devemos esperar ao menos quinze deles nas árvores também.

— Então atacaremos ao amanhecer — decide Zélie. — Quando não puderem se esconder.

—A luz do sol não vai mudar a quantidade de guerreiros. Temos que presumir que são todos tão habilidosos quanto os homens que levaram Amari e Tzain.

Zélie franze o nariz; eu compreendo. O nome de seu irmão parece estranho saindo da minha boca.

Ela se vira; os cachos brancos brilham ao luar. Antes, seu cabelo era liso como uma lâmina, mas agora é cheio de cachos finos, emaranhando-se ainda mais ao vento.

Seus cachos lembram-me de uma de suas recordações da infância, quando ela era criança e seu cabelo era ainda mais encaracolado. A mãe ria enquanto tentava penteá-lo em um coque, invocando magicamente sombras escuras para manter Zélie parada enquanto a filha se remexia.

— Qual é o plano? — Zélie interrompe meus pensamentos. Volto o foco para a muralha, deixando os fatos da batalha sumirem com todas as lembranças da mãe de Zélie e de seu cabelo.

— Gombe fica a apenas um dia de viagem. Se partirmos agora, posso trazer guardas para cá pela manhã.

— Está falando sério? — Zélie recua. — Você quer trazer guardas?

— Precisamos de uma equipe para entrar naquele acampamento. Que outra escolha temos?

— Com os guardas, você tem uma escolha. — Zélie bate com o dedo no meu peito. — Eu não.

— Aquele rapaz é um divinal. — Aponto para o cativo. — E se houver mais atrás daquela muralha? Eles têm o pergaminho agora. Não sabemos o que teremos de enfrentar.

— Claro. O pergaminho. Sempre o pergaminho. Como fui estúpida em pensar que a intenção era resgatar meu irmão ou sua *irmã*...

— Zélie...

— Invente um novo plano — exige ela. — Se houver divinais por trás daquela muralha e você convocar os guardas, não teremos nossos irmãos de volta. Vão todos morrer assim que seus soldados chegarem.

— Isso não é verdade...

— Traga os guardas até aqui e conto seu segredo. — Ela cruza os braços. — Quando eles chegarem, vou garantir que matem você também.

Minhas entranhas se retorcem e recuo. A lâmina de Kaea surge de novo em minha cabeça. O medo em suas mãos. O ódio nos olhos.

Uma tristeza estranha acomoda-se em mim quando enfio a mão no bolso e seguro o peão de meu pai. Engulo todas as palavras que quero usar para retrucar. Se ao menos ela estivesse errada...

— Então o que você propõe fazer, sem os guardas? — insisto. — Não vejo maneira de passar por aquela muralha sem uma força de batalha.

Zélie volta-se para o acampamento e se abraça. Ela estremece, embora a umidade ao nosso redor me faça transpirar.

— Vou botar a gente pra dentro — diz ela por fim. — Assim que entrarmos, seguimos cada um seu caminho.

Embora ela não diga, sei que está pensando no pergaminho. Assim que aquelas muralhas caírem, a luta por ele será mais feroz que nunca.

— Que tipo de plano você tem em mente?

— Não é da sua conta.

— É, sim, quando estou colocando minha vida em suas mãos.

Seus olhos voltam-se para mim. Afiados. Desconfiados. Então ela pressiona as mãos no chão. Um zumbido surge no ar.

— Èmí àwọn tí ó ti sùn...

As palavras curvam a terra à sua vontade. Ela estala, se parte e se abre. Uma figura de terra ergue-se sob seu toque. Trazida à vida pela magia de suas mãos.

— Pelos céus — praguejo ao ver seu poder. Quando ela aprendeu esse truque? Mas Zélie não se importa com o que presencio, e vira-se de volta ao campo.

— São chamados de reanimados — diz ela. — Obedecem ao meu comando.

— Quantos você consegue fazer?

— Ao menos oito, talvez mais.

— Não vai adiantar. — Meneio a cabeça.

— Eles são poderosos.

— Há muitos combatentes lá embaixo. Precisamos de uma força maior...

— Está bem. — Zélie dá meia-volta. — Se vamos atacar amanhã à noite, vou descobrir como fazer mais pela manhã.

Ela começa a se afastar, mas para.

— E já aviso, principezinho. Não ponha sua vida em minhas mãos, a menos que queira perdê-la.

CAPÍTULO QUARENTA E QUATRO

ZÉLIE

Gotas de suor encharcam meu dashiki e pingam nas pedras da montanha. Meus músculos tremem com o esforço de criar uma centena de encantamentos, mas Inan não desiste. Ele se afasta de nossa última briga, limpando a terra seca do peito nu. Apesar de um vergão vermelho e inchado no rosto, causado por meu último reanimado, Inan se empertiga.

— De novo.

— Droga — arfo. — Me dá um tempo.

— Não há tempo. Se não puder fazer, precisamos de outro plano.

— O plano está ótimo — digo entredentes. — De que outra prova você precisa? Eles serão fortes, não precisamos de tantos...

— Tem mais de cinquenta combatentes lá embaixo, Zélie. Homens armados, prontos para lutar. Se acha que oito reanimados vão ser suficientes...

— São mais que suficientes para você! — Aponto o hematoma formando-se no olho de Inan, o sangue manchando a manga direita de seu cafetã. — Mal consegue combater um. O que te faz pensar que eles podem lidar com mais que isso?

— Porque eles são *cinquenta*! — grita Inan. — Eu não estou nem na metade das minhas forças. Nem deveria ser seu parâmetro.

— Então me prove o contrário, principezinho. — Cerro os punhos, ansiosa para arrancar mais de seu sangue real. — Me mostre como sou fraca. Me mostre sua verdadeira força!

— Zélie...

— *Chega!* — grito, pressionando a palma das mãos no chão. Pela primeira vez, meus caminhos espirituais destravam-se sem um encantamento; meu àṣẹ se drena e os reanimados fluem. Com um estrondo, eles tomam vida, erguendo-se da terra ao meu comando silencioso. Os olhos de Inan arregalam-se quando dez reanimados avançam pela colina.

Mas no breve momento antes do ataque, os olhos dele se estreitam. Uma veia salta em seu pescoço. Os músculos ficam tensos. Sua magia emerge como uma brisa quente, aquecendo o ar ao nosso redor.

Inan golpeia dois reanimados, que desmoronam em torrões de terra. Luta como um raio contra os outros, desviando e atacando ao mesmo tempo. *Droga*. Mordo minha bochecha por dentro. Ele é mais rápido que um guarda mediano.

Mais mortal que um príncipe típico.

— *Èmí àwọn tí ó ti sùn...* — entoo de novo, dando vida a mais três reanimados. Espero que o fluxo reduza a velocidade de Inan, mas depois de alguns segundos frenéticos, ele é o único de pé. O suor escorre de sua testa, o solo seco estalando sob seus pés.

Doze reanimados depois e, ainda assim, ele está de pé.

— Satisfeita? — Embora ofegante, ele parece mais vivo do que nunca. O suor brilha nas curvas dos músculos, e para variar ele é mais que pele e osso. O rosto está afogueado quando ele crava a espada em uma rachadura no solo. — Se eu posso derrubar doze em plena força, como acha que será com cinquenta combatentes?

Pressiono minhas palmas na encosta. Farei um reanimado que ele não poderá derrotar. O chão treme, mas meu àṣẹ está drenado demais para avivar novos soldados espirituais. Sem lançar mão da magia do sangue, não consigo. Não importa o quanto eu me esforce, nenhum reanimado surge.

Inan vê o desespero no meu rosto, ou o sente com sua magia, não sei. Ele pressiona o alto do nariz com os dedos, reprimindo um gemido baixo.

— Zélie...

— Não — eu o interrompo. Meus olhos se voltam para minha bolsa. A pedra do sol está guardada ali, silenciosamente me tentando.

Se eu a usasse, poderia conjurar reanimados mais que suficientes para derrubar cinquenta guerreiros. Mas Inan não sabe que estou com ela. E se aquelas figuras mascaradas estão atrás do pergaminho, vão querer a pedra do sol também. Minha frustração cresce, apesar de saber que estou certa. Tenho uma chance de recuperar o pergaminho e a adaga de osso, mas se a pedra do sol cair nas mãos dos maji errados, eles terão poder demais para eu sequer recuperá-la.

Mas se eu usasse a magia do sangue...

Olho para minha mão; as marcas de mordida ao redor de meu polegar começaram a cicatrizar há pouco. Um sacrifício de sangue seria mais que suficiente, mas depois do que aconteceu na arena em Ibeji, não quero usar essa magia nunca mais.

Inan me encara com olhos esperançosos, concretizando minha resposta. Não posso usar nenhuma das duas opções.

— Só preciso de mais tempo.

— Não *temos* tempo. — Inan corre a mão pelo cabelo; a mecha branca parece mais larga. — Você não está nem perto de conseguir. Se não puder fazer isso, precisaremos convocar os guardas.

Ele respira fundo, e o calor de sua magia começa a arrefecer. A cor desaparece de sua pele. Seu vigor morre quando ele abafa a magia.

É como se a vida estivesse sendo sugada dele.

— Talvez o problema não seja eu. — Minha voz vacila, e eu fecho os olhos. Eu o odeio por fazer com que eu me sinta fraca. Eu o odeio por se enfraquecer. — Se você usasse sua magia, não precisaríamos de guardas.

— Não posso.

— Não pode ou não quer?

— Minha magia não tem capacidades ofensivas.

—Tem certeza? — insisto, lembrando-me das histórias de Mama, as imagens de Lekan dos conectores. — Você nunca paralisou ninguém? Nunca lançou um ataque mental?

Um lampejo perpassa o rosto dele, algo que não consigo decifrar. Inan aperta o cabo da espada e vira o rosto. O ar fica mais frio quando ele reprime ainda mais sua magia.

— Pelo amor dos deuses, Inan. Tenha alguma firmeza. Se sua magia puder ajudar a salvar Amari, por que não está fazendo tudo o que pode? — Eu me aproximo, tentando pôr gentileza no meu tom. — Vou guardar seu segredo idiota. Se usarmos sua magia para atacar...

— Não!

Salto para trás com a intensidade de suas palavras.

— Minha resposta é *não*. — Ele engole em seco. — Não posso. Nunca mais farei isso. Sei que você desconfia dos guardas, mas sou o príncipe. Juro, vou mantê-los sob controle...

Viro as costas para ele, voltando para a beira da colina. Quando Inan grita meu nome, cerro os dentes, lutando com a vontade de bater nele com o bastão. Nunca vou salvar meu irmão. Nunca vou recuperar a adaga e o pergaminho. Balanço a cabeça, lutando com o turbilhão de emoções que quer explodir.

— Zélie...

— Diga, principezinho. — Dou meia-volta. — O que machuca mais? A sensação que você tem quando usa sua magia ou reprimi-la por completo?

Inan recua.

—Você nunca vai entender.

— Ah, eu entendo perfeitamente. — Examino seu rosto, perto o suficiente para ver a barba começando a crescer. — Você deixaria sua irmã morrer e veria toda Orïsha queimar se pudesse manter sua magia em segredo.

— Manter minha magia em segredo é *meu jeito* de manter Orïsha em segurança! — O ar se aquece quando o poder dele emerge. — A magia é a raiz de todos os nossos problemas. É a raiz da dor de Orïsha!

— Seu *pai* é a raiz de toda a dor de Orïsha! — Minha voz treme de ódio. — Ele é um tirano e um covarde. E sempre será!

— Meu pai é seu rei. — Inan se aproxima. — Um rei tentando proteger seu povo. Ele acabou com a magia para que Orïsha ficasse segura.

— Aquele monstro acabou com a magia para poder massacrar milhares. Acabou com a magia para que os inocentes não pudessem se defender!

Inan para. O ar continua a se aquecer enquanto a culpa se esgueira em sua expressão.

— Ele fez o que pensou ser o correto — fala devagar. — Mas ele não errou em acabar com a magia. Errou pela opressão que se seguiu.

Enfio as mãos nos cabelos, a pele ficando quente diante da ignorância de Inan. Como ele consegue *defender* seu pai? Como pode não ver o que realmente está acontecendo?

— Nossa falta de poder e nossa opressão são a mesma coisa, Inan. Sem poder, somos vermes. Sem poder, a monarquia nos trata como escória!

— Poder não é a resposta. Só intensificará a luta. Talvez você não consiga confiar no meu pai, mas se conseguisse confiar em mim, confiar nos meus guardas...

— *Confiar* nos guardas?! — grito tão alto que não há dúvida de que cada guerreiro escondido nesta maldita floresta ouve minha voz tremer. — Os mesmos guardas que acorrentaram minha mãe pelo pescoço? Os guardas que espancaram meu pai quase até a morte? Os guardas que me apalpam sempre que têm uma oportunidade, apenas esperando pelo dia em que poderão ir mais longe, quando eu for forçada a ir para as colônias?

Os olhos de Inan arregalam-se, mas ele insiste:

— Os guardas que conheço são bons. Eles mantêm Lagos em segurança...

— Meus deuses. — Eu me afasto. Não consigo ouvir isso. Fui idiota por pensar que poderíamos trabalhar juntos.

— Ei — grita ele. — Estou falando com você.

— A conversa acabou para mim, principezinho. É óbvio que você nunca vai entender.

— Eu posso dizer a mesma coisa! — Ele corre atrás de mim com passos pesados. — Você não precisa da magia para consertar as coisas.

— Me deixe em paz...

— Se você pudesse simplesmente entender meu lado...

— Me deixa em paz...

— Você não precisa ter medo...

— Eu estou *sempre* com medo!

Não sei o que me choca mais — a força na minha voz ou as próprias palavras.

Medo.

Eu estou sempre com medo.

É uma verdade trancafiada muitos anos atrás, um fato que lutei muito para superar. Porque quando ele se mostra, fico paralisada.

Não consigo respirar.

Não consigo falar.

De repente, desmorono no chão, cobrindo a boca com a mão para abafar meus soluços. Não importa o quanto eu me fortaleça, quanto poder minha magia tenha. Eles sempre me odiarão neste mundo.

Eu sempre estarei com medo.

— Zélie...

— Não — sussurro entre os soluços. — Pare. Acha que sabe como é, mas não sabe. Nunca vai saber.

— Então me ajude. — Inan se ajoelha ao meu lado, tomando o cuidado de manter distância. — Por favor. Quero entender.

—Você não pode. Eles construíram este mundo para você, construíram para amar você. Eles nunca te xingaram nas ruas, nunca derrubaram as portas da sua casa. Não arrastaram sua mãe pelo pescoço e a enforcaram na frente de todo o mundo.

Agora que a verdade foi revelada, não há nada que eu possa fazer. Meu peito estremece quando soluço. Meus dedos tremem de terror.

Medo.

A verdade corta como a faca mais afiada que já vi.

Não importa o que eu faça, eu sempre estarei com medo.

CAPÍTULO QUARENTA E CINCO

INAN

A dor de Zélie cai pelo ar como a chuva.

Penetra minha pele.

Meu peito arfa com seus soluços. Meu coração se parte com sua angústia.

E, ao mesmo tempo, sinto um terror diferente de tudo que conheci. Esmaga minha alma.

Destrói toda vontade de viver.

Esse não pode ser o mundo dela...

Não pode ser a vida que meu pai construiu. Mas quanto mais a dor me envolve, mais percebo: esse medo está sempre lá.

— Se seus guardas estivessem aqui, tudo ainda estaria acabado, perdido. Não dá para viver com a tirania deles. A magia é nossa única salvação.

Assim que as palavras escapam, ela chora em silêncio. É como se lembrasse uma verdade mais profunda. Um jeito de escapar da dor.

— Seu povo, seus guardas... eles não passam de assassinos, estupradores e ladrões. A única diferença entre eles e os criminosos são os uniformes que usam.

Ela se põe de pé e enxuga as lágrimas.

— Pode se enganar o quanto quiser, principezinho, mas não finja inocência comigo. Não vou deixar seu pai ficar impune com o que fez. Não vou deixar sua ignorância silenciar minha dor.

Com isso, ela desaparece. Seus passos suaves se esvaem no silêncio.

Nesse momento percebo o quanto realmente estava errado.

Não importa que eu entre em sua cabeça.

Nunca vou entender toda a sua dor.

CAPÍTULO QUARENTA E SEIS

AMARI

Havia uma sala no palácio onde meu pai sumia. Todos os dias, sempre ao meio-dia e meia.

Ele se levantava do trono e atravessava o corredor principal, o almirante Ebele de um lado, a comandante Kaea do outro.

Antes da Ofensiva, eu os seguia; a curiosidade impulsionando minhas perninhas. Todos os dias eu os observava desaparecer ao final das frias escadas de mármore, até o dia em que decidi acompanhá-los.

Minhas pernas eram tão curtas que eu precisei me segurar no corrimão de alabastro, saltando de um degrau ao outro. Imaginava uma sala cheia de tortas de *moín moín* e bolos de limão, os brinquedos brilhantes que talvez esperassem lá. Mas quando me aproximei, não senti o cheiro doce, cítrico e açucarado. Não ouvi alegria ou gargalhadas. A cela fria continha apenas gritos.

Apenas os gritos de um garoto.

Um estalo alto ressoou pelo ar — o punho de Kaea contra o rosto de um serviçal. Ela usava anéis afiados nos dedos; quando bateu no homem, os anéis cortaram sua pele.

Devo ter gritado quando vi o rapaz ensanguentado. Devo ter gritado, porque todos se viraram para olhar. Não sabia o nome do serviçal. Só sabia que era um dos que arrumavam a minha cama.

Meu pai me pegou no colo e me apoiou em seu quadril, levando-me para fora sem olhar para trás.

— *Prisões não são lugar para uma princesa* — ele me disse naquele dia. Outro estalo ressoou quando o punho de Kaea acertou outro golpe.

Enquanto o sol se põe e o dia longo se transforma em noite, penso nas palavras de meu pai. Imagino o que ele diria se pudesse me ver agora. Talvez ele mesmo me enforcasse.

Ignoro a tensão de meus ombros e puxo as amarras, contorcendo-me, embora a corda machuque meus pulsos, deixando a pele vermelha e em carne viva. Depois de arrastar a corda para frente e para trás em um pedaço denteado de casca de árvore o dia todo, as fibras estão se esfacelando, mas preciso desgastá-la mais para me libertar.

— Pelos céus — suspiro quando o suor se acumula sobre meus lábios. Pela décima vez procuro algo mais afiado na tenda. Porém, a única coisa aqui além de Tzain é a terra.

A única vez que tive um vislumbre do lado de fora foi quando Folake entrou para nos trazer água. Atrás da porta, vi Kwame olhando com raiva. A adaga de osso ainda estava em sua mão.

Um tremor corre meu corpo, e cerro os olhos, me forçando a respirar fundo. Não consigo tirar da cabeça a imagem da adaga pressionada contra o pescoço de Tzain. Se não fosse pelo sopro fraco de sua respiração, eu não saberia se ele ainda está vivo. Folake limpou e fez um curativo em seu ferimento, mas Tzain ainda nem se mexeu.

Preciso tirá-lo daqui antes que voltem. Preciso encontrar um jeito de salvá-lo, pegar a adaga e o pergaminho. Uma noite inteira já se passou. Temos apenas cinco dias até o solstício secular.

A porta da tenda se abre, e eu paro de me mexer. Zu finalmente voltou. Hoje ela traja um cafetã preto, bonito, com contas verdes e amarelas presas à barra. Em vez da menina militante que apareceu na noite anterior, hoje ela parece mais com a jovem que é.

— Quem são vocês? — pergunto. — O que vocês querem?

Ela mal me olha. Em vez disso, se ajoelha ao lado de Tzain.

— Por favor. — Meu coração acelera. — Ele é inocente. Não o machuque.

Zu fecha os olhos e pousa as mãos pequenas sobre as ataduras na cabeça de Tzain. Prendo a respiração quando uma luz laranja suave irradia da palma de suas mãos. Embora fraca, no início, ela brilha cada vez mais forte, criando um calor que preenche a tenda. A luz das mãos cresce até envolver a cabeça de Tzain inteira.

Magia...

A mesma admiração que me dominou com a luz escapando das mãos de Binta me abala agora. Como a de Binta, a magia de Zu é linda, muito diferente dos horrores em que meu pai me fez acreditar. Mas como está fazendo isso? Como sua magia vem tão rápido? Devia ser um bebê quando a Ofensiva aconteceu. Onde aprendeu o encantamento que está sussurrando agora?

— O que você está fazendo com ele?

Zu não responde, os dentes cerrados em uma careta. Gotas de suor formam-se nas têmporas. Um levíssimo tremor percorre suas mãos. Uma luz cobre a pele de Tzain quando seus cortes se reduzem a nada. As escoriações pretas e roxas desaparecem por completo, restaurando o rapaz lindo que lutou ao meu lado.

— Graças aos céus. — Meu corpo relaxa quando Tzain solta um grunhido, o primeiro som que fez desde que fomos sequestrados. Embora permaneça inconsciente, ele se remexe um pouco contra as cordas.

— Você é uma curandeira? — pergunto.

Zu me encara, embora não pareça que ela me enxergue. Ela se concentra em meus arranhões como se procurasse mais coisas a curar. Como se sua necessidade de curar não estivesse apenas na magia, mas em seu coração.

— Por favor — tento mais uma vez. — Não somos seus inimigos.

— Mas estavam com nosso pergaminho?

Nosso? Concentro-me na palavra. Não pode ser uma coincidência que ela, Kwame e Folake sejam todos maji. Deve haver outros fora da tenda.

— Não estávamos sozinhos. A garota que Kwame não conseguiu prender era uma maji, uma ceifadora poderosa. Estivemos em Candomblé. Um sêntaro revelou os segredos daquele pergaminho...

—Você está mentindo. — Zu cruza os braços. — Uma kosidán como você nunca encontraria um sêntaro. Quem é você de verdade? Onde está o restante do exército?

— Estou dizendo a verdade. — Meus ombros murcham. — Como disse a Kwame. Se nenhum de vocês acredita em mim, não há nada que eu possa fazer.

Zu suspira e retira o pergaminho de dentro do cafetã. Quando ela o abre, sua expressão dura se esvai. Uma onda de tristeza instala-se.

— Na última vez em que vi isto aqui, eu estava escondida embaixo de um barco de pesca. Fui forçada a ficar ali e assistir aos guardas reais matarem minha irmã.

Pelos céus...

Zu tem o mesmo sotaque arrastado do leste. Devia estar em Warri quando Kaea recuperou o pergaminho. Kaea pensou que tinha matado todos os novos maji, mas Zu, Kwame e Folake devem ter encontrado uma maneira de sobreviver.

— Sinto muito — sussurro. — Não consigo nem imaginar como deve ter sido.

Zu fica em silêncio por um bom tempo. Um cansaço pesa sobre ela, fazendo com que pareça muito mais velha do que realmente é.

— Eu era um bebê quando a Ofensiva aconteceu. Nem me lembro dos meus pais. Tudo o que lembro é de ter sentido medo. — Zu se curva, arrancando o mato aos seus pés pela raiz. — Sempre imaginei como seria viver com as lembranças de algo tão horrível. Não preciso mais imaginar.

O rosto de Binta irrompe na minha mente; seu sorriso luminoso, suas luzes estonteantes. Por um momento, a lembrança brilha em toda a sua antiga glória.

Então se torna vermelha, afogando-se em seu sangue.

— Você é uma nobre. — Zu ergue-se e caminha na minha direção, com um novo fogo aceso nos olhos. — Dá pra perceber de longe. Não vou deixar seu monarca nos derrubar.

— Estou do seu lado. — Balanço a cabeça. — Me solte, e posso provar. O pergaminho pode fazer mais do que trazer a magia de volta àqueles que o tocam. Ele tem um ritual que trará a magia de volta para todos.

— Posso ver por que Kwame está tão desconfiado. — Zu afasta-se. — Ele acha que você foi enviada para ser uma infiltrada. Com essas mentiras inteligentes, acho que talvez ele tenha razão.

— Zu, por favor...

— Kwame. — A voz dela vacila. Zu agarra o colarinho do cafetã quando ele entra.

Ele corre o dedo pela lâmina da adaga de osso, a ameaça evidente no rosto.

— Chegou a hora?

O queixo de Zu treme quando ela faz que sim com a cabeça. Ela cerra os olhos com força.

— Sinto muito — sussurra ela. — Mas precisamos nos proteger.

— Pode sair — Kwame instrui. — Você não precisa ver isso.

Zu enxuga as lágrimas e sai da tenda, lançando-me um último olhar. Quando ela sai, Kwame entra na minha linha de visão.

— Espero que esteja pronta para dizer a verdade.

CAPÍTULO QUARENTA E SETE

INAN

— Zélie? — grito seu nome, embora duvide que ela vá responder ao meu chamado. Depois do jeito como correu de mim, fico me perguntando se vou ser capaz de reencontrá-la.

O sol começa a se pôr, desaparecendo no horizonte atrás das colinas. Sombras deformadas estendem-se ao meu redor quando me recosto a uma árvore para descansar.

— Zélie, por favor — chamo entre arfadas, me segurando ao tronco enquanto uma dor me atravessa. Desde a nossa briga, minha magia me escalda com violência. Respirar causa espasmos agudos em todo o peito. — Zélie, me desculpe.

Mas quando o pedido de desculpas ecoa pela floresta, as palavras parecem vazias — não sei pelo que me desculpo. Por não entender ou por ser filho de meu pai? Qualquer desculpa parece insuficiente diante de tudo que já fiz.

— Uma nova Orïsha — murmuro. Agora que digo em voz alta, parece ainda mais ridículo. Como conseguiria consertar qualquer coisa se estou intrinsecamente ligado ao problema?

Pelos céus.

Zélie fez mais que bagunçar minha cabeça. Sua presença desmantela todas as minhas crenças, todas as minhas necessidades. A noite cai sobre nós, e ainda não temos um plano. Sem os reanimados dela, perderemos tudo para aqueles mascarados. Nossos irmãos, o pergaminho...

Uma dor aguda perpassa meu abdômen. Eu me dobro, agarrando o tronco para me apoiar. Como um leopanário selvagem, a magia abre caminho com suas garras até a superfície.

— *Mama!*

Fecho os olhos. Minha mente ecoa os gritos de Zélie. Gritos amargos que nenhuma criança jamais deveria emitir. Um trauma que ela nunca deveria ter testemunhado.

Para a magia desaparecer de vez, todos os maji precisavam morrer. Uma vez que tivessem provado o poder, nunca parariam de lutar para trazê-lo de volta.

O rosto de meu pai surge em minha mente. A voz firme. Os olhos impassíveis.

Eu acreditei nele.

Apesar do medo que senti, eu admirava sua força inabalável.

— Dá para fazer menos barulho?

Meus olhos se abrem; por algum motivo, minha magia se acalma na presença de Zélie.

— Gemendo desse jeito, fico surpresa de os combatentes não terem te pegado também.

Zélie avança, acalmando ainda mais minha magia. Seu espírito recai sobre mim como uma brisa fria do oceano enquanto deslizo até o chão.

— Não é minha culpa — ofego entredentes. — Dói.

— Não doeria se você aceitasse. Sua magia ataca você porque você luta contra ela.

Seu rosto permanece duro, mas fico surpreso pelo toque de pena em seu tom. Ela sai das sombras e se encosta em uma árvore. Os olhos prateados estão vermelhos e inchados, sinais de lágrimas derramadas muito depois de nossa briga.

De repente, reviver a dor do passado dela não parece punição o bastante. Sofro por alguns momentos. A pobre garota sofreu a vida toda.

— Isso significa que vai lutar comigo? — pergunto.

Zélie cruza os braços.

— Não tenho escolha. Tzain e Amari ainda estão presos. Não consigo tirá-los de lá sozinha.

— Mas e os reanimados?

Zélie tira uma esfera brilhante da bolsa; instantaneamente, as antigas conversas de Kaea me vêm à cabeça. Do jeito que as cores laranja e vermelha pulsam embaixo do cristal exterior, o objeto só pode ser a pedra do sol.

— Se estão atrás do pergaminho, vão querer isso aqui também.

— Você estava com isso o tempo todo?

— Não queria arriscar perdê-la, mas vai me ajudar a fazer todos os reanimados de que precisamos.

Concordo com a cabeça; para variar, o plano dela é sólido. Isso deveria bastar, mas agora a questão é muito maior.

Seu povo, seus guardas... eles não passam de assassinos, estupradores e ladrões. A única diferença entre eles e os criminosos são os uniformes que usam.

Suas palavras ecoam em minha mente, não mais um bastão contra minha espada.

Depois de tudo o que aconteceu, não podemos voltar atrás. Um de nós precisa ceder.

— Você me perguntou o que dói mais. — Me forço a falar, embora as palavras não queiram sair. — A sensação de usar minha magia ou a dor de reprimi-la. Não sei a resposta. — Agarro o peão desgastado de senet, concentrando-me no jeito como ele arde contra a palma da minha mão. — Eu odeio tudo isso.

A ameaça de lágrimas faz meus olhos arderem. Pigarreio, desesperado para mantê-las sob controle. Só posso imaginar a rapidez com que o punho do meu pai voaria se pudesse me ver agora.

— Odeio minha magia. — Baixo a voz. — Detesto o jeito com que ela me envenena. Mas, mais que qualquer coisa, odeio o jeito como ela faz com que eu me odeie. — Erguer a cabeça e enfrentar o olhar de Zélie me custa mais força do que possuo. Olhá-la remexe em cada vergonha minha.

Os olhos de Zélie marejam de novo. Não sei que ponto toquei. Sua alma de maresia parece diminuir. Pela primeira vez, quero que ela fique.

— Sua magia não é um veneno. — A voz dela treme. — Você é. Você reprime, combate ela. Carrega por aí esse brinquedo patético. — Ela avança e arranca o peão de senet da minha mão, estendendo-o na minha cara. — Isto é majacita, idiota. Me espanta que seus dedos não tenham caído.

Encaro o peão desgastado, a ferrugem dourada e marrom escondendo a cor original. Sempre pensei que a peça havia sido pintada de preto, mas será que realmente tinha sido feita de majacita?

Tomo a peça das mãos dela, segurando-a com delicadeza, sentindo como arde na pele. Todo esse tempo pensei que era apenas porque estava apertando forte demais.

Claro...

Quase rio com a ironia. A percepção me leva de volta ao momento em que eu o peguei. O dia em que meu pai me "deu de presente".

Antes da Ofensiva, jogávamos senet toda semana. Uma hora em que meu pai se tornava mais que um rei. Cada peça e movimento eram uma lição, sabedoria para o dia em que eu seria o líder.

Mas depois da Ofensiva não houve mais tempo para jogos. Não havia mais tempo para mim. Um dia, cometi o erro de levar o jogo para a sala do trono, e meu pai jogou as peças na minha cara.

Deixe aí, ele urrou quando me inclinei para pegá-las. *Serviçais limpam. Reis não.*

Este peão foi a única peça que consegui salvar.

A vergonha ondula pelo meu corpo enquanto encaro o metal manchado.

O único presente que ele me deu e, no fundo, representa seu ódio.

— Isso é do meu pai — falo em voz baixa. Uma arma secreta tomada de outros que desprezavam a magia. Criada para destruir gente como eu.

—Você se agarra a isso do jeito que uma criança se agarra a um cobertor. — Zélie solta um suspiro pesado. —Você luta por um homem que sempre vai te odiar apenas pelo que você é.

Como seus cabelos, os olhos prateados brilham ao luar, mais penetrantes do que quaisquer olhos que já me perscrutaram. Eu a encaro.

Apenas encaro, embora precise falar.

Solto o peão na terra e chuto-o para longe. Preciso impor um limite. Tenho sido uma ovelha. Uma ovelha enquanto meu reino precisava que eu agisse como um rei.

O dever antes do eu.

O lema dissolve-se diante de meus olhos, levando as mentiras de meu pai junto. A magia pode ser perigosa, mas os pecados de erradicá-la fizeram da monarquia algo tão ruim quanto.

— Sei que não consegue confiar em mim, mas me dê a chance de provar que sou merecedor. Vou dar um jeito de entrarmos naquele acampamento. Vou trazer seu irmão de volta.

Zélie morde o lábio.

— E quando encontrarmos o pergaminho?

Hesito; o rosto de meu pai lampeja na minha mente. *Se não pararmos a magia, toda a Orïsha sofrerá.*

Mas os únicos sofrimentos que presenciei foram pelas mãos dele. Dele e minhas. Eu lhe dediquei minha vida inteira. Não posso mais obedecer a suas mentiras.

— É seu — decido. — Seja lá o que você e Amari estejam tentando fazer... não ficarei no caminho.

Estendo a mão, e ela fica encarando; não sei se minhas palavras são o bastante. Mas, depois de um longo momento, Zélie encosta a mão na minha. Um calor estranho me preenche a seu toque.

Para minha surpresa, suas mãos são calosas, talvez endurecidas pelo uso do bastão. Quando nos soltamos, evitamos os olhos um do outro, encarando o céu noturno.

— Então, vamos agir? — pergunta ela.

Faço que sim.

—Vou te mostrar que tipo de rei eu posso ser.

CAPÍTULO QUARENTA E OITO

ZÉLIE

Oya, por favor, faça funcionar.

Faço uma oração silenciosa enquanto meu coração palpita. Avançamos pelas sombras, agachando-nos na periferia do acampamento dos mascarados. Meu plano parecia perfeito antes, mas agora, quando chega a hora, não consigo parar de pensar em todas as maneiras como ele pode falhar. E se Tzain e Amari não estiverem aí dentro? E se tivermos que enfrentar um maji? E Inan?

Olho para ele, o pavor crescendo com a visão. O plano começa comigo entregando a pedra do sol ao principezinho; ou perdi o juízo ou já perdi esta luta.

Inan espreita adiante, os dentes cerrados enquanto observa os guardas que cercam o portão. Em vez de sua armadura usual, ele traja a roupa preta que o combatente que capturamos usava.

Ainda não sei o que pensar dele, de todas as coisas que me faz sentir. Observar seu ódio equivocado me levou ao passado, e mergulhei nos dias mais sombrios após a Ofensiva. Eu desprezei a magia. Eu culpei Mama.

Eu amaldiçoei os deuses por nos fazer desse jeito.

Um nó se forma na minha garganta quando tento esquecer essa antiga dor. Ainda consigo sentir a sombra das mentiras lá no fundo, insistindo para eu odiar meu sangue, arrancar meus cabelos brancos.

Quase fui devorada viva pelo ódio criado pelas mentiras de Saran. Mas ele já acabou com Mama. Não posso deixar que acabe com a verdade também.

Nas luas que se seguiram à Ofensiva, me agarrei aos ensinamentos de Mama, incorporando-os em meu coração até que corressem em mim como sangue. Não importava o que o mundo dizia, minha magia era linda. Mesmo sem poderes, os deuses tinham me abençoado com um dom.

Mas as lágrimas de Inan trouxeram tudo de volta, a mentira letal que este mundo nos força a engolir. Saran fez bem seu trabalho.

Inan já se odeia mais do que eu jamais consegui.

—Tudo bem — sussurra ele. — É agora.

Tenho que fazer um esforço extra para abrir as mãos e entregar a minha mochila de couro a ele.

— Não se desgaste demais — alerta ele. — E lembre-se de manter alguns reanimados para trás para oferecer uma defesa.

— Eu sei, eu sei. — Reviro os olhos. —Vamos logo com isso.

Embora eu não queira sentir nada, meu estômago se aperta quando Inan emerge das sombras e caminha na direção do portão. A sua mão áspera na minha volta à lembrança. Seu toque me preencheu com um conforto estranho.

As duas figuras mascaradas postadas na entrada apontam as armas. Os guerreiros escondidos nas sombras também se movem. De cima, ouço um coro de estalos: cordas de arco com flechas sendo esticadas.

Embora eu saiba que Inan percebe tudo isso, ele caminha com confiança. Não para até ter avançado uns cem metros, a meio caminho entre mim e a entrada.

—Vim fazer uma troca — declara ele. —Tenho uma coisa que vocês querem.

Ele joga minha mochila no chão e retira a pedra do sol. Eu deveria tê-lo preparado para o fluxo de energia. Mesmo de longe, escuto um arfar.

Um tremor corre das mãos à cabeça dele, a palma pulsa com uma luz azul suave. Imagino se Orí aparece em sua mente.

Essa encenação é suficiente para atrair os mascarados. Alguns se esgueiram para fora das sombras e começam a circulá-lo, de armas erguidas e prontas para atacar.

— De joelhos — grita uma mulher mascarada, liderando cuidadosamente o ataque diante do portão. Ela aponta o machado e meneia a cabeça, tirando mais de seus combatentes dos esconderijos.

Deuses. Já há mais do que calculamos. *Quarenta... cinquenta... sessenta?* Quantos mais mirando para ele das árvores?

— Tragam os prisioneiros para fora primeiro.

— Depois de você ser detido.

O portão de madeira se abre. Inan observa a líder e dá um passo para trás.

— Sinto muito. — Inan vira-se. — Acho que não podemos fazer negócio.

Saio do meio do mato, correndo o mais rápido que minhas pernas conseguem. Inan arremessa a pedra do sol como uma bola de agbön, com toda a sua força. Ela atravessa o ar com velocidade impressionante. Tenho que saltar para pegá-la. Agarro-a contra o peito e dou uma cambalhota quando bato no chão.

— Ah! — suspiro quando a pedra do sol me preenche, uma onda inebriante pela qual estou começando a ansiar. O calor explode sob a minha pele quando seu poder cresce, acendendo todo o àṣẹ em meu sangue.

Na minha mente, aparece uma imagem diferente de Oya, com sedas vermelhas luminescentes contra a pele negra. O vento sacode as saias e mexe seu cabelo, fazendo contas dançarem ao redor do rosto.

Uma luz branca irradia da palma de sua mão quando ela a estende. Não consigo sentir meu corpo, e mesmo assim sei que estou esticando a mão de volta. Em um momento fugaz, nossos dedos se tocam...

O mundo explode em vida.

— Peguem ela!

Alguém grita, fora de mim, mas não consigo realmente ouvir. A magia urra em meu sangue, amplificando os espíritos ao redor. Eles me chamam, erguendo-se como uma onda gigantesca. Seu trovejar supera os sons dos vivos.

Como ondas atraídas pela lua, as almas me cobrem.

— *Èmí àwọn tí ó ti sùn...*

Enfio a mão na terra. Uma rachadura profunda se abre ao meu toque.

O chão sob nós geme quando um exército de mortos se ergue da terra.

Eles rodopiam, um furacão de galhos, pedras e terra. Seus corpos endurecem com o brilho prateado de minha magia. Eu desencadeio a tempestade.

— Ataquem!

CAPÍTULO QUARENTA E NOVE

AMARI

Um estalo alto ressoa pelo ar.

Cambaleio quando o punho de Kwame atinge o queixo de Tzain.

A cabeça dele pende para o lado, uma mistura de vermelho, preto e roxo.

— Pare! — grito, com lágrimas escorrendo. Sangue fresco pinga no olho de Tzain, desfazendo toda a cura de Zu.

Kwame gira e agarra meu queixo.

— Quem mais sabe que vocês estão aqui? Onde está o restante de seus soldados? — Apesar de tudo, sua voz é tensa, quase pesada de desespero. É como se isso o ferisse tanto quanto me fere.

— *Não tem* soldados. Vá encontrar a maji com quem estamos viajando. Ela vai confirmar que tudo o que eu disse é verdade!

Kwame fecha os olhos e respira fundo. Ele fica tão imóvel que um arrepio percorre meu corpo.

— As pessoas que foram a Warri se pareciam com você. — Ele puxa a adaga de osso da cintura. — *Falavam* como você.

— Kwame, por favor...

Ele crava a adaga na perna de Tzain. Não sei quem grita mais alto, eu ou ele.

— Se está irritado, machuque a mim! — Eu me debato contra a árvore, forçando as amarras inutilmente. Se ele ao menos ferisse a mim no lugar de Tzain. Me atingisse. *Me* esmurrasse.

Como um aríete no coração, Binta força entrada em minha mente. Ela também sofreu. Sofreu no meu lugar.

Kwame apunhala a coxa de Tzain de novo, e eu grito mais uma vez, minha visão borrada de lágrimas. Ele arranca a adaga com mão trêmula. Seu tremor intensifica-se enquanto ergue a lâmina para o peito de Tzain.

— É sua última chance.

— *Não* somos seus inimigos! — digo, apressada. — Os guardas em Warri mataram pessoas que eu amava também!

— Mentira. — A voz de Kwame falha. Ele ajeita a mão e ergue a adaga. — Aqueles guardas *são* o seu povo. São quem você ama...

A tenda se abre. Folake entra correndo, quase se jogando sobre Kwame.

— Estamos sendo atacados!

Kwame fica chocado.

— Os guardas dela?

— Não sei. Acho que eles têm uma maji!

Kwame coloca a adaga de osso na mão de Folake e corre para fora.

— Kwame...

— Fique aqui! — ele grita de volta.

Folake gira e nos observa. Minhas lágrimas, o sangue esguichando da perna de Tzain. Ela cobre a boca, em seguida solta a adaga e foge da tenda.

—Tzain? — chamo. Ele cerra os dentes e se recosta contra a raiz da árvore. As manchas de sangue espalham-se na perna da calça. Ele pisca devagar, embora os olhos estejam quase fechados pelo inchaço.

—Você está bem?

Lágrimas ainda mais doloridas ardem em meus olhos. Espancado. Apunhalado. Ainda assim, ele pergunta por mim.

— Temos que sair daqui.

Forço as cordas que prendem meus pulsos com novo fervor. Ouço um estalo quando as amarras começam a se esfiapar. A corda esfola minha pele, mas meu peito se enche de um tipo diferente de dor.

Me lembro de antigamente, no palácio, quando minhas amarras eram correntes de ouro. Eu deveria ter lutado contra elas como estou fazendo agora.

Se eu tivesse feito mais, Binta ainda estaria a salvo.

Cerro os dentes, enterrando os calcanhares na terra. Com um grunhido, apoio o calcanhar contra a árvore e uso o peso do corpo inteiro para me libertar.

— Amari. — A voz de Tzain fica mais fraca. Perdeu muito sangue. A casca da árvore corta a sola dos meus pés, mas eu pressiono com mais força para romper as cordas.

Golpeie, Amari.

A voz de meu pai ressoa, mas não é de sua força que preciso.

Coragem, Amari, Binta me tranquiliza.

Seja a Leonária

— Aaah! — grito com a dor. Quase parece um rugido. A voz de Folake ressoa lá fora. A porta da tenda se abre...

A corda que me prende arrebenta. Eu caio para frente, o rosto na terra. Folake mergulha para a adaga de osso. Eu cambaleio até me erguer e avanço sobre ela.

— *Ah!* — ela geme quando me jogo sobre ela, derrubando-a no chão. Ela agarra a adaga de osso, mas dou um soco em sua garganta. Enquanto engasga, enfio o cotovelo em sua barriga.

A adaga de osso cai da mão dela. Envolvo os dedos na lâmina de marfim. Seu toque me enche de calafrios, um poder estranho e violento.

Golpeie, Amari.

O rosto de meu pai volta. Endurecido. Implacável.

Foi sobre isto que te avisei. Se não lutar, esses vermes acabarão conosco.

Mas quando encaro Folake, vejo a dor nos olhos de Kwame. O medo que pesava nos ombros pequenos de Zu. Toda a dor que jaz no rastro de meu pai, as vidas que ele já tomou.

Não posso ser como ele.

Os maji não são meus inimigos.

Solto a adaga e ergo o punho, girando o quadril para pegar impulso para golpeá-la no queixo. A cabeça de Folake cai para trás com um solavanco. Os olhos reviram-se antes de ela desmaiar.

Saio de cima dela e pego a adaga, cortando as cordas que prendem os punhos de Tzain. Elas mal chegam ao chão e eu as pego para atá-las ao redor de sua coxa.

— Vá — Tzain tenta me apressar, mas seus braços estão fracos. — Não temos muito tempo.

— Quieto.

Sua pele está molhada. Quando amarro firme as cordas, o fluxo de sangue diminui. Mas ele mal consegue manter os olhos abertos. Talvez não seja o bastante.

Espreito para fora da tenda; figuras sem máscara correm em todas as direções, criando a cobertura do caos. Embora as fronteiras do acampamento não sejam visíveis, podemos ao menos seguir a onda de pessoas.

— Tudo bem. — Quebro um galho de árvore e volto para a tenda, colocando a bengala improvisada na mão direita de Tzain. Passo seu outro braço sobre meu ombro, travando os joelhos para não me curvar com seu peso.

— Amari, não. — Tzain faz uma careta, quase ofegando.

— Fique quieto — ralho. — Não vou deixar você para trás.

Comigo de apoio e a bengala para equilibrar-se, Tzain dá o primeiro passo forçoso com a perna boa. Avançamos até a entrada da tenda antes de pararmos para nosso último momento de descanso.

— Não vamos morrer aqui — digo.

Eu não vou permitir.

CAPÍTULO CINQUENTA

INAN

O terreno diante de mim é um labirinto.

Um labirinto de máscaras e reanimados de terra.

Corro pelo caos, desviando de lâminas e saltando sobre raízes de árvores para atravessar o portão.

Mais figuras mascaradas saem correndo, confusas, tentando compreender aquela loucura. Os reanimados de Zélie irrompem do solo como montanhas que se erguem. Enxameiam como uma infestação, uma praga da qual ninguém consegue escapar.

Está funcionando. A contragosto, um sorriso me vem ao rosto enquanto corro. É uma forma totalmente nova de batalha. Um jogo de senet mais caótico que qualquer coisa que já imaginei.

Ao meu redor, lutadores caem, gritando quando os reanimados de Zélie os agarram. Os soldados de terra envolvem os agressores como casulos, prendendo-os no chão.

Pela primeira vez, ver a magia é entusiasmante. Não uma maldição, mas um dom. Um combatente avança sobre mim, e eu nem tenho tempo de pegar minha lâmina; um reanimado se choca contra ele, tirando-o do meu caminho.

Enquanto salto sobre o guerreiro caído, o reanimado de terra ergue a cabeça. Embora não tenha olhos visíveis, posso sentir seu olhar. Um calafrio percorre meu corpo quando me aproximo do portão.

— Ugh!

O grito é distante, mas ainda assim parece ecoar na minha cabeça.

O cheiro das ondas do mar.

Eu me viro; uma flecha está cravada no braço de Zélie.

— Zélie!

Outra flecha voa, dessa vez acertando a lateral de seu corpo. O impacto a derruba. Novos reanimados se levantam para receber as flechas.

— Vai! — grita ela do chão, encontrando-me no frenesi. Ela mantém uma das mãos agarrada à pedra do sol enquanto a outra entanca o ferimento na lateral do corpo.

Meus pés arrastam-se como cimento, mas não posso ignorar sua instrução. O portão está a poucos metros de distância. Nossa família e o pergaminho ainda estão lá dentro.

Avanço, atravessando o portão e entrando no acampamento. Mas antes que eu possa me mover, uma visão diferente me para.

Um divinal de constituição poderosa corre para fora do portão. Sangue mancha suas mãos e rosto. Por algum motivo, a visão me faz pensar em Tzain.

Mas o mais perturbador é o cheiro de fumaça e cinzas. Ele me domina quando o divinal passa correndo. Não entendo o motivo até virar a cabeça e ver as mãos dele começarem a arder.

Um queimador...

A visão me faz estacar, reacendendo um medo que meu pai incutiu em mim a vida inteira. O tipo de maji que incinerou a primeira família dele. Os monstros que o puseram no caminho da guerra.

Um fogo indomável explode das mãos do maji, subindo em nuvens vermelhas assustadoras. Suas chamas brilham contra a noite, crepitando tão alto que praticamente rugem. Enquanto inunda meus ouvidos, o som se converte em gritos. Os apelos inúteis que a família de meu pai deve ter feito.

Uma nova onda de flechas parte das árvores com a chegada do queimador, forçando Zélie a recuar. É coisa demais para lidar de uma vez.

A pedra do sol desliza de sua mão.

Não!

O mundo se desloca, o tempo congela enquanto vislumbro o horror que está por vir. O queimador avança para a orbe, o que deve ter sido seu plano o tempo todo.

Zélie estende-se para pegar a pedra, o rosto dolorido iluminado pela chama nas mãos do queimador. Mas ela não consegue alcançar.

Os dedos do queimador mal tocam a pedra quando seu corpo explode em chamas.

O fogo queima seu peito, saindo da garganta, das mãos, dos pés.

Malditos sejam os céus.

É diferente de tudo que já vi.

As chamas consomem tudo. O ar queima com força escaldante. O chão sob os pés dele arde vermelho. Só sua presença derrete a terra ao redor como metal na forja de um ferreiro.

Meus pés se movem antes que minha mente acompanhe. Corro, passando pelas árvores gigantescas e por mascarados paralisados. Não tenho plano. Nem ataque viável. Mas ainda assim eu corro.

Enquanto corro para chegar a tempo, o queimador ergue as mãos flamejantes diante do rosto. Através do fogo ele quase parece confuso, inseguro sobre o que fazer.

Mas quando os punhos se fecham, a escuridão irradia de sua postura. Uma nova força, uma verdade redescoberta. Agora ele tem poder.

E é um poder que ele tem fome de usar.

— Zélie! — grito.

Ele avança na direção dela. Um enxame de reanimados avança com violência, mas o queimador passa direto por eles, impassível enquanto os espíritos se despedaçam em escombros fumegantes.

Zélie tenta se erguer e lutar, mas seus ferimentos são graves demais. Quando ela tomba para trás, o queimador ergue a palma da mão.

— Não!

Salto, jogando-me entre a mão dele e o corpo de Zélie. Uma onda de terror e adrenalina corre por meu corpo quando encaro as chamas do queimador.

Um cometa de fogo rodopia em sua palma. O calor faz o ar se curvar.

Minha magia cresce no peito. Debatendo-se nos meus dedos. A imagem do meu poder prendendo a mente de Kaea volta. Ergo as mãos para lutar...

— Pare!

O queimador fica paralisado.

Cambaleio, confuso, quando ele se volta para a fonte daquela voz. Uma jovem avança pelo acampamento, sobrancelhas finas franzidas com preocupação.

O luar ilumina seu rosto, brilhando contra a nuvem branca de seus cabelos. Quando ela nos alcança, encara a minha mecha branca.

— Eles são dos nossos.

O cometa de fogo nas mãos do queimador extingue-se.

CAPÍTULO CINQUENTA E UM

ZÉLIE

Ele tentou me proteger.

Entre todas as perguntas e confusões, essa surpresa se destaca. Surge quando Inan recupera a pedra do sol e a coloca em minhas mãos. Aumenta quando ele me ergue nos braços e me segura firme contra o peito.

Seguindo a garota com cabelos brancos volumosos, Inan me carrega pelo portão. Enquanto passamos, os guerreiros tiram as máscaras e revelam os cachos brancos. Quase todas as pessoas atrás do portão são divinais também.

O que é isso?

Tento compreender tudo através da névoa de dor: o queimador, os inúmeros divinais, a menina que parece liderá-los. Mas qualquer noção do que tudo isso poderia significar desaparece quando finalmente ponho os olhos no acampamento.

No meio das árvores gigantescas fica uma convergência de vários vales. O declive cria uma depressão na terra, formando um plano amplo cheio de tendas brilhantes, carruagens e carroças. De longe, o aroma doce de banana-da-terra frita e arroz jollof me atinge, de alguma forma superando o gosto acobreado de meu sangue. Ouço murmúrios em iorubá naquela multidão formada por mais divinais do que vi desde que era criança.

Passamos por um grupo de divinais deitando flores ao redor de um vaso alto cor de lavanda. *Um santuário*. Um tributo à Mãe Céu.

— Quem são essas pessoas? — pergunta Inan à garota a quem chamam de Zu. — O que vocês estão fazendo?

— Me dê um momento. Por favor. Prometo. Voltarei com seus amigos e as respostas às suas perguntas, mas preciso de um tempo.

Zu cochicha com uma divinal ao seu lado, uma garota com saia de padronagem verde e um lenço combinando amarrado nos cabelos brancos.

— Eles não estavam na tenda — sussurra a divinal em resposta.

— Encontre eles. — A voz da garota é tensa. — Eles não passaram pelos portões, então não podem ter ido muito longe. Diga que estamos com seus amigos. Que sabemos que estavam dizendo a verdade.

Estico o pescoço para ouvir mais, mas uma dor ondula por dentro de mim. Quando me contorço, Inan me segura mais firme. O som de seu coração batendo pulsa em meus ouvidos, contínuo e forte, como o bater de ondas. Me flagro apoiando a cabeça contra o som. De novo, minha confusão aumenta.

— Aquele queimador teria matado você — sussurro. Apenas ficar na presença daquele maji fez minha pele arder. Ainda dói, vermelha, e uma queimadura no meu braço formou bolhas.

A ardência me relembra dos suspiros abrasantes que pensei serem meus últimos. Pela primeira vez, a magia não foi minha aliada.

Quase foi meu fim.

— Em que estava pensando? — pergunto.

—Você estava em perigo — responde ele. — Eu não.

Ele estende a mão e toca um corte no meu queixo. Um tremor estranho percorre meu corpo ao seu toque. Qualquer resposta possível se embrulha na minha garganta. Não sei o que dizer.

Inan ainda está banhado do brilho do toque na pedra do sol. Com sua magia ainda na superfície, sua pele acobreada está bela e saudável. À luz da lanterna, seus ossos se destacam com elegância, não parecem pontudos e saltados contra a pele.

— Aqui está bom. — Zu nos leva até uma tenda onde alguns catres improvisados foram armados. — Deixe ela aqui. — Ela aponta para um catre, e Inan me apoia com cuidado. Quando minha cabeça toca o tecido de algodão áspero, luto contra uma onda de náusea.

— Precisamos de álcool e ataduras para os ferimentos — diz Inan.

Zu faz que não.

— Eu cuido disso.

Ela pressiona as mãos no meu flanco, e eu me contorço. Uma pontada arde em minhas entranhas enquanto ela canta.

— *Babalúayé, dúró tì mí bayi bayi. Fún mi ní agbára, kí nle fún àwọn tókù ní agbára...*

Me forço a erguer a cabeça; uma luz laranja-brilhante cintila sob as mãos de Zu. A dor de seu toque se transforma em um calor formigante. A queimação dentro de mim esfria-se até virar um entorpecimento.

A luz suave de suas mãos abre caminho na minha pele, espalhando-se totalmente em cada músculo ferido e ligamento rompido.

Solto um suspiro longo enquanto a magia de Zu cura meus ferimentos.

— Você está bem?

Ergo os olhos; não percebi que estava apertando a mão de Inan. Meu rosto esquenta quando o solto e corro os dedos por onde a flecha havia me atingido. O sangue úmido ainda escorre por minha pele, mas o ferimento está completamente curado.

De novo, perguntas surgem, mais altas agora, pois não precisam atravessar a névoa de minha dor. Na última hora vi mais tipos de magia do que na última década.

— Você precisa explicar.

Observo Zu; o tom dourado de sua pele negra é estranhamente familiar, como os pescadores que navegavam até Ilorin a cada duas luas para trocar sua truta de água salgada por nosso peixe-tigre cozido.

— O que está acontecendo? Que lugar é este? Onde estão a adaga de osso e o pergaminho? E onde estão nossos irmãos? Você disse que estava com meu irmão...

Paro quando a porta da tenda se abre; Amari entra aos tropeços com Tzain semiconsciente pendurado em seu braço. Me levanto às pressas para ajudá-lo. Meu irmão está tão abatido que mal consegue ficar em pé.

— O que vocês fizeram? — grito.

Amari saca a adaga de osso e aponta para o pescoço de Zu.

— Cure ele!

A garota recua com as mãos erguidas.

— Coloque ele no chão. — Ela respira fundo. — Vou responder a todas as suas perguntas agora.

Sentamos em meio a um silêncio tenso, digerindo tudo enquanto Zulaikha cura a perna e a cabeça de Tzain. Atrás dela, Kwame e Folake estão em posição de sentido e com posturas rígidas.

Quando Kwame se move, minhas mãos vão até a mochila de couro, procurando o calor da pedra do sol. Ainda é difícil olhar para ele sem trazer à tona a lembrança das chamas ao redor de seu rosto.

Me recosto em Nailah, aliviada por reencontrá-la depois que Zu ordenou que seu povo soltasse minha montaria. Enfio a bolsa embaixo de sua pata para mantê-la, junto com a pedra, fora de vista. Mas quando os membros de Zu começam a tremer pelo esforço de seu encantamento, me flagro querendo pegar a pedra do sol e lhe emprestar.

Observar Zu é como ter cinco anos de idade de novo, correndo atrás de Mama com ataduras e potes de água quente. Sempre que a curandeira da vila não podia cuidar sozinha dos doentes mais graves de Ibadan, ela e Mama trabalhavam juntas. Sentavam-se lado a lado, a curandeira usando a magia de seu toque, enquanto Mama cuidava para que o paciente não desse o último suspiro. *Os melhores ceifadores não comandam apenas a morte, pequena Zél. Também ajudam os outros a viver.*

Encaro as mãos pequenas de Zu, lembrando-me das mãos de minha mãe. Embora seja jovem, Zu exibe grande domínio de sua magia. Tudo começa a fazer sentido quando ficamos sabendo que ela foi a primeira divinal a tocar o pergaminho.

— Não percebi o que eu tinha nas mãos — ela fala, a voz rouca pelo preço cobrado por sua magia. Folake lhe entrega um copo de madeira com água. Zu meneia a cabeça em agradecimento antes de tomar um gole. — Não estávamos prontos quando os guardas de Saran desembarcaram em Warri e atacaram. Escapamos por pouco depois que levaram o pergaminho embora.

Inan e Amari entreolham-se em uma conversa silenciosa. A culpa que se esgueira no rosto de Inan o tempo todo se espalha pelo de Amari.

— Depois de Warri, soube que precisávamos de um lugar onde pudéssemos ficar seguros. Um lugar onde os guardas não pudessem nos caçar. Comecei apenas com algumas tendas, mas quando enviamos mensagens codificadas aos divinais de Orïsha, o acampamento começou a crescer.

Inan inclina-se para frente.

— Vocês construíram este povoado em menos de uma lua?

— Parece mais tempo. — Zu dá de ombros. — É como se os deuses continuassem enviando divinais para cá. Antes que eu soubesse o que estava acontecendo, o acampamento já estava construído.

O fantasma de um sorriso surge em seu rosto, mas desaparece quando se vira para Amari e Tzain. Ela engole em seco e baixa os olhos, esfregando os braços com as mãos.

— As coisas que fizemos a vocês... — Zu se interrompe. — As coisas que eu *permiti* que fizessem... Sinto muito, mesmo. Juro, me deixa nauseada. Mas quando nossos batedores viram uma nobre com o pergaminho, não pudemos arriscar. — Ela fecha os olhos, e uma linha fina de lágrimas escorrendo. — Não podíamos deixar que acontecesse aqui o mesmo que aconteceu em Warri.

As lágrimas de Zu fazem meus olhos arderem. O rosto de Kwame se retorce de dor. Quero odiá-lo pelo que fez com Tzain, mas não consigo. Não sou melhor que ele. Se bobear, sou pior. Se Inan não tivesse me impedido, eu teria apunhalado aquele divinal mascarado até a morte para conseguir respostas. Ele estaria de cara na terra, e não deitado em um catre, sendo tratado enquanto espera a cura de Zu.

— Desculpe — Kwame se força a dizer, a voz baixa e tensa. — Mas jurei a essas pessoas que faria de tudo para mantê-las em segurança.

Minha mente pinta chamas ao redor de seu rosto de novo, mas, de alguma forma, não ficam tão ameaçadoras. Sua magia fez meu sangue gelar, mas ele lutava por seu povo. *Nosso* povo. Mesmo os deuses não o culpariam por isso. Como eu posso culpá-lo?

Zu limpa as lágrimas do rosto com a palma da mão. Nesse momento, parece muito mais jovem do que o mundo permite que seja. Não me controlo e estendo a mão, puxando-a para um abraço.

— Sinto muito — chora ela no meu ombro.

— Tudo bem. — Afago suas costas. — Vocês estavam tentando proteger seu povo. Fizeram o que tinham que fazer.

Encontro os olhos de Amari e Tzain, e eles meneiam a cabeça, concordando. Não podemos culpá-la. Não quando faríamos exatamente a mesma coisa.

— Aqui. — Zulaikha puxa o pergaminho do bolso do dashiki preto e o coloca nas minhas mãos. — Seja lá o que você precise, todos aqui estão à disposição. Eles me ouvem porque fui a primeira a tocar o pergaminho, mas se o que Amari disse for verdade, você foi a escolhida pelos deuses. Seja qual for sua ordem, todos nós a seguiremos.

Essa ideia gera um incômodo que arrepia minha pele. Não posso liderar essas pessoas. Mal consigo me liderar.

— Obrigada, mas você está fazendo um bom trabalho aqui. Só mantenha essas pessoas em segurança. Nosso trabalho é chegar até Zaria e alugar um barco. O solstício é daqui a cinco dias apenas.

—Tenho família em Zaria — comenta Folake. — Comerciantes em quem podemos confiar. Se eu for com vocês, podemos pegar um barco com eles.

— Eu vou também. — Zulaikha toma minha mão; a esperança é palpável em seu toque pequenino. — Tem gente o bastante aqui para manter a segurança, e tenho certeza de que vocês precisam de uma curandeira.

— Se vocês me aceitarem... — A voz de Kwame some. Ele pigarreia e se força a encarar os olhos de Tzain e Amari. — Eu gostaria de lutar com vocês. O fogo é sempre uma boa defesa.

Tzain fita Kwame com um olhar frio, a mão esfregando a coxa ferida. Embora Zu tenha estancado seu sangramento, não foi forte o suficiente para sumir com toda a dor.

— Proteja minha irmã ou, da próxima vez que fechar os olhos, você é quem terá uma adaga cravada na perna.

— Parece justo. — Kwame estende a mão. Tzain cede e aceita o cumprimento. Um silêncio confortável enche a tenda enquanto um pedido de desculpas é trocado através do aperto de mãos.

— Precisamos celebrar! — Um grande sorriso surge no rosto de Zu, tão brilhante e inocente que a faz parecer a criança que deveria poder ser. Sua alegria é tão contagiante que até mesmo Tzain abre um sorrisinho. — Estava querendo fazer algo divertido, uma maneira de unir todos no acampamento. Sei que não é o momento certo, mas deveríamos fazer o Àjọyọ̀ amanhã.

—Àjọyọ̀? — Eu me inclino para frente, incrédula.

Quando eu era criança, considerava celebrar a Mãe Céu e o nascimento dos deuses a melhor época do ano. Baba sempre comprava cafetãs combinando para Mama e para mim, de seda e contas, com longas caudas que desciam pelas costas. No último Àjọyọ̀ antes da Ofensiva, Mama economizou o ano inteiro para comprar argolas folheadas a ouro e trançá-las em todo o meu cabelo.

— Seria perfeito. — A voz de Zu acelera com a empolgação crescente. — Poderíamos afastar nossas tendas e fazer uma procissão de abertura. Encontrar um lugar para as histórias sagradas. Podíamos construir um palco e deixar que cada maji tocasse o pergaminho. Todos poderão assistir à volta dos poderes!

Uma pontada de hesitação me percorre, queimando com o eco das chamas de Kwame. Apenas um dia atrás, transformar todos esses divinais em maji teria sido um sonho, mas pela primeira vez eu titubeio. Mais magia significa mais potencial, mais mãos erradas nas quais a pedra do sol pode cair. *Mas se eu estiver de olho nela... se todos esses divinais já seguem Zu...*

— O que acha? — pergunta Zu.

Olho para ela e para Kwame. Ele abre um sorriso.

— Parece incrível — decido. — Será um Àjọyọ̀ que o povo nunca vai esquecer.

— E o ritual?

— Se partirmos logo depois da celebração, teremos tempo o suficiente. Ainda temos cinco dias para chegar a Zaria e, usando o barco de Folake, vamos reduzir nosso tempo pela metade.

O rosto de Zu se ilumina tanto que é como se tivesse luz própria. Ela aperta minha mão, e fico surpresa com o calor que me preenche. É mais que outra aliada. É o início de nossa comunidade.

— Então, mãos à obra! — Zu pega a mão de Amari também, quase dando pulinhos. — É o mínimo que podemos fazer. Não consigo pensar em um jeito melhor de homenagear vocês quatro.

—Três — corrige Tzain. Sua seriedade interrompe minha empolgação. Ele meneia a cabeça para Inan. — Ele não está conosco.

O aperto em meu peito cresce quando Inan e Tzain travam olhares. Sabia que este momento chegaria. Só esperava que tivéssemos mais tempo.

Zu assente, rígida, percebendo a tensão.

— Vamos deixar vocês conversarem. Há muito que fazer para tudo estar pronto até amanhã.

Ela se levanta, e Kwame e Folake a seguem, deixando-nos apenas com o silêncio. Sou forçada a encarar o pergaminho nas mãos. E agora? O que nós vamos... *somos mesmo "nós"?*

— Sei que vai ser difícil de aceitar — Inan começa. — Mas as coisas mudaram quando você e Amari foram capturados. Sei bem que é pedir demais, mas se sua irmã aprendeu a confiar em mim...

Tzain me encara, sua expressão raivosa atingindo-me como um golpe de bastão na barriga. Seu rosto revela tudo: *me diz que não é verdade.*

— Tzain, se não fosse por ele, eu teria sido capturada também...

Porque ele quis me matar com as próprias mãos. Quando os guerreiros atacaram, ele ainda queria cravar a espada no meu coração.

Respiro fundo e recomeço, correndo as mãos pelo bastão. Não posso me dar ao luxo de estragar tudo. Preciso que Tzain me escute.

— Não confiei nele, não no início. Mas Inan lutou do meu lado. Quando fiquei em perigo, ele se lançou na minha frente para me defender. — Minha voz parece sumir. Incapaz de olhar para qualquer um, encaro minhas mãos. — Ele viu coisas, sentiu coisas que eu nunca consegui explicar a mais ninguém.

— Como posso acreditar nisso? — Tzain cruza os braços.

— Porque... — Olho para Inan. — Ele é um maji.

— Quê? — Amari fica boquiaberta e se vira às pressas para Inan. Embora eu a tenha visto olhar a mecha no cabelo do irmão antes, agora a informação se encaixa. — Como é possível?

— Não sei — responde Inan. — Aconteceu em algum momento, em Lagos.

— Pouco antes de você incendiar nossa vila? — grita Tzain.

O príncipe cerra os dentes.

— Na época eu não sabia...

— Mas sabia quando matou Lekan.

— Ele nos atacou. Minha almirante temeu por nossa vida...

— E quando tentou matar minha irmã na noite passada? Você já era um maji? — Tzain tenta se levantar, mas faz uma careta e leva a mão à coxa.

— Deixa eu te ajudar — digo, mas Tzain afasta minha mão.

— Me diz que você não é idiota a esse ponto. — Um tipo de dor diferente lampeja em seus olhos. — Não pode confiar nele, Zél. Maji ou não, ele não está do nosso lado.

— Tzain...

— Ele tentou te *matar*.

— Por favor — interrompe Inan. — Sei que você não tem motivo nenhum para confiar em mim, mas eu não quero mais lutar. Todos nós desejamos a mesma coisa.

— O quê? — zomba Tzain.

— Uma Orïsha melhor. Um reino onde maji como sua irmã não tenham que viver com medo constante. Eu quero melhorar as coisas. — Inan me encara com seus olhos âmbar. — Quero consertar Orïsha com vocês.

Eu me forço a desviar os olhos, com medo de que meu rosto me traia. Viro para Tzain, esperando que algo nas palavras de Inan o tenha tocado. Mas ele está cerrando os punhos com tanta força que seu antebraço treme.

— Tzain...

— Esquece. — Ele se ergue com uma careta e vai para a saída da tenda, lutando com a dor na perna. — Você sempre estraga tudo. Por que pararia agora?

CAPÍTULO CINQUENTA E DOIS

AMARI

— Inan, espere!

Abro caminho entre os divinais que enchem o gramado entre as duas longas fileiras de tendas. Os olhares curiosos acrescentam peso a meus passos, mas não são suficientes para me distrair das perguntas que povoam minha cabeça. Quando Tzain saiu, Zélie correu atrás dele, tentando em vão fazer com que entendesse. E aí meu irmão correu atrás dela, deixando-me sozinha na tenda.

Inan para quando ouve minha voz, embora não se vire. Seus olhos seguem Zélie, acompanhando-a enquanto ela desaparece na multidão. Quando se vira para mim, não sei que pergunta devo fazer primeiro.

É como se eu estivesse de volta às muralhas do palácio, tão próxima dele e, ainda assim, a mundos de distância.

— Você deveria pedir para que Zulaikha cure isso. — Ele agarra meus pulsos, inspecionando as escoriações vermelho-escuras e o sangue seco onde as cordas cortaram a pele. Foi fácil me distrair da dor enquanto estava carregando Tzain, mas agora o latejar é constante, queimando sempre que o vento frio atinge a carne viva.

— Quando ela tiver descansado. — Recolho as mãos, cruzando os braços para escondê-las. — Ela está exausta depois de ter curado Tzain e ainda precisa cuidar de Jailin. Não quero que ela se machuque.

— Ela parece com você. — Inan sorri, mas o sorriso não chega aos olhos. — Você sempre ficava com aquela expressão agitada quando tinha uma ideia e sabia que ia conseguir fazer as coisas do seu jeito.

Sei do que ele está falando; Inan tinha uma também. Abria um sorriso tão largo que o nariz se franzia e os olhos quase se fechavam de tão estreitos. Era essa expressão que me tirava da cama de madrugada para nos esgueirarmos até os estábulos ou mergulharmos de cabeça em um barril de açúcar na cozinha. Antigamente, quando as coisas eram mais simples. Antes de meu pai e Orïsha ficarem entre nós.

— Queria lhe dar isso. — Inan enfia a mão no bolso. Espero uma ameaça de morte de meu pai. Mal consigo respirar quando vejo o brilho de meu antigo diadema.

— Como? — Minha voz falha quando ele o coloca na minha mão.

Embora torta, enferrujada e manchada de sangue, segurá-lo aquece meu peito. É como ter um pedacinho de Binta de volta.

— Estou carregando isso desde Sokoto. Pensei que ia querer de volta.

Aperto o diadema junto ao peito e encaro Inan, uma onda de gratidão percorrendo meu corpo. Mas a gratidão apenas piora nossa realidade.

— Você é mesmo um maji? — A pergunta escapa enquanto examino a mecha branca no cabelo de Inan. Com ou sem diadema, ainda não entendo: quais são seus poderes? Por que ele, e não eu? Se os deuses decretam quem recebe seus dons, o que os fez escolher Inan?

Ele assente, correndo os dedos pela mecha.

— Não sei como ou por quê. Aconteceu quando toquei o pergaminho em Lagos.

— Nosso pai sabe?

— Eu ainda estou vivo, não estou? — Inan tenta manter a voz leve, mas a dor é nítida. A imagem da espada que matou Binta surge na minha mente. É fácil demais imaginar meu pai enterrando aquela espada no peito de Inan também.

— Como você pôde?

Todas as outras perguntas desaparecem quando a única que importa finalmente vem à tona. Sinto todas as vezes que o defendi para Zélie inflarem-se dentro de mim. Pensei que conhecesse a verdadeira essência de meu irmão. Agora não sei sequer se o conheço.

— Entendo o que é estar sob a influência do nosso pai, mas ele não está aqui — insisto. — Como posso confiar em você quando estava lutando contra si mesmo esse tempo todo?

Os ombros de Inan murcham. Ele coça a nuca.

— Você não pode — responde ele. — Mas vou conquistar sua confiança. Eu prometo.

Em outra vida, essas palavras seriam suficientes, mas a morte de Binta ainda marca minhas lembranças. Não consigo evitar e penso em todos os sinais, em todas as chances que tive de libertá-la da vida palaciana. Se eu tivesse sido mais atenta na época, minha amiga ainda estaria viva.

— Essas pessoas. — Eu aperto o diadema. — Elas são tudo para mim. Amo você, Inan, mas não vou permitir que machuque os maji do jeito que me machucou.

— Eu sei. — Inan meneia a cabeça. — Mas juro pelo trono que esse não é meu objetivo. Zélie me ensinou o quanto eu estava enganado sobre os maji. Sei que eu cometi muitos erros.

Sua voz atenua-se quando fala de Zélie, como se fosse uma boa recordação. Mais questões borbulham dentro de mim quando ele se vira para procurá-la na multidão, mas por ora eu as reprimo. Não consigo nem imaginar o que ela fez para mudar a cabeça de meu irmão, mas a única coisa que importa agora é que essa mudança seja definitiva.

— Pelo seu bem, espero que não cometa mais nenhum.

Inan me encara, seu rosto indecifrável enquanto me olha de cima a baixo.

— Isso é uma ameaça?

— É uma promessa. Se eu suspeitar de qualquer traição, será minha espada que você terá que enfrentar.

Não seria a primeira vez que nossas espadas se chocariam. Certamente não será como a última.

— Vou provar para você, para todos vocês, que mudei — declara Inan. — Você está do lado certo. Meu único desejo é ficar desse lado também.

— Ótimo. — Eu avanço para abraçá-lo, aceitando sua promessa.

Mas quando suas mãos envolvem minhas costas, tudo em que consigo pensar é que seus dedos pousam logo acima das minhas cicatrizes.

CAPÍTULO CINQUENTA E TRÊS

ZÉLIE

Na manhã seguinte, Zu entra saltitante na minha tenda.

—Tem tanta coisa que preciso mostrar para você. — Ela sacode meu braço. — Zélie, *vamos*. É quase meio-dia!

Farta de cutucões, eu cedo e me sento, abrindo caminho pelos novos cachos dos meus cabelos para coçar o couro cabeludo.

— Vamos rápido. — Zu coloca um dashiki vermelho sem mangas em meus braços. —Todo mundo está esperando lá fora.

Quando ela sai, lanço um sorriso para Tzain, mas ele continua de costas para mim. Embora eu saiba que ele está acordado, não dá um pio. O silêncio desconfortável que queimava entre nós na noite passada volta, os suspiros frustrados e as palavras vazias enchem nossa tenda. Não importava quantas vezes eu pedisse desculpas, Tzain não me respondia.

— Quer vir? — pergunto em voz baixa. — Uma caminhada talvez faça bem para sua perna.

Nada. É como se eu estivesse falando com o ar.

—Tzain...

—Vou ficar aqui. — Ele se remexe e coça o pescoço. — Não quero caminhar com *todo mundo*.

Me lembro das palavras de Zu. Achei que ela estava falando de Kwame e Folake, mas Inan provavelmente está lá fora. Se Tzain ainda está chateado, vê-lo só vai piorar as coisas.

—Tudo bem. —Visto o dashiki e prendo o cabelo com um lenço de estampa azul e vermelha que Zu me emprestou. —Volto logo. Vou tentar trazer um pouco de comida para você.

— Obrigado.

Me apego à resposta, repetindo-a em minha cabeça. Se Tzain consegue soltar um grunhido de gratidão, talvez as coisas fiquem bem.

— Zél. — Ele olha para trás, fitando meus olhos. — Cuidado. Não quero você sozinha com ele.

Faço que sim e saio da tenda, sentindo o peso do alerta de Tzain. Mas assim que saio para o acampamento, tudo evapora.

A luz do sol inunda o vale espaçoso; cada acre verdejante explode com vida. Jovens divinais andam de um lado para outro pelo labirinto de cabanas improvisadas, tendas e carroças. Cada pessoa brilha com cabelos brancos e padrões vibrantes tecidos em seus dashikis e cafetãs coloridos. É como se a promessa da Mãe Céu estivesse bem diante dos meus olhos, viva depois de todo esse tempo.

— Meus deuses. — Eu giro, observando tudo enquanto Zu acena para eu me aproximar. Nunca vi tantos divinais juntos, especialmente com tanta... alegria. A multidão gargalha e sorri pelas colinas, cabelos brancos trançados e soltos e esvoaçando. Uma liberdade nada familiar preenche seus ombros, seus passos, seus olhos.

— Cuidado!

Ergo as mãos, sorrindo, quando um grupo de crianças passa correndo. O mais velho entre a multidão parece ter uns vinte e poucos anos, não mais que vinte e cinco. De todos os divinais à nossa frente, eles são os mais desconcertantes de se ver; nunca encontrei tantos divinais adultos fora de celas, na prisão ou nas colônias.

— Finalmente! — Zu engancha o braço no meu, abrindo um sorriso quase grande demais para seu rosto. Ela me puxa por uma carroça pintada de amarelo, onde Inan e Amari estão esperando. Amari abri um sorrisinho quando me vê, mas seu rosto se entristece por não encontrar Tzain.

— Ele quis descansar — respondo à pergunta não feita. *E não quis ver seu irmão.*

Inan me olha, lindo em um cafetã cobalto com calça estampada e justa. Parece diferente sem as linhas rígidas e o metal denteado do uniforme. Mais suave. Mais caloroso. Sua mecha branca reluz, para variar sem estar oculta embaixo de um capacete ou de tinta preta. Nossos olhos se demoram uns nos outros, mas leva apenas um segundo para Zu se enfiar entre nós e nos puxar com ela.

— Já avançamos, mas ainda temos muito o que fazer se quisermos estar prontos para a noite. — Ela parece falar a milhões de metros por segundo, sempre descobrindo algo novo a dizer antes de terminar o último pensamento.

— Aqui é onde vão ficar as histórias antigas. — Zu aponta um palco improvisado que ocupa um montinho gramado entre duas tendas. — Temos uma divinal de Jimeta que vai contá-las. Vocês precisam conhecê-la, é uma graça. Achamos que será uma mareadora. Ah, e isso! Aqui os divinais vão tocar o pergaminho. Mal posso esperar para ver isso, vai ser incrível!

Zulaikha se move pela multidão com o magnetismo de uma rainha. Divinais param e ficam olhando enquanto ela passa, apontando e sussurrando sobre nós, porque ela está segurando minha mão. Em geral, odeio quando os outros me encaram, mas hoje fico feliz com isso. Não é como os guardas ou os kosidán, que querem que eu desapareça. O olhar dos divinais tem uma reverência, um novo tipo de respeito.

— Aqui vai ser a melhor parte. — Zu aponta para uma grande clareira que está sendo decorada com lanternas e lençóis coloridos. — Aqui é onde a procissão de abertura vai acontecer. Zélie, você precisa participar!

— Ah, é melhor não. — Balanço a cabeça intensamente, mas gargalho quando Zu agarra meus pulsos e começa a pular. Sua alegria é contagiante; mesmo Inan não aguenta e sorri.

— Você vai ser ótima! — Os olhos dela se arregalam. — Não temos uma ceifadora ainda, e a roupa de Oya serviria em você perfeitamente. Tem aquela saia longa e vermelha e a blusa dourada... Inan! Não acha que ela ficaria incrível?

Os olhos de Inan se arregalam e ele gagueja, olhando para mim e para Zu como se uma de nós fosse liberá-lo de responder.

— Zu, tudo bem. — Faço um gesto de dispensa. — Tenho certeza de que vai conseguir encontrar outra pessoa.

— Provavelmente é melhor assim. — Inan recupera a voz. Os olhos se fixam em mim por um instante antes de ele desviar o rosto. — Mas, sim, acho que Zélie ficaria linda.

Meu rosto esquenta, e ainda mais quando Amari nos olha. Eu me viro e me concentro em outra coisa, tentando ignorar como a resposta de Inan faz algo dentro de mim formigar. Relembro o jeito com que ele me carregou para o acampamento.

— Zu, o que é aquilo? — Aponto para uma carroça preta com uma longa fila de divinais.

— É lá que Folake está pintando os baajis dos clãs. — Os olhos de Zu se iluminam. — Você precisa de um!

— Baajis? — Amari franze o nariz, mostrando confusão.

Zu aponta para o símbolo pintado em seu pescoço. Ela pega Inan e Amari pelas mãos e os puxa, correndo à frente.

— São lindos. Venha, vocês precisam ver!

Zu se move rápido, puxando-os para o meio das pessoas. Penso em apertar o passo, mas caminhar por este acampamento me faz querer ir devagar. Cada vez que passo por um novo divinal, minha mente acelera, imaginando todos os tipos de maji que ele poderia se tornar. Pode haver futuros ventaneiros à minha esquerda, ou videntes à minha direita. Com dez clãs, há mesmo a possibilidade de um futuro ceifador estar bem diante de m...

Um estranho tromba comigo, vestido de vermelho e preto. Ele segura minha cintura, equilibrando-me antes que eu caia para trás.

— Me desculpe. — Ele sorri. — Meus pés têm o hábito desagradável de seguir meu coração.

— Tudo b... — Minha voz falha. O estranho é diferente de todo mundo, de qualquer descendente de sangue orïshano. Sua pele é da cor de areia, com leves tons acobreados. Diferentes dos olhos redondos dos orïshanos, os dele são angulares e estreitos, acentuando os olhos verde-cinzentos e tempestuosos.

— Roën. — Ele sorri de novo. — É um prazer. Espero que possa perdoar meu desajeito. — Seu sotaque corta os tês e enrola os erres enquanto fala. Deve ser um mercador, algum negociante de outro país.

Finalmente.

Olho o rapaz de cima a baixo. Tzain me contou das vezes em que se encontrou com estrangeiros viajando por Orïsha para as partidas de agbön, mas eu nunca tinha me encontrado com um. Durante anos ouvi descrições de comerciantes diferentes em mercados lotados e viajantes que passavam pelas cidades mais agitadas de Orïsha. Sempre quis que um fosse a Ilorin, mas eles nunca avançavam tanto pela costa leste.

Perguntas enchem minha mente, então percebo que sua mão ainda está nas minhas costas. Meu rosto esquenta quando deslizo para longe de seu toque. Não deveria ficar encarando, mas pelo sorrisinho nos lábios de Roën, posso garantir que ele gosta.

— Até mais. — Ele acena e sai, empertigado, e meu olhar o segue. Mas antes que possa dar mais um passo, Inan reaparece e agarra seu braço.

O sorriso some dos olhos de Roën quando se volta para a pegada de Inan.

— Não sei de suas intenções, irmão. Mas esse é um bom jeito de perder a mão.

— Roubar também é. — Inan cerra os dentes. — Devolva.

O estranho de olhos cinzentos me olha; com um dar de ombros constrangido, ele retira um bastão retrátil do bolso da calça larga. Meus olhos se arregalam quando ponho a mão no cós vazio da minha calça.

— Como foi que você fez isso? — Pego o bastão de volta. Mama Agba nos treinou para sentir o toque de um ladrão. Deveria ter sentido a mão dele.

— No encontrão.

— Então por que ficou por perto? — pergunto. — Se é tão sorrateiro, poderia ter se safado.

— Não consegui resistir. — Roën sorri como um raposano, revelando dentes que brilham um pouco demais. — Por trás vi apenas o lindo bastão. Não sabia que estaria em uma linda garota.

Eu o encaro com raiva, mas isso só faz com que seu sorriso se alargue mais.

— Como eu disse antes, meu amor — ele faz uma pequena reverência —, até mais.

Então se afasta, caminhando até Kwame a distância. Eles agarram os punhos um do outro em um cumprimento familiar, trocando palavras que não consigo ouvir.

Kwame me olha por um segundo antes de os dois desaparecerem em uma tenda. Não consigo evitar pensar no que Kwame está conversando com um homem daqueles.

— Obrigada — digo a Inan quando corro os dedos pelo bastão esculpido. É a única coisa que me restou de Ilorin. O único elo com a vida que tinha. Penso em Mama Agba, desejando poder ver a ela e a Baba de novo.

— Se eu soubesse que basta um sorriso charmoso para te distrair, teria tentado séculos atrás.

— Não foi o sorriso. — Ergo o queixo. — Nunca tinha visto alguém de outro país.

— Ah, então foi isso? — Inan sorri de um jeito sutil, mas me desarma. Em nosso tempo juntos, vi de tudo perpassar seus lábios, da raiva à dor, mas nunca nada próximo a um sorriso verdadeiro. Sorrir cria uma covinha em sua bochecha, franzindo a pele ao redor dos olhos âmbar.

— O que foi? — pergunta ele.

— Nada. — Volto a olhar meu bastão. Entre o cafetã e o sorriso, é difícil acreditar que ainda estou olhando para o principezinho...

— *Ugh!*

O sorriso de Inan se transforma em uma careta. Ele cerra os dentes e aperta a lateral do corpo.

— O que houve? — Pouso a mão em suas costas. — Precisa que eu busque Zu?

Ele faz que não, soltando um suspiro frustrado.

— Não é o tipo de coisa que ela poderia curar.

Inclino a cabeça até entender o que ele está dizendo. Inan está tão diferente em um cafetã cobalto que nem percebi que o ar ao seu redor está frio.

— Você está reprimindo sua magia. — Meu coração fica apertado. — Não precisa, Inan. Ninguém aqui sabe quem você é.

— Não é isso. — Inan se recupera antes de erguer o corpo. — Tem gente demais aqui. Preciso controlar. Se eu soltar, alguém pode se ferir.

De novo, tenho um vislumbre do principezinho abatido que me atacou com sua lâmina; sabia que ele estava assustado, mas tem realmente tanto medo de si mesmo?

— Eu posso ajudar. — Abaixo a mão. — Ao menos um pouco. Se você aprendesse como controlar, a magia não te machucaria desse jeito.

Inan puxa o colarinho do cafetã, embora esteja largo no pescoço.

— Você faria isso?

— Claro. — Agarro seu braço, levando-o para longe da multidão. — Venha. Sei de um lugar aonde podemos ir.

O RIO GOMBE CORRE AO NOSSO LADO, enchendo o ar com sua música. Pensei que este ambiente acalmaria Inan, mas agora que estamos sentados, percebo que sou eu que preciso me acalmar. O nervosismo que surgiu quando Zu me pediu para liderar os maji volta, mais forte dessa vez. Não sei como ajudar Inan. Ainda estou tentando entender a magia de ceifadora.

— Me conte. — Respiro fundo e finjo a confiança que queria ter. — Como é sua magia? Quando ela vem com mais força?

Inan engole em seco, os dedos se remexendo ao redor de um objeto fantasma.

— Não sei. Não entendo nada disso, nada.

— Aqui. — Enfio a mão no bolso e tiro uma moeda de bronze, que deixo na palma de sua mão. — Pare de se remexer, está me deixando inquieta.

— O que é isso?

— Algo com que você pode brincar sem se envenenar. Mexa nela e se acalme.

Inan sorri de novo, um sorriso grande, um sorriso que chega a seus olhos e os suaviza. Ele corre o polegar pelo guepardanário talhado no centro da moeda, marcando-a como orïshana.

— Acho que nunca tinha segurado uma moeda de bronze.

— Aff — bufo com desprezo. — Guarde para você fatos como esse para eu não vomitar.

— Perdão. — Inan sopesa a moeda na palma da mão. — E obrigado.

— Me agradeça quando eu conseguir ajudar. Quando foi a última vez que você realmente deixou sua magia fluir?

Com a moeda de bronze passando entre os dedos, Inan pensa.

— Naquele templo.

— Candomblé?

Ele concorda com a cabeça.

— Ele amplificou minhas habilidades. Quando eu estava tentando te encontrar, sentei embaixo de uma pintura de Orí e... não sei. Foi a primeira vez que senti que havia algo que eu podia controlar.

A terra do sonho. Penso na última vez em que estivemos lá, me questionando o que foi que eu disse. Revelei alguma coisa?

— Como funciona? — pergunto. — Tem vezes que parece que você está lendo um livro na minha cabeça.

— Mais um quebra-cabeça do que um livro — corrige Inan. — Nem sempre é claro, mas quando seus pensamentos e emoções são intensos, eu também sinto.

— Você tem isso com todo mundo?

Ele faz que não.

— Não no mesmo nível. Todos os outros parecem uma chuva repentina. Você é uma onda gigantesca.

Congelo com o poder de suas palavras, tentando imaginar como deve ter sido. O medo. A dor. As lembranças de Mama sendo levada.

— Parece terrível — sussurro.

— Nem sempre. — Ele me encara como se pudesse enxergar meu coração, tudo o que sou. — Tem vezes que é incrível. Até mesmo bonito.

Meu coração infla no peito. Um cacho de cabelo cai no meu rosto, e Inan o coloca atrás da minha orelha. Um arrepio percorre meu pescoço quando seus dedos roçam minha pele.

Pigarreio e desvio o olhar, ignorando o latejar na minha cabeça. Não sei o que está acontecendo, mas sei que não posso me permitir sentir essas coisas.

— Sua magia é forte. — Trago o foco de volta para o assunto. — Acredite ou não, ela vem naturalmente. Você canaliza instintivamente coisas que a maioria dos maji precisaria de um encantamento poderoso para fazer.

— Como posso controlar? — pergunta Inan. — O que eu faço?

— Feche os olhos — instruo. — Repita comigo. Não sei os encantamentos de um conector, mas sei como pedir ajuda dos deuses.

Inan fecha os olhos e aperta com força a moeda de bronze.

— É simples... *Orí, bá mi sọ̀rọ̀.*

— Bá mí xôro?

— *Bá mi sọ̀rọ̀* — corrijo sua pronúncia com um sorriso. É bonitinho como o iorubá parece desajeitado em seus lábios. — Repita. Imagine Orí. Se abra e peça ajuda. Isso é ser um maji. Com os deuses do seu lado, você nunca está sozinho.

Inan abaixa os olhos.

— Eles estão mesmo sempre comigo?

— Sempre. — Penso em todos os anos em que virei as costas para eles. — Mesmo nos momentos mais sombrios, os deuses sempre estão conosco. Não importa se a gente presta atenção a eles ou não, eles sempre têm um plano.

A mão de Inan se fecha ao redor da moeda de bronze, e o rosto vai ficando pensativo.

—Tudo bem. — Ele assente. — Quero tentar.

— *Orí, bá mi sọ̀rọ̀.*

— *Orí, bá mi sọ̀rọ̀* — ele entoa baixinho, com os dedos remexendo na moeda de bronze. No início, nada acontece, mas enquanto ele continua, o ar começa a esquentar. Uma luz azul suave surge em suas mãos. A luz esgueira-se até mim.

Fecho os olhos quando o mundo gira, uma onda quente, como no outro dia. Quando o mundo para de rodar, estou de volta à terra do sonho.

Mas dessa vez, quando os juncos tocam meus pés, não preciso ter medo.

CAPÍTULO CINQUENTA E QUATRO

INAN

O ar da terra do sonho zumbe como uma melodia. Suave.

Ressonante.

Enquanto ele canta, meus olhos percorrem a pele nua de Zélie no lago.

Como um cisne de penas negras, ela desliza sobre as ondas cintilantes, o rosto tranquilo, uma expressão que eu nunca tinha visto. É como se, por um momento, o mundo inteiro não pesasse sobre seus ombros.

Ela mergulha por alguns segundos e emerge, erguendo o rosto escuro para os raios acima. De olhos fechados, seus cílios parecem não ter fim. Seus cachos parecem prateados diante da pele. Quando se vira para mim, fico sem fôlego. Por um momento, esqueço como respirar.

E pensar.

No passado, eu achava que ela tinha o rosto de um monstro.

—Você sabe que é estranho ficar só olhando.

Um sorriso esgueira-se pelo meu rosto.

— Esse é seu jeito espertinho de me fazer mergulhar também?

Ela sorri. Um sorriso lindo. Com ele, eu vislumbro o sol. Quando Zélie se vira, anseio por aquele vislumbre de novo, pelo calor que ele espalha pelos meus ossos. Com esse impulso, tiro a camisa e salto.

Zélie cospe e tosse com a onda que a atinge quando mergulho na água ondulante. A corrente me puxa para baixo com uma força inesperada. Bato os pés e os braços até irromper na superfície.

Enquanto nado para longe do rugido da cachoeira, Zélie examina a floresta atrás de nós; ela se estende para além da vista. Muito além da fronteira branca onde ficava a margem do lago da última vez.

— Acho que é sua primeira vez na água, certo? — grita Zélie.

— Como você sabe?

— Seu rosto — responde ela. — Você fica com cara de bobo quando se surpreende.

Um sorriso espalha-se pelos meus lábios, algo cada vez mais frequente na presença dela.

— Você gosta mesmo de me ofender, não é?

— É quase tão prazeroso quanto te bater com meu bastão.

Dessa vez, é ela quem sorri. Isso faz meu sorriso crescer. Ela salta e boia de costas, passando entre os juncos e nenúfares flutuantes.

— Se eu tivesse sua magia, passaria o tempo todo aqui.

Faço que sim, embora fique imaginando como minha terra do sonho seria sem ela. Tudo o que crio são juncos meio murchos. Com Zélie, o mundo inteiro flui.

— Você parece em casa dentro d'água — digo. — Incrível não ser uma mareadora.

— Talvez em outra vida. — Ela corre a mão pela superfície do lago, observando enquanto ele desliza pelos dedos. — Não sei por que é assim. Eu gostava dos lagos em Ibadan, mas não são nada se comparados ao oceano.

Como centelhas acendendo um fogo, sua lembrança me engole: seus olhos jovens bem abertos; a admiração das ondas infinitas.

— Você morou em Ibadan? — Eu me aproximo, inspirando mais dela. Embora nunca tenha me aventurado no vilarejo do norte, as lembranças de Zélie são tão vívidas que é como se eu estivesse lá agora. Fico maravilhado com a vista estonteante do topo da montanha, inalo seu ar fresco. Suas lembranças de Ibadan têm um calor especial. A camada de amor de sua mãe.

— Morei lá antes da Ofensiva. — A voz de Zélie vacila quando ela revive os momentos comigo. — Mas, depois... — Ela balança a cabeça. — Havia lembranças demais. Não conseguimos ficar.

Um poço de culpa abre-se em meu peito, maculado pelo cheiro de carne queimada. Os incêndios a que assisti do palácio real ressurgem; a vida de inocentes incinerada diante de meus olhos juvenis. Uma lembrança que reprimo como minha magia, um dia que eu ansiava esquecer. Mas encarar Zélie agora o traz inteiro de volta: a dor. As lágrimas. A morte.

— Não era para ficarmos em Ilorin. — Zélie fala mais para si do que para mim. — Mas então eu vi o mar. — Ela sorri. — Baba me disse que não precisávamos ir embora.

Na terra do sonho, a mágoa de Zélie me atinge com uma força insuportável. Ilorin era sua felicidade. E eu a incendiei inteira.

— Sinto muito. — As palavras escapam. Eu me odeio ainda mais quando elas ressoam. Parecem tão inadequadas. Fracas diante da dor dela. — Sei que não posso consertar. Não posso mudar o que fiz, mas... posso reconstruir Ilorin. Quando tudo acabar, será a primeira coisa que farei.

Zélie solta uma risada frágil. Seca. Desprovida de toda alegria.

— Continue dizendo bobagens como essa. Só vai provar que Tzain tem razão.

— Como assim? — pergunto. — O que ele pensa?

— Que quando isso tudo acabar, um de nós estará morto. Ele tem medo de que seja eu.

CAPÍTULO CINQUENTA E CINCO

ZÉLIE

Não sei por que estou aqui.

Nem sei por que provoquei Inan a pular.

Não sei por que algo em mim estremece cada vez que ele nada para mais perto.

Isto é temporário, eu me relembro. *Isto nem é real*. Quando acabar, Inan não vai estar usando cafetãs. Não vai me dar as boas-vindas à terra do sonho.

Tento imaginar o guerreiro feroz que conheço, o principezinho que avançou contra mim com sua espada. Mas, em vez disso, vejo a lâmina que me libertou da rede dos mascarados. Eu o vejo diante das chamas de Kwame.

Ele tem um bom coração. As palavras de Amari, tão distantes, giram na minha cabeça. Achei que ela estivesse em negação. Mas ela viu partes dele que eu não conseguia enxergar?

— Zélie, eu nunca machucaria você. — Ele balança a cabeça e faz uma careta. — Não depois de tudo que vi.

Quando ele ergue os olhos para mim, a verdade se espalha. Não acredito que não percebi isso antes. A culpa e a compaixão que ele vem carregando... *Pelos deuses.*

Ele deve ter visto tudo.

— Achei que meu pai não tinha escolha. Sempre achei que ele fez o que fez para proteger Orïsha. Mas depois de ver suas lembranças... — A voz dele some. — Nenhuma criança deveria passar por isso.

Desvio os olhos para as ondas do lago, sem saber o que dizer. O que sentir. Ele viu as piores partes de mim. Partes que nunca pensei que podia compartilhar.

— Meu pai estava errado. — Inan fala tão baixo que a cachoeira quase abafa sua voz. — Talvez eu devesse ter percebido antes, mas a única coisa que posso fazer agora é tentar consertar as coisas.

Não acredite nele, eu me aviso. *Ele está vivendo em uma fantasia, em um sonho.* Mas, a cada promessa que Inan faz, meu coração infla, desejando secretamente que alguma delas seja verdadeira. Quando Inan me encara, vejo um traço do otimismo que sempre brilha nos olhos de Amari. Apesar de tudo, ele está determinado a fazer o que promete.

Realmente quer mudar Orïsha.

Se a Mãe Céu trouxe o pergaminho até você por meio de uma descendente do sangue de Saran, seu desejo está claro. As palavras de Lekan ecoam em minha cabeça enquanto encaro Inan, hipnotizada por seu queixo forte, a barba por fazer que o contorna. Se um descendente do sangue de Saran deve me ajudar, é possível que os deuses queiram que Inan governe e mude a guarda? É isso que estamos fazendo aqui? Por que eles deram esse dom da magia para ele?

Inan flutua para mais perto, e meu coração dispara. Devo nadar para longe. Mas fico parada, pregada no lugar.

— Não quero que mais ninguém morra — sussurra ele. — Não posso aceitar mais nenhum sangue nas mãos da minha família.

Belas mentiras. Isso é tudo. Mas se são apenas belas mentiras, por que não consigo nadar para longe?

Meus deuses, ele está usando alguma roupa? Meus olhos passam pelo seu peito largo, pelas curvas de cada músculo. Mas antes que eu possa ver qualquer coisa embaixo d'água, ergo os olhos. Pela Mãe Céu, o que estou fazendo?

Me forço a nadar pela cachoeira até minhas costas descansarem contra a encosta. Isso é absurdo. Por que eu deixei que ele me trouxesse aqui?

Espero que a água caindo mantenha Inan do outro lado, mas, em instantes, ele atravessa a cascata d'água para se juntar a mim.

Vá embora. Ordeno que minhas pernas se mexam, mas estou envolvida pelo sorriso suave nos lábios dele.

— Quer que eu vá embora?

Sim.

É tudo que preciso dizer. Mas quanto mais perto ele nada, mais alguma coisa dentro de mim quer que ele fique. Inan para antes de chegar perto demais, forçando-me a responder.

Eu quero que ele vá embora?

Ainda que meu coração esteja palpitando, sei a resposta.

— Não.

Seu sorriso desaparece e o olhar fica mais suave, uma expressão que não tinha visto antes. Quando outros me encaram desse jeito, quero arrancar seus olhos. Ainda assim, de algum jeito, sob o olhar de Inan, quero mais.

— Posso... — Sua voz some e as bochechas ficam coradas, incapaz de expressar seu desejo. Mas ele não precisa de palavras. Não quando uma parte inegável de mim quer a mesma coisa.

Faço que sim, e ele ergue a mão trêmula, acariciando meu rosto. Fecho os olhos, arrebatada pelo frenesi de seu simples toque. Queima pelo meu peito, desce violento pela coluna. A mão dele desliza do meu rosto para os cabelos, os dedos fazendo meu couro cabeludo formigar.

Pelos deuses...

Se um guarda visse isso, eu seria morta imediatamente. Mesmo sendo o príncipe, Inan poderia parar na prisão.

Mas, apesar das regras de nosso mundo, a outra mão de Inan me puxa para perto, convidando-me a me soltar. Fecho os olhos e me inclino, mais perto do principezinho do que eu deveria estar.

Seus lábios roçam os meus...

— Zélie!

Com uma sacudida, meu corpo volta com tudo ao mundo real.

Meus olhos se abrem bem quando Tzain arrasta Inan para longe. Ele o ergue pelo colarinho do cafetã e o joga no chão.

—Tzain, pare! — Levanto aos tropeços, tentando me meter entre eles.

— Fique longe da minha irmã!

—Acho melhor eu ir. — Inan olha para mim por um momento antes de se embrenhar na floresta. Ele aperta a moeda de bronze nas mãos. — Vou estar no acampamento.

— O que deu em você? — grito assim que Inan se afasta.

— O que deu em *mim*? — urra Tzain. — Pelos deuses, Zél, que diabos você está fazendo aqui? Pensei que pudesse estar ferida!

— Eu estava tentando ajudar. Ele não sabe como controlar sua magia. Fica sentindo dor...

— Pelo amor dos deuses, ele é o inimigo. Se estiver com dor, melhor para nós!

—Tzain, sei que é difícil de acreditar, mas ele quer consertar Orïsha. Está tentando tornar o país seguro para todos os maji.

— Isso é lavagem cerebral? —Tzain balança a cabeça. — É a magia dele? Você pode ser muitas coisas, Zél, mas sei que não é *tão* ingênua.

—Você não entende. — Afasto o olhar. — Nunca vai entender. Você nasceu para ser o kosidán perfeito que todo mundo ama. Mas eu sinto medo todos os dias.

Tzain recua como se eu o tivesse estapeado.

— Acha que eu não sei o que é acordar todos os dias preocupado se vai ser o último?

— Então dê uma chance a Inan! Amari é apenas uma princesa. Quando a magia voltar, ela não herdará o trono. Se eu puder convencer o príncipe herdeiro, teremos o futuro rei de Orïsha do nosso lado!

— Se pudesse ouvir a besteira que está dizendo... —Tzain puxa os cabelos. — Ele não se *importa* com você, Zél. Ele só quer se enfiar entre as suas pernas!

Meu rosto queima. A mágoa revira-se com a vergonha. Este não é Tzain. Este não é o irmão que eu amo.

— Ele é o filho do homem que assassinou Mama, pelo amor dos deuses. Você deve mesmo estar desesperada.

— Você está babando por Amari! — grito. — Por que se acha melhor que eu?

— Porque ela não é uma assassina! — retruca Tzain. — Ela não incendiou nossa *vila*!

O ar zumbe ao meu redor. Meu coração palpita enquanto a bronca de Tzain continua. Suas palavras ferem profundamente, mais afiadas do que qualquer ataque que enfrentei antes.

— O que Baba diria?

— Deixe Baba fora disso

— Ou Mama?

— Cala a boca! — grito. O zumbido aumenta para um retinido feroz. A parte mais sombria de mim fervilha, embora eu tente reprimi-la.

— Pelos deuses, se ela soubesse que morreu para que você se tornasse a puta do príncipe...

A magia jorra de mim, quente e violenta, despejando-se sem o direcionamento de um feitiço. Como uma lança, uma sombra rodopia saindo do meu braço, avançando com a fúria dos mortos.

Tudo acontece em um lampejo. Tzain grita. Eu caio para trás.

Quando acaba, ele agarra o ombro.

O sangue vaza por entre seus dedos.

Encaro minhas mãos trêmulas, as sombras diáfanas da morte que giram ao redor delas. Depois de um momento, elas se apagam.

Mas o ferimento permanece.

— Tzain... — Balanço a cabeça; as lágrimas escorrendo. — Foi sem querer. Eu juro. Não foi de propósito!

Tzain me encara como se não me reconhecesse. Como se eu tivesse traído toda a nossa relação.

—Tzain...

Ele passa por mim com o rosto sério. Implacável.

Engulo um soluço quando vou ao chão.

CAPÍTULO CINQUENTA E SEIS

ZÉLIE

Fico nos arredores do povoado até o sol se pôr. Na floresta, não tenho que encarar ninguém. Não tenho que me encarar.

Quando não consigo mais ficar sentada no escuro, volto à minha tenda, decepcionando Zu, rezando para não trombar com Tzain. Mas assim que Amari me vê, vem correndo com um cafetã de seda.

— Onde você estava? — Ela agarra minha mão e me puxa para sua tenda, praticamente me deixando nua para enfiar o vestido sobre a minha cabeça. — Já está quase na hora da celebração e nem fizemos seu cabelo.

— Amari, por favor...

— Nem tente brigar comigo. — Ela dá um tapa na minha mão e me obriga a me sentar quieta. — Essas pessoas estão esperando, Zélie. Você precisa estar arrumada.

Tzain não contou para ela...

É a única explicação. Amari aplica carmim em meus lábios e carvão ao redor dos meus olhos como uma irmã mais velha faria; em seguida, me obriga a fazer o mesmo com ela. Se soubesse da verdade, teria apenas medo.

— Ficou tão encaracolado — diz ela, prendendo um de meus cachos para trás.

— Acho que é a magia. O cabelo de Mama era assim.

— Fica bem em você. Nem acabei e você está linda.

Meu rosto fica corado, e encaro o cafetã de seda que ela pôs em mim à força. Sua estampa púrpura se entremeia com amarelo-vibrante e azul-escuro, e brilha contra minha pele escura. Toco a gola de contas, desejando que Amari o devolva a quem o tiver emprestado. Não consigo me lembrar da última vez que usei um vestido; me sinto nua sem um tecido cobrindo minhas pernas.

— Não gosta? — pergunta Amari.

— Não importa. — Eu suspiro. — Não importa o que eu use, só quero que esta noite termine.

— Aconteceu alguma coisa? — questiona Amari com delicadeza. — De manhã você estava toda ansiosa. Agora Zu me diz que você não quer compartilhar o pergaminho.

Aperto os lábios e seguro o tecido de meu cafetã. O jeito como o sorriso de Zu desapareceu me encheu de um tipo diferente de vergonha. Todas essas pessoas esperando que eu as lidere, e ainda assim não consigo nem mesmo controlar minha magia.

E não apenas minha magia...

A lembrança das chamas de Kwame queima tanto que minha pele se arrepia com o calor imaginário. Me convenci de que não tenho nada a temer, mas agora só sinto medo. E se Zu não pudesse controlá-lo? E se ela não tivesse chegado a tempo? Se Kwame não tivesse apagado suas chamas, eu nem estaria aqui.

— Não é a hora — digo por fim. — O solstício é daqui a quatro dias apenas...

— Então por que não dar a esses divinais os poderes de volta agora? — Amari segura firme meu cabelo. — Por favor, Zélie, fale comigo. Quero entender.

Encolho os joelhos e fecho os olhos, quase sorrindo com as palavras de Amari. Me lembro do dia em que ver magia a assustava. Agora está lutando por ela, enquanto eu me acovardo.

Tento afastar as lembranças do rosto de Tzain, do olhar mais frio que já recebi. Reconheci o terror em seus olhos. Quando Kwame tocou a pedra do sol e se incendiou, olhei para ele do mesmo jeito.

— É por causa de Inan? — insiste Amari quando fico em silêncio. — Está com medo do que ele vai fazer?

— Inan não é o problema. — Ao menos, não *este* problema.

Amari faz uma pausa, soltando meu cabelo para se ajoelhar ao meu lado. Com as costas eretas e os ombros empertigados, ela parece mesmo uma princesa, régia em um vestido dourado emprestado.

— O que aconteceu enquanto Tzain e eu não estávamos?

Embora meu coração tenha um sobressalto, mantenho o rosto impassível.

— Eu já te contei... nós nos unimos para resgatar vocês.

— Zélie, por favor, preciso que você seja sincera. Amo meu irmão, de verdade. Mas nunca vi esse lado dele.

— Que lado?

— De ir contra meu pai. Lutar *pelos* maji? Algo aconteceu, e sei que tem a ver com você.

Ela me encara com olhos sábios, e minhas orelhas queimam. Penso na terra do sonho, no momento em que nossos lábios quase se tocaram.

— Ele aprendeu. — Dou de ombros. — Viu o que seu pai fez, o que seus guardas estão fazendo agora. Quer encontrar um jeito de consertar as coisas.

Amari cruza os braços e arqueia as sobrancelhas.

— Você deve achar que sou cega ou idiota, e sabe que não sou cega.

— Não sei do que está falando...

— Zélie, ele *encara* você. Sorri como... pelos céus, nem eu sei. Nunca vi meu irmão sorrir do jeito que faz com você. — Olho para o chão, e ela pega meu queixo, forçando-me a fitar seus olhos. — Quero que você seja feliz, Zél. Mais do que imagina. Mas eu conheço meu irmão.

— O que quer dizer com isso?

Amari hesita, pondo mais um cacho para trás.

— Ou ele está prestes a nos trair ou alguma outra coisa está acontecendo.

Afasto o queixo de sua mão e me volto para o chão. A culpa se entranha em cada parte do meu corpo.

— Parece Tzain falando.

— Tzain está preocupado, e tem todo direito. Posso falar com ele, mas primeiro preciso saber se devo.

Não deve.

Essa é a escolha óbvia. Mas, apesar de tudo que fez, a lembrança de Inan me carregando para o acampamento permanece forte. Fecho os olhos e respiro fundo.

Não me lembro da última vez em que me senti tão segura nos braços de alguém.

— Quando você me disse que Inan tinha um bom coração, pensei que você era idiota. Parte de mim se sente idiota agora, mas eu vi esse bom coração. Ele me salvou de ser capturada pelos guerreiros de Zu; fez tudo o que pôde para resgatar você e Tzain. E quando ele teve a chance de pegar o pergaminho e fugir, ele ficou. Ele tentou me salvar.

Faço uma pausa e procuro as palavras que ela quer ouvir, palavras que quase tenho medo de falar em voz alta.

— Ele tem um bom coração. Acho que finalmente está usando ele.

As mãos de Amari tremem. Ela as aperta firmes contra o peito.

— Amari...

Ela me abraça forte. Surpresa, fico rígida. Sem saber o que mais fazer, lentamente eu a abraço também.

— Sei que deve parecer ridículo para você, só que eu... — Ela se afasta e limpa as lágrimas que ameaçam cair. — Inan sempre ficou preso entre o certo e o errado. Só quero acreditar que ele pode ficar do lado certo.

Faço que sim, pensando nas coisas que quero de Inan. Eu odeio a quantidade de vezes que pensei nele hoje, em seus lábios, em seu sorriso. Mesmo evitando ao máximo, o desejo permanece: o desespero de sentir seu toque de novo...

Mais lágrimas ameaçam cair dos olhos de Amari, e eu as enxugo com a manga de meu cafetã.

— Pare — ordeno. — Vai acabar com sua maquiagem.

Amari bufa.

— Acho que você fez isso por mim.

— Eu disse para não confiar em mim com o carvão!

— Como você consegue empunhar um bastão e não consegue manter a mão firme?

Temos um ataque de riso, um som tão estranho que me pega de surpresa. Mas nossas gargalhadas morrem quando Tzain entra na tenda. Quando me vê, ele para.

De início, me observa com indiferença, mas algo dentro dele se derrete.

— O que foi? — pergunta Amari.

O queixo de Tzain treme. Ele olha para o chão.

— Ela... Zél parece Mama.

Suas palavras partem meu coração e o aquecem ao mesmo tempo. Tzain nunca fala de Mama desse jeito. Às vezes, acho que ele realmente a esqueceu. Mas quando nossos olhos se encontram, percebo que ele é como eu; carrega Mama como se no ar, um pensamento nela a cada respiração.

— Tzain...

— A procissão está começando. — Ele se vira para Amari. — Você precisa terminar de se arrumar.

E com isso ele sai, deixando meu coração apertado.

Amari segura minha mão.

— Vou falar com ele.

— Não. — Ignoro o gosto amargo na minha língua. — Ele vai ficar bravo com você também. — *E não importa o que você diga, sempre será minha culpa.*

Fico de pé e puxo as mangas de meu vestido, alisando um amassado que não existe. Depois de uma vida inteira de erros, há muitas coisas de que me arrependo. Mas o que aconteceu... é algo que eu daria de tudo para voltar no tempo e desfazer.

Com um peso no peito, vou até a saída, fingindo que meu coração não está partido. Mas antes que eu possa sair, Amari toma minha mão de novo, forçando-me a ficar.

— Você ainda não me explicou por que não quer compartilhar o pergaminho. — Amari para e me observa. — Tem um vale inteiro de divinais lá fora esperando para se tornar maji. Por que não lhes dá essa oportunidade?

As palavras de Amari me atingem como uma surra de Mama Agba. Como a espada que atravessou o peito de Lekan. Eles abriram mão de tudo para me dar uma chance dessas, e ainda assim tudo o que eu faço é desperdiçá-la.

Quando pensei em compartilhar o pergaminho hoje à noite, não consegui parar de imaginar toda a beleza e a felicidade que a nova magia espalharia. Para variar, seria como antes da Ofensiva. Os maji reinariam de novo.

Mas agora, cada divinal sorridente se transfigura em toda a dor que poderia causar: terrais abrindo o chão sob nossos pés; ceifadores perdendo o controle e desencadeando ondas de morte. Não posso arriscar trazer a magia deles de volta. Não sem regras. Sem líderes. Sem planos.

E se eu não posso fazer isso agora, como serei capaz de concluir o ritual?

— Amari, é complicado. E se alguém perder o controle? E se a pessoa errada tocar a pedra do sol? Poderíamos despertar um câncer e todos morrermos com uma praga!

— Do que você está falando? — Amari agarra meus ombros. — Zélie, de onde você tirou isso?

— Você não entende... — Balanço a cabeça. — Não viu o que Kwame sabe fazer. Se Zu não tivesse impedido ele... se os colonos tivessem esse tipo de poder ou um homem como seu pai... — Minha garganta seca com a lembrança das chamas. — Imagine todas as pessoas que ele incineraria se pudesse conjurar fogo!

Tudo me escapa de uma vez: os medos, a vergonha que me assolou o dia inteiro.

— E Tzain... — começo, mas não consigo falar.

Se não consigo confiar em mim mesma para manter a magia sob controle, como posso esperar que maji inexperientes consigam?

— Por muito tempo pensei que precisávamos que a magia sobrevivesse, mas agora... agora não sei o que pensar. Não temos planos, nem maneira de criar regras ou estabelecer controle. Se trouxermos a magia de volta, pessoas inocentes podem se ferir.

Amari fica em silêncio por um momento, deixando minhas palavras assentarem. Seus olhos se suavizam, e ela me puxa pela mão.

— Amari...

— Apenas venha.

Ela me arrasta para fora da tenda, e em um instante fico pasma. Enquanto estávamos lá dentro, o povoado criou vida. O vale explode com energia jovem, brilhando em vermelho com as luzes suaves das lanternas. Saborosas tortas de carne e doces de bananas-da-terra passam sob nosso nariz enquanto música vibrante e tambores estrondosos reverberam por nossa pele. Todos dançam a música alegre, agitados pelo entusiasmo da procissão.

Na loucura festiva, encontro Inan, mais lindo do que qualquer um tem direito de ser em um agbádá azul-escuro e calça combinando. Quando me vê, fica boquiaberto. Meu peito estremece sob seu olhar. Desvio o rosto, desesperada para não sentir mais nada. Ele se aproxima, mas antes que possa nos alcançar, Amari me puxa pela multidão.

— Venha — ela grita para Inan. — Não podemos perder!

Avançamos pela multidão enquanto os festeiros empurram e se contorcem ao redor. Embora parte de mim queira chorar, estico o pescoço para observar as pessoas, desejando essa alegria, essa animação.

As crianças de Orïsha dançam como se não houvesse amanhã, cada passo louvando os deuses. Suas bocas glorificam o entusiasmo da libertação, os corações cantam músicas de liberdade em iorubá. Meus ouvidos dançam com as palavras do meu idioma, palavras que já pensei que nunca mais fosse ouvir fora da minha cabeça. Elas parecem iluminar o espaço com seu deleite.

É como se o mundo inteiro pudesse respirar de novo.

— Você está incrível! — Zu sorri quando me vê. — Todos os rapazes vão se matar para dançar com você, embora eu ache que você já está prometida.

Inclino a cabeça e sigo o dedo de Zu até Inan; os olhos dele me rastreiam como um leonário à caça. Quero devolver seu olhar, reter o calor que sobe em minha pele quando ele me olha desse jeito. Mas me forço a dar as costas.

Não posso magoar Tzain de novo.

— *Mama! Òrìsà Mama! Òrìsà Mama, àwá un dúpẹ́ pé egbọ́ igbe wá...*

Quanto mais perto chegamos do centro, mais alta a música fica, o que me transporta de volta às montanhas de Ibadan, quando Mama cantava essa música para me ninar. Sua voz fluía firme e suave, como veludo e seda. Inspiro a sensação familiar enquanto uma garotinha com voz poderosa lidera a multidão.

— *Mama, Mama, Mama...*

Enquanto as vozes enchem a noite com sua canção celestial, uma jovem divinal de pele clara e cabelo branco curtinho entra no círculo. Vestida com uma túnica de um azul forte, ela parece a versão viva da pintura de Yemoja que Lekan nos mostrou — a deusa que pegou as lágrimas da Mãe Céu. A divinal gira e roda com a canção; um jarro de água pousado na cabeça. Quando o coro chega ao ápice, ela joga a água no ar e abre os braços para ela cair em sua pele.

Os vivas da multidão aumentam quando a divinal sai do círculo girando, e Folake entra dançando. As contas de seu cafetã amarelo refletem a luz, cintilando enquanto se movem contra a pele dela. Folake provoca a todos com seu sorriso, e a ninguém mais que Kwame. Quando as pessoas menos esperam, suas mãos explodem. A multidão dá vivas quando centelhas de luz dourada surgem, dançando com ela pelo acampamento.

— *Mama, Mama, Mama...*

Divinal atrás de divinal entra na roda, cada qual vestido como os filhos da Mãe Céu. Embora não possam fazer magia, suas imitações enchem a multidão de alegria. No fim, uma garota que parece ter a minha idade avança. Está vestida com seda vermelha esvoaçante, e a tiara de contas cintila contra sua pele. *Oya...* Minha divindade-irmã.

Embora não tenha comparação com o brilho de Oya de minhas visões, a divinal tem uma aura mágica própria. Como Folake, tem cachos brancos longos que rodopiam enquanto ela dança, girando ao seu redor como a seda vermelha. Em uma das mãos ela traz o irukere, um chicote curto feito de pelos de leonário, a assinatura de Oya. Enquanto gira, os louvores dos divinais crescem.

—Você é parte disso, Zélie. — Amari entrelaça os dedos nos meus. — Não deixe ninguém acabar com essa magia.

CAPÍTULO CINQUENTA E SETE

AMARI

Embora a procissão termine, a música e a dança avançam noite adentro. Como mais um pedaço de torta *moín moín* enquanto assisto às festividades, saboreando o bolo de feijão derretendo na boca. Um divinal passa com um prato de shuku shuku, e eu quase choro quando o coco doce se espalha pela minha língua.

— Já era hora.

A respiração de Tzain faz cócegas na minha orelha, causando um formigamento agradável pelo meu pescoço. Por um raro momento ele fica sozinho, sem ser incomodado pelo enxame de garotas divinais que tentaram chamar sua atenção a noite toda.

— Como assim? — pergunto, engolindo o restante do shuku shuku.

— Estava te procurando. Você é uma pessoa difícil de se encontrar.

Limpo as migalhas da boca, desesperada para esconder o fato de que fiquei comendo por metade do festival. Embora meu vestido estivesse bem ajustado no início, agora está meio apertado nos quadris.

— Bem, suponho que seja difícil me encontrar quando um bando de garotinhas fica bloqueando seu caminho o tempo todo.

— Mil perdões, princesa — Tzain gargalha. — Mas você deveria saber que leva tempo para se aproximar da garota mais linda daqui.

Seu sorriso suaviza-se, como na noite em que ele me jogou no rio e gargalhou quando tentei jogá-lo também. É um lado raro dele; depois de tudo que aconteceu desde aquele dia, não sabia quando o veria de novo.

— O que foi?

— Só pensando. — Dou de ombros e me volto para o mar de divinais dançantes. — Andei preocupada com você. Sei que não é de guardar mágoa, mas ser torturado naquela tenda não deve ter sido fácil.

— Humpf. — Tzain sorri. — Posso imaginar jeitos muito melhores de passar a noite trancado em uma tenda com uma garota.

Meu rosto fica tão vermelho que tenho certeza de que contrasta com os tons dourados do meu vestido.

— Acho que foi a primeira vez que passei a noite com um rapaz.

Tzain bufa.

— Foi como você tinha sonhado?

— Não sei... — Coloco o dedo sobre meus lábios. — Sempre imaginei menos amarras.

Para minha surpresa, ele solta uma gargalhada, mais alta do que qualquer uma que eu já tenha presenciado. O som faz meu peito se aquecer. Eu não tinha feito alguém rir alto assim desde Binta. Palavras não ditas nadam em mim, mas antes que eu possa responder, uma risadinha chama nossa atenção.

Eu me viro e encontro Zélie a algumas tendas de distância, dançando às margens da multidão. Ela ri enquanto beberica de uma garrafa de vinho de palma, girando uma criança divinal várias vezes. Embora eu sorria com sua felicidade, o rosto de Tzain fica sombrio com a mesma tristeza que demonstrou na tenda. Mas ela desaparece quando ele vê Inan. Meu irmão encara Zélie como se ela fosse a única rosa vermelha em um jardim branco.

— Está vendo aquilo? — Pego a mão de Tzain e o puxo na direção de um círculo de divinais em festa. Um tremor irrompe em meu estômago quando sua mão envolve a minha.

Os ombros largos de Tzain abrem caminho na multidão como um pastor se movendo através de um rebanho de ovelhas. Em instantes chegamos à dançarina vibrante no centro do círculo, explodindo com exuberância e vida. Seu vestido de contas cintila ao luar, acentuando cada sacudida e rebolada dos quadris. Cada curva de seu corpo circula com a batida, eletrizando a multidão a cada toque.

Tzain me dá um empurrãozinho para frente, e eu agarro seu braço.

— Pelos céus, o que você está fazendo?

— Entre — ele ri. — É hora de eu te ver dançando.

—Você tomou muito ogogoro — eu rio.

— E se eu for? — pergunta Tzain. — Se eu entrar, você entra?

— De jeito nenhum.

— Isso é uma promessa?

—Tzain, eu disse que não...

Ele salta para dentro do círculo, surpreendendo a dançarina, fazendo a multidão toda recuar. Por um longo momento ele não se mexe, observando todos com uma seriedade fingida. Mas quando as trombetas da canção ressoam, ele praticamente explode em dança. Balança e salta como se tivesse formigas-de-fogo na calça.

Dou tanta risada que não consigo respirar, apoiando-me em um divinal ao meu lado para ficar em pé. Cada movimento que ele faz incita mais comemorações, fazendo com que o círculo de espectadores dobre de tamanho.

Enquanto ele balança os ombros e se joga no chão, a garota dançante volta ao círculo, girando por ali. Minha pele formiga enquanto ela se move, a sedução visível a cada movimento de seus quadris. Ela fita Tzain com um olhar de flerte que me faz fechar a cara. Por que me surpreendo? Com o sorriso dele, sua força, seu corpo grande...

Mãos calosas envolvem meus pulsos. Mãos grandes. *As mãos de Tzain.*

—Tzain, não!

Sua travessura supera meu pavor. Logo estou no centro do círculo. Fico congelada, paralisada enquanto inúmeros olhos pousam em mim.

Viro-me para fugir, mas Tzain me segura firme, rodando-me na frente de todo mundo.

—Tzain! — eu grito, mas meu terror se dissolve em uma gargalhada que não consigo evitar. O entusiasmo gira dentro de mim enquanto nos mexemos, e meus dois pés esquerdos de alguma forma entram no ritmo. Por um momento a multidão desaparece, e eu vejo apenas Tzain: seu sorriso, seus olhos castanhos gentis.

Eu poderia viver uma eternidade assim, girando e rindo na segurança de seus braços.

CAPÍTULO CINQUENTA E OITO

INAN

Zélie nunca esteve tão linda quanto agora.

De mãos dadas com um garotinho divinal, ela brilha no vestido púrpura suave, uma deusa rodopiante na multidão. O aroma de maresia de sua alma destaca-se dos aromas fortes da comida do festival. Ele me acerta com força total.

Uma maré que me puxa.

Enquanto a observo, quase esqueço os maji. A monarquia. Meu pai. Nesse momento, tudo em que consigo pensar é em Zél. Seu sorriso ilumina o mundo como lua cheia em uma noite sem estrelas.

Quando ela não consegue mais girar, dá um abraço na criança. O garoto solta um gritinho quando ela lhe planta um beijo na testa. Mas assim que sai em disparada, três jovens se aproximam para ocupar o lugar dele.

— Perdão...

— Oi, sou Deka...

— Você está linda esta noite...

Sorrio enquanto eles tentam seduzi-la. Um fala por cima do outro. Enquanto tagarelam, passo a mão pela cintura de Zélie e aperto de leve.

— Me concede esta dança?

Ela se vira, indignada. Em seguida, percebe que sou eu. Quando sorri, sou tomado por prazer. Então, por desejo. Uma ponta de medo. Penso em Tzain por um segundo, e a puxo para mais perto.

—Vou te levar a um lugar onde ele não possa nos ver.

Uma onda quente passa de seu corpo para o meu. Minha mão a aperta mais forte.

—Vou entender isso como um sim.

Agarro sua mão e a guio pela multidão, ignorando os olhares de ódio de seus pretendentes. Vamos até a floresta às margens do acampamento. Longe da celebração e da dança. O ar frio traz uma brisa bem-vinda, que carrega o aroma forte da fogueira, de casca de árvore e folhas úmidas.

—Tem certeza de que não está vendo Tzain?

—Absoluta.

—E se... eita!

Zélie despenca no chão. Uma risadinha escapa de sua boca. Enquanto reprimo minha gargalhada para ajudá-la, um aroma de vinho de palma com mel chega até meu nariz.

— Pelos céus, Zél, você está bêbada?

— Quem me dera. A pessoa que fermentou esse vinho com certeza não sabia o que estava fazendo. — Ela me dá a mão e se apoia a uma árvore para se levantar. — Acho que todos aqueles rodopios com Salim me deixaram tonta.

—Vou pegar uma água para você.

Faço menção de me afastar, mas Zélie agarra meu braço.

— Fique. — Seus dedos deslizam para as minhas mãos. Um calor viaja pelo meu corpo com seu toque.

—Tem certeza?

Ela assente e ri de novo. Sua risadinha melódica me atrai para mais perto.

— Você me pediu uma dança. — Um brilho brincalhão cintila em seus olhos verde-prateados. — Quero dançar.

Como os garotos ansiosos que circulavam Zélie antes, eu avanço. Perto o bastante para sentir o leve cheiro de vinho de palma em seu hálito. Quando deslizo a mão pelo seu pulso, ela fecha os olhos e suspira. Seus dedos enterram-se na casca da árvore.

A reação dela enche cada célula do meu ser com desejo, uma onda visceral que nunca senti antes. Preciso de todas as minhas forças para não beijá-la, não correr as mãos por suas curvas e a pressioná-la contra a árvore.

Quando seus olhos se abrem de novo, inclino-me para que meus lábios rocem seu ouvido.

— Se vamos mesmo dançar, temos que nos mexer, pequena Zél.

Ela fica tensa.

— Não me chame assim.

— Você pode me chamar de "principezinho", e eu não posso chamar você de "pequena Zél"?

Suas mãos caem ao lado do corpo. Ela desvia o rosto.

— Mama me chamava assim.

Pelos céus.

Eu a solto. É uma luta para não bater minha cabeça na árvore.

— Zél, sinto muito. Eu não quis...

— Eu sei.

Ela encara o chão. Seu bom humor desaparece, afogando-se em um mar de tristeza. Mas então uma onda de terror cresce dentro dela.

— Você está bem?

Ela se agarra a mim sem aviso, pressionando a testa no meu peito. Seu medo mergulha na minha pele. Envolve-se ao redor do meu pescoço. Ele a consome, bruto e poderoso, como naquele dia na floresta. Só que agora não é apenas a monarquia que a assusta; é a sombra da morte surgindo de suas mãos.

Envolvo-a nos braços e aperto. O que eu não daria para tirar dela esse medo... Ficamos assim por um bom tempo, desaparecendo nos braços um do outro.

— Você cheira a maresia.

Ela me encara.

— Seu espírito — esclareço. — Sempre cheirou a maresia.

Ela me fita com uma expressão que não consigo discernir. Não passo muito tempo tentando decifrá-la. Basta ficar perdido em seus olhos. Existir apenas em seu olhar prateado.

Passo um cacho solto para atrás de sua orelha. Ela volta a afundar o rosto no meu peito.

— Perdi o controle hoje. — Sua voz vacila. — Eu machuquei ele. Machuquei *Tzain*.

Abro a mente um pouco mais, um pouco além do ponto do alívio puro. A lembrança de Zélie me invade como uma onda se espalhando na praia.

Eu sinto tudo, as palavras venenosas de Tzain, as sombras enfurecidas. A culpa, o ódio, a vergonha deixados no rastro de sua magia.

Aperto Zélie com mais força, uma agitação me percorrendo quando ela me aperta também.

— Perdi o controle uma vez também.

— Alguém se feriu?

— Alguém morreu — digo baixinho. — Alguém que eu amava.

Ela se afasta e ergue os olhos, com lágrimas brotando.

— Por isso você tem tanto medo de sua magia?

Faço que sim. A culpa pela morte de Kaea se retorce dentro de mim como uma faca.

— Não queria que mais ninguém se ferisse.

Zélie recosta-se no meu peito e solta um suspiro profundo.

— Não sei o que fazer.

— Com o quê?

— Com a magia.

Meus olhos arregalam-se. De todas as coisas que imaginei, nunca pensei que ouviria essa dúvida vindo de sua boca.

— É isso que eu quero. — Zélie estende a mão para a alegria do festival. — É por isso que venho lutando, mas quando penso no que aconteceu... — Sua voz desaparece. O ombro ensanguentado de Tzain enche seus pensamentos. — Essas pessoas são boas. Têm um coração puro. Mas o que acontecerá se eu trouxer a magia de volta e o maji errado tentar assumir o controle?

O medo é tão familiar que parece ser meu. Ainda assim, de alguma forma, não está tão forte quanto antes. Mesmo quando penso em Kwame em chamas, a primeira imagem que me vem à mente é como elas se extinguiram quando Zulaikha ordenou que ele parasse.

Zélie abre a boca para continuar, mas nenhuma palavra sai. Olho para seus lábios cheios. E encaro por um momento a mais quando ela os morde.

— É tão injusto — suspira Zélie.

Olho para ela. É difícil acreditar que estamos os dois despertos. Quantas vezes quis abraçá-la assim? Que ela me abraçasse também?

— Você pode sair dançando pela minha mente enquanto eu não tenho ideia do que está passando pela sua.

— Você quer mesmo saber?

— Claro que quero! Tem ideia de como é embaraçoso não ter cons...

Eu a pressiono contra a árvore. Minha boca toca seu pescoço. Ela arfa quando corro as mãos por suas costas. Um gemido baixo escapa de seus lábios.

— Isso — sussurro. Minha boca roça sua pele a cada palavra. — É nisso que estou pensando. É isso que está passando pela minha cabeça.

— Inan — ela suspira, com a voz arfante. Os dedos enterram-se nas minhas costas, puxando-me para mais perto. Tudo em mim a quer. Quer isso. O tempo todo.

Com esse desejo, tudo fica claro. Tudo começa a fazer sentido.

Não precisamos temer a magia.

Só precisamos um do outro.

CAPÍTULO CINQUENTA E NOVE

ZÉLIE

Você não pode.

Você não pode.

Você não pode.

Não importa quantas vezes eu repita, meu desejo dispara como uma montaria fora de controle.

Tzain vai nos matar, se descobrir. Mas, ao mesmo tempo em que esse pensamento me ocorre, minhas unhas se enterram nas costas de Inan. Eu o puxo para mim, apertando até conseguir sentir as linhas firmes de seu corpo. Quero sentir mais. Quero sentir *ele*.

— Venha comigo para Lagos.

Me forço a abrir os olhos, sem saber se o ouvi corretamente.

— Quê?

— Se é liberdade que você quer, venha comigo para Lagos.

É como mergulhar nos lagos frios de Ibadan; um choque visceral que me arranca de nossa fantasia. Um mundo onde Inan é apenas um garoto em um cafetã bonito; um maji, não um príncipe.

— Você prometeu que não ficaria no meu caminho...

— Vou cumprir minha palavra. — Inan me interrompe. — Mas, Zélie, não é isso.

Muralhas começam a se formar ao redor do meu coração; muralhas que sei que ele pode sentir. Inan se afasta, deslizando as mãos das minhas costas para o meu rosto.

— Quando você trouxer a magia de volta, a nobreza vai lutar com unhas e dentes para te conter. A Ofensiva vai acontecer de novo e de novo. A guerra não vai terminar até uma geração inteira de orïshanos estar morta.

Desvio o olhar, mas lá no fundo sei que ele tem razão. É por isso que meu medo não passa, por isso não consigo me permitir celebrar de verdade. Zu construiu um paraíso, mas quando a magia retornar, o sonho vai acabar. A magia não nos trará paz.

Só nos dará uma chance de lutar.

— Como minha volta a Lagos resolverá tudo isso? — pergunto. — Enquanto conversamos, seu pai está pedindo minha cabeça!

— Meu pai está assustado. — Inan balança a cabeça. — Ele está enganado, mas seu medo tem justificativa. Tudo o que a monarquia vê é a destruição que os maji podem trazer. Eles nunca vivenciaram nada assim. — Ele aponta para o acampamento, o rosto iluminado com tanta esperança que seu sorriso praticamente brilha na escuridão. — Zulaikha criou isto em uma lua, e já há mais divinais em Lagos do que em qualquer outro lugar de Orïsha. Imagine só o que poderíamos fazer com os recursos da monarquia do nosso lado.

— Inan... — Começo a resistir, mas ele desliza uma mecha dos meus cabelos para atrás da orelha e corre o polegar pelo meu pescoço.

— Se meu pai pudesse ver isso... ver *você*...

Com um toque, tudo dentro de mim treme, afastando minhas dúvidas. Me encosto nele, ávida por mais.

— Ele vai ver o que você me mostrou. — Inan me puxa para mais perto. — Os maji de hoje não são os maji com os quais ele lutou. Se construirmos uma colônia como esta em Lagos, ele entenderá que não tem nada a temer.

— Este povoado só sobrevive porque ninguém sabe onde ele fica. Seu pai nunca permitiria que os maji congregassem em lugar nenhum, a não ser acorrentados nas colônias.

— Ele não terá escolha. — A pegada de Inan se fortalece, uma centelha de rebeldia se avivando pela primeira vez. — Quando a magia estiver de volta, ele não vai ter poder para tomá-la. Concordando comigo logo de início ou não, com o tempo ele vai compreender o que é melhor. Podemos ser um reino unido pela primeira vez. Amari e eu lideraremos a transição. Podemos fazer isso, se você estiver lá, do nosso lado.

Uma chama de esperança se acende dentro de mim, uma que eu deveria apagar. A visão de Inan começa a se cristalizar na minha mente, as estruturas que os terrais poderiam erguer, as técnicas que Mama Agba poderia ensinar a todos nós. Baba nunca mais teria que se preocupar com impostos. Tzain poderia passar o restante da vida jogando ag...

Antes que eu possa terminar o pensamento, a culpa recai. A lembrança do sangue vazando pelas mãos de meu irmão extingue qualquer entusiasmo.

— Não funcionaria — sussurro. — A magia ainda seria perigosa demais. Pessoas inocentes poderiam se ferir.

— Alguns dias atrás, eu teria dito a mesma coisa. — Inan recua. — Mas nesta manhã você me provou que eu estava errado. Com apenas uma lição, percebi que um dia posso realmente ter controle. Se ensinarmos os maji a fazer o mesmo em colônias especializadas, eles poderiam reingressar em Orïsha depois de serem treinados.

Os olhos de Inan iluminam-se e suas palavras começam a sair aceleradas.

— Zélie, apenas imagine o que Orïsha poderia se tornar. Curandeiros como Zu erradicariam doenças. Uma equipe de terrais e soldadores poderiam eliminar a necessidade das colônias. Pelos céus, pense como o exército combateria com seus reanimados liderando o ataque.

Ele encosta a testa na minha, ficando próximo demais para eu pensar com clareza.

— Será uma nova Orïsha. — Ele se acalma. — Nossa Orïsha. Sem batalhas. Sem guerras. Apenas paz.

Paz...

Faz muito tempo desde que soube o significado dessa palavra. A paz que só consigo na terra do sonho. O conforto de estar nos braços de Inan.

Por um momento, me permito imaginar um fim no conflito dos maji. Não com espadas e revolução, mas com paz.

Com Inan.

— Está falando sério?

— Mais que sério, Zél, eu preciso disso. Quero cumprir cada promessa que fiz a você, mas não posso fazer isso sozinho. Você não pode fazer tudo só com magia. Mas juntos... — Um sorriso delicioso espalha-se pelos lábios dele, me atraindo. — Seríamos imbatíveis. Uma equipe que Orïsha nunca viu antes.

Olho para os divinais dançando, e noto o garotinho com quem dancei no meio da multidão. Salim gira sozinho tantas vezes que tomba na grama.

Inan solta meu rosto e entrelaça os dedos nos meus; seu calor se espalha sobre mim como um cobertor macio quando ele me puxa para seus braços.

— Sei que devemos trabalhar juntos. — Ele baixa a voz a um sussurro. — Acho que... que devemos ficar juntos.

Suas palavras fazem minha cabeça girar. Suas palavras ou o álcool. Mas em meio a toda a confusão, sei que ele está certo. Isso é a única coisa que pode manter todo mundo a salvo. A única decisão que pode encerrar essa briga sem fim.

— Tudo bem.

Inan busca meus olhos. A esperança vibra ao redor dele como as leves batidas de tambor no ar.

— Sério?

Confirmo com a cabeça.

— Teremos que convencer Tzain e Amari, mas se você estiver falando sério...

— Zél, nunca falei tão sério em toda a minha vida.

— Minha família vai ter que ir para Lagos também.

— Eu não faria de outro jeito.

— E você ainda vai ter que reconstruir Ilorin...

— Será a primeira coisa que os terrais e os mareadores farão!

Antes que eu possa fazer outra objeção, Inan me abraça e me gira. Seu sorriso é tão grande que é impossível não sorrir de volta. Eu rio enquanto ele me coloca no chão, embora leve um instante para o mundo parar de girar.

— A gente provavelmente não devia decidir o destino de Orïsha enquanto rodamos em uma floresta.

Ele murmura em concordância, lentamente deslizando as mãos pela lateral do meu corpo e de volta para o meu rosto.

— Provavelmente não deveríamos fazer isso também.

— Inan...

Antes que eu possa explicar que não podemos, que o machado de Tzain está bem afiado e a apenas algumas tendas de distância, Inan pressiona os lábios nos meus e tudo desaparece. Seu beijo é suave, ainda que intenso, me invadindo gentilmente. E seus lábios... macios.

Mais macios do que pensei que lábios poderiam ser.

Eles iluminam cada célula no meu corpo, fazendo o calor descer pelas minhas costas. Quando Inan finalmente se afasta, meu coração está palpitando tão rápido que é como se eu tivesse acabado de lutar. Ele abre os olhos lentamente enquanto um sorriso delicioso se espalha pelo rosto.

— Desculpe... — Ele corre o dedo pelo meu lábio inferior. — Quer voltar para a festa?

Sim.

Sei o que deveria fazer. O que provavelmente preciso fazer. Mas agora que tive uma prova, todas as amarras em mim se rompem.

Os olhos de Inan se arregalam quando agarro seu cabelo e puxo sua boca para a minha.

As amarras podem esperar até amanhã.

Hoje eu o quero.

CAPÍTULO SESSENTA

AMARI

Gargalho como não fazia há anos enquanto Tzain me gira e gira. Ele se curva para me erguer novamente, mas para, deixando-me no chão. O sorriso que se estendia de orelha a orelha escorre junto com seu suor. Sigo seu olhar apenas a tempo de ver Inan segurar o rosto de Zélie e envolvê-la em um beijo.

Pelos céus!

Um arfar escapa dos meus lábios. Senti que algo tinha surgido entre eles; só não sei como se inflamou tão rápido. Porém, ao observar o jeito como Inan beija Zélie agora, mais perguntas surgem. O jeito carinhoso como ele a abraça, o jeito com que sua mão vagueia, *puxando-a* para si...

Meu rosto enrubesce, e eu desvio o olhar; um abraço desses é íntimo demais para ficar olhando. Mas Tzain não compartilha de meu desconforto. Na verdade, ele encara mais. Cada músculo de seu corpo fica tenso, os olhos cada vez mais sérios, banindo toda a alegria.

—Tzain...

Ele passa por mim, preparado para atacar com uma fúria que eu não havia testemunhado antes.

—Tzain!

Ele se move como se não me enxergasse, como se não fosse parar até suas mãos estarem na garganta de meu irmão.

Então Zélie agarra Inan e o puxa para outro beijo.

A visão faz com que Tzain pare a meio passo. Ele cambaleia para trás, como se tivesse sido fisicamente atingido. Então, de repente, ele explode, parecendo partir-se como um galho entre punhos cerrados.

Ele passa por mim até a multidão de divinais, abrindo caminho pelo festival até o acampamento. Luto para acompanhá-lo enquanto ele adentra sua tenda às pressas. Tzain passa por Nailah e pela mochila de Zélie para pegar no cabo de seu machado...

—Tzain, não!

Meu grito encontra ouvidos moucos enquanto ele enfia o machado na bolsa. Junto com seu manto, sua comida... o restante de seus pertences?

— O que você está fazendo?

Tzain me ignora, empurrando o manto como se aquela roupa também tivesse beijado sua irmã. Estendo a mão para tocá-lo, mas ele afasta o ombro.

—Tzain...

— O quê? — grita ele, e eu me encolho. Ele para, soltando um suspiro profundo. — Desculpe, eu só... não posso mais. Para mim chega.

— O que você quer dizer com chega?

Tzain amarra as tiras de couro da sua bolsa e as puxa com força.

— Estou indo embora. Pode vir comigo se quiser.

— Espere, o quê?

Ele não se detém para me dar uma resposta. Antes que eu possa falar mais alguma coisa, ele irrompe pelas abas da tenda, abandonando-me ao sair para a noite fresca.

—Tzain!

Saio aos tropeços atrás dele, que nem sequer tenta esperar. Passa como um tornado pelo terreno do acampamento, deixando todos os rastros do festival para trás. Posso ouvir o rugido baixo do rio Gombe quando ele avança pelo mato. Tzain atravessa todo o vale mais próximo antes que eu finalmente consiga alcançá-lo.

—Tzain, *por favor*!

Ele para, mas suas pernas ficam tensas, como se pudesse partir a qualquer momento.

— Não pode diminuir o passo? — imploro. — Só... só respire fundo! Sei que você odeia Inan, mas...

— Não dou a mínima para Inan. Todo mundo pode fazer o que quiser, que inferno, só me deixem fora disso.

Meu peito fica congelado pela crueldade de suas palavras, estilhaçando todo o calor que ele havia posto ali antes. Embora minhas pernas tremam, eu as forço a avançar.

—Você está chateado. Eu entendo, mas...

— Chateado? —Tzain estreita os olhos. — Amari, estou cansado de lutar pela minha vida, estou cansado de pagar pelos erros de todo mundo. Estou farto de fazer tudo que posso para manter ela em segurança quando o que ela faz é jogar tudo fora! — Ele abaixa a cabeça, os ombros murcham. Pela primeira vez desde que o conheci, ele parece pequeno; é desconcertante vê-lo desse jeito. — Fico esperando que ela cresça, mas por que ela cresceria se sempre estou aqui? Por que mudar se eu fico ali, esperando para limpar a bagunça que ela faz?

Dou um passo para mais perto e pego suas mãos, entrelaçando meus dedos nos dedos ásperos dele.

— Sei que o relacionamento deles é confuso... mas eu juro, no fundo, as intenções de meu irmão são puras. Zélie odiava Inan mais do que qualquer um. Se ela se sente desse jeito sobre ele agora, deve significar alguma coisa.

— Significa o de sempre. — Tzain se afasta. — Zélie está fazendo besteira, e mais cedo ou mais tarde vai estourar na cara dela. Espere pela explosão, se quiser, mas para mim chega. — Sua voz vacila. — Nunca quis mesmo fazer parte disso.

Tzain afasta-se de novo, partindo alguma coisa dentro de mim. Esse não é o homem que eu conheço, o homem que comecei a...

Amar?

A palavra flutua na minha mente, mas não consigo lhe dar esse nome. Amar é forte demais, intenso demais para o que sinto. Para o que tenho permissão de sentir. Mas ainda assim...

— Você nunca desiste dela — grito atrás dele. — Nunca. Jamais. Mesmo quando ela lhe custa tudo, você sempre está por perto.

Como Binta. O sorrisinho brincalhão de minha amiga surge em minha mente, iluminando a noite fria. Tzain ama com intensidade, como ela amava, incondicionalmente... mesmo quando não deveria.

— Por que agora? — continuo. — Depois de tudo, por que isso?

— Porque ele destruiu nossa casa! — Tzain vira-se de uma vez. Uma veia salta em seu pescoço quando ele grita. — Pessoas se afogaram. Crianças *morreram*. E para quê? Aquele monstro está tentando nos matar há semanas, e agora ela quer perdoá-lo? Abraçá-lo? — Sua voz é tensa, e Tzain para, abrindo e fechando o punho lentamente. — Posso protegê-la de muitas coisas, mas se ela quer ser tão estúpida, tão impulsiva... vai acabar morrendo. Não vou ficar aqui para ver isso.

Então ele se vira, segurando a bolsa com força e entrando ainda mais na escuridão.

— Espere — chamo, mas dessa vez Tzain não diminui a velocidade. Cada passo que ele dá faz meu coração palpitar mais forte. Ele está falando sério.

Está realmente indo embora.

— Tzain, por favor...

Um som de corneta corta a noite.

Ficamos paralisados quando outras ressoam, silenciando os tambores do festival.

Eu me viro e meu coração despenca quando o selo real que sempre me assombrou aparece, brilhando nos uniformes. Os olhos do leopanário-das-neves parecem reluzir na escuridão.

Os homens de meu pai estão aqui.

CAPÍTULO SESSENTA E UM

ZÉLIE

Eu ofego quando as mãos de Inan correm pelas minhas coxas. Seu toque faz cada parte de meu corpo explodir; é difícil demais me concentrar em beijá-lo. Mas enquanto meus lábios se esquecem do que fazer, Inan não perde um instante. Seus beijos elétricos se movem da minha boca para o pescoço, tão intensos que fica difícil respirar.

— Inan...

Meu rosto fica vermelho, mas não há por que esconder. Ele sabe o que seu beijo faz comigo, como seu toque queima. Se minhas emoções o atingem como uma onda gigante, então deve saber saber o quanto eu quero. Quanto meu corpo anseia por deixar suas mãos vaguearem...

Inan encosta a testa contra a minha e desliza a mão até minha lombar.

— Acredite, Zél. O que eu faço com você não é nada se comparado ao que você faz comigo.

Meu coração palpita, e eu fecho os olhos quando Inan me puxa para perto. Ele se inclina para outro beijo...

Uma corneta alta ressoa. Um estrondo corre pelo ar.

— O que foi isso? — pergunto. Nós nos separamos rápido quando outro estrondo ecoa.

Inan me aperta forte, o suor frio começa a escorrer.

— Precisamos ir.

— O que está acontecendo?

— Zél, vamos...

Me solto de seu abraço e corro para as margens do festival. A música da celebração para enquanto todos tentam entender a causa dos sons. Uma histeria sussurrada irrompe pela multidão, perguntas crescendo quando ela se espalha. Mas logo a fonte das cornetas fica clara.

A legião de guardas reais avança pelos restos do portão e marcha até o topo da colina com vista para o vale. Eles iluminam o céu preto com tochas vermelhas que chamejam na noite.

Alguns soldados posicionam flechas, outros desembainham espadas afiadas. O mais aterrorizante entre eles segura uma matilha de pantenários violentos; as feras ameaçadoras mordem e espumam, desesperadas por uma caçada.

Inan me alcança. Ele para quando vê a cena. A cor desaparece de seu rosto. Os dedos se entrelaçam aos meus.

O comandante das tropas avança, diferenciado pelas linhas douradas esculpidas no ferro de sua armadura. Ele ergue um cone à boca para que todos possam ouvir seus gritos.

— Este será seu único aviso! — A voz ribomba pelo silêncio. — Se não o cumprirem, usaremos a força. Entreguem o pergaminho e a garota, e ninguém sairá ferido.

Os divinais começam uma conversa sussurrada, o medo e a confusão espalhando-se como um vírus. Algumas pessoas tentam escapar da multidão. Uma criança começa a chorar.

— Zél, temos que ir — repete Inan, agarrando meu braço mais uma vez. Mas eu não consigo sentir minhas pernas. Não consigo nem falar.

— Não vou alertá-los de novo! — grita o comandante. — Entregue-os ou os levaremos à força!

Por um momento, nada acontece.

Então, um movimento começa na multidão.

Embora comece devagar, em segundos ondas de pessoas se espalham. Eles abrem caminho, permitindo que uma pessoa passe. Seu corpo pequeno avança. Sua cabeleira branca flutua.

— Zu... — ofego, lutando com a vontade de correr e empurrá-la de volta para a multidão.

Ela está empertigada e forte, desafiadora para além de sua idade. O cafetã verde-esmeralda balança ao vento, brilhando contra a pele marrom.

Apesar de ter apenas treze anos, a legião inteira prepara as armas. Arqueiros esticam as cordas. Espadachins posicionam as rédeas dos pantenários.

— Não sei de que garota você está falando — grita Zu, a voz levada pelo vento. — Mas posso garantir que não estamos com o pergaminho. Esta é uma celebração pacífica. Estamos reunidos aqui apenas para celebrar nossa herança.

O silêncio que se segue é quase ensurdecedor. Ele traz um tremor às minhas mãos que não consigo combater.

— Por favor... — Zu avança.

— Não se mova! — grita o comandante, puxando a espada.

— Revistem-nos, se for preciso — responde Zu. — Concordamos com uma revista. Mas, por favor, abaixem as armas. — Ela ergue as mãos para se render. — Não quero que ninguém se machu...

Acontece muito rápido. Rápido demais.

Em um momento, Zu está em pé.

No seguinte, uma flecha perfura sua barriga.

— *Zu!* — eu grito.

Mas a voz não parece minha.

Não consigo me ouvir. Não consigo sentir nada.

O ar morre dentro do meu peito quando Zu olha para baixo, as mãos pequenas agarrando o cabo da flecha.

A menina com um sorriso largo demais para seu rosto puxa a flecha, empalada com o ódio de Orïsha.

Ela se retesa, os membros trêmulos, de algum jeito dando um passo adiante. Não para trás, onde podemos protegê-la.

Para frente, para nos proteger.

Não...

Lágrimas ardem nos meus olhos, escorrem pelo rosto. Uma curandeira. Uma criança.

Ainda assim, seus últimos momentos ficam maculados por ódio.

O sangue espalha-se pela seda do cafetã. O verde-esmeralda escurece com o vermelho.

Suas pernas se dobram, e ela cai no chão.

— Zu! — eu corro, embora saiba que não há como salvá-la.

Nesse momento, o mundo inteiro explode.

Flechas voam e espadas reluzem quando os guardas atacam.

— Zél, vamos! — Inan puxa meu braço, arrastando-me para trás. Mas enquanto tenta me levar, um pensamento enche minha mente. Ai, deuses.

Tzain.

Antes que Inan possa contestar, saio em disparada, tropeçando mais de uma vez no caminho de volta ao vale. Gritos de terror enchem a noite. Divinais correm em todas as direções.

Corremos em vão, tentando desesperadamente escapar dos arqueiros atacando do céu. Um por um, os divinais tombam, perfurados por uma saraivada violenta de flechas que parece infinita.

Mas os arqueiros se tornam um medo do passado quando o selo talhado de Orïsha se espalha pelas massas. Soldados soltam os pantenários raivosos, permitindo que os animais finquem as presas nos divinais. Sobre eles, guardas armados avançam pela multidão, espadas erguidas e afiadas. Eles não têm misericórdia, nem critério, acertando a todos no caminho.

—Tzain! — chamo aos berros, outra voz no coro de gritos. Ele não pode morrer como Mama. Não pode deixar a mim e a Baba.

Mas quanto mais eu corro, mais corpos vão ao chão, mais espíritos penetram a terra. Perdido na multidão, Salim uiva, gritos agudos erguendo-se sobre todos os outros.

— Salim! — chamo, avançando até o garoto lindo que girou nos meus braços. Um guarda cavalga na direção dele sobre um pantenário raivoso. Salim ergue as mãos para se render.

Ele não tem magia. Nem arma. Nem como lutar.

O guarda não se importa.

Sua espada golpeia.

— Não — grito de novo, minhas entranhas queimando com a visão. A lâmina atravessa corpo pequeno de Salim.

Ele morre antes mesmo de chegar ao chão.

Seus olhos sem vida congelam meu sangue. Meu coração. Meus ossos.

Não podemos vencer. Não podemos viver. Nunca tivemos chan...

A sensação atinge meu âmago, tão poderosa quanto meu coração batendo.

Vibra a magia no meu corpo. Arranca o ar de meus pulmões.

Kwame passa por mim, correndo para o centro da batalha. Ele segura uma adaga nas mãos com força.

Então corta a palma da mão.

Magia do sangue.

O horror se instala em meus ossos.

É como se o mundo reduzisse a velocidade até parar, estendendo os segundos entre este momento e o último que Kwame terá. Seu sangue brilha com uma luz branca, respingando ao atingir o chão.

Em um instante, a luz marfim o cerca, iluminando a pele negra como a um deus.

Quando encobre a cabeça dele, a luz sela seu destino.

Um incêndio explode de sua pele.

Brasas fumegantes chovem de seu corpo. Chamas queimam ao redor de sua figura. O fogo irrompe de cada membro, saindo da boca, dos braços e pernas. A explosão sobe metros ao céu, uma chama tão poderosa que ilumina os horrores da noite. O choque para o ataque dos guardas enquanto o de Kwame apenas começa.

Ele dá murros para frente e correntes de fogo varrem o povoado em ondas ardentes. As chamas incineram tudo no caminho, queimando os guardas, destruindo o acampamento.

O fedor de carne queimando enche o ar, misturado com o aroma de sangue.

A morte passa tão rápido que os soldados nem têm chance de gritar.

— *Aai!* — os gritos de agonia de Kwame erguem-se sobre todos os outros enquanto ele deixa a noite vermelha. A magia do sangue o arrasa, bruta e implacável.

É mais grandiosa que qualquer chama que um maji poderia conjurar sozinho. Ele queima com o poder de seu deus, mas também sai queimado.

Seu rosto escuro fica vermelho, as veias partindo-se de dentro para fora. A pele borbulha e escalda, separando-se da carne, revelando os cordões dos músculos e o osso duro. Não pode conter. Não pode sobreviver.

A magia do sangue o come vivo, e ainda assim ele usa seu último suspiro para lutar.

— Kwame! — berra Folake da margem do vale. Um divinal forte a puxa para trás, impedindo-a de avançar para o fogo urrante.

Um vértice de chamas sai da garganta de Kwame, fazendo os guardas recuarem ainda mais. Enquanto ele incinera o ataque deles com seus últimos segundos de vida, os divinais reagem. Meu povo foge em todas as direções, escapando através das muralhas em chamas, deixando a terra devastada em seu rastro.

Eles vivem, fugindo do ataque sem sentido dos guardas.

Por causa de Kwame, por sua magia, eles vão sobreviver.

Encarando as chamas, parece que o mundo inteiro para. Os gritos e berros são abafados até sumirem. O festival desaparece na escuridão.

As promessas de Inan somem diante de meus olhos, nossa Orïsha, um pacto que o mundo não permitirá que ele cumpra. *Paz.*

Nunca teremos paz.

Sem magia, eles nunca nos tratarão com respeito. As palavras de Baba fervilham em minha mente. *Precisam saber que podemos revidar. Se eles queimam nossa casa, queimaremos a deles também.*

Com um grito final, Kwame explode como uma estrela morrendo. O fogo estoura em todas as direções, deixando a terra com seus últimos vestígios.

Quando as brasas finais caem, meu coração desmorona também. Não posso acreditar que cheguei a negar a verdade de Baba. Eles nunca permitirão que nós prosperemos.

Sempre estaremos com medo.

Nossa única esperança é lutar. Lutar e vencer.

E, para vencer, precisamos de nossa magia.

Preciso daquele pergaminho.

— Zélie!

Ergo a cabeça de repente. Não sei quanto tempo fiquei parada. O mundo parece rodar em câmera lenta, pesado pelo sacrifício de Kwame, arrastado com toda a minha dor e culpa.

Tzain e Amari aproximam-se a distância, cavalgando Nailah. Tzain a guia na minha direção, através do caos. Amari está com a minha mochila agarrada ao peito.

Mas quando meu nome ecoa de sua boca, outros guardas notam.

— *A garota* — eles gritam uns para os outros. — *A garota! É ela!*

Antes que eu possa dar outro passo, mãos envolvem meus braços.

Meu peito.

Minha garganta.

CAPÍTULO SESSENTA E DOIS

AMARI

Enquanto o sol se ergue no vale, um soluço fica preso em minha garganta. Os raios iluminam a clareira queimada onde a procissão aconteceu, com restos empretecidos daquilo que foi um lugar feliz.

Encaro a terra chamuscada onde Tzain e eu dançamos, lembrando como ele me girou, o som de sua gargalhada.

Tudo o que resta agora é sangue. Corpos vazios. Cinzas.

Fecho os olhos e cubro a boca com a mão, uma tentativa fútil de bloquear a visão dolorosa. Embora esteja silencioso, os gritos dos divinais ainda ecoam na minha mente. Os berros dos soldados que os massacram seguem; ouve-se o choque das espadas na carne. Não consigo olhar, mas Tzain observa a destruição, procurando Zélie entre os caídos.

— Não vejo ela.

A voz de Tzain é pouco mais que um sussurro, como se tudo dentro dele fosse se quebrar se falar um pouco mais alto: sua fúria, sua dor, a mágoa de ter outro membro da família levado.

Pensamentos sobre Inan forçam caminho em minha mente: suas promessas, suas prováveis mentiras. Embora eu não consiga me obrigar a procurar entre os mortos, sinto dentro de mim.

O cadáver de Inan não está neste solo.

Nenhuma parte de mim quer acreditar que foi um feito dele, mas não sei o que pensar. Se não foi sua traição, como os guardas nos encontraram? Onde está meu irmão agora?

Nailah choraminga atrás de nós, e eu acaricio seu focinho do jeito que vi Zélie fazer muitas vezes. Um nó sobe à minha garganta quando ela roça o focinho na minha mão.

— Acho que eles a levaram — digo com o máximo de delicadeza que consigo. — É o que meu pai teria ordenado. Ela é importante demais para morrer.

Espero que isso lhe dê esperança, mas a expressão de Tzain continua neutra. Ele encara os corpos no chão, sua respiração ofegante.

— Eu jurei. — A voz dele vacila. — Quando Mama morreu, eu jurei. Disse que sempre estaria por perto. Prometi que cuidaria dela.

— Você cuidou, Tzain. Sempre cuidou.

Mas ele está perdido no próprio mundo, um lugar muito distante, onde minhas palavras não chegam.

— E Baba... — Seu corpo estremece; ele fecha o punho e tenta impedir o tremor. — Disse a Baba... disse que eu...

Pouso a mão em suas costas, mas ele se afasta de meu toque. É como se cada lágrima que Tzain já segurou se derramasse de seu corpo de uma vez. Ele despenca na terra, apertando os punhos cerrados contra a cabeça com tanta força que penso que vai se ferir. Sua dor escorre bruta, rompendo cada muralha.

— Você não pode desistir. — Caio ao lado de Tzain para limpar suas lágrimas. Apesar de tudo, ele sempre permaneceu forte. Mas esta perda é demais para aguentar. — Ainda temos o pergaminho, a pedra e a adaga. Até meu pai ter recuperado os artefatos, seus homens manterão Zélie viva. Podemos salvá-la e chegar ao templo. Ainda podemos consertar tudo.

— Ela não vai falar nada — sussurra Tzain. — Não se estivermos em perigo. Eles vão torturar ela. — Sua mão agarra a terra. — Ela já está praticamente morta.

— Zélie é mais forte que qualquer pessoa que eu conheço. Vai sobreviver. Vai lutar.

Mas Tzain balança a cabeça, sem se convencer, por mais que eu tente.

— Ela vai morrer. — Ele fecha os olhos. — Vai me deixar sozinho.

Os lamentos de Nailah aumentam enquanto ela roça o focinho em Tzain, tentando lamber suas lágrimas. A visão me arrasa por dentro, destruindo os últimos fragmentos ainda inteiros. É como observar a luz mágica explodir da palma das mãos de Binta apenas para meu pai atravessar seu peito com a espada. Quantas famílias meu pai vai deixar assim, destruídas e irreparáveis, chorando seus mortos? Quantas vezes vou permitir que ele faça isso?

Levanto-me e me volto para a cidade de Gombe, uma manchinha de fumaça subindo antes da Cordilheira de Olasimbo. O mapa da sala de guerra de meu pai reaparece na minha mente, cristalizando os X que marcavam suas bases militares. Quando o desenho se forma, um novo plano surge. Não posso deixar Tzain sofrer essa perda.

Não vou deixar meu pai vencer.

— Precisamos ir — digo.

— Amari...

— Agora.

Tzain ergue a cabeça do chão. Estendo a mão e seguro a dele, limpando a terra que está grudada nas manchas de lágrimas do rosto.

— Tem uma fortaleza da guarda perto de Gombe. Deve ser para lá que levaram ela. Se conseguirmos entrar, poderemos resgatar Zélie. Podemos acabar com a tirania de meu pai.

Tzain me encara com olhos abatidos, lutando contra a centelha de esperança que tenta se acender.

— Como vamos entrar?

Viro para a silhueta de Gombe diante do céu noturno.

—Tenho um plano.

—Vai funcionar?

Faço que sim, sem temer a luta, para variar. Já fui a Leonária uma vez.

Por Tzain e Zélie, serei de novo.

CAPÍTULO SESSENTA E TRÊS

ZÉLIE

Algemas de majacita queimam minha pele, ardendo nos pulsos e tornozelos. As correntes pretas me suspendem do chão da cela, impossibilitando que eu lance um encantamento. O suor pinga da minha pele quando outra lufada quente vem pelo respiradouro. O calor deve ser intencional.

O calor vai piorar a dor que está por vir.

Viva... As palavras de Lekan ecoam, uma zombaria enquanto encaro minha morte.

Eu disse a ele que era um erro. Eu disse a ele, disse a todos. Implorei para não desperdiçarem esta chance comigo; agora, olhe o que fiz. Eu ri e dancei e beijei enquanto o rei preparava nosso massacre.

Botas com sola de metal estalam lá fora. Encolho-me quando se aproximam de minha porta. Seria mais fácil se a cela tivesse barras. Ao menos eu poderia me preparar. Mas me trancaram em uma caixa de ferro. Apenas duas tochas queimando impedem que eu fique no escuro.

Qualquer que seja o plano, pretendem escondê-lo até mesmo dos guardas.

Engulo em seco, uma tentativa boba de aliviar minha boca seca. *Você já fez isso antes*, lembro a mim mesma, *mais vezes do que consegue contar.* Por um momento, pondero se as surras constantes de Mama Agba não eram para punir, mas sim para me preparar. Ela me batia com tanta frequência que fiquei boa em aguentar, boa em relaxar o corpo para minimizar as dores. Será que ela pressentia que minha vida terminaria assim?

Droga. Lágrimas ardem em meus olhos pela vergonha de todos os cadáveres que deixei no meu rastro. A pequena Bisi. Lekan. Zulaikha.

O sacrifício deles nunca dará em nada.

É tudo culpa minha. Nunca deveríamos ter ficado. De alguma forma, atraímos o exército para aquele acampamento. Sem nós, eles talvez ainda estivessem vivos. Zu poderia ter sobrevivido...

Meus pensamentos reduzem a velocidade.

O olhar de ódio de Tzain lampeja na minha mente. Meu coração se aperta com o pensamento. Inan poderia ter feito isso?

Não.

Minha garganta queima de medo, e eu engulo a bile. Ele não faria isso. Depois de tudo que passamos, não poderia. Se quisesse me trair, teria aproveitado as incontáveis oportunidades anteriores. Poderia ter fugido com o pergaminho sem tirar a vida de todos aqueles inocentes.

O rosto de Amari sobrepõe o de Tzain, os olhos âmbar extravasando pena. *Ou ele está prestes a nos trair ou alguma outra coisa está acontecendo.*

O sorriso de Inan atravessa o ódio deles, o olhar suave que me lançou antes de nos beijarmos. Mas ele escurece e se deforma e queima até apertar minha garganta com a força de sua pegada...

— Não! — Fecho os olhos, lembrando-me do jeito como ele me carregou nos braços. *Ele me salvou.* Duas vezes. E tentou me salvar de novo. Inan não fez isso. Não poderia ter feito.

Um retinido.

A primeira tranca externa da porta se abre. Preparo-me para a dor, apegando-me às últimas coisas boas que me restaram.

Ao menos, Tzain está vivo. Ao menos ele e Amari sobreviveram. Com a velocidade de Nailah, devem ter escapado. Tenho que me concentrar nisso. Uma coisa deu certo. E Baba...

Meus olhos marejados ardem quando me lembro do sorriso que rezei para ver novamente. Quando ele descobrir tudo isso, nunca mais vai sorrir.

Fecho os olhos enquanto as lágrimas caem, ferindo como pequenas facas. Espero que ele esteja morto.

Espero que nunca vivencie essa dor.

A tranca final gira e a porta range até se abrir. Eu me preparo.

Mas quando Inan surge na entrada, todas as minhas defesas se rompem.

Meu corpo treme contra as correntes quando o principezinho entra, rodeado por dois tenentes. Depois de dias vendo-o no belo cafetã e nos dashikis emprestados, esqueci como era sua aparência no uniforme da guarda.

Não...

Busco nele qualquer sinal do rapaz que me prometeu o mundo. O rapaz por quem eu quase abri mão de tudo.

Mas seus olhos estão distantes. Tzain tinha razão.

— *Seu mentiroso!* — Meu grito ecoa na cela.

Palavras não são suficientes. Elas não podem ferir como desejo, mas mal consigo pensar. Agarro as correntes de metal com tanta força que elas machucam minha pele. Preciso da dor para me distrair, do contrário nada vai parar as lágrimas.

— Saiam — ordena Inan a seus tenentes, olhando para mim como se eu não fosse nada. Como se eu não tivesse estado nos seus braços apenas horas atrás.

— Ela é perigosa, Vossa Alteza. Não podemos...

— Foi uma ordem, não uma sugestão.

Os guardas trocam olhares, mas deixam a sala, relutantes. Os deuses sabem que não se pode desafiar uma ordem direta de seu precioso príncipe.

Esperto. Balanço a cabeça. Não é difícil imaginar por que Inan quer privacidade. A mecha branca que brilhava tão vibrante em seu cabelo está escondida embaixo de uma nova camada de tintura preta. Ninguém pode descobrir a verdade sobre o principezinho.

Foi esse seu plano o tempo todo?

Reprimo tudo dentro de mim para manter o rosto impassível. Ele não vai ver minha dor. Não vai saber o quanto me feriu.

A porta fecha-se, deixando-nos sozinhos. Inan me encara enquanto ouve os sons dos guardas recuando. Somente quando não conseguimos mais ouvi-los é que aquele rosto endurecido desmorona e se transforma no rosto do rapaz que eu conheço.

O olhar âmbar de Inan enche-se de medo quando ele avança, os olhos observando a maior mancha de sangue no meu vestido. A onda de ar quente preenche meus pulmões — não sei quando parei de respirar. Não sei quando comecei a precisar tanto dele.

Balanço a cabeça.

— Não é meu sangue — sussurro. *Ainda não*. — O que aconteceu? Como nos encontraram?

— O festival. — Inan abaixa a cabeça. — Divinais foram a Gombe comprar suprimentos. Alguns guardas desconfiaram e os seguiram.

Meus deuses. Engulo uma nova onda de lágrimas que quer vir à tona. Massacrados por uma celebração. Uma que nunca deveríamos ter feito.

— Zél, não temos muito tempo — ele diz, apressado, a voz tensa e rouca. — Não pude vir te ver antes, mas uma caravana militar acabou de aportar. Alguém está vindo, e quando chegar... — Inan se vira para a porta, ouvindo coisas inexistentes. — Zél, preciso que você me diga como destruir o pergaminho.

— O quê? — Não posso ter ouvido corretamente. Depois de tudo, ele não pode achar que essa é a solução.

— Se você me disser como destruí-lo, posso te proteger. Meu pai vai matar você se ainda houver chance de trazer a magia de volta.

Pelos deuses.

Ele nem percebe que já perdemos. O pergaminho não significa nada sem alguém para lê-lo. Mas eu não posso deixar que Inan saiba disso.

Vão massacrar a todos se descobrirem, apagar todo homem, mulher e criança. Não vão parar até termos desaparecido, até extinguirem nossa existência do mundo com seu ódio.

— ... eles são impiedosos, Zél. — Inan engole em seco, trazendo-me de volta ao presente. — Se você não desistir, não vai sobreviver.

— Então não vou sobreviver.

O rosto de Inan se contorce.

— Se não falar, vão arrancar as informações de você.

Um nó se forma na minha garganta; foi o que imaginei. Não posso falar.

— Então vou morrer sangrando.

— Zél, por favor. — Ele avança, tocando meu rosto escoriado. — Sei que tínhamos nossos planos, mas você precisa entender que tudo mudou...

— Claro que tudo mudou! — grito. — Os homens de seu pai mataram Zu! Salim! Todas aquelas crianças. — Balanço a cabeça. — Eles nem podiam lutar, e os guardas assassinaram todos eles!

Inan faz uma careta, o rosto se partindo de dor. Seus soldados. Seus homens. Nossa ruína de novo.

— Zélie, eu sei. — Sua voz vacila. — Eu sei. Todas as vezes que fecho os olhos, só vejo o corpo de Zu.

Desvio os olhos, lutando contra novas lágrimas. O sorriso brilhante de Zu preenche minha mente, sua alegria infinita, sua luz. Deveríamos estar a meio caminho de Zaria. Ela e Kwame deveriam estar vivos.

— Eles não deveriam ter atacado — sussurra Inan. — Zulaikha merecia uma chance. Mas os soldados pensaram que você estava usando o pergaminho para criar um exército de maji. E, depois do que Kwame fez...

A voz de Inan desaparece. Toda a dor que o preencheu antes parece diminuir, dominada pelo medo.

— Kwame matou três pelotões em segundos. Queimou todos vivos. Incinerou aquele acampamento. Provavelmente estaríamos mortos se ele não tivesse sido consumido pelo fogo.

Me afasto, enojada. Em nome dos deuses, do que ele está falando?

— Kwame se sacrificou para nos proteger!

— Mas imagine a impressão dos guardas — Inan fala rapidamente. — Sei que as intenções de Kwame eram boas, mas ele foi longe demais. Por anos fomos alertados sobre magia como aquela. O que Kwame fez foi pior do que qualquer coisa que meu pai já disse!

Incrédula, busco o rosto de Inan. Onde está o futuro rei que estava pronto para salvar os maji? O príncipe que se jogou na frente das chamas para me manter a salvo? Não conheço este rapaz medroso, inventando desculpas para tudo o que diz odiar. Ou talvez eu o conheça bem demais.

Talvez seja essa a verdade: o principezinho arrasado.

— Sem dúvida, o ataque foi uma abominação. Sei que temos que lidar com isso. Mas, neste momento, temos que agir. Os soldados estão aterrorizados com a possibilidade de um maji como Kwame atacar de novo.

— Ótimo. — Eu aperto minhas correntes para esconder o tremor nas mãos. — Deixe que fiquem com medo.

Deixe que provem o terror que eles nos obrigam a engolir.

— Zélie, por favor. — Inan cerra os dentes. — Não tome essa decisão. Ainda podemos unir nosso povo. Trabalhe *comigo*, e eu vou encontrar uma maneira de você voltar a Lagos. Vamos salvar Orïsha com algo mais seguro, algo sem magia...

— Qual é o seu problema? — meu grito ecoa pelas paredes. — Não há nada para salvar! Depois do que eles fizeram, não há nada!

Inan me encara, um brilho de lágrimas nos olhos.

— Acha que eu quero isso? Acha que, depois de planejar um novo reino com você, eu quero *isso*? — Vejo minha tristeza refletida em seus olhos. A morte do nosso sonho. O futuro que Orïsha nunca verá. — Pensei que as coisas podiam ser diferentes. Eu *queria* que fossem diferentes. Mas, depois do que vimos, não temos escolha. Não podemos dar ao povo esse tipo de poder.

— Sempre há uma escolha — sibilo. — E seus guardas fizeram a deles. Se tinham medo da magia antes, deveriam estar aterrorizados agora.

— Zélie, não queira se juntar aos mortos. Aquele pergaminho é a única maneira de eu convencê-los a manter você viva. Se não nos disser como destruí-lo...

Outro som retinido vem da porta. Inan se afasta assim que ela abre.

— Eu disse que vocês podiam...

Sua voz vacila. A cor desaparece de seu rosto.

— Pai? — Os lábios de Inan se entreabrem com a surpresa.

Mesmo sem a coroa, é impossível não reconhecer o rei.

Ele entra como uma tempestade, o ar escurecendo em sua presença. Uma onda de emoções me atinge quando a porta se fecha. Perco o ar quando encontro os olhos desalmados do homem que assassinou Mama.

Deuses, me ajudem.

Não sei se estou em um sonho ou em um pesadelo. Minha pele esquenta com uma fúria que desconhecia, ainda que minha pulsação estronde de medo. Desde os dias que seguiram à Ofensiva, imaginei este momento, imaginei como seria encontrá-lo cara a cara. Orquestrei sua morte tantas vezes na minha mente que poderia encher um livro detalhando todas as maneiras pelas quais ele deveria morrer.

O rei Saran pousa a mão no ombro de Inan. O filho se encolhe, como se esperasse um golpe. Apesar de tudo, o lampejo de terror nos olhos de Inan me dói. Eu o vi abatido antes, mas este é um lado que não conheço.

— Os guardas me disseram que você a rastreou até a revolta.

Inan se empertiga e cerra os dentes.

— Sim, senhor. Estou no meio de um interrogatório. Se nos deixar a sós, vou conseguir as respostas de que precisamos.

A voz de Inan permanece tão firme que quase acredito na mentira. Está tentando me manter longe de seu pai. Deve saber que estou prestes a morrer.

Um calafrio percorre meu corpo com o pensamento, mas rapidamente encontro uma calma misteriosa. O medo na presença de Saran é inegável, mas ainda assim não soterra meu desejo de vingança.

Este homem — este desgraçado — representa um reino inteiro. Uma nação inteira de ódio e opressão me encarando. Podem ter sido os guardas que derrubaram as portas da minha casa em Ibadan naquele dia, mas eram apenas instrumentos dele.

Ali está o coração.

— E a almirante Kaea? — Saran abaixa a voz. — Ela é a assassina?

Os olhos de Inan arregalam-se e me fitam, mas quando Saran segue seu olhar, Inan percebe seu erro. Não importa o que diga agora, não conseguirá impedir que o rei de Orïsha se aproxime de mim.

Mesmo na sala abafada, a presença de Saran congela meu sangue. A queimação na minha pele se intensifica quando ele chega perto com sua lâmina de majacita. A esta distância, consigo enxergar as cicatrizes na pele negra escura, os cabelos grisalhos da idade avançada em sua barba.

Espero os xingamentos, mas há algo pior no jeito com que ele me olha. Distante. Alheio. Como se eu fosse algum animal tirado da lama.

— Parece que meu filho acredita que você sabe como a almirante morreu.

Os olhos de Inan arregalam-se. Está escrito na cara dele.

Alguém morreu, me lembro de suas palavras no festival. *Alguém que eu amava.*

Mas não foi qualquer pessoa...

Foi Kaea.

— Fiz uma pergunta. — A voz de Saran ecoa de novo. — O que aconteceu com a minha almirante?

Seu filho maji a matou.

Atrás de Saran, Inan recua, provavelmente horrorizado com meus pensamentos. São segredos que eu deveria gritar ao mundo, segredos que eu deveria despejar neste chão. Mas algo no terror de Inan impede que eu abra a boca.

Em vez disso, viro o rosto, incapaz de suportar o monstro que ordenou a morte de Mama. Se Inan estiver mesmo do meu lado, então, quando eu morrer, o principezinho talvez seja a única esperança dos divin...

A mão de Saran segura meu queixo e me faz encará-lo. Meu corpo todo se retrai. A calma que existia nos olhos dele explode com uma fúria violenta.

— Seria muito bom se você me respondesse, menina.

E seria. Seria mesmo.

Seria perfeito fazer Saran descobrir tudo aqui, tentar matar Inan com as próprias mãos. Então, Inan não teria escolha além de contra-atacar. Matar seu pai, assumir o trono, livrar Orïsha do ódio de Saran.

— Tramando, não é? — pergunta Saran. — Maquinando aqueles preciosos encantamentos? — Ele enterra as unhas com tanta força que tira sangue de meu queixo. — Faça qualquer movimento e eu vou pessoalmente arrancar essas mãos desgraçadas de seu corpo.

— P-pai. — A voz de Inan é fraca, mas ele se força a avançar.

Saran olha para trás, a ira ainda queimando nos olhos. Ainda assim, algo em Inan o atinge. Com um impulso violento, ele solta meu rosto. Seus lábios se crispam enquanto limpa os dedos na túnica.

— Suponho que deveria estar irritado comigo mesmo — ele pondera, baixinho. — Preste atenção, Inan. Quando eu tinha sua idade, pensei que os filhos dos vermes podiam ficar vivos. Pensei que seu sangue não precisava ser derramado.

Saran agarra minhas correntes, forçando-me a encarar seus olhos.

— Depois da Ofensiva, vocês deveriam ter ficado desesperados para manter a magia bem longe. Deveriam ter medo. Ser obedientes. Agora, vejo que não há educação para sua espécie. Vocês, vermes, todos anseiam pela doença que envenena seu sangue.

— Você poderia ter se livrado da magia sem nos matar. Sem nos espancar e derrubar!

Ele salta quando eu forço as correntes, selvagem como um leonário raivoso. Anseio por liberar a magia abastecida pela parte mais sombria da minha fúria. Uma fúria fruto de tudo que ele tomou.

Uma nova queimadura fere minha carne quando luto com a majacita, fazendo de tudo para invocar a magia, apesar do poder das correntes pretas. A fumaça sobe da minha pele, sibilando enquanto luto em vão.

Os olhos de Saran se estreitam, mas não consigo ficar em silêncio. Não quando meu sangue ferve e meus músculos tremem para se libertar.

Não vou deixar meu medo silenciar a verdade.

— Você nos esmagou para construir sua monarquia sobre o nosso sangue e ossos. Seu erro foi nos deixar vivos. Foi pensar que nunca revidaríamos!

Inan dá um passo adiante, os dentes cerrados, os olhos se revezando entre nós. A fúria no olhar de Saran aviva-se quando ele solta uma risada longa e baixa.

— Você sabe o que me intriga em sua espécie? Vocês sempre começam no meio da história. Como se meu pai não tivesse lutado pelos seus direitos. Como se *vocês*, vermes, não tivessem queimado minha família viva.

— Você não pode escravizar um povo inteiro pela rebelião de alguns.

Saran arreganha os dentes.

— Pode-se fazer o que quiser quando se é rei.

— Sua ignorância será sua derrota. — Cuspo na cara de Saran. — Com ou sem magia, não vamos desistir. Com ou sem magia, vamos *tomar* o que é nosso de volta!

Os lábios de Saran curvam-se em um rosnado.

— Palavras corajosas para uma verme prestes a morrer.

Verme.

Como Mama.

Como todo irmão e irmã assassinado por ordem dele.

— Seria sábio me matar agora — sussurro. — Porque não vai conseguir nenhum dos artefatos.

Saran sorri, devagar e sinistro como um gato selvagem.

— Ah, menina. — Ele gargalha. — Eu não teria tanta certeza.

CAPÍTULO SESSENTA E QUATRO

INAN

As paredes da cela estreitam-se. Estou preso neste inferno. Faço um esforço tremendo para ficar em pé, para não vacilar sob o olhar de ódio de meu pai. Mas enquanto mal consigo respirar, Zélie enfrenta. Desafiadora e intensa como sempre.

Sem pensar em sua vida.

Sem medo da morte.

Pare, quero gritar. *Não fale!*

A cada palavra, o desejo de meu pai de exterminá-la aumenta.

Ele bate na porta. Com duas batidas rápidas, a porta de metal se abre. O médico da fortaleza entra, flanqueado por três tenentes, todos de olhos baixos.

— O que está acontecendo? — Minha voz sai rouca. É difícil falar com o esforço de suprimir minha magia de novo. O suor escorre pela minha pele quando outra lufada de ar aquecido entra pelo respiradouro.

O médico olha para mim.

— Sua Alteza...

—Você está sob minhas ordens — interrompe meu pai. — Não sob as dele.

O médico avança rápido, puxando uma faca afiada do bolso. Abafo um grito quando ele corta o pescoço de Zélie.

— O que está fazendo? — grito. Zélie cerra os dentes quando o médico enterra a lâmina. — Pare! — berro em pânico. *Agora não. Aqui não.*

Avanço, mas meu pai aperta meu ombro com tanta força que eu quase tombo. Observo com horror quando o médico corta um X superficial no pescoço de Zélie. Com mão trêmula, ele enfia uma agulha grossa e oca na veia exposta.

Zélie tenta jogar a cabeça para trás, mas um tenente a segura firme. O médico retira um pequeno frasco de líquido escuro e prepara-se para despejar o soro pela agulha.

— Pai, isso é inteligente? — Viro-me para ele. — Ela tem informações. Há mais artefatos. Ela pode encontrá-los. É a única pessoa que entende o pergaminho...

— Chega! — Meu pai aperta meu ombro até doer. Estou enfurecendo-o agora. Se eu continuar, ele só causará mais dor a Zélie.

O médico me olha, como se buscasse um motivo para parar. Mas quando meu pai soca a parede, o médico despeja o soro na abertura da agulha oca, injetando-o diretamente na veia dela.

O corpo de Zélie se contorce e espasma. O soro escorre sob sua pele. Sua respiração fica curta e rápida. As pupilas crescem e se dilatam.

Meu peito se aperta enquanto o sangue lateja na minha cabeça.

E é apenas um eco do que estão fazendo com ela...

— Não se preocupe — diz meu pai, confundindo minha dor com decepção. — De um jeito ou de outro, ela vai nos dizer o que sabe.

Os músculos de Zélie se contraem, sacudindo as correntes. Recosto-me à parede quando minhas coxas tremem. Luto para manter a voz firme. Só conseguirei salvá-la se mantiver a calma.

— O que o senhor deu para ela?

— Algo para manter nossa vermezinha acordada. — Meu pai sorri. — Não posso deixar que desmaie antes de conseguirmos o que precisamos.

Um tenente pega uma adaga do cinto. Outro rasga o vestido de Zélie, expondo a pele macia de suas costas. O soldado segura a lâmina no calor das chamas da tocha. O metal se aquece. Fica vermelho, em brasa.

Meu pai avança. Os espasmos de Zélie se intensificam, tão violentos que são necessários dois tenentes para segurá-la.

— Admiro sua ousadia, menina. É impressionante que tenha chegado até aqui. Mas eu não estaria no trono se não lhes lembrasse o que vocês são.

A faca queima sua pele com uma fúria tão intensa que sua agonia vaza para dentro de mim.

— AAAI! — Um grito de gelar o sangue sai da garganta de Zélie. Penetra no meu ser.

— Não! — grito e corro, pulando sobre o tenente.

Derrubo um dos guardas que está segurando Zélie.

Chuto outro na barriga.

Meu punho acerta o tenente que está cortando as costas dela, mas antes que possa fazer mais, meu pai grita.

— Segurem ele!

Instantaneamente, dois guardas agarram meus braços. O mundo inteiro queima em branco. O cheiro de carne chamuscando enche meu nariz.

— Sabia que não teria estômago para isso. — De algum jeito, a decepção de meu pai atravessa o som dos gritos de Zélie. — Levem-no — ele grita. — Agora!

Eu mais sinto do que escuto o comando de meu pai. Embora eu lute para avançar, sou puxado para trás. Ao mesmo tempo, os gritos de Zélie aumentam.

Ela só fica cada vez mais distante.

Seus soluços e gritos ricocheteiam nas paredes de metal. Enquanto a carne chamuscada resfria, vejo a marca de um V.

E quando a respiração de Zélie fica mais superficial, o tenente começa o E.

— *Não!*

Eles me jogam no corredor. A porta bate com tudo.

Soco o metal com tanta força que os nós de meus dedos se abrem e sangram, mas ninguém sai.

Pense! Eu bato com a cabeça na porta, o sangue latejando quando os gritos aumentam. Não consigo entrar.

Preciso tirá-la de lá.

Avanço em disparada pelo corredor, mas a distância não ajuda a acabar com a angústia. Rostos preocupados lampejam quando passo aos tropeços.

Lábios se movem.

Pessoas falam.

Não consigo divisar os sons sob os gritos de Zélie. Seus berros ressoam pela porta. E ainda mais alto na minha cabeça.

Entro no lavabo mais próximo e bato a porta. Consigo passar a tranca.

Posso sentir que começaram o R agora; como se a curva fosse talhada nas minhas costas.

— *Ugh!*

Me agarro à borda da pia de porcelana com mãos trêmulas. Tudo dentro de mim sai. Minha garganta arde com a acidez do vômito.

O mundo gira ao meu redor, violento e sacolejante. O máximo que consigo fazer é não desmaiar. Tenho que aguentar.

Preciso tirar Zélie de lá...

Arquejo.

O ar frio me atinge como um tijolo no rosto. Enfia o aroma de grama molhada em meus pulmões. Juncos murchos roçam meus pés.

A terra do sonho.

Essa percepção me faz cair de joelhos.

Mas não tenho tempo a perder. Preciso salvá-la. Preciso trazê-la para este lugar.

Fecho os olhos e imagino seu rosto. O prateado assombroso de seus olhos. Que nova letra eles riscaram em suas costas? Em seu coração? Na sua alma?

Em segundos, Zélie aparece. Arfando. Seminua.

Suas mãos agarram a terra.

Os olhos pendem vazios no rosto.

Ela encara seus dedos trêmulos sem reconhecer onde está. Quem ela é.

— Zélie?

Algo está faltando. Levo um segundo para perceber o que há de errado. Seu espírito não emerge como as marés do oceano.

O cheiro de maresia de sua alma desapareceu.

— Zél?

O mundo parece encolher ao nosso redor, reduzindo as fronteiras brancas. Ela está parada... tão parada que não sei se me ouve ou não.

Estendo a mão. Quando meus dedos tocam sua pele, ela berra e recua.

— Zél...

Seus olhos lampejam com algo feroz. Seu tremor intensifica-se.

Quando me movo em sua direção, ela rasteja para trás. Arrasada. Destruída.

Paro e ergo as mãos. Meu peito dói com a visão. Não há sinal da guerreira que conheço. A lutadora que cuspiu no rosto de meu pai. Não vejo nada de Zél.

Apenas a casca que meu pai deixou.

— Você está segura — sussurro. — Ninguém pode ferir você aqui.

Mas os olhos dela se enchem de lágrimas.

— Não consigo sentir — ela chora. — Não consigo sentir nada.

— Sentir o quê?

Avanço até ela, mas Zélie sacode a cabeça e se impulsiona para trás com os pés, se arrastando por entre os juncos.

— Acabou. — Ela repete. — Acabou.

Ela se encolhe contra os juncos, retorcendo-se com uma dor da qual não consegue escapar.

O dever antes do eu.

Enterro os dedos na terra.

A voz de meu pai ressoa na minha cabeça. *O dever acima de tudo.*

As chamas de Kwame voltam à vida na minha mente, incinerando tudo no caminho. Meu dever é impedir isso.

Meu dever tem que ser manter Orïsha viva.

Mas o lema soa vazio, abrindo um buraco em mim, como a faca que se afunda nas costas de Zélie.

O dever não é suficiente quando significa destruir a garota que eu amo.

CAPÍTULO SESSENTA E CINCO

AMARI

Vai funcionar.

Pelos céus, precisa funcionar.

Agarro-me a essa esperança hesitante enquanto Tzain e eu nos esgueiramos pelas vielas entre as construções enferrujadas de Gombe, misturando-nos às sombras e à escuridão.

Sendo uma cidade de ferro e fundição, as fábricas de Gombe funcionam até tarde da noite. Erigida pelos soldadores antes da Ofensiva, as estruturas de metal se erguem e se curvam em formas impossíveis.

Diferentemente dos níveis que dividem as classes de Lagos, Gombe é repartida em quatro quadrantes, dividindo a vida residencial de suas exportações de ferro. Em todas as janelas empoeiradas há divinais trabalhando, forjando produtos orïshanos para o dia seguinte.

— Espere. — Tzain me refreia quando uma patrulha de guardas com armaduras passa fazendo barulho. — Tudo bem — sussurra ele quando passam, mas falta em sua voz aquela determinação costumeira. *Vai funcionar*, repito em minha mente, desejando poder convencer Tzain também. Quando tudo isso terminar, Zélie estará bem.

Com o tempo, as ruas com usinas cheias, apinhadas, transformam-se nas cúpulas imensas do distrito central. Quando sinos tocam, trabalhadores liberados nos rodeiam, cobertos de poeira e fuligem de metal. Seguimos a multidão na direção da música e dos tambores que ressoam noite adentro. Quando o aroma de álcool substitui o fedor da fumaça, um grupo de bares aparece, cada qual aninhado sob uma pequena cúpula enferrujada.

— Ele vai estar aqui? — pergunto enquanto caminhamos até uma construção especialmente ordinária, menos ruidosa que as demais.

— É o melhor lugar para procurar. Quando eu vim a Gombe, no ano passado, para os Jogos Orïshanos, Kenyon e sua equipe me trouxeram aqui todas as noites.

— Ótimo. — Abro um sorriso para incentivar Tzain. — É tudo que precisamos.

— Não tenha tanta certeza. Mesmo se encontrarmos ele, duvido que vá querer ajudar.

— Ele é um divinal. Não terá escolha.

— Divinais raramente têm escolha. — Tzain bate os nós dos dedos na porta de metal. — Quando têm, em geral escolhem cuidar de si mesmos.

Antes que eu possa responder, uma janelinha se abre na porta. Uma voz grosseira soa:

— Senha?

— *Lo-ïsh*.

— Essa é antiga.

— Ah... — Tzain faz uma pausa, como se a palavra certa pudesse aparecer do nada. — É a única que eu conheço.

O homem dá de ombros.

— A senha muda a cada quarto de lua.

Empurro Tzain para o lado e fico na ponta dos pés, esforçando-me para alcançar a janelinha.

— Não moramos em Gombe, senhor. Por favor, nos ajude.

O homem estreita os olhos e cospe pela janelinha. Eu me encolho, enjoada.

— Ninguém entra sem uma senha — rosna nele. — Especialmente se for nobre.

— Senhor, por favor...

Tzain me empurra para o lado.

— Se Kenyon estiver aí dentro, o senhor pode dizer que estou aqui? Tzain Adebola, de Ilorin?

A janelinha se fecha com força. Encaro a porta de metal, consternada. Se não entrarmos, Zélie está morta.

— Tem outro jeito de entrar? — pergunto.

— Não — resmunga Tzain. — Isso nunca ia dar certo. Estamos perdendo tempo. Enquanto estamos aqui, Zél provavelmente já está mor... — Sua voz falha, e ele fecha os olhos, tentando criar forças. Abro seus dedos fechados em punho e estendo a mão para tocar seu rosto.

— Tzain, confie em mim. Não vou te decepcionar. Se Kenyon não estiver aqui, podemos encontrar outra pessoa...

— Pelos deuses. — A porta abre-se de repente, e um divinal grande aparece, braços escuros cobertos de tatuagens intrincadas. — Acho que devo uma peça de ouro a Khani.

Seu cabelo branco forma tranças longas e firmes, empilhadas em um coque no alto da cabeça. Ele abraça Tzain, de alguma forma eclipsando seu corpo musculoso.

— Cara, o que você está fazendo aqui? Só vou derrotar sua equipe daqui a duas semanas.

Tzain força uma risada.

— É com sua equipe que estou preocupado. Ouvi falar que você torceu o joelho?

Kenyon puxa a perna da calça, revelando um arco de metal preso ao redor da coxa.

— O médico disse que fico bom antes das qualificações, mas não estou preocupado. Posso acabar com você dormindo. — Os olhos dele se movem para mim, lentos e condescendentes. — Por favor, não me diga que uma coisinha linda como você veio aqui apenas para ver Tzain perder.

Tzain empurra Kenyon, e ele ri, passando o braço pelo pescoço do amigo. É incrível que Kenyon não sinta o desespero que Tzain esconde.

— Ele é do bem, D. — Kenyon se vira para o guarda do bar. — Juro. Eu garanto.

O dono da voz grosseira observa todos os lados. Embora pareça ter apenas uns vinte anos, seu rosto é marcado por cicatrizes.

— Até a garota? — Ele me aponta com a cabeça. Tzain segura minha mão.

— Ela é ótima — Tzain garante. — Não vai dizer nada.

"D" hesita, mas recua, permitindo que Kenyon nos leve para dentro. Embora ele não deixe de me olhar até eu desaparecer.

A batida dos tambores reverbera pela minha pele quando entramos no bar mal iluminado. A cúpula está cheia, e os clientes são jovens; ninguém parece ser mais velho que Kenyon ou Tzain.

Todos entram e saem das sombras, cobertos pela luz fraca e tremeluzente das velas. O brilho delas ilumina a pintura descascada e as manchas de ferrugem nas paredes.

No canto ao fundo, dois homens tocam uma batida suave no couro de seus tambores ashiko enquanto outro aperta as teclas de madeira de um balafon. Tocam com uma tranquilidade experiente, enchendo as paredes de ferro com um som animado.

— Que lugar é este? — sussurro no ouvido de Tzain.

Embora eu nunca tenha pisado em um bar, logo percebo por que este aqui exige uma senha. Dentre os clientes, quase todos têm cabelos brancos, criando um mar transbordante de divinais. Os poucos kosidán que entraram estão visivelmente ligados aos divinais. Vários casais estão sentados de mãos dadas, trocando beijos, encurtando a distância entre seus quadris.

— Chamam de tóju — responde Tzain. — Divinais começaram a fazer lugares assim poucos anos atrás. Existem na maioria das cidades. É um dos únicos lugares onde divinais podem se reunir em paz.

De repente, a animosidade do porteiro não me parece tão estranha. Só posso imaginar a rapidez com que os guardas dispersariam uma reunião dessas.

— Joguei contra esses caras por anos — sussurra Tzain enquanto Kenyon nos leva na direção de uma mesa ao fundo. — São leais, mas cautelosos. Deixe que eu falo com eles. Vou puxar o assunto com calma.

— Não temos tempo para ir com calma — sussurro em resposta. — Se não conseguirmos que eles lutem...

— Não vai ter luta se eu não puder convencer eles. — Tzain me cutuca de leve. — Sei que estamos sem tempo, mas com eles precisamos ir devagar...

— Tzain!

Um coro empolgado irrompe quando chegamos à mesa com quatro divinais que imagino ser o time completo de agbön de Kenyon. Cada jogador é maior que o outro. Mesmo as gêmeas que Tzain apresenta como Imani e Khani são da altura dele.

A presença de Tzain provoca sorrisos e gargalhadas. Todos se levantam, cumprimentando-o com apertos de mão, dando tapinhas nas costas, provocando Tzain sobre o próximo torneio de agbön. As instruções de Tzain para pegar leve ecoam em minha mente, mas seus amigos estão tão distraídos pelos jogos que nem percebem que o mundo de Tzain está desmoronando.

— Precisamos da ajuda de vocês — interrompo a algazarra, a primeira frase que consigo dizer. A equipe pausa para me encarar, como se me notassem pela primeira vez.

Kenyon dá um gole em sua bebida laranja-brilhante e se vira para Tzain.

— Fale. Do que vocês precisam?

Eles ficam sentados em silêncio enquanto Tzain explica nossa situação precária, quietos quando ouvem sobre a queda do acampamento de divinais. Ele lhes conta tudo, da origem do pergaminho ao ritual iminente, terminando com a captura de Zélie.

— O solstício será em dois dias — acrescento. — Para conseguir, precisamos agir rápido.

— Caramba — suspira Ife, a cabeça raspada refletindo a luz da vela. — Sinto muito, mas se ela está lá dentro, não tem como tirar.

— Deve ter alguma coisa que a gente possa fazer! — Tzain aponta para Femi, um divinal forte com barba curta. — Seu pai não pode ajudar? Ele ainda suborna os guardas?

O rosto de Femi fica sombrio. Em silêncio, ele recua, levantando-se tão rápido que quase vira a mesa.

— Levaram o pai dele algumas luas atrás. — Khani baixa a voz. — Começou como uma confusão de impostos, mas...

— Três dias depois encontraram o corpo dele — termina Imani.

Pelos céus. Olho para Femi enquanto ele abre caminho entre as pessoas. Outra vítima do poder de meu pai. Mais um motivo por que devemos agir agora.

O rosto de Tzain murcha. Ele estende a mão e pega o copo de metal de alguém com tanta força que ele se amassa.

— Não acabou — eu digo. — Se não pudermos entrar com suborno, podemos invadir e tirar ela de lá.

Kenyon bufa e toma outro gole longo de sua bebida.

— Somos grandes, não idiotas.

— Por que isso é idiota? — pergunto. — Você não precisa usar a força, só sua magia.

Com a palavra *magia*, a mesa inteira fica paralisada, como se eu tivesse sussurrado uma ofensa dolorosa. Todos se entreolham, mas Kenyon fixa um olhar de ódio agudo em mim.

— Não temos magia.

— Ainda. — Puxo o pergaminho da minha bolsa. — Mas podemos dar seus poderes de volta. A fortaleza foi projetada para conter homens, não maji.

Espero que ao menos um deles dê uma olhada mais atenta, mas todos encaram o pergaminho como se fosse um pavio aceso. Kenyon se afasta da mesa.

— É hora de você ir.

Em um instante, Imani e Khani se levantam, cada uma agarrando um de meus braços.

— Ei! — grita Tzain. Ele luta quando Ife e Kenyon o seguram.

— Soltem!

O bar para, sem querer perder o show. Embora eu chute e grite, as garotas não cedem, e em vez disso correm para as portas quase em desespero. Mas quando a respiração de Imani começa a sair ofegante e a pegada de Khani se aperta, eu compreendo.

Não estão com raiva...

Estão com medo.

Livro-me de suas mãos com uma manobra que Inan me ensinou luas atrás. Agarro o cabo de minha espada, desembainhando a lâmina com um puxão forte.

— Não vim machucar vocês. — Mantenho a voz baixa. — Só quero trazer sua magia de volta.

— Quem é você? — pergunta Imani.

Tzain finalmente se solta de Kenyon e Ife. Ele abre caminho entre os divinais e as gêmeas para ficar ao meu lado.

— Ela está comigo. — Ele força Imani a recuar. — É tudo que vocês precisam saber.

— Tudo bem. — Saio da sombra de Tzain, deixando sua proteção. Todos os olhos no bar estão sobre mim, mas para variar eu não recuo. Imagino minha mãe diante de uma multidão de olóyès, capaz de comandar uma sala apenas com um leve arquear de sobrancelha. Preciso invocar esse poder agora.

— Sou a princesa Amari, filha do rei Saran e... — Embora essas palavras nunca tenham saído de meus lábios, agora percebo que não há outra escolha. Não posso deixar que a linha de sucessão me atrapalhe. — E sou a futura rainha de Orïsha.

Tzain franze o cenho, surpreso, mas não fica muito tempo em choque. O bar irrompe em um tagarelar incessante que leva uma eternidade para se aquietar. Por fim, ele consegue silenciar a turba.

— Onze anos atrás meu pai tomou a magia de vocês. Se não agirmos agora, perderemos a única chance que teremos de trazê-la de volta.

Olho ao redor do tóju, esperando que alguém me desafie ou tente me botar para fora de novo. Alguns divinais saem, mas a maioria fica, ávida por mais.

Abro o pergaminho e ergo-o para que todos possam ver sua escrita antiga.

Um divinal inclina-se para tocá-lo e grita quando uma lufada de ar se desprende de suas mãos. A amostra acidental me dá toda a prova de que preciso.

— Há um ritual sagrado que vai restaurar sua conexão com os deuses. Se meus amigos e eu não o concluirmos durante o solstício secular, que acontece em dois dias, a magia desaparecerá para sempre.

E meu pai devassará as ruas, massacrando seu povo novamente. Ele vai apunhalar seu coração. Vai matar vocês como matou minha amiga.

Olho ao redor do salão, fitando os olhos de cada divinal.

— Há mais do que a magia de vocês em risco. Sua sobrevivência está em jogo.

Os murmúrios continuam até alguém da multidão gritar:

— O que temos que fazer?

Dou um passo à frente, embainhando minha espada e erguendo o queixo.

— Há uma garota presa na fortaleza da guarda nas cercanias de Gombe. Ela é a chave. Preciso da magia de vocês para tirá-la de lá. Salvando ela, vocês salvam a si mesmos.

O ambiente permanece em silêncio por um bom tempo. Todos ficam quietos. Mas Kenyon recosta-se, cruzando os braços com uma expressão que não consigo discernir.

— Mesmo se quiséssemos ajudar, qualquer magia que o pergaminho nos dê não seria forte o bastante.

— Não se preocupem. — Enfio a mão na mochila de Zélie e pego a pedra do sol. — Se concordarem em ajudar, eu cuido disso.

CAPÍTULO SESSENTA E SEIS

INAN

Os gritos de Zélie me assombram muito depois de terem silenciado.

Agudos.

Penetrantes.

Embora sua consciência arrasada descanse na terra do sonho, minha conexão com seu corpo físico permanece. Ecos de sua angústia queimam minha pele. Às vezes, a agonia é tão intensa que dói respirar. Luto para mascarar a dor quando bato à porta de meu pai.

Com ou sem magia, preciso salvá-la. Já falhei com Zélie uma vez.

Nunca vou me perdoar se permitir que ela pereça aqui.

— Entre.

Abro a porta e reprimo minha magia, entrando nos aposentos do comandante, de que meu pai se apossou. Ele está em um roupão de veludo, observando um mapa desgastado. Nenhum sinal de ódio. Nem mesmo um traço de nojo.

Para ele, riscar "verme" nas costas de uma garota é apenas parte do trabalho.

— Queria me ver?

Meu pai escolhe não responder por um bom tempo. Ele ergue o mapa e o segura contra a luz. Um X vermelho marca o vale dos divinais.

Nesse instante, compreendo: a morte de Zulaikha. Os gritos de Zélie. Não significam nada para ele. Porque eles são maji, não valem nada.

Ele prega o dever antes do eu, mas sua Orïsha não inclui os divinais. Nunca incluiu.

Ele não quer apenas apagar a magia.

Ele quer apagar essas pessoas.

— Você me envergonhou — diz ele, por fim. — Aquilo não é jeito de se portar durante um interrogatório.

— Eu não chamaria aquilo de interrogatório.

Meu pai abaixa o mapa.

— Como?

Nada.

É o que ele espera que eu diga.

Mas Zélie soluça e treme nos cantos da minha mente.

Não vou chamar "tortura" por outro nome.

— Não ouvi nenhuma informação útil, pai. Você ouviu? — Minha voz aumenta. — A única coisa que aprendi foi o quão alto você consegue fazer uma garota gritar.

Para minha surpresa, meu pai sorri. Mas seu sorriso é mais perigoso que sua fúria.

— Sua viagem o fortaleceu. — Ele meneia a cabeça. — Ótimo. Mas não gaste sua energia defendendo aquela…

Verme.

Sei muito antes que o xingamento saia dos lábios de meu pai. É como ele vê todos eles.

Como ele me veria.

Eu me movo até conseguir checar meu reflexo no espelho. De novo a mecha está coberta com uma camada de tintura, mas só os céus sabem por quanto tempo vai durar.

— Não somos os primeiros a carregar este fardo. A ir tão longe para manter nosso reino em segurança. Os bratonianos, os porltoganeses…

todos destruídos porque não combateram a magia com dureza o suficiente. Você queria que eu poupasse a verme e permitisse que Orïsha sofresse o mesmo destino?

— Não foi o que propus, mas...

— Um verme assim é como uma montaria selvagem — continua ele. — Não vai dar as respostas logo. Você precisa acabar com sua força de vontade, demonstrar um novo comando. — Ele volta o olhar para o pergaminho. Marca outro X sobre Ilorin. — Você entenderia isso se tivesse tido a disposição de ficar. No fim das contas, a verme me contou tudo que preciso saber.

Uma gota de suor corre pelas minhas costas. Fecho os punhos.

— Tudo?

Meu pai assente.

— O pergaminho só pode ser destruído com magia. Já suspeitava, depois do fracasso do almirante Ebele, mas a garota confirmou. Com ela em nossas mãos, finalmente temos tudo que precisamos. Assim que recuperarmos o pergaminho, nós a obrigaremos a destruí-lo.

Meu coração palpita na garganta. Tenho que fechar os olhos para manter a calma.

— Então ela vai viver?

— Por ora. — Meu pai corre o dedo pelo X no vale dos divinais. A tinta vermelha é grossa. Pinga como sangue.

— Talvez seja melhor assim — suspira ele. — Ela matou Kaea. Uma morte rápida seria um presente.

Meu corpo se enrijece.

Pisco forte. Forte demais.

— O-o quê? — gaguejo. — Ela disse isso?

Luto para falar mais, mas todas as palavras secam em minha garganta. O ódio de Kaea lampeja na minha mente. *Verme.*

— Ela confessou que esteve no templo — fala meu pai, como se a resposta fosse óbvia. — Foi lá que encontraram o corpo de Kaea.

Ele ergue um pequeno cristal turquesa manchado de sangue. Meu estômago se revira quando ele o ergue contra a luz.

— O que é isso? — pergunto, embora eu saiba a resposta.

— Algum tipo de resíduo. — Meu pai crispa os lábios. — A verme deixou nos cabelos de Kaea.

Meu pai esmaga o vestígio da minha magia até virar pó. Quando o cristal se esfarela, o cheiro de ferro e vinho me atinge.

O aroma da alma de Kaea.

— Quando encontrar sua irmã, acabe com ela — diz meu pai, mais para si mesmo do que para mim. — Eu erradicaria quantos fossem necessários para manter vocês dois em segurança, mas não posso perdoá-la pelo papel que teve na morte de Kaea.

Agarro o cabo da espada e me forço a assentir. Quase posso sentir a faca rasgando "traidor" nas minhas costas.

— Sinto muito. Eu sei... — *Ela era seu sol.* — Eu sei... o quanto ela significava para o senhor.

Meu pai gira seu anel, mergulhado em emoções.

— Ela não queria ir. Temia que algo assim acontecesse.

— Acho que ela temia decepcioná-lo mais do que temia a morte.

Todos nós tememos. Sempre tememos.

Ninguém mais do que eu.

— O que vai fazer com ela? — pergunto.

— Com quem?

— Zélie.

Meu pai me encara.

Ele havia esquecido que ela tem um nome.

— O médico está cuidando dela agora. Acreditamos que o irmão dela está com o pergaminho. Amanhã vou usá-la para negociar a recuperação do artefato. Depois que estiver em nossas mãos, ela o destruirá de uma vez por todas.

— E depois disso — insisto —, depois que acabar, e então?

— Ela morre. — Meu pai volta ao mapa, traçando um percurso. — Vamos desfilar seu cadáver por Orïsha, lembrar a todos o que acontece se nos desafiam. Se houver um sopro de rebelião, acabamos com todos eles. Imediatamente.

— E se houver outro jeito? — levanto a voz. Olho para as cidades no mapa. — E se pudéssemos ouvir as reclamações deles... usar a garota como embaixadora? Há pessoas... pessoas que ela ama. Poderíamos usá-las para mantê-la na linha. Uma maji que controlamos. — Cada palavra parece uma traição, mas como meu pai não me interrompe, continuo. Não tenho escolha. Preciso salvá-la a todo custo. — Eu vi coisas durante essa viagem, meu pai. Entendo os divinais agora. Se pudermos melhorar a situação deles, vamos vencer qualquer possibilidade de rebelião.

— Meu pai pensava a mesma coisa.

Eu ofego.

Meu pai nunca menciona sua família.

O pouco que sei sobre eles vem de boatos e murmúrios que rodam pelo palácio.

— Ele pensou que poderíamos parar de oprimi-los, construir um reino melhor. Eu pensava assim também, mas então eles o mataram. Mataram meu pai e todas as outras pessoas que eu amava. — Ele segura minha nuca com a mão fria. — Acredite em mim quando digo que não há outra maneira. Você viu o que aquele queimador fez no acampamento deles.

Faço que sim, embora deseje não ter visto. Não há como contrariar meu pai, agora que vi humanos incinerados tão rápido que não conseguiram sequer gritar.

A mão dele se aperta. Quase me machucando.

— Preste atenção às minhas palavras e aprenda essa lição. Antes que seja tarde demais.

Meu pai avança e me abraça. Um toque tão estranho que meu corpo se retrai, em choque. A última vez que seus braços me envolveram assim foi quando eu era criança. Depois que machuquei Amari.

Um homem que consegue ferir a própria irmã é um homem que pode ser um grande rei.

Por um segundo, eu me permiti sentir orgulho.

Fiquei feliz enquanto minha irmã sangrava.

— Eu não acreditei em você. — Ele se afasta. — Não achei que seria bem-sucedido. Mas você manteve Orïsha em segurança. Tudo isso fará de você um grande rei.

Incapaz de falar, faço que sim. Meu pai volta a seus mapas. Seu assunto comigo terminou. Sem mais nada a dizer, saio da sala.

Sinta, eu ordeno a mim mesmo. Sinta *alguma coisa.* Meu pai me deu tudo que eu sempre quis. Depois de todo esse tempo, finalmente ele acredita que serei um grande rei.

Mas quando a porta se fecha, minhas pernas cedem. Deslizo até o chão.

Com Zélie acorrentada, tudo isso não significa nada.

CAPÍTULO SESSENTA E SETE

INAN

Espero até meu pai adormecer.

Até os guardas deixarem seus postos.

Sento-me nas sombras. Observando. A porta de ferro range quando o médico sai da cela de Zélie.

Seu rosto está pálido pelo esforço, as roupas manchadas com o sangue dela. Essa visão fortalece meus desejos.

Encontrá-la. Salvá-la.

Me esgueiro pelo corredor e enfio a chave na tranca. Quando a porta range até se abrir, me preparo para o que vou encontrar.

Mas nada me prepararia o bastante.

Zélie pende inconsciente, o corpo quase sem vida, o vestido rasgado encharcado de sangue. A visão abre um novo buraco em mim.

E meu pai acha que os maji são animais.

A vergonha e a raiva debatem-se em mim enquanto escolho a chave correta. Não é pela magia. Dessa vez, tem que ser por ela.

Abro as algemas que prendem pulsos e tornozelos, libertando Zélie. Pego-a nos braços e cubro sua boca. Quando ela acorda, abafo o som de seus gritos.

Sua dor atravessa meu corpo. Os pontos do médico já estão se abrindo. O sangue escorre.

— Não consigo sentir — ela geme contra minha pele. Ajusto os braços para pressionar as ataduras nas costas dela.

— Vai sentir — tento acalmá-la. *Pelos céus, do que ela está falando?*

A mente dela é uma parede onde sua tortura é refletida continuamente.

Não há oceano, nem espírito. Nenhum cheiro de mar. Não consigo ver além da angústia. Ela vive na prisão de sua dor.

— Não faça isso. — As unhas dela cravam-se em meu ombro quando subimos por uma escadaria vazia. — Já estou sangrando. Só me deixe aqui.

O calor do sangue dela escorre pelos meus dedos. Aperto ainda mais forte suas costas.

— Encontraremos um curandeiro.

Botas de guardas ecoam pelo corredor. Recuo para um cômodo vazio enquanto os espero passar. Zélie se contorce e reprime um grito. Eu a aperto com mais força contra o peito.

Quando o corredor fica vazio, subo outro lance de escadas. Meu coração palpita a cada degrau.

— Eles vão matar você — ela sussurra enquanto eu corro. — Ele vai matar você.

Tento não me abalar com suas palavras.

Não posso pensar nisso agora. Tudo que importa é isso. Preciso tirar Zélie da...

Os gritos ressoam primeiro.

Em seguida, vem o calor.

Vamos ao chão quando um estrondo vindo de cima explode a muralha da fortaleza.

CAPÍTULO SESSENTA E OITO

AMARI

A FORTALEZA assoma sobre o horizonte de Gombe como um palácio de ferro, lançando sua sombra pela noite. Tropas por todos os lados não deixam um metro desprotegido por mais que alguns momentos. Meu coração palpita na garganta enquanto esperamos que os guardas patrulhando a muralha sul se afastem. Trinta segundos é tudo o que teremos. Rezo aos deuses para que trinta segundos sejam suficientes.

— Você consegue? — sussurro para Femi, afastando-me dos arbustos malcuidados de kenkiliba que nos davam cobertura. Desde que tocou a pedra do sol, as mãos dele não ficam paradas, remexendo os dedos, a barba, o nariz curvado.

— Estou pronto. — Ele assente. — É difícil explicar, mas consigo sentir.

— Tudo bem. — Volto minha atenção à patrulha. — Da próxima vez que eles passarem, nós vamos.

No instante em que os guardas viram a esquina, Femi e eu corremos pelo gramado bem cortado. Tzain, Kenyon e Imani nos seguem rapidamente, avançando pelas sombras para evitarem ser vistos pelos guardas no alto. Embora muitos divinais do tóju tenham concordado em ajudar, apenas Kenyon e sua equipe quiseram tocar o pergaminho e despertar sua magia. Esperei que eles fossem suficientes para derrubar a fortaleza, mas nem sequer todos os cinco podiam lutar.

Khani revelou-se uma curandeira e Ife despertou seus poderes como domador. Sem magia que pudesse ser usada em um ataque rápido, não era seguro para eles entrarem. Felizmente, Kenyon revelou-se um queimador, Femi um soldador e Imani uma câncer. Não era o exército maji que eu esperava, mas com o poder da pedra do sol, talvez eles fossem suficientes.

— Quinze segundos — sussurro, arfando quando chegamos ao muro do lado sul. Femi toca o ferro frio, tateando as fendas e placas com a graça de um soldador erudito. Ele dedilha por algo que não consigo ver, com uma lentidão dolorosa que consome nosso tempo.

— Dez segundos.

Femi fecha os olhos e pressiona mais as mãos na parede de metal. Meu peito se aperta enquanto o tempo se esvai.

— Cinco segundos!

De repente, o ar fica denso. Uma luz verde brilha na mão de Femi. A parede de metal ondula, abrindo-se como água.

Todos corremos pela fenda que se abre, esgueirando-nos para dentro da fortaleza com o máximo de silêncio possível. Passos pesados ressoam lá fora bem no momento em que Femi entra. Ele consegue fechar a parede segundos antes de a próxima patrulha passar.

Graças aos céus.

Solto um suspiro longo e lento, saboreando a pequena vitória antes que a próxima batalha comece. Entramos.

Mas agora começa a parte difícil.

Espadas polidas adornam as paredes ao redor, refletindo nossos rostos ansiosos. *Aqui deve ser o arsenal...* Se a estrutura dessa fortaleza for como a de Lagos, devemos estar perto dos aposentos do comandante, no nível superior. Significa que as celas estão no andar de baixo...

A maçaneta da porta gira. Ergo a mão, sinalizando para todos se esconderem enquanto a porta do arsenal range ao se abrir. Ouço os sons de um guarda se aproximando e vejo seu reflexo nas espadas brilhantes quando ele entra.

Observo o guarda, esperando, contando cada passo que ele dá. Ele se aproxima. Mais um passo e podemos...

— Vai! — digo num sussurro.

Tzain e Kenyon atacam, derrubando o guarda. Quando enfiam um pano em sua boca, corro e fecho a porta antes que qualquer som escape. Quando volto, os gritos do soldado estão abafados. Eu me agacho e desembainho a espada, apertando o metal frio contra o pescoço dele.

— Grite, e eu corto sua garganta.

A maldade em minhas palavras me surpreende. Só tinha ouvido esse veneno na voz de meu pai. Mas funciona.

O soldado engole em seco quando arranco a mordaça de sua boca.

— A prisioneira maji — eu rosno. — Onde ela está?

— A-a o quê?

Tzain ergue seu machado e o segura sobre a cabeça do guarda, desafiando-o a fingir ignorância de novo.

— A cela fica no porão! Descendo as escadas, a última à direita!

Femi chuta o guarda na testa, apagando-o. O homem cai com um baque pesado enquanto corremos na direção da porta.

— E agora? — Tzain me pergunta.

— Esperamos.

— Por quanto tempo?

Observo a ampulheta que pende do pescoço de Kenyon, observando os grãos de areia passando da marca de um quarto. *Onde está a segunda investida?*

— Eles já deviam ter atacado...

Um estouro estronda e ribomba, reverberando pelo ferro sob nossos pés. Nós nos recostamos à parede enquanto a fortaleza treme, protegendo a cabeça das espadas que chovem. Mais estouros ressoam lá fora, seguidos por gritos de guardas correndo. Abro uma fresta da porta, observando os soldados em disparada. Correm para uma luta que rezo para que nunca encontrem.

Os divinais que não quiseram despertar seus poderes concordaram em lutar de longe. Usando as bebidas alcoólicas do bar, conseguiram fazer quase cinquenta bombas incendiárias, enquanto outros criavam os estilingues que usariam para lançar os explosivos. Com a distância, os divinais poderiam atacar e fugir em suas montarias antes de os guardas se aproximarem. E, enquanto os guardas estivessem distraídos, nós escaparíamos.

Esperamos até os passos trovejantes se silenciarem antes de fugirmos do arsenal e descermos a escadaria no centro da fortaleza. Corremos lance após lance de escadas, descendo os andares da torre de ferro. Apenas mais alguns níveis até conseguirmos libertar Zélie. Seguiremos direto para a ilha sagrada. Com dois dias restantes, chegaremos bem a tempo para o ritual.

Porém, enquanto descemos outra escadaria, um grupo de soldados bloqueia o caminho. Quando erguem as lâminas para golpear, não tenho escolha além de gritar:

— Ataquem!

Kenyon avança primeiro, me deixando arrepiada de medo quando seu calor esquenta o ar. Um brilho vermelho poderoso rodopia em seu punho; com um murro, um jorro de chamas irrompe, jogando três guardas contra a parede.

Femi ataca em seguida, usando sua magia metálica para liquefazer a lâmina das espadas dos guardas. Enquanto eles param derrapando, Imani avança. Nossa câncer, talvez a mais aterrorizante de todas.

Energia verde-escura escapa de suas mãos, prendendo os homens em uma nuvem maligna. No momento em que ela toca os guardas, eles caem, a pele amarelando quando a doença os invade.

Embora mais guardas cheguem, os poderes dos maji florescem, libertados com força ameaçadora. Eles agem por puro instinto, abastecidos pela onda de força inquebrável da pedra do sol.

— Vamos — eu digo.

Tzain aproveita-se da histeria, recostando-se às paredes para passar pela batalha. Sigo-o e me junto a ele do outro lado, descendo às pressas mais um lance de escadas para resgatar Zélie. Com esse poder, ninguém pode nos parar. Nenhum soldado vai ficar em nosso caminho. Podemos derrotar o exército. Podemos enfrentar até mesmo...

Meu pai?

Os guardas flanqueiam meu pai por todos os lados, protegendo-o do ataque enquanto ele atravessa o andar superior. Enquanto observa o levante, seus olhos castanho-escuros encontram os meus, como um caçador mirando sua presa. Ele cambaleia em choque, mas apenas por um instante. Quando entende meu envolvimento no ataque, sua fúria se manifesta.

— Amari!

Seu olhar raivoso congela meu sangue. Mas, dessa vez, tenho minha espada. Dessa vez, não tenho medo de golpear.

Coragem, Amari.

A voz de Binta ecoa bem alto. A visão de seu sangue preenche minha cabeça. Posso vingá-la *agora*. Posso atacar meu pai. Enquanto os maji derrubam os guardas, minha espada pode decapitá-lo. A retribuição por todos os seus massacres, por cada pobre alma que ele já matou...

— Amari?

Tzain atrai minha atenção, permitindo que meu pai desapareça atrás de uma porta de ferro no fim do corredor. *Uma porta que Femi poderia facilmente derreter...*

— O que você está fazendo?

Encaro Tzain e mantenho a boca fechada. Não há tempo para explicar. Um dia, vou enfrentar meu pai.

Hoje, preciso lutar por Zélie.

CAPÍTULO SESSENTA E NOVE

INAN

Seguro Zélie contra o peito quando vem outra explosão. A fortaleza chacoalha. Fumaça preta enche o ar. Gritos ecoam pelas paredes de ferro. Berros irrompem pela porta queimada.

Corro para uma câmara e olho as janelas gradeadas; embora chamas corram pelas paredes da fortaleza, nenhum inimigo aparece. Em vez disso, tropas gritam ao pegar fogo. Pantenários correm, enlouquecidos de medo.

É um caos inigualável, que me relembra todos os horrores das chamas de Kwame. Ataque maji de novo. Meus soldados caem enquanto eles reinam.

— *Não!*

Afasto-me da janela e encaro a porta de ferro quando um grito horrendo ressoa do andar de cima. Fogo, metal e doença entram na guerra, arrebatando uma correnteza infinita de soldados.

Os homens que atacam são incinerados pelas chamas de um queimador. Os arqueiros são atingidos por um soldador — o maji barbado reverte cada ponta de flecha, arremessando o metal afiado diretamente na armadura de quem disparou.

Mas o pior de todos é a garota sardenta. Uma câncer. Arauto da morte. Nuvens verde-escuras de doença despejam-se de suas mãos. Com um suspiro, o corpo dos soldados estremece.

Um massacre...

Um massacre, não uma luta.

Apenas três maji guerreiam, e ainda assim os soldados desmontam sob o poder deles.

É pior que a destruição do acampamento dos divinais. Ao menos lá os soldados foram os primeiros a atacar. Mas agora o medo prematuro deles parece justificado.

Meu pai tinha razão...

Não há como negar agora. Não importa o que eu deseje, se a magia voltar, meu reino queimará bem desse jeito.

— Inan... — Zélie geme. Seu sangue quente vaza pelas minhas mãos. A chave para o futuro de Orïsha. Sangrando nos meus braços.

O peso do dever arrasta meus passos, mas não posso ouvi-lo agora. Aconteça o que acontecer, Zélie precisa sobreviver. Posso descobrir uma maneira de impedir a magia depois que ela estiver a salvo.

Corro pelo corredor vazio enquanto a batalha continua. Subo outro lance de escadas. Outra explosão ressoa.

A fortaleza treme, fazendo com que eu me desequilibre nos degraus. Agarro Zélie enquanto caímos, dessa vez ela não consegue abafar os gritos.

Recosto-me à parede quando outra explosão nos atinge. Nesse ritmo, Zélie morrerá de hemorragia antes de escapar.

Pense.

Fecho os olhos e recosto a cabeça de Zélie ao meu pescoço. A planta da fortaleza passa pela minha mente. Procuro uma saída. Entre os guardas, os maji e as bombas incendiárias, não há como escaparmos. Mas não precisamos... estão vindo buscá-la. Ela não precisa sair.

Eles precisam entrar.

A cela! Eu me levanto. Devem estar seguindo para lá. Zélie grita quando descemos as escadas. Seus berros juntam-se à agonia da noite.

— Estamos perto — sussurro quando entramos no último corredor. — Aguente firme. Estão vindo. Vamos voltar à cela. Então, Tzain vai...

Amari?

Não reconheço minha irmã de cara. A Amari que conheço foge de sua espada.

Esta mulher parece pronta para matar.

Amari dispara pelo corredor na nossa direção, com Tzain seguindo logo atrás. Quando um guarda avança com a lâmina erguida, ela é rápida ao cortar a coxa do homem. Tzain aproveita e o golpeia na cabeça, apagando o soldado.

— Amari! — eu grito.

Ela derrapa até parar. Quando vê Zélie em meus braços, seu queixo cai. Ela e Tzain correm para nos encontrar. É quando veem todo o sangue.

Amari cobre a boca com a mão. Mas seu horror não é nada comparado ao de Tzain. Um ruído abafado escapa de seus lábios — algo entre um lamento e um gemido. Ele se encolhe. É estranho ver alguém do tamanho dele parecendo tão pequeno.

Zélie ergue a cabeça de meu pescoço.

— Tzain?

Ele larga o machado e corre para ela. Quando entrego Zélie, vejo que a gaze grudada em suas costas está vermelha.

— Zél? — sussurra Tzain. As bandagens soltas revelam a extensão de seus ferimentos. Eu deveria tê-los alertado.

Mas nada poderia preparar ninguém para a palavra "verme" ensanguentada e marcada nas costas dela.

A visão estilhaça meu coração. Só consigo imaginar o que causa a Tzain. Ele a segura. Forte demais. Mas não há tempo para criticá-lo.

— Vão — eu os encorajo. — Nosso pai está aqui. Mais guardas virão. Quanto mais esperarem, mais impossível será escapar.

— Você vem conosco?

A esperança na voz de Amari me machuca. A ideia de deixar Zélie aperta meu peito. Mas essa não é minha luta. Não posso ficar do lado deles.

Zélie se volta para mim; o medo inunda seus olhos manchados de lágrimas. Ponho a mão em sua testa. A pele queima contra a minha palma.

— Eu vou te encontrar — sussurro.

— Mas seu pai...

Outra explosão. O corredor enche-se de fumaça.

—Vão! — grito quando a fortaleza treme. — Saiam enquanto ainda podem!

Tzain sai em disparada, carregando Zélie através da gritaria enfumaçada.

Amari começa a correr atrás dele, mas hesita.

— Não vou deixar você para trás.

— Vá — insisto. — Nosso pai não sabe o que fiz. Se eu ficar para trás, posso tentar proteger vocês aqui de dentro.

Amari assente e segue Tzain, aceitando minha mentira com a espada em riste. Despenco contra a parede enquanto os observo desaparecer pelas escadarias, reprimindo o desejo de segui-los. A batalha foi vencida. O dever deles, cumprido.

Minha luta para salvar Orïsha apenas começou.

CAPÍTULO SETENTA

ZÉLIE

A FUGA DA FORTALEZA passa como um borrão, uma pintura de loucura e dor.

No meio da confusão, minhas costas se abrem; a cada rasgo, a agonia me escalda. Minha visão escurece, mas sei que escapamos quando o calor da fortaleza se desfaz no ar frio da noite. O vento bate nos meus cortes enquanto Nailah nos leva para um lugar seguro.

Todas essas pessoas...

Todos esses maji vieram me salvar. O que farão quando souberem da verdade? Que estou destruída. Inútil.

Através da escuridão, tento algo, qualquer coisa para sentir o correr da magia. Mas nenhum calor percorre minhas veias, nenhuma onda irrompe no meu coração. Tudo que sinto é o corte ardente da faca do soldado. Tudo que vejo são os olhos negros de Saran.

Desmaio antes que meus medos atinjam o ápice, sem saber quanto tempo passou ou aonde estamos indo. Quando desperto, mãos calosas envolvem meu corpo e me erguem da sela de Nailah.

Tzain...

Nunca vou esquecer o desespero talhado em seu rosto quando me viu. A única vez que vi esse olhar foi depois da Ofensiva, quando ele descobriu o corpo de Mama pendurado. Depois de tudo o que fez, não posso lhe dar outro motivo para fazer aquela expressão de novo.

— Aguente firme, Zél — sussurra Tzain. — Estamos chegando. — Ele me deita de bruços, expondo os horrores das minhas costas. Os ferimentos causam uma porção de arfadas; um garoto começa a chorar.

— Só tente — uma garota pede.

— Eu... eu só curei cortes, algumas escoriações. Isso...

Tenho um espasmo ao toque da mulher, me contorcendo quando a dor se espalha pelas minhas costas.

— Não posso...

— Que droga, Khani — grita Tzain. — Faça alguma coisa antes que ela se esvaia em sangue!

— Está tudo bem — tranquiliza Amari. — Aqui. Toque a pedra.

De novo eu me encolho quando sinto as mãos da mulher, mas dessa vez estão quentes, aquecendo-me como os lagos formados pela maré alta, que cercam Ilorin. O calor viaja pelo meu corpo, acalmando a dor e os incômodos.

Enquanto ele se espalha sob a minha pele, dou meu primeiro suspiro de alívio. Então meu corpo dispara, agarrando a chance de dormir.

A TERRA MACIA ESTENDE-SE sob meus pés, e no mesmo instante sei onde estou. Os juncos roçam minhas pernas nuas enquanto o rugido da água caindo ecoa por perto. Em outro dia, a cachoeira me atrairia.

Hoje ela soa estranha. Aguda, como meus gritos.

— Zélie?

Inan aparece, os olhos arregalados de preocupação. Ele dá um passo adiante, mas para; como se eu fosse me estilhaçar caso ele se aproximasse.

Eu quero.

Me despedaçar.

Cair no chão e chorar.

Mas, mais do que qualquer coisa, não quero que ele saiba como seu pai acabou comigo.

Lágrimas brotam dos olhos de Inan, e ele baixa a cabeça. Meus dedos dos pés se afundam na terra fofa quando eu o imito.

— Sinto muito — diz ele; acho que vai se desculpar para sempre. — Sei que deveria ter deixado você descansar, mas precisava saber se você estava...

— Bem? — termino por ele, embora saiba por que ele não usa essa palavra.

Depois de tudo que aconteceu, não sei se sou capaz de me sentir bem de novo.

—Vocês encontraram um curandeiro? — pergunta ele.

Dou de ombros. Sim. Estou curada. Aqui, em sua terra do sonho, o ódio do mundo não está talhado nas minhas costas. Posso fingir que a magia ainda flui pelas minhas veias. Não luto para falar. Para sentir. Para *respirar*.

— Eu...

Nesse instante, vejo uma expressão que me fere como outra cicatriz nas minhas costas.

Desde o dia em que conheci Inan, vi muitas coisas nesses olhos âmbar. Ódio, medo. Remorso. Vi de tudo. *Vi tudo.*

Mas nunca essa expressão.

Nunca pena.

Não. A fúria me arrebata. Não deixarei que Saran faça isso também. Quero os olhos que me fitavam como se eu fosse a única garota em Orïsha. Os olhos que me diziam que poderíamos mudar o mundo. Não os olhos que veem que estou acabada.

Que nunca mais estarei completa.

— Zél...

Ele para quando puxo seu rosto para perto. Com seu toque, posso afastar a dor. Com seu beijo, posso ser a garota do festival.

A garota que não tem "verme" talhado nas costas.

Eu me afasto. Os olhos de Inan permanecem fechados, como depois de nosso primeiro beijo. Exceto que dessa vez ele se contorce.

Como se nosso beijo lhe causasse dor.

Embora nossos lábios se toquem, o abraço não é o mesmo. Ele não corre os dedos pelos meus cabelos, não roça o polegar nos meus lábios. Suas mãos pendem no ar, com medo de se mover, de sentir.

— Você pode me tocar — sussurro, lutando para minha voz não vacilar.

Ele franze o cenho.

— Zél, você não quer.

Pressiono os lábios aos dele de novo, e Inan suspira, os músculos amolecendo sob meu beijo. Quando nos afastamos, encosto minha testa em seu nariz.

— Você não sabe o que eu quero.

Ele abre os olhos, e dessa vez há um vislumbre do olhar que anseio. Vejo o garoto que quer me levar para sua tenda, o olhar que me permite fingir que poderíamos ficar bem.

Seus dedos tocam meus lábios e eu fecho os olhos, testando a resistência dele. Os nós de seus dedos roçam meu queixo e...

... A mão de Saran puxa meu queixo com violência, me fazendo encará-lo. Meu corpo todo se retrai. A calma que antes existia nos olhos dele explode em fúria enquanto o ar fica preso na minha garganta. Uso todas as minhas forças para não gritar, para engolir meu terror quando suas unhas tiram sangue da minha pele.

— *Seria muito bom se você me respondesse, menina...*

— Zél?

Enterro as unhas no pescoço de Inan. Preciso disso para que minhas mãos não tremam; preciso disso para não gritar.

— Zél, qual é o problema?

A preocupação volta à sua voz como uma aranha rastejando pelo mato. O olhar de que preciso está desmoronando.

Assim.

Como.

Eu.

— Zél...

Eu o beijo com tanta intensidade que acabo com toda sua hesitação, seu desprezo, sua vergonha. Lágrimas escorrem de meus olhos enquanto me pressiono a ele, desesperada para me sentir como nos sentimos antes. Ele me puxa para perto, lutando para ser delicado, mas me apertando com firmeza. Como se soubesse que, caso me solte, acabou. Não há como negar o que nos espera do outro lado.

Um suspiro fica preso na minha garganta quando as mãos dele tocam minhas costas, agarram a curva das minhas coxas. Cada beijo me leva a um lugar novo, cada carícia me afasta da dor.

As mãos de Inan deslizam pela minha coluna, e eu envolvo sua cintura com as pernas, seguindo seu comando silencioso. Ele me deita sobre um canteiro de junco, com suavidade.

— Zél... — ele ofega.

Estamos indo rápido, rápido demais, mas não podemos diminuir a velocidade. Porque, quando o sonho terminar, acabou. A realidade vai nos atingir, aguda, cruel e inclemente.

Nunca mais vou ser capaz de olhar para Inan sem enxergar Saran.

Então nos beijamos e nos agarramos até que tudo se esvaia. Tudo se dissipa; cada cicatriz, cada dor. Neste instante, eu existo apenas nos braços dele. Vivo na paz de seu abraço.

Inan se afasta, a dor e o amor girando em seus olhos âmbar. E outra coisa. Uma coisa mais séria. Talvez um adeus.

É então que percebo que eu quero isso.

Depois de tudo, preciso disso.

— Continue — sussurro, tirando o fôlego de Inan. Seus olhos devoram meu corpo, mas ainda sinto sua resistência.

— Tem certeza?

Puxo sua boca para a minha, silenciando-o com um beijo lento.

— Eu quero. — Faço que sim. — Preciso de você.

Fecho os olhos quando ele me puxa para perto, deixando seu toque aliviar a dor. Mesmo que por apenas um instante.

CAPÍTULO SETENTA E UM

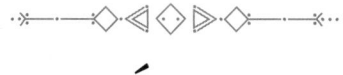

ZÉLIE

Meu corpo desperta antes da mente. Embora haja uma melhora da agonia lancinante, uma dor ainda lateja nas minhas costas. Arde quando me levanto; e eu me encolho. *O que é isso? Onde estou?*

Encaro a tenda de lona erguida ao redor do meu catre. Minhas memórias ainda estão enevoadas, exceto pelo eco do abraço de Inan. Meu coração palpita com o pensamento, levando-me de volta a seus braços. Partes dele ainda parecem tão próximas — a suavidade de seus lábios, a pegada forte das mãos. Mas outras partes já parecem muito distantes, como se tivessem acontecido uma vida atrás. Palavras que disse, lágrimas que choramos. O jeito como os juncos fizeram cócegas nas minhas costas, os juncos que nunca mais verei...

... Os olhos negros de Saran observam enquanto o tenente corta minhas costas.

— Eu não estaria no trono se não lhes lembrasse o que vocês são...

Agarro os lençóis ásperos. A dor ondula pela minha pele. Abafo um gemido quando alguém entra na tenda.

—Você acordou!

Uma maji grande e sardenta com pele bronzeada e a cabeça cheia de tranças brancas caminha até mim. De início, me encolho com seu toque, mas quando o calor viaja pela minha túnica de algodão, solto um suspiro de alívio.

— Khani — ela se apresenta. — É ótimo te ver acordada.

Olho para ela de novo. Tenho uma vaga memória de assistir a duas garotas parecidas com ela em uma partida de agbön.

— Você tem uma irmã?

Ela faz que sim.

— Gêmea, mas eu sou a mais bonita.

Tento sorrir com a piada, mas a alegria não vem.

— Está muito ruim?

Minha voz não parece minha. Não mais. É baixa. Vazia. Um poço seco.

— Ah, bem... tenho certeza de que com o tempo...

Fecho os olhos, preparando-me para a verdade.

— Consegui dar pontos nos ferimentos, mas eu... eu acho que as cicatrizes vão ficar.

Eu não estaria no trono se não lhes lembrasse o que vocês são.

Os olhos de Saran ressurgem. Frios.

Desalmados.

— Mas eu sou nova nisso — Khani se apressa em dizer. — Tenho certeza de que uma curandeira melhor vai conseguir apagar.

Faço que sim, mas não importa. Mesmo que apaguem a palavra verme, a dor sempre ficará. Esfrego o pulso, pálido e esfolado, ferido onde as algemas de majacita queimaram minha pele.

Mais cicatrizes que nunca vão se curar.

A porta da tenda se abre de novo e eu me viro. Não estou pronta para encarar mais ninguém. No entanto, eu ouço:

— Zél?

A voz dele é delicada. Não a voz de meu irmão. A voz de alguém que está assustado, alguém envergonhado.

Quando me viro, ele se encolhe no canto da tenda. Eu desço do catre. Por Tzain, consigo engolir meus medos. Consigo segurar cada lágrima.

— Ei — ele diz.

Minhas costas ardem quando abraço Tzain. Ele me puxa para perto, e a dor se intensifica, mas eu deixo que me aperte tanto quanto precisa para saber que estou bem.

— Eu fui embora. — A voz dele diminui. — Fiquei furioso e fui embora da celebração. Eu não estava pensando... eu não sabia...

Eu me afasto e estampo um sorriso no rosto.

— As feridas pareciam muito piores do que eram.

Mas suas costas...

— Tudo bem. Depois que Khani terminar, não vai sobrar nem uma cicatriz.

Tzain olha para Khani; felizmente, ela consegue sorrir também. Ele me observa, desesperado para acreditar na mentira.

— Eu prometi para Baba — sussurra ele. — Prometi para Mama...

— Você cumpriu sua promessa. Todos os dias. Não se culpe por isso, Tzain. Eu não te culpo.

Ele cerra os dentes, mas me abraça de novo, e eu suspiro quando seus músculos relaxam.

— Você está acordada.

Levo um segundo para identificar Amari; sem a trança habitual, seus cabelos pretos caem pelas costas. Os fios balançam de um lado a outro quando ela entra na tenda com a pedra do sol na mão. A pedra a banha com sua luz gloriosa, mas nada dentro de mim se move.

A visão quase me faz desmoronar. *O que aconteceu?*

Da última vez que segurei a pedra do sol, a ira de Oya incendiou cada célula do meu ser. Eu me senti uma deusa. Agora, mal me sinto viva.

Embora não queira pensar em Saran, minha mente me leva de volta à cela.

É como se aquele desgraçado tivesse arrancado a magia pelas minhas costas.

— Como está se sentindo?

A voz de Amari me tira de meus pensamentos, seus olhos âmbar penetrantes. Sento-me no catre de novo para ganhar tempo.

— Estou bem.

— Zélie... — Amari tenta fitar meus olhos, mas eu desvio o olhar. Ela não é Inan ou Tzain. Se ela me esquadrinhar, não vou poder esconder.

A porta da tenda se abre quando Khani sai; o sol começa a se pôr por trás das montanhas. Mergulha sob um pico denteado, deslizando pelo horizonte laranja.

— Que dia é hoje? — interrompo. — Quanto tempo fiquei apagada?

Amari e Tzain se entreolham. Meu estômago pesa tanto que deve ter chegado aos pés. *É por isso que não consigo sentir minha magia...*

— Perdemos o solstício?

Tzain olha para o chão enquanto Amari morde o lábio inferior. Sua voz sai em um sussurro.

— É amanhã.

Meu coração salta até a garganta, e eu escondo a cabeça entre as mãos. Como vamos chegar à ilha? Como vou fazer o ritual? Embora não consiga sentir o frio dos mortos, sussurro o encantamento na mente. *Èmí àwọn tí ó ti sùn, mo ké pè yín ní òní...*

... com um tranco, o soldado termina o E. A bile escorre de meus lábios. Eu grito. Eu grito. Mas a dor nunca termina...

A palma das minhas mãos ardem, e eu olho para baixo; minhas unhas marcaram a pele com luas crescentes vermelhas. Eu abro os punhos e limpo o sangue no catre, rezando para ninguém ter visto.

Tento o encantamento de novo, mas nenhum espírito se ergue do chão de terra. Minha magia desapareceu.

E não sei como recuperá-la.

Pensar nisso reabre um buraco enorme em mim, um abismo que não sentia desde a Ofensiva. Desde o momento em que vi Baba desmoronar nas ruas de Ibadan e soube que as coisas nunca mais seriam como antes.

Penso no meu primeiro encantamento, nas dunas de Ibeji, no fervor etéreo de segurar a pedra do sol e tocar a mão de Oya. A dor que se abre em mim é mais aguda que a lâmina que cortou minhas costas.

É como perder Mama de novo.

Amari se senta no canto da minha cama e deixa a pedra do sol no chão. Queria que suas ondas douradas me atraíssem de novo.

— O que faremos? — Se estamos tão perto da Cordilheira de Olasimbo, Zaria fica a pelo menos três dias de viagem. Mesmo se eu tivesse minha magia, não chegaríamos a Zaria a tempo, muito menos poderíamos navegar até as ilhas sagradas.

Tzain me encara como se eu o tivesse estapeado.

—Vamos fugir. Encontraremos Baba e sairemos desse inferno que é Orïsha.

— Ele tem razão. — Amari assente. — Não quero recuar, mas meu pai já sabe que você ainda está viva. Se não pudermos chegar à ilha, precisamos ir para um lugar seguro e nos reagrupar. Pensar em outra maneira de lutar...

— Do que vocês estão falando?

Viro a cabeça quando um rapaz quase tão grande quanto Tzain atravessa a porta da tenda. Embora leve um momento, lembro-me dos cachos brancos de um jogador que enfrentou meu irmão na quadra de agbön.

— Kenyon? — pergunto.

Ele me encara, mas não há nostalgia em seu olhar.

— Ótimo ver que você decidiu acordar.

— Ótimo ver que você ainda é um idiota.

Ele me olha antes de se voltar a Amari.

—Você *disse* que ela traria a magia de volta. Agora está tentando dar o fora?

— Não temos tempo — grita Tzain. —Vai levar três dias para chegar a Zaria...

— E apenas meio dia para atravessar Jimeta!

— Pelos céus, isso de novo não...

— Pessoas morreram por isso — grita Kenyon. — Por ela. Agora vocês querem fugir porque estão com medo do risco?

O olhar de fúria de Amari é tão intenso que poderia derreter pedra.

— Você não faz ideia do que arriscamos, então eu te aconselho a ficar de boca fechada!

— Sua...

— Ele tem razão. — Eu intervenho, um novo desespero emergindo. Não pode ser. Depois de tudo, não posso perder minha magia de novo. — Temos uma noite. Se pudermos chegar a Jimeta, encontraremos um barco...

Se tiver chance de recuperar minha magia... encontrar uma maneira de me comunicar com os deuses...

— Zél, não. — Tzain se curva para nivelar seus olhos aos meus, como faz com Baba. Porque Baba é delicado. Arrasado. E agora eu também sou. — Jimeta é perigoso demais. É mais provável a gente morrer do que arrumar ajuda. Você precisa descansar.

— Ela precisa levantar a bunda daí.

Tzain dá um murro tão rápido na cara de Kenyon que fico surpresa por ele não levar a tenda abaixo.

— Parem com isso. — Amari se põe entre os dois. — Não há tempo para brigas. Se não dá para resolver, precisamos ir.

Quando eles irrompem em discussões, encaro a pedra do sol, tão próxima. Se eu puder tocá-la... só um roçar...

Por favor, Oya, eu faço uma oração silenciosa, *não permita que termine assim.*

Respiro fundo, me preparando para o arrebatamento da alma da Mãe Céu, para o fogo do espírito de Oya. Meus dedos tocam a pedra lisa...

A esperança murcha em meu peito.

Nada.

Nem uma centelha.

A pedra do sol está fria.

É pior do que antes do despertar, antes de eu tocar o pergaminho. É como se toda a magia tivesse vazado do meu corpo, ficado no chão daquela cela.

Apenas uma maji ligada ao espírito da Mãe Céu poderá realizar o ato sagrado. As palavras de Lekan ecoam na minha mente. Sem ele, nenhum outro maji pode se conectar à Mãe Céu antes do ritual.

Sem mim, não haverá ritual nenhum.

— Zélie?

Ergo os olhos e vejo todos olhando para mim, esperando a resposta final.

Acabou. Eu deveria dizer a eles agora.

Mas quando abro a boca para dar a notícia, as palavras certas não saem. Não pode ser. Não depois de tudo que perdemos.

Tudo que eles fizeram.

— Vamos. — As palavras soam fracas. Pelos deuses, queria poder fazer com que soassem fortes. Precisa funcionar. Não vou *permitir* que termine assim.

A Mãe Céu me escolheu. Me usou. Me afastou de tudo que amei. Ela não pode me abandonar desse jeito.

Ela não pode me jogar fora sem nada além de cicatrizes.

— Zél...

— Eles cortaram a palavra "verme" nas minhas costas — sibilo. — Nós vamos. Não importa o quanto custe. Não vou deixar que vençam.

CAPÍTULO SETENTA E DOIS

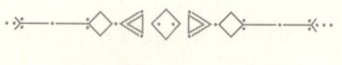

ZÉLIE

Depois de horas viajando pela floresta que cerca a Cordilheira de Olasimbo, Jimeta surge no horizonte. Alta e forte como dizem ser seus habitantes, seus penhascos arenosos e escarpas pedregosas estendendo-se sobre o Mar de Lokoja. Ondas batem contra a base das encostas, criando uma canção familiar que eu conheço muito bem. Embora as ondas se quebrem e rumorejem como trovões, estar assim, perto da água de novo, me tranquiliza.

— Lembra quando você quis morar aqui? — Tzain sussurra, e eu faço que sim, um meio sorriso surgindo nos lábios. É bom sentir outra coisa, *pensar* em outra coisa além dos jeitos como nossos planos podem fracassar.

Depois da Ofensiva, insisti para irmos a Jimeta. Pensei que suas fronteiras sem lei eram o único lugar onde estaríamos a salvo. Embora eu tivesse ouvido histórias de mercenários e criminosos que lotavam suas ruas, aos meus olhos de criança esse perigo não era nada em comparação à alegria de viver em uma cidade sem guardas. Ao menos as pessoas que tentariam nos matar ali não usavam o selo orïshano.

Quando passamos pelas casinhas aninhadas nos imensos penhascos, imagino como nossa vida teria sido diferente. Portas e janelas de madeira despontam da rocha, estendendo-se como se crescessem na pedra.

Banhada pelo luar, a cidade criminosa parece quase pacífica. Talvez eu até a achasse bonita, não fossem os mercenários que espreitam em cada esquina.

Mantenho o rosto sério quando passamos por um grupo de mascarados, imaginando quais são suas especialidades. Pelo que ouvi de Jimeta, qualquer um aqui pode oferecer serviços que vão desde furto comum até assassinato por encomenda. Dizem que a única maneira real de sair das colônias é contratar um mercenário para libertar você; eles são os únicos fortes e sorrateiros o suficiente para desafiar o exército e sobreviver.

Nailah ruge quando passamos por outro bando de mascarados, uma mistura de kosidán e divinais, homens e mulheres, orïshanos e estrangeiros. Os olhos deles percorrem a juba dela, como se calculassem seu preço. Eu rosno quando um homem ousa avançar um passo.

Tentem, ameaço com o olhar. Sinto pena da pobre alma que tentar mexer comigo esta noite.

— É isso? — eu pergunto a Kenyon quando paramos diante de uma grande caverna na base dos penhascos. A entrada está escura, impossibilitando espreitar lá dentro.

Ele assente.

— Ele é chamado de raposano de olhos prateados. Ouvi dizer que derrubou o general de Gombe com as próprias mãos.

— E ele tem um barco?

— O mais rápido. Com propulsão a vento, pelo que ouvi dizer.

— Tudo bem. — Puxo as rédeas de Nailah. — Vamos lá.

— Espere. — Kenyon estende a mão, nos parando antes que possamos dar outro passo. — Você não pode entrar na sede de um clã com sua própria gangue. Apenas um de nós pode ir.

Todos hesitamos por um momento. *Droga*. Não estou pronta para isso.

Tzain pega seu machado

— Eu vou.

— Por quê? — pergunta Kenyon. — Este plano inteiro gira em torno de Zélie. Se alguém for, tem que ser ela.

— Ficou maluco? Não vou mandar ela pra lá sozinha.

— Ela não é indefesa — zomba Kenyon. — Com sua magia, é mais poderosa que qualquer um de nós.

— Ele tem razão. — Amari pousa a mão no braço de Tzain. — Talvez fiquem mais dispostos a ajudar se virem a magia dela em ação.

É neste momento que devo concordar. Dizer a eles que não estou assustada. Convencer esses guerreiros deveria ser fácil. Minha magia deveria estar mais forte que nunca.

Meu estômago se revira com a verdade, a culpa me corroendo. Seria tão mais fácil se pelo menos uma pessoa soubesse que não podemos mais contar comigo.

Recuperar ou não a magia depende completamente dos deuses.

— Não. — Tzain balança a cabeça. — É perigoso demais.

— Eu consigo. — Entrego as rédeas de Nailah a ele. Tem que dar certo. O que quer que esteja acontecendo, *tem* que ser o plano da Mãe Céu.

— Zél...

— Ele tem razão. Eu tenho mais chance de convencer eles.

Tzain avança.

— Não vou deixar você entrar sozinha.

— Tzain, precisamos dos guerreiros dele. Precisamos do barco. E não temos nada a oferecer em troca. Se quisermos chegar ao templo, é melhor não começar a conversa quebrando as regras deles.

Entrego minha mochila com os três artefatos sagrados a Amari, ficando apenas com meu bastão. Corro os dedos pelos entalhes e me forço a respirar bem fundo.

— Não se preocupe. — Faço uma oração silenciosa a Oya em meus pensamentos. — Se eu precisar de ajuda, vocês vão me ouvir gritar.

Atravesso a boca da caverna. O ar paira úmido e frio. Vou até a parede mais próxima e deslizo a mão pelas ranhuras grudentas, usando a pedra como guia. Cada passo é lento e hesitante, mas é bom me mover, bom fazer alguma coisa além de reler o maldito pergaminho com um ritual que eu talvez não consiga realizar.

Enquanto avanço, gigantescos cristais azuis pendem do teto como sincelos, tão baixos que quase tocam o chão da caverna. Emitem uma luz leve, iluminando os morcegários de duas caudas aglomerados ao redor dos centros brilhantes. Os morcegários parecem me observar enquanto caminho. Seu coro de guinchos é o único som que ouço, até ser abafado pelo tagarelar de homens e mulheres reunidos ao redor de uma fogueira.

Paro, observando o espaço surpreendentemente vasto. O chão sob eles afunda-se em uma depressão, coberta com um musgo leve que os mercenários usam como acolchoamento. Raios de luz passam pelas rachaduras no teto, iluminando os degraus escavados à mão que descem ainda mais pela encosta.

Dou mais alguns passos, e um silêncio toma conta do grupo.

Deuses, me ajudem.

Avanço até o grupo. Dezenas de mercenários mascarados vestidos de preto me encaram quando passo, cada um sentado em rochas esculpidas que se projetam do chão. Alguns levam a mão às armas, alguns se põem em posição de luta. Metade me encara como se quisesse me matar, outros como se quisessem me devorar.

Ignoro sua hostilidade enquanto procuro por olhos verde-acinzentados no meio de um mar de âmbar e castanho. O homem que os lidera surge da frente da caverna, o único mercenário sem máscara à vista. Embora esteja vestido de preto como os outros combatentes, um cachecol vermelho-escuro envolve seu pescoço.

— Você? — ofego, confusa. Não consigo esconder meu choque. A pele cor de areia, os olhos surpreendentes, como uma tempestade cinzenta. *O ladrão...* O ladrão do acampamento divinal. Embora apenas pouco tempo tenha se passado, parece que faz uma vida.

Roën dá um longo trago em um cigarro enrolado à mão; seus olhos angulares me percorrem. Ele se senta, descansando contra uma rocha circular que lembra um trono. Seu sorriso largo de raposano se abre.

— Eu disse que nos encontraríamos de novo. — Ele dá outro trago no cigarro e exala lentamente. — Mas, infelizmente, estas não são as melhores circunstâncias. A menos que esteja aqui para se juntar a mim e a meus homens.

— Seus homens?

Roën parece apenas poucos anos mais velho que Tzain. Embora tenha o corpo de combatente, os homens que ele comanda têm duas vezes o seu tamanho.

— Acha divertido? — Um sorriso torto surge em seus lábios finos, e ele se inclina para frente no trono de pedra. — Sabe o que me diverte? Uma pequena maji. Entrando na minha caverna, desarmada.

— Quem disse que estou desarmada?

— Não me parece que você saiba usar uma espada. Claro, se está aqui para aprender, eu ficaria mais que feliz em ensinar.

Sua grosseria provoca gargalhadas na gangue, e minhas bochechas esquentam. Sou uma presa para ele. Outra vítima que ele pode roubar com facilidade.

Observo a caverna, contando os mercenários. Para isso funcionar, preciso de seu respeito.

— Que gentil. — Mantenho o rosto impassível. — Mas sou eu que estou aqui para ensinar.

Roën solta uma risada sincera que ecoa pelas paredes da caverna.

— Vá em frente.

— Preciso de vocês e de seus homens para um trabalho que pode mudar Orïsha.

De novo os homens zombam, mas dessa vez o ladrão não ri. Ele se inclina mais em seu trono.

— Há uma ilha sagrada ao norte de Jimeta — continuo —, a uma noite inteira de distância. Preciso que você nos leve até lá antes de o sol se pôr amanhã.

Ele se recosta de novo.

— A única ilha no Mar de Lokoja é Kaduna.

— Essa ilha só aparece a cada cem anos.

Mais provocações irrompem, mas Roën as silencia com um erguer ríspido da mão.

— O que tem nessa ilha, minha pequena e misteriosa maji?

— Uma maneira de trazer a magia de volta de uma vez por todas. Para todos os maji nas terras de Orïsha.

Os mercenários explodem em gargalhadas e provocações, gritando para eu ir embora. Um homem parrudo se destaca da balbúrdia. Seus músculos se retesam sob os trajes pretos.

— Pare de desperdiçar nosso tempo com essas mentiras — rosna ele. — Roën, tire essa garota daqui ou eu vou…

Ele pousa a mão nas minhas costas; seu toque causa espasmos em meus ferimentos. A dor me carrega, trancando-me na cela…

… algemas enferrujadas cortam meus pulsos quando puxo. Meus grritos ecoam nas paredes de metal.

E durante todo o tempo, Saran continua calmo, observando como me destroçam…

— Ah!

Puxo o homem sobre meu ombro, jogando-o no chão de pedra com um estalo alto. Quando ele recua, golpeio seu ombro com meu bastão, parando pouco antes de ouvir algo se quebrar. Ele grita bem alto, mas não mais do que os gritos que ainda ressoam na minha cabeça.

A caverna toda parece segurar o fôlego quando me curvo, encaixando a ponta do bastão na garganta do mercenário.

— Encoste em mim de novo — arreganho os dentes — e veja o que acontece.

Ele se encolhe quando o solto, lhe dando a chance de se arrastar para longe. Quando ele bate em retirada, não há mais gargalhadas.

Eles entendem meu bastão.

Os olhos tempestuosos de Roën dançam, se divertindo mais do que antes. Ele apaga o cigarro e avança, parando a apenas um dedo de distância do meu rosto. O aroma de sua fumaça me engole, doce como leite e mel.

— Você não é a primeira a tentar isso, meu amor. Kwame já tentou trazer a magia de volta. Pelo que ouvi, não acabou muito bem.

O nome de Kwame traz uma pontada de dor ao meu coração, me lembrando de seu encontro com Roën no acampamento dos divinais. Mesmo naquela época, ele deve ter se preparado. Lá no fundo, sempre soube que teríamos que lutar.

— É diferente. Tenho uma maneira de dar a todos os maji seus dons de uma vez só.

— E qual vai ser minha recompensa?

— Não será moeda — respondo. — Mas vocês ganharão o favor dos deuses.

— O que você espera? — Ele bufa. — Apenas boa vontade?

Ele precisa de mais. Vasculho meu cérebro, buscando uma mentira melhor.

— Os deuses me enviaram até você. Duas vezes. Não nos encontramos de novo por acaso. Escolheram você porque querem sua ajuda.

O sorriso torto some de seu rosto e ele fica sério pela primeira vez. Não consigo identificar a expressão em seus olhos quando não é zombaria ou travessura.

— Talvez seja suficiente para mim, meu amor, mas meus homens vão precisar de um pouco mais que intervenção divina.

— Então diga a eles que, se conseguirmos, vocês serão empregados pela futura rainha de Orïsha. — As palavras me escapam antes que eu possa sequer avaliar se são verdadeiras ou não. Tzain me contou sobre a intenção de Amari de reclamar o trono, mas com tudo que aconteceu, eu não havia pensado mais nisso.

Mas agora eu me agarro a essa informação, usando meu único recurso. Se Roën e seus homens não nos ajudarem, não chegaremos nem perto daquela ilha.

— Os mercenários da rainha — ele pondera. — Soa bem, não é?

— Sim. — Balanço a cabeça. — Soa bem rico.

Um leve sorriso surge no canto dos lábios dele. Seu olhar me percorre outra vez.

Por fim, ele estende a mão, e eu escondo meu sorriso, mantendo o aperto firme enquanto fechamos o acordo.

— Quando partimos? — pergunto. — Temos que chegar à ilha no raiar do dia.

— Agora mesmo. — Roën sorri. — Mas nosso barco é pequeno. Terá que se sentar do meu lado.

CAPÍTULO SETENTA E TRÊS

ZÉLIE

O vento preenche o silêncio enquanto atravessamos o Mar de Lokoja no barco de Roën. Diferentemente das embarcações imensas da arena de Ibeji, o barco dele é fino e anguloso, apenas alguns metros mais longo que Nailah. Em vez de velas, turbinas de metal captam o vento que sopra. Elas nos impulsionam pelas águas agitadas enquanto zumbem e giram.

Eu me apoio em Tzain e Amari quando outra onda grande se choca contra o barco de ferro. Diferentemente do Mar de Warri, ao largo da costa de Ilorin, o Mar de Lokoja é fosforescente; embaixo da água, os plânctons azul-claros brilham, fazendo o mar cintilar como as estrelas no céu. Seria uma visão incrível se o barco não estivesse tão apinhado. Juntando a equipe de Kenyon e uma dúzia da gangue de Roën, fomos forçados a nos apertar com homens em quem não confiamos.

Ignore, digo a mim mesma, virando-me para o oceano para aproveitar a familiaridade dos borrifos de água na minha pele. Fechando os olhos, quase consigo me imaginar de volta a Ilorin, de volta aos peixes. Com Baba. Antes de tudo isso começar, quando minha maior preocupação era a luta de graduação.

Encaro minhas mãos, pensando em tudo que aconteceu desde então. Pensei que voltaria a sentir alguma coisa, tão perto do solstício, mas ainda não há magia correndo nas minhas veias.

Oya, por favor. Fecho os punhos e rezo. *Mãe Céu. Todos. Estou confiando em vocês.*

Não posso estar enganada.

— Tudo bem? — sussurra Amari. Embora sua voz seja suave, seus olhos são astutos.

— É só o frio.

Amari inclina a cabeça, mas não insiste. Em vez disso, entrelaça os dedos nos meus e olha para o mar. Seu toque é gentil. Compassivo. Como se ela já soubesse da verdade.

— Temos companhia, chefe.

Eu me viro para ver a silhueta de grandes navios de guerra, de três mastros, no horizonte. São mais do que posso contar. Os monstros de madeira singram a água, as placas de metal marcando as fileiras de canhões nos conveses. Embora se misturem à bruma do mar, o luar ilumina o selo de Orïsha. Meu peito se aperta com a visão, e eu fecho os olhos, querendo afastar a imagem...

... o calor intensifica minha dor enquanto a adaga corta minhas costas. Não importa o quanto eu grite, a escuridão nunca vem. Sinto o gosto do meu sangue...

— Zél?

O rosto de Amari surge na escuridão. Aperto sua mão tão forte que os nós de seus dedos estalam. Abro a boca para pedir desculpas, mas não consigo formar as palavras. Um soluço ameaça subir pela minha garganta.

Amari passa o braço ao meu redor e se vira para Roën.

— Vamos conseguir desviar?

Roën puxa uma luneta retrátil do bolso e a coloca contra o olho.

— Aquele ali é fácil, mas não a frota que vem logo atrás.

Ele me entrega a luneta, mas Amari me salva, pegando-a. Seu corpo fica rígido com o que vê.

— Pelos céus — diz ela. — Os navios de guerra do meu pai.

Os olhos frios de Saran me vêm à mente, e eu me viro, agarrando a amurada de madeira do barco de Roën e encarando o mar.

Eu não estaria no trono se não lhes lembrasse o que vocês são.

— Quantos? — consigo balbuciar, mas não é o que quero perguntar. Quantos de seus tenentes estão nos barcos? Quantos esperam para me marcar com cicatrizes de novo?

— Ao menos uma dúzia — responde Amari.

— Vamos tomar outro caminho — sugere Tzain.

— Não seja idiota. — O brilho malicioso nos olhos cinzentos de Roën volta a se acender. — Vamos tomar o navio mais próximo.

— Não — contesta Amari. — Isso vai nos entregar.

— Eles estão em nosso caminho. E, pelo jeito, estão seguindo para essa ilha também. Que melhor maneira de chegar lá do que em um de seus navios de guerra?

Encaro as embarcações colossais no mar bravio. Onde está Inan? Se Saran está a bordo de um daqueles navios, Inan está com ele?

O pensamento é incômodo demais para dar voz a ele. Faço outra oração silenciosa. Se algum deus se importa comigo, nunca mais terei que enfrentar Inan.

— Vamos em frente. — Vários rostos se viram para mim, mas mantenho os olhos no mar. — Se todos aqueles navios estão rumando para a ilha, temos que ser mais espertos, eficientes.

— Exatamente. — Roën inclina a cabeça na minha direção. — Käto, siga para o navio mais próximo.

Quando o barco aumenta a velocidade, meu coração palpita com força suficiente para escapar do peito. Como vou enfrentar Saran de novo? Que serventia eu tenho sem minha magia?

Agarro meu bastão com mãos trêmulas e dou uma sacudida para expandi-lo.

— O que você está fazendo?

Ergo os olhos para encontrar Roën do meu lado.

— Precisamos tomar o navio de guerra.

— Meu amor, não é assim que funciona. Você nos contratou para um serviço. Sente-se e deixe que fazemos isso.

Amari e eu nos entreolhamos antes de nos virarmos para o navio de guerra monstruoso.

— Você acha de verdade que podem conseguir sem nossa ajuda? — pergunta Amari.

— Tomá-lo vai ser fácil. A única questão é quanto tempo vai levar.

Ele acena para dois homens. Eles erguem uma besta com gancho e corda. Roën ergue o punho para ordenar os disparos, mas então para e se vira para mim.

— Qual é o seu limite?

— Quê?

— O que temos permissão de fazer? Pessoalmente, prefiro um corte limpo na garganta, mas, com o mar, afogamento pode ser eficiente também.

A tranquilidade com que ele fala sobre exterminar vidas humanas me causa um arrepio. É a calma de um homem que não teme nada. A calma que reside nos olhos de Saran. Embora eu não consiga sentir os espíritos dos mortos neste momento, não quero imaginar quantos deles rodeiam Roën.

— Sem mortes. — A ordem me surpreende, mas assim que deixa meus lábios, parece correta. Muito sangue já foi derramado. Não importa se vamos vencer ou perder amanhã, esses soldados não precisam morrer.

— Você é chata — resmunga Roën antes de se virar para seus homens. — Vocês ouviram... apaguem eles, mas deixem respirando.

Alguns mercenários resmungam, e meu coração se aperta; com que frequência a morte é a primeira reação deles? Antes de eu ter a chance de perguntar, Roën estende rapidamente dois dedos.

A besta é liberada, e os ganchos atravessam o casco de madeira do navio.

O maior dos homens de Roën amarra a ponta da corda ao redor de seu corpo imenso, para mantê-la segura.

O mercenário que Roën chama de Käto se levanta do timão do barco e vai até a corda recém-esticada.

— Perdão — murmura Käto em orïshano quando esbarra em mim ao passar. Apesar de a máscara obscurecer muito de seu rosto, ele compartilha a cor dos olhos angulosos de Roën. Mas enquanto Roën é insolente e zombeteiro, Käto tem sido apenas cordial e sério.

Ele atravessa o barco e puxa a corda para testá-la; satisfeito, salta e envolve as pernas ao redor dela. Meu queixo cai em surpresa quando ele avança com a velocidade de um raposano com orelhas de morcego. Käto desaparece sobre a amurada, fundindo-se à escuridão da outra embarcação.

Um grunhido fraco ecoa, seguido de outro; poucos momentos depois, Käto reaparece para dizer que está tudo limpo. Quando o último de seus homens entra a bordo do navio, Roën acena para mim.

— Vamos ser francos, minha maji misteriosa. O que os deuses me darão se eu tomar este navio? Devo dizer no que estou interessado, ou eles já sabem?

— Não é assim que funciona...

— Ou talvez eu precise impressioná-los? — Roën me interrompe, puxando a máscara sobre o nariz. — O que acha que conseguirei se eu tomar este barco em cinco minutos?

— Não vai conseguir nada se não calar a boca e ir.

Seus olhos se estreitam através dos buracos da máscara; não tenho dúvidas de que seu sorriso de raposano brilha por trás dela. Com uma piscadela, ele sobe, e somos deixados à espera na companhia apenas do mercenário que ancora a corda.

— Ridículo. — Solto um muxoxo. Cinco minutos para uma embarcação deste tamanho? Só o convés parece poder acomodar um exército inteiro. Eles terão sorte se o tomarem mesmo.

Ficamos sentados em meio à noite, encolhendo-nos com os gritos e grunhidos distantes. Mas depois das brigas iniciais, os sons silenciam.

— Eles são só uns doze — murmura Tzain. — Acha mesmo que podem tomar um navio intei...

Paramos quando uma figura sombria desliza corda abaixo. Roën aterrissa no barco com um baque surdo e remove a máscara, revelando seu sorriso torto.

— Conseguiu? — pergunto.

— Não — suspira ele, e me mostra os cristais coloridos da ampulheta no seu relógio. — Seis minutos. Sete, se arredondarmos. Mas se você tivesse me deixado matar, eu teria feito em menos de cinco!

— Impossível. — Tzain cruza os braços.

— Veja com seus próprios olhos, irmão. Escada!

Uma escada voa sobre a amurada do navio, e eu a agarro, ignorando a dor nas costas quando subo os degraus. *Ele está brincando.* Mais jogos, mais mentiras.

Mas quando chego ao convés, mal consigo acreditar nos meus olhos: dezenas de guardas reais caídos e inconscientes, amarrados dos pés à cabeça. Todos foram despidos dos uniformes, os corpos espalhados pelo convés como lixo.

Solto o ar que não percebi que estava segurando quando vejo que Inan e Saran não estão entre os novos cativos. Mas também duvido de que eles cairiam com tanta facilidade contra Roën e seus homens.

— Tem mais no convés de baixo — sussurra Roën em meu ouvido, e não consigo evitar um sorriso. Rapidamente reviro os olhos, mas Roën fica exultante com essa pequena amostra de aprovação.

Ele dá de ombros e espana uma poeira inexistente dos ombros.

— Suponho que seja o esperado quando você é escolhido pelos deuses.

Seu sorriso dura mais um momento, então ele dá um passo à frente, um capitão assumindo o comando.

— Levem esses homens para as celas. Tirem todas as ferramentas que eles possam usar para escapar. Rehema, mantenha este navio no curso. Käto, nos siga em nosso barco. A essa velocidade, chegaremos às coordenadas da ilha ao raiar do dia.

CAPÍTULO SETENTA E QUATRO

INAN

Dois dias se passaram.

Dois dias sem ela.

Em sua ausência, o ar oceânico paira pesado.

Cada respiração sussurra seu nome.

Olhando pela amurada do navio de guerra, vejo Zélie em tudo. Um espelho do qual não consigo escapar. Seu sorriso brilha através da lua, seu espírito sopra com o vento do oceano. Sem ela, o mundo é uma lembrança viva.

Um registro de todas as coisas que nunca mais desfrutarei.

Fecho os olhos, revivendo a sensação de Zélie recostada aos juncos da terra do sonho. Não sabia que era possível se encaixar tão perfeitamente nos braços de outra pessoa.

Naquele momento — naquele momento único, perfeito —, ela estava linda. A *magia* era linda. Não uma maldição, mas um dom.

Com Zélie, sempre é.

Seguro a moeda de bronze que ela me deu, com força, como se fosse o último pedaço de seu coração. Algo em mim me tenta a jogá-la no oceano, mas não consigo suportar a ideia de deixar esta última parte desaparecer.

Se eu pudesse ter ficado naquela terra do sonho para sempre, eu teria. Desistido de tudo. Sem olhar para trás.

Mas eu despertei.

Quando meus olhos se abriram, soube que nunca seria o mesmo.

— Patrulhando?

Tenho um sobressalto. Meu pai surge ao meu lado. Seus olhos tão negros quanto a noite.

Tão frios quanto também.

Eu me afasto, como se isso pudesse esconder os desejos enterrados no fundo do meu coração. Meu pai pode não ser um conector, mas sua retaliação será rápida se pressentir qualquer coisa menor que uma firme resolução.

— Pensei que o senhor estivesse dormindo — consigo dizer.

— Nunca. — Meu pai faz que não. — Não durmo antes de uma batalha. Nem você deveria.

Claro. Cada segundo é uma chance. Uma oportunidade, um contra-ataque estratégico. Todas as coisas com que eu me preocuparia facilmente se estivesse seguro de fazer a coisa certa.

Aperto a moeda de bronze com mais força, permitindo que seu relevo marque minha pele. Eu já decepcionei Zélie uma vez. Não sei se tenho estômago para traí-la de novo.

Olho para o céu, desejando poder ver Orí espreitando entre as nuvens. *Mesmo nos momentos mais sombrios, os deuses sempre estão conosco.* A voz de Zélie corre pela minha mente. *Eles sempre têm um plano.*

É este seu plano?, tenho vontade de gritar, desesperado por um sinal. Nossas promessas, nossa Orïsha — por mais distante que esteja, há um mundo no qual nosso sonho ainda é alcançável. Estou cometendo um erro imenso? Ainda há uma chance de voltar atrás?

— Você hesita — diz meu pai.

Uma declaração, não uma pergunta. Ele provavelmente sente o cheiro da fraqueza que escapa pelo meu suor.

— Desculpe — murmuro e me preparo para seu punho. Mas, em vez disso, ele dá tapinhas nas minhas costas e se vira para o mar.

— No passado, eu hesitei. Antes de me tornar rei. Quando era apenas um príncipe e tive que seguir minha ingenuidade.

Permaneço parado, preocupado que qualquer momento vá interromper esta rara visita ao passado de meu pai. Um vislumbre do homem que ele poderia ter sido.

— Houve um referendo em toda a monarquia, uma proposta que integraria os líderes dos dez clãs maji à nobreza de nossas cortes reais. Era o sonho de meu pai unificar os kosidán e os maji, construir uma Orïsha que a história nunca tinha visto.

Incapaz de me refrear, encaro meu pai com olhos arregalados pela ideia. Um ato como esse seria monumental. Mudaria a fundação de nosso reino para sempre.

— Isso foi bem recebido?

— Pelos céus, não. — Meu pai dá uma risadinha. — Todos eram contra, menos seu avô. Mas, como rei, ele não precisava da permissão de ninguém. Ele faria o decreto final.

— E por que você hesitou?

Os lábios de meu pai apertam-se, virando uma linha tensa.

— Minha primeira esposa — ele responde por fim. — Alika. Tinha o coração mole demais. Queria que eu trouxesse mudanças.

Alika...

Imagino o rosto que acompanhava o nome. Pelo jeito que meu pai fala dela, deve ter sido uma mulher gentil, com um rosto mais gentil ainda.

— Por ela, eu apoiei meu pai. Escolhi o amor acima do dever. Sabia que os maji eram perigosos, e ainda assim me convenci de que, com a demonstração correta de fé, poderíamos trabalhar juntos. Pensei que os maji queriam se unir a nós, mas o único desejo deles sempre foi nos conquistar.

Embora ele não fale mais nada, ouço o fim da história em seu silêncio. O rei que pereceu tentando ajudar os maji. A esposa que meu pai nunca mais abraçaria.

Essa ideia traz de volta as imagens horríveis da fortaleza de Gombe: metal derretido nos esqueletos dos guardas; corpos amarelados e destruídos por doenças horríveis. Era uma desolação. Uma abominação. E tudo pela mão da magia.

Depois que Zélie escapou, havia um tapete de corpos empilhados. Não conseguíamos ver o chão.

— Você hesita agora porque é isso que significa ser rei — diz meu pai. — Você tem seu dever e seu coração. Escolher um significa que o outro sofre.

Meu pai desembainha a lâmina de majacita preta e indica uma inscrição na ponta que eu nunca tinha visto:

O dever antes do eu.

O reino antes do rei.

— Quando Alika morreu, mandei forjar esta espada com esta inscrição para que eu sempre me lembrasse do meu erro. Por escolher o coração, nunca mais estarei com meu verdadeiro amor.

Meu pai estende a espada e meu estômago se aperta, incapaz de acreditar no gesto. Por toda a minha vida, nunca o vi sem esta lâmina presa à lateral do corpo.

— Sacrificar seu coração por seu reino é nobre, filho. É tudo. É o que significa ser rei.

Encaro a lâmina; a inscrição brilha ao luar. Suas palavras simplificam minha missão, criando espaço para a minha dor. Um soldado. Um grande rei. É tudo o que eu sempre quis ser.

O dever acima do eu.

Orïsha acima de Zélie.

Pego o cabo da espada de majacita, ignorando como ela queima minha pele.

— Pai, eu sei como podemos conseguir o pergaminho de volta.

CAPÍTULO SETENTA E CINCO

ZÉLIE

Quando me acomodo nos aposentos do capitão no convés inferior, espero que o sono venha com facilidade. Meus olhos clamam por isso, meu corpo grita ainda mais alto. Aninhada entre os lençóis de algodão e pele de pantenário, não lembro se alguma vez dormi em cama mais macia. Fecho os olhos e espero ser sugada para a escuridão, mas no momento em que a inconsciência toma conta, volto às correntes...

"Eu não estaria no trono se não lhes lembrasse o que vocês são."

"Eu não estaria no trono se não..."

—Ah!

Meus lençóis estão ensopados de suor, tão encharcados que parece que a cama do capitão está no mar. Embora esteja acordada, parece que as paredes de metal estão se fechando ao meu redor.

Em um instante estou de pé, correndo porta afora. Quando chego ao convés aberto, o ar frio me atinge com uma lufada bem-vinda de vento. A lua pende tão baixa no céu que sua forma redonda beija o mar. Sua luz pálida me ilumina quando inspiro o ar do oceano.

Respire, digo a mim mesma. Pelos deuses, eu anseio pelos dias em que a única coisa com que eu me preocupava ao fechar os olhos era a terra do sonho. Embora o pesadelo tenha passado, ainda consigo sentir a faca cortando minhas costas.

— Apreciando a vista?

Viro e encontro Roën recostado contra o timão, os dentes cintilando mesmo no escuro.

— A lua não queria se levantar hoje à noite, mas eu a convenci de que você valia a viagem.

— Tudo precisa ter uma piadinha para você? — Minhas palavras são mais ríspidas do que pretendia, mas o sorrisinho de Roën só se alarga.

— Nem tudo. — Ele dá de ombros. — Mas a vida é muito mais divertida assim.

Ele muda sua postura, e o luar atinge as manchas de sangue em suas vestes e as ataduras nos nós dos dedos.

— Ossos do ofício. — Roën remexe os dedos ensanguentados. — Tive que dar um jeito de fazer aqueles soldados falarem sobre sua ilha mágica.

A náusea me sobe à garganta com a visão do sangue em sua mão. Engulo para mantê-la sob controle. *Ignore.* Eu me viro para o mar, agarrando-me à calma que ele traz.

Não quero imaginar o estrago que Roën causou àqueles homens. Já vi sangue o bastante. Vou ficar aqui, vendo as ondas fortes, onde é tranquilo e seguro. Aqui, posso pensar em nadar. Em Baba. Na liberdade...

— As cicatrizes. — A voz de Roën interrompe meus pensamentos. — São novas?

Olho para ele com raiva, como se fosse uma abelha orïshana implorando para ser esmagada.

— Não é da sua conta.

— Se aceitar um conselho, pode ser, sim. — Roën puxa sua manga, e todo o veneno que quero cuspir evapora. Marcas retorcidas desfiguram seu pulso, viajando braço acima, desaparecendo embaixo da camisa. — Vinte e três — ele responde à pergunta que não fiz. — E, sim, eu me lembro de cada uma. Eles matavam um dos membros da minha gangue na minha frente a cada vez que talhavam uma nova.

Ele corre os dedos por uma das linhas tortas, o rosto ficando sério com a lembrança. Minhas cicatrizes formigam ao observá-lo.

— Os guardas do rei?

— Não. Esses homens gentis e graciosos eram da minha terra natal. Um país do outro lado do mar.

Encaro o horizonte, imaginando uma rota marítima diferente, um lugar longe do ritual, da magia, de Saran. Uma terra onde a Ofensiva nunca aconteceu.

— Como ele se chama?

— Sutōrī. — O olhar de Roën fica mais distante. — Você gostaria de lá.

— Se for cheio de cicatrizes e pilantras como você, posso garantir que é um reino que nunca vou ver.

Roën sorri de novo. Um sorriso bonito. Mais caloroso do que eu esperava. Mas sabendo o que sei até agora, esse sorriso pode aparecer quando ele conta uma piada ou quando corta a garganta de outro homem.

— Seja sincera. — Ele se aproxima mais, olhando-me nos olhos. — Em minha humilde experiência, os pesadelos e as cicatrizes levam tempo para se curar. Agora as suas feridas estão um pouco recentes demais para eu ficar confortável.

— O que está querendo dizer?

Roën põe a mão no meu ombro; está tão perto das cicatrizes que me encolho por instinto.

— Se você não conseguir fazer isso, eu preciso saber. Não... — Ele me interrompe antes de eu retrucar. — Não é você. Eu não consegui falar por semanas depois que arrumei minhas cicatrizes. Com certeza não conseguia lutar.

É como se ele lesse meus pensamentos, como se soubesse que minha magia secou. *Não posso fazer isso*, eu grito internamente. *Se um exército está à espera, estamos navegando para nossa morte.*

Mas as palavras ficam na minha boca, entocando-se. Tenho que confiar nos deuses. Preciso acreditar que, se eles me trouxeram até aqui, não vão virar as costas para mim agora.

— E então? — pressiona Roën.

— As pessoas que me deram essas cicatrizes estão naqueles navios.

— Não vou pôr meus homens em perigo para você se vingar.

— Eu poderia esfolar Saran vivo e ainda não teria me vingado. — Eu encolho o ombro para afastar sua mão. — Não tem a ver com ele. Não tem a ver nem comigo. Se eu não o impedir amanhã, ele vai destruir meu povo como me destruiu.

Pela primeira vez desde a tortura, sinto um vestígio do antigo fogo que costumava rugir mais alto que meu medo. Mas sua chama é fraca agora; assim que surge uma centelha, ela é apagada pelo vento.

— Ótimo. Mas quando chegarmos lá amanhã, melhor você estar forte. Meus homens são os melhores, mas vão enfrentar uma frota. Não posso me dar ao luxo de você ficar paralisada.

— Por que você se importa?

Roën coloca a mão no peito, fingindo mágoa.

— Sou profissional, meu amor. Não gosto de decepcionar meus clientes, especialmente quando fui escolhido pelos deuses.

— Não são *seus* deuses. — Balanço a cabeça. — Eles não escolheram você.

— Tem certeza? — O sorriso de Roën fica perigoso quando ele se recosta na amurada. — Há mais de cinquenta clãs de mercenários em Jimeta, meu amor. Cinquenta cavernas nas quais você e sua turma poderiam ter trombado. Só porque os deuses não caíram pelo teto da minha caverna não significa que não me escolheram.

Busco a travessura nos olhos de Roën, mas não encontro.

— É tudo que você precisa para enfrentar um exército? A crença na intervenção divina?

— Não é crença, meu amor, é garantia. Não posso ler os deuses e, na minha área, é melhor não mexer com coisas que não posso interpretar. — Ele se vira para o céu e grita: — Mas prefiro ser pago em ouro!

Eu solto uma gargalhada, e parece estranho; nunca pensei que eu gargalharia de novo.

— Eu não ficaria esperando por esse ouro.

— Não sei, não. — Roën estende as mãos e segura meu queixo. — Eles mandaram uma pequena maji misteriosa até a minha caverna. Tenho certeza de que haverá mais tesouros.

Ele se afasta, parando apenas para falar:

—Você deveria falar com alguém. As piadas não ajudam muito, mas conversar ajuda. — Seu sorriso de raposano volta, a travessura iluminando seus olhos cor de aço. — Se tiver interesse, meu quarto fica ao lado do seu. Dizem que meu ombro é excelente.

Ele dá uma piscadinha, e eu reviro os olhos enquanto ele se afasta. É como se Roën não aguentasse ficar sério por mais de cinco segundos.

Eu me forço a olhar para o mar, mas quanto mais encaro a lua, mais percebo que ele tem razão. Não quero ficar sozinha. Não quando a noite de hoje pode ser minha última. A fé cega nos deuses pode ter me trazido até aqui, mas para chegar àquela ilha amanhã, preciso de mais.

Luto com minha hesitação e avanço pelo corredor estreito do navio, passando pela porta de Tzain, depois pela minha. Preciso de alguém do meu lado.

Preciso contar a verdade para alguém.

Quando chego ao quarto certo, bato de leve, o coração palpitando quando a porta se abre.

— Ei — sussurro.

— Oi. — Amari sorri.

CAPÍTULO SETENTA E SEIS

AMARI

Zélie se retrai enquanto penteio a última mecha de seus cabelos. Pelo jeito como se remexe e se contorce ao meu toque, parece que estou esfaqueando seu couro cabeludo com minha espada.

— Desculpe — digo pela décima vez.

— Alguém tem que fazer isso.

— Se você penteasse seus cabelos a cada poucos dias…

— Amari, se você me vir penteando o cabelo, por favor, chame um curandeiro.

Minha risada ecoa nas paredes de metal quando separo os cabelos dela em três partes. Embora seja difícil de pentear, sinto uma pontada de inveja quando começo a última trança. Antes eram lisos como seda, mas agora os cabelos de Zélie estão crespos e grossos, emoldurando seu lindo rosto como a juba de um leonário. Ela parece não saber como Roën e seus homens a encaram quando não está prestando atenção.

— Antes de a magia desaparecer, meu cabelo era assim — fala Zélie, mais para si mesma do que para mim. — Mama me prendia com reanimados para conseguir passar o pente.

Rio de novo, imaginando reanimados de pedra correndo atrás dela para essa tarefa simples.

— Acho que minha mãe amaria ter uns desses. Não havia babás o bastante que me impedissem de correr pelo palácio.

— Por que você sempre estava pelada? — sorri Zélie.

— Não sei. — Dou uma risadinha. — Quando eu era criança, minha pele se sentia melhor sem roupas.

Zélie cerra os dentes quando a trança chega à nuca. A tranquilidade entre nós se dissipa, algo que sempre acontece. Quase vejo a muralha se erguendo ao redor dela, os tijolos feitos de palavras não ditas e cimentados com lembranças dolorosas. Eu solto a trança e descanso o queixo no topo de sua cabeça.

— Seja o que for, pode me contar.

Zélie abaixa a cabeça, passa os braços ao redor das pernas e encolhe os joelhos. Aperto seu ombro de leve antes de terminar a última trança.

— Eu achava que você era fraca — sussurra ela.

Paro; não esperava por isso. De todas as coisas que Zélie provavelmente achava de mim, "fraca" talvez fosse a melhor.

— Por causa de meu pai?

Ela assente, mas sinto sua relutância.

— Sempre que pensava nele, você murchava. Não entendia como alguém podia manejar uma espada como você maneja e ainda assim ter tanto medo.

Corro os dedos por suas tranças, acompanhando as linhas no couro cabeludo.

— E agora?

Zélie fecha os olhos; os músculos tensos. Mas quando eu a abraço, quase posso sentir as rachaduras em sua carapaça.

A tensão aumenta, forçando todas as emoções, toda a dor dela. Quando não consegue mais suportar, ela irrompe em um choro que eu sei que estava segurando.

— Não consigo tirar ele da cabeça. — Ela me aperta enquanto as lágrimas quentes caem em meu ombro. — Parece que sempre que fecho os olhos, ele está amarrando uma corrente no meu pescoço.

Abraço Zélie apertado enquanto ela chora, deixando escapar tudo que vinha tentando esconder. Minha garganta se aperta com seus soluços; foi a minha família que causou toda essa dor. Abraçar Zélie me faz pensar em Binta e em todos os dias em que ela provavelmente precisou disso. Ela sempre me apoiou em todas as dificuldades, e eu nunca retribuí da mesma forma.

— Desculpe — sussurro. — Pelo que meu pai fez. Pelo que tem feito. Sinto muito que Inan não tenha conseguido impedir. Sinto muito por ter levado tanto tempo para tentar endireitar os malfeitos de meu pai.

Zélie se recosta em mim, absorvendo as palavras. *Sinto muito, Binta*, penso para seu espírito. *Desculpe não ter feito mais.*

— Na primeira noite, quando escapamos, não conseguia dormir naquela floresta, por mais que tentasse — falo baixinho. — Eu mal estava consciente, mas sempre que fechava os olhos, via a espada preta de meu pai pronta para me matar. — Eu recuo e limpo as lágrimas dela. — Pensei que, se ele me encontrasse, eu estaria acabada, mas sabe o que aconteceu quando eu o vi na fortaleza?

Zélie balança a cabeça, e me recordo do momento, minha pulsação acelerando. A lembrança do ódio de meu pai se aviva, mas eu me lembro mesmo é do peso de minha espada na mão.

— Zélie, eu agarrei a espada. Quase corri atrás *dele*!

Ela sorri para mim e, por um momento, vejo Binta no jeito como o sorriso suaviza suas feições.

— Não espero nada menos que isso da Leonária — provoca Zélie.

— Lembro o dia em que disseram para a Leonária se recompor e parar de ser uma princesinha assustada.

— É mentira. — Zélie ri entre as lágrimas. — Provavelmente eu fui muito mais malvada.

— Se serve de alguma coisa, você me *empurrou* na areia antes de dizer isso.

— Então é minha vez? — pergunta Zélie. — Agora você me empurra?

Faço que não.

— Eu precisava ouvir aquilo. Eu precisava *de você*. Depois que Binta morreu, você foi a primeira pessoa a me tratar como mais que uma princesa tonta. Sei que talvez você não veja assim, mas você acreditou que eu podia ser a Leonária antes de qualquer um criar esse nome. — Seco o restante das lágrimas e pouso a mão em seu rosto. Não pude ajudar Binta, mas ao apoiar Zélie, sinto o buraco no meu coração se fechando. Binta teria me dito para ser corajosa. Com Zélie, eu já sou.

— Não importa o que ele tenha feito, não importa o que você vê, acredite em mim quando eu digo que não dura para sempre — digo. — Se você me libertou, você vai encontrar uma maneira de se salvar.

Zélie sorri, mas dura apenas um instante. Ela fecha os olhos e cerra os punhos, como faz quando está praticando um encantamento.

— Qual é o problema?

— Não consigo... — Ela olha para as próprias mãos. — Não consigo mais fazer magia.

Meu coração parece parar, lento, pesado no peito. Seguro com firmeza os braços de Zélie.

— Do que você está falando?

— Acabou. — Zélie agarra as tranças, com uma dor talhada no rosto. — Não sou mais uma ceifadora. Não sou nada.

O peso que Zélie carrega nos ombros ameaça derrubá-la. Tudo o que eu quero é consolá-la, mas essa nova realidade faz meus braços parecerem feitos de chumbo.

— Quando aconteceu?

Zélie fecha os olhos e dá de ombros.

— Quando me cortaram, foi como se arrancassem a magia pelas minhas costas. Eu não consegui sentir mais nada desde então.

— E o ritual?

— Não sei. — Ela dá um suspiro profundo, trêmulo. — Não posso fazer. Ninguém pode.

Suas palavras tiram meu chão. Quase consigo me sentir caindo. Lekan disse que apenas um maji ligado ao espírito da Mãe Céu poderia realizar o ritual. Sem outro sêntaro para despertar mais maji, ninguém poderá assumir o lugar de Zélie.

— Talvez você só precise da pedra do sol...

— Eu tentei.

— E?

— Nada. Não sinto nem seu calor.

Mordo o lábio inferior, o cenho franzido enquanto tento pensar em outra saída. Se a pedra do sol não está ajudando, duvido que o pergaminho resolva.

— Isso não aconteceu em Ibeji? — pergunto. — Depois da batalha na arena? Você disse que sua magia parecia bloqueada.

— Bloqueada, não acabada. Parecia travada, mas ainda estava lá. Agora eu não sinto nada.

A desesperança cresce em mim, fazendo minhas pernas ficarem dormentes. *Deveríamos voltar.* Deveríamos acordar os homens de Roën e redirecionar o navio.

Mas o rosto de Binta brilha acima de tudo, superando meu medo, a ira de meu pai. Sou levada de volta àquele dia fatídico, uma lua atrás, parada nos aposentos de Kaea, segurando o pergaminho. Na época, tudo estava contra nós. A realidade nos dizia que fracassaríamos. Mas nós lutamos, lutamos. Perseveramos. Nos erguemos.

— Você pode — sussurro, sentindo mais certeza ao dizer em voz alta. — Os deuses escolheram você. Eles não se enganam.

— Amari...

— Eu te vi fazer o impossível desde que nos conhecemos. Você enfrentou de tudo pelas pessoas que ama. Sei que pode fazer o mesmo para salvar os maji.

Zélie tenta desviar os olhos, mas seguro seu rosto e a forço a me encarar. Se ao menos pudesse ver a pessoa que eu vejo agora, a lutadora que ainda existe nela...

— Você tem tanta certeza assim? — pergunta ela.

— Eu nunca tive tanta certeza na vida. Além disso, é só olhar para você... se não puder fazer magia, ninguém vai poder.

Ergo um espelho, mostrando para Zélie as seis tranças grossas que caem até a cintura. Seus cabelos ficaram tão encaracolados, nessa última lua, que tinha esquecido seu comprimento antigo.

— Eu pareço forte... — Ela tateia as tranças.

Sorrio e abaixo o espelho.

— Você tem que parecer a guerreira que é quando trouxer a magia de volta.

Zélie aperta minha mão, a tristeza ainda emanando de sua pegada.

— Obrigada, Amari. Por tudo.

Recosto a testa à dela, e ficamos sentadas em um silêncio confortável, traduzindo nosso amor através do toque. *A princesa e a guerreira*, concluo na minha cabeça. Quando contarem a história do que vai acontecer amanhã, é assim que vão chamá-la.

— Você quer ficar? — Eu recuo para olhar o rosto de Zélie. — Não quero ficar sozinha.

— Claro. — Ela sorri. — Alguma coisa me diz que talvez eu consiga dormir nesta cama.

Eu me movo para abrir espaço, e ela sobe na cama, aninhando-se embaixo das cobertas de pantenário. Eu me estico para apagar a tocha, mas Zélie pega meu pulso.

— Acha mesmo que vai funcionar?

Meu sorriso vacila por um momento, mas eu escondo a hesitação.

— Acho que, independentemente de qualquer coisa, temos que tentar.

CAPÍTULO SETENTA E SETE

ZÉLIE

O CÉU SE ILUMINA em rosa e laranja quando a alvorada se aproxima. Nuvens macias se movem pelas cores tranquilamente, quase pacíficas, apesar de tudo que pode acontecer hoje. Fico eternamente grata pela armadura da marinha ao pegar o elmo que obscurece meu rosto. Eu o ponho e escondo minhas tranças enquanto Roën se aproxima com seu sorriso astuto.

— Uma pena que não tivemos chance de conversar na noite passada. — Um biquinho fingido surge em seu rosto. — Se era por conta do seu cabelo, saiba que sou um excelente trançador também.

Estreito os olhos, odiando que o uniforme caia bem nele. Roën usa a armadura com confiança; se eu não soubesse a verdade, pensaria que pertence mesmo a ele.

— Ótimo ver que um dia de morte iminente não te desanima.

O sorriso de Roën se alarga.

— Você parece bem — ele sussurra enquanto prende seu elmo. — Preparada.

Com um assobio agudo, ele convoca nossa equipe, e todos se aproximam. Amari e Tzain abrem caminho até a frente, seguidos por Kenyon e os quatro membros de sua equipe. Tzain me encoraja com um aceno de cabeça. Eu me forço a retribuir o gesto.

— Interroguei os soldados de Saran na noite passada. — A voz de Roën se sobrepõe ao vento marítimo. — Eles vão se posicionar ao redor do perímetro da ilha e dentro do próprio templo. Não há como evitar eles, quando aportarmos, mas se não chamarmos atenção, não levantaremos suspeita. Estão esperando que Zélie chegue com um exército de maji, então enquanto estivermos com as armaduras deles, manteremos o elemento surpresa.

— Mas e quando entrarmos no templo? — pergunta Amari. — Meu pai vai ordenar que seus soldados atirem ao primeiro sinal de perturbação. A menos que a gente desvie o exército, eles vão atacar no momento em que nos virem com os artefatos sagrados.

— Quando chegarmos perto do templo, vamos fingir um ataque distante para distrair os guerreiros. Isso deve liberar Zélie para o ritual.

Roën se vira para mim e acena, me dando a palavra. Eu recuo, mas Amari me empurra para frente; cambaleio até o centro da turma. Engulo em seco e cruzo as mãos nas costas, desesperada para soar forte.

—Vamos seguir o plano. Se não chamarmos atenção, chegaremos ao templo sem problemas.

E aí vocês vão ver que eu não posso fazer o ritual. Que os deuses me abandonaram de novo. Então os homens de Saran vão atacar.

E aí todos morreremos.

Engulo em seco outra vez, afastando as dúvidas que me fazem querer fugir. *Tem que funcionar. A Mãe Céu tem que ter um plano.* Mas os olhos arregalados e murmúrios ansiosos me dizem que minhas palavras não são o bastante. Eles querem um discurso de encorajamento. Mas eu mesma preciso de um.

— Pelos deuses... —Tzain pragueja.

Nós nos viramos para a pequena frota ancorada ao redor das coordenadas da ilha. Quando o sol surge acima do horizonte, a ilha se materializa diante de nossos olhos. No início, é transparente como uma miragem no mar. Mas quando o sol se ergue, a ilha se solidifica em uma massa grande de névoa e árvores sem vida.

Um calor se espalha pelo meu peito, forte como quando Mama Agba fez sua magia de novo pela primeira vez. Naquele momento, senti tanta esperança. Depois de todos esses anos, parei de me sentir tão sozinha.

A magia está aqui. Viva. Mais próxima do que nunca. Mesmo que eu não possa senti-la agora, tenho que acreditar que voltarei a sentir.

Alimento essa ideia, fingindo que a magia corre pelas minhas veias, mais forte do que nunca. Hoje ela borbulharia, tão quente quanto minha raiva.

— Sei que vocês estão com medo. — Todos se voltam para mim. — Também estou. Mas sei que a razão para lutar é mais forte que o medo, porque trouxe vocês até aqui. Cada um de nós foi abusado pelos guardas, por essa monarquia que jurou nos proteger. Hoje vamos revidar por nós todos. Hoje vamos fazer eles pagarem!

Os gritos de concordância ressoam no ar; mesmo os mercenários se juntam a nós. Seus gritos fortalecem meu ânimo, destravando as palavras presas em mim.

— Talvez eles tenham mil homens em seu exército, mas nenhum deles tem o apoio dos deuses. Temos a magia do nosso lado, então fiquem firmes, fiquem confiantes.

— E se tudo der errado? — pergunta Roën quando as comemorações terminam.

— Ataquem — respondo. — Lutem com todas as forças.

CAPÍTULO SETENTA E OITO

ZÉLIE

Minha garganta seca enquanto observo um mar infinito de soldados patrulhando o perímetro da ilha. É como se todo o exército de Orïsha tivesse vindo para montar guarda.

Atrás deles, uma floresta de árvores enegrecidas se ergue, coberta de bruma e fumaça rodopiante. A energia que cerca a mata curva o ar acima, um sinal do poder espiritual que se esconde em meio às árvores.

Quando a última pessoa de nossa tropa disfarçada sai do barco a remo, Roën nos leva na direção do templo.

— Depressa — diz ele. — Precisamos nos mexer.

Quando botamos os pés na costa leste, sinto instantaneamente a energia espiritual em ação. Mesmo sem o zumbido da magia nos meus ossos, ela irradia do chão, flui das árvores queimadas. Quando os olhos de Roën se arregalam, sei que ele também sente.

Estamos caminhando entre os deuses.

Um tamborilar estranho me invade com o pensamento, não a onda de magia, mas de algo maior. Andando pela ilha, quase sinto o sopro de Oya no ar que se esfria ao meu redor. Se eles estão aqui, comigo, então talvez eu tivesse razão em confiar neles. Talvez tenhamos mesmo uma chance.

Mas para conseguir, precisamos passar pelos guardas.

Meu coração troveja no peito quando passamos pelas fileiras infinitas de soldados em patrulha. A cada passo, penso que eles conseguem ver através de nosso elmo, mas o selo de Orïsha nos protege de seu olhar. Roën avança com um passo convincente, usando a armadura do comandante com tranquilidade. Com sua pele cor de areia e o passo firme, até os comandantes de verdade abrem caminho.

Quase lá, penso, ficando tensa quando um soldado nos encara por tempo demais. Cada passo na direção da floresta parece uma eternidade sem respirar. Tzain carrega a adaga de osso, enquanto Amari segura com força a bolsa de couro que usa para esconder a pedra do sol e o pergaminho; eu mantenho a mão sobre meu bastão. Mas mesmo quando passamos pela última tropa do perímetro, os soldados mal nos olham. Eles se mantêm concentrados no mar, esperando um exército maji que nunca virá.

— Meus deuses — suspiro quando nos afastamos dos soldados. Minha calma frágil explode em nervosismo. Me forço a respirar fundo.

— Conseguimos. — Amari agarra meu braço, pálida sob o elmo. Nossa primeira batalha terminou.

Agora, outra começa.

A névoa fria paira enquanto atravessamos a floresta, a bruma lambendo as árvores. Depois de percorrermos alguns quilômetros, a névoa fica tão densa que bloqueia o sol e dificulta a visão.

— Estranho — sussurra Amari no meu ouvido, os braços estendidos para evitar se chocar contra uma árvore. — Acha que é sempre assim?

— Não sei. — Algo me diz que a névoa é um presente dos deuses.

Eles estão do nosso lado...

Eles querem que a gente vença.

Eu me agarro às palavras do meu discurso, rezando para que sejam verdadeiras. Os deuses não nos abandonariam agora; eles não me decepcionariam aqui. Mas quando nos aproximamos do templo, nenhum calor pulsa pelas minha veias. Logo não poderei mais me esconder na névoa.

Ficarei exposta para o mundo.

— Como você soube? — sussurro quando o templo surge em meio à bruma, pensando naquele dia fatídico no mercado. — Em Lagos, por que veio até mim?

Amari se vira, o olhar âmbar brilhante através da névoa branca.

— Por causa de Binta — ela responde com suavidade. — Ela tinha olhos prateados. Como os seus.

Suas palavras me fazem compreender — é um sinal de uma força maior. Fomos conduzidas a este momento, empurradas dos jeitos mais ínfimos, mais obscuros. Não importa como este dia termine, estamos cumprindo os desígnios dos deuses. Mas qual seria seu objetivo, se a magia não corre pelas minhas veias?

Abro a boca para responder, mas paro quando a energia espiritual se adensa. Ela pesa sobre nós como a gravidade, dificultando cada passo.

— Estão sentindo? — sussurra Tzain.

— Impossível não sentir.

— O que está acontecendo? — pergunta Roën.

— Só pode ser...

O templo...

Nenhuma palavra consegue descrever a pura magnificência da pirâmide diante de nós. Ela se projeta ao céu, cada seção esculpida em ouro translúcido. Como em Candomblé, sênbarías intrincadas decretam a vontade dos deuses. Os símbolos brilham na ausência de luz, mas agora que estamos aqui, a batalha real começa.

— Rehema — ordena Roën. — Leve sua equipe para o lado sul da costa. Faça um inferno na praia e desapareça na névoa. Siga Asha para fugir.

Rehema concorda com a cabeça, erguendo o elmo até vermos apenas seus olhos castanho-claros. Ela cumprimenta Roën com um soquinho no punho antes de guiar dois homens e duas mulheres para dentro da névoa.

— E nós, o que faremos? — pergunto.

— Esperamos — responde Roën. — Eles devem distrair a atenção do exército, liberando o templo.

Minutos se estendem em horas, uma eternidade que se arrasta como a morte. Cada segundo que passa é outro em que minha mente se revira em culpa. E se forem capturados? E se morrerem? Não posso aguentar mais gente perecendo por isso.

Não posso ter mais sangue sujando minhas mãos.

Uma fumaça preta sobe a distância. A distração de Rehema. A fumaça se infiltra na névoa, chegando alto no céu. Dentro de segundos, o toque de uma corneta aguda perfura o ar.

Guardas saem aos montes do templo, seguindo na direção da costa sul. Tantos homens correm para fora que logo percebo que não dá para estimar realmente o tamanho do templo.

Quando a primeira onda de soldados passa, Roën nos guia para dentro, avançando contra o ar pesado. Subimos as escadas douradas o mais rápido possível, sem parar até chegarmos ao térreo e entrarmos no templo.

Joias vibrantes decoram cada centímetro das paredes, sofisticadas em seu desenho. Ao redor, a imagem estonteante de Yemoja salpica as paredes de ouro com topázio e safira azul; ondas de diamantes cintilantes fluem da ponta de cada dedo. Acima de nós, as esmeraldas cintilantes de Ògún reluzem, prestando homenagem a seu poder sobre a terra. Por todo o teto de cristal, vislumbro cada plano — todos os dez andares dedicados aos deuses.

— Gente... — Amari se aproxima de uma escadaria no centro, que vai para o subterrâneo, e a pedra do sol brilha em sua mão.

É isso... Eu cerro meus punhos grudentos de suor.

É para onde devemos ir.

— Está pronta? — pergunta Amari.

Não. Está escrito na minha cara. Mas com seu empurrãozinho, dou o primeiro passo que nos leva pela escadaria fria abaixo.

Percorrendo o espaço estreito, sou levada de volta ao nosso tempo em Candomblé. Como naquele templo, tochas iluminam o caminho afunilado, brilhando contra as paredes de pedra. Me lembra do tempo quando ainda tínhamos uma chance.

Quando eu ainda tinha magia.

Toco as paredes, enviando uma reza silenciosa aos deuses. *Por favor... se puderem me ajudar, preciso dessa ajuda agora.* Tento ganhar tempo enquanto descemos cada vez mais; o suor escorre pelas minhas costas, embora o ar esteja frio. *Por favor, Mãe Céu*, rezo de novo. *Se puder consertar isso, conserte agora.*

Espero por um vislumbre de seus olhos prateados, pelo toque eletrizante em meus ossos. Mas quando começo a rezar de novo, a grandeza deste local cerimonial silencia todas as palavras.

Onze estátuas de ouro alinham-se pelo salão abobadado, erguendo-se para o céu. Elas assomam sobre nós a uma altura inimaginável, como as montanhas da Cordilheira de Olasimbo. Os deuses e deusas são esculpidos no metal precioso detalhadamente; das rugas na pele da Mãe Céu até cada cacho de cabelo, não falta nenhuma linha ou curva.

O olhar de cada divindade se concentra na estrela de dez pontas marcada na pedra brilhando abaixo. Cada ponta é marcada por uma pilastra de pedra com entalhes de sênbaría nos quatro lados.

No centro, uma única coluna de ouro se ergue. Sobre ela, está cravado um círculo. Redondo e liso — no formato exato da pedra do sol.

— Meus deuses — suspira Kenyon quando entramos no cômodo de ar parado.

Realmente, "meus deuses".

É como caminhar nos céus.

A cada passo, me sinto poderosa sob a vigilância dos deuses, protegida sob seu olhar etéreo.

—Você consegue. — Amari me entrega o pergaminho e a pedra do sol. Ela pega a adaga de osso de Tzain e a desliza para o cós do meu uniforme.

Eu faço que sim e pego os dois objetos sagrados. *Você consegue*, eu repito. *Apenas tente.*

Avanço, preparada para encerrar esta jornada. Mas então uma figura se move a distância.

— Emboscada! — grito.

Estendo meu bastão quando os homens escondidos emergem. Movem-se como sombras, esgueirando-se de trás de cada estátua, de cada pilastra. No frenesi, todos desembainhamos as espadas, olhos voejando para identificar o próximo ataque. Mas quando a confusão se acalma, vejo Saran com um sorrisinho de satisfação no rosto. Então, vejo Inan, com o rosto cheio de dor e a lâmina de majacita na mão.

A visão me destroça; uma traição mais fria que o gelo. Ele prometeu. Ele jurou que não ficaria no meu caminho.

Mas antes que eu possa realmente desabar, vejo o pior de tudo. Uma visão tão alarmante que nem parece real.

Meu coração para quando o trazem para frente.

— Baba?

CAPÍTULO SETENTA E NOVE

ZÉLIE

Ele deveria estar em segurança.

Esse único pensamento me impede de aceitar a verdade. Observo os guardas, em busca da figura enrugada de Mama Agba, esperando que ela ataque. Se Baba está com os guardas, onde está ela? O que fizeram com Mama Agba? Depois de tudo, ela não pode estar morta. Baba não pode estar aqui.

Ainda assim, ele treme nas mãos de Inan... roupas rasgadas, amordaçado, rosto ensanguentado. Eles o espancaram por meus erros. E agora eles vão levá-lo.

Como levaram Mama.

Os olhos âmbar de Inan me emboscam com a constatação de sua traição, mas não é o olhar que eu conheço. Ele é um estranho. Um soldado. A máscara do principezinho.

— Suponho que a situação fale por si, mas como seu pessoal é maluco, vou explicar. Entregue os artefatos, e pode ter seu pai de volta.

Só a voz de Saran fecha as correntes de metal nos meus pulsos...

Eu não estaria no trono se não lhes lembrasse o que vocês são.

Ele veste uma túnica púrpura bonita; seu sorriso é um desafio. Mas mesmo ele parece pequeno diante das estátuas dos deuses que o olham de cima.

— Nós podemos ganhar — sussurra Kenyon de trás. — Temos nossa magia. Eles têm apenas guardas.

— Não podemos arriscar. — A voz de Tzain vacila.

Baba balança bem de leve a cabeça. Ele não quer ser salvo.

Não.

Eu avanço, mas Kenyon segura meu braço, virando-me para si.

— Você não pode se entregar!

— Me solte...

— Pense nos outros, não só em você! Sem o ritual, todos os divinais vão morrer...

— Já estamos mortos! — berro. Minha voz ecoa pela cúpula, revelando a verdade que eu queria poder mudar. *Deuses, por favor!*, imploro pela última vez, mas nada acontece.

Eles me abandonaram de novo.

— Minha magia sumiu. Pensei que ela voltaria, mas não voltou... — Minha voz diminui, e eu encaro o chão, engolindo a vergonha. A raiva. A dor. Como os deuses ousaram forçar entrada em minha vida de novo, só para acabar comigo desse jeito?

Contra todas as possibilidades, tento mais uma vez, buscando pelo restante do àṣẹ que talvez reste. Mas eles decidiram me descartar.

Não vou deixar que levem mais nada.

— Sinto muito. — As palavras são vazias, mas são tudo que tenho. — Mas se não posso fazer o ritual, não vou perder meu pai.

Kenyon me solta. Ódio não basta para descrever os olhares que recebo dos homens reunidos ali. Apenas os olhos de Amari são compassivos; até mesmo Roën parece perplexo.

Avanço, segurando a pedra do sol e o pergaminho junto ao peito. A adaga de osso pressionada contra a pele quase me corta a cada passo. Estou a meio caminho quando Kenyon grita:

— Nós salvamos você! — Seus gritos ecoam contra as paredes. — Pessoas morreram por isso! Pessoas morreram por *você*!

Suas palavras se cravam na minha alma, em todos que deixei para trás. Bisi. Lekan. Zulaikha. Talvez até Mama Agba.

Todos mortos.

Porque ousaram acreditar em mim.

Ousaram pensar que poderíamos vencer.

Quando me aproximo de Inan, o tremor de Baba fica mais frenético. Não posso deixar que ele destrua minha certeza. *Não quero que eles vençam, Baba.*

Mas não posso te deixar morrer.

Aperto mais forte a pedra e o pergaminho quando Inan avança, guiando Baba adiante gentilmente. Seus olhos âmbar gritam um pedido de perdão. Olhos nos quais nunca mais confiarei.

Por quê?, tenho vontade de gritar, mas o grito murcha na garganta. A cada passo, o eco de seu beijo toca meus lábios e percorre meu pescoço. Encaro suas mãos nos ombros de Baba, mãos que eu deveria ter esmagado. Jurei morrer antes de deixar que um guarda me tocasse, mas dei toda liberdade para seu capitão?

Sei que devemos trabalhar juntos. Que devemos ficar juntos.

Suas belas mentiras ressoam nos meus ouvidos, cada uma provocando mais lágrimas.

Seríamos imbatíveis. Uma equipe que Orïsha nunca viu antes.

Sem ele, Ilorin ainda estaria de pé. Lekan estaria vivo. Eu estaria aqui, salvando meu povo, não selando seu destino.

Enquanto minhas lágrimas ardem, meu íntimo fica em carne viva. É pior do que a dor da faca de Saran. Apesar de tudo, eu o deixei me cativar.

Eu deixei que vencesse.

Baba balança a cabeça uma última vez, minha chance de fugir. Mas agora acabou. Terminou antes mesmo de começar.

Puxo Baba das mãos de Inan, deixando cair o pergaminho e a pedra no chão. Quase pego a adaga de osso, mas lembro que Inan nunca a viu.

Eu jogo a faca enferrujada de Tzain no lugar dela, mantendo a verdadeira adaga de osso escondida na minha cintura. Posso mantê-la. É o único artefato, agora que ele tirou tudo o mais de mim.

— Zélie...

Antes que Inan possa murmurar outra palavra traiçoeira, tiro a mordaça de Baba e me afasto. Quando meus passos ecoam pelo terreno ritual, concentro-me nas estátuas e não nos olhares de ódio.

— Por quê? — suspira Baba. Sua voz é fraca, mas ríspida. — Por quê, se chegou tão perto?

— Nunca estive perto. — Engulo o choro. — Nunca. Nem mesmo uma vez.

Você tentou, eu me consolo. *Fez mais do que o seu melhor.*

Não era para ser. Os deuses escolheram errado.

Ao menos acabou. Ao menos você está vivo. Poderemos partir naquele barco, encontrar um novo...

— Não!

Fico paralisada quando o grito de Inan retumba pelas paredes da cúpula em um timbre ensurdecedor. Baba me joga no chão quando um *suuush!* atravessa o ar.

Eu me movo para proteger Baba, mas é tarde demais.

A ponta da flecha perfura seu peito.

Seu sangue vaza para a terra.

CAPÍTULO OITENTA

ZÉLIE

Quando foram buscar Mama, eu não conseguia respirar. Não pensei que respiraria de novo. Pensei que nossas vidas estavam ligadas por um fio. Que, se ela morresse, eu morreria também.

Eu me escondi como uma covarde enquanto espancavam Baba quase até a morte, confiando em Tzain para ser minha força. Mas quando enrolaram a corrente no pescoço de Mama, algo em mim se rompeu. Por mais que os guardas tivessem me assustado, nada se comparava ao terror de eles levarem Mama embora.

Corri atrás dela em meio ao caos de Ibadan, sangue e terra espirrando nos meus joelhos pequenos. Eu a segui o máximo que pude até ver o que aconteceu.

Tudo o que aconteceu.

Ela, pendurada em uma árvore, como um ornamento mortuário no centro de nosso vilarejo montanhoso. Ela e todos os outros maji, cada ameaça à monarquia esmagada.

Naquele dia, jurei que nunca mais me sentiria desse jeito; prometi que nunca levariam outro membro de minha família. Mas enquanto estou aqui, paralisada, o sangue pinga dos lábios de Baba. Eu prometi.

E agora é tarde demais.

— Baba?

Nada.

Nem uma piscadela.

Seus olhos castanho-escuros estão vazios. Arrasados. Ocos.

— Baba — sussurro de novo. — *Baba!*

Quando seu sangue se espalha por meus dedos, o mundo escurece e meu sangue esquenta. Na escuridão eu vejo tudo — eu vejo ele.

Ele corre pelas ruas de Calabrar, chutando uma bola de agbön pela lama com seu irmão mais novo. A criança que ele foi sorri de um jeito que Baba nunca sorriu, uma risadinha que ignora a dor do mundo. Com um chute forte, a bola vai longe, e o rosto jovem de Mama aparece. Ela é linda. Radiante. Deixa ele sem fôlego.

O rosto dela desaparece com a magia de seu primeiro beijo, o espanto com o primeiro filho. O espanto se turva quando ele embala a filha bebê até ela dormir, correndo as mãos pelos meus cabelos brancos.

Em seu sangue, sinto o momento em que ele acordou depois da Ofensiva, a tristeza que nunca cessou.

Em seu sangue, eu sinto tudo.

Em seu sangue, eu o sinto.

O espírito de Baba atravessa meu ser como a terra se partindo ao meio. Cada som fica mais alto, cada cor mais brilhante. Sua alma mergulha mais fundo em mim que qualquer magia que já senti, mais fundo que toda a magia. Não é um encantamento que corre pelas minhas veias.

É seu sangue.

É ele.

O último sacrifício.

A maior magia do sangue que eu poderia invocar.

— Matem ela!

Os primeiros dois guardas avançam para mim, espadas apontadas e erguidas. Eles correm com obstinação.

É o último erro que vão cometer.

Quando se aproximam, o espírito de Baba se desprende do meu corpo como duas sombras nítidas, rodopiantes. A escuridão detém o poder da morte, comanda o poder do sangue. Elas atravessam os peitorais dos soldados, empalando-os como a um pedaço de carne. O sangue esguicha quando a matéria escura vaza do buraco no peito deles.

Os homens engasgam nos últimos suspiros, os olhos arregalados, derrotados. Suspiram quando os corpos desmontam em cinzas.

Mais.

Mais morte. Mais sangue.

A parte mais sombria de minha fúria finalmente tem o poder que sempre desejou, a chance de vingar Mama. E agora Baba. Vou pegar essas sombras da morte e acabar com eles.

Com cada um deles.

Não. A voz de Baba ressoa na minha cabeça, com força e firmeza. *A vingança é inútil. Ainda há tempo de consertar tudo.*

— Como?

Olho a confusão quando a gangue de Roën e a equipe de Kenyon avançam para a batalha. *A vingança é inútil*, repito para mim mesma. *A vingança é inútil...*

Quando as palavras se assentam, eu avisto uma pessoa fugindo da luta. Inan avança, tropeçando atrás da pedra do sol que rola em meio à loucura, desviando das lâminas dos homens de Roën.

Sem magia, eles nunca nos tratarão com respeito, retumba o espírito de Baba. *Precisam saber que podemos revidar. Se queimam nossa casa...*

Eu queimo a deles também.

CAPÍTULO OITENTA E UM

INAN

A garota que abracei em meus sonhos não está à vista.

Em seu lugar há um monstro furioso.

Ele esgarça as presas letais.

Duas sombras pretas saem das mãos de Zélie e se lançam adiante como cobras venenosas, sedentas de sangue. De vingança. Perfuram os dois primeiros guardas. E então algo cintila nos olhos prateados de Zélie.

Seu olhar se volta para mim. A pedra do sol brilha na minha mão. Eu mal tenho tempo de sacar a espada antes do ataque da primeira sombra.

Afiada como um sabre, ela se choca contra a minha espada, recuando pelo ar. O próximo ataque vem rápido. Rápido demais para eu bloquear...

— Príncipe Inan!

Um guarda salta, entregando sua vida por mim. A sombra perfura seu corpo — ele solta um suspiro antes de virar cinzas.

Pelos céus!

Eu recuo para o meio da confusão. Suas sombras preparam outro ataque. Quando corro, ela me persegue. Sua alma de maresia avança furiosa, como uma tempestade no oceano.

Mesmo com a força da pedra do sol, não consigo detê-la. Ninguém consegue. Estou morto.

Morri no momento em que seu pai foi ao chão.

Pelos céus. Luto para reprimir minhas lágrimas. A mágoa de Zélie ainda lateja em mim. Uma tristeza tão forte que poderia fazer a terra tremer. Ele deveria sobreviver. Ela deveria estar a salvo. Eu manteria minhas promessas. Faria de Orïsha um lugar melhor...

Foco, Inan. Me forço a respirar fundo e conto até dez. Não posso desistir. A magia ainda é uma ameaça. Uma que apenas eu posso exterminar.

Corro pela cúpula até a estátua de Orí. Penso em todas as consequências. Se Zél realizar o ritual, vai nos varrer da terra. E então toda Orïsha vai queimar. Não posso permitir que isso aconteça. Independentemente de tudo, meus planos permanecem os mesmos: pegar a pedra, pegar o pergaminho.

Acabar com a magia.

Arremesso a pedra do sol no chão com toda a minha força. *Pelo amor dos céus, por favor, quebre.* Mas ela rola para longe, intocada. Se é para destruir alguma coisa, terá que ser o pergaminho.

Arranco-o do bolso e corro em frenesi. Zélie avança atrás da pedra. Nos poucos segundos de vida que tenho, as engrenagens da minha cabeça giram. As antigas palavras de meu pai ressoam. *O pergaminho só pode ser destruído com magia.*

Magia...

E a minha magia?

Concentro a energia de minha mente no pergaminho, perdendo o rastro de Zélie no tumulto. Uma luz turquesa envolve o artefato. O aroma de sálvia e hortelã enche meu nariz quando uma lembrança estranha domina minha mente.

A histeria do templo desaparece. A consciência de uma sêntaro lampeja: gerações de mulheres com complexas tatuagens de tinta branca. Todas cantam em um idioma que não consigo compreender.

A lembrança dura apenas um instante, mas a tentativa não funciona. Minha magia não serve.

O pergaminho permanece intacto.

— Socorro!

Giro quando os gritos ecoam; as sombras de Zélie perfuram mais homens. A matéria escura consome o corpo deles quando são atingidos pelas flechas negras.

Antes que toquem o chão, os soldados se desintegram em cinzas. Nesse instante tudo faz sentido — a resposta escondida debaixo do meu nariz.

Talvez se eu fosse um queimador, minhas chamas pudessem incinerar o pergaminho, mas minha magia de conector é inútil. O pergaminho não tem uma mente que eu possa controlar, nem corpo para minha magia paralisar. Meu poder não consegue destruí-lo.

Mas o de Zélie consegue.

Nunca vi seus poderes invocados dessa forma. Sua magia destrói tudo no caminho, maligna e rodopiante, uivando enquanto atravessa o templo sagrado como um tornado. Suas flechas negras atacam com a violência de lanças, empalando armaduras, atravessando carne. Qualquer infeliz que as encontre se desfaz em cinzas.

Se eu fizer tudo direito, o pergaminho também vai se desintegrar.

Respiro fundo. Provavelmente meu último suspiro. As flechas fatais de Zélie avançam pela barriga de quatro soldados, perfurando suas entranhas. Seus corpos viram poeira enquanto caem no chão.

Enquanto Zélie trespassa mais soldados, eu avanço correndo.

— Tudo isto é culpa sua! — grito.

Zélie derrapa até parar. Acho que nunca vou me odiar mais do que odeio agora. Mas preciso feri-la. Nós dois não somos o mais importante.

Nunca fomos.

— Seu pai não precisava ter morrido! — grito. É um limite que não devia ser ultrapassado. Mas preciso provocar sua fúria. Preciso de um golpe letal.

— Não fale dele! — Os olhos dela lampejam. Toda a dor, o ódio e a raiva. Sua angústia me enche de vergonha. Ainda assim, eu continuo.

—Você não tinha que vir para cá. Eu teria levado ele de volta a Lagos!

As sombras giram ao redor dela como um vento forte se transformando em um tornado.

Ela está bem perto agora.

Minha vida está quase no fim.

— Se tivesse confiado em mim, trabalhado *comigo*, ele ainda estaria vivo. Ele. — Engulo em seco. — Mama Agba...

As sombras avançam para mim com uma velocidade que tira meu fôlego. Tudo que consigo fazer é segurar o pergaminho diante do peito. Nesse instante, ela percebe seu erro: a armadilha para a qual eu a atraí.

Ela grita e recua a mão, mas é tarde demais.

As sombras atravessam o pergaminho em um arco.

— *Não!* — o berro de Zélie reverbera pela cúpula. As cinzas do pergaminho destruído espalham-se pelo ar. As sombras murcham e se apagam, desaparecendo quando as partículas escorrem de suas mãos.

Você conseguiu...

Não parece real. Acabou. Eu venci.

Orïsha finalmente está em segurança.

A magia vai morrer de uma vez por todas.

— Filho!

Meu pai corre até mim, vindo das margens da batalha. Um sorriso como nunca vi irradia de seu rosto. Tento sorrir de volta, mas um guarda se aproxima por trás dele. O homem ergue a espada, mirando nas costas de meu pai. *Um traidor?*

Não.

Um dos mercenários.

— Pai! — grito. Meu alerta não chega a tempo.

Sem pensar, me alimento da onda de poder do toque na pedra do sol. A energia azul voa de minhas mãos.

Como em Candomblé, minha magia atravessa a cabeça do mercenário, paralisando-o. Eu o congelo por tempo suficiente para um guarda atravessar seu coração, o que salva meu pai do ataque.

Mas a visão da magia o deixa petrificado.

— Não é o que o senhor está pensando... — eu começo a falar.

Meu pai se afasta bruscamente, recuando como se eu fosse um monstro no qual ele não pode confiar. Seus lábios se contraem de nojo. Tudo dentro de mim murcha.

— Não importa — falo tão rápido que tudo fica turvo. — Fui infectado, mas vai desaparecer. Eu consegui. Eu matei a magia.

Meu pai rola o mercenário com os pés. Ele agarra os cristais turquesa que ficaram nos cabelos do agressor. Meu pai encara as próprias mãos, e seu rosto se contorce. Vejo como ele junta as peças. São os mesmos cristais que ele me mostrou na fortaleza.

Os mesmos cristais que tiraram do cadáver de Kaea.

Os olhos de meu pai lampejam. Ele agarra o cabo da espada.

— Espere...

Sua lâmina me atravessa.

Os olhos dele pulsam, vermelhos de raiva. Minhas mãos agarram a espada, mas estou fraco demais para arrancá-la.

— Pai, sinto muito...

Ele puxa a espada com um grito torturado. Caio de joelhos, segurando o ferimento jorrante.

O sangue quente escorre por entre meus dedos.

Meu pai ergue a espada de novo, dessa vez para o golpe final. Não há amor em seus olhos. Nem um traço do orgulho que brilhava alguns momentos atrás.

O mesmo medo e ódio que queimavam no último olhar de Kaea turvam o de meu pai agora. Sou um estranho para ele. *Não*. Eu abri mão de tudo para ser seu filho.

— Pai, por favor — arfo. Imploro seu perdão, ofegante. Minha visão escurece... por um momento, toda a dor de Zélie me invade. O destino arruinado dos maji. A morte de seu pai. Sua mágoa se mistura com a minha; uma lembrança doentia de tudo que perdi.

Sacrifiquei demais para terminar desse jeito. Toda a dor que causei em seu nome.

Estendo a mão trêmula para ele. Mão coberta do meu sangue. Não pode ser à toa.

Não pode terminar assim!

Antes que eu o toque, meu pai esmaga minha mão com o calcanhar da bota de metal. Os olhos escuros estreitam-se.

— Você não é meu filho.

CAPÍTULO OITENTA E DOIS

AMARI

Embora uma dezena de homens avance, não vão resistir ao ímpeto da minha lâmina. Ao meu lado, Tzain derruba os guardas com seu machado, lutando mesmo com as lágrimas que escorrem pelo rosto. É por sua dor que luto, pela dele, pela de Binta, por todas as pobres almas que pereceram nas mãos de meu pai. Todo esse sangue e morte — uma mácula infinita a cada respiração.

Atravesso os guardas com minha lâmina, atingindo-os primeiro com um ataque debilitante.

Um guarda tomba quando corto um tendão.

Outro cai quando firo sua coxa.

Lute, Amari. Eu me estimulo a avançar, forçando-me a ver além dos selos orïshanos que adornam suas armaduras, além dos rostos que caem pela minha espada. Esses soldados juraram proteger Orïsha e sua coroa, mas traem seu voto sagrado. Eles querem minha cabeça.

Um golpeia com a espada na minha direção. Desvio, e ele a enterra em outro soldado. Preparo para atingir o próximo quando...

— *Não!*

O grito de Zélie do outro lado do templo me força a girar no momento em que minha lâmina perfura mais um soldado. Ela cai de joelhos, tremendo, cinzas caindo entre os dedos. Corro para ajudá-la, mas paro derrapando quando meu pai ergue a espada e a enterra na barriga de um dos próprios soldados. Quando o rapaz tomba de joelhos, seu capacete cai. Não é um soldado.

Inan.

Tudo dentro de mim congela quando o sangue vaza dos lábios de meu irmão.

É uma espada atravessando minha própria barriga. É *meu* sangue que escorre. O irmão que me carregava pelos corredores do palácio nos ombros. O irmão que contrabandeava bolos de mel da cozinha quando minha mãe tomava minha sobremesa.

O irmão com quem meu pai me forçou a lutar.

O irmão que retalhou minhas costas.

Não pode ser. Pisco, esperando que a imagem se corrija. *Ele não...*

Não o filho que abriu mão de tudo para ser o que meu pai queria.

Mas, enquanto observo, meu pai ergue a espada de novo, pronto para decapitar Inan. Ele vai matá-lo.

Como matou Binta.

— Pai, por favor — grita Inan, estendendo a mão em seu último suspiro.

Mas meu pai pisa na mão dele.

— Você não é meu filho.

— Pai!

Minha voz não parece minha quando avanço. Quando meu pai me vê, sua raiva explode.

— Os deuses me amaldiçoaram com esses filhos — ele cospe. — Traidores que mancham meu sangue.

— Seu sangue é a verdadeira maldição — retruco. — Isso acaba hoje.

CAPÍTULO OITENTA E TRÊS

AMARI

Os primeiros filhos de meu pai foram amados, mas eram frágeis e fracos. Quando Inan e eu nascemos, meu pai não nos permitiu ser como eles.

Por anos, forçou Inan e a mim a trocar golpes sob seu olhar atento, sem abrandar, não importava o quanto chorássemos. Cada batalha era uma chance de corrigir seus erros, trazer de volta à vida sua primeira família. Se fôssemos fortes o bastante, nenhuma espada nos derrubaria, nenhum maji poderia queimar nossa carne. Lutávamos por sua aprovação, metidos em uma batalha por seu amor que nenhum de nós nunca venceria.

Erguíamos nossa espada um contra o outro porque nenhum tinha coragem de erguer uma lâmina contra ele.

Agora, enquanto ergo a lâmina diante de seus olhos furiosos, vejo minha mãe e Tzain. Vejo minha querida Binta. Procuro por todos que tentaram revidar, cada alma inocente que caiu por sua lâmina.

— Você me criou para lutar com monstros — murmuro, avançando com a espada. — Levei tempo demais para entender que o verdadeiro monstro era você.

Ataco e o pego de surpresa. Não posso me refrear com ele; se fizer isso, sei como a batalha terminará.

Embora ele erga a espada para se defender, eu o supero, passando a lâmina perigosamente perto de seu pescoço. Ele se arqueia, mas eu avanço de novo. *Golpeie, Amari. Lute!*

Giro a espada em um arco rápido, cortando a coxa dele. Meu pai cambaleia para trás, com dor, despreparado para um golpe letal de minha espada. Não sou a garotinha que ele conhece. Sou uma princesa. Uma rainha.

Sou a Leonária.

Avanço, bloqueando uma estocada na direção do meu peito. Seus golpes são impiedosos, agora que não é mais surpreendido por meus ataques.

Os estalos e tinidos de nossas espadas ressoam sobre a confusão enquanto mais guardas descem as escadarias. Tendo massacrado os homens no templo, os guerreiros de Roën defendem-se da nova onda. Mas enquanto lutam, Tzain corre na minha direção, vindo do outro lado da sala, a poucos segundos de distância.

—Amari...

—Vá embora! — eu grito, revidando os golpes da lâmina de meu pai. Tzain não pode me ajudar, não na luta para a qual treinei a vida toda. Somos apenas o rei e eu agora. Apenas um de nós vai sobreviver.

Meu pai tropeça. Este é meu momento, a chance de encerrar nossa dança infinita.

É agora!

O sangue lateja nos meus ouvidos quando avanço, erguendo a espada. Posso livrar Orïsha de seu maior monstro. Abolir a fonte de sua dor.

Mas no último instante, eu hesito, inclinando a lâmina. Nossas espadas se colidem de frente.

Malditos sejam os céus.

Não posso terminar assim. Se eu fizer isso, não serei melhor que ele.

Orïsha não vai sobreviver empregando as táticas dele. Meu pai precisa cair, mas é demais enterrar minha espada em seu coração...

Ele ergue a espada. O impulso me faz continuar.

Antes que eu possa girar, meu pai golpeia, e a lâmina corta minhas costas.

— Amari!

O grito de Tzain soa distante quando trombo com um pilar sagrado. Minha pele queima em carne viva, ardendo com a mesma agonia que Inan me causou quando criança.

As veias saltam no pescoço de meu pai quando ele avança, sem hesitação, mirando um golpe fatal.

Ele não vacila com a ideia de assassinar a própria filha, sangue de seu sangue. Já tomou sua decisão.

Agora é hora de eu tomar a minha.

Saio do caminho e sua espada acerta o pilar, lascando a pedra. Antes que ele possa se recuperar, dou uma estocada, sem hesitação.

Os olhos dele arregalam-se.

Sangue quente vaza de seu coração para minhas mãos. Ele ofega, o carmesim jorrando dos lábios enquanto o restante espirra na pedra.

Embora minha mão trema, eu enterro a lâmina mais fundo. As lágrimas turvam minha visão.

— Não se preocupe — sussurro quando ele dá seu último suspiro. — Vou ser uma rainha muito melhor.

CAPÍTULO OITENTA E QUATRO

ZÉLIE

—Vamos lá. — Eu canalizo toda a minha energia na poeira do pergaminho destruído. Isso não pode estar acontecendo. Não quando chegamos tão perto.

A energia de Baba percorre meus braços, explodindo pelas pontas de meus dedos como sombras rodopiantes. Mas nenhum pergaminho surge das cinzas. Acabou...

Perdemos.

O terror me atinge com tanta força que mal consigo respirar.

A única coisa de que precisamos, destruída pela minha mão.

— Não, não, não, não! — Fecho os olhos e tento me lembrar do encantamento. Li aquele pergaminho dezenas de vezes. Como aquele maldito ritual começava?

Ìya awọn òrun, àwa ọmọ képè ọ́ lọ́nì... Não. Balanço a cabeça, repassando os fragmentos das palavras que recordo. Era *àwa ọmọ́ re képè ọ̀ lọ́nì*. E então...

Ai, meus deuses.

O que vem depois?

Um estalo alto ressoa pela abóbada do salão, estrondando como trovões. Ao som, o templo inteiro balança. Todos ficam paralisados quando pedra e poeira chovem do teto.

A estátua de Yemoja começa a brilhar, ofuscante em seu fulgor. A luz começa nos pés e viaja pelas curvas e dobras do vestido esculpido. Quando chega aos olhos, as órbitas douradas brilham azuis, banhando a abóbada em sua cor suave.

A estátua de Ògún começa a brilhar em seguida, com os olhos reluzindo em verde-escuro; a de Ṣàngó vem em vermelho forte; Òṣùmàrè em amarelo-cintilante.

— Uma corrente... — Suspiro, seguindo o caminho até a Mãe Céu. — Ai, meus deuses...

O solstício.

Está acontecendo!

Tateio pelas cinzas, procurando por qualquer coisa. Por tudo. O ritual ancestral estava pintado neste pergaminho. Os espíritos dos sêntaros que o pintaram não deveriam estar aqui também?

Mas enquanto espero pelo frio dos mortos me dominar, percebo o número de cadáveres que estão espalhados pelo salão. Não senti a morte deles passar por mim, não senti nada.

Tudo que senti foi Baba.

A magia no meu sangue.

— Uma conexão... — A ideia me atinge, fria como gelo. Uma conexão que compartilho com ele por causa do sangue. O encantamento do pergaminho devia nos ligar à Mãe Céu pela magia, mas e se houvesse outra maneira de chegar a ela?

Minha cabeça gira, tentando calcular as possibilidades. Eu poderia usar a conexão com meus ancestrais por meio de nosso sangue? Poderíamos chegar ao passado, forjando novas conexões com a Mãe Céu e seus dons através de nossos espíritos?

Amari avança, afastando um soldado do terreno cerimonial. Embora o sangue escorra de suas costas, seus golpes são ferozes, quase animalescos, contra os guardas que se aproximam. E mesmo quando o exército inteiro chega, Roën e seus homens não baixam a guarda.

Lutam contra todas as possibilidades.

Se eles não desistiram, eu também não posso.

Meu coração palpita quando cambaleio até ficar em pé. A próxima estátua se ilumina, banhando a cúpula em luz azul. Restam apenas poucos deuses não iluminados no caminho da Mãe Céu. O fim do solstício está próximo.

Agarro a pedra do sol caída, e ela é escaldante ao toque. Em vez da Mãe Céu, eu vejo sangue. Eu vejo osso.

Eu vejo Mama.

É a essa imagem que eu me agarro quando solto a pedra do sol na única coluna dourada no centro da cúpula. Se seu sangue corre pelas minha veias, por que não o sangue de outros ancestrais também?

Puxo a verdadeira adaga de osso do cós da minha calça e corto as duas palmas. Pouso as mãos sobre a pedra do sol, liberando o sangue para o último sacrifício.

— Ajudem! — grito, extraindo toda a sua força. — *Por favor! Me deem a mão!*

Como um vulcão em erupção, o poder de meus ancestrais flui através de mim, maji e kosidán. Todos se agarram à nossa conexão, na essência de nosso sangue. Seus espíritos giram com o meu, com o de Mama, com o de Baba. Nós nos derramamos, nossa alma lutando para entrar na pedra.

— Mais! — eu grito para eles, invocando todos os espíritos ligados pelo nosso sangue. Mergulho em nossa linhagem, abrindo caminho até os primeiros a receberem os dons da Mãe Céu. Quando cada novo ancestral avança, meu corpo grita. Minha pele se abre como se estivesse sendo rasgada. Mas eu preciso disso.

Eu preciso deles.

A voz deles começa a soar um coro de mortos-vivos. Espero ouvir as palavras pintadas no pergaminho destruído, mas eles entoam um encantamento que nunca li. Suas palavras estranhas ecoam em minha cabeça, em meu coração, em minha alma. Lutam para chegar a meus lábios, embora eu não saiba o que o encantamento fará.

— *Àwa ni ọmọ rẹ nínú ẹ̀jẹ̀ àti egungun!*

Os caminhos espirituais explodem dentro de mim. Me esforço para dizer as palavras entre gritos enquanto a pedra do sol zumbe em minhas mãos. A luz viaja até o peito da Mãe Céu, sobre a mão que segura o chifre. Está quase acabando.

O solstício está quase no fim.

— *A ti dé! Ìkan ni wá! Dà wá pọ̀ Mama! Kì ìtànná wa tàn pẹ̀lú ẹ̀bùn àìníye rẹ lẹ́ẹ̀kan síi!*

Minha garganta se fecha; fica difícil respirar, quanto mais falar. Mas eu me forço a continuar, canalizando tudo que me resta.

— *Jẹ́ kí agbára ìdán wa tàn kárí* — grito quando a luz sobe até o ombro da Mãe Céu.

As vozes cantam tão alto na minha mente que o mundo todo deve ser capaz de ouvir. Elas entram na última parte do encantamento, desesperadas enquanto o brilho cruza o alto do nariz da Mãe Céu. Com o sangue deles, posso terminar isso.

Com o sangue deles, sou imbatível.

— *Tan ìmọ́lẹ̀ lẹ́ẹ̀kan sii!*

A luz chega aos olhos da Mãe Céu e explode com um brilho branco quando a última parte de meu encantamento ecoa. A pedra do sol se estilhaça nas minhas mãos. Sua luz amarela estoura por todo o salão. Não sei o que está acontecendo. Não sei o que fiz. Mas quando a luz invade cada fibra do meu ser, o mundo inteiro brilha.

A criação rodopia diante de meus olhos; o nascimento do homem, a origem dos deuses. A magia deles invade o salão em ondas, um arco-íris de cada tom vibrante.

A magia atravessa cada coração, cada alma, cada ser. Conecta nós todos, costurando a concha da humanidade.

O poder arde na minha pele. Seu êxtase e agonia fluem ao mesmo tempo, indistinguíveis do prazer e da dor.

Quando diminui, vejo a verdade — à plena vista, ainda que oculta esse tempo todo.

Somos todos filhos de sangue e osso.

Todos instrumentos de vingança e virtude.

Essa verdade me abraça, me embala como uma criança nos braços da mãe. Me liga em seu amor quando a morte me engole em suas garras.

CAPÍTULO OITENTA E CINCO

ZÉLIE

Sempre imaginei a morte como um vento invernal, mas o calor me cerca como os oceanos de Ilorin.

Um presente, penso na paz e na escuridão de alafia. O pagamento por meu sacrifício.

Que outra recompensa poderia haver senão o fim de uma luta infinita?

— *Mama, Òrìsà Mama, Òrìsà Mama, àwá ún dúpẹ́ pé egbọ́ igbe wa...*

Vozes zumbem pela minha pele quando o som forte retumba na escuridão. Mortalhas prateadas de luz rodopiam no breu, banhando-me em seus belos tons. Enquanto a canção continua, um raio de luz se destaca com uma voz que canta mais alto que as outras. Ela as lidera na adoração e louvor, ressoando através das mortalhas.

— *Mama, Mama, Mama...*

A voz da luz é suave como seda, macia como veludo. Ela me envolve, atraindo-me ao seu calor. E, embora não consiga sentir meu corpo, flutuo pela escuridão na direção dela.

Já ouvi este som antes.

Conheço esta voz. Este amor.

A canção fica mais alta, cada vez mais alta, abastecendo a luz. Ela evolui de um raio para tomar forma diante de meus olhos.

Seus pés emergem primeiro, a pele negra como o céu da noite. É radiante frente à saia de seda vermelha, linda e flutuante em sua figura sobrenatural. Joias douradas adornam os pulsos, os tornozelos, o pescoço; tudo destaca a tiara reluzente que pende de sua testa.

Eu me curvo quando o coro estronda, incapaz de acreditar que estou aos pés de Oya. Mas quando a deusa ergue a tiara de contas em sua cabeleira densa e branca, seus olhos castanho-escuros fazem meu coração parar.

Da última vez que vi esses olhos, eles estavam ocos, esvaziados da mulher que amei. Agora dançam, as lágrimas brilhantes caindo das pálpebras.

— Mama?

Não pode ser.

Embora o rosto de minha mãe fosse como o sol, ela era humana. Era parte de mim.

Mas quando este espírito toca meu rosto, o amor familiar se espalha pelo meu corpo. Lágrimas caem de seus lindos olhos castanhos quando ela sussurra:

— Oi, minha pequena Zél.

Lágrimas quentes ardem em meus olhos quando me jogo em seu abraço espiritual. Seu calor invade meu ser, remendando cada rachadura. Sinto todas as lágrimas que chorei, todas as rezas que fiz. Vejo cada momento que olhei para nossa ahéré e desejei que ela estivesse lá, olhando de volta.

— Pensei que você tivesse sumido — rouquejo.

— Você é uma irmã de Oya, meu amor. Sabe que nosso espírito nunca morre. — Ela me afasta e limpa minhas lágrimas com sua túnica macia. — Eu sempre estive com você, sempre ao seu lado.

Eu a agarro, como se a qualquer momento seu espírito pudesse deslizar por entre meus dedos. Se eu soubesse que Mama estava me esperando na morte, eu a teria aceitado de braços abertos. Ela oferece tudo que eu sempre quis: a paz que ela levou consigo quando morreu. Com ela, finalmente estou em segurança.

Depois de todo esse tempo, estou em casa.

Ela corre as mãos pelas minhas tranças antes de beijar minha testa.

— Você nunca saberá o quanto nós estamos orgulhosos de tudo que fez.

— Nós?

Ela sorri.

— Baba está aqui agora.

— Ele está bem? — pergunto.

— Sim, meu amor. Ele está em paz.

Não consigo afastar as novas lágrimas rápido o bastante. Sei de poucos homens que merecem mais a paz que ele. Baba sabia que seu espírito terminaria em graça, ao lado da mulher que amou?

— *Mama, Mama, Mama...*

As vozes ficam mais altas. Mama me abraça de novo, e eu sinto seu cheiro. Depois de todo esse tempo, ela ainda tem o aroma de temperos e molhos quentes, as misturas que fazia em seu arroz jollof.

— O que você fez no templo é diferente de tudo que os espíritos já viram.

— Eu não reconheci o encantamento. — Balanço a cabeça. — Não sei o que fiz.

Mama segura meu rosto e beija minha testa.

— Logo você saberá, minha poderosa Zél. E eu sempre estarei do seu lado. Não importa o que você sinta, o que enfrente quando pensar que está sozinha...

— Tzain... — compreendo. Primeiro Mama, depois Baba, agora eu? — Não podemos deixar ele lá — arfo. — Como vamos fazer para trazer ele para cá?

— *Mama, Òrìsà Mama, Òrìsà Mama...*

O abraço de Mama se aperta quando as vozes ficam mais altas, quase ensurdecedoras agora. Sua testa lisa se enruga.

— Ele não pertence a este plano, meu amor. Ainda não.
— Mas Mama...
— Nem você.

As vozes cantam tão alto que não sei se são louvores ou berros. Sinto um aperto por dentro quando compreendo as palavras de Mama.

— Mama, não... por favor!
— Zél...

Eu me agarro a ela de novo, o medo me fazendo engasgar.

— Eu quero. Quero ficar aqui com você e com Baba!

Não posso voltar àquele mundo. Não vou sobreviver àquela dor.

— Zél, Orïsha ainda precisa de você.
— Não me importa. Eu preciso de *você*!

Suas palavras ficam apressadas quando a luz começa a diminuir com o coro de vozes celestiais. Ao nosso redor, a escuridão se ilumina, afundando em uma onda de luz.

— Mama, não me deixe... Por favor, Mama! De novo não!

Seus olhos escuros cintilam quando as lágrimas caem, o calor delas respingando em meu rosto.

— Não acabou, pequena Zél. É apenas o começo.

EPÍLOGO

Quando abro os olhos, quero que se fechem. Quero ver minha mãe. Quero ser envolvida pela escuridão morna da morte, não olhar os tons púrpura que mancham o céu aberto.

O ar acima de mim parece balançar, embalando gentilmente meu corpo. É um balanço que eu reconheceria em qualquer lugar. O vaivém do mar.

Quando me dou conta, sinto as queimaduras e dores em cada célula do corpo. A dor é intensa. A dor que acompanha a vida.

Um gemido escapa de meus lábios, e passos se aproximam.

— Ela está viva!

Em um instante, rostos povoam minha visão: a esperança de Amari, o alívio de Tzain. Quando se afastam, Roën e seu sorrisinho malandro permanecem.

— Kenyon? — consigo perguntar. — Käto? Rehema...

— Estão vivos — Roën me garante. — Estão esperando no navio.

Com sua ajuda, eu me sento, recostada à madeira fria do barco a remo que usamos para aportar na ilha sagrada. O sol mergulha no horizonte, cobrindo-nos com a sombra da noite.

Um lampejo do templo sagrado passa pela minha mente, e eu me preparo para a pergunta que fico apavorada de fazer. Fito os olhos castanho-escuros de Tzain; o fracasso vai doer menos se vindo de seus lábios.

— Conseguimos? A magia voltou?

Ele não fala. Seu silêncio faz meu coração afundar no peito. Depois de tudo. Depois de Inan. Depois de Baba.

— Não funcionou? — eu insisto, mas Amari balança a cabeça. Ela ergue a mão ensanguentada, e na escuridão ela rodopia com uma luz azul vibrante. Uma mecha branca percorre seus cabelos pretos como um raio.

Por um momento, não sei o que pensar dessa visão.

Então meu sangue congela.

GUIA DE PRONÚNCIA DO IORUBÁ[1]

1. As letras A, B, F, I, L, M, T e U são pronunciadas como em português.

E – leia como na palavra *e*ntre
Ẹ – leia como em *e*la
G – leia como em *g*arra, nunca como em *g*ema
GB – neste encontro, o G quase desaparece
H – leia como dois erres em ma*rr*a
K – leia como em *c*arro
J – leia como DJ
N – leia como em *n*ada. Quando vem antes de uma consoante, tem som de "um". Por exemplo, no encantamento de Zulaikha, "...*kí nle fún*" lê-se "*quí unlê fún*".
O – leia como em *o*vo
Ọ – leia como em b*o*la
R – leia como em *a*risco
S – leia como em sa*l*sa
Ṣ – leia como em rela*x*a
W – leia como U
AN e ỌN – leia como B*OM*

---

[1] Adaptado dos livros *Mitos yorubás – O outro lado do conhecimento*, de José Beniste, editora Bertrand do Brasil, p. 41-42 e *Dictionary of Yoruba Language*, da Missionary Church Society de Lagos, Nigéria.

IN – leia como S*IM*
ẸN – leia como B*EM*
UN – leia como ALG*UM*

2. Palavras terminadas com NA e MỌ antes de consoante têm som anasalado. Por exemplo, Yemọja pronuncia-se *Iêmandjá*.

4. Os acentos indicam o sistema de dois tons da língua iorubá. O acento agudo (/) indica um tom alto, o acento grave (\) indica tom baixo e a falta de acento indica o tom neutro.

5. Não existem letras mudas e todas as palavras devem ser pronunciadas com a tônica na última sílaba. Por exemplo: Òrìṣà se pronuncia ôrixÁ.

NOTA DA AUTORA

Derramei muitas lágrimas antes de escrever este livro. Muitas lágrimas enquanto o revisava. E mesmo agora, com ele em suas mãos, sei que vou derramar ainda mais.

Embora cavalgar leonários gigantes e realizar rituais sagrados faça parte do reino da fantasia, toda a dor, o medo, a tristeza e as perdas deste livro são reais.

Filhos de sangue e osso foi escrito durante um período em que eu sempre assistia aos noticiários e via as histórias de homens, mulheres e crianças negros e desarmados sendo alvejados pela polícia. Eu sentia medo, raiva e desespero, mas este livro foi uma das coisas que me permitiram sentir que eu podia fazer alguma coisa a respeito.

Disse a mim mesma que, se ao menos uma pessoa pudesse lê-lo e mudasse seu coração ou opinião, então eu teria feito algo de significativo contra um problema que com frequência parece muito maior que eu.

Agora, este livro existe e *você* está lendo.

Do fundo do meu coração, obrigada.

Mas se esta história mexeu com você de alguma forma, tudo o que peço é que não deixe que ela fique apenas nas páginas deste texto.

Se você chorou por Zulaikha e Salim, chore por crianças inocentes como Jordan Edwards, Tamir Rice e Aiyana Stanley-Jones. Tinham quinze, doze e sete anos quando foram alvejadas e mortas pela polícia.[2]

---

[2] Velez, Ashley. "I Made It to 21. Mike Brown Didn't." [Eu cheguei aos 21. Mike Brown não chegou.] *The Root*, 2017.

Se seu coração se partiu pela tristeza de Zélie com a morte de sua mãe, então que ele se parta também por todos os sobreviventes da brutalidade policial que tiveram que testemunhar a morte de seus entes queridos. Sobreviventes como Diamond Reynolds e sua filha de quatro anos, que estavam no carro quando Philando Castile foi parado, alvejado e morto.[3]

Jeronimo Yanez, o policial que o matou, foi inocentado de todas as acusações.[4]

Esses são apenas alguns casos trágicos de uma longa lista de vidas negras ceifadas prematuramente. Mães arrancadas de suas filhas, pais arrancados de filhos, e pais que viverão o resto de seus dias com uma tristeza que nenhuma mãe ou pai deveria conhecer.

Este é apenas um dos muitos problemas que assolam nosso mundo, e há muitos dias em que esses problemas ainda parecem muito maiores que nós; mas deixe que este livro prove a você que sempre podemos fazer *alguma coisa* para lutar contra isso tudo.

Como Zélie diz no ritual: "*Abogbo wa ni ọmọ rẹẹ nínú èjè àti egungun.*"

Somos todos filhos de sangue e osso.

E como Zélie e Amari, temos o poder de mudar o que há de mau no mundo.

Fomos subjugados por tempo demais.

Agora, vamos nos erguer.

---

[3] Park, Madison. "After Cop Shot Castile, 4-Year-Old Worried Her Mom Would Be Next." [Depois que o policial atirou em Castile, a menina de quatro anos temeu que sua mãe fosse a próxima.] *CNN*, 2017.

[4] Smith, Mitch. "Minnesota Officer Acquitted in Killing of Philando Castile." [Policial de Minnesota inocentado da morte de Philando Castile.] *The New York Times*, 2017.

AGRADECIMENTOS

Fui abençoada por conhecer e trabalhar com alguns dos melhores seres humanos que o mundo tem a oferecer, e acredito que isso foi possível apenas porque Deus os pôs na minha vida. Obrigada, Deus, por tudo o que o Senhor tem feito e por todas as bênçãos que o Senhor me concedeu.

    Mãe e pai, obrigada por sacrificar tudo que vocês conheciam e amavam para nos dar todas as oportunidades do mundo. Sou eternamente grata por seu apoio quando embarquei neste sonho. Pai, você me ensinou a nunca me acomodar e sempre me incentivou a fazer o meu melhor. Amo você e sei que a vovó está olhando por nós todos os dias. Mãe, eu acho que minhas personagens perdem suas mães muito cedo porque você perdeu, e esse sempre foi meu pior medo. Obrigada por me amar e me apoiar de tantas formas que nunca vou poder listar todas. Obrigada também pelas tias e pelos tios que ajudaram com as traduções do iorubá!

    Tobi Lou, se você não tivesse sido tão incrível enquanto crescíamos, meu terrível eu criança não teria sido motivado a fazer o melhor possível. Obrigada por correr atrás de seus sonhos com tanto empenho, pois assim eu soube que era possível fazer o mesmo. Toni, você foi meu inimigo mortal nos primeiros quinze anos da nossa existência e foi muito malvado comigo em 25.11.2017. (Eu disse que você se arrependeria!) *De qualquer forma,* eu te amo muito, tenho orgulho de você e sei que será o mais famoso dos Adeyemi.

    Jackson, meu bae e meu leitor beta. Você acreditou em mim e no meu livro desde antes de começar. Obrigada por seu meu fã número um e apoiador e me incentivar quando tive medo demais para acreditar em mim mesma. Marc, Deb e Clay, *obrigada* por me aceitar em sua família com braços abertos e queijos quentes. Amo todos vocês e, Clay, tenho muito orgulho em chamar você de meu maninho.

DJ Michelle "Meesh" Estrella, você é uma pessoa incrível e uma artista incrível. Obrigada pelos belos símbolos neste livro!

Brenda Drake, obrigada por sua abnegação para ajudar tantos escritores a alcançar seus sonhos. Ashley Hearn, você dedicou seu coração e sua mente brilhante a este manuscrito e me ajudou a contar a história que eu sempre quis contar. Eu te amo e tenho muita sorte por ter sido orientada por você!

Hillary Jacobson e Alexandra Machinist, vocês desafiam o termo "agente de sonhos", porque estão acima e muito além de tudo o que eu jamais poderia ter sonhado. São brilhantes e fortes, e sou muito abençoada por trabalhar com vocês. Obrigada por tornar o impossível possível.

Josie Freedman, a agente cinematográfica mais épica de todos, obrigada por me levar do sonho de trabalhar em um filme até as conversas com algumas das pessoas mais bacanas em Hollywood sobre o meu filme. Hana Murrell, Alice Dill, Mairi Friesen-Escandell e Roxane Edourard, obrigada por tornar minha história global. Isso literalmente significa o mundo para mim.

Jon Yaged e Jean Feiwel, obrigada por acreditar em mim e nesta série de um jeito inédito. Vocês tornaram a Macmillan um lar maravilhoso, e sou abençoada por publicar este livro com vocês, gente.

MEU QUERIDO CHRISTIAN TRIMMER! Você é meu Mama Agba: o ancião durão, mágico e impecavelmente vestido que me dá chá, um bastão de metal e sabedoria quando eu mais preciso. Obrigada por ser um defensor incrível de mim e deste livro!

MINHA QUERIDA RAINHA IMPERATRIZ TIFFANY LIAO! Você é minha Amari. Você foi fundo e apunhalou o capitão da arena para salvar minha vida e trançou meus cabelos no barco e me disse que acreditava em mim mesmo quando eu não acreditava. Tiff, você é tudo, e eu tive a bênção de trabalhar com uma mulher tão incrível e brilhante. Rich Deas, cada linha, cada hífen e letra deste livro não são nada menos que brilhantes. Obrigada por fazer a capa mais surpreendente para meu livro amado.

Para a equipe de publicidade e marketing da Macmillan, VOCÊS SÃO INCRÍVEIS! Obrigada por toda a dedicação ao apresentar este livro ao mundo. Para minha maravilhosa relações-públicas, Molly Ellis, os melhores dias são os que posso te enviar e-mail dez vezes. Me sinto muito sortuda de trabalhar com você. Kathryn Little, você é uma diretora brilhante e durona, e amei cada momento de nossas interações. Mary Van Akin, não consigo digitar seu nome sem pensar "E VOCÊ É UMA RENEGADA!" e rir. Você é a MELHOR em fazer o hype no mercado editorial. #BBs para sempre. Mariel Dawson, você é uma deusa, e tudo que fez por este livro foi tão lindo e épico quanto você. Ashley Woodfolk, você é uma escritora, profissional de marketing e amiga maravilhosa. Amo você e fico eternamente feliz pelo aniversário de *The Beauty That Remains!* Allison Verost, sei que nada dessa incrível campanha poderia ter acontecido sem sua orientação e apoio. E um agradecimento especial para o restante da minha equipe maravilhosa, inclusive Brittany Pearlman, Teresa Ferraiolo, Lucy Del Priore, Katie Halata, Morgan Dubin, Robert Brown e Jeremy Ross.

Obrigada à equipe de vendas da Macmillan pelo carinho e apoio, com agradecimentos especiais a Jennifer Gonzalez, Jessica Brigman, Jennifer Edwards, Claire Taylor, Mark Von Bargen, Jennifer Golding, Sofrina Hinton, Jaime Ariza e AJ Murphy. A Tom Nau e a todo mundo na Produção que trabalhou dentro dos prazos para transformar isto aqui em realidade! A Melinda Ackell, Valerie Shea e os preparadores, pelo trabalho duro. A Patrick Collins, que fez o livro lindo por dentro e por fora. A Laura Wilson, Brisa Robinson e Borana Greku, na Macmillan Audio. E para cada pessoa nesse prédio maravilhoso que fez de tudo por este livro, obrigada do fundo do meu coração.

Para a Equipe do Filme FSO, não tenho palavras para descrever o que significa para mim ter vocês por trás do filme. Obrigada por seu entusiasmo e pela paixão por esta história. Patrik Medley e Clare Reeth, vocês são seres humanos maravilhosos com os sorrisos ainda mais maravilhosos. Obrigada por amar este livro e ajudar a encontrar um lar incrível para ele. Elizabeth Gabler, Gillian Bohrer e Jiao Chen, obrigada por *dar* a este livro um lar incrível com um estúdio que fez tantos de meus filmes favoritos. Amei cada minuto que passei conhecendo vocês, e mal posso esperar por tudo que vem por aí. Karen Rosenfelt, obrigada por trazer seu brilho para a produção do filme. Wyck Godfrey, obrigada por dar seu amor e seu entusiasmo para este projeto! Marty Bowen, John Fischer e a Temple Hill Produções, obrigada por fazer os filmes que eu amo desde a adolescência e por acrescentar FSO à sua lista épica. David Magee e Luke Durett, obrigada por criarem o roteiro brilhante.

Barry Haldeman, Joel Schoff, Neil Erickson, obrigada por trabalhar muito para me guiar por este processo louco!

Romina Garber, você é uma luz para o universo e um sol resplandecente na minha vida. Obrigada por ser uma amiga maravilhosa e me apoiar. Marissa Lee, você tem um talento que dispensa palavras e me fez uma pessoa e uma escritora melhor. Obrigada por todo o amor e a alegria que você trouxe à minha vida! Kristen Ciccarelli, serei sempre grata por todos os momentos em que você me ajudou a trabalhar esta história e enfrentar minhas dificuldades. Minha vida, meu livro e meu coração são melhores porque você está ao meu lado. Kester "Kit" Grant, minha querida esposa de escrita! Você é linda por dentro e por fora, e mal posso esperar para o mundo conhecer *A Court of Miracles*. Hillary's Angelz, obrigada pela fonte infinita de amor, apoio e risadas!

Shea Standefer, você é o ser humano com mais compaixão que já conheci, e seu talento não tem fronteiras. Adalyn Taylor Grace, HAHAHAHAHAHAMDDC! Você é minha eterna comparsa e me permitiu enviar a você tantas fotos de BTS e outros homens aleatórios, e isso faz de você uma amiga *de verdade*. Obrigada por sempre apoiar a mim e a este livro.

Daniel José Older, Sabaa Tahir, Michael Dante DiMartino e Bryan Konietzko, obrigada por criar histórias que me fizeram querer criar este livro. Dhonielle Clayton, Zoraida Cordova e DJO, obrigada por me ajudar a tornar FSO uma história que tenho orgulho de botar no mundo. Angie Thomas, Leigh Bardugo, Nic Stone, Renée Ahdieh, Marie Lu e Jason Reynolds, obrigada pelo amor, apoio, orientação e inspiração que vocês me deram em pontos diferentes de toda a minha jornada. Tenho orgulho de estar escrevendo em um momento em que autores incríveis como vocês estão pondo histórias no mundo.

Morgan Sherlock e Allie Stratis, não sei o que fiz para conseguir melhores amigas tão maravilhosas, mas fico feliz por ter crescido com vocês e ainda tê-las na minha vida. Amo vocês, tenho muito orgulho das mulheres que se tornaram e nunca, nunca vou perdoar vocês por me deixarem usar franja. Shannon Janico, você sempre foi uma amiga incrível e cresceu para se tornar uma mulher incrível. Amo você, e cada criança que você ensina é uma das crianças mais sortudas do mundo. Mandi Nyambi, você é a mulher mais inteligente, apaixonada e trabalhadora que conheço. Obrigada por ser uma irmã para mim. Te amo, tenho orgulho de você, continue conquistando o mundo. Yasmeen Audi, Elise Baranouski e Juliet Bailin, vocês sempre me amaram, me apoiaram e me incentivaram a alcançar meus sonhos. Amo vocês, agradeço por ter vocês na minha vida e fico muito orgulhosa por tudo que têm feito e tudo que vão fazer. Aliás, Elise, você pode usar este texto como prova sempre que alguém duvidar de que somos realmente muito próximas.

Aos meus amigos na TITLE Boxing e na Cody Montarbo, obrigada por me manterem sã! Lin-Manuel Miranda, obrigada por criar uma obra de arte tão inspiradora que me fez companhia durante minhas noites em claro. Brilliant Black People, obrigada por me inspirar e me motivar. Um salve especial para Michelle e Barack Obama, Chance the Rapper, Viola

Davis, Kerry Washington, Shonda Rhimes, Lupita Nyong'o, Ava DuVernay, Zulaikha Patel, Kheris Rogers, Patrisse Cullors, Alicia Garza e Opal Tometi.

Para meus professores, obrigada por me ajudarem a descobrir quem eu sou e o que eu quero dizer. Um salve especial para o sr. Friebel, a sra. Colianni, o sr. McCloud, o sr. Woods, o sr. Wilbur, Joey McMullen, Maria Tartar, Christina Phillips Mattson, Amy Hempel e John Stauffer.

E por último, mas *certamente* não menos importantes: aos meus leitores. Nada disso seria possível sem vocês. Obrigada por começar essa jornada até Orïsha. Mal posso esperar para continuar a aventura com vocês.

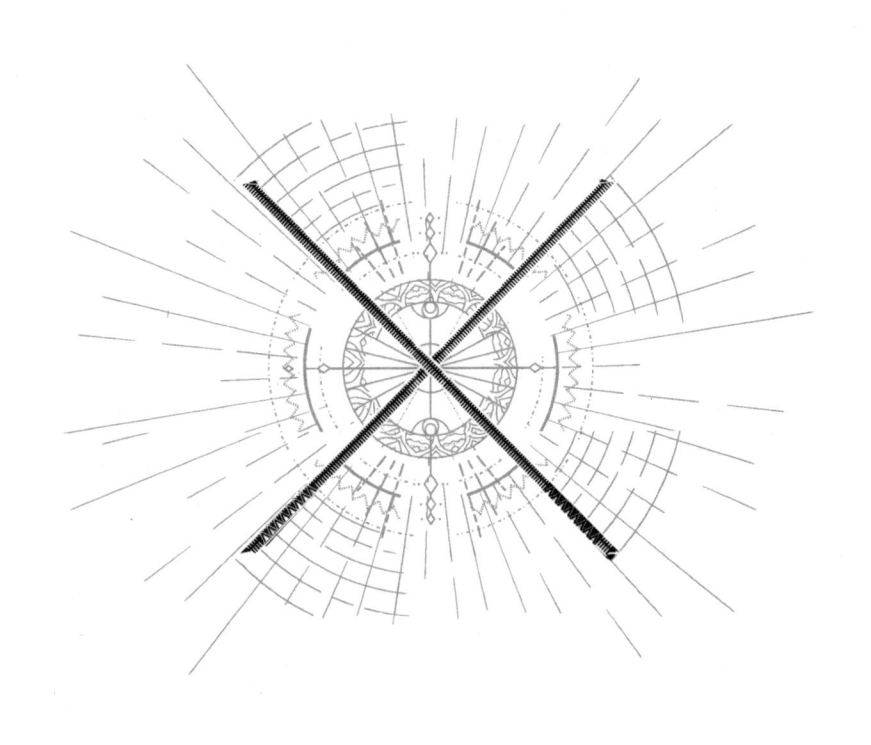

Impressão e Acabamento:
GEOGRÁFICA